アフメト・ハムディ・タンプナル

心の平安

Ahmet Hamdi Tanpınar, Huzur

和久井路子訳

藤原書店

Ahmet Hamdi Tanpınar

Huzur

目次

主要登場人物紹介

ミュムタズ……イスタンブル大学文学部の助手で、二十七歳。子どもの時、父親と母親を相次いで亡くした後、二十三歳年上の父方の従兄イヒサンのもとに引き取られる。イヒサンは、彼の家族となったのみならず、彼の知的成長の師ともなった。

イヒサン……ミュムタズの父方の従兄で教育者。有名私立高校で歴史の講座を持ち、新興トルコ共和国の社会改革にも深い関心をもつ。両親を早くに亡くしたミュムタズの父とも師ともなり、その知的成長に大きな影響を与えた。七年間フランスに留学し、西洋文化に造詣が深いが、帰国後は特に自国の伝統的な文化に多大な関心をもつ。妻のマージデを深く愛している。

マージデ……イヒサンの妻。子どもの時両親を失って外界に扉を閉ざすミュムタズに、母とも姉ともなり、心の扉を開かせるのに成功した。最初の子どもを事故で亡くして、精神に異常をきたしたが、夫イヒサンの愛と信念で、ほぼ正常に戻った。アフメトとサビハの二人の子どもの母親。

アフメト……イヒサンとマージデの長男。八歳。物静かな子ども。異常なまでに鋭敏な聴覚を持っていて、人をその声で判断する。

サビハ……イヒサンとマージデの娘。四歳。家中に喜びを振りまく。

スアト……イヒサンの親類。頭はいいが、女癖が悪く、破滅型の生き方をする。

ヌーラン……浮気した夫のファーヒルから離婚を求められ、別れる。その育ちから伝統的文化を深く嗜む。

ファーヒル……ヌーランの前夫。旅行中知り合ったエンマに夢中になり、妻のヌーランに離婚を求め、別れる。

ファトマ……ヌーランとファーヒルの娘で七歳。美しいが癇性もち。父親が家を出て行ってから異常なまでに母親に執着する。

エンマ……ルーマニア人の娼婦。経験、手管に富み、ファーヒルを手に入れたが、絶えず次の金持ちをねらっている。

スンブル……ミュムタズの家で家事をみる女性。

テヴフィク……ヌーランの母方の伯父。妻の死後、妹一家と共に住む。若い時には、遊び人として名をはせた。音曲にも優れ、美を理解し、食通でもある。真のエピキュリアン。姪のヌーランを愛し、庇護する。

ヤシャル……テヴフィクの息子。中年の元外交官。ヌーランに思いを寄せている。異常な薬好き。

アーディレ……異常なまでのゴシップ好き。人びとを家に招待するのが好きで、男女を引き合わせることに生き甲斐を見出している。

サビヒ……アーディレの夫。新聞や雑誌から集めた情報を人びとに解説、議論するのが趣味。

イジラール……ミュムタズの大学の同僚の若い女性。親友のムアッゼズとの名コンビの知らないゴシップはない。ヌーランの従姉妹。

ムアッゼズ……ミュムタズの大学の同僚の若い女性。親友のイジラールとの名コンビの知らないゴシップはない。ミュムタズに秘かに思いを寄せている。

ヌーリ、オルハン、セリム、ファフリ　いずれもミュムタズの高校時代の親友。当時の師のイヒサンを敬愛し、今も身近にいる。

エミン・デデ…尺八に似た楽器ネイの達人。書にも秀でている。メヴレヴィー宗派で修行、研鑽し、何ごとにおいても過度を嫌い、目立たないことをモットーとする。デデの尊称を与えられている。

ジェミル……エミン・デデの親友で、イヒサンともテヴフィクとも親しい。ヌーランに楽器のタンブールを教えた。

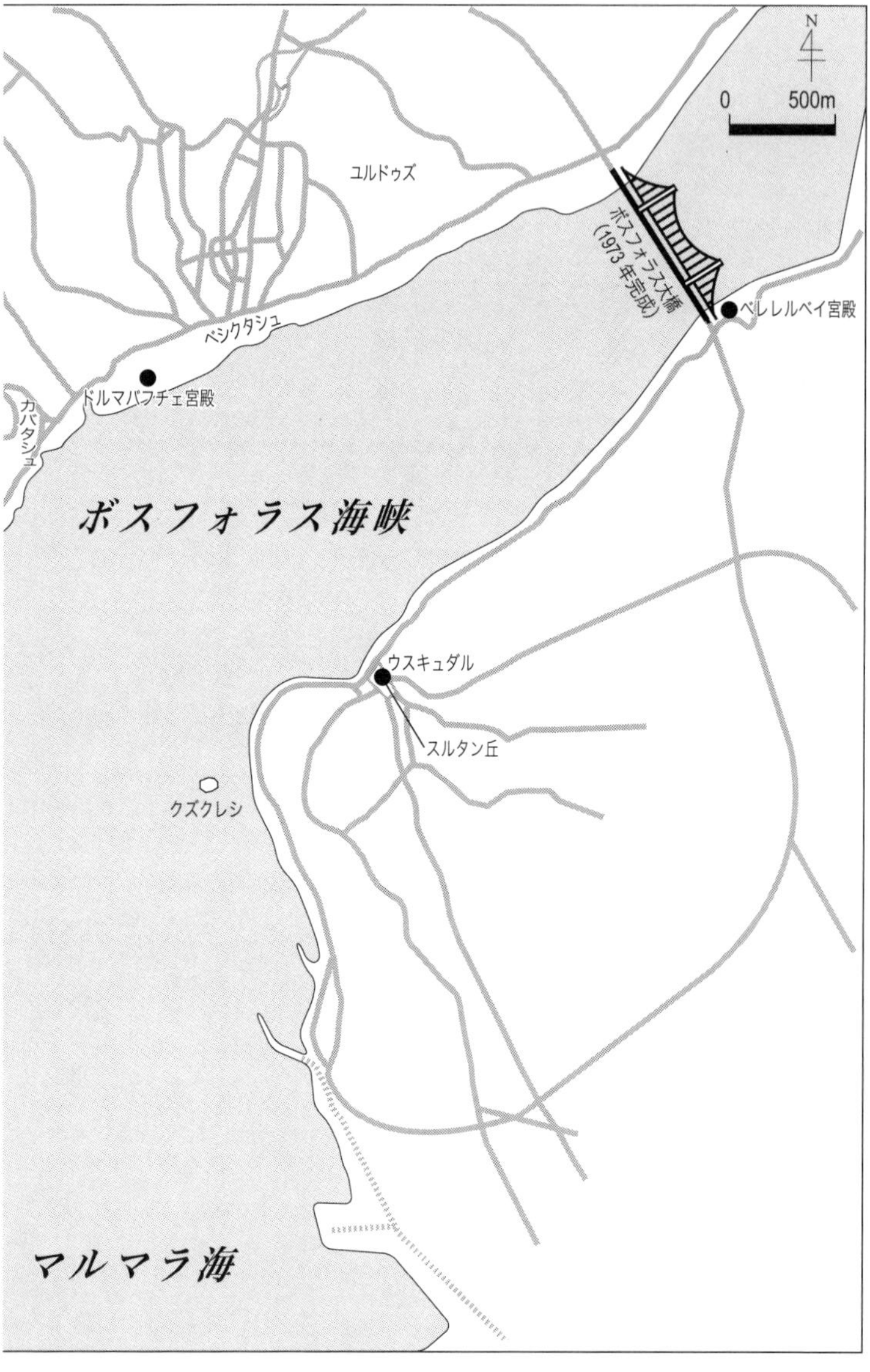
N
0
500m
ユルドゥズ
ボスフォラス大橋
(1973年完成)
ベレレルベイ宮殿
ベシクタシュ
ドルマバフチェ宮殿
カバタシュ
ボスフォラス海峡
ウスキュダル
スルタン丘
クズクレシ
マルマラ海

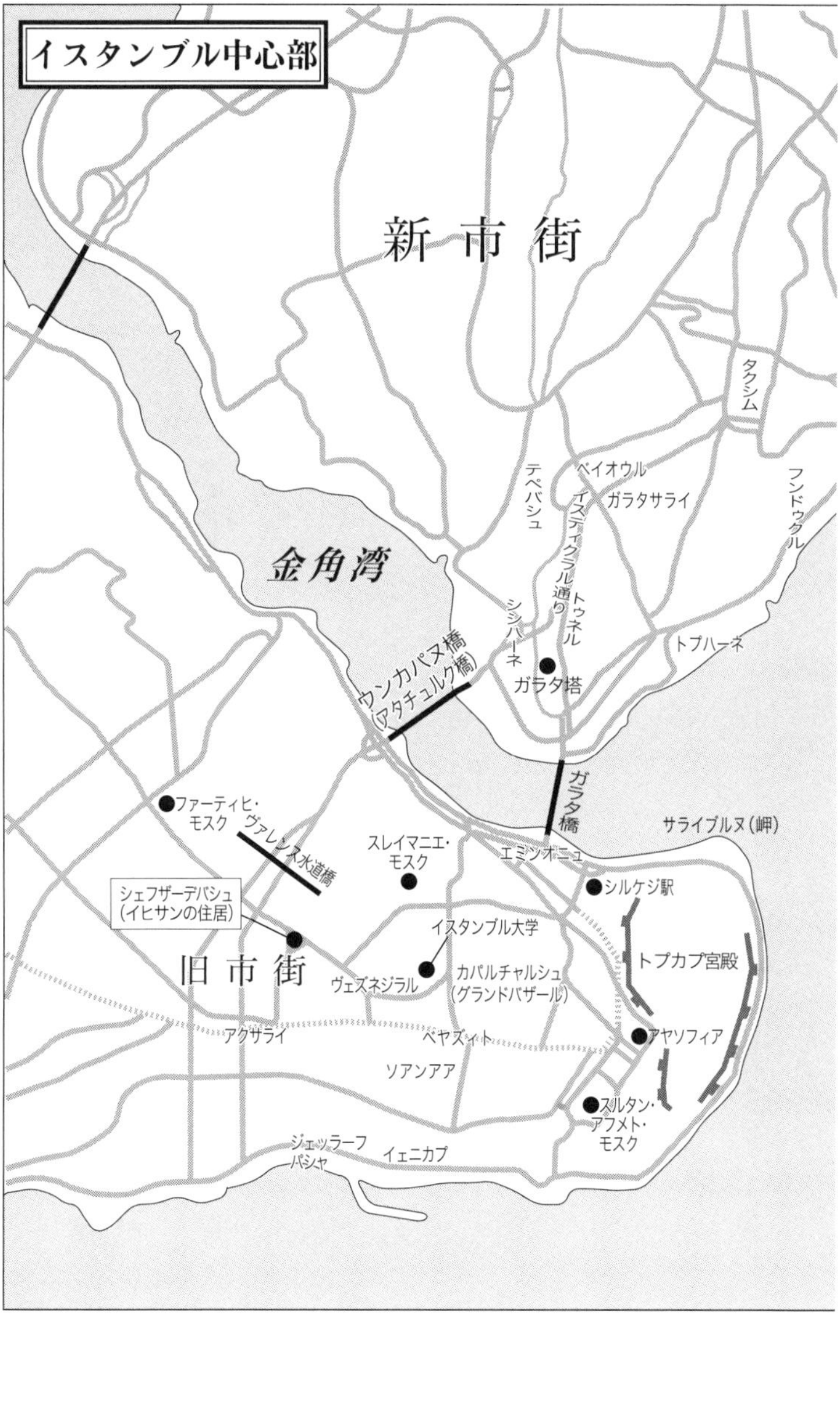

イスタンブル中心部
新市街
金角湾
タクシム
ベイオウル
テペバシュ
イスティクラル通り
ガラタサライ
フンドゥクル
シシハーネ
トゥネル
トプハーネ
ガラタ塔
ウンカパヌ橋(アタチュルク橋)
ガラタ橋
サライブルヌ(岬)
ファーティヒ・モスク
ヴァレンス水道橋
スレイマニエ・モスク
エミンオニュ
シルケジ駅
シェフザーデバシュ(イヒサンの住居)
イスタンブル大学
トプカプ宮殿
旧市街
ヴェズネジラル
カパルチャルシュ(グランドバザール)
アクサライ
ベヤズィト
アヤソフィア
ソアンアア
スルタン・アフメト・モスク
ジェッラーフパシャ
イェニカプ

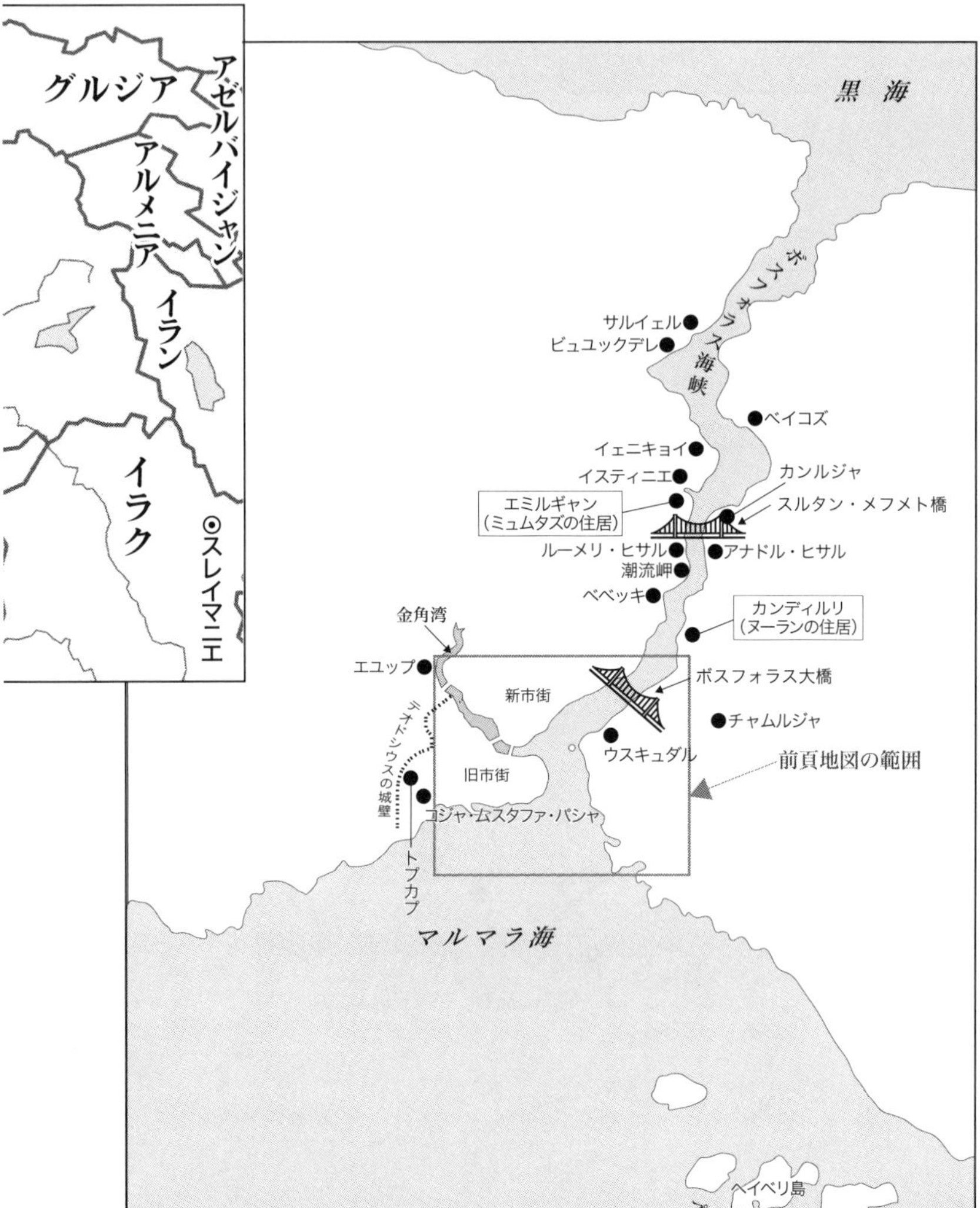

グルジア
アゼルバイジャン
アルメニア
イラン
イラク
スレイマニエ
黒海
ボスフォラス海峡
サルイェル
ビュユックデレ
ベイコズ
イェニキョイ
イスティニエ
カンルジャ
エミルギャン（ミュムタズの住居）
スルタン・メフメト橋
ルーメリ・ヒサル
アナドル・ヒサル
潮流岬
ベベッキ
金角湾
カンディルリ（ヌーランの住居）
エユップ
ボスフォラス大橋
新市街
チャムルジャ
テオドシウスの城壁
ウスキュダル
前頁地図の範囲
旧市街
コジャ・ムスタファ・パシャ
トプカプ
マルマラ海
ヘイベリ島
プリンス諸島
ビュユック島
N
0
4km
イスタンブル周辺図

トルコ周辺図
黒　海
ブルガリア
ボスフォラス海峡
スィノプ
トラキア
カスタモヌ
イスタンブル
サムスン
メルズィフォン
トラブゾン
ギリシア
エーゲ海
ブルサ
キュタヒヤ
アンカラ
エルズルム
ダーダネルス海峡
トルコ
イズミル
ディヤルバクル
コンヤ
ブルドゥル
アダナ
アンタリヤ
アレッポ
シリア
地中海
キプロス

本文中、＊印を付した語は、巻末の固有名詞・用語解説で説明を加えた。（編集部）

心の平安

I イヒサン

二つの大陸にまたがる町、一九三九年八月

1

　ミュムタズは、兄と呼んでいた従兄のイヒサンが病いの床に伏して以来、ほとんど外出していなかった。医者を呼びに行くとか、薬局に処方箋をもって行って薬を買うとか、隣の家から電話をするとかいうようなことをのぞいては、この一週間を病人の枕元にいるか、自分の部屋で本を読んだり、考え事をしたり、姪や甥に気晴らしをさせたりして過ごしたのであった。イヒサンは、二日ほど熱とだるさと腰痛をこぼしたあとで、突然、肺炎の緊急事態を宣告され、家中に支配権を確立した。家中の者は皆恐怖やら不安やら心配やらで、絶えず祈りのことばを口にしたり、心遣いの眼差しをしたりで、絶望的な心理状態が作り上げられたのであった。

　誰もが寝てもさめても、イヒサンの病気がもたらした心配の中で暮らしていた。

　今朝、ミュムタズは汽車の汽笛が思い起こさせるまったく別の血塗られた恐怖によって、そしてまたこの不安で眠りから覚めた。時刻は九時に近かった。しばしベッドの端に座って考えた。今日はすることが山とあった。医者は十時に来ると言ったが、彼はそれを待つ必要はなかった。何よりもまず、病人の看護をする者を見つけなければならなかった。マージデも伯母も——イヒサンの母親だが——病人の枕元から離れないので、子どもたちはみじめだった。

アフメトの面倒は、年老いた使用人が何とかみることができた。しかし、サビハは、誰かが何から何まで面倒をみなければならなかった。彼女には何よりもまず話し相手が必要だった。ミュムタズはこれらのことを考えながら、幼い姪の姿に、心の中に微笑が浮かんだ。そのあとで、家に戻って以来、親類に対する愛情が変わったことに気がついた。もしやすべては慣れなのか？ われわれは誰でも傍らにいる者たちを愛するのだろうか？

この考えから抜け出すべく、再び病人の看護婦の問題に戻った。マージデの健康もあまりよくない。彼女がこれほどの疲労にどうして耐えていられるのかと驚くほどであった。心配が多かったり、疲れたりすると、彼女はまた影のようになるやもしれなかった。そうだ、出かけて、看護婦を見つけなければならない。そして午後は、あの借家人の問題に関わらなければならない。

服を着ながら、「人間というこの一本の葦……」と二、三度つぶやいた。子どもの時の重要な時期に一人ぼっちであったミュムタズは、独り言を言うのが好きだった。そして人生というものはまったく別のものである……。その後で頭はまた小さいサビハに向かった。単に自分が家に戻ってきたというだけで幼い姪を愛していると考えることは、彼の気に入らなかった。違う。彼女が生まれた日以来、彼女と結びついていたのだ。さらには、その誕生の前後の状況を考えると、彼女に対して感謝の気持ちすらあった。これほど短いあいだに一軒の家に癒しと喜びをもたらすことのできる子どもはめったにいない。

ミュムタズはこの三日間看護婦を探していた。山ほどの連絡先を手に入れて、電話もした。しかしながら、この国では探すものは見つからないのだ。〈東〉とは、座して待つべきところなのだ。少し辛抱すればすべて向こうからやってくる。たとえば、イヒサンがよくなってから六か月後になっても、一人、二人の看護婦が必ずや彼の所に電話をしてくるだろう。しかしながら、必要な時には……。まさに看護婦の問題がそれであった。そして、借家人のことはというと……。

借家人の問題はまったく別の悩みの種であった。イヒサンの母親の小さな店舗を借りた日から、彼らはその男が気に入らず、軽蔑していた。しかし、ほぼ十二年間居座ることになるとは考えもしなかった。その男は、この二週間、ことづてをよこしては、ご主人か奥様か誰かとどうしても会いたいと頼んできていた。

それは家中の者が信じられない出来事であった。病人ですら、高熱と苦痛の中で驚いていた。なぜなら、家の者は借家人の唯一の特性が、人から見られないこと、隠れること、電話をかけられなければ、否、声をかけられたときですら、できる限り出てくるのを遅らせるようにしていることだと知っていたからである。この二、三年来、契約の更新や家賃を受けとるというような仕事を引き受けていたミュムタズは、その店にいる時、あるいは向かい合っている時でさえ、彼を見ることがいかに難しいかを知っていた。

その青年は、彼が店に入るや否や、ある種の魔力をもつ武器であるかのように、黒めがねをかけて、あたかもそのガラスのカーテンの後ろにかくれるように、そこから、景気の停滞、生活の困難さ、公務員が決まった給料で生活することの幸せを語り、役人を辞めて商売の世界に入ったこと、アラーの愛された預言者ムハンマドも商人《あきんど》であったから——そう、単にそれゆえに、承知で商いを始めたのだった——と最後には自分自身に腹を立て、悔やむのだ。

「旦那、今の状態がおわかりでしょう、今のところは不可能です。大奥様にお伝え下さい。あと二、三日猶予を下さいまし。あの方はこれらの品物の雇い主ではありません、恩人なのです。十五日後においで下さったら、お会いすることもできますし、何らかのものをお渡しできます」と言って事態を曖昧にしてしまう。しかしミュムタズが入口から出ようとすると、その男は自分のした約束の大きさにおびえたように声を震わせて、「十五日でできるかどうかわかりません……」と言いながら、また始めるのだ。「できれば来ない方が、誰も来ない方がいい。何で、こんな朽ちた、こんな檻に住んでいて、しかも金まで払って」とは言うわけにはいかないから、「月末においで下さった方がいいでしょう。むしろ来月の半ばにおいで下さったら……」と頼んで、この会見を後日に延ばして、できるだけ遅くしようとするのだった。

電話をされたり、会いに来られたりするのを嫌うこの男が、今回は、何度か連絡をよこして、ご機嫌を伺い、大奥様かご主人様になるべく早くおいで下さるようにとか、お会いしたいとか言ったり、店の後ろの古い屋敷の棟続きになっている放置された部分の上にある二つの部屋について話したいとか、契約が遅れたとかと言うのだった。誰もが驚いたのも当然だった。

そして、ミュムタズはその日の午後、毎月いやいやながら聞かされて暗《そら》で知っている回答を受け取るべく、気の進まないその場所に行こうとしていたのだ。しかし今回は事情が違っていた。伯母が昨夜、「ミュムタズ、行ってあの男に会っておくれ」と彼に念を押した時、イヒサンは母親の背後から、こっそりと「行っても無駄だよ、何と言うかはわかっているだろ、ちょっとそこいらを一回りして来たら」と目顔で知らせることはできなかった。イヒサンは寝床から起き上がれなかった。胸が苦しそうに上下していた。

イヒサンのこの借家人に対する考え方は、結果がわかっていることをやっても無駄だというものであった。ミュムタズは、父親の遺産であるためにどうしても家賃のことを忘れられない伯母を、失望させたくなかった。それとは別に、この家賃の話は、家内の人びとの親密な生活の中で、ミュムタズの言うこの「イヒサン島」で、いつも笑いの種であったのだ。

家に戻って、彼が言われた返答を年取った伯母に話すと、彼女の反応は、最初は怒って、「首が捥げればいい、あいつめ……耄碌……」と、それから次第にゆっくりと憐憫の気持ちになって、「気の毒に、どうしようもないのだ、あの男はもともと病気なのだ……」と、そして最後には、「もしかして、本当に儲かっていないのかもしれない」と言って気の毒がり、そのあとでまだ諦めきれずに、「大きな屋敷のあそこだけが残ったのだ。本当はすべて売り払ってせいせいするのだったのに」とか、それでも定まった時に手に入らない家賃が人生でいかに悩みの種になるかを述べ、そうしたことばによって、この一件が家中の皆にとってもひどく愉快な出来事になるのだった。ある時には、伯母のサビレが、例の訪問をすることを決心する。しかし故セリム・パシャの娘である彼女が付き添いもなくおもてを出歩くわけにはいかないので、ウスキュダルに住む、以前働いていたアリフェをよぶ。彼女が来てから三、四日は、伯母は毎日「明日行って、あの男と会おうかしら……」と言うものの、近所の人を訪問したり、グランド・バザールに出かけて、山のような買い物とともにタクシーで帰宅したりするのだった。

大事なのは、彼女が借家人を訪問すると、決して成果なしではないことだった。家賃の一部であれ必ずや受け取ってくるのだ。ミュムタズもイヒサンも彼女の成果に驚かされるのであるが、よく考えれば、驚くようなことではないのだ。

イヒサンの母親は、アリフェを愛しているのだが、彼女のおしゃべりには我慢できない。アリフェの滞在が長引くと、ミュムタズが子ども時代の昔から知っている、彼女の癇癪が高じてくる。ついにそれが頂点に達すると、タクシーが呼ばれて、アリフェはどこに行くかも知らされずに、一緒に出かける。最初にウスキュダルの埠頭で、この長年働いた使用人は「さよなら、アリフェ……。また呼ぶわね、いいでしょ」と言われて下ろされる。その後で彼女はまっすぐ店に行くのだった。

このような精神状態で来た家主の攻撃をかわすことは、言うまでもなく困難である。事実、哀れな男は何度か試みたそうだ、腹が痛いとかなんとか言って。サビレは、一度目は、薄荷の葉を煎じて飲むことをすすめた。二度目はもっと複雑な薬を言ったそうだが、三度目に彼が病気をこぼすのを聞くと、自分が言った薬を飲んだのかときいた。その男が「飲まなかった」と言うと、「それなら、二度と私に病気のことはこぼしなさんな、おわかりかい？」と返事をしたという。癇癪と良心の痛みのあいだで動揺しているこの老女をかわすことはできないことを、借家人は、この三度目の彼女の来訪で知ったのであった。それで彼女が来るや否や、彼はコーヒーを注文して、仕事台の上で計算するような振りをして、彼女がコーヒーを飲み終わるや否や、彼女の手に封筒を握らせて、お引き取り願うのであった。そのあとで、彼女はタクシーを走らせて、店から店へと回り、皆それぞれに適当なプレゼントを探して、受け取った金をすっかり使い果たして家に戻るのであった。イヒサンもミュムタズも、この店舗、家賃、借家人、さらにはその出来事の一部と考えられるアリフェをも含めたすべてを、老女の唯一の楽しみであり、贅沢であり、何もない生活を満たす唯一の重要な事柄であると見なして、彼女がそれを愉しむのを好感を持って見ていた。

もともとイヒサン島では、誰もが何をしようと許されていた。どんな夢想や好奇心も、爆笑ではなくとも微笑でむかえられるのだった。島の持ち主は事態をそのように望んでいた。つまり彼はそうしていれば皆幸せになれると信じていたのだ。彼は、この幸せを、長年のあいだ、一つ一つ積み上げてきた。しかし今や運命は彼を再び試していた。なぜならイヒサンの病いは重症だったのだ。ミュムタズは、「今日で八日目だ」と心の中で考えた。偶数日は、より平穏であると言われていた。

よく眠れなかったことからくる気だるさを振り払って、階下に下りた。サビハは彼のスリッパをはいて、廊下でふくれっ面をして座っていた。

ミュムタズは、このにぎやかな子どもが、こんな風に静かにしているのに耐えられなかった。実際は、アフメトも静かだった。しかし彼は生来そうだった。彼はいつも悪いのは自分だと思う性質《たち》だった。ことにその誕生の痛ましい事情を知った日以来——誰から、どうやってかはわからないが。それは誰も知らないことだった。もしかしたら近所の誰かが言ったのかも知れない——、彼はいつも片隅で、いつも他所《よそ》の家にいるかのようにしていた。少し余計に甘やかそうとすると、わざと親切にされていると考えて、目に涙があふれるのだった。こういうことは、どこでもありうることだった。人間というものは、時には生まれつきそういうものなのだ。葦の一本がひとりでに折れることもあるのだ。サビハはそうではなかった。彼女はこの家のおとぎ話であった。絶えずおしゃべりして、動き回り、空想をつくり出したり、歌を歌ったりする。イヒサン島を、しばしば彼女の陽気さや騒動が満たした。

この三晩は、彼女もまともに寝ておらず、父親の部屋で、出窓の部分においてある広い長椅子《ディヴァン》でうとうとしては、皆と一緒に病人を見守っていた。

ミュムタズは、できるだけ陽気に、少女のやつれた顔を、くぼんだ目をみた。この三日間、髪にはリボンがついていない。

三日前に、彼女はミュムタズに、「赤いリボンはつけないの。お父ちゃまが元気になったらおしゃれするの！」と言ったのだった。これを、いつもの、周囲の者に彼女が物わかりがいいこと、彼らと友好的であることを示す時の気取った調子で微笑みながら言ったのだった。しかし、ミュムタズが彼女を少し撫でてやると泣き始めた。サビハの泣き方には二種類あった。一つは、子どもの泣き方である。つまり、わざと泣いて、断固としてわがままを押し通す時の泣き方である。その時は、顔が醜く歪んで、声は奇妙な調子になり、絶えず足をばたばたさせる。要するに、すべての子どものように、自己中心的な、小さな悪魔になるのである。

もう一つは、子どもの頭が理解できる程度であるとはいえ、真の悲しみに出会った時の泣き方である。これは無言で、大抵は中途で押し殺す。少なくとも、しばし涙をこらえる。しかし、表情は変わり、唇が震え、涙のたまった目を見られないようにする。その肩は、一つ目の泣き方のようにこわばらず、がっくり落ちる。なおざりにされたり、軽蔑されたり、あるいは自分が不当に扱われたと考えた時、あるいはまた、周囲のすべては善きもの、善意のものであると願うあの子どもの世界、珊瑚の枝とあこや貝の花によって飾られたあの世界を、家中の者に閉ざした時の泣き方である。そういう時、ミュムタズは姪の赤い、ビロードのリボンすら輝きを失うと考えるのであった。

そのリボンはサビハが自分で見つけ出した飾りであった……。二歳を何か月か過ぎた時だった。ある日、床で見つけた濃い臙脂色のリボンを母親に差し出して、「あたしの髪につけて、つけて」とせがんだのだった。それからは、二度と髪からはずすことを承知しなかった。以来二年、このリボンは、装飾品ではなくて、家の中で、彼女に属す掟、慣習となるにいたったのだ。赤いリボンはサビハに属するすべてのものにつけられた。サビハはそれを女王が配下の者に勲章を授けるかのように渡したのだ。仔猫、人形、気に入った品物――特に新しい子どもベッド――、彼女の愛に浴したすべての物、すべての人にこの勲章が与えられるのであった。さらには、特別なお達しによって、この勲章が取り消されることさえもあった。たとえば、彼女があまりにわがままを言ったので、彼女を叱っただけではなく母親に告げ口をした料理人の女に、サビハは、かなり泣いて一件が落着した後で、彼女に以前与えたリボンをどうか外してくれと頼んだのだった。実のところ、サビハの小さな、子どもとしての生活は、この種のプレゼントや罰を与える権利のある生活だった。少なくとも、父親の病いまでは、この家の唯一の権力者であった。兄のアフメトですら、人びとの心の中で座を占め始めた妹の支配権を、当り前とみなした。なぜなら、サビハはこの家を根本から包んだ悲劇の後でやって来たからだった。彼女を産んだ時、マージデは半ば狂人と思われていた。正気に戻り、生き返ったのはサビハの誕生によってであった。実のところ、マージデの病気は完全には治癒していなかった。時々小さい発作が起こって、家の中でまた以前のように物語を作り上げながら、小さい少女の声で話したり、あるいはまた、彼女が決して語ることのない上の娘ゼイネプの帰りを何時間も窓のところで、あるいは座っている場所で待ち続けたりするのだった。

その出来事が大きな不運であったことは確かであった。イヒサンにしろ、医者たちにしろ、マージデに悲劇を知らせないようにとできるだけのことはしたのだったが、誰も苦悶と苦痛を、最初の陣痛で身をよじっている産婦に対して隠すことができなかったのだ。ついに若い女は看護婦たちの様子から何が起こったかを知り、寝ていたところから、死者を安置してあるところまで這いずりながら行って、きれいにされた亡きがらを見て、凍てついたのだった。その後、彼女はどうしても元に戻らなかった。

彼女は重症の高熱で何日も寝込んでいて、その中でアフメトを生んだ。

八年前の六月の朝のことだった。ゼイネプは母親が入院していた病院に祖母と一緒に来ていた。その後で、持って来るのを忘れたプレゼントのことを思い出した。彼女は、病院の玄関で父親を待って、彼に話すために、誰にも告げずに外に出たのだった。幼い子どもの頭で何を考えたかはわからないが、一瞬の隙に死が彼女を捕らえたのだった。

イヒサンは、妻が本当に重い症状を呈しているという医者のことばを信じて、病院で出産することを受け入れた自分を許すことができなかった。その災難の、事故の二分後に、血だらけで、まだ温かい娘の体を両腕に抱いて病院の中に運び、最後の望みが潰えるのをその目で見たのだった。

この惨事には誰も悪い者がいないという運命であった。マージデは娘が病院へ来ることを望んだことはなかった。イヒサンの母親は少女が懇願し、泣いたにもかかわらず二日間は拒否したのだった。イヒサンは、約束した時間に病院に着こうとしたがどうしてもタクシーがつかまらなかったので、路面電車で来た。しかし途中で空車のタクシーが見つかるかと、電車の昇降口のステップのところで待っていたほどだった。そのために、誰もが惨事の責任は自分にあるとした。しかしながら、一番深く自らを責めたのはアフメトであった。

アフメトは父親のベッドの足元にいたが、ミュムタズは、彼が何かがあったら逃げ出す用意があるのがわかった。マージデは立ったまま、自分の着ているカーディガンのほつれた毛糸を無意識にもてあそんでいた。

イヒサンは彼を見ると喜んだ。その顔は依然として赤かった。胸はゆっくりと上下していた。ミュムタズには彼の顔は、朝の光の中で実際よりもやつれて見えた。ひげが伸びたので、奇妙な表情が見えた。あたかも「私はイヒサンではなくなるようだ。まもなく、何か別のもの、あるいは無になるかもしれない。その用意をしているのだ！」と言っているかのようだった。

病人が手でわけのわからない動作をした。ミュムタズは寝床に屈んで、「まだ新聞を読んでいませんが、恐れるようなことは起こらないでしょう……」と言った。

事実、戦争の勃発が間近なことは確かだった。『世界がシャツを着替えて脱皮する時には、事件が起きることは避け難いものだ』というアルベール・ソレル〔フランスの歴史家〕のことばを、近年の状況を一緒に語り合うたびにイヒサンは繰り返した。この警告に、『これはヨーロッパの最期だ……』というミュムタズの大好きな詩人の苦い予言をつけ加えた。しかしこんなことを今イヒサンとは話せない。イヒサンは病気なのだ。

イヒサンは寝ているところから、事態を考えていた。その手は、仕方がないと嘆願する形で掛け布団の上に置かれていた。

「昨夜はどうでした？」

マージデはやわらかい、若い芝生の夢を見ているような声で答えた。

「ずっとこうなのよ、ミュムタズ」と言った。「少しも変わらないの……。」

「嫂《ねえ》さん、少しは寝たの？」

「ここでサビハと一緒に横になったわ。でも眠れなかった。」

彼女は、微笑みながら手で背もたれのない長椅子を指した。五日も寝たこの場所を、絞首台を示すかのように、恐怖に駆られて、身震いしながら指差すこともできた。しかしマージデは——この不思議な、この上なく豊かな存在は、微笑みがその個性の半分を占めている。彼女が微笑んでいない時は、彼女であることがわからないほどである。**ありがたいことにあの辛い日々は過ぎたのだ！** マージデが微笑みを失った日々はもう昔のことだった。

「少し寝たらどう……。」

「あなたが帰ってきた後で……。ゆうべは一晩中汽車の音で眠れなかったの。軍隊の派遣でもしているのかしら、わからないわ……。」

ミュムタズは思い出した。彼はあの悲劇を、カスタモヌにいたとき電報で知らされた。彼は直ちに来た。赤ん坊と母親は別のところにいた。誰もがマージデを心配していた。伯母は気が狂ったようだった。イヒサンが人生に信念をもっていなかったら、マージデは今頃どうなっていただろうか。

イヒサンはマージデを指した。

「こいつに……。」

言い終える力もないかのように途切れた。それから努力して続けた。

「こいつに何か言ってやってくれ……。」

なんということだ、イヒサンはやっと口をきいている。彼が知っている人びとの中で、一番楽に、一番きちんと話すことができる、その授業、会話、冗談が、何日経っても聴いた者の頭から離れないほどの人間が、この三語をやっと並べたのだ。それでも彼はうれしかった。昔の偏屈者――これは本人のことばであるが――は切り抜けたのだ。彼は意思を伝えた。もちろんミュムタズはマージデを疲れさせないように何か方策を見つけるだろう。そしてイヒサンの目は青年の顔を見つめて、それから焦点を失った。

家の外に出た時、彼は通りを、ひどく長いあいだ見なかったかのように眺めた。家の向かいにあるモスクの入口で、一人の少年が、低い塀から垂れ下がる無花果の枝を目で見ながら、手にした紐をもてあそんでいた。もしかしたら、まもなく行なう、約束された美味に向かって開始する攻撃のことを考えているのかもしれない。まさに、二十年前に自分が住んでいて、考えたように！　……しかし当時はモスクはこんな風ではなかった……。深い悲しみに中でわれに返った。このあたりもだ……。

通りは光の中にあった。ミュムタズはその光をぼんやりと眺めた。それから、また少年を、再び無花果の枝を、そしてその上にあるドームを眺めた――モスクの鉛の覆いは、軍需のために、手から手袋を脱ぐように剝がされ、無花果の木の果実の皮は容易に剝《む》かれた――。薄茶色《エラー》の瞳《ギョズル》のメフメト・エフェンディのモスクだ……。その人物がどんな存在なのかいまだにわからない……が、エユップ地区にもう一つその名をもつモスクがあって、彼の墓所はそこにあった。しかし彼のなした善行を調べることができるだろうか。

2

ミュムタズに手渡された住所のほとんどは間違っていた。最初に訪れた家には、ファトマという名の看護婦は住んだこともなかった。ただその家の娘が看護婦の研修コースに登録したというのだった。少女は微笑みながら彼をむかえて、戦争になったら役に立つと思って登録したが、まだ何も習っていないと言った。その声は誠実であった。「兄が軍人で……兄のことを考えて……」と。二軒目に行った家には本当に看護婦が住んでいた。しかし三か月前に仕事が見つかって、アナトリアの病院に行ったそうだ。ミュムタズをむかえた母親は、娘の友人の誰かに会ったら伝えると言った。

ミュムタズは無碍にするのも悪いと一枚の紙に住所を書いた。その家は古く、貧しかった。「冬にはどうするのだろう。どうやって暖をとるのだろうか?」と考えながら遠ざかった。「どうするのだろうか? どうやって暖を取るのだろうか?……」という問いは、少なくともこの時期には奇妙だった。この八月末の朝、暑さは町は至るところでかまどの入口のように、彼を捕らえ、嚙み砕き、呑み込んでは、次のところに向かわせた。途中の小さな日陰、辻での風の一吹きが、あたかも人生の苦労を癒してくれるかのようだった。イヒサンは、「自分はこの夏は図書館から離れることはできない……どうやっても、第一巻を終えなければならない」と言っていた。第一巻か……。ミュムタズは目の前に細かい文字の詰まったページが見えるようだった。赤インクで書かれた註、欄外の書き込み、自分自身と争っているかのように見える書き直し……。もしかしたらこの本は完成しないかも知れない。その考えに後ろめたくなり、角の乾物屋や茶屋で道を尋ねたりした。家にいた唯一の看護婦は、「主人が病気なので休暇をもらいました。職がないわけではありません。主人を入院させたら、仕事に戻ります」と言った。その女の顔は崩壊寸前の建物のようだった。

ミュムタズはやむをえず、「ご主人の病気は何ですか?」ときいた。

「卒中で麻痺が来ました。あの人は家にいませんでした。半身がきかない状態で連れて来られたのです。彼らがその時、その場で頭を働かせていたら、病院に連れていったでしょうに。今は、動かすには十日待たねばならないと医者は言います。私はあのひどい女に何度も頼んだのです、あの人と手を切るようにと……。金持ちでもないし、若くて男前というわけでもないのだから、もっといいのを見つけるようにと……。だめ、彼でなければと……三人の子どもがいます。」

ミュムタズはこの家庭の悲劇の始まりを聞いて、いとまを告げた。三人の子ども、半身不随の夫……看護婦一人の給料。彼らはかなり立派な家の二部屋で暮らしていた。水瓶すら板の間においていたということは、台所や、もしかしたら便所さえないのかも知れない。誰か金持ちの役人、大臣、あるいは知事が娘を嫁《とつ》がせるときに建てさせた木造の家かも知れなかった。外側は塗りが剝げ落ちているにもかかわらず、いかに優雅に建てられたかは明らかにわかった。窓の縁、出窓、軒などにすべて細かく彫りが入っていた。二方から五段の階段で入口にいたる。右側に石炭置き場の入口も見えた。しかし家の持ち主は石炭置き場を石炭屋に貸していた。たぶん台所も別に貸しているのかも知れない。

石炭を積んだ一台のトラックが、巨体をがたがた揺らせて道路いっぱいに走ってきた。

ミュムタズは小道に入った……。

ミュムタズは去年の夏、今日のような日に、ヌーランと歩いたことを、コジャ・ムスタファ・パシャ地区を、医者の息子《ヘキムオウル》・アリ・パシャ地区をまわったことを思い出した。彼女と並んで、ほとんど体をくっつけるようにして、暑さで額の汗を拭き拭き、絶えず話しながら、このメドレセ〔昔の宗教学校〕の中庭に入ったり、少し前に見た水汲み場の碑銘を読んだりしたのだった。それは一年前のことだった。ミュムタズは、一年前に戻れる最短の道を探すかのようにあたりを見回した。七人の戦没者《イェディシェヒット》墓地まで来ていた。スルタン・ファーティヒ*の時代の戦没者たちは、小さな石の墓で並んで眠っていた。通りは埃っぽく、狭かった。しかし戦没者のいる辺りだけは広場のように広くなっていた。二階建てではあるものの荒れ果てて、小さなスポーツカーのようにボール紙で作られたかと思われる貧しい家の窓からタンゴが聞こえ、道の真ん中で埃にまみれて少女たちが遊んでいた。ミュムタズは彼女たちの歌に耳を傾けた。

門を開けろ、門を開けろ、道銭取りたて人よ、
いくら出すか、いくら出すか、門を通るのに、

少女たちはいずれも元気そうで、かわいらしかった。しかし、身なりはひどいものだった。かつては、ヘキムオウル・アリ・パシャの屋敷があった場所での、このみすぼらしい家々、この貧しい服装、この歌は、彼に奇妙な感慨を催させた。ヌーランは子ども時代にこの遊びをしたに違いなかった。それより

前には、彼女の母親も、母親の母親も、同じ歌を歌って、同じ遊びをしたに違いないのである。そうだ、継続していかなければならないのはこの歌なのだ。僕たちの子どもたちはこの歌を歌って、この遊びをしながら大きくなるべきなのだ。ヘキムオウル・アリ・パシャ本人でも、その屋敷でも、その界隈でもない。何もかも変わりうる。僕たち自身の意思によって変えることすらある。変わらないで残っているものは、生活を形作るものは、それにわれわれが焼き印を押したものなのだ……。

イヒサンはこういうことが実によくわかるのだった。ある日、彼は、「一つ一つの子守唄の中には、何百万人の子どもの頭の中にあるものと夢があるのだ！」と言った。しかし今、そのイヒサンは病気だった。ヌーランとはうまくいっていない。今朝、目に入った新聞の見出しは緊迫した情勢を書いていた。ミュムタズは、朝から考えまいとし、頭から忘れようとしていた事柄の攻撃下にあった。

哀れな子どもたちは火薬樽の上で遊んでいた。しかし歌っている歌は古い歌であった。つまり火薬樽の上でも生活は継続していたのだ。

ゆっくりと、いろいろなことを考えながら歩いた。この界隈では探していた看護婦は見つからないことがわかった。手元のリストにある最後の住所はかなり離れたところにあった。それにも当たってから、アメリカン病院にいる友人に電話をして、その方面から当たってみることにした。

惨めで、惨憺たる界隈を、貧困のせいからか人間の顔を思わせる古い家々のあいだを通り過ぎた。あたりには疲れ果てた、病人のような顔をした人びとがたくさんいた。

誰もが陰鬱だった。誰もが明日を、来るべき大惨事を考えていた。

せめてこの病人の問題がなかったら。もしも自分も召集されて、イヒサンを病床において行かざるをえなくなったら？

家に帰ったとき、マージデは眠っていた。イヒサンの呼吸は規則正しかった。医者はよい知らせをおいていってくれた。アフメトは祖母と一緒に父親の枕元にいた。サビハは母親の足元で丸まって、今度は本当に眠っていた。

奇妙な静寂の中で彼は自分の部屋に行った。この日一日、彼は全世界を見てきた、ほとんどすべてを……。というのは、ヌーランからは連絡がなかったから。彼女は今なにをしているだろう。

3

ミュムタズの人生でイヒサンとその妻の占める場所は大きい。父親と母親を数週間のうちに失ってから、父方の伯父の息子が彼を育てた。ヌーランと知りあうまで、彼の人生は、マージデとイヒサン、イヒサンとマージデ、この二人のあいだで過ぎた。イヒサンは彼の父親であり、彼の師であった。

マージデがよくなった後、ミュムタズが二年間行っていたフランスにおいてすらイヒサンの影響は続き、さらにありがたいことには、あの新しい環境で、そしてあれほどの魅力ある物事の中で、多少はイヒサンの影響のおかげで、彼は最初の酩酊から救われて、時間を無駄にすることがなかったのだった。

マージデはというと、女性の優しさと美しさの恵みが一番大切な時期に彼の人生に入ってきたのだった。彼女のことを考えると、ミュムタズは自分の子ども時代の一部分は春の木の枝の下で過ごしたと言うのだった。事実そうであった。彼にとって、イヒサンの今回の病気は、もともと苦悩の中にいた青年を根本から動揺させた。医者の口から、肺炎という語を聞いた瞬間から、彼は奇妙な興奮状態の中で生きていた。

ミュムタズがこの心理状態を知ったのは、人生でこれが初めてではなかった。彼の内なる自己は、水面下で眠っているがすべてをコントロールしている濃密な層は、不安であった。イヒサンは、ミュムタズがまだほんの子どもの時から、その内部に居座ってとぐろを巻いているこの蛇を、彼の心の中に根を張っている木を、彼からもぎ取るべく大いに努めたのであった。しかし、実際にはマージデがこの家に来ることによって、ミュムタズは治癒し、顔を太陽に向けた。彼女の手にゆだねられるまでは、ミュムタズは何事にも腹を立て、周囲に殻を閉ざし、天からは災難のみが来ると思っている存在であったが、それは尤もなことでもあったのだ。

ミュムタズの父親は、一九二〇年代にS町が占領された夜、住んでいた家の持ち主と仲が悪かったギリシャ系住民によって、家主の代わりに誤って殺されたのであった。町が陥落するのは間近いことだった。多くの住民はその前に町を離れた。父親もその晩、妻と息子を連れて行く車の手配をした。荷物の用意はできていた。父親は一日中その準備のために外を駆け回り、夕暮れの少し前に家に戻ってきて、さあ行くぞといった。少し何か食べて、一時間もしたら出かけるはずであった。まだ道路は封鎖されていない。それから、床に食事の支度をして、皆座った。ちょうどその時、ドアが叩かれた。開けに行った使用人は、誰かがご主人に会いたいと言っていると父親に伝えた。父親は、一日中駆けずり回った荷車に関する知らせが来たと思ってドアに急いだ。その後、ピストルの音。一発だけ、反響もしない、くぐもった音。そして、あの大きな男は片手を腹に当てて、這うようにして上に上がり、入口のところで倒れたのであった。それらのすべてに五分間しかかからなかった。母親も息子も、階下で話されたことも、来たのが誰かもわからなかった。ただピストルの音のあとで、坂道を下に向かって走った者があったのみであった。彼らが何が起こったのか呆然としている時、近くから大砲の音が聞こえ始めた。少しして、隣人たちがやって来た。一人の老人が、皆を死者のそばから立ち上がらせて、「故人はわしら皆にあれほどよいことをしてくれた。この人を放ってはおけない、埋葬しよう。戦死者だから、経帷子なしで、この服のままで埋葬してもいいのだ」と言った。

それから、煤のついたランプと、少し頭のおかしい庭番が持ったがたがたする石油ランプの灯りの下で、庭の片隅の、かなり大きな木の下に大急ぎで墓を掘ったのであった。

ミュムタズはこの場面を決して忘れることはなかった。母親はまだ死体におおいかぶさって泣いていた。彼自身は庭の門の片一方に張りついて、そこで、魔法にかけられたように、木の根元で働いている人びとを眺めていた。三人の男が、木の枝に吊り下げたランプの下で働いていた。ランプの灯りは風で何度も細くなり、消えそうになる。年老いた農夫が、上着の裾を持ち上げて、ランプが消えないように気をつけていた。この二つの灯りの下で、影が大きくなったり縮んだりしていた。大砲の音、母親の悲鳴、土を掘る音が入り混じった。終わりごろ、空が突然赤くなった。その赤さは家の方角からだった。町中が至るところ燃えていた。実際、火事は一時間前に始まっていた。庭にいた人びとは、真っ赤な空の下で働いていた。すぐ後で、時折砲弾の破片が庭に落ち始めた。それから、町の大きな堰が崩壊した水の轟音が始まった。それはあらゆる音からなる大混乱であった。一人の男が庭の垣根から中に飛び込んできて、町に奴らが侵入したと怒鳴った。その瞬間すべては突然停止した。しかし、母親は下に下りてきて、嘆願していた。ミュムタズはそれ以上は耐えられず、門の扉をつかんでいた手が突然弛んで地面に崩れ落ちた。その場で、耳にいろいろな声や音が聞こえたが、彼は周囲とはまったく別のものを見ていた。父親が、毎晩やったように、大きなクリスタルのランプを出して、それに灯を点そうとしていた。意識を取り戻すと彼は垣根の外にいた。母親が彼に歩けるかときいていた。ミュムタズはぼんやりと周囲を見回して、何もわからないまま、歩けると言った。歩くように求められていた。彼は歩くつもりだった。

ミュムタズはこの旅をどうしても完全には思い出せなかった。どの丘から町が焼けるのを眺めたのか。どの道路で、あの何百人からなる奇妙な、惨めな、苦悶するグループに加わったのか。誰が彼らを馬車に乗せて、自分を御者の隣に座らせたのか。そうしたことがわからなかった。

記憶の中に、思い出せないいくつかの幻の断片があった。その一つは、母親がこの脱出の旅を始めるや否や変わったことであった。もう、彼女は夫の死体に取り縋《すが》ってわめき、泣きじゃくる女ではなかった。道中が始まり、息子と自分を救わねばならない女であった。この小さな集団を指揮する者の言ったことを無言でやっていた。息子の手をしっかりと握って歩いていた。ミュムタズは、この結びつきを、彼女の死後もいつまでも続くことになったその感触を、今も感じていた。

時には幻はよりはっきりした。母親が、彼の傍らで、ぼろぼろになったヴェールをかぶって、痩せてこわばった顔で、まっすぐに立っているのを見たこともある。そのあとには、馬車で後ろを振り向くと、彼女のもっと青ざめ、窶れ、たまった涙に刻まれた顔を、他のすべてのものより少し遠くに見るのだった。

二日目の夜は、荒野を一人で守っているかのように見える、石灰で壁を塗った、白い、大きな旅籠で過ごした。旅籠の階段は外からだった。部屋の窓は、秋にいろいろな物を乾燥させる場所に面していた。ミュムタズはこれらの部屋の一つで、四、五人の子どもと、それと同じくらいの数の女たちと一緒に寝た。旅籠の入口の前には、馬車と、厩舎に入りきらない多くの駱駝や騾馬がいた。互いにくっついて休んでいるこれらの動物の一頭が体を震わせると、一斉に全部が動いて、小さな鐘の音、見張りのわめき声、少しの風や静寂などが、遠くの山裾や、人里はなれた渓谷や、誰もいなくなった村々など、どこからともなく集められて、部屋を照らす煤けたランプの周囲に届けられ、詰め込まれた人びとの荒野での夜を、その静寂を、放浪の思いをかき乱した。時々入口の前の暗闇で、煙草を喫《の》む男たちが大きな声で話すのが上にいる彼らにまで届いた。それらは、意味はわからないが、絶望と怒りでミュムタズの心を満たし、その時まで気がつかずに暮らしていた、甘やかされ、幸せだったささやかな生活を、突然、自分にとって荒んだ、残酷な、わけのわからないものとすることばや文章であった。やがて、開いていた窓から風が吹き込んで、敷布で作ったカーテンを膨らませ、周囲の物音に、遠くから来る音が入り混じっていった。

　夜中近く、大きな話し声で目が覚めた。もともと周囲の静寂は、すべてのものを、信じられないほど硬く、ひどく薄いもののように覆っていたので、どんな小さな声でも、どんな小さな音でも、ガラスを割って何かが中に飛び込んできたかのように、大きな音となって、何かが壊れたか、ひっくり返ったかのような感じを与えるのだった。ほとんど誰もが窓辺に走り寄り、外に集まった者もいた。ミュムタズの母親だけがその場を動かなかった。それは馬に乗った四人であった。馬上の一人が馬から何かを下ろした。馬の鼻先にまで近づいたミュムタズは、若い娘が「おじさん、本当にありがとう」と呟いたのを聞いた。旅籠の主人の持ち上げた灯りで、娘の黒い目が見えた。下半身はアヘン採取用の芥子畑で働く女たちが用いる布で覆われていた。上半身には、エフェ〔アナトリアの村の勇ましい男衆〕が着る短いジャケットがあった。新たに来た者たちは、先ほど部屋に茶を持ってきた旅籠の丁稚の差し出した水差しから水を飲み、旅籠の主人の出したパンを受け取り、粗麻の袋に大麦を詰めた。すべては前もって準備されていたかのようにすばやく行なわれた。入口の前にいた男たちはしきりに状況を、何が起こっているかをたずねた。

「S町の上の方で戦いがある。明日の晩までは時間がある。しかしあまりのんびりするな。後ろから大勢の避難民が来るから。」

そのあとで、彼らは別れも告げず、馬を駆けさせた。彼らはどこに行くのだろうか？　何の用があるのだろうか？

ミュムタズが上にあがって、母親の傍らに行くと、先ほど来た女が十八か二十歳の娘で、彼の母親の隣に横になって、目は開けたまま、顔をこわばらせて、嗚咽しているのを見た。母親は少し身を引いて彼に場所をあけた。ミュムタズがこの若い娘を見たのはほんの数時間だった。しかし一晩中、彼の体が感じた親近感からくる感覚を眠りの中で感じていた。その夜何度か感じたように、その後も長いあいだ、あたかも彼女の両腕のあいだで胸を合わせて、彼女の髪が彼の顔を覆ったり、あるいは額が彼女の息遣いで汗ばんだように感じて目が覚めた。若い娘は何度も身をよじって目を覚ました。そうした時は、短く、途切れ途切れに、人間のものとは思われないような嗚咽で呻いた。これは母親のぼんやりした沈黙と同じく彼には辛いものだった。しかし彼女が眠りに落ちるや否や、その腕や脚はミュムタズを捕らえ、あたかも母親の胸から無理に引き剝がすかのように、髪を乱し、熱い息遣いでその顔が彼に迫り、引き寄せ、体を押し付けた。ミュムタズは何度も抱きしめられ、うめき声によって目を覚ますと、この見知らぬ、欲望に燃える身体が、これほど自分と縺れ合っているのに驚き、前の晩、体中で初めて体験した死とは別の種類の、死ぬ用意のある体と化したもの、近づくすべてを柔らかい金属のように溶かす彼女の息、奇妙に緊張したその顔は、彼を恐怖させ、まだ燃えている石油ランプの灯りの中で、その目にある正気ではない光を見ないようにと、目を閉じるのだった。

勝手に動くかのようなこの肌の欲望、この熱い抱擁、それらの隙間を満たす正反対の方向のものである呻き声には、今まで知らなかった魔力があった。そのために、どうしてもこの抱擁から逃れられず、温かないい香りのする湯で眠ってしまっただるい体が、溺れるのを恐れながらも、そこから覚めようとしないときの、あの奇妙な状態の中にいた。それは今まで一度も感じたことのないものであった。その時までである程度の感覚以上には進まなかった身体が、あたかもまったく新しい世界に向かって開かれたかのようだった。一種の酩酊状態の中で、身体のまったく知らなかった諸点に、純粋なる歓喜の瞬間が運ばれた。彼の中に、睡眠をとったあとを思わせるきわめて快い、消滅してもいいという感覚が、さらにはこの熱い抱擁の中で尽き果てたいという一種の願望があった。そしてその願望が、頂点に達すると、意識を失い、個人と周囲が一体となった瞬間、消耗と困憊に破壊された肉体は突然眠りについたのだった。不思議なことに、眠りが始まるや否や、前の晩、気を失ったときの夢の中の父親を、大きなクリスタルの石油ランプとともに見たが、しかしその幻は最初のときには苦痛とともに訪れたために、彼はしばしば乱暴に目を覚まさせられた。こうして彼の内部の痛みは、その時抱かれて寝ていた若い体からの、全器官を覆う恍惚と一つになって、彼は、奇妙な、二重の意味を持つ肉体をもった何かとなったのだった。

朝になってすっかり目が覚めた時、彼は若い娘の両腕の中で、あごを彼女の小さいおとがいにのせており、彼のすべての器官はその支配下にあった。彼女は目をあけて彼の顔をじっと見た。ミュムタズはその目を避けるべく目をつぶって、恐る恐る母親の方に体を寄せた。

二番目の思い出はそのように複雑ではなかった。その日の昼過ぎのことだった。彼らが乗った馬車は、一行とは遥かに離れていた。彼は母親と三人の女と自分よりずっと小さい二人の子どもと一緒に馬車の中にいた。昨日の晩の若い娘も、ばねのあるあたりの真後ろにいた。

御者はB町に近づいたと言って、たびたび振り返って馬車の内部を覗き込んだ。ミュムタズには、このことばは若い娘に向けられたものであるのがよくわかっていた。しかし若い娘は、彼にも、馬車の傍らから離れない憲兵にも、誰にも一言も話さなかった。昨日の晩の呻き声は止んでいた。ミュムタズは彼女を見たくてたまらなかったが、その勇気がなかったので、振り返って母親を見ることすらしなかった。夜になると、娘をほとんど恐れるほどだったが、その恐怖は時々肩が触れるとひどく残酷なものとなるのであった。

それは奇妙で、昨日の晩の温かさはないが、しかしその記憶に満ちた接触であり、若者は無意識にそれらの記憶が自分に訪れることを願望し、その期待の中で彼の肩はほとんどこわばるのだった。それらの期待の中で、彼の目が御者が手にしたなめし皮の鞭の先にある厄除けの青いガラス玉を見ながら、何も考えないで待っている時、それまで感じたどの苦痛よりずっと激しい、非常に異なった種類の、どのような別離をも貫きそうな、彼らのあいだのいかなる距離をも無視する痛みとともに、父親を思い出した。彼には再び会うことはできないのだ。父親は完全に彼の人生からいなくなってしまったのだ。ミュムタズはその瞬間を一生涯忘れることはできなかった。何もかも目の前にはっきりと見えた。なめし皮の鞭の先の青いガラス玉は秋の陽の中で実際とは違う色に輝き、一部は空中で、また一部は彼の目の前で、馬の尻の上で、光っていた。馬はたてがみを振りながら走っていた。少し前方にある電信柱の先から、翼の広い鳥が羽ばたいた。周囲は真っ黄色で、馬車の音と、車の中で泣く三歳の少女の声以外には何もなく、自分は御者の隣にいて、後ろには、昨夜一晩中彼を抱きしめた、彼の知らない欲望で身を焦がす若い娘と、その真向かいに、何が起こったのか、さらには何が起ころうとしているかすら知らない自分の母親がいた。

突然彼は父親の姿をはっきりと真向かいに見た。そして、その幻は、二度と父親を見ないであろうこと、一生涯父親とは離れたままであろうことを、ある人間を決して再び見ることもなく、その声を聞くこともなく、二度と自分の人生には入って来ないという、厳しい、どうしようもない事実を、苦痛とともに、彼に思い起こさせた。

ちょうどその時、彼が気分が悪くなったことに気がついたあの農民の少女が、馬車から落ちないようにと彼をささえた。こうして、前夜の奇妙な感覚は、再びわけのわからない形で父親の死と結びついた。彼の中には、大きな罪を犯した意識があった。自分の知らないうちに罪を犯した罪悪感があった。もしその瞬間に、彼が尋問されていたら、父親の死は自分のせいであると言ったであろう。それは実に恐ろしい感覚であった。自分をこの上なく惨めなものとした。この奇妙な精神状態は、ミュムタズの中で何年も続き、何かしようとするたびに彼を躓かせようとするのだった。青春時代の初めにおいてすら、ミュムタズはこの感覚から逃れられなかった。夢の一方を満たす空想、あの奇妙な躊躇、怖れ、不安、人生の歓喜、苦悩をもたらす一連の精神状態は、娘の抱擁でもたらされた歓喜の感覚と父親の死に対する罪悪感という双子の偶然に結びついていた。

若い娘はB町で彼らと別れた。町の半ば廃墟と化した通りの一つで、大きな日陰になっているところに馬車は止まった。何も言わず、誰も見ずに、娘は馬車から降りた。馬の前を走って道の向かいに行ってから、そこでミュムタズを最後に眺めた。それから、また走って脇道の一つに曲がった。ミュムタズは初めて、そして最後に、彼女の顔を日の光の下で見た。右のこめかみから顎にかけて治ったばかりの刀傷があった。その傷は彼女の顔に奇妙な険しさを与えていた。しかしミュムタズを見た時、表情が和らいで、その目は微笑んでいた。

その二日後の夕刻、ミュムタズと母親はA町に着いて、遠い親戚の家に降り立った。

4

そこは地中海だった。後になってミュムタズは本から、地中海が何であるかを、いかに安楽な生活が人間を取り巻き、太陽や、透き通った空気や、波の襞を目に縫い取る水平線までつづく透明さが、人びとをいかに育み、その魂にどのように満ちたかを、要するに、自然の賜である葡萄とオリーヴや、神秘的な霊感と明晰な思考が、最も強い欲望と個人の心の平安への揺らぎとを共存させる自然の本質を学んだのであった。当時、彼の齢ではそのようなことはわからなかったが、だからといって、それらを享受するのを妨げられはしなかった。そこでの時間は、彼の人生を引きずる悪しき運命にもかかわらず、彼にとっては別の季節となった。

S町で彼の人生の一部を焼いた高熱は、ここにも存在した。毎日、町は新しい出来事で動揺して、ある日には北方での大きい反乱が心配され、また翌日には、勝利の吉報で町の人びとは陽気になったが、それも夕刻には忘れられる。あちこちの通りで議論が起こったり、深夜密かに軍隊が派遣されたり、物資の輸送があったりした。家の向かいにあるホテルは連日異なる人びとで満員だった。

しかし、これらの出来事は、ダイヤモンドのように輝く太陽の下で、多くの不都合の中でも彼を受け入れ、彼とともに移り変わり、怒りや沈黙、長い倦怠や悦びを彼とともにする海の前で、オレンジの花やスイカズラやアラビアジャスミンの気が遠くなるほどの香りの中で、起こっていたのだ。

どんなに苦しんでいても、太陽はやがて隙間を見つけて黄金の龍のようにすべり出て、自分を心の中の穴蔵から出してくれ、一連の可能性をおとぎ話のように語るのだった。あたかも、『わしを信じておれ、わしはすべての奇蹟の源なのだ。何でもできる。土を金にしたり、死んだ者の髪をつかんで揺さぶって眠りから覚めさせたりする。憂いをなくならせて、わし自身のようにするのだ。わしのいるところには絶望や悲しみはないのだ。わしは葡萄酒の陽気さ、蜂蜜の甘さなのだ』と語るかのように。

その忠告に耳を傾けた人生は、悲しみを越えて楽しげに囀るのだった。毎日一艘か二艘の船や、多くの駱駝や動物の運ぶ荷や人間たちが、家の向かいにあるホテルの前に下ろされたり、梱包が開けられたり、また積み込まれたり、釘が打たれたり、木の箱に金属のベルトがかけられたり、旅の者たちが入口の前で木の椅子に座っておしゃべりをし、未来派の絵のように、窓からは片目や片耳だけ、あるいは好奇心に満ちた、あるいは物見高い女の頭部が突き出たりする。占領軍の横柄なイタリア人の兵士たちが、入口の前で所在無げに何時間も子どもたちと遊んでいたり、その子たちを「愛しい人よ《カラ・ミオ》」と呼んだり、近所の主婦たちが用意したボレッキ〔チーズやひき肉入りのパイ〕やバクラヴァ〔層状の甘い菓子〕のトレイをパン焼き所に運んだり、少し横柄にして叱られては、ひどく恥ずかしそうにうなだれて、裏通りを一回りしてくるべくにやにやしながら遠ざかったりする。倉庫の前で、この世で一番平和主義の動物である大きい駱駝に格闘をさせては、自然のつくった不恰好な、穏やかな動物が、人間たちの言うことに従うのを見て誰もが満足する。夜になると、少年や少女たちは、月の光の下で、あるいは暗闇の中で、土手などに行って、家々の庭に水を導いたりする。要するに、人生は限られていたが、自然は広大で、魅力的だった。

ミュムタズはこの家に来て二日目には、多くの友だちができた。家の子どもたちと一緒に出歩き、オレンジ畑やカラオウラン地区に行った。時には町外れのクルミ林にまで足を伸ばした。後になって、ミュムタズがイスタンブルのコズヤタウ地区が好きになったのは、このクルミ林に似ていたからだった。しかし大抵は、昼間はメルメルリや埠頭の海沿いで過ごし、夕方近くに病院の上の丘に上るのだった。

ミュムタズはそこで、道から海まで続く大岩の上に座って、夕暮れの時間を過ごすのが好きだった。ベイの山並みの後ろで、太陽は自らの死の儀式を、自分の石棺を、整えるかのように、その山並みの襞に金箔と紺青の影によって金や銀の甲冑を着せて、そのあとで、低く下がり、後方にひっくり返った弧が金の扇のように広がり、大きな光の塊が、火から作られた蝙蝠のようにここかしこで飛び交い、岩にぶら下がる。それはある季節の、実りの、豊饒の時間であった。なぜなら、昼間は苔に覆われ、風と雨が海綿のように穴だらけにした大岩が、この黄昏の時間には突然生き返り、その力と形態が人間を遥かに超える、運命のように無言で、人間の内部の反響によってのみ語る多くの幻の群れが、ミュムタズを突然取り囲むのだった。そして小さな体のミュムタズは、それらのあいだで、その中で広がっていく人生の理解とともに、自己のすべてを包む、あの非常に根深い恐怖の風の中で、飛び散らないようにとつとめる。それは、友好的な温かさが失われていく空の下で、すべてが個々に生き返り、声を高くして、深まり、人間は無限に小さくなり、自然が至るところからわれわれに『一体どうしてお前は離れていったのか、惨めな苦悩のおもちゃになったのか、おいで、わしのところにお戻り、総ての中に溶け込んで、何もかも忘れることができるのだ、そして、そこいらにある物のように気楽な幸せな眠りにつくことができるのだ』と囁く時間なのだった。ミュムタズは、骨の髄にまで聞こえる、意味がよくわからないこの声の招きに応じないように、小さな体を硬くして、縮こまるのだった。

　時には、さらに前へ出て、海を遥か上方から見渡せる岩場のところにまで行って、海草でいっぱいの崖っぷちにある穏やかな海が、水の緑と斑岩の鏡のような黄昏の最後の戦利品を広げるのを、母親の胎内のような光の塊となり、ゆっくりとそれらの上に覆いかぶさるのを、眺めるのだった。遥か地の底から、行きつ戻りつするする波の、耳を聾する轟音、小さなピアノ、愛のささやき、羽ばたき、囀り、要するに未知の存在が、一日のこの時間のためにのみ生きて、夕刻と夜のあいだにある隘路を満たしたあとで、あこや貝の貝殻や、魚の鱗や、岩の窪みや、月と星の光の中で眠る何千もの存在の声によって、きらきらと緑の輝く色とりどりの招待状で、彼を呼ぶのであった。どこに来いと呼ぶのか？　ミュムタズがそれを知っていたら、もしかしたらその招待に走っていったかもしれない。なぜなら海の声は、愛や欲望のざわめきよりも強く、闇の中で、人間の中にある死の原点のことばを語っていたから。ミュムタズはこの暗闇の鏡によって、まだ始まったばかりの人生の友好的な幻を、父親がその下で眠っている鈴懸の樹を、そのままにおいてきた幸せな子ども時代の時間を、旅籠の部屋で、無垢の肌に深い痕を残す注射のように抱きついた村娘の大きな黒い瞳を探し求めて、この騒々しい海からの招待を受け入れようとしているのを見て身震いし、その後でそれが単に空虚な鏡であるのを見て、その場から立ち上がり、恐ろしい悪夢から逃れるように、岩場の大きい影のあいだを躓き、よろめきながら一歩一歩進むのであった。

　これらの大岩は、彼がその傍らを通る時、生き返り、手を伸ばして、彼を捕らえようとしたり、あるいは誰かが羽織っていたマントを彼の頭上に投げかけるかのように彼には思えた。

なぜなら、この混沌とした場所は、昼間ですらぞっとさせる光景であったから。それらは生きている自然のものというよりも、むしろ何かの大異変の状態が凍てついたまま残ったもののように見えた。しかし、真に恐ろしげなのは空想が止まった瞬間の光景であった。その時は、生とは関係のない、彼にとっては永遠に見知らぬ、彼を拒否する相貌を呈するのだった。あたかも、『われわれは生の外にいる』と言うかのようだった。『生の外にいる……。すべてを育む生のあの水はわれわれから引き上げられてしまった。死すらわれわれほど不毛ではない』と言うのだった。事実、子どもの頃にあれほど遊ぶのが好きであり、死ぬまで好きであろう泥土が、この大岩のそばでいかに生き生きしていたことか。その柔らかく、形のない存在は、あらゆる形、あらゆる意思、さらには思想すらを受け入れることができた。しかし、この硬い岩は生から永遠に遠ざかっており、風が吹き、雨が降り、わずかずつ削られ、巨大な体に痕やら溝ができても、何ものも最初の異変によって刻まれた状態をとり除くことはできなかった。それらは生の途上でたずねるべき問いなど持たず、すべての問いを同時に投げかける、無限の時間の中から来た、残酷で険しいしるしであった。

時には、足を踏み入れた場所から一羽の蝙蝠が飛び立ったり、何の種類かわからない鳥が遠くから雛を呼んだりすることもある。岩場を過ぎると彼はほっとするのだった。平らな舗装道路で歩調を緩め、『もう二度と来るまい』と決心する。しかしながら、未知のものの味は不思議なもので、翌日の夕方には、またそこに、あるいは海のそばに、あるいはまた、道路に近いところの岩の上にいるのだった。この悦びを一人で味わうために、昼間のうちから手段を講じて、友人たちから離れたりするのだった。

ある日仲間たちは、彼をギュヴェルジンリキに連れていった。そこは病院の上のところと、コンヤアルト海岸の中間で、町からかなり離れた、海の中の洞窟であった。しばらく海に沿って歩いた後で、岩のあいだに入りこんで、ついに穿たれた地下道に入り始めた。真っ暗闇の中で、四つん這いになって歩くことは、ミュムタズの気に入った。しかしその地下道の最後に、あたりが突然陽に照らされた新緑のような明るさになって、その明るさの中で本物の洞穴に飛び込んだ。両手、両膝は傷だらけになり、衣類は裂けたが、この濃い青緑と暗緑色のあいだで移ろう明るさに、ミュムタズは狂喜した。波が引くと、海が削った岩の塊のあいだに、静かな浅瀬、海底の魚たち、岩の端にいる蟹や甲殻類が見えるほど澄んだ水、この上なく自然らしく造られた、プールを思わせる池、その中央にある小さな石の島があった。ここは洞穴の、海から近づける部分であった。その後ろに、彼らが来た方角より広く、少し小高いが、岩だらけの大きめのホールができていた。波が来て、洞穴の入口を覆うと、至るところが真緑になった。その後で、奇妙な、あたかも地の底から来るかとも思われる一連の轟音とともに水が引くと、周囲は陽に照らされた海の送ってくる光で再び明るくなるのだった。その日、ミュムタズは半ズボンをはいて、両手をあごの下において、この光と影の戯れを何時間も、一言もしゃべらずに眺めていた。

彼は何を考え、何を待っていたのであろうか。やってくる波が彼に何かを運んでくると思っていたのか、あるいは、洞穴の中で満ちては引く水の奇妙ななり声に心を奪われていたのか？　それらの声の中に、彼にとって何の、どんな神秘の呼びかけがあったのだろうか？

夕刻、偶々そこにやって来た小船が彼らを容易に埠頭に連れてきてくれた。ミュムタズは大急ぎで友人たちと別れて、家へ走った。見たものを母親に話したいと思った。しかし、彼女がひどい状態だったので彼は何も話すことができず、それからは二度と母親を一人にしておくことはしないようにした。毎日を、その病人の枕元で、世話をしたり、物思いに耽ったり、本を読んだりして過ごした。毎日昼ごろ、電報局に、母親が出した電報の返信が来たかどうかを見に行った。その後は、病人の部屋に閉じこもって、いつもにぎやかで、いつも活動的な通りから自分のところまで届いて来る騒音の中で、母親の相手をするのだった。

夕方になると、窓際に座った。この何日か、小さな子どもが通りに現れていた。毎晩、手に空瓶あるいは他の容器を持って、家の前を民謡を歌いながら通った。その子がまだ通りの端に来ただけでも、ミュムタズはその声がわかった。

夕方になった、ガス灯を点せなかった
全能なる神は私の運命をこう書いたのだ
心ゆくまで愛せなかった、私の仔羊を
私が死んだら、わが子よ、お前は虐められることだろう

ミュムタズは、母親が頭を起こすたびに彼をじっと見つめる眼差しの中に、この民謡の歌詞に似た意味があると考えて、心が痛んだ。それでもこの歌を聴かずにはいられなかった。その子の声はきれいで、力強かった。しかし、まだひどく幼いために、よい節回しの中ほどで、泣くように、奇妙にかすれるのだった。

家の少し前方の、下り坂になる通りの端で、民謡は変わるのだった。声が突然高く、明るくなって、家の壁や道で空気とぶつかるたびに、ひどくまぶしい光によって壊されるほどだった。

あのイズミルのモスクの尖塔は螺鈿で飾られている、母さん、螺鈿で、
満たしてくれ、母さん、盃から飲む、盃から……

ミュムタズは、この二番目の民謡によって、幼い人生が、未だその意味をすら理解していない悲しみの中から出て、突然、ひどく明るく、まだ新しいものの、懐かしさとともに苦痛に満ちた別の世界に入ったのを思うのだった。それはイズミルの海沿いの道コルドンボユで始まり、彼にはまったく理解できない父親の死によって終わる世界であった。

そこにも、彼の幼い想像の世界をはみ出す一連のもの――死、異郷、血、孤独、そして、その中に座り込んでいる七つの頭のある龍の憂いがあった。

母親もその歌を聞くであろうという恐れで震えながらも、誰であるかは知らないが、待っていたその子どもが通り過ぎると、ミュムタズにとっての一日は幕を閉じるのであった。その後は、翌日の夕方まで一塊の時間があるだけだった。

母親は、その週のうちのある晩、明け方近くに死んだ。死ぬ前に息子に水を求めたあとで、彼に何かを言おうとしたが、どうしてもできないうちに、顔が真っ青になり、目は定まらず、唇が一、二度震えてから、こわばった。ミュムタズの記憶は、この最後の瞬間をその通りに記録していた。

その死の後に、どうしても埋めることのできない長い空白があった。もしかしたら、子どもはこの苦悩の日々を思い出すまいと努力して、この空白の時間を自分で作りだしたのかも知れない。ただ、イスタンブルに送られるために船に乗せられた日のことは、すべての細部とともに覚えていた。その日、親戚皆が一緒に、彼を古いモスクの中庭にある小さな墓に連れて行き、そこで真新しい盛り土を示して、お前の母親はここで眠っていると言った。しかし、ミュムタズはその墓をどうしても受け入れられなかった。彼の頭の中では、母親を父親の傍らに埋めたのだった。もともと二人の死のあいだの時間はわずかだった……。あそこで大きな死の樹の下に父親と一緒に横たわることはよいことだし、より美しいことだった。もしかしたら、一生涯いつも二人を一緒に見ることに慣れていたために、別々の場所で眠っていると考えることは彼には辛かったのかも知れない。

ミュムタズはその日のことをよく覚えていた。すべてが太陽の中にあった。家の壁板や、レンガの上や、真っ白い舗装道路や、辻ごとに建物のあいだから見える海や、古いモスクの黄色い壁や、丈の低い埃をかぶった墓地の木々や、とがった石や、帰途に、一か月のあいだ付き合った友だちたちが見えた崩れた砦の城壁など、至るところに、明るさが水晶の葦を立てて、黄色い、何をかも打ち負かす人生の歌を口ずさんでいた……。蜂、蠅、小さな野良猫、滞在していた家の前で我が物顔をしていた犬、至るところに群がっている鳩、誰もが、何もかもが、この音楽、この招待に酔いしれていた。

ただ一人、ただ自分のみがこの宴の外にいると彼には思えたのだった。運命は頑なに彼を誰からも切り離していた。

自分はどうなるのだろうか？　それはわからなかった。イスタンブルに行くことになっていた。しかし、誰のところにか？　どうむかえられるだろうか？　父親を、母親を再び見ることはないであろう。そして、この痛み、今や独りぼっちになった者の絶望にも直面していた。彼の中には、精一杯泣きたい思いがあった。それと同時に、彼は泣きたくなかった。この太陽の真っ只中で、偶々出会った人びとがほとんど歌を口ずさむようにして通り過ぎる道で、この透き通った海を前にして、泣くことはふさわしくないように彼には思えたのだった。結局、泣くことによって周囲の人びとは彼を憐れむことになるだろう。あの人びとは、ずっと前から、自分に厭いていたはずだった。この何日も、家で皆が奇妙に頭を振って同情を示して、自分の後をつきまとうように思える、焼き鏝《ごて》のように感じられる長い凝視を、肩に感じたりしていた。自分が彼らのお荷物になっていると感じ、その運命に腹を立てていた。だから、泣くべきではなかったのだ。しかし彼の運命が、奇妙で、誰のものとも異なる運命であることも確かだった。

船は午後出港の予定だった。一族総出で、彼を埠頭に連れてきた。そこで、彼をイスタンブルに連れて行く引退した官吏とその妻に引き渡された。ミュムタズは運命に腹を立てていて、人びとにそこで別れを告げることを喜んだ。彼とあれほど仲がよかったその家の上の息子が、その中にいないことにすら気がつかなかった。彼は奇妙な嫌悪感の中にいた。この太陽の、目を痛くするような、一緒に楽しめない陽気さが彼を不快にしていた。ひどく暗く、ひどく黒い、静かな場所を求めていた。まさに、母親の墓のような場所を。人影のないモスクの壁際の、陽の差し込まない、あの水晶の葦の光線が人間の運命を揶揄しない、蜂たちが生活や太陽に酔いしれてブンブンいわない場所、子どもたちが日向で、壊れた鏡のように人を突き刺す金切り声で笑って話さない場所を……。

遠くに見えた真っ黒な体軀の船は彼の気に入った。何も言わず、感謝すらしないで、見送りの人びとの手の甲や頰に口付けを、それも大急ぎでして、別れた。

イスタンブルでは伯母とイヒサンが彼を出むかえた。イヒサンはエジプトでの捕虜生活から戻ったばかりだった。健康状態のせいで、アナトリアでレジスタンスの生活はできなかった。そのため、占領下のイスタンブルの地下組織で働いていた。ミュムタズの父親は、家で自分の兄の息子のことをよく語った。『わしはイヒサンが大好きだ。ミュムタズも大きくなったら、彼に似たらうれしい』とか、『わしの一族で一番賢いのはイヒサンだ』とか、『あの子が無事に戻ったら……』とかいうことばを毎日のように聞いた。ミュムタズは父親のこのようなことばを聞いて、自分よりも二十三歳年上の従兄について、頭の中でいくつかの別の姿を想像していた。しかし、船に自分を出むかえに来た時、実物は、彼の想像したいずれよりもよいことを理解した。片足を引きずって、痘痕《あばた》のある、目の中が微笑んでいる男が、突然彼を捕らえて、『従弟よ、お前はそれでは好かれないぞ……』といって高くもちあげて、『そんなしかめっ面をするな、何もかも忘れてしまえ……』と忠告し、さらには何の見返りも求めずに、彼と友だちになったのだった。

ミュムタズは、シェフザーデバシュにある家での生活に慣れるのに苦労した。伯父の妻は、年寄りで、ひどく苦労をした女だった。イヒサンはひどく忙しかった。教職の他に、家でも書いたり読んだりしていた。そのため、ミュムタズは学校以外では一日をほとんど一人で過ごした。彼には、家の上の階の、イヒサンの部屋の上にある部屋が与えられた。その隣にある大きな部屋は、後に彼も読んだり書いたりした書庫であった。初めてこれほど多くの本や、山のような絵画などを見たとき、ミュムタズは驚いた。後になって家での生活に慣れると、書庫は彼を惹きつけた。最初の読書はこの書庫のおかげで始まった。小説、短篇、意味のよくわからない詩の本は、最初の年の真の友だちだった。翌年彼はフランス系の名門校ガラタサライに入れられた。その一週間後、イヒサンはマージデと結婚した。

ミュムタズは従兄の妻と初めて会った時、一目で気に入って、イヒサンがからかうように『どう思う？』とたずねると、気がつかないうちに『ぼく、とても幸せ』と答えていた。ミュムタズのこの子どもっぽい返事には、まさに真実がこもっていた。マージデは周囲の者に自分の中の幸福感を伝える人間の一人であった。これは彼女の真髄にあった。そして、美しさ、品のよさ、温厚な性格も後になって感じることができた。彼女が来たことによって、家内の生活は直ちに変わった。イヒサンの長い沈黙は和らいだ。伯母の過去への郷愁は終わった。ミュムタズには、自分より十二歳年上の友だちができた。二、三週間すると、彼は寄宿生となったことを悔やみ始めたほどだった。それまで自分を客人だと見なしていた家が突然自分の家となったのだった。

人間は愛する家があると自分自身の生活もできあがる。それまでは、S町での最後の晩に自分にとってすべてが終わり、ひどく特別な運命によって、生活の外で誰とも別に生きていると考えていたミュムタズは、突然、自分が新しい生活の中にいるのに気がついた。彼の周囲にはひとつの生活があって、彼はその生活の一部であった。

この生活の真ん中に、マージデという名の不思議な存在があった。誰にもその後を追わせて、魔法をかけてすべてを変貌させる小さな女。週末にはこの小さな女がミュムタズを学校から引き取ると、何時間も腹を空かせたまま、彼女と店の前に立ち止まったり、往来する人びとを眺めたりしながら、イスタンブルのベイオウル街を歩き、何やかや買い物をし、その後で学校をさぼった悪童のように恐る恐る家に戻るのだった。学校に戻る時間がくると、マージデはまた彼の傍らにいた。鞄を用意して、衣類の世話をしてくれた。それは母親ではなく、姉妹でもなく、もしかしたら守護天使だった。それは、すべてのものを変貌させて、物を人間にとって友だちとしたり、一日の時間の中に甘い空気を吹き込んだりする存在であった。

実のところミュムタズは、イヒサンが自分の知的生活に入ってくることは後になって知ったのだった。イヒサンは相手に気がつかせずに、若い者を観察し、能力と嗜好の傾向を知り、それらを伸ばした。ほんの十七歳になったばかりの時でも、ミュムタズは人生の敷居を前にして、それを踏み越える用意ができていた。トルコ文学の古典詩を読み、歴史を読む悦びを理解していた。学校の歴史の授業はイヒサンが講義していた。初めて教室で伯父の息子を見たときは、知り合いの人間からどうしたら何か習えるだろうか……と彼は考えた。しかし講義が始まると、それは彼が知っているのとはまったく別の人間であることがわかったのであった。最初の日から、教室中がイヒサンの虜となった。イヒサンは彼らにとって、ギリシャ神話のガニメデをさらった大鷲のようなものとなった。最初の日から彼らを捕らえた。オリンポスの山には連れて行かなかったが、少なくとも自ら歩む道の出発点には連れてきたのだった。

何年も経った後ですら、仲間たちはこの最初の数時間のうちで記憶に残っている文章を覚えていた。ミュムタズにとってはこの授業は家でも続いた。そしてある日、自分が、気がつかないうちにイヒサンの小さな同行の友となっていることと、多くのことを彼に話し、彼と議論し、イヒサンに多少は役に立っている自分を見て、驚いた。ジョセフ・フォン・ハンメルの本であれを探してくれとか、大法螺ふき《シャーニザーデ》がどう言っているかとか、タジュッテヴァリヒから調べてくれといった注文が次々に出された。そういうときは、ミュムタズは大きな書物を抱きかかえ、部屋の片隅の彼のために置かれた机に座って、仕事によっては何時間も、ハーレット・エフェンディの生涯とか、ハプスブルグ家が何某の大使を通じてイスタンブルに送った贈答品だとか、エジプト征伐の論理的根拠とかを、イヒサンのために用意した。イヒサンは包括的なトルコ史を書こうとしていた。それは彼の社会的学説をまとめるものだった。イヒサンは少しずつ彼の考えをミュムタズに打ち明けた。

ミュムタズは、彼の言うことを聴いていると、知的世界がさらに広がるのだった。ある日、その本の計画を一緒に議論した。イヒサンは編年的歴史書にするつもりであった。オスマン帝国にビザンツから受け継がれた経済的条件から始めて、年を追って、今日まで持ってくるつもりであった。それとは別に、大きな出来事を追って書くこともできた。その場合、イヒサンの望んだような、全般的図式は示さないことになる。しかしながら、関連機関と問題はより明白になる。ミュムタズはこの第二の方式を望んだ。激しい議論の末、イヒサンはそれを受け入れた。ミュムタズも仕事を手伝って、特に、芸術、思想史の部分は彼が書くはずであった。イヒサンが彼に開いてくれた道を歩む一方で、自分自身の嗜好から彼は詩や文学に引っ張られていった。詩人にとって最重要の発見は、自分にとっての詩人を、内面世界に向かって自分を連れていく者を見つけることである。彼はやがてフランス文学を発見して、レニエやエレディアを、その後ヴェルレーヌとボードレールを見出した。彼らはそれぞれ別の地平線のように、彼の視野を広げてくれた。

ミュムタズの頭の中には奇妙な光景があって、見るもの、聴くものが彼をそこに運んだ。それは、アンタリヤの岩場とN町にある家で、彼が読んだ小説のすべての出来事はこの二つの舞台装置に移り、そこから自分の生活に運ばれた。

ミュムタズはボードレールに自分を見出した。この発見も、多かれ少なかれイヒサンのおかげであった。イヒサンは芸術家ではなかった。彼の創造的な面は歴史や経済に向けられていた。しかし、芸術、ことに詩と絵画はよくわかった。若いときにフランス人の書いたものをよく読んだそうだ。彼は七年間、一番かがやかしい時期を、各国から来た若者たちと共にカルチエ・ラタンで過ごした。数多くの時代状況を体験し、いろいろな理論の誕生を目撃し、芸術論争の混沌の輝く炎に加わった。その後、トルコに帰ると、突然すべてを、一番好きな詩人さえをも見捨てて、予期もしなかった形で、彼はトルコ人の問題に専心するようになり、彼らにのみ関心をもとうとしていた。しかしながら、イヒサンはそれを西欧的尺度でやったので、トルコ人の芸術家を選ぶときの嗜好においてもあまり変わらなかった。オスマン帝国の詩人たち、バーキー＊、ナイリー、ネフィー＊、ネディーム＊、シェイフ・ガーリプ＊と、音楽家のデデ・エフェンディ＊とウトゥリー＊などをミュムタズに紹介した。ボードレールをも彼の手に渡した。『本を読むのなら』といった。『一番いいものを読め』と。そして、その後で何篇かの詩をそらで口ずさんだ。その週、ミュムタズは学校を休んでいた。軽い風邪のため家で寝ていたのだ。それは寒い冬の日だった。イスタンブル中が雪の中にあった。イヒサンは、母親の寝床の傍らで、彼のために買ったばかりの革の装丁の『悪の華』を手にして――もしかしたら自分の若き日に、赤毛のマドモワゼル・ロマンティクにグループのすべてが恋をし、彼女を待って、彼女と一緒に一晩中朝までカフェを回ったときを思い出していたのかも知れない――、ミュムタズとともに「旅への誘い」、「秋の歌」、「救われない者」などをくぐもった声で読んだ。

その日以来、ミュムタズはボードレールを手離さなかった。その後、愛する詩人にマラルメとネルヴァルが加わった。しかし青年が彼らを知ったときは、彼は自分の道を、何を愛すべきかをわかっている歳になっていた。

ミュムタズは、人生の試練を経験した人間であった。小説のように、その影響が常に真新しく残る若い年齢で悲劇を経験したのであった。彼の心は、父親の死とイスタンブルへの帰還のあいだの時期に、愛や思考に向かって開かれた。その二か月は彼の魂を奇妙な形で育み、しばしばそれらの苦悩のために、身震いして、汗にまみれて眠りから目を覚ました。気を失ったとき見た最初の幻想、大砲や鍬やシャベルの音と母親の悲鳴と話し声のあいだで、父親がクリスタルのランプを点そうとしていた光景は、ライトモティーフのようにそれらの夢にあった。その後の最初の恋の経験のあの混乱した思い出は、彼の中で決して薄れなかった。病気の母親の傍らで、若い田舎娘が物憂い肉体で彼を抱きしめたこと、もしかしたら無意識の眼差しに見つめられたこと、あの抱きしめられたことの地獄の責め苦の悦びはいつも彼の頭と肉体に影響していた。この悩みと耐えがたい苦痛の層は、日々の出来事やその折々の出来事が忘れさせていた。しかしごくわずかでも憂鬱があると、あの双頭の蛇のように彼の中で目覚め、奇妙な形で彼自身を揺さぶるのだった。夜寝ている時に寝言で叫んだと友人たちは語った。そのために、最高学年では寄宿生であることをやめたほどであった。

5

午後、借家人に会うために外出して、帰りにベヤズィトにあるカフェに立ち寄った。この二、三時間の外出は、吹雪の晩にドアから鼻を一瞬外につき出すように、彼に多くのことを教えた。ベヤズィトでは軍隊の通過のせいで路面電車が止まった。ミュムタズはいい機会とばかりに、残りの道のりを歩くことにして路面電車を降りた。彼は以前からこの道が好きだった。ベヤズィト・モスクの脇の大きな栗の木の下で鳩を眺め、古本屋街で本を漁って、知り合いの古本屋と話して、暑い日差しとまぶしさの下から突然古本屋街の薄暗い涼しさに入り、この涼しさをひどく望ましいもののように心ゆくまで肌で感じながら歩くのを、彼は気に入っていた。さらには、ひまだったり、気が向いたりしたら、蚤の市の入口から入って、多くの店が入っているベデステンまで裏通りの迷路のような道を歩くのだった。今日は、向こう側にはひどい模造品やいいかげんなものがあって、小さな店や、製造所や、安っぽい銀製品や模造品に出会うのみであった。しかし、蚤の市とベデステンでは、注意深く気をつけていれば、驚くべき品物を見かけるのだった。

ここには、真似をするのは難しい、肌にくっつき体の中に住みつくことなしには近づけない、生活の両極端があった。本物の貧困と真の豪華さ、あるいはそれらの余り物……。至るところで、流行遅れの趣味の悪いものや、どこでどう続いてきていたのかわからない、偉大な古い伝統の最後の痕跡に同時に出会うのだった。古いイスタンブルが、隠れたアナトリアが、さらにはオスマン帝国が、その遺産の最後のがらくたによって、この狭い、ひしめき合う店々の一つで、思いがけない形で、突然煌《きら》めいた。町から町へ、部族から部族へ、時代から時代へと移り変わる古い衣装、どこで織られたと言われたとしても覚えていられないが、しかし、その模様と色はいつまでも記憶されている古い絨毯や敷物《キリム》、ビザンツ時代のイコンから古いオスマン語で書かれた看板にいたる多くの美術品、手芸品、装飾品、その昔どの美女の頸や腕を飾ったのかはわからない、何世代かに属す宝石類など、要するに、山のような芸術品のすべてが、この湿気た、薄暗い世界で、それ自身に加わった遠い時間と、知られざるものの魅力によって、彼を何時間も捕らえるのだった。それは伝統的な〈東〉ではなかった。新しい〈東〉でもなかった。もしかしたら気候風土を変えた、時のない生活であったのかもしれない。ミュムタズは、この生活からマフムト・パシャ地区の喧騒の中に出て行くと、地下蔵で良質の葡萄酒に酔ったあとで、日差しの中に出て行った者の感じるような酩酊感を感じるのだった。これらすべてのことに愉悦を感じることは、歳のわりにひどく成熟した習慣、嗜好への耽溺のように彼には思えた。

今回の外出でもそうやって歩いた。最初に、鳩たちを眺めた。それから、我慢できずに餌を撒いた。そうしながら、心の中のどこかで、子ども時代にやったように、アラーに何か願いごとを言いそうになった。しかし、ミュムタズはもう日常のことと心の中の神の概念とを混ぜたくなかった。神というものは、人間にとって、神聖で、堅固で、すべての経験から遠く離れた、人生に耐える力を与える源泉のようなものであるべきだった。誰もが困った時に心の中で思いおこす、そして彼自身においては以前から心の中に大きな影を作っている、迷信に対抗するために、そう考えたのではなかった。もしかしたら、このところ頭の中にあった思考に従うことを望んだのかもしれない。一か月ほど前のことだった。人生をかなり深く動揺させられた友人が、心の中で地域社会に対して拒否反応を感じており、地域社会との繋がりが次第に弱くなっていたと言った。その友人はまさに、反抗のさ中にいた。

「地域社会の契約は継続しない、継続されない……」と彼は喚いていた。

そのときミュムタズは、その友人に、何があっても地域社会で生きる必要があることと、彼に属する一時的な精神状態とのあいだを関係づけるのは無意味であることを、できる限り説明した。「自分たちの仕事がうまくいかないといって、神々に腹を立てるのはよそうではないか」と彼は言ったのだった。「われわれの仕事は、自分たちのような者の小さな不手際や、あるいは偶々の裏切りによって、うまくいかないことが絶えずありうる。さらには、何世代かにわたってうまくいかないこともありうる。こうした不都合や無秩序のために、内面の価値に対するわれわれの関係を変えるべきではない。この二つのまったく別のものを混同すると、はだかになって、むきだしになってしまう。成功をさえ神々のおかげだと思うべきでない。なぜなら、可能性のものさしの中には失敗もあるのだから。君の叔父さんの裁判が長引いたことと、この国の歴史的正義とに何の関係があるのだ。妹の結婚しないことと、スレイマニエ・モスクの早暁の礼拝の呼び声《エッザーン》や回教徒の父親の子として生まれたことに。あるいはまた、君の金を横領した不動産屋と、われわれの内面を形作る価値や、われわれをわれわれにする偉大な現実と実在とのあいだに、何の関係があるのか？　これらは、最後には地域社会に繋がるとしても、われわれ自身を否定するのではなくて、条件を変えることに導くべきである。言うまでもなく、われわれよりも幸せな国があり、人びとがいる。言うまでもなく、二世紀にわたる敗北や崩壊により、いまだに自分の規範や表現方法が見出せないオスマン帝国の残余であることの一連の結果を、われわれの生活で、肉体で感じるであろう。しかしながら、その苦痛ゆえにわれわれを否定することは、より大きな破滅を受け入れることにはならないだろうか。祖国と民族は、祖国と民族であるがゆえに愛されるべきなのだ。宗教は、宗教として議論され、受け入れられるなり、拒否されるなりすべきで、われわれの生活を容易にするためにではないのだ……。」

ミュムタズはこれらのことを語りながら、自分が人びとに期待しすぎていることはわかっていた。社会条件が変われば、人間も変わる、神々の顔も青ざめることだろうとわかってはいたが、しかしそうはなるべきではないことも知っていた。鳩に餌を撒きながら、このようなことを考えている一方で、手のひらにくっついた細かい粉が、体のどこかで一つの窓が閉められたかのように、自分を苛立たせたことに気がついた。

いや、アラーには、彼はもう何も願わないつもりだった。神を、運命や人生の躓きとは混同もしないつもりだった。なぜなら、望んだことが聞き入れられなければ、失望は二倍になるからだった。

鳩たちはこの午後の暑さのせいで餌を喜ばなかった。まるでそのために、低く、いやいやながら一羽ずつ飛んでくるようだった。青いハンカチを持った手品師の手のように、驚くべき、考えられないような動きで空中を飛んでいたが、元気で機嫌のいいときのように、南風の時の波のように皆一斉に素早く上昇することはせずに、自分たちの上でつむじ風のように回って、空中で目に見えない海辺の別荘の壁や、埠頭に突然出会ったかのように速度を緩めるが、地面には降りなかった。

彼らは、急がずに、うれしくもなさそうに、疲れたようにやって来た。その一部は向かいの建物の壁から、疑わしそうに、ほとんど憐れむかのように地上を眺めていた。それでも小さな群れが、いつものように足元で餌をついばんでおり、その動作は、細部を別々に、それぞれ独立した形として描く、デュフィの絵筆による海のようだった。

倦むことを知らぬ食欲で、人間の愛情をほしいままにしているにも拘らず、彼らは美しかった。特に、彼らの人間への信頼は美しい。人間とはこういうものだ。自分が信頼されていることを喜ぶのだ。それが人間を、人生の主人であり、偉大な、唯一の人生の創造者だと心から感じさせ、満足させるからであった。人間の短く苦しい生にも、愚かさにも、利己主義にも拘らず、この不完全で、不恰好に生まれた神にとって、この信頼感は、自分にとって崇めるべき唯一のものであった。それにも拘らず、自分を信頼する者を裏切ることも気に入っていた。なぜなら、変わること、別々の瞬間や状況にある自分を認識することも好きだったから。自己愛的ではあっても、心の中の会話は一方的ではなかったから。

鳩たちが少し飛び回り、あたりで羽ばたきをするのを聞きたくて、彼は手を高く上げて、餌を頭の上から撒いた。しかしどれも彼が望んだようには舞い上がらなかった。二、三の弱々しい動きをして、やっと半ヤードばかり飛んだだけだった。

ミュムタズにとってこれらの鳩は、愛される女がわれわれをあれほどまでに虜にする類のか弱さに似た、イスタンブルの一種の〝悪徳《ヴァイス》〟であった。鳩たちは、子どもたちが、自分たちを誇張したり、われわれの測り知れない彼らの内面世界を満たすためにつくり出す、おとぎ話にもたとえられるかもしれない。したがって、そうしたおとぎ話にあるようなこの巨大な木が、振り返るたびに紫色の翳の中に見えるオスマン朝の建築物の金箔のドアや、鳩たちを、魔法で呼び出したのかもしれなかった。カフェの店員が、鳩が飛び立つように、わざとその群れの真ん中を、手にした盆をふりまわして通った。十七歳くらいのきれいな若者だった。わざと歩調を変えた、どたどたした妙な歩き方は、その体の敏捷さを失わせていた。白い縞のある紺色の上っ張りを着て、片方の耳には小さな鉛筆を挟んでいたが、その鉛筆はまもなく煙草に座を譲るに違いない。若者の脅しにも拘らず、ミュムタズの求めたおとぎ話の船も、南からの強い風の起こした波も実現しなかった。その代わりに、手をたたいた音、濡れた音とでも言えるような音によって、プリミティヴィズムの絵のような丸い線からなる、互いに入り組んだ小さい波の海が、ゆっくりと、うれしくなさそうに低く飛んで、少し先で餌を撒いている別の人の足元に行った。一羽だけが彼の額をかすめたが、人間にこれほど近づいたことに恐れ驚いていたようだった。餌を売っている女が、「トプハーネには病気の鳥がいます。それらにも餌を撒いて下さいな、善行になりますよ」と言った。その声は、嘆願しているのだが、からかっているようだった。ミュムタズはそのとき彼女の顔に注意した。黒いスカーフで覆ったものの若さを隠せない顔が、善行という概念とは縁遠い目つきで彼をじろじろ見ていた。下層階級の女に特有の、男に挑むような態度で、自分の衣類を剝ぎとって、陽光の下で体をあらわにしているかのようだった。ミュムタズはこの視線を前にして心が乱れ、金を渡して古本屋街に入った。

細い道は、夏ごとに広場や周辺にひとりでに現れるあらゆるにおいの通路であった。毎夏、季節はそのにおいによってこの狭い道を支配していた。入り口に着いたとたんに、先ほどの願いは消えた。何を見ることを期待していたのか、いったい。それらは山のような古い、おなじみのものだった。しかし心は穏やかでなく、頭は二つに、いや三つに分裂していた。第一のミュムタズは、一番重要なものだが、運命をこの上なく懼れて、自分の考えを隠そうと努め、家で、病人の枕元で、そのうつろな眼や、乾いた唇や上下する胸を見ていた。第二のミュムタズは、ヌーランがいる可能性のあるイスタンブルの至るところで、彼女と一緒にいられるように切望するものの、風が吹くたびに絶望感でばらばらになってしまいそうだった。第三のミュムタズは、先ほど路面電車を止めた軍の移動の後についていって、未知なる運命のむごい悪戯に向かって歩んでいた。この何日ものあいだ起こっている出来事を考えていた。夜間、急激に増加した汽車の汽笛は、彼にとって十分な脅威であった。

こんな状態であることは、ある意味で気が楽だった。なぜなら、三つのことを考えることは、何も考えないことになるから。一番恐ろしいことは、この三つが突然一緒になって、奇妙な、苦痛を与える、不安で、暗く、不恰好な合成物になることだった。

古本屋街の中はひっそりしていた。入口のそばの、古い香辛料市場《ムスル・チャルシュス》から飛び出した一粒のように小さな店には、昔の豊かな東のどこから、どの死滅した文明から来たのかわからない、多くの、伝統的で小さく、惨めな、要するに、埃のついた瓶や、細長い木の箱や、蓋のないボール箱の中に入った、何世紀にもわたって効用が信じられ、失われた生活や健康の調和の唯一の手段のように見なされてきた薬草や根が、人びとがそれを求めて夢中になって後を追ったり海を渡ったりした香辛料が、並んでいた。

ミュムタズはこの店を眺めている時、無意識のうちにマラルメの一行を思い出していた。『無名の悲劇からここにたどり着いた……。』ここに、この埃っぽい店に、壁に手編みの靴下が吊り下げられている場所に……。隣り合っている店には、木の鎧戸や、粗末なベンチや、古びた祈禱用の小絨毯があって、同じように豊かで、遠くから見ると神秘的な伝統の知恵が、分類という概念からは永久にほど遠い様子で、棚や書見台や椅子の上や店の床に積み重ねられ、あたかも埋葬される用意があるように、あるいは埋葬された場所からこちらを眺めているかのように置かれていた。しかし東は至るところに、墓地にすら、加味されずにはいられなかった。それらの傍らに開かれている露店には、われわれの内部の変化、適応したいという願い、そして、新しい環境で、新しい風土で自己探求する証人たちや、表紙に絵のついている安っぽい小説や、学校の教科書や、緑色が褪せたフランス語の年鑑や、薬の処方などがあった。コーヒー占いの本、モムゼンの『ローマの幻想』、ペイヨ版の断片、カラキン・エフェンディ*の魚と漁業に関する本、獣医の薬品、近代化学、土占いの技術などが、この市場に、あたかも人類の精神の混乱をあわてて提示しなければならないかのように混在していた。

全体としてみると、それは知的消化不良の結果のように見える奇妙な混合物であった。ミュムタズはこの混合物が、この社会の百年間の奮闘ぶり、次々とシャツを着替えた脱皮の結果にすぎないことを知っていた。

推理小説やジュール・ヴェルヌは、『千一夜物語』のようなものや、鸚鵡の話や動物寓話や、宝物記の代わりの位置を占めるべく、社会全体が百年間、努力し、疲れ果て、陣痛の苦しみを体験したことを示していた。

知り合いの店の主人が彼に親しげな身ぶりをした。ミュムタズは、『何かあるかい』という表情で近づいた。

店の主人は、ベンチの片端にある、紐で縛った古い革表紙の本のシリーズを見せた。

「古い雑誌が二、三冊ありますが……ごらんになりますか……。」

紐を解いて、埃を払って彼に差し出した。革表紙の大部分はめくれあがっていて、一部は裏がひび割れていた。ミュムタズはベンチの端に腰をかけて足をぶらぶらさせた。本屋がもう彼を放っておいてくれることを知っていた。そのとおり、本屋は眼鏡をかけて書見台の上に開けてある文書に戻っていた。

ミュムタズは、火でゆっくりと焙られたような本を手にして、ページをめくりながら、この前、五月のはじめにここに来た日のことを考えていた。ヌーランと会う前に一時間あって、時間つぶしをするために来たのだった。年老いた本屋の主人と話して、きれいな装丁の『シャカーイク・ヌマーニエ』(十六世紀のオスマン朝の伝記百科事典)を付録とともに買ったのだった。それはヌーランとはじめてチェクメジェ湖に行った日だった。彼は、彼女とイスタンブルの至るところを歩いたが、チェクメジェ湖には行ったことがなかった。彼らは一日中そこで、二つの湖の周囲を歩いて過ごした。小チェクメジェ湖の、ほとんど水上に浮いていて、そのためにどうしても中国人の船の家を思い出させるビュユック・レストランで食べた食事、橋のたもとの猟師の茶屋の、川に面した庭園で過ごした時間、この庭園に向かって下りる木の階段を思い出した。少し先で漁夫が、舟から舟に鋭い声で叫びながらボラを捕っていた。突然、二、三人の声が一斉に高まって、日差しの中で上半身裸の人間がいくつかの動作をして、二隻の舟のあいだで網がゆっくりと上げられると、豊饒のしるしのように、網に掛かった濡れた魚が銀色の姿を水の中から現す。そしてそのとき、本当の大きな獲物が鏡に太陽を反射させたかのように突然輝いた。彼らの足元の地面では、人に慣れた一匹の犬が尾を振りながら、耳を垂れて媚びていた。時々立ち上がっては、どうなっているのかと一回りしては、また急いで元の場所に戻るのだった。

遠くで、戻ってきて間もない燕が巣作りに精を出していた。橋のたもとで、茶屋の軒先で、燕たちは意味がわからないことばを早口で話していた。時には一羽の燕が、泳いでいる人間が沈まないよう努力しているように羽ばたいて、そこからはてしない蒼穹に身を任せて、一気に垂直に上昇し、それからもう肉眼では見えない点から下に向かって滑空する。この滑空が最後まで行ってしまうのではないかと心配になったとき、地平線に沿ってまっすぐになったり、未解決の幾何学の問題を証明するかのように弧や螺旋を描いたりして、一連の急な、入り組んだ動作で自分が紡ぎ、描いた蜘蛛の巣の迷路から翼を使って逃れ、喜び勇んで大急ぎで巣に戻る。ミュムタズは、愛する女の広い肩を、その頭《こうべ》を華奢な花にみせている頸を、太陽のまぶしさで一本の光の線となった目を、そのすべてを見ていた。あの五月のことだった……つまりミュムタズの世界が多少なりとも落ち着いていた時だった……。

雑誌の一冊は、最初から最後まで下手な字で写された十三世紀の詩人ユーヌス・エムレの詩であった。しかしながら、脚註にはオスマン朝の詩人であるバーキーや、ネフィーや、ナービー*や、シェイフ・ガーリプの詩歌が含まれていた。終わりの部分の数ページに、何人かの手で、黒胡椒、カルダモン、ルバーブを使った多くの生薬が書かれていた。その中の一つの上には、赤字で「薬草医のペースト」という名がついていた。あるところでは、たまねぎにクローブを詰めて火で焼いて、霊薬を作っていた。もう一冊は、歌のノートだった。歌の上に、メロディーや作曲者の名があった。いずれも、間隔や、音符や、音節を忘れずにくり返していた。ピンク、青、白、黄色の紙に、各行の白墨の場所がいまだに見えるくらい、きちんと、柘榴のように、一粒、一粒書かれていた。終わりのあたりには、気に入った二行連句が記録されていた。それからイスラム暦一一九七年（西暦一七八三年）から始まって、多くの誕生年や死亡年が記されていた。詳細なことや儀式をなんと無邪気に丁寧に書いていることか。イスラム暦一一九七年に本の持ち主の息子アブドゥルジェラールが二日間臥って、レビイユラール月の十七日の明け方死亡した。有難いことに、数か月後に娘エミネが生まれる。個人的な出来事が長々と書かれている。本の持ち主は乳兄弟のエミンに鞍や手綱の店を開いてやり、自分も長年の失業状態の後で、カパンダキクの主事の仕事に任命された。翌年の一番重要な出来事は、息子のヌーマンが音楽を始めたことであった。隣人のメフメト・エミンがその練習を見たと。これらの人物は誰であろうか。どこに住んでいたのだろうか。ミュムタズは追求するには及ばないと、手にしたノートを置いた。

三冊目はさらに奇妙だった。子どものものだという感じがした。ページの多くは空白であった。中ごろに、木にいる駝鳥《デヴェクシュ》という、変な、下手な字で書かれた表題の下に、駱駝にも鳥にも似ていない絵があり、下の方にインクで描いた入りくんだ模様があった。この本にあるものも大部分は日付であった。しかし書かれているものは互いに無関係であった。もしかしたらこれは練習帳であったのかもしれない。そして、大人になってから読み書きを習った年長者のもののようだった。各行を下手な字で何度もくり返していた。『聖地メッカの巡礼の案内人、水運搬人エッセイド・ムハンメド・エルカースムに……』と。後になると住所はもっとはっきりして、『聖地メッカのバーブンネビの宝石商メストの息子、カーバの神殿に仕えるエッセイド・ムハンメド・エルカースム殿に……』とあった。

二、三ページ先では、大き目の出費の記録の下に、『ナーシト閣下、スルタンの第五書記官に任命の日付である』と書いてあった。そしてさらに、『ナーシト殿がスルタンの宮殿の第五書記官に勅命により任命された朝、礼服をつけて職務を始めるべく宮殿に赴かれた。神の加護があらんことを』とあった。

十九世紀半ばのスルタン・アブドゥルメジトの時代が、ミュムタズの心の中に、全楽器のアンサンブルとして響き渡った。さらに下の方には、太いペンのうまく書けない書体で二連の対句が書かれていた。

薔薇の花は何処にや、鶯は何処にや
薔薇の花片は地面に散りにけり

それから、真夜中に、子どもの亀の甲羅を、月の十五日に七つの泉からガラスの瓶に汲まれた水で、四十粒の柘榴の実とサフランと黒胡椒とともに煮る。出来上がったものを、折ったばかりの桜の木の枝でかき混ぜたあとで、祈禱を唱えてから四十日間日向に干す、というまじないの処方箋があった。その後に、人びとから見られないで人中を歩き回るための、また四十日間、四十回唱えるまじないが続いていた。向かいのページには、赤いペンで、彼の知っているいかなることばにも当てはまらない六つの単語があった。

テマーギシン、ベゲダーニン、イェセヴァーディン、ヴェガダシン、ネヴフェナ、ガディシン……。

その下に、夜寝る時それを七度唱えると、願ったことに関連したことを夢に見るだろうと書かれていた。その下には、カルデア文書の発音について長々と説いていた。ミュムタズは心の中で繰り返した

――

「テマーギシン、ベゲダーニン、イェセヴァーディン、ヴェガダシン、ネヴフェナ、カディシン……。」

このばかげたものをヌーランに話すことができないことを思って、彼は悲しくなった。ミュムタズはヌーランへの奇妙なものの供給者であった。彼は、彼女の確固たる懐疑主義とまっとうな思想を、あちこちから集めた奇妙な話に直面させるのが好きだった。一年前だったら、ミュムタズは、必ずや今日か明日のうちに会って、何か口実を作って、彼が関心の持っているある問題のために、夢占いを受けたいと言っただろう。そして、この六つのことばを七回唱えてから見る夢のことを語っただろう。その間ミュムタズは真剣さを保ち続けて、絶対に笑わないことが必要であった。話が終わるまでヌーランは、かすかな微笑と驚愕のあいだの神妙さを保ち続けるが、最後には、ヌーランが少し怒って冗談をやめさせるか――それはミュムタズに何時間も続く心地よい憂いを広げるのであるが――、あるいは彼女も冗談に加わるかするのであった。

今、こうしたすべてのことを思い出して彼は感傷的になった。

ここで彼は突然考えるのをやめた。自分はこの人たちをどうして揶揄しているのか？　自分の苦悩は、彼らのように迷信や呪《まじな》いなどの多くの逃避の可能性に満ちた生活より、いいものなのか？　しかし実際に、そのような逃避の可能性はあったのだろうか。これらの本などが語っている豊かな可能性の中で彼らは生きていたのだろうか？　逃避の可能性があったとしても、自分は逃避しなかったのだろうか？　この時間に、この店で座っていることだって逃避ではないのか？　次第に悩みが増す中で、この時間を盗みたかったこと、そしてイヒサンや周囲の者たちから公然と盗んだことは確かだった。彼が、夏の始め以来、普通の生活をしていなかったことは事実であった。ことに、この何日かは、眠りがまったく妨げられていた。やっと眠ることができた何時間かさえも、奇妙な、悪夢と思える夢の中で過ごし、寝た時よりも疲労して眠りから目覚めるのだった。一番悪いのは、思考を続けることが困難なことであった。どんな考えも、少し前進すると、苦悶の夢の状態になるのだった。今日、ここに来るときも、意図せずに、ひとりでに一連の手ぶりをしていたのに気がついていた。そういう時、ミュムタズに偶々出会った者は、彼が無意識に動作をしたり、独り言をつぶやいたりすることで、一連の矛盾した考えを追い払おうとしているのだと言った。

ノートをもう一度眺めた。再び、一年前の五月の朝のことを考えた。それから夏が、この世の終わりのように思い出された。そのあとで、彼の全生涯が毒されたと信じた日々、ヌーランのいらだち、自分の恐怖や心配、嫌われた自分のばかげたしつこさなどが、それぞれの瞬間や状態で思いおこされた。彼はこれ以上ここに留まっていられないことを理解した。しかし、立ち上がることもできなかった。彼にできたのは、これ以上にひどい苦悩があるのだろうかというように周囲を見回すことだった。

古本屋の主人は、本から顔を上げて、「状況はかなり悪いようですな」と言った。

ミュムタズは長く話すことはできないと、話を切り上げるために、「うちに病人がいて、まともに新聞も読めないんだ」と言った。ミュムタズは自分がうそをついたこともわかっていた。新聞を読まなかったわけではない。出来事について考える力がなかったのだ。今それらのことを理解したり、はらんでいる可能性を理解したりしようとしないで、授業を棒暗記するように、彼はただ年代を暗記しているだけであった。これほど次から次へと起こる出来事について考えることは無駄だった。ましてやそのことを話すことなんぞ……。

長年人びとは話してきた。誰もが、至るところで、機会がある度に、話してきたのだった。いろいろな意見が言われ、いろいろな可能性が試された。今や全人類は最も恐ろしい現実に直面しているのだった。

「銀行の前を、ごらんになりましたか? 何日もぎっしりいっぱいです……。」

店の主人は、突然思いついたかのように、病人は誰かと尋ねた。

「イヒサンだよ……。」

店の主人は頭をふった。「かなりになりますね、立ち寄られなくなって……。そうだったのですか。お大事に。」

主人が心配しているのは明らかだった。しかし、何の病気かはきかなかった。ミュムタズは心の中で、たぶんこれは家庭内の秘密と考えているのだろうと思った。主人は、心配のない人間はいないと言うように、「うちの息子の二人にも、召集令状が来ました」と言って、ため息をついた。「どうしたらよいものか。家内の弟が郷里で馬から落ちて、あばら骨を折ったそうです……。家では家内がひどい状態で……。」

ミュムタズは、自分の悩みを語ることによって他人を慰めようとする男のことばが、一向に止まないであろうことを、何度も経験していたので、「心配するな、すべては治まるよ……」と言ってそこを離れた。

これは、自分よりずっと年上の人びとから習ったことばであった。もしかしたら、そのせいで、妙に意地になって使わなかったことばであった。しかし、今はこの男の苦悩を前にして、ひとりでに口から出たのだった。一つの文明は日常生活の知恵だ、と彼は考えた。経験がさまざまの経験を招く。つまり、われわれの遺産の中にあるのは、苦悩や憂いのみではないのだ、慰めや、耐える方法もその中にあるのだ……。

チャドルジュラル通りはいつものように目を見張らせる。大抵は閉まっている店の鎧戸の前で、ロシア製のサモワールの管、ドアの丸い取っ手、三十年前にはひどく流行った、螺鈿を嵌め込んだ女物の扇子のばらばらになった部品、大きめの時計のものなのか、あるいは蓄音機の一部なのかわからないいくつかの部品が、どのようにしてか、なんとかここまでばらばらにならずにやって来て、他のものと一緒に並べられて待っている――のだろうか――だが一体何を。ひときわ目に付く品物として、金色の真鍮でできたコーヒー挽きと、鹿の角でできた杖の柄があった。奥のほうに、店の鎧戸に立てかけた、黄色く、厚い木の額縁に入った二枚の大きい写真があった。それらはスルタン・アブドゥルハーミトの時代のものか、あるいはまたずっと近い時代のものか、ギリシャ正教の祭司たちの写真であるらしかった。に、勲章とか服とか商標とかは、新聞で見たものと同じであった。それらは、きれいに拭かれたガラス越しに、過ぎ去った時間の眼鏡で、目の前に広げられた品物や、彼らが動くたびにそのガラスいっぱいに映る通りの人ごみを眺めているようであった。もしかしたら、長い年月の後にやって来て、この生活の騒音や、この日差しや、このざわめきを喜んでいるのかも知れない。

ミュムタズは考えた。もしかしたら、この写真を撮った写真屋は、自分の証明書用の写真を撮った男のようにあれこれうるさいことを言っただろうか。

彼らのゆったりした長衣のドレープに、憐れみ深い神の慈悲を厳かさと共に表現しようと長年努力した彼らの顔に、そのような痕跡を探した。

彼らの頭上には、漆喰で固められた、なんということのない額の中にきれいなアラビア語で『すべてを認識し、ご存知である神』と書いた看板が掛かっていた。固くなった漆喰は、文字の勢いを殺していなかった。書体のカーヴや丸みのことごとくが語りかけていた。

しかしながら、この小さな通りの奇妙な矛盾は一つならずあった。少し先のある店で鳴らしているダルレルハン音楽学校のレコードが奏でる古典音楽のネヴァキャル調《マカーム*》は、その向かいにある蓄音機から精一杯わめいているフォックストロットのあいだを縫って、驟雨の下の薔薇園のように、自らの神霊的世界を見え隠れさせていた。ミュムタズは午後の日差しの下で、その端までほとんど垂直に立っているように感じられる通りを眺めた。古いもの、ベッドや家具のがらくた、布が破れた屏風、火鉢などが、道の両側に山のように積み重ねられ、置かれていた。

一番惨めなものは敷布団や枕で、そこまで落ちてきたことによって悲劇にすらなるのであった。敷布団と枕……いかなる夢、どのような眠りがそこにあったことか……。フォックストロットは、はじけたぜんまいの音の中で消えていた。すぐその後から、めったに聴けないような古い歌がとって代わった。『チャムルジャの果樹園は……』ミュムタズはその歌い手がメモであるのがわかった。スルタン・アブドゥルハーミトの時代の最後の日々の哀しみのすべてが、金角湾で溺死したその軍学校生の思い出の中に生きていた。その声は道端に置かれた生活の残余物の上に、広く、明るいテントのように広がった。この小さな通りには、どんなにか積み重なった、入り組んだ生活があったことだろう。イスタンブルのすべてが、ありとあらゆる流行と共に、ほとんど知られていない、まったく予期しない面が、ここに流れてきたのだ。それは、あたかも、物や、捨てられた生活の断片が作った小説のようであった。否、それよりもむしろ、われわれが生きてきた生活が、個人の生活の下にある、誰しもの平常の日々の生活が、隣り合い、寄り添って、太陽の下では新しいことは何も起こらないことを示したいかのように、ここに集められていた。

毎日、絶えず町で起こる事故、病気、落胆、悲哀が、それらのものをここにもたらして、個人性を消して普遍化し、惨事を偶然生き延びたものの集合をつくるのだ。

古代の文明のあるものが、死者とともに、その人の品物も焼いたり埋めたりするのは、なんと美しい習慣であろうか……。しかし、人間が物と別れるのは死ぬ時だけではないのだ……。二か月前に、ミュムタズは一番気に入っていたカフスボタンを友人に贈った。十五日前には、装丁させたばかりの本をタクシーに忘れた。それだけではない。何か月か前には、彼が愛した女が、人生を自分自身の意志で生きることを望んで彼と別れていった。イヒサンは家で病いの床にある。肺炎にかかって九日になり、やっと今日の小康状態にまで来たのだった。いつ悪いことが起こるかも知れないのだ。いや、人は死によってのみ人や物と別れるのではない。もしかしたら、一生涯、人は瞬間ごとに何かを後に置いて来ているのかもしれなかった。そのあとで、ある日突然殻をかぶる――とても薄い、目に見えない何かによって、その瞬間、周囲から別れるのだった。去るのは自分たちなのか、それとも彼らなのか？　それが問題であった。

太陽がその管楽器のすべてを、立ち上がって上から倒れ込むかのようにしてすさまじく吹き鳴らしているこの通りに、生活に使われた古いものがこれほどまでに集められたことは、彼に現実の生活や経験を忘れさせるほど力強いものであった。

一人の兵士が近づいてきて、そこにある品物の中から、探していたものを取り上げた。髭剃り用の小さな鏡であった。そのあとでかなり高齢の老人が続いた。背が低く、痩せていて、身だしなみはよいが、流行遅れの服を着ていた。彼は最初に螺鈿の扇子を手にとった。舞踏会でのダンスの合間に愛する女から預けられた品物を、心の中に湧き上がる、崇めるような思いで、誰にも見られず手で撫で回して、それがその美しい存在に属することに目を見張る、うぶな若者のように、扇子をこっそりと二、三度開いては閉じた。明らかにほっとしたように扇子を置いてから、鹿の角で作られた杖の値段を尋ねた。ミュムタズは、かつてオスマン帝国の国家議会の議員を務めたベフチェト氏と路上で不用意に話したくなかったので、脇に寄って、そこから、老人の半ば操り人形のような動作を、心の中でやるせない思いで眺めた。**この惨めな老人が二十年近くもある女を愛し、嫉妬したと誰が思い至るだろうか……そして最後には……。**

ベフチェト氏は二十年間、妻のアティエを愛し、また嫉妬したのであった。最初彼はアティエ自身に嫉妬し、後には、統一進歩党の最初の議員の一人であるレフィク博士に嫉妬し、その結果彼はレフィク博士を宮廷の秘密警察に密告したが、博士が流刑地で死んだ後も彼は嫉妬から解放されなかった。彼がイヒサンに語ったことによれば、彼女が臨終に『マーフルの歌』を口ずさむのを聞いて、その口を自分の手で何度か叩いたそうだ。もしかしたらその死を早めたかも知れなかった。『マーフルの歌』の曲は、ヌーランの曾祖父のタラト氏の作品であった。この事件とそれに類するいくつかの出来事によって、この曲は、結婚による姻戚関係で大きく発展した古い憲政改革時代《タンジマート》の家族たちのあいだで、縁起の悪いものとして知られるようになった。それにも拘らずこの不思議な曲は人びとの記憶の中に残った。

なぜなら、『マーフルの歌』は、小さく短い形で人間の肌にまとわりつく、あの傷ましい苦悶の叫びの一つであったからだ。作品自体の逸話も奇妙であった。妻のヌルハヤートがエジプト人の少佐と愛しあって駆け落ちすると、メヴラーナ*の教えを信奉するタラト氏はこの詩を書いたという。実際はマーフル調の完全な作品を作曲しようとしていた。しかしながら、ちょうどそれをしている時に、エジプトから戻った友人からヌルハヤートの死を知らされた。後になって、彼女の死が、作品の完成した晩と同じ日であったのを知った。ミュムタズによれば、『マーフルの歌』には、デデ・エフェンディ*の作曲したいくつかの曲や、伝統的なセマーイ*調の歌、あるいは、タビイ・ムスタファ・エフェンディの『ベヤティ・ヨルック・セマーイ』のように、特徴のあるリズムがあって、聴いた者を広い意味で運命に直面させる曲であった。ヌーランがその歌を歌って、曾祖母の物語を話したときのことを、彼ははっきりと覚えていた。彼らはチェンゲル村《キョイ》〔カンディルリ近郊〕の丘の上の、観測所の少し先の所にいた。空には大きな積乱雲がいくつかあった。黄昏が、遥か遠くにある町の上方に金色の沼のように下りていた。ミュムタズは、長いあいだ、周囲に立ち込める憂愁が、あの思い出の色とりどりの光が、この夕暮れから来るのか、あるいはその曲から来るのかわからなかった。

ベフチェト氏は手にしていた杖の柄を離した。しかし、店からは離れなかった。妻の死以来、止まった時計のように、すべての精神の営みが止まったまま、服、ネクタイを身につけ、スエードの靴を履いて、一九〇九年に属する生きた記憶のようなその男は、その小さな女物の品物によって、遥か過去に、自分がベフチェト氏であり、一人の女を愛し、嫉妬し、さらには彼女とその恋人の死の原因となった時代に連れていかれた。今、ずっと以前に忘れていたものを、この人生の余り物が彼の頭脳に甦らせたのだった。彼は、いつまでも眺めている歩道の舗石に人生のどの部分を見ていたのだろうか。

一人の老婆が、その先の店で買ったらしい古いマットレスの後ろから、やっとのことで歩いていた。彼女が雇った運搬人は、荷の重さよりもむしろ、その不安定なことに苦労していた。ミュムタズはここでそれ以上時間を過ごすことを望まなかった。今日は古本屋街もチャドルジュラル通りも重要ではなかった。彼は蚤の市に入って行った。


市は混んでいて、涼しく、騒々しかった。小さな店々のほとんど至るところに、人間の服が、既成の人生のモデル、四隅に錠の付いた独立した運命のように、山を成して掛けられていた。一つを手にとって、それを着て、もう一つの入口から別な人間として出ていくのだ！　両側は、黄と紺の労働着や、古着や、しつけ糸がミシンの縫い目の上に見える薄い色の夏服や、持ち主が一生涯夢を見ることもなかったであろう安物のオーバーやスカートであふれていた。テーブルや小さな椅子や棚にも、何十着も置いてあった。なんと多くの種類があることか！　貧困や苦悩は、思ったほど珍しいものではないのだ。とりわけ実際に人生を生きるや否や、人は人生のあらゆる種類の絶望を見ることとだろう。

あるショーウィンドーの前で彼は突然立ち止まった。壊れた小さいマネキンが、どうやってここまでみじめに落ちてきたのかわからないウェディングドレスを着ていた。店の主人は、頸のところにファッション雑誌から切り抜いたカップルの絵を貼り付けていた。ヴェールをつけて、白い服を着て、映画の中の恋人たちにぴったりの背景の前で、このきちんとしたよい雰囲気に見える二人は、この服を初めて着た者の頭の中にあったように、「至るところから幸せをもたらし、生きる瞬間を季節のように捉える人生と愛」の宣伝をしていた。この売り物の幸せの傍らに、小さい電灯が、あたかも考えることと実際に生きることとのあいだにある違いをよく見せようとするかのように灯してあった。彼はそれ以上は見る必要がないというふうに足を速めた。角を曲がり、辻を通りすぎた。もう彼は周囲を眺めてはいなかった。もともと、あるものはすべて知っていた。自分の中にあるものを見た後では……。この何か月も彼は、至るところで、自分の中にあるものを見ていた。彼が見るもの、そして彼の前にあるものには、驚くべきものも、怖がるようなものもまったくないのは彼も知っていた。

この商店街は町の生活の一部であり、昔からいつも彼に何でも語ってくれた。しかし、ミュムタズの中で語られるのは、見たものではなくて、彼自身の人生経験であった。

この瞬間にボナールの優れた絵の向かいにいても、あるいは、ベイレルベイ宮殿の上の階から海を眺めていても、タビイ・ムスタファ・エフェンディの作曲した何かを聴いていても、あるいは彼が大好きな『魔笛』が演奏されていても、また似たものを感じたことであろう。彼の心は、シリンダーの下にあるすべてを、形も本質も踏み潰して、その中にある悪臭を抑え、形を覆い、見えなくする小さな機械に似ていた。ミュムタズはそれを「冷たい圧縮機」と呼んでいた。

ミュムタズの外界との接触は、この何か月ものあいだ、こんな調子だった。すべてのことがヌーランとのあいだの悪化した関係の中を通過して、それによって、雰囲気、色、質が破壊されてから彼に届くのだった。彼の全器官は密かに毒され、その変化したものとして、彼は周囲と話していた。

それは、すべての色を消すイスタンブルのあの雨や、靄の朝のように、時には、すべてを一筆で消し去る一種の崩壊であった。ミュムタズが、その幾層ものカーテンを開けても、知っているものは何も見えなかった。灰色の塊が、流れているかどうかもわからない川のように、まず自分が存在するという意識をも含めてすべて持ち去るのだった。それは灰の下のポンペイをこの人生というものとともに歩むようなものであった。

このようなときはミュムタズにとって、いかなる善、悪、美、醜なるものも存在しなかった。あたかも後方にある器官から、彼を養う神経の機械や、総合し、分析する能力から切り離されたかのように、ほとんど孤立したような目で、最後の認識の瞬間を一人で生きる孤独な目で、ミュムタズはこの死の庭の生きている幻と、あの灰色の塊から離れて自分のところにやって来たすべてを、余韻のみからなる宇宙の反響のように、ぼんやりと眺めるのだった。

恐怖感は、時には家を、窓ガラスから土台に至るまですべてを揺さぶって狂おしくさせ、ミュムタズの精神を限界まで危うくし、彼はほとんどすべてのものを懼れるようになる。いかなる海難事故も、沈没する寸前の船をこれほどまでに揺さぶったり、すべての釘を抜いたりはしない。

彼は多くの店の入っている古いベデステンに向かって角を曲がった。競売のサロンは空っぽだった。しかし両面ガラスのショーケースや部屋は、明日の大きな競売のための用意が整えられていた。そのショーケースの一つで、この二か月イスタンブル中が噂している古い宝石の一つが、ぽつんと、小さな星の集まりのように、冷たい、獰猛な美しさで輝いていた。

あたかも一つの真実が、巨大な、奥深い鉱石の中で火を点されて、燃えさかっているようだった。一種の崇高さ、至高の明晰に到達した認識、あるいは、その中で人間性を殺し、すべての弱点から救われた美しさが、この輝きを与えていた。

一瞬、彼はこの宝石をヌーランの頸元に見ようとしたが、成功しなかった。幸せの幻を見ることを彼は忘れてしまっていた。言うまでもなくミュムタズにとって、この宝石を持つことは不可能であった。そして彼女と再び同じ雰囲気の中で会ったり、再び愛し合うこともまったく不可能に思えた。彼にとってこの不可能さは、目の前にある装飾品の非人間的な美しさと頭の中にある女の美しさとがひとつになったものからきていた。

あたかも彼女は、彼の人生から遠ざかったことで、すべての弱点を、共有したすべてのものを洗い流して、人生の到達できない層でこのダイヤモンドの輝く硬さを勝ち得たかのようだった。一言で言えば、別離は、彼女をミュムタズの世界の外にある、伝説的な姿に変えていた。

このようにいつも遠く離れて、一人ぼっちで、生来の美しさで、何もかも取り除いた彼女を知ることができたら……。そうすれば、すべての良心の呵責や、心の中を抉る思い出から救われる。それは、青年の空想の中で、彼が時々描く、自分と別れていった女の姿の一つであった。しかし、それとともに彼の傍らには、何か月も日々のパンを一緒にちぎって食べた人間である存在、自分のためにあれほどまで悩み、すべての希望を分かちあい、あるときは何ものをも捨てて彼とのみ、彼のためにのみ生きた存在である、愛するヌーランの姿があった。それだけではなかった。その大部分はミュムタズの精神状態の異常から来る背景や色がもたらす小さな出来事の内に描き出され、彼の肉体にほとんど刻み込まれている多くのヌーランの姿もあって、それらのすべてが、閉じ込められている深みから表面に出て、ミュムタズの人生をコントロールする機会を探しているのだった。それらの一つ一つは、ワーグナーのオペラの登場人物のように、それぞれ独特の形で訪れて来たり、彼の中で目覚めたりするのだった。すべてが、彼の諸器官や神経をさまざまな形で狂わせ、支配するのだった。あるものは、彼を何日も同じ精神状態で苦しめたり、怒りから復讐へ、あるいは、真っ暗な死にまで引き回す。それからちょっとしたことや単純な出来事によって、他のものがとって代わる。そうすると今度は、嫉妬でゆがんだ顔や憤怒が乱した脈拍が突然変わって、耐え難い優しさによって心がさいなまれる。彼女に対して犯したと思われる罪の重さに彼の肩はがっくり落ちて、自分を残酷で理解のない利己主義者だと考えて、自分をもその生活をも恥じるのだった。

嫉妬、愛、後悔、欲望、絶望的な崇拝の思いなどが次々と差し出す彼女の姿は、彼の心や体の中で、大きな嵐のように底から高まり、増加し、彼が生活をしたり、さらには、息をしたりするわずかな場所さえゆるさず、彼を生来の世界に閉じ込め、消耗させるそれらの姿こそが、次々に変化する彼の世界だと言うこともできた。

外界から来るすべてのものは、彼女という体制に従った。彼女の色彩を受け入れ、彼女に従い、その光によって大きくなったり小さくなったりするのだった。ことに最近では、ミュムタズが「自分の」と呼べる、自分自身で生きている生活はなかったとさえ言えるほどであった。絶えず矛盾したことを言ったり、次々に訪れる彼女の姿の中で生活したり、彼女を通して考えたり、彼女の目を通して見たり、感じたりしていたのだった。事実、彼の内部のこの嵐の中の多くのものを時間が鎮めていた。自分の理屈によって選んだ多くの不必要な偶然を捨てていた。ある意味では、今やミュムタズは、別離した状況で、別の種類の、より自分に似た存在の恋人を持っていた。もう以前のようには彼女に嫉妬していなかった。

残酷で、むごく、無関心で、本能にのみ従う存在、それらの中の一番残酷で、一番不誠実な存在ではなくなっていた。今や彼の思いや感情は、より穏やかで、悲しげな顔をして、自分自身を責め、彼の犯した咎を数え上げることをしないヌーランの姿を心に描いていた。

それは、多くの過ちからくる一連の誤解の哀れな犠牲者である彼を、ばかげたときや狂気のときの彼を赦し、静かな微笑みで彼のすべての苦しみを覆う女の姿であった。その微笑は、彼に関するあれほど大きく、悲劇的で、惨めな欠陥を背後に隠し、背後にある、彼女の過ちでずたずたになった彼の心、人間への信頼を失って、厭世感の中ですべてを捨てた人生、それらのいずれをも見せずに、すべてを覆い隠したために、おのずと彼女の最大の武器となった。

その微笑みは、彼に関するすべてを、すべての過ち、残酷な行動を、とりわけ自分ではその瞬間に理解していなかった部分を見せるために手にとった手鏡に似ていた。さらにミュムタズは、彼が愛し、よく知っている女を見間違うほど美しくし、彼女を水平線上の見知らぬ明るさとするこの微笑みが、そしてその一本一本の線が何世紀もの幻想から見出されて作られた偶像の雰囲気を彼女に与えるこの沈黙が、最後の絶望的な瞬間に用意されていることを、そして彼女が、この無理に作った微笑みと沈黙の背後に身を潜め、悲痛な思いでそこから周囲を、自身の人生を、力強い覚醒による慙愧の思いで、いかに眺めているかがよくわかっていた。

こういうとき、ヌーランには、周囲にあるすべてが見えたとしても、自分自身は見えないのだ。

しかしながら、それだけではない。別離と苦悩が彼にもたらしたこの最後の幻は、いくつかのヌーランのイメージの座を占めた。彼が賛美し、崇拝する特徴の数々を一挙に消して、鋭くまっすぐに彼の肝臓に切り込むあの短剣、完全には殺さずに、のた打ち回らせるあの毒の盃が、すべての無言の力によって用意された。ミュムタズをあれほどまでに狂おしくさせたあの子どもっぽい歓び、幸せな女のみが感じさせるあの豊かな春の息吹、自分が恋の興奮で創造された世界にいるような意識、あの安堵感、あの絶えず創造状態にある知性と魂の昂揚、それらのいずれも残っていなかった。あの神秘の至福の盃は壊された。あの豊かな、すべてを包容する用意のある春は、この目の前にあるダイヤモンドの硬さで潰えた。一番哀れなのは、ミュムタズが、通ってきた道を一つも忘れないようにと大切にしまいこんだことだった。彼女の穏やかな微笑の鏡は、彼の想像の中で、失われた天国の片隅を絶えず開けてみせるのだった。

今や――少し前にそうであったように――一つの歌や、少ししたら歩道の舗石で揺らめく明るさや、会話の中の一つの文章や、道の途中にある一軒の花屋、誰か他の人の将来に対する考え、ある仕事の決定などの、過去に属するすべての幻が彼を一年前に連れて行き、そこで目を覚まさせるのだった。

実際のところ、ミュムタズは『千一夜物語』の古物商の物語に似た二重の生活をしていた。美しい日々の思い出が頭を離れない一方で、日が昇るや否や、別離の悪夢が苦痛と共に思い出された。要するに、ほとんど夢遊病者の状態で生きていた青年は、天国と地獄を一緒に伴っていたのだ。その両端のあいだの、絶壁の淵で激しく目を覚まさせられる生活をしていたのだ。その心理状態の両極のあいだで、周囲と話し、授業をし、学生の言うことを聴き、彼らにすべきことを説明し、友人たちの問題に奔走し、つかまった時は議論をする、要するに、自分の生活を生きていた。

ミュムタズは一歩ごとに、このようにびっしり詰まった、忙《せわ》しい生活の苦しさを感じていた。

彼の生活のすべてが逃れることのみから成り立っているようなときもあった。哀れなミュムタズはイスタンブルの路上で、一種の幽霊船のように生きていた。懐かしさを感じた場所のすべてから、少しすると、自分の中にある風に追い払われて、気がつかないうちに、錨が上げられ、帆が膨らんで遠ざかっているのだった。

この感覚の鋭敏さと当時に、非常に知的な面がなかったら、ミュムタズはずっと前にずたずたになっていただろう。しかし、愛し合っていた時には恋には害のあったこの心理の二重性は、今では彼を救っていた。彼にとってはすべて破滅したにもかかわらず、外側からは、時々ではあるが、多少は力強く、生産性があると見られた。憧れや、深い傷痕を残した人生経験を通して周囲を眺めていたために、見たものをよりよく理解し、視点と距離をどう調節するかを知っていた。要するに、彼は自分自身の問題においてのみ、ナイーヴで、ぎこちなく、死ぬまで病いもちで、未熟であると宣告を下された者の一人であったのだ。

ミュムタズは何も考えまいと決めた人間のように早足で歩いていた。商店街からヌルオスマニエ通りに出た。そこで坂の下に向かって曲がった。借家人に一刻も早く会いたかった。一刻も早くすべての用事を片付けなければならなかった。イヒサンがよくなりさえしたら……。イヒサンが一度でも……。一人の乞食が施しを求めた。その男は、尻に縛りつけた車のついた板の上に座って、手にした下駄によって地面を歩いていた。蜘蛛のように細い、曲がった脚が肩の上にぶら下がっていて、その片方の足の指に挟んだ煙草をスパスパと吸っていた。顔色の悪さ、ぼろ着、近づくとすぐ目に付く病人らしさがなければ、不具の乞食というよりもむしろ、難しい、驚くべき芸をする曲芸師や、踊りやリズムに乗って、蜘蛛になったり、彗星になったり、白鳥や船のまねをしたりするバレエの踊り手に似ていた。

その顔は青ざめて、痩せていた。煙草を吸いこむときに、大きな喜びを感じているのがわかった。齢は、ひげの薄さから明らかだった。ミュムタズが差し出した金を受け取ったあとで、彼はその男が態度を変えて感謝するとか、他の芸を見せるためにもっと驚かせることをするのを期待して待った。しかしそうはしなかった。その反対に、男はうつむいて顔を見せないようにして、煙草をもう一度吸い込んだ後で、下駄につかまりながら、木の枝のように肩から脚をぶら下げて、急いで通りの向かいに行って、日の当たった壁際に寄りかかった。その様子は、むしろ悪夢、あるいは生まれかけの考えを想い起こさせた。その男は日の当たる、化粧漆喰の滑らかな壁の端で、通りの一部であるかのように待っていた。

そのときになって、ミュムタズは道に注意を向けた。道は、焼けるような太陽の下で、荒れ果てた家々、開けっ放しのドア、たわんだ出窓、洗濯物が広げてあるバルコニーとともに、惨めな状態で、終わることがないのではないかという恐怖心を与えるほど長く、真っ白で、皮を剝かれたもののように日の光の中に伸びていた。歩道の端のここかしこに草が生えていた。一匹の猫が、庭の低い塀から飛び上がった。あたかもこの合図を待っていたかのように、材木工場の電気鋸が動き始めた。

病気の道だ……と彼は思った。それは無意味な考えだった。しかしそれは脳に植え付けられた。病気の道……、一種の癩病の傷痕が、道の両側に並んだ家々の壁にまでところどころ刻まれた道……。

彼が頭を上げると、道行く人たちが二、三人立ち止まって、彼を見ていた。立ったまま一種のめまいのようなものをおこしていたのに気付いた。ふらふらしたので、この癩病にかかってところどころその痕が残った家の一つの壁に寄りかからざるを得なかった。道は太陽の下で、太陽によって皮を剝かれて伸びていた。

一人の子どもが近づいてきて、「水を持ってきましょうか」と言った。ミュムタズは、「いや」と言うのがやっとだった。ああ、この道からひとたび抜け出ることができたら。しかし、歩けるためには、道が足の下で滑らず、止まっていなければならない。もしや、自分もこれでお終いかと考えた。終わり……、救い……、すべてが終わって幕が降りること。あの偉大な、安楽をもたらす解放。頭の中にあるものすべてに、突然、「止め！」と叫ぶこと、門を開けて、解放すること、すべての物を、思い出、空想、思考、何もかもを追い払うこと、何か、生命のない、意識のない存在になること、この太陽の下で、光る蛇の背のように端が上に上がっている通りの、太陽によってところどころ癩病のように蝕まれた家や壁の一つになること、存在の円環から抜け出すこと、つじつまの合わないすべての事物から救われることであった。

6

借家人は、店で初めて出産する猫の苦痛が心配で、壁や、金物の麻袋や、釘の箱や、天井から吊り下げられたがらくたのあいだを、助けを求めるかのように手をこすりあわせながら歩きまわっていた。

ミュムタズを見るや否や、目を細めた。それはその男が人と向かいあったときにすることであった。机に座っていた長い年月に、片隅から人びとをこのように見る癖がついていた。

「どうぞ、よくおいで下さいました、若旦那さま……。私もちょうどお待ちしていました。」何もかもいつものようであったので、この最後の一言が無かったら、ミュムタズはその男が何度もよこした伝言は、誰か他の者がした冗談だと思うほどであった。そう考えながら、質問に答えた。

「おかげで元気だ。ありがとう、よろしくとのことだ。イヒサンは少し具合が悪くて……。」話すにつれて、その男が、いつもの男と同一人ではないこと、少なくとも、その男の心の中で、期待とか希望とかいうぜんまいが動いていること、ひどく長く高い絞首台に、心臓の小さな鼓動によって釘付けにされているのを理解した。

「もちろん、トルココーヒーをお飲みになりますね、あるいは何か冷たいものでも……。」

ミュムタズはいつも何も飲まなかった。この店や、麻袋に入った品物が彼の気を滅入らせた。もともととその男もあまり勧めるつもりもなかった。二十年来わずらった胃痛のせいで、食事と食事のあいだに何かを摂取することが健康にどんなに差し障るかをその男は知っていた。そのために、勧めたすぐ後で、あたかも豪華な特等客車にすぐ貨物車が連結されたように、驚くべき素早さで用件に入った。「契約書はできております、小売店のも、倉庫のも……。」

この「場所の悪い」店が小売店に、「あたりに臭気を放つ、湿気た地下室」が倉庫になるのかと驚くミュムタズに、そう言う間も与えずに、彼の前に、二通の契約書を同時に開いた。「もちろん大奥様の印鑑をお持ちですね……。」

そのとおり、印鑑は持っていた。契約書はいずれも不備なところはなかった。ミュムタズは伯母の代理に印鑑を押した。男は財布を出して、「一年分の家賃を用意いたしました……」と言いながら封筒をとり出した。

ミュムタズは、この男は病気なのだろうかと考えた。

ミュムタズは、青い封筒の中から金以外のものが出てくるのを期待する顔で、それを受け取った。ちょうどその時、電話が鳴った。ミュムタズは自分の驚きに他の者も加わったのかと疑った。自分たち二人を知っている他の人たちは、皆驚いているはずであった。しかし突然、イヒサンに何か起こったのかもしれないという恐怖で、彼も立ち上がった。ここにいる彼に電話をしてくることはありえた。

「お前に錫を買えと言ったんだ。錫と硬い皮革だ……それだけだ。買えるだけ買え。他のことには構うな。錫と硬い皮革だ……。」

その声は、今まで聞いたことのない決意によって、地上にあるこの二つの物以外のすべてを排除していた。そのあとでこの決意に小さな疑いが入り込んだかのように言った。

「わしらは機械のことなんぞわからない……。お前は言われたようにやればいいのだ。」

男は受話器を置いて、元の場所に戻った。会話を聴かれたことを気にしているようだった。何かしなければと黒めがねを掛けた。ひどく遠くから、ミュムタズに、「問題はないですね」ときいた。

ミュムタズは青い封筒をポケットに入れた。「他に何か教えてくれることがあるか」とたずねるかのように電話を見つめて、借家人に別れを告げた。奇妙な、恥じるような感じで、彼はその男の顔が見られなかった。

政治的な議論も、大使の文書も、片方を聞いただけのこの電話の会話ほど現在の状況を教えてはくれなかった。戦争が始まるのだ。彼は額の汗を拭いながら、よろめきながら歩いた。

「戦争になるだろう」と呟いた。百パーセント、あるいは千パーセント確実なことであった。これは、他の動員体制とは異なっていた。それはより確実な、より決定的な準備態勢であった。これは、無言の準備が行なわれているということであった。電話が掛けられ、一瞬にして、こうした店の中で、無言の準備が行なわれているということであった。つまり、錫、硬質皮革、ペンキ、機械の部品が市場から消えたり、数字が変わったり、ゼロの数が増えたり、可能性が減ったりしていた。戦争になる。行くのだ、誰もが行くのだ……。自分は恐れているのだろうか。彼はじっくり考えてみた。否、彼は恐れてはいなかった。

少なくとも、今の瞬間感じていることは恐怖とはいえなかった。ただ不安になっただけだった。彼の内部に、突然、無色で、わけのわからない、何か、何の動物かわからないものがとぐろを巻いて座り込んだ。それが何であるかわかるためには待ってみなければならなかった。死ぬことは怖くないと自分は言っていた。今までずっと死とあれほど近くにいたのだし……死を恐れる理由はないのだ。しかし戦争は、戦場に行く者にとっても、死ぬだけではない。死ぬことそれ自体は簡単なことだった。人はそれを最後のよりどころと考えられることもあった。ミュムタズは、海で何度も、あと少しだ、八掻き、十掻きの距離だ、足が大地を踏んで、腕が砂をつかんだときには、すべての疲労は終わるのだ、と考える泳ぎ手のように、死を、どれほど救いの地、渡らなければならない対岸のように見たことか。これは、誰にとっても、ほぼこのようであるに違いなかった。否、悪いのは死ではなかった、死が、この簡単なことが、前もって決められていたことが突然、何やかやとこの上なく困難なことになるのは、縺れた毛糸の束のような状態になるのは、五掻き、十掻きの水が一瞬にして多くの障害物でいっぱいになるということであった。すべての苦痛は、そこで、その入り口のところで終わるだろう……われわれはいつもそう考えるだろうか？　われわれは死の子どもなのか、それとも生の子どもなのか。この時計を巻いているのは何か、季節の手なのか、永遠の暗闇の指なのか。死は必ずや終わりである。しかしながら、生という宝くじが自分を形成する人間の一部に当たったのだ。宇宙のすべてが自分のために甦ったのだったならば、感覚と感情の天国で、この奇妙なウォルト・ディズニーのゲームで、最後まで自分の役割を演じるべきだ！　否、彼はそう考えることはできなかった。それはひどく単純すぎた。それは単に外側にいて、表面で泳いでいることだ。ドアの前にいるのではない、家の中に入るのだ。それを所有し、自分のものにして、自分のものだと宣言して、欲したり、そうすることを喜んだりするのだ。立ち去る者に涙したり、行かないでと言って裾にしがみついたりする。なにものとも別れようとしないのだ。

食卓に招待されたのではないのだ、もしかしたら、絶えず内部で何かを創りだしている、生んでいるのだ……。われわれは誰も生を物質の偶発的状態とは認めない。さらには、この問題を理解したいと思う者すら、最後までゲームの中に留まるのだ。すべては、われわれの中から、われわれと一緒にやって来て、われわれを通して起こるのだ。

死も、生も存在しない。われわれが存在するのだ。どちらもわれわれに先天的に備わっている。彼らは、他の人たちは、時間という鏡の中を通り過ぎる大小の出来事なのだ。火星にある山の一つが、爆発して崩壊する。月に溶岩の川ができる。銀河の真ん中に、太陽に光る大きな小麦の穂のような新しい太陽系ができる。海底に珊瑚島がうまれたり、星が、月の陰で、風が吹き散らした四月の花のように、色とりどりの火花となって飛び散ったりする。鳥が虫を食べる。一本の木の樹皮に、十万匹の蛹が一斉に発生し、十万匹の昆虫が土に混ざる。これらはすべて自然に起こることなのだ。これらは、われわれが宇宙と呼ぶ、唯一の、巨大な、類ない真珠、あるいは孤独な時代の花、あるいは時代の水仙の上で輝いたり、時と場所によっては暗くなったりする屈折なのである。

ただ人間においては、一塊で絶対的な時間が二つに分かれ、われわれの中にあるこの薄暗いランプが、その煤ぼけた灯りを明るくしようともがき、ひどく単純な物に自分の高等数学を取り入れ、時間の長さを大地に映った自分たちの影で計ったために、死と生が別々にされ、自分が創り出したこの両極のあいだで、われわれの思考は時計の振り子のように行ったり来たりしていたのだ。人間という者、時間の囚われ人は、その外にのがれようと努める哀れな者である。その中で見えなくなる、広い、絶え間なく流れる川で、すべてと一緒に流されないで、それを外から眺めようとするのだ。そのために苦痛の機械となったのだ。ちょっと押されれば、さあ、死の淵にいるのだ、何もかも終わったと言うが、ゼロをすべて破壊して、数の一つになることを受け入れたからには、これを受け入れなければならない。しかし、速度はひとりでにもう一つの端に連れて行く、すると、生のただ中にいて、生命に満ちていると言って、再び速度にもてあそばれるのだ。しかしながら、今度は天秤は、必ずや、死に傾いている。すべての苦痛はそれぞれ倍増しているのだ。

人間の運命とは、知性によって、時間の限界の外にとびだして、恋の秩序に逆らって、広大な流転の最中に安定を望んだために、自然に形成されたものであった。人類の真の運命はこれなのだ。小さな薄暗い常夜灯、単に影と闇を見るためだけの灯りから、自分に地下牢を作ることができる力のある器具の奴隷になること、このちいさな小人《ホムンキュロス》の後を追って走ることであった。しかし真のホムンキュロスは火と水の反応から生まれた。そのために、もっと深い洞察力があった。自分を創造した経験は、彼に後悔と、彼をとりまく不可能さをも教えていた。だからゲーテが書いたように、海の妖精ガラテアの車の車輪に衝突して小さなガラスの容器を破壊し、広大で、無形のエーテルの中で見えなくなることができた。しかし、この小さな常夜灯にはそのような勇気はなかった。自分で勝手に一つの物語を作りだした。それを信じて、人生の主人になろうとした。そのために、死の食卓となった。大きな主流から別れたあとで、最初に出会った穴を満たした流れのようなものであった。そこですべての幻影の、まず自分自身でありたいという欲求の犠牲となった。人類の苦悩ほど当然な物はないのだ！　意識によって、存在することの、真に存在することの償いをした。しかしながら、人類はそれだけではなく、この大きな、変わることのない要求の傍らで、自ら、新しく運命をつくりだした。生きているといって、次々に他の死を創りだした。事実、これらはあの存在の幻影、不安の子どもたちであった。なぜなら真の死は苦悩ではなく、救いであったからである。すべてを、何もかもを捨てて、永遠に入り込むのであった。意識の終わったところで輝く大きな真珠そのものになることであった。その微小な部分ではなくて、それ自体になることであった。意識の境界線上で、いかなる灯りも影を落とさないところで、自分の中から来る輝きによって、きらきらと燃える大きな睡蓮になることであった。しかしながら、否、そう言うべきところで、ミュムタズはつぶやいた。我思う、ゆえに我在り、我認識する、ゆえに我在り、我戦う、ゆえに我在り！　我苦悩する、ゆえに我在り！　惨めな者は自分だ。愚か者である、自分は！　我在り、我在り。

7

エミンオニュまで急ぎ足で歩いた。無意識のうちに、これらのわけのわからない考えが、次々に頭にやって来た。今このフェリーの一つに飛び乗って、ボスフォラス海峡回遊に行けたらいいのだが。自分の家で寝ないのはこれで一か月になった。エミルギャンの後方にあるその家の、古い教義所《メドレセ》の中庭を思わせる塀で囲まれた庭と、アジア側のカンディルリからベイコズにいたる全景を捉えるバルコニーが目の前に見えた。昼のあいだ、庭は、陽の光と蜂や昆虫の音で満たされた。何本かの果樹と胡桃の木が一本、入口の前に栗の木、端には名前も知らない多くの花があった。中庭の戸は、かつてはレモン園であった狭い、ガラス張りの細長い回廊に続いていた。その後ろに、夏でもあれほど涼しい石畳があった。そこには、低く広いテーブル、小さな酒戸棚、背もたれのない大きな長椅子《ディヴァン》があった。階段は広かった。彼とヌーランはクッションを二つ置いてそこに座ることもあった。しかし彼女は、むしろ上の階を、大きなバルコニーを、ベイコズに至るまですべての景色を一望できるホールを好んだ。彼は戻ることができない日々を、自分から遠ざけようとつとめた。今はそれらを考えるべき時ではなかった。イヒサンは病気で寝ていた。彼の胸の中の危惧、あの無色の塊は、現実の形をとり始めていた。

それは、イヒサンの病気であった。そのことばで、その苦しみで、イヒサンは語っていた。蛸のように、無数の腕を伸ばして、すべてを捕らえていた。それはミュムタズの内にも、外にもあった。ミュムタズが再びその傍らに戻るまでその状態であった。イヒサンの手をとって、兄さん、どうですかと言って、その顔を見つめるまでは、変わらなかった。それをすると、今度はヌーランの時間に移行できた。その瞬間、別離の世界が始まる。つまり、何もかもが自分にとって見知らぬもので、自分を永遠に異国にいると感じる人間の、恋人のいない男の、骨の髄まで孤独に震える世界である。それは、胸を張り裂く一連の無からなっていた。いつもこうであった。長いあいだ、つながった部屋で生活しているように、彼は一つの部屋から、別の部屋に移るのだった。

しかし、戻ることのできないものは彼をそっとしておかなかった。今度も、彼の向かいに、二人の若い娘の格好で現れた。一人は、赤の多いプリント地の服で、オーガンジーとプリーツに包まれていて、もう一人は、胸元の大きく開いた、肩にある一つのボタンによってのみ留まっている打ち合わせになった黄色い服を着ていた。ありあわせの服で大急ぎで体を包んだような姿で、あわてふためいて、息を弾ませて彼の向かいに立っていた。

「あら、ミュムタズ、あなたに出会えてよかったわ。」

「どこにいたの。まったくもう、見かけなくなって、連絡もないし。」

二人とも、この偶然の出会いを喜んでいた。

「あなたに伝えたいニュースがあるのよ……」とムアッゼズは言った。

ヌーランの従妹であるイジラールは話題を変えようとしたが、ムアッゼズが知っている限りのことをミュムタズに打ち明けようとするのを止めることはできなかった。

ムアッゼズはそうするつもりであったものの、ただどこから話し始めたらよいかわからなかった。知っていることのすべてを言わないではいられないこの愛すべき存在は——ミュムタズは、それでも彼女を愛らしいと思うのだったが——、その短い生涯で初めてこの種のニュースを知らせて、知っていることを話すだけでなく、積年の仕返しをするつもりであった。この瞬間をたっぷり愉しまなければならなかったが、さらに彼女にはするべき第三のこともあった。つまり、そのニュースを特別な形でミュムタズに語ることによって、彼のその愚かしさにも拘らず——ああ神様、彼は何と愚かで、自分はどうしてこの愚か者を愛したのだろうか——自分が彼を愛しており、直ちに慰める用意があることも彼がわかるように話さねばならなかったのだ。しかし彼女の頭には何も思い浮かばなかった。ミュムタズを見て、口元で笑っているだけだった。

「さあ、言ってくれ、何があったの?」とミュムタズは笑いながら訊いた。

事実、この娘には魅力的な面もあった。意地悪く、甘ったれで、利己的で、能無しだが、美しかった。果実のように、甘く、魅力的であった。彼女を好み、愛し、求めるためには、なんら説得の必要はなかった。茶色の髪の、絶えず変化し、絶えず波打つ輪郭から、その顔を自分の方に向かせて、口付けして、歯の輝きをふさいで、唇を噛めばよかった。井戸のように深く、明るい、美味の瞬間。その先を考えることは、地平線を探すことは無意味であった。彼女はそこで始まり、そこで終わるのであった。彼女があからさまに誘《いざな》っているものすら、人は一瞬だけ考えて、やめて、元の道を続けることができた。少なくとも自分にとってはそうだ……。

同時に彼女は今、自分に毒を盛ろうとしているのだ。今、彼にヌーランの結婚のことを話すであろう。

ついに、イジラールは我慢できなくなった。悪ふざけはひどく長くなった。彼女が、自分の身内のこと、自分たちのことに、このように長く拘泥されたくなかったのは明らかであった。ヌーランは元の夫と和解した。どこでも、いつでもありうるそんな出来事のために、これほど躊躇したり、意味ありげな眼差しをしたりする必要があるのか。彼女は決心したかのように一気に話し始めた。

「もしかしたら、あなたは知っているかも知れないけれど……ニュースなんてものではないの。ファーヒルとヌーランは和解したの。明日二人はイズミルに行くわ。結婚式はそこでするのよ。」通って来た道のりを振り返るかのようにそこでとまって、突然顔を赤らめた。

ミュムタズにこのように冷淡に話す権利があるのか？　でも、ミュムタズに対して、ヌーランを弁護しなければならなかった。声の調子を和らげて彼女は付け加えた。

「ファトマの喜びようをもしあなたが見たら……パパが帰ってきた！　と大騒ぎ。パパが帰ってきた、二度と行ってしまうことはないの！　と言っているわ。」

今や誰に対してもうらみはなかった。大きな仕事を終えたかのように、息を吸いこんだ。彼女は自分が安堵するために、ミュムタズが何か言うのを待った。

ミュムタズは、やっとのことで、「アラーの祝福がありますように《アッラー・ハイユル・エトスィン》……」と言った。この三語を、どうやって見つけたのか、それらをつなげた。かさかさになった喉元から音節がどうやって出たのか。それは自分ですらわからなかった。しかし、自分の声があまりかすれていないのでほっとした。そのあとで、イジラールが、**何かもっと言って……この蛇から私を救って……**と言うかのように眺めたのを見ると、ファトマは父親をとても愛している、とつけくわえた。それから別の話題に移った。次第に元気になった。もう少し頑張れば、普段のようになれた。彼が話すにつれて、イジラールのいつもの微笑が口元に現れた。目の中が笑っていた。こういうとき、彼女の眉は、焦点を失った目とほとんど一つになって、額の下で、眠たげな、魅惑的な影を作った。イジラールが若い娘時代と呼ばれる時期を生きていたのはもちろんだ。彼女には、猫のように、満足し切った生活があった。周囲の者たちが、互いによい関係であれば十分であった。それは彼女自身にも役に立った。ミュムタズはさっきから彼女が心の中で何を考えているかを知っていた。彼女は今満足していた。誰もが満足していた。なぜなら、ファーヒルはあれほどの悲劇的な状況の後で妻とよりを戻して、ヌーランは子どもとともに、イジラールは満足した家族としての感情によって、ムアッゼズは彼に幸せが崩壊したことをほぼ自分の口から知らせたために、誰もが満足していた。もうここで別れてもいいのである。

「君たちをフェリーにまで連れて行きたいのだけど、用事があるので。」

「まあ、なんてことを、あなたのおかげで五時五分のフェリーを逃したのよ……。」

ミュムタズは彼女らに、家に病人がいることを話したくなかった。自分に同情させることになるし、それは無駄なことだから。

「本当に用事があるんだ」と彼は言って別れた。

少し行ってから、振り返って見た。黄色い服と赤いプリントが並んでいた。ムアッゼズのスカートがイジラールの服に触れて撫でていた。しかしもう二人は腕は組んでおらず、歩調は、同じことを考えているリズムではなかった。

Ⅱ　ヌーラン

1

それは、代数の方程式を思わせるような、この世で一番単純な愛の物語であった。

ミュムタズとヌーランは一年前の五月のある朝、マルマラ海のプリンス諸島行きのフェリーで知り合った。その一週間ほど、地域の子どもたちのあいだでかなりひどい病気が流行っていて、人びとを心配させていた。ヌーランは、娘のファトマを家の中に閉じ込めておけないと思ったので、ビュユック島《アダ》にいる母方の叔母のところに預けることに決めたのだった。彼女は冬の初めに夫と別れて以来、奇妙な、殻に閉じこもった生活をしていた。イスタンブルへは、その冬、三、四回買い物のために出かけただけだった。両者の合意があったものの――ファーヒルに対する最後の好意を示して、彼の申し出た性格不一致を理由とする離婚訴訟の提起に同意したのだった――裁判が長引いたので彼女は疲れていた。

事件は、もともといいところのないものであった。子どもの父親で、彼女が信じ、愛した男が、結婚後七年目に、旅行中知り合いになったルーマニア人の女のせいで家庭を捨てて、あちらこちらを遊びまわったあげく、ある日、これ以上一緒に暮らしていけない、別れなければならないと言ったのだった。

事実、それは最初から幸せな結婚ではなかった。二人とも相手を深く愛していたものの、互いの気性はよく知らなかった。ファーヒルは怒りっぽくて疲れきっていた。ヌーランはただ忍耐強く、二人は、隣り合っているものの、お互いに隔離されながら日常の生活を一緒に送っている囚人のように暮らしていたのだ。ファトマの誕生は、最初はこの閉ざされた、ほとんど陽気さのない生活を少し変えるように思われた。しかし、彼は子どもをとても愛していたにもかかわらず、家は彼にとって窮屈なもので、妻の静かで、温和で、殻に閉じこもった生活になじめなかった。ファーヒルによれば、ヌーランは精神的に怠惰であった。本当は、彼女は七年間の半分眠った生活から彼が目を覚まさせてくれるのを待っていたのだった。

危険なまでに豊饒で、あらゆる可能性を孕む、あらゆる意味で豊かな女としての生活は、放置されていた農地のように、それを耕す男の不在からのみ生ずる半ば幻想、半ば虚しさのすべての原因を自分の中に見出す、劣等感の中で過ぎていった。ファーヒルは、自分のものとしたいという所有欲に圧倒されて、あらゆる欲求も熱意も萎えてしまう類の一人であった。そのために、この豊かな鉱山に気がつかずに、そのそばでほとんどむなしく、彼女が彼の本能を激しく目覚めさせるのを待って暮らしていたのだった。時折妻のところに戻ってきても、誠意はなく、女に対して常に表面的であったため、岩の上を越える波のように、ヌーランの上になんらの影響もひきおこさなかった。彼のこのような性格は、肉の欲望を計算した情事、あるいは彼の人生に入ってくるような経験によって目を覚まさせることができた。こうして、ルーマニアのコンスタンツァの海岸でファーヒルと偶然出遭ったエンマが彼の人生に入った。この男前の男は、女を情欲と結びつけることはできなかった。しかしながら、エンマの十五年間の娼婦の経験は、その不足分を二人に対して十分補うことができた。

嫉妬、一連の騒動、良心の呵責、心配など、要するにさまざまな不都合の中で、突然ファーヒルは自分を新しい光の中で見始めたのであった。あたかも競争の中にいるかのように、二年間、彼は愛人の後を息を切らせて追いかけた。追いついて、捕まえることができないとわかると、彼は降参した。

かくしてミュムタズは、彼の人生を何から何まで変える女と、そのような状況下で、そのような孤独の中にいる彼女と、知り合ったのであった。ミュムタズは、船の下のサロンで薄暗がりに埋もれるよりは、多少居心地が悪いのを知りつつも、いつもデッキに座るのだった。しかしながらイスタンブル人で、自分の乗ったフェリーに誰が乗っているかに関心を持たない人間がいるだろうか。とりわけ、席の見つからない心配がないのならば。だから彼も、その日、下の船室を覗いてみることをせずにデッキに行くつもりはなかった。そこで長いあいだ会っていなかった知人を、その妻とともに見かけると、何も今日出会わなくてもよかったのに、と心の中でつぶやきながら、その隣に座った。少しして、ヌーランが片手にいくつかの包みとハンドバッグを持って、もう片方の手で七歳ぐらいの亜麻色の髪の少女の手を握って入ってきた。知人夫妻はこの新入りの者をも、少し前にミュムタズをむかえたように喜んでむかえた。

ミュムタズは、若い女の美しく整った上半身と白い夢を思わせるその顔が、最初から気に入った。口をきくや否や、この女はイスタンブル人だと考えたが、「人は慣れた場所から離れられないものですわ。でも、時々ボスフォラス海峡が退屈になります」と彼女が言ったときには、彼女が何者であるかがわかった。ミュムタズにとって美しい女には二つの必須条件があった。一つはイスタンブル人であること、もう一つはボスフォラスで育つことだった。第三の条件は、これが一番重要な条件なのだが、ヌーランがほとんどそっくり持っていることだった。トルコ語を彼女のように快活に話すこと、向かいにいる者をじっと見て、自分が話しかけられた時は、茶色の髪を、彼女がするように振って、両手でも同じような動作をしながら、話した者に向き直ること、話している時しばらくして自分の大胆さに驚いてあんなふうに顔を赤らめること、少しもわざとらしくなく、落ち着いて、底まで見えるほど透明な大きく広い川のように、人生の真ん中を自分なりに静かに、他を培いながら悠然と生きていることであった。そして彼は、それらのことを、その日にではなかったが、その週のうちには知ったのだった。

ミュムタズが紹介されると、若い女は笑いながら、「私は存じ上げていますわ」と言った。「朝、同じフェリーで来ましたもの。あなたは、イジラールのお友だちのミュムタズさんでいらっしゃいましょ。」イジラールのお友だちという語を強調して発音した。ミュムタズは彼女が自分を知っているのを喜んだものの、イジラールが彼の評判にどんな光を当てたかと心配した。イジラールは悪い人間ではなかったが、彼女との付き合いは一生続く類のものだった。しかし、彼女はおしゃべりだった。彼は心の中で、あのおしゃべりがどんなことを語ったものやら、と思った。

「それでは、僕も申し上げましょう。あなたは有名なヌーラン姉さんでいらっしゃいますね。」それから少女を示して、「お嬢さんは、出席はしなかったけれども僕たちの教室で大きくなったようなものですよ。毎朝イジラールから報告を受けてましたよ」と言って、ファトマに遠くから微笑んだが、彼女はミュムタズのお世辞に耳を貸そうともしなかった。見知らぬ男と親しくするつもりはなかったのだ。男はだれでも、彼女の幸せにとって危険であったのだ。母親だけが微笑していた。ミュムタズは朝の海峡フェリーで最初彼女の向かいに座りたいと思ったものの、なぜかそうしなかったために、ムアッゼズのおしゃべりの歯のあいだから、彼の躊躇や内気さに彼女が気がついたのではないかと、あとになって心配した。

ムアッゼズとイジラールは気性は異なるものの、互いを補いあって絶妙な友情があった。ムアッゼズは無名な国の、どうでもいい出来事の日刊新聞であった。彼女は、会いに行く親類とか、兄弟のように愛している友だちが、イスタンブルのすべての地区にいる、彼女の祖母に似ていた。

その祖母は、朝から晩まで行った先々で、あるいは途中で、あるいはその前に訪れた場所で聞いたり見たりしたことを繰り返し、繰り返しては歩き回って、この独特な方法で記憶の中に刻まれた多くの出来事とともに夕方家に戻るのであった。この巨大な町で彼女が知らないことはほとんどなかった。篩にかけられたイスタンブルのすべての目ぼしい人間を知っていた。年、月、さらには日付に言及して、人びとの状況を語るのだった。もともと家の者皆がそのようであった。「だれもが袋いっぱいのニュースを持って家に戻ってくる」と彼女は言った。「夕方食卓で互いにそれらのニュースを話し、朝食のテーブルで、いんげん豆をより分けるように、取捨選択するのだ」と言った。母方の伯父は、三日間、他人のニュースのせいで自分の大事なことを話す機会がなかった。ついに三日後、彼は「みんな、話題を中断させてすまんが、この何日もわしが話したかったが、口を挟む機会がなかったことがあるのだ。イクバルから電報が届いた。娘が生まれたそうだ！」とやっと話すことができた。そのせいで生まれた赤ん坊にニスィヤン（忘れっぽい、うっかり）という名がつけられた。

イジラールはムアッゼズと比べると､ずっと少ししか話さなかった｡彼女は細かい注意を払う人間だった。ムアッゼズがもってきたニュースを、分類して、下線を引き、脚本を書き、人びとが関心を持つ物語にするのだった。

あらゆる判断、光、色は彼女から出てきた。そのため、ムアッゼズは百人の中にいても、最後に彼女の方を見て、「わからないわ。あなたならどう言うかしら！」と締めくくるのだった。

毎夕、大学から、二人が顔を寄せて、腕を組んで出てくるのを見るのは、ミュムタズにとって最大の愉しみだった。そのために彼は、この二人の娘を「ゼイネプ夫人の館の二人の魔女」と呼んだ。「大学の学長さえも、彼女たちが知っていることを知らない」とか、「ムアッゼズに訊いてごらん。彼女が知らないならば、それは実現しなかったのだ。イジラールが忘れていたら、それは重要なことではない、気にすることはない」と言ってからかうのだった。イジラールとムアッゼズのあいだの違いは、前者は物事を偶然知るが、後者は大きな熱意でその問題を追究するのであった。遥か昔の高校時代から彼女を知っているイジラールは、友の性格を知っているので、あれほど好きで、しばしばその影響下にあったムアッゼズを、自分の家族の中には入れないようにいつも気をつけていた。

イジラールの親戚は、ムアッゼズにとっては、しばしば話題に上っていたが、見たことのない人びとであった。

この朝もムアッゼズは彼に数多くのことを話した。イェニ村《キョイ》で、非常に古いギリシャ人の一族の海辺の別荘がただのような値段で売却されたこと、その隣の家が赤く塗られたこと、その家の入婿はそれを見るや否や、自分はこのような趣味の悪い家に住んでいることはできないといって出て行ったこと——もちろん、彼は離婚の口実を探していたのだが——、アルナヴト村《キョイ》にある居酒屋の一つで四日前の晩、二人の娼婦のあいだで起こった喧嘩のこと、ベベッキの漁師のチャクルが新しい舟を買ったことなどを、三つの婚約パーティーと二つの結婚披露宴のニュースと一緒に話した。しかし、イジラールがいなかったので、いずれも深く掘り下げることはなかった。

「博士論文は仕上がりましたか?」

彼は「昨夜書き終えました」と言って、少し前の子どもっぽい恥ずかしげな様子に、さらに子どもっぽい陽気さを加えて、「昨夜最後のページの下に赤鉛筆で太い赤い線を引きました。その下にもう一本もっと太い赤い線を引いて、さらにもう一本引いて、一番下に五月四日二十三時五分過ぎと書いたのです。署名をして机から立ち上がって、バルコニーに出て、スウェーデン式深呼吸を三、四回しました。そして今ビュユック島《アダ》に行くところです」と言い終えた。憚ることがなければ、「年齢は二十六歳で、エミルギャンの丘の上のきれいな家に住んでいます。ダンスは下手です。魚釣りは忍耐強くないので下手、でもヨットを操るのは巧い。そして海難事故から助かることにかけては一番です。あなたのためなら、大嫌いな野菜のセミゾト料理を毎日二皿食べることもするし、毎日二箱喫む煙草を一箱に減らすことすらできます」と最後に言いたかったのだ。

この常規を逸したような振る舞いは、多少は論文を終えたことからきていた。もうこれからは自由で、好きなことをして、好きなものを読めると思うと、喜びは増してきた。五月の四日に論文を書き終えたということは、夏を獲得したということだ。四年ぶりに、あの夏というこの上ない鳥が彼自身のものになるのだ。四か月間、イスタンブルは彼のものなのだ。実際はまだ試験があるが、だからどうなのだ。いつも逃げ道はあるものだ。

彼女はあの静かな微笑みを浮かべて彼の言うことを聴いていた。彼女にはとても不思議な注意力があった。ほとんど涙ぐみそうであった。太陽の動きが一日というものをコントロールしているように、その目の輝きが彼女をも支配していた。ミュムタズは彼女を眺める度に、イジラールの言ったとおりだと思った。彼女は実際美しく、たくさんの特徴的な面があった。

「イジラールは冬中あなたのことを話していましたわ。ボスフォラス沿いで一人で住んでいると……。」

「そうです。奇妙な偶然ですが、二、三年前の夏にイヒサン兄さんがとてもいい家を見付けました。冬になると家族の皆は引越しましたが、僕は残りました。」

「退屈しませんか？」

「あまりしませんでした。もともと、しばしば街に出ていましたし。それに、子ども時代から知っている場所です。始めは困難なこともなくはなかったですが。でも春がくれば……。」

二人とも同時に、それぞれの、一か月前の記憶に戻った。二人とも西洋花蘇芳の開花を、どこの庭の上にも伸びたその枝を思い出した。ヌーランは、ミュムタズが花を、自分と同じように大きな苦悩の中で眺めなかったことを願った。しかし彼が、数週間の間をおいて、しかも十一歳という年齢で――イジラールが言ったのだったが――父親と母親を失ったことを知っていた。いや、人生は、何歳であろうとも人間に毒を飲ませることができるのだ。フェリーで来るとき、後ろの方で二人の貧しい少年たちが、生活の苦労を話しているのを耳にした。あの年齢の少年の話すべきことだろうか。

「父ちゃんは金がないんだ……。金があったら、状況は変わっていただろう。父ちゃんはできることなら何でもやっただろう。俺は考えたがどうしようもない。だから､学校なんて行きたくないと言い張ったんだ。もともと、先生たちは事情がわからない。この子はどうせ大した者にはならない！なんて文句ばかり言っていた。それで料理店の丁稚に入ったんだ、週に百五十クルシュだ。それでなにが買えるというんだ……。でも本代、フェリーの料金は払わないで済んだ。昼食も仕事場で出た。でも、あの油の臭いには我慢できなかった。もどしそうになる。母ちゃんの妊娠中の状態に似ていた……。」

「他の仕事はなかったのか？」

「あったことはあったけど、金にならなかった。見習いだといって最初は金をくれないんだ。気にするな。料理店だから、チップやら何やらで十リラになる。父ちゃんが良くさえなったら、靴屋で働くよ……。でも治るんだろうか？」

彼女は振り返って眺めた。それは十二、三歳の、やせた、葡萄色の瞳の少年だった。手に持った、切ったばかりの木の枝にもたれて歩いていた。そこには、憂い、自嘲、生来の品のよさが混じりあっていた。

フェリーで隣に座っていた知人のサビヒはミュムタズにたずねた。「レコードを見付けたかね。」

「見付けました。でも少し古いのです。しかし、そこにはわれわれが本物を知らない、聞いたこともない曲があるのです！　イヒサンはこの面にひどく関心を持っています。それなのに現存するものの百分の一も知られていないと言っています。誰かが、それらを発表したら、楽譜を出版したら、レコード盤が作られたら、要するに今の音楽市場の音楽から少しでも救われればよいのですが！　考えても見て下さい。この国はデデ・エフェンディのような大作曲家をさえ生み出したのです。セイド・ヌフ*、エブベキル・アア*やハーフズ・ポスト*のような作曲家が出て、すばらしい作品を生み出したのです。われわれは気がついていない、魂の貧困の中にいるのです。問題はそれです。今日の世代がいなくなれば、大部分は暗《そら》で覚えられているこれらの作品は、喪われます。たとえば、ミュニール・ヌーレッディン*だけが知っているものを考えてみて下さい。」

サビヒはヌーランに向かって、「ミュムタズが古い音楽に夢中になっていることをご存知でしたか？」

ときいた。

ヌーランは青年を親しげに眺めた。とびきり美味しそうな果実を思わせる微笑の中で、「いいえ」と言った。「イジラールはそのあたりは隠していたに違いありませんわ……。」

サビヒの妻のアーディレ夫人の声は、会話の外におかれた怒りでぴりぴり震えた。寝ていた戸棚の中から出てきた猫のように背中を丸くして、言った。

「私はそのような人たちに腹が立ちます。あたかも他の人のことをわかっているかのように……。」

アーディレ夫人はイジラールを知らなかった。彼女は音楽に関しては何もわからなかった。流行歌は、慣れた水の中を歩くようなもので、時には熱狂的な雰囲気ゆえに好んだ。彼女にとっては音楽もなにもかもすべて、この時間という空白を埋めるためのものだった。通り過ぎる音楽隊、ボクシングの試合の話、上手に語られるゴシップなどは、最高の芸術作品が与える喜びを彼女に与えるのだった。だから、住んでいるビルの門番の妻との、三階の住人についてのおしゃべりのせいで、十時のフェリーを逃したのだった。実のところ、門番の妻のフーリエは彼女にとって目新しいことは何も言わなかった。アーディレ夫人は彼女の話から、自分が以前から推定していたことが事実であることを確認したのであった。その家の主人は、妻が知らぬうちに密かに、子どもができないことを口実に、裁判所から二人目の妻と結婚する許可を取り付けていたのだった。かくして、三年前にカドゥ村《キョイ》行きのフェリーで知り合い、彼とのあいだに一人の子どもをもうけた色の黒い女は、今や第二の妻となったのであった。不思議なことには、最初の妻もちょうどその頃妊娠した。その結果、その男はやむなく同時に二人の子どもの父親になったのであった。アラーの思し召しはこういうものなのだ。

アーディレ夫人のこの件での深い洞察には、なんとも言いようがない。事件が表に出る六か月前に、彼女は疑いを抱き、カドゥキョイ地区に住む知り合いたちに当たってくわしく調べたのであった。奇妙なのは、その男の最初の妻が自分の不妊症を本当に信じてしまったことであった。それがうそであることがわかると――アーディレ夫人はこういう問題では医学のみを信じていた――、その男が二人の子どものいずれの父親でもない可能性が出てくるのだ。アーディレ夫人は、さきほどから、専門家のややこしい報告書に何度も何度も細かく目を通す裁判官のようだった。もし女に非がなかったら、この不祥事を我慢するだろうか。アーディレ夫人は、自分の中に古代の豊饒の女神の力を創りだして、あたかもアッシリアの牡牛のように誇らかに歩き回り、この空想の無限の可能性の中で、地域の女たちや労働者の娘たちの腹を、なんとしても膨らませねばならない入れ物のように考えているこの隣人が、今やしぼんだ風船のように、惨めな、頭をたれた、不安な物になっていると空想して、自分は彼の顔を笑わずに見ることができるだろうかと、心の中で考えた。その程度の犠牲は……、軽く微笑んで、「ご機嫌よう」というかのようなまなざしを向けるのも悪くはなかった。これは残酷ではない、単なる仕返しだった。

彼女のこのような思いは、ヌーランとミュムタズの互いを眺める様子、ヌーランの幸せそうな笑い声、ミュムタズのうっとりした様子によって突然壊された。この二人の愚か者は、互いを知っていてここにきたのだ。互いに愛し合うことになるだろう。そうでなければ、誰某が何かを知っていようといまいと、どうでもいいことだ。人びとが、知っていると言ったことにいかに無知であるかは、あの三階の醜聞の件からも、サビヒが次々に騙されて失った金の苦労からも彼女にはよくわかっていた。

ヌーランの微笑はアーディレ夫人に向けられた。しかしそこには以前の輝きはなく、自分が言っていることが本当であることを信じさせようとしているだけだった。

「イジラールは別ですわ……」と彼女は言った。「彼女は十四年間ピアノを勉強しました。音楽学校でも続けました。彼女は本当に音楽がわかり、好きなのです。」

ヌーランは彼女の親類を買いかぶっているのではなかった。イジラールはこの年齢ででも音楽通といえた。彼女は大学にいたるまでに学んだことは何も覚えていなかったが、音楽だけは残っていた。彼女の世界は旋律からなっているかのようだった。

「本当のことを言いますと、私はどちらもわかりません。勉強しなかったのです。でも好きです。聴いたもののすべてが体の芯にくっついてしまって、私を包み込みます。好き嫌いもありますし、つまらないと感じるものもあります。好きでないものもあります。」

わからないで好きになるのですか、何とか言って下さい、と言うかのように、彼はヌーランを見た。

「たくさん見つかりましたか。」

「たいていは、多くの店の入っているべデステンで。大部分は古いものですが……でも見つかります。ほんの三日前にも、ハーフズ・オスマンのレコードを二枚見つけました。」彼は心の中でつぶやいた、自分が口を開くたびにどうして彼女は笑うのだろうか。自分はもう子どもではないのだ……。だが彼女の笑い声はひどく美しい。腹を立てねばならないところで、気に入ってしまう。そしてヌーランの無言の笑いが、遠くから自分に見せられた黄金の果実であるかのように、それに向かって体の中で何かが回転するのだった。それは不思議な笑いだった。気がつかないうちにそれに応えてしまい、そして自分の中でその笑いが一本の木のように大きくなって、花を咲かせるのを感じるのだ。

これからは、望むと望まないとにかかわらず、家にあるレコードを、あのフェラハフェザ調やら、アジェムアシュラン調やら、ニュヒュフト調やら、耳にとどくすべてを、金銀で飾られ、春の花の香りにむせつつ、これらの調べに自身の恋の目覚めの熱を吹き込んだこの笑いの中で、彼女とともに聴くことになるのだろう。

そのような思いの中で顔を上げると、ヌーランと目が合った。静かで、穏やかな、とても深いところからくる、何も隠し立てしていないまなざしで彼を見ていた。

それは、彼の大好きな詩人のことばで言えば、人間に日の光と憧れから仕立てられた衣を着せるまなざしであった。黄金の盆に、あるいは、ビロードのクッションに載せて、征服者に差し出されたあの古城の鍵のように、ヌーランは彼女のすべてを、笑みとまなざしによって差し伸べていた。

アーディレ夫人は黙した。彼女は、この種の微笑の末に目が合うことが何を意味するのかを知っていた。だからもう、三階の、妻が二人いて、自分のものではない二人の子どもを持った男のことは考えていなかった。その件は彼女にとって突然意味がなくなってしまったのだ。挨拶するつもりはないわ。あのようなばか者にどうして挨拶なんぞできようか。所詮、地域の使用人たちとほっつき歩く類の男なのだから……あらゆる類の屈辱にふさわしいのだ。彼は、たかが隣のアパートの階下にある洗濯屋の夫だった。なんだって関心を持つことがあろうか。こう決断して、アーディレ夫人は自分の中でサービト氏のファイルを閉じた。事実、ミュムタズとヌーランのけしからぬ振る舞いが彼女の心を乱していた。ミュムタズは長年自分の家に出入りしている知り合いの一人だった。まだ彼を応接間の長椅子で寝かせることはなかったけれども、それでも家族ぐるみの付き合いであった。したがって彼には、この離婚歴のある女よりも……より輝かしい将来を願っていた。しかしアーディレ夫人の運命はこうなった。人間というものは愛するがゆえに裏切りに出会うものなのだ。彼女は一生涯こうであった。自分の親戚ですら彼女から遠くにあるものを娶る傾向にあった。今度はミュムタズの番だった。彼女は、勝手にすればいいわ……というかのように肩をそびやかしたかった。しかしできなかった。

人はしばしば考えたことを肩に担っている。ゆえに、肩を動かすことの難しさは、その考えの重さによるのだ。今やアーディレの肩がそうであった。ミュムタズとその将来の重荷がのしかかっていた。しかしそれは彼女自身の愚かさだった。ミュムタズが彼女にとって何だというのだ。もともと他人のことに首を突っ込むことはないのだ。運命が彼女に見せた一番新しい裏切りによって、彼女の顔は険しくなった。ばかな男……と独り言を言った。もともと、愚かでない男がいるものか。男はすべて愚か者だ。少しほめれば、遠くからちょっと微笑めば、隠された意味のあることばをひとつかふたつ、そのあとで雛をかえしている雌鶏を思わせる眼差しで……もう思うままだ。アーディレ夫人は誰彼の生活に干渉するタイプではなかった。もともと誰彼に意見をするつもりもなかった。ただ、一人ぼっちになるのを恐れていた。一人になるのを恐れるがゆえに、知り合いが彼女を必要としないといらいらするのだった。

事実、ミュムタズとヌーランは彼女を必要とせずに、互いを理解していた。それは許すことのできないことだった。長年、彼女は男女のあいだのある意味の火付け役を自認していた。家の中のことや日常の生活は、すべてこの善意でやっていた。二人でやってきて、出会って、愛し合ってもよい、ただし彼女の星の下で、いつも彼女を必要としていて、の話である。こうして知り合ってから、ある晩、自分の家でミュムタズを前にヌーランのことに触れて、針でつつくように繊細に、彼の好奇心をひきおこす。

翌日、二度目の訪問でヌーランに同じことをして、二人の頭を混乱させたあとで、ある晩二人を食事に招んで、二人ともに、家や食卓や、夜の時間が、一人では十分でないことを感じさせる。彼女は事態がこのようにして始まり、発展することを願っていた。二人だけでちゃんとした、独立した人生を築くような深い関係はあまり好まなかった。なぜならそこでは、好むと好まざるとにかかわらず彼女は忘れられてしまうから。だからそのような事態にならないように警戒も怠らなかった。しかしながら、始まった二人の付き合いが、恋に向かって一歩一歩進展するのを眺め、両者が彼女を秘密を打ち明けられる友と信じて、すべての秘密を打ち明けられたり、誤解を解決したりするのが大好きだった。事態が深刻になると、双方を遠ざけるためにできる限りのことをした。その努力は、十年から十二年の経験から来るもので、往々にして成功した。アーディレ夫人には、取り持ち役とともに火消し役の面もあるのは確かであった。それにもかかわらず、彼女は結婚という制度を尊重していた。しかしながら、自分の知り合いの女は、彼女の周辺以外の者と結婚するのをより歓迎した。自分の友人は自分たちのあいだにいるべきだった。彼らが小さな恋愛をしてもよかった。アーディレ夫人はそのことをとやかく言うほど残酷ではなかった。最後には結婚するとしても、彼らはこの新しい家庭を作るために彼女の努力や援助を求めるべきであった。この人生は、その苦労に対して、それくらいの満足感がなければ生きられない。実際ミュムタズとヌーランはお互いを知って、付き合いはじめた。アーディレ夫人は、以前から二人が何でも自分でやりたがる傾向を感じていた。だから、先刻ミュムタズがヌーランを眺めた様子を見たとき、彼らを三日後に、食卓で引き合わせる決心を、直ちに取りやめたのだった。

アーディレ夫人も誰彼と同じように間違いをするが、彼女には美徳もあった。自分の誤りに気がついたとき、それを正すのをためらわないということだ。

そうだ、彼らを夕食に招待はしないが、今ひとつだけしたいことがある。それは、サビヒにこの招待を取りやめたことを一刻も早く知らせることであった。なぜなら、この善良なる女の頭の中では、ある考え、特にこのような重要な決定をサビヒに言わないでいることは、確固たる、きわめて短いことばで言わないでいることは、つらいことであったから。事実この決定は、ある意味で死刑の宣告ほど重大であった。ミュムタズは、後になってこの決定がむしろヌーランのせいであったことを知るだろう。アーディレ夫人は男には優しかった。彼らは女たちのように邪《よこしま》ではない。彼らの中で一番醜悪な者にすら、かわいい、従順な面があるのだ……。

ミュムタズは、アーディレ夫人が自分を犠牲にはしないであろうことを、さらには自分が今週招ばれるであろうこと、しかしヌーランは彼女の家に一人で行ったほうがいいことを確信していた。

アーディレ夫人の心配に比べて、サビヒの気がかりは単純だった。彼は、ミュムタズとヌーランが互いに惹かれたのを見て大きな期待を持った。彼の最近の失策であった風呂場の修理の問題以来――ポーランド人の友人にうまくだまされたのであったが――、アーディレはすべての悲痛を夫の前立腺の治療で紛らわしていた。彼は何か月も、茹でた人参とバター炒めの野菜を食べていた。ヌーリが結婚してからは食餌療法はきわめて厳しくなった。何週間もラク酒*の顔を見ていなかった。予期しない客があればよいのだが、あいにくこの地域には誰も立ち寄らなかった。この二人の愚か者がうまくやってくれたら、明日の晩にも……。否、サビヒは明日の晩も昨日の晩や一昨日の晩と同じように、また自分の前に一皿の茹でた人参とズッキーニを見るのであった。彼はため息をついた。人間は残酷だった。否、これは耐えられないことであった。人参を食べることと、飢えた蜘蛛のように自分の脚の一本を食べることとのあいだに違いがあるのか。自分の脚の一本を食べることは……。このことは今朝、目の前に広げられていたフランス語の新聞で読んだのだった。

アーディレ夫人の座っている様子は、まさにそのような蜘蛛の一匹にそっくりだった。彼女の思考は貪欲に自らを蝕んでいた。突然、彼女はテーブルの向こうの端で退屈しているファトマに気がついた。少女はひどく美しかったが、奇妙な痛がその美しさを壊していた。母親に妬いているのは明らかだった。アーディレの心の中に一筋の希望が見えた。胸のうちを無限の優しさと憐憫でいっぱいにして、水の中に投げ入れると突然開く日本製の玩具のように、その心は突然開いたのだ。前方に水平線が見えた。少女を見るたびに、この恋が成就しないであろうことを理解した。かわいそうな小さな子……。彼女は直ちに少女に関心を示した。罪を犯した者をあの世で罰するという拷問の天使をも泣かせるような優しさで、少女に話しかけた。ファトマは自分が憐れみをかけられたことに気がつくと、眉がきっとなった。ヌーランはまもなく始まる嵐をおそれて、やめて……というかのようにアーディレを見た。しかしながら、アーディレ夫人は自分の前に開かれた憐憫と優しさの道を、ヌーランには気付かぬまま突き進んでいた。

「お嬢ちゃんは、今も前のように上手にダンスしているの？　どう……私のうちに来てダンスした時のように、覚えているでしょ……。あの汽車のセットはどうしたの？」その声はどんなに柔らかかったことか。人の心の奥深くにすべりこむことができた。その汽車のセットとダンスは、父親とともに過ごした最後の大晦日のパーティーのことだったのだ。アーディレ夫人の憐憫は、二年間の記憶の中からこの思い出を注意深く取り出した。あたかも古いものでいっぱいの屋根裏部屋から、この上なく危険な短剣を取り出すように……。

先ほどから放ったらかしにされていたことへの怒りと忘れられたことの苦痛から、ファトマをすさまじい反応に駆り立てるにはそれだけで十分だった。ミュムタズはその日、嫉妬深い子どもの頭が邪悪な機械になりうるのを見たのであった。フェリーの道中ずっと、ファトマは母親を一瞬たりとも離さなかった。ヌーランは小さな悪魔によって支配されているようだった。彼女は辛うじて微笑しながら傍らにいた。ミュムタズはこの遠くからの微笑みの灯りの下で、サビヒの世界情勢に関する見解を聴いていた。食餌療法ということで妻に人参ばかり食べさせられていた「人参男」は、家での復讐を今や全人類に向けて行なっていた。あたかもこれぞ証拠であると言うかのように、片方の掌で前にあるフランス語の新聞を押し付けながら、すべてを糾弾していた。

ミュムタズは、引きこもった殻の中から、アーディレとぼんやり話しているヌーランの顔と、その顔を照らすかすかな微笑を見なかったら、この世の末が来たことを、それがこのようなものであるのならそれも悪くはないということを、人類と呼ばれるこの愚か者の集団にはそれがふさわしいということを信じたであろう。しかし、ヌーランの微笑、その頭上にすべての季節をまとめたように集められた薄茶色の髪は、人生には政治や諍い以外の、人をそれ以上の、より美しい、よりよいものに導く水平線があることを、幸せというものが時には人間の一メートルほどの距離にまで近づくことがありうるのを、この世が思いがけないほどすばらしく作られているのを、彼に信じさせていた。フェリーが島に近づくと、ミュムタズの心の楽観主義にかすかな痛みが加わった。島に着いたら、ヌーランとその娘と別れなければならなかった。

2

ミュムタズは彼らと別れるや否や、どうして急《せ》いたのかと悔やんだ。ヌーランとこのように突然別れるべきではなかった。もしかしたら彼女たちを見ることができるかもしれないと、彼は埠頭の少し先で待った。しかし混雑は終わりそうになかった。やっと旅客が疎らになると、まず、サビヒとアーディレが見えた。アーディレは外を歩くときに夫に寄りかからないのは稀であった。彼女にとって、夫と呼ばれる資本をよく働かせる形の一つは、道でその半分であれ自分を運ばせることであった。今回も腕を組んでいた。サビヒは半身を押しつぶすアーディレの重さに、世界情勢と均衡を保ちたいかのようにもう一方の手で新聞の束を持ち、不快さで額にしわをよせていた。彼が頭の中で、西欧諸国でのフェリーの航行、乗船下船の非の打ち所のないやり方について、色々な考えを比較しながら歩いているのは疑いもなかった。

ミュムタズは、彼らに捕まらないように一群の人びとの後ろに身を隠した。しばらくして、ヌーランとその娘の姿が見えた。ヌーランが、楽に歩くことができるようにと、最後に降りることを選んだのは明らかだった。娘に向かって、とても純真な、美しい笑顔で何か話しながら歩いていた。

しかしこの微笑も会話も長く続かなかった。埠頭の建物を出るや否や、ファトマは叫んだのだ。

「パパだ！　ママ、パパが来るわ」と大声で叫んで、建物の中に駆け込んだ。ミュムタズは、その瞬間に見たものを一生涯忘れないであろう。ヌーランの顔は灰のように真っ白になった。彼は周囲を見回した。二十歩か二十五歩前方に、金髪で、大柄で胸の大きい、要するにグラマーで、頑丈で、だが奇妙に美しい――後になってこの場面を思い返すと、少なくとも一部の男にとっては美しい……と判断した――ひとりの女と、三十五歳くらいの、黒い髪で、顔も腕も日焼けして、どこから見ても海のスポーツに慣れた男が、彼女たちに向かって歩いていくのが見えた。ヌーランの全身は震えていた。ミュムタズは、大柄な金髪の女が彼の傍らを通り過ぎるとき、フランス語とトルコ語の半々で「でもこれはスキャンダルだわ……。ファーヒル、お願いだからあの子を黙らせてよ！」とささやいたのを聞いた。ついにファーヒルとその愛人は彼女たちに近づいた。エンマは、その子どもを、「すばらしい！」とか「なんてかわいい子なの！」と連発しながら抱きしめた。ファーヒルは凍てついたようにつっ立っていた。彼はやっとのことで子どもの頬をなでることができた。それは奇妙な、まことに奇妙な場面であった。ヌーランはその場でまだ震えていた。エンマは、一音節ずつ区切って、「まあ、なんてきれいな子！……」とほめる。ファトマはこの外国人のお世辞と、とりわけ父親の冷淡さに影響されて、母親のスカートにしがみついて泣いていた。外部から見ている者にとっては、この場面は、ヌーランが用意したか、あるいはファーヒルが前妻に対する関心のなさをエンマに見せるために、この偶然の機会を逃さなかったのではないかと思われた。いつまで続くかわからないこの痛ましい状況は、彼女の性格をよく示すヌーランの行動で終止符が打たれた。彼女は子どもを抱きかかえて、二人のあいだを通って、少し前方に停まっている馬車に駆け込んだのだ。ミュムタズの傍らを通るとき、ファトマがさらに大きな声で泣きじゃくったのを見た。彼の胸は奇妙に痛んだ。通りの前方で友人たちが待っていた。彼らの方に歩んだ。

「どうして遅くなったんだ、待っていたんだぞ……。」

「イヒサンは来たか?」

「ああ来た。もう一人お前の親類が一緒だ!」

「誰だ。」

「スアトという名の奇妙な男だ。サナトリウムにいたそうだ!」

「馬に似ている……。」

「ああ知っている」とだけ彼は言ってから、ヌーリに向かって「本当に馬に似てるんだ……」と言った。

そして頭の中では、ヌーランのこめかみから目の前に、何度も落ちた髪のことを考えていた。

オルハンは彼の分析を続けた。「ちょっと人食い人種みたいかもしれないな!」

「いいや、ただの殺人鬼、あるいは、不安に駆られた殺人鬼、要するに自殺志願者だよ!……」

それらのことばは学生時代からの仲間内の冗談であった。ある日、キュルルクのカフェで、彼らは著名な歴史家が人間を三つの主要なグループ――つまり「東方の従僕」、「世界の規律」、「串」――に分類したのを聞いて、それ以来、彼らはそのカテゴリを拡大した。「人食い人種」は、右翼であれ左翼であれ、イデオロギーに夢中になる者、「殺人鬼」とは、一連の問題を相手構わずに語る者であった。「不安に駆られた殺人鬼」とは、その程度がかなり進んで反抗心に満ちた者であった。「自殺志願者」とは、これらの懸案を両面の苦悩にする者であった。

彼らは腕を組んで、何年も前にやったように道の半分を占領して、笑いながら歩いた。誰もミュムタズがうわの空であることに気がつかなかった。

レストランは、この昼の時間、海をその中に引き入れたようだった。スアトとイヒサンは片隅のテーブルに座っていた。海に反射したすべての日光がスアトの顔に集まっているかのようであった。ミュムタズは彼が、最後に会ったときよりやせて青白いと思った。体中の骨が見えるかのように……。

イヒサンは待ちきれない様子で、「ぐずぐずしていないで座れよ」と言った。イヒサンが酒を飲むのはきわめて稀であった。しかしそれは、健康を考慮してというよりも、酒に人生にけるふさわしい場を与えるためにするのだった。「あの魔法がわれわれの中で効力を失わないように」と彼は言った。彼は、飲むと決めた場合は、子どもみたいに待ちきれなくなるのであった。このレストランも埠頭に近いということで選んだのだった。ミュムタズのフェリーを心から待っていたのだ。突然彼は従弟に向かって、「眼がきらきらしているぞ……どうしたんだ？」と言った。

ミュムタズは驚いて、「スアトを見て、うれしかったんです……」と言った。本当は、スアトを見てうれしくはなかった。その頭脳と、話しぶりには敬意を表していた。ただ、スアトには、自分を不安にさせるはっきりとは言えない何かがあった。

「何たる幸せ……俺を見て喜ぶ人間がいるのだ……。」

ミュムタズはその笑顔を見て、だから僕はお前が好きなのだ！と考えた。事実、スアトの笑いには真心から来るすべてを拒む奇妙な様子があった。その顔はあたかも、突然何もかも見知らぬ者とみなして敵対するかのように笑っていた。スアトは人生が面白くないのか、あるいは僕を揶揄しているのであろうか？

ファフリはイヒサンに微笑んで、「ミュムタズは来ると僕が言ったのに、信じようとされませんでしたね」と言った。

「だが、フェリーが二本遅れたろう……。」

「いいえ、一本だけですよ。」

「何時に起きたんだ？」

ミュムタズは昨夜の勝利の瞬間をもう一度思い出して、「昨夜、論文を書き終えました……」と言った。「遅く寝たんです。眠れませんでした。ちゃんと起こすようにスンブルに教えることは、一向にできません。」

スンブルはエミルギャンの家で家事をみる女であった。スアトはミュムタズにきいた。「最近何を読んでいるんだ？」

ミュムタズは、前に並べられたオードブルの皿をまじめに観察していた。彼は入り口に面して座っていた。しかし、知り合ったばかりの若い女がここには来ないであろうことはよくわかっていた。

「ほとんどなんでも……アフメト・ジェヴデットの『歴史』、オスマン朝の文献目録の『シジリ・オスマニ』、タシュキョプルザーデの『シャカーユク』……。」

スアトはひどく痛ましげに、「ひどいものだ……」と言った。「今、お前と何を話したらいいのだ。以前はミュムタズととても気楽に話せた。まず彼に読んだ作家をたずねる。それから作家の考え方や問題を話したものだ。」そのあとで不可解なスアトの顔が、思いがけない子どもっぽい笑い方をした。ミュムタズは、だから僕はこの故に彼が好きなのだ、と心の中で先ほどの考えをまとめた。

ヌーリは、「誰でも多少はそういう読み方をするものじゃないか」と異議を唱えた。四人の友人はガラタサライ高校以来一緒で、ミュムタズを愛していて、誰かが彼のことを批判するのに我慢できなかったのだ。

スアトは手を振った。「俺の言ったことはもちろん冗談だよ……。俺は昔からミュムタズをこんな風に怒らせたものだ。もちろん彼が何者かはよくわかっている。俺たちは親戚だ。しかし、本当のところ、誰もが俺たちのようにこんなに読んでいるのだろうかと考えるんだ。」

ファフリの意見はまったく違っていた。「ヨーロッパではもっと読んでいる。しかも何か国語でも読むんだ。問題はそこではなくて……。」

「もっと別の問題があるんだ。われわれは自分たちが読んでいるものでは居心地がよくないんだ。」

イヒサンはグラスに氷がもたらした変化を、無色のアルコールが次第に白濁していくのを、大理石の文様が豊かになるのを、目で追っていた。今やグラスは、まったく純粋でない、白濁した液体で満ちていた。

「さあ、みんな……」と彼は言った。それからスアトに向かって答えた。「問題はそこだ。われわれが読んだものが、われわれをどこにも導かないことにあるんだ。われわれは、トルコ人について書かれたものを読むと、自分たちが人生の周辺をうろついているのに気がつく。西欧人がわれわれを世界市民であると認めれば、われわれは満足する。要するに、大部分の者は航海に乗り出すかのように、自分から逃れるように本を読む。ここに問題があるんだ。一方、われわれは自分たちに固有の新しい生き方を創り出す過程にある。スアトが言っているのはこのことだと思う。」

「まさにそのとおり。古いものも新しいものも、一挙にすべてを振り払って、投げ捨てる。フランスの詩人ロンサールも、彼と同時代のフズーリー*をもだ……。」

「そんなことは可能なのか？」そしてミュムタズは心の中で再びヌーランの髪を考えた。あの髪はいつもあのように落ちかかるのだろうか……。いつも頭をやや後ろに倒して両手でその髪を直すのだろうか……。

スアトはヌーランの髪のことは知らないまま、ミュムタズの言うことを聴いていた。「どうして不可能なんだ？……」

「不可能なんだよ、なぜなら……。」しかし、真に不可能であることは、今この問題を話すことであった。なぜなら自分は今、島に来ているのだ！ そして彼女もここに……。お互いにいかに遠くにいることか……。同じ家で別々の部屋にいることと結果的に同じである……。

「なぜなら、まず黒板をまっさらに、きれいにする。そうやって無視することによって、何を獲得するというのだ。自分自身を失う以外のなにものでもない。」

スアトはとても穏やかなまなざしで言った。「新しいものを……新しい世界神話を作るんだ、アメリカで、ソヴィエトロシアでしたように。」

「彼らがすべてを、何もかも忘れたとでも思うのか？ 僕に言わせれば、この新しい物語を創り出すものは、われわれが過去を拒否すること、あるいは、この神話を創造するという意志ではない。もしかしたら新しい生活のスピードなんだ。」

「何をすべきだと言うんだ？」

しかしミュムタズは答えなかった。頭の中はファーヒルと――彼に違いなかった――ヌーランとの場面で占められていた。彼女の顔はゆがんでいた。ほとんど泣き出しそうだった。そして突然愛しさがこみ上げてきて、彼女を幸せにする、一生涯幸せにする、と自分に誓った。その瞬間直ちに、その子どもっぽさを恥じた。ひどく幼稚だ！　彼は初めて自分がいかに感傷的になりうるかに気がついた。「忘れるなかれ、アメリカもロシアもヨーロッパの延長だ……。」

「それならわれわれは何をするべきなのか？」

イヒサンはグラスを上げて、「まず飲もう」と言った。「それから、この美しい海がわれわれに贈ってくれた魚を食べる。そしてこの春のひとときに、このレストランに、この海の向かいにいることを感謝する。そのあとで、われわれ固有の、現条件にふさわしい新しい人生を築くべく努力する。人生はわれわれのものだ。それを好きなように形作るのだ。そしてそれが形作られるあいだ、自分の歌を作るのだ。しかし、思想や芸術には干渉しない！　それらは自由にしておくのだ。なぜなら、それらは自由を、絶対的自由を求めるのだから。われわれが望むからといって、神話は一瞬にして形成されはしない。それは人生の中から迸り出るのだ。ましてや、過去との繋がりを断つこととか、われを忘れて西に夢中になることからでは、決してない！　われわれのことを何だと思っているのか！　われわれは東の最も古典的な嗜好をもつ民族なのだ。すべてはわれわれが継続することを望んでいる。」

「古いものを継続したうえで、どうして新しい人生の形成を求めるのですか？」

「われわれの人生はまだ形成されていない、だからだ！　元来、人生とは絶えず整えられねばならないのだ。ことに今世紀においては。」

「それでは、過去を除去するのですか……。」

「もちろんだ……しかしそれは必要なところにおいてはだ。死んだ根は捨て去る。新しい仕事に入るのだ。新しい人間や社会を育てるのだ……。」

「そうするために、どこから力を得るのですか?」

「必要性と、生きる意志からだ。そもそも速度が重要なのではない、学習の必要があるのだ。現実がそれをもたらすのであり、曖昧なユートピアの観念ではない。」

スアトは額をぬぐって言った。「俺はユートピアを語っていたのではない……。しかし聞いたことのない歌がほしいんだ。世界を新しい目で見たい。それも、トルコのためではない、世界のためにほしいのだ。新しく生まれた人びとに捧げられる歌が聞きたい。」

「君は正義が、権利がほしいのだ。」

「いいや、そうではない。それらは古いことばだ。新しい人間は過去からの唯一つの痕跡も望まない……。」

ミュムタズは、入り口から入ってくる客を見ながら、「スアトにその新しい人間を描写してもらおうじゃないか」と言った。

「それはできない。彼らはまだ生まれていないのだから。しかし彼らは確かに生まれる。それは確かだ。全世界はその誕生の陣痛に苦しんでいるのだ。たとえば、スペインを見たまえ!……」

イヒサンは言った。「もし君が求めているものがそれなら、安心したまえ、やがて全ヨーロッパも、この世界すらも、スペインに似るだろう。しかしながら、新しい人類のあるものがスペインやロシアで生まれると本当に信じているのか？　私にとっては、それらの土地は人類の破滅を用意しているように思えるが。」

「予言ですか？」

「いいや、単なる観察だ……毎日の新聞の平均的読者としての観察だ……。」

スアトはしばし空になったグラスを持てあそんでから、それをイブラヒムに差し出して、「すまないが」と言った。注がれたラク酒の上に水を加えてから、一口すすった。

「そうなったとしても、だからどうなのだ。俺はもともとそうなることを望まない者ではない。人類は、死んだ形骸からこのような火事によってやっと救われるのだ……。」

「もっと劣悪なものになるために。前回の戦争の結果を見たではないか。」

しかしスアトは聴いていなかった。「戦争が不可避なものとなったのは言うまでもない。このような混乱した事態は戦争がおさめられるかもしれない。」そして彼は突然イヒサンを見た。「本当に、人類に新しさを期待できないのですか？」

「人類に絶望することがあろうか。ただ、戦争にはよいことが期待できないのだ。文明の破壊があるだろう。戦争からも、革命からも、民衆の中からの独裁者からも、なにかが出てくるとは期待できないのだ。戦争はヨーロッパにとって絶対的破滅だ。もしかしたら世界にとってもだ。」そしてあたかも自らに語るように、彼は続けた。「私は人類には絶望していないが、しかし、個人としての人間は信用できないのだ。まず第一に、ひとたびそのつながりが壊れると、彼らはまったく変わってしまう。彼らは、まさにプログラムを組み込まれた機械のようになる……。そして突然耳が聞こえない、感覚もない、自然の暴力であるかのようになるのだ。戦争や革命の恐るべき面とは、何世紀にもわたって努力し、教育し、文化によってやっつけたと思った原始的暴力が、突然解放されることなのだ。」

「俺が望むのはまさにそれだ、革命なのだ」とスアト。

イヒサンはがっくりと、ため息をついた。

「実際、われわれはもっとよいものを求めることができるのだ。しかし、求めるだけでは役に立たない、人類がこれほど脆弱になったあとでは……。確かに、人間を信じることは難しい。しかし運命を考えると、これほど憐れむべきものもいない。」

「僕は人間が好きだ。さまざまな条件下で格闘するその能力が好きだ。運命を知りつつ、その人生を受け入れることを、その勇気を愛する。星降る夜、全宇宙の重みを背負おうとしない者がいるだろうか。人類の勇気ほど美しいものはありえない。詩人だったら、ただ一つの韻文、長い叙事詩を書いただろう。二本の脚の上に立ち上がった先祖から今日に至る冒険談を書いただろう。最初の思い、最初の恐怖感、最初の愛、宇宙を次第に認識し、孤立していたものを統合する知能の最初のうごめきを、自然に加味された山のような豊かさを……。神をわれわれの周囲に、自分の中に創造すること。そうだ、一つの韻文を書くのだ。人類を賛美したいということなのだ、問題は。万物を眠りから目覚めさせ、宇宙を自分たちの魂に従えた者を賛美するのだ、すべての偉大さを包含する言語よ！　われを手助けし給え！」とミュムタズ。

イヒサンは従弟をいぶかしげに見やった。「この興奮ぶりはどうしたのか、ミュムタズよ？　十九世紀の文明崇拝論者に似てしまったぞ。」

「いいえ、似ていません。なぜなら問題が解決されるとは信じていないからです。人類は絶えず死ぬし、殺すでしょう。常に、ある脅威の下にあるでしょう。自分は悲劇それ自体が好きなのです。真に偉大なのは、死を意識しつつ、われわれが示してきた勇気にあるのです。」

「ミュムタズは、ゴリラから人間に向かっての歩みの詩が書きたいのだ。」

「そうだ、ゴリラから人間に向かっての歩みなのだ。良くぞ言った。君が望んだ戦は、その最後の一文だ。さて、これから人間から再びゴリラに向かって行くのか？……ドストエフスキーは、われわれが今いる行き詰まりを一番よく知っていた者である。」――イヒサンはグラスを口に持っていかないでテーブルに置いた。「君が望む戦争はわれわれをそこに連れて行く。あと二つ世界大戦があれば、文化も文明も残らない。自由の思想は永久に喪われるのだ。」

「それは自分でもわかってます。しかしながら、われわれがその中にいる精神の息苦しさとわれわれの周囲の惨めさ、人間を物のように使用する習慣、そして、それが生み出す恐怖。その後で、すべてこれらが、人生の空しい部分であることを知ることのひどさを考えてみて下さい！　すべては時代の終末が来るのを示している。僕は、惨事であれ、何かが起こるのを待っているのです。」

「お釣りはとっておいて……。」

アーディレは怒りのこもった目で夫を見て、低いが、殺意を秘めた尖った声で囁いた。「どうせ道で拾い集めたものでしょうよ。」

サビヒは妻に、いつものやさしいまなざしで目配せした。彼には、彼女がなぜ一日中すべてに腹を立てているかがわかっていた。**自分は片隅に座って、何も言うまい。ただ、ホストが我慢してくれますように、と願った。**長い年月で、そのすべての故障を知り尽くした古い車のように、彼は妻にも慣れていた。それは自分勝手なところで停まる。時にはブレーキも利かない。ギアを勝手に変えたりする。時にはちゃんと動いたりする。サビヒの仕事は、この古い機械が事故を起こすのを阻止することであった。本当は善良な女なのであって、彼女には慣れてしまった。彼女の傍らでの人生は楽であった。実際のところ、この楽さをサビヒはかなりの犠牲を払って手に入れたのであった。そのために自己のほぼ半分を断念していた。**半分の自己でも役に立つのだろうか？**

御者は受け取ったチップに満悦で、馬車は小麦の穂の黄色のござと色とりどりのテント覆いを陽に光らせ、大きな弧を描いてアーディレのそばを通り過ぎた。アーディレは、栄養をたっぷりとった二頭の馬が春の朝の上機嫌で描いた力強いカーヴを、自分に対する侮辱と見なすべきかどうかをしばし考えてから、もともと暑さで軟らかくなったアスファルトを、ヒールで穴を穿ちたいかのように強く踏んで、足早に歩いた。しかしその先では石ころの多いがたがたの下り坂を歩かなければならなかった。立ち止まって、サビヒが彼女の腕を取るのを待った。この高いヒールで！　**靴は昨日買ったばかりで、この石ころだらけの道で傷むのには同意できなかった。夫がせめて少しは役に立てば！**　サビヒは運命が自分に差し出した和解の機会を逃さなかった。道の端のヴェランダで長椅子に寝そべった娘アイリスの脚が腿まで見えていたにもかかわらず、妻の腕を、十三年の経験からくる巧みさで、そっと、しかし心に沁みる力強さで取ることさえ忘れなかった。「ミュムタズの人生は危険に瀕している……どう思うかい？」この一言がアーディレに与える影響には関心がなかった。今この瞬間、妻の顔が、レモンを絞られた牡蠣のように、一連の小さな引き攣れの中にあることを知っていた。そして、承知でやったこの残酷さを償うべく、再びアーディレの腕をきつく押さえ続けたが、妻に対する親愛の情はそこで終わった。「危険だな！　なぜならヌーランも彼に対して弱みがあるのは確かだったから……。」そして突然、最大の拷問に連れて行くべく決心した冷酷な心で付け加えた。「もしかしたら、お互いに以前から知り合いであって、わしらに芝居を演じたのかも？」

「まったくわからない、でもそうは思わないわ……。あの二人にそんな頭脳があると思うの？　それにその必要もないじゃない？」

「しかし、気がついたかい？　娘でさえ気がついた。」

「もちろんだわ、かわいそうな子……。」アーディレはヌーランの娘に対する憐憫で胸が痛んだ。彼女は全身の重みでサビヒによりかかった。おかしいのは、彼女はすぐに、わしらの婚約時代の声が出せることだ……。女とは不思議なものだ……。哀れなばか者のミュムタズは必要もないのに災難に飛び込む……。

彼の心の中にはミュムタズに対する奇妙な憐憫の情があった。それとともに、運転を教えてくれた教師の、距離の推定に関する忠告を思い出しながら、行くべき家の入り口と現在位置を測定して、再びアーディレの腕をそっとさすり続けた。

「やめてよ、何をするの？」

エンマは、男の気持ちに慣れているつもりの女の計算高い媚びで、うれしそうに言った。

「まあ、伊勢海老があるわ……」と喜んで手をたたこうとした。「ファーヒル、気がついた？　昨日の伊勢海老はとってもおいしかったわ！」その声は、辛子漬け胡瓜のように奇妙で、トルコ語の単語をかさかさと耳障りなものに変えていた。それにもかかわらずほとんど訛りはなかった。

ファーヒルは若い女の健康そうなあごと真っ白な歯を恐怖の念で眺めた。「それから？……」

エンマはこの上なくかわいらしい微笑の一つで答えた。「伊勢海老のあとで考えましょう……。」しかし、一緒に暮らしている男が、テーブルで料理を待つことに――もちろんすべてのトルコ人がそうであるように――我慢できないのを思い出して、付け加えた。

「よかったら、カツか、ヒレ肉でも……。」

「わかった、お前にはカツかヒレ肉……」と給仕に向かって言った。「ここではどちらがいいかね？」

ギリシャ人の給仕は、しばしビューリダンの驢馬のように、カツの美味とステーキの高貴さのあいだで揺れうごいた。

「でも、あなたが食べないならいやよ……。」エンマの声は優しく、火の中のガラスのようにひび割れしそうだった。

ファーヒルは、この優しさとその冷たい攻撃に反応して、背骨の先端から来る戦慄でこわばった。

「絶対に何か食べなければだめよ！」と、エンマは男の気持ちがわかる女の注意深さと、母性愛とで――なぜなら男は皆子どもであり、指図が必要であったから――続けた。「今朝も美容体操を忘れたでしょ！」

コンスタンツァの海岸でこの美容体操が始まったころは、この声も、その強要も、ファーヒルをこれほどいらだたせなかった。そのときは彼個人に向けられた彼女の関心が彼を狂おしくさせたのだった。彼はこの計算された意識的な付き合いに、この上のない喜びを見出したのだった。

「よし、俺も食おう！」そうすれば少なくとも彼女の会話を阻止できるだろう。自分でも気がついた奇妙な頑なさでメニューと首っ引きになって、エンマの歯や、その頑健な身体や、男の力に張り合う広い胸、一時は自分を歓喜で狂おしくさせたが、今ではいらいらさせ、さらには怒りで狂おしくさせる、このすべて第一級の機械の細部を見ないように努めていた。

エンマの歯は、ファーヒルがイスタンブルに戻って以来、彼を恐怖に陥れていた。染みひとつなく真っ白で、かなり大作りな顔の造作の中で間違うことなく動いている器具に似ているそれらの歯は、その上にたまたま来た物を砕くことができる粉砕機の印象を与えた。今やその粉砕機はまず伊勢海老を、その後でウィーン風カツレツを砕くのであろう。ゆっくり、ゆっくりと……。

「ワインか、水か？……」

「ラクを……。」

ファーヒルは今度は彼女の注文にしてやられた。そして向かいにいる者を驚きをもって眺めた。しかしエンマは、今年最初のミモザの花のあいだから、遠くにトロピカルの紺青色に伸びる海に見入っていた。

「驚いた。お前はラクが嫌いだったじゃないか？」

「もう慣れました！」それからひどく親しげなまなざしでファーヒルに向かって、「あたしはもうイスタンブル人になったのよ！」と。

エンマはラクに一向に馴染めなかった。そして、もしかしたら自分の権威を誇示するためにか、ファーヒルが飲むことをも望まなかった。しかし埠頭でヌーランと、ことに娘と出会ったために、彼女は二、三日はいくつかの原則をあきらめざるを得なかった。どうやっても、この二、三日はより親密で、より従順に見られる必要があった。最近知り合ったヨットを持っている金持ちのスウェーデン人とうまくいくまでは、ファーヒルの厚情が彼女には必要であった。自分に対して、少なくとも一か月は……と繰返した。そうなのだ、少なくとも、あと一か月は親しくあるべきだった。その後は専用ヨットで、選りすぐられた人びとのあいだで地中海を航海するのだ……。言うまでもなく今がその季節だった。アテネ、シチリア、マルセーユ……それより先は考えなかった。なぜなら、夏、冬、どの季節であれパリを望んでいたから。一度はパリに行かねばならなかった。前回、ファーヒルと知り合いになる前に行ったパリ旅行はまったく役に立たなかった。惨めな部屋、ある種の近所の食堂に似たうらぶれたレストラン、隣の部屋から夕方まで聞こえるピアノ、安物の家具……。もちろん肉欲の面ではひどく愉しんだのだった。しかし、そのためにですらいくつかの問題には我慢できなかった。それに、落ち着ける家や家族を持つ時期にもなっていた。そのためにこの機会を逃したくなかったのだ。しかしながら、運命はいつもエンマに奇妙に働くのだった。今度もそうであった。年を取った、金持ちのスウェーデン人は一人で来たわけではなかった。ヨットの船長である若い、浅黒い青年もいた。悪いことには、この青年はエンマの弱みを諳んじているかのように振る舞った。どうしても断れない、二人だけになる機会を用意したり、葡萄のような黒い瞳で彼女を一、二秒じろじろ眺めてから、形式的なことは無視して……これが昨夜海で起こったことだった。皆が酔いしれていたこと、月の光、静寂をなんとすばやく利用したことか。エンマは自分の弱さに内心腹を立てたものの、その数分を思い出すとうっとりと目を瞑った。

しかしながらこの幸せな夢想に長くは留まらなかった。すべてこれらは一時的なものであった。本来のことを忘れてはならなかった。大事なのは今のところファーヒルであった。ファーヒルにおける今朝の邂逅の影響が気になった。ヌーランを見たのはせいぜい一分くらいであった。長年の情婦としての経験から彼女に嫉妬を感じた。自分とはまったく異なる類の、深みのある美しさがあった。とはいえ彼女のことは気にしていなかった。自分たちは互いに無関係であった。エンマが恐れたのは彼の娘であった。

「ファーヒル、わかっているの？　あなたは今日ファトマにひどい振る舞いをしたのよ？」ファーヒルの声は彼女が今まで聞いたこともないものであった。

「わかっている……。」これで三度目だ、いつもわかっていることだ。

彼は妙に惨めだった。ヌーランをこれほど美しいと思ったことはなかった。彼女は、離婚した頃の疲れ果てた状態のヌーランでもなかったし、十年前の記憶にある白い幻想のように見える婚約者でもなかった。彼女は別の、まったく彼の知らない、まったく見知らぬ女であった。十年間一緒に暮らしたにもかかわらず、まったく気がつかなかった女であった。自分はそのことでひどく驚いたので、ファトマにちゃんと話しかけられなかったのだ……。あたかも他人の子どもであるかのように振る舞ってしまった。しかしながら、本当にそのためにその子どもに冷淡に振る舞ったのか、あるいはエンマが傍らにいたので、エンマの気分を損ねないためにだったのか？　俺はひどく弱い男だ、ありとあらゆる愚行をやりかねないのだ……。

彼は顔を上げた。彼の心の中をほとんど見透かしているエンマの目を正面に見た。エンマは言った。

「ファーヒル、あなたが望むなら、彼女とよりを戻してもいいわ。あたしは決してあなたを娘から引き離したりはしないわ。」

そして彼女はその決心が確固たるものであることを示すために、仕事の最中にゼネストを宣言するかのように、フォークを皿の端に置いた。その顔全体は、権利放棄と人間の情に対する敬意を表していた。一生涯自分のみを憐れんできたことからくる習慣のせいで、表情は変わり、歪んでいた。

エンマは決して頼まなかった。ただ奪うのだった。娼婦としての経験は彼女に頼むことを禁じていた。取って、捕まえなさい、しっかり押さえ込むのよ、息もつかせずに！　でも決して頼んではだめ……これがモットーであった。友だちづきあいから始めよ！　常に理解を示し、忍耐強くあれ！　男を理解していることを感じさせよ……そのあとで翼を広げて、息もつかせずに……しかし決して頼むなかれ……。スウェーデン人の金持ちは彼女の理解、やさしさ、献身的友情をゆっくりと感じ始めていた。

ファーヒルはしばらくエンマを見つめて、「何で今そんなことを言うんだ？」と言った。

彼女は大きな間違いを犯したことを理解した。この問題には触れるべきではなかったのだ。彼女はうつむいて伊勢海老を食べ始めた。今晩、スウェーデン人の金持ちともっとはっきり話さなければならなかった。

ファーヒルはこの一週間、エンマが今自分から提案したことを考えていた。しかし彼は決心がつかなかった。彼は自信がなくて、惰性に縛られていた。それに、エンマが彼を引きずり込んだ生活があまりにも変わったものであったから、一向に決心ができなかったのだ。それに、ヌーランがそのような申し出にどう反応するかもわからなかった。ヌーランは何度も、和解して過去を忘れるために猶予期間をくれたのだった。本当に困難なのはエンマと別れることなのだ。彼女を愛していたからではなく、情欲に対して彼が脆弱であったからだった。彼は決断力のある男ではなかったし、彼女からしかるべき時に逃れるほど賢くも……なかった。しかしながら、エンマの方がこの意思を示すことができるかもしれなかった。もしかしたら自分に愛想をつかしたのかもしれない……。もしかして……。昨夜の泥酔の靄の中でのさだかでない記憶をたどった。南米人の船長の剃刀に似た硬い顔、剃刀のように硬い、あの突き刺すような目つきが目の前に思い出された。昨夜しばらくのあいだ、奴とエンマはともに見えなくなっていた。彼はブリッジのゲームから抜け出せなかった。もしかして……。そして人生での天国であった瞬間が、エンマの恍惚に向かっての疾駆、あの狂おしいささやきが、突然心の中で真新しい刀傷のように思い出された。その痛みで顔を上げると、エンマの三十二本の歯が伊勢海老をゆっくりと、この上なく無邪気な、ぼんやりしたまなざしの中で、あたかも暗記している詩を暗《そら》で唱するように噛み潰すのを、真の美の奇蹟のように眺めた。この無意味な考えをやめることが一番いいことであった。グラスを上げた。エンマは、最初に習ったトルコ語の単語を、この不誠実な愛人に、過ぎ去った楽しかった日々を思い出させたかったかのようにぎこちなく繰り返した。「乾杯いたしましょう《シェレフィニゼ・エフェンディム》……。」

　彼女の目は、自ら同意して準備した別離の涙であふれていた。実際に心の中でもそう考えていた。あたしの一生はいつもあたしの価値を知らない人たちによって蹴りまわされたのではなかったか？　ベッサラビアの金持ちの大地主はこうしたではなかったか？　実際は、エンマにも多少は過ちもあったのだが。あの御者と寝る必要はまったくなかったのだ。しかも真っ昼間に、競走馬専用の厩舎の上の部屋で……。そうだ、彼女の一生はこのような小さな過ちや不注意が原因の不運で過ぎてきた。しかし何ができたというのだろうか。男というものはこうなのだった。地主は下男を解雇すべきところで彼女を追い払った。しかし下男も後からついてきた。婚約者ともこのような失敗で別れたのであった。完全に同じではないが似たようなものだった。しかしながらそのときも悪いのは彼女ではなかった。将来の義弟はミハエルよりもずっと若くて……二人のあいだには三人の姉妹があった。

「今晩は、よかったらどこにも行くのはよそうか、エンマ?」

「あなたの好きなようにして……わかっているでしょ、あたしもとても疲れているの……昨日の晩……。」しかしながら昨日の晩と言う必要はまったくなかった。

そのことばを口にするや否や、顔が真っ赤になった。本当に今晩はどこにも行かないのだろうか? 彼女は一晩中ファーヒルと過ごす苦痛を思って、再び伊勢海老に戻った。

ファーヒルは驚きをもって愛人を眺めた。知り合いになって以来、エンマが疲れということばを口にしたのを初めて聞いたのだった。もし俺が別れられなかったら、つまり、俺を捨てて彼女が出て行かなかったら!と考えた。

「わかっている、ファーヒル? あなたはひどく変わったわ……。」

しかし、ファーヒルは聞いていなかった。彼の目は給仕の上着の取れたボタンを見つめていた。一つの取れたボタンが彼を救ってくれることもありうるのだ。まさに、取れてそこにないボタンの場所が、彼に奇妙な解放感を与えたのであった。本当のところ、女といわれるものが自分に窮屈な思いをさせるのなら、どうして彼女らと一緒にいようとしてくよくよすることがあるのか……。

サビヒの母方の伯母は、太った、その顔から善意と人生の喜びがあふれている女だった。三十五年間喘息もちの、機嫌の悪い夫でひどく苦労をして、次々にもたらされた何のためにしたのかもわからない借金を返済し、夫のことを考えるとその気性やモラルを信用できない四人の子どもたちを育て、すべてを次々と結婚させ、家や土地を与えてきた。今や、客人をもてなすことで人生を過ごしていた。彼女が若いころは、夫の気性のせいで、若い女の友だちがいなかった。この七年間、多くの客人を招び、誰も知らない珍しい料理で知り合いをもてなしていた。

彼女は、アーディレとお気に入りのサビヒをすぐ庭の入り口でむかえた。

「おそかったわね？……待ちどおしかったよ。」長い三つの部分からなるイヤリングに手を触れた。サブリエ夫人は、このような日は姑のくれたお気に入りのイヤリングをつけないではいられなかった。しかし、片方のイヤリングの真ん中の部分の針金が切れたために細いカタン糸で縛っていた。大きなダイヤとその下のエメラルドをなくすのを心配して、ちょくちょく手で触っていた。サビヒは伯母の頬に口付けするときに、横目で昔の庭番小屋の屋根を見た。三年前に朽ちたままであるのが見えた。サブリエ夫人は修理、改装などの観念がなかった。もともと、取れたり、なくなったり、崩れたりしたものとは彼女は関係なかった。

「あんたたちに、とってもいいものを作ったんだよ……。」それからサビヒに振り向いた。「お前の食餌療法の食べ物も準備できているよ。」

アーディレは、突然顔をしかめた夫を見て、うれしさを隠そうともしないで言った。

「感謝しますわ、伯母さま。体に悪いものを食べて病気になるのではないかと、とても心配しています。」

その声は心配というよりも喜びで震えていた。

「もちろん、サビヒの健康のことを忘れるものかい……。彼は私のたった一人のサビヒで、お気に入りさ……。」アーディレはこの保障のことばに喜んで、二、三日前におぼえたタンゴを口ずさみながらバルコニーに向かって歩んだ。サビヒは怒り狂った。見ておれ、今に見ておれ、とつぶやいた。そして、最近読んだポーランドの問題とドイツの経済生活に関する論文を、最初から最後まで彼らに話すことを決意した。復讐をするのだった。

あの食餌療法の食べ物を持ち出されなければ、彼女たちに海豹《あざらし》の生態について知っていることを話すつもりだった。この海の動物は本当に奇妙な生活をする。あたかも海では魚で、陸では人であるかのようだった。『Lu』誌で書かれたものを読んだとき、まさにそのように感じたのだった。あたかも海では魚で、陸では人間であるかのような、という文章を使うことに決めていたのだった。しかし、海豹のことも、エスキモーの奇妙な慣習をも――その家の祖父が死んだ日に生まれたために祖父の地位に就けられた仔犬のことを――話すつもりだったが、今や食餌療法のおかげで、ドイツの産業と経済について話さざるを得なくなったのだ。心の中の怒りでイヤリングの大きなダイヤモンドが落ちてなくなる可能性も気遣うことなく、伯母の耳をもう一度見た。これらの知識は頭蓋骨に四十五度の角度を形成する漏斗《じょうご》によって彼らの頭に流れ込むはずであった！　サビヒは長年、新聞記事を一種の評価に値する文章として使っていた。ある日アーディレのファンで家に出入りしていた知人の一人に、この種の記事を説明しているときに、その傍に座っていた若い男が我慢できずにあくびをして、立ち上がって出て行ったのを見て、突然世界の出来事に対する反応は誰しもが自分とは同じでないことを理解した。そこで、そのとき以来、記憶と時間が自分に備えさせたこの武器の効用について研究を重ね、ほぼ完全にしたのであった。

バルコニーにはいつものように七、八人の客がいた。サブリエ夫人の子どもたちは全員、自分たちの友人を彼女に託して家を離れていた。上の息子のピケットの相棒であったヤシャル氏——ヌーランのいとこになる——、上の娘の小姑のヌーリエ夫人、二番目の息子を賭け事に踏み入れさせて学校を中退させる原因になったくせに、自分は工学部を首席で卒業したイッフェト氏、下の娘の高校時代の友人のムアッゼズ、皆そこにいた。サブリエ夫人はめったに訪れない自分の子どもたちのいない寂しさを、これらの代理のもので埋め合わせるのにすっかり慣れていた。

アーディレはバルコニーに出るや否や言った。

「まあ、ヤシャルさんもいらしている……何という偶然でしょう。」

ヤシャルは歳にはふさわしくない白くなった髪を手で整えて、眼鏡を拭いた。そしてアーディレに対してエチケットに完全にしたがう形で挨拶した。彼は、ともかくもヨーロッパを見た男だった。

「ちょっと前あなたのいとこのヌーランさんとご一緒していました……。とてもきれいでしたわ。」それからサブリエにむかって、「ミュムタズもご一緒してましたのよ」と言った。

ミュムタズが、彼女の祖父の名前と経歴をオスマン時代の戸籍簿で見つけてくれたために、サビヒの伯母はミュムタズのことをとてもかわいがっていた。亡き夫が見つけると約束して三十年間果たさなかったこの経歴を、ミュムタズがすぐ翌日に電話で知らせてくれたことは——とりわけサブリエはこの過去の逸話を電話で自分に告げたことにひどく感激した——、彼女には一種の奇蹟のように思われたのであった。

「どうして連れてこなかったの？　何か月も会っていないわ。とても残念。ほら、ムアッゼズもここにいるのよ。」

サビヒは妻より先にこの件を切り上げようとした。

「友人たちと会うと言っていましたから、無理に勧めませんでした。」

ムアッゼズは寄りかかっていた長椅子から立ち上がった。

「スアトさんが病気になって、一週間前にイスタンブルに来たのです。ここのサナトリウムにいるそうです。来る時会いました。」サビヒは、知り合い全員を今朝のフェリーでここに連れてきたのかとあきれてつぶやいた。

「気の毒に……どこが悪いのか？　つまりその、病状は重大なのか……。」いや、肺病はそれほど重大な病いではなかった、食べて、飲んで、栄養を取ればいいのだ。本当に重大なのは自分の病気だった。なぜなら食餌療法をしなければならなかったから。まもなく自分が食べるであろうかぼちゃと人参のバター焼きの苦痛を思いうかべて、会う誰もから「たくさん食べなさい、栄養のあるものを食べなさい、パスタ類や網焼き……食べて栄養を取りなさい、そうすればすぐによくなる！」と忠告されるスアトの病いを羨んだ。それにしても、このムアッゼズとはなんたる者か、どこから知ったのか？　どうやって、どこから見たのだろうか？

アーディレは、他のときだったらスアトの病気のことをひどく心配したであろう。彼ほど陽気で、女の気持ちをわかる人間はめったにいない。しかし今は、ミュムタズとヌーランのことを、ムアッゼズにもヤシャルにも時期を失せずに話そうとしている時、スアトの名が障害のように割り込むことに我慢できなかった。アーディレ夫人はとてもよく訓練された競走馬のように、この突然の障害物をためらわずにかわした。

「実のことを言いますと、それも考えました……。でも彼はヌーランに夢中で、私たちには話す番も来なかったのです。」そして横目でヤシャルを見た。彼がかなり前からヌーランを好きで、嫉妬していたのをアーディレは知っていた。さらにはヌーランがファーヒルと別れるとき、彼はひどく陰険な役を演じたそうで、ファーヒルとエンマの関係の促進を手助けもしたり、その上、その関係を毎日毎日ヌーランに知らせたりもしたのだった。ヤシャルの顔は真っ青になった。

「二人は前から知り合いだったのですか？」と彼はほとんどどもりながら訊いた。

アーディレはうれしそうに答えた。「いいえ、私たちが紹介したのよ。」それからサビヒの伯母に向かって、つけくわえた。――「伯母様はご存じないでしょう、どんなにぴったり意気投合していたか！　実のところ私は二人が気に入りました。本当に悪くない組み合わせですわ！　少し歳の開きがあるけれど……。」

サビヒは妻をあきれて眺めていた。ムアッゼズのいるところで、あえて口にすべきことではなかった。ムアッゼズは彼らよりもかなり歳下であった。

「ミュムタズ氏というのは誰ですか？」

「うちの大学の助手です」とムアッゼズは日の光の中で髪をゆすって、目を細めた。「自惚れ屋の一人で……。」彼女の目はまだ庭の中ほどにあるオランダダリアを見ていた。真っ赤で……真っ赤で……それから彼女は突然考えを変えた。「皆彼が好きです……」と。彼女はしょげていた、寂しそうだった。彼自身の口から島に来ると聞いたので、今朝彼女はここに来たのだった。しかしフェリーでは一緒になれなかった。つまりそれは偶然だったのだ……。彼女は、半ば閉じたまつげの背後から怒りをこめてアーディレを眺めた。

「もちろんあなたは知っているはずよ？……あなたのお父さまのお友だちにイヒサン氏がいるでしょ。彼はその従弟よ。うちで何度か会ったでしょ！」

しかしヤシャル氏はミュムタズをおぼえていなかった。家の中で時計が一時半を打った。薬の時間だった。ヌーランが他の人と結婚する可能性すらも、ヤシャル氏に薬の時間を忘れさせることはできなかった。ポケットから小さな瓶を取り出した。注意深く栓を開けた。瓶をかたむけて、手で触らずに、二錠を包装紙の上に出した。

「少し水をいただけますか？」それからサビヒに向かって、「おそろしい力ですよ。本当に……」と言った。「ビタミンを始めてから、とても楽で、健康に感じています。」

サビヒはアーディレの目の中に輝く揶揄と侮蔑を見逃した。

3

翌日の夕刻、あたかも前もって約束していたかのように彼らは埠頭で出会った。サビヒとその妻の姿は見えなかった。ヌーランはファトマを叔母のところにおいてきた。埠頭は春の濃厚な香りに満ちていた。ほとんど誰もが手折《たお》った花の枝を持っていた。咲いたばかりの薔薇の花束を持っている者もあった。人ごみの全員が花の略奪から戻ってきたかのようだった。

ヌーランは彼を遠くから認めると、かすかな手ぶりをした。ミュムタズは思いもかけない偶然と、自分にはほとんど起こりえないと思える彼女の態度に喜んで、彼女に向かって歩んだ。

「これほど早く戻られるとは思いませんでした……。」

「私も考えていませんでしたが、こうなりました。あなたはどんなことをなさいました？」

あたかも毎日の報告をもとめるかのようだった。ミュムタズは彼女の背後に海峡のアジア側の海岸の見事さと、吸い取り紙でぬぐわれたようなパステルカラーを見ながらこたえた。

「僕たちは話し合いました……。この国で一番簡単にできるのはこれ、話すことです。」それから友人たちに不当にならないようにと、付け加えた――「でもいい話をしました。イヒサンも来ました。あらゆる世界の問題のほぼ半分を解決しました……。夜には見事なネイ〔外観も音色も尺八に似た楽器〕の演奏を聴きました。」

「誰の？」

「画家のジェミルです……エミン・デデ*の弟子です！　僕たちにサズとウードの音楽と古いメヴレヴィー宗派の儀式の歌を演奏してくれました。」

二人とも誰か知り合いが現れて気楽な会話を壊してしまうのではないかと懼れて周囲を見回した。やっと乗船口の門が開けられて、二人は四十年来の知己のように一緒にフェリーに乗船して、また階下のサロンに座った。ミュムタズは言った。

「お嬢さんをどうされたのですか。お母さんと別れるのを悲しみませんでしたか。あなたから離れられないように見えましたが。」

「いいえ、そうしなければならないのがわかっていますから。私たちはうちの近所の百日咳の流行を心配しています。その上、彼女は冬中病気でした。病気や健康のことでは言うことをききます。」

「四年前でしたら僕の耳にも入ったでしょうが、今はイジラールはいないので。」四年前には彼は毎日会うイジラールからファトマに関することを聴かされていたのだった。

ヌーランはこの冗談を聴いていなかった。彼女は自分の考えにとらわれていた。

「ファトマは変わった子どもで」と言った。「あたかも自分によってではなくて、周囲の者との関係で生きているかのようです。伝染病の危惧がなければ、決して聞き分けなかったでしょう。」

「僕は、あなたも一緒に残られると思っていました……。」

右の方から来る光が彼女の髪にくっついて、それからゆっくりとうなじを滑り、人間に慣れている小さな動物のように楽しげに動き始めた。

「私もそのつもりでした。でも悪い偶然がたまたま……。」

やっとその時になって、ミュムタズはヌーランが昨日のように陽気でなく、物思いに耽り、寂しげでさえあることに気がついた。

ミュムタズの心の中は、島の埠頭に着いてヌーランと前夫を見たときの苦痛でいっぱいになった。しばらく何も言わずにいてから、慎重に言った。

「僕は昨日、偶然の出来事を見ました。友人たちを探していたのです。」彼はうそが言えなかったために顔が赤くなった。「ファーヒル氏とあなたが出会われたところを見ました。」ヌーランは何も言わずに彼を見ていた。ミュムタズはそのまなざしの下で、彼女のひどくプライヴェートなものを見たことを悔やんだ——もし隠しごとをしないと決心していなければ、口にはしなかったのだが！——それから突然自ら、火の見の塔からパラシュートなしで身を投げた——「何よりも悪いことには、埠頭から出るとき、あなたの顔や態度はとても愛らしく、気をつけていらした……。」

ヌーランは寂しげに微笑んだ。

「私が出てくるのを待っていたとおっしゃったら？……私はあなたを見ました。顔を赤らめても無駄よ。こういうことはあなた方男性のいつもすることです。ただ本当に悪いことを見ることはできなかったのです！　本当に悪いことは、私を助けにきて、私が抱えていた娘を抱き上げて下さらなかったことです。二人とももう少しで倒れるところでした……。」ミュムタズの表情は複雑だった。しかしヌーランはそれには気がつかなかった。「しかしながらもっと悪いことは、ファトマの神経がずたずたになったことです。父親のことは忘れていたのです。あの子には奇妙な独り占めの感情があります。今や父親に嫉妬しています。『パパがあたしを好きじゃなくてもいいわ。あたしはパパが好きよ』と言って朝まで泣きました。」そのあとでこの件を思い出したくないかのように、話題を変えた。「イヒサン氏といわれたのは、私たちの知っているイヒサンのことですか。」

「わかりません。あなたが知っているイヒサン氏とは誰のことですか。」

「私の母方の伯父は、大戦のあとの休戦期間中、そして連合軍の占領中、権利防護機関で働いていたときに、イヒサンという方を助けたと言っていました。ナーディル・パシャの副官だった方です。パシャの死はその方のせいにされたそうです。逃げることができたのに、疑惑がある以上自分はどこにも行かないと言ったそうです。処刑から救われるように伯父も多少は手伝ったそうです。」

「ナーディル・パシャが彼に書いた書簡のおかげですね。そのとおりです、それはイヒサンだ。しかし何故イジラールはそのことに触れなかったのだろう。僕は伯父様を何度かお見かけしました！……」

「イジラールは写実主義の小説家のようなものです。日常の事柄以外には触れません。」ミュムタズの驚きは尽きなかった。

「そうですか、テヴフィク氏はあなたの伯父上ですか……。タラト氏はひいお祖父さまですね？」

「そうです。タラト氏は母の祖父です。」

「僕はテヴフィク氏が歌われたのを一度聴いたことさえあります。僕たちに『マーフルの歌』を聞かせて下さいました。『マーフルの歌』はお好きですか。」

「とても……大好きですわ。でもご存知ですかしら、私の家ではあの歌は不吉だと思われています。」

ミュムタズはヌーランの顔をまじまじと見た。「そのようなことを信じているのですか。」

「いいえ、ただ深く考えませんでした。もちろん私にも多くの物に漠然とした怖れはあります。『マーフルの歌』の影響はまったく違っていました。曾祖母の犯した過ちが私を恐がらせたのです。私の一族は野心と野望のせいで周囲に苦労をかけました。私は小さいときから、彼女に似ていると言われていたので、曾祖母のことをよく考えました。たぶんそのために、私は感情的になる代わりに理性的になろうとしました。でも運命が支配しているのなら何の役に立つのでしょうか……。私と娘はいずれにしても幸せでありません。」

「そしてあなたはベフチェトの親戚ですか?」

「いいえ、ただ結婚による繋がりだけです……。彼も惨めでした。そのかわいそうな妻の写真を持っています。アティエです。それは不思議なことです。でもこんなことを話すのはやめましょう。」

「イヒサンは『マーフルの歌』が好きです。彼はテヴフィク氏に師事しました。あなたのひいお祖父さまの作曲はなかなかの傑作ですよ。」

「彼はメヴラーナの儀式の音楽を書こうとしていましたが、その代わりにそれができたのです。」ヌーランは目を閉じた。ミュムタズは灰色の海を眺め、同じような色のオーガンジーの雲の浮かぶ空を窓からみた。そしてヌーランを、このような天気の庭でほっそりと震える小さな薔薇の若木にたとえた。一筋の光が灰色の空から、二人とも感知しない喜びの知らせのように伸びて、彼女の顔や腕の上で喜んでたわむれた。

「昨夜は全然眠らなかったようですね?」

「ええ、眠りませんでした。ファトマは朝までうわごとを言っていました。」

「どうやっておいてきたのですか。」

「叔母がそうすすめました。私が行ってしまったら、彼女は変わるからと。私もやむなく同意しました。私がそばにいると甘えるのです……。」

「でもひどく心を傷めておられる……。」

「あなただったら……。でもあなたは女ではありませんでしょ。」

「そうです。でもそれは大きな罪だとお考えにならないで下さい……。」心からヌーランの悲しみを分かち合いたいと思った彼は、それができないので、ひどく恥じて憂えた。彼の傷心ぶりにヌーランは声を立てて笑った。二人は友だちになった。そしてこの友情は、ずっと以前からその旅程が決められていた旅に似ていた。二人の世界は互いに非常に近いものだった。

「あなたは変な男の方ですね。わざとやっておられるのですか、それともいつもこのように子どもっぽい性分なのですか。」彼女は心の中で、本当のばかでないのなら……と考えていた。ミュムタズは答えずに、微笑しただけだった。それから彼は言った。

「いつか『マーフルの歌』を歌って下さいませんか？　いい声をしておられることはわかっています。」

彼の頭はずっと『マーフルの歌』のことだけで、愛と死のこの残酷な隣り合わせを考えていた。ヌーランは手短に、「いいわ」と言った。「いつか歌いましょう。」それから続けた。「ご存じですか。あなたは私にとって見知らぬ人ではありません。共通の知り合いがこれほどあるのですもの。」

「僕にとってもそうです」とミュムタズは言った。「何もかもそのとおりで、いつか僕たちが友だちになれたら、この友情の道はずっと前から描かれていたように見えることでしょう。」

そのあとで二人はまったく別のことを話した。ミュムタズは彼女の笑いを奇蹟だと思った。この奇蹟を最後まで味わいたいと思った。彼女に次々と多くのことを話した。話しているとき、いつもイヒサンのレパートリーを使用しているのに気がついた。つまり、自分は表面的だ……まだ自分を見出していない……。実際に人生の大きな入り口の敷居にいるのだった。

この成熟した、優雅で美しい女性には、太陽の特別な庭園そのものであるかのように、すみからすみまで明るい、魅惑的な面があった。そのときまで気づかなかった、自分には欠けていると思った面が、彼女の存在によって、せわしく満ちては空になろうとしていた。考えは冷静な覚醒を感じると変わり、身体の深いところからくる微かな、神秘的な波が忘れられていた生命の歌を繰り返していた。この無言の音楽は二人にともにあった。内部から顔に出てしまうものをヌーランは見せまいとあわてて、実際よりも痛ましげに見せた。ミュムタズはその反対に生来の内気さを隠そうと、わざと勇敢で、のんきに見せようとしていた。

その時までのミュムタズの恋の経験は、二つ三つの、辻の突風で吹きとぶような友だち付き合い以上のものではなかった。それらは、男の人生に女の存在が入ることができるというよりもむしろ、小さなお遊び、ささやかな気晴らしで、退屈と一時的欲望の異なる面にすぎなかったのだ。さらにいえば、自分の周囲で徘徊する幻想の中では、そのような必要はまだ感じていなかったほどだった。彼にとって女というものは、マージデの親しさ、伯母の優しさであって、母親の死からイヒサンの家に落ち着くまでのあいだ彼の人生から欠けていたものであったが、それはこの二人によって充足されたのであった。

今、ヌーランと向かい合って、彼女の美しさを、小さな愉悦、恋心、惚れ込み、願望、欲望によって、日常を超えたまなざしで眺めていると、これほど際立って美しい女の傍らで過ごす生活はありえないもののように考えていた。なんと呼んでよいかわからない、一種の絶望感からくる勇気によって、ヌーランの顔や手をあからさまに眺めていた。ヌーランはこの無遠慮なまなざしから逃れようとしていた。くつろいだ瞬間に裸で見つかったような恥ずかしさを感じて自分の殻に引きこもり、向かいにいる男から隠れられるようにと、何度もハンドバッグを開けては、白粉をはたくのだった。つまりは二人とも自分たちのために用意された運命を感じながら、親しく話していたのだ。

しかしながら彼女は本当に美しいのだろうか？　ウスキュダル沖は、南風の強い晩に水に浮かぶ館になり始めた。姫の塔とマルマラ海のあいだは、あたかも海面下の水の層のあいだに、たくみに宝石の輝きを嵌め込んだ銅《クズクレシ》の板が敷き詰められているかのようだった。時にはそれらの銅板は宝石の筏のように水面を漂ったり、時には宝石をふり撒いたり、時にはプリミティヴィズムの画家による神の恩寵を象徴する光が溶け込む彼方の点のように、憧憬と、真実にまで上り詰める願望に満ちた真っ赤な深淵を開いて見せたりするのだった。

それは、暖色が、目にとっての愉悦からある種の高揚、魂の昇天に至る、あらゆる可能性を試みる瞬間であった。

ミュムタズは、「なんと美しい夕べだ……」と言った。

ヌーランは驚いたように思われたくなかったので、「ちょうどいい季節ですね！」と言った。

「季節であることは、感激することを邪魔しません……。」彼は心の中で、あなたはとても美しい、その美しさは若さからくるものだ、そうだとしても自分には驚異だ、と考えた。しかしながら、彼女は本当に美しかったのだろうか。向かいにいる者を恍惚感からではなく眺めたかった。いや、何も言うまい。まっすぐには見られなかった。まぶしさしか見えなかった。頭の中の畏怖の鏡に躓いた。彼は魔法の鏡の中で、自分の心の中を、次第に目覚める欲望を眺めていた。ヌーランはこの答えがまっすぐに自分に向けられたことを、先ほどから、闇の中にあった誘《いざな》いが今や明るみに現れ出たことを理解した。

「そういう意味で言ったのではありません」と彼女は言った。「これからもこのようなとても美しい夜をともに見ることがあるでしょう、という意味で言ったのです」と。そしてまた、そのことばに別の意味があることを承知で言ったために、自分に腹を立てた。

ボスフォラスに行く次のフェリーにはかなり時間があった。本屋のケマルの前で立ち止まった。ヌーランは新聞と本を買った。ミュムタズは彼女がハンドバッグを開けて、金を取り出すのを見ていた。毎日繰り返されるそれらの動作は、彼にとってすばらしいもののように思われた。言うまでもないことだが、橋も、本屋も、本を買うことも、本を読むことも、これまでとは別のものになっていた。生き生きとした輪郭と輝かしい色彩がすべてを生き返らせ、あらゆるものが永劫にまでいたる意味を持ち、穏やかな水面で戯れる光のように無限に震え、揺れ動く世界に彼は生きていた。本屋は釣り銭をわたした。

そのあとで、自分の土産物や、彼女の買った品物などすべてを手に持って、彼女の傍らでボスフォラス行きのフェリーの乗り場に向かった。彼女と一緒に歩いているのだった。ほんの昨日の朝フェリーで遠くから見かけ、それからたまたま知り合った女と、今イスタンブルにやって来て、他の船で海峡へ行くのだ。このことは自分にとって信じ難いことであった。何十万人もの人がこのような感情を、繰り返し起こる日常のことに、一生で一度なり百回なり感じていようとかまわなかった。彼にもわかっていた。愛すること、幸せになること、恋に落ちる前に知り合うこと、愛した後で互いを忘れること、さらには敵になることすら普通のことであった。しかし海で泳ぐこともそのようなことだし、眠ることもそうだ。あらゆることが、誰にでも起きることのようだった。この経験が新しいことでもなく、他の人にとって初めてでもないことは、彼の心の激動を減らしはしなかった。自分には初めてのことだった。初めて、体と魂が一緒に行動した。完全なる合一、ある種の共生を成し遂げて体も魂も幸せだった。それは初めてのことだった。しかし彼女もそう考えているのだろうか。彼女も幸せなのだろうか。彼女もそう望んでいるのだろうか。あるいはただ我慢しているのだろうか。その怖れ、その疑いはミュムタズを惨めな気持ちにした。どうして彼女は口をきかないのだろうか。次々に訪れる疑問は、暗闇の中で張られたロープに足元がまとわりつかれた者のように、楽に道を歩む邪魔をしていた。ああ、彼女が何か言ってくれたら！……

しかしヌーランは口をきくどころではなかった。彼女は、ミュムタズのように、人生の交差点で、自由の身で待っているのではなかった。彼女には生きてきた人生があった、夫から離婚した女であった。この人ごみの中で何百もの目が彼女を見つめていることはありうるのだった。彼が立ち去ってくれたら、どうか自分をおいて、行ってくれたら……。彼の出現はあまりに突然だった。私は一人になる必要がある。私のことをなんだと考えているのだろうか。喧嘩友だちの一人とでも？

自分は人生を生きて、それが崩壊するのを見た女だ。娘も一人ある。恋は自分にとって初めてのものではない。その経験を彼よりもずっと前にしたのだ……。彼女は、多くの喜びを見出すべきところで、ただただ苦痛を感じていた。

私は前に一度通った道をもう一度通るのだ。これ以上にむごい苦痛はあるだろうか。何故これほど惨めになるのだろう。彼はどうして私たちのような者を彼自身のように自由だと考えるのだろうか……。今履いているこの靴は絶対に変えるべきだ。このヒールは自分をひどく野暮ったく、女学校の時の年取った教師のように見せていた。この靴は集会で女の権利について講演をするのにふさわしい。もちろん靴によってではない……。靴が話さないのはわかっている……。靴によって私がいかに美しく優雅に見えることだろう?

昨日の朝、フェリーにいた少女の唇は柘榴の花のようだった。そしてずっと彼の方を見ていた。私ですら、座っていたところからその唇の誘いを見て、少女のためにはらはらしていたのだった。それなのに彼は、座っていたところから、私を見るために首をとても妙な形に伸ばしていたことか。なんともみっともなかった……。ミュムタズに、さあ、もう行って下さい。ここで別れましょう……。この無意味なことを無理に続ける必要があるのですか?と言いたいと強く思った。しかしどうしても言えなかった。それをすれば彼がひどく悲しがることを知っていた。実のところ彼をそれほど悲しませたくはなかった。道の真ん中で、その顔を両手で挟んで慰めることができたら、もしそれが可能だったら、その喜びを感じるためにだけでも、彼女はそうしたかった。なぜなら残酷になることも愉悦であったから。それをも体は今必要のように感じていた。短い、ごく一瞬のことだ、言うまでもなく。なぜなら長くは耐えられなかったし、それは望まなかった。彼は自分の一部であった。しかしそのために、幸せも、苦悩もすべてを自分で体験しなければならないのだ。彼にすべてを自分が、ヌーランが味わわせるのだった。それがわかっているので、彼女は自分を強く、ひどく力強く思った。微笑みは、ナイフの刃のように薄かった。しかし心の中の怖れはまだ呟いていた。私を彼と一緒に見た人たちはなんと言うだろう？　私より年下なのは歴然だ……。彼のためにファーヒルと別れたと思うだろう。私がファーヒルと別れたのではない……ファーヒルが私から離れたのだ。ああ、彼が行ってくれて自分をそっとしておいてくれたら……。

4

ボスフォラス海峡のフェリーは別種の人びとでいっぱいだった。ここは、真のイスタンブルの崩壊の時代に、一季節と言ってもよいほどの短い時間にほとんど突然出現してきた、裕福で、贅沢で、何事をも金が支配し調整する、広いアスファルト道路のある、花壇で飾られたビュユック島のような避暑地ではなかった。最初からイスタンブルとともに生きて、それが豊かであったときはともに豊かになり、市場を失って貧しくなったときはともに貧しくなり、嗜好が変わったときは自分の殻に閉じこもって、時代遅れになった過去の風俗を生活の中でできる限り維持していた、要するに、ひとつの文明がひたむきな冒険のようにして生きてきた場所であった。

ミュムタズによれば、人は島に行くと、名のない存在になるのだった。そこは特定の水準の人びとの場所である、つまり、そこでは、人は実際に自分自身である必要はなく、少なくともわれわれを自分自身から遠ざける。そのようなときには大地に足で立つことを妨げる何かに憧れるのだ。その反対に海峡沿いでは、すべてが人を呼び、人はすべてを自分の深みに引き寄せるのだった。なぜなら、ここでは物事を支配しているものや、風景や、現存しているものにかぎられているとはいえ建造物など、それらすべてが自分たちのものであり、自分たちとともに作られ、自分たちとともに存在するようになったものであるからであった。ここは、小さなモスクがあったり、丈低い尖塔《ミナレット》があったり、漆喰の壁がイスタンブルの界隈そのものとなった小さな古い教義所《メスジト》があったりする村々や、時にはある風景を端から端まで占める墓地や、水の出ない蛇口さえも涼しさを感じさせる崩れた水汲み場や、海辺の大きな別荘や、中庭で今では山羊が草を食む木造の僧房や、丁稚たちのわめき声がイスタンブルの断食月《ラマザン》のあの世の世界にこの世からの挨拶のように混じる埠頭の茶屋や、太鼓やクラリネットの音に満ち、昔の民族衣装をまとったレスラーのレスリングの思い出でいっぱいの広場や、大きな鈴懸の樹や、曇った晩や、夜明けの妖精たちが松明を手にして実在しない鏡の中の螺鈿の夢の中で泳いだ夜明けや、奇妙で感傷的なこだまなどの国であった。

もともとボスフォラスではすべてが何かの反映であった。光も反映であったし、声も反響であった。ここでは人間すら、まったく知らない何かの反映でありうるのだった。ミュムタズは幼い子どもの頃の記憶を思い出すとき、船の汽笛が丘にぶつかって自分のところにまで来る反響によって胸の中に膨らんでくる、日常の生活の中の自分を突然豊かにする疼くような憂愁の源泉のありかを理解するのだった。

フェリーはひどく混んでいた。町での勤務から戻る公務員たち、旅行者、海水浴から戻る者たち、若い学生、軍人、老婆、人生の悲哀と一日の疲労を顔から滴らせる多くの人びとがデッキで、気がついているのかいないのか、自分たちをこの夕べの時間にゆだねているかのようだった。オマル・ハイヤーム〔十二世紀ペルシャの詩人・学者〕の中で語られている焼きもの師が器を手にとって、内からも外からも触っては、線を変えたり、色付けをしたり、ワニスや釉を塗ったり、絵の人物の目を夢見ごこちにしたり、唇をより柔らかに描いたりするように、彼らは一晩中自分たちの目に憧憬と希望からくるまったく異質な光を入れたりしていた。誰もがこの明るさの真ん中で、魔法の中に落ち込んだかのように、その明かりによって変化した。時にはどこかの人ごみからうるさい笑い声が高まったり、遠く、船のへさきの辺りで、別荘に住んでいる子どもたちがハーモニカを吹いたり、慣れない声で歌を歌ったり、いつも一緒に船に乗り慣れている人たちが互いに声をかけたりしていた。しかしそれはあまり続かない。無限に葉を繁らせた木による、一種の待機に似た静寂が再びすべてを覆うのであった。

その木の根は、そこで、水平線上に置かれた日の光の中で、細やかなヘラト〔ティムール朝の首都〕風装飾の装丁の中で真っ赤な弧を描き、その金箔の戯れを次第にさらに深く明るくし、たえず溶けては自らの幻想によって再び形作られていた。そこから木は、枝をのばして周囲に広がっていた。ヌーランはこの輝きの中で、こわばった表情で、彼を拒絶する用意があるような小さな丸い頤《おとがい》、細めた目、ハンドバッグの上で組み合わされた両手によって、沈黙の木の果実となっていた。

「あなたは夕暮れの庭園の木の大枝からぶら下がっているようにみえます……。あの光が消えるや否や、あなたは地に落ちてしまいそうに思えます。」

「それなら、夜が私たち皆を集めてくれるでしょう……。なぜならあなたも同じように見えますから……。事実そうなりました。ウスキュダルに近づく前に、夕暮れが四方にばら撒いた薔薇はすでに色褪せて、海は暗くなりました。ヘラト風装飾で装丁された大きな書物は今や濃い紫の雲になりました。遠くに見えるモスクの尖塔のてっぺんに、帰り遅れた鳥のようにひとひら、ふたひらの白いものが見えます。対岸の浜辺を包む光の波は古いメロディーの最後のこだまとなってゆれています。」

ミュムタズは、夜が深まるに連れて、空気の中にいまだに冬の名残を感じるように思った。奇妙な寒さの感覚で、自分の中に閉じこもった。

「冬のボスフォラスには別な種類の美しさがあります」と彼は言った。「奇妙な孤独感がある……。」

「でもそれはあなたには耐え難い。」

「ええ、耐えられません。それに耐えられるためには、住んでいるところに深く根を張っているか、あるいはひどく金持ちでなければなりません。つまり、十分な人生の経験がなければなりません。ところが僕は……。」

彼は突然ことばを切った。自分はまだ子どもみたいだから、と言いそうになったのだった。彼の人生には多くの幻以外の何ものもなかった。明日の朝、あなたもまた一つの幻になるのでは？

「私の一番好きなものが何かご存じですか。子ども時代から、灯りのつかない、後方に灯りのない、海辺の別荘の窓辺の影の芝居……。フェリーと一緒に動く、窓から窓によって変わる、時には炎の弧を描く光……。でも今は見ないで下さい、あなたは気が付かなかったのですから。いい場所から、もっとあとで見て下さい……。」

ミュムタズはどうしてこんなささやかなことに気がつかなかったのかと驚いた。「ボスフォラスの夜の地図は、自分にとって多少ともこれらの光がそれなのです。あなたが言ったのは……人はここでは一つの夢の中で生きている。時には自分のことをすら物語だと考えるのです……。」

ミュムタズは彼女と共に眈ったこの感傷の世界を恥ずかしく思った。ウスキュダルを過ぎると完全なる夜の支配が始まった。丘の上のまぶしい街灯に区切られた大きな家のかたまりは、それらのあいだにある暗い絶壁によって実際よりももっと険しく、より神秘的で、幻のように見えた。その調和は、埠頭の前の広場の、より贅沢な生活を約束する灯りによって乱されていた。ほとんどすべての窓に灯りがついているひどく古い海辺の別荘は、長いあいだ水に浸かってその本質を失ったもののように彼らの前を通り過ぎた。

「なんと大勢の人が……」と彼は言った。

事実すべての窓にいくつかの頭が見えた。どれも重なり合ってフェリーを眺めていた。汽笛が一つ鳴った。

「フェリーの汽笛はまだ夏の声にはなっていません……。」二人とも互いに自分の観察を話した。小さな二人の子どものようであった。前を通り過ぎるものを別々に眺めて、まれにしか話さなかった。ヌーランはよろい戸のない暗い窓を指さして言った。「見て、波模様の布のように織られている……。それから弧を描いて……。ほらもう一つ、まるで流れ星のような……。上の方の、私の家の辺りでは、その反映に漁師の小船の灯りも混じっている。でも一番美しいのは、これらの弧……光の数学……。」

その後で、一緒に見ていた本から頭を上げるかのように姿勢を正して、互いを見た。二人とも微笑んでいた。

「お宅までお連れします」と彼は言った。

「道に入ったところでお別れする条件で……。母を心臓麻痺にするおつもりがないのなら……。」

ミュムタズは心の中で腹を立てた。母親か……なんとまあ多くの障害があることか、と考えた。ヌーランは彼の考えを読み取ったかのように言った。

「仕方がありませんわ。人生をあるがままに受け入れなければなりません。人は好きなように自由にはなれないのです……。おわかりですか。この歳になってもどこにいたかを言わなければならないのです。私が帰って来ることを知っていたら、心配で気が狂ったでしょう。そうして、愛する娘の上に起こりうる七十五もの災難を考えます。」

そのあとで、突然話題を変えた。

「伝統的な音楽のみがお好きなのですか。」

「いいえ、何でも……もちろんわかるものだけですが……。音楽の記憶力は強くありませんし、勉強もしませんでした。あなたもお好きなようですね。」

「私は別です……。うちでは伝統的な音楽は先祖伝来の家宝です」と彼女は言った。「父方はメヴレヴィー宗派ですし、母方はベクターシー宗派[*]で、母方の祖父は、スルタン・マフムト二世によってマケドニアの僧院に流罪にされたほどです。以前、私が小さかったころは、毎晩音楽の集いがあって、それは大きな娯楽でした。」

「知っています」と彼は言った。「以前メヴレヴィー宗派の衣装で撮ったあなたがたの古い写真を見ました。父上に隠れて撮ったようです。」

彼はイジラールの名を出さないように気をつけた。これは一種の臆病者のやることだった。しかしながら彼女の傍らで他の女の名を口にしたくはなかった。

「もちろん、イジラールも……」と彼女は言った。「本当に、彼女にとって隠されたものはありません。彼女を知っている人たちはガラスの家に住んでいるのです。」

「でもその写真を僕に見せたのは彼女ではありません。あなたであることは僕が勝手に推測したのです」と彼は言った。

ヌーランはその記憶が彼女をそれほどはるか遠くに連れて行くとは思ってもみなかった。父親がネイを手に持って、居間の背もたれのない長椅子に座っているのを思い浮かべた。あたかも、ここに来てお座り……と彼女に手招きをしたかのように感じたのだった。

子ども時代のすべてを、あの鳥籠のようなネイの音の中で過ごした。他の人たちにとって多くの音色からなるこの世は、彼女にとってはまるでネイの音と伝統的な音楽からのみでできているようだった。あたかも同じ部屋のシャンデリアの下にぶら下がっていた、新世界と言われたあの淀んだ色付きガラスで作られたガラス玉に映るもののように、幻の宇宙によって人生がはじまったのだった。

「その写真を撮ったとき、父はまだ存命でした。しかしボスフォラスではなくて、リバーデに住んでいました。チャムルジャをご存知ですか？」

しかしながら、ミュムタズはその写真が頭から離れなかった。

「変わった写真でした。あなたは古い細密画に似ていました。服装はまったく異なっていますが、たとえば、アリ・シュール・ナヴァーイに葡萄酒の杯を献げる夜の……。」それから笑いながら付け加えた、「あのような座り方をどこから知ったのですか……。」

「言いましたでしょ。先祖からの伝統です。体の中にあるのです。それらとともに生まれついたのです。」

しばらくするとその日の三番目の重要な出来事があった。カンディルリで一緒に下船し、いつもそうしていたかのように、埠頭の木の床を一緒に踏んで歩いた。ミュムタズは入り口の係員に二人分の切符を一緒に渡した。その男は当然のように受け取った。埠頭の前の広場を一緒に通りすぎて、坂道を登り始めた。互いの存在を抱きしめて歩いていると、少ししてヌーランの足が石に躓いた。ミュムタズは彼女の腕をとった。左手の道に入った。それからまた小さな坂道が出てきた。ヌーランは細い道が始まる所で、彼と別れた。

「これはうちの庭です。家は向こう側です。もうこれ以上は来ないで下さい。」

二人の頭上で、街灯の一つが大きな鈴懸の樹を内から照らしていた。落ち葉が積み重なるこの明るさの下、泉の水音と蛙の声の中でとつぜん春の香りが際立った。ミュムタズはまた会えるかどうかたずねなかったことを後悔していた。心の中に、彼女に再び会えないかもしれないという恐怖があった。その恐怖で、来た道を、いささか悲しげに戻っていった。しかしヌーランの魅力が発する多くのものによって、これまで知らなかった豊かな友情にその心を開いていた。

5

数日後、ヌーランはイジラールが笑いころげながら家に入ってくるのを見た。イジラールは埠頭でミュムタズと出会って、一緒に座ってコーヒーを飲んだそうだ。その後でミュムタズは彼女を帰り道の途中まで送ったという。

家に入ってからも彼女は、彼が話したことを笑っていた。それはミュムタズがその場で作りあげた犬の話だった。

ミュムタズはこの五日間、二人のうちのどちらかに出会うかもしれないと、カンディルリの埠頭の前を離れなかった。もちろんのこと、もし彼が望むならイジラールに率直に頼むとか、あるいはイヒサンを通すとかして、テヴフィク氏に会うことはできた。しかし彼は自分の感情を他人《ひと》には言いたくなかったので、黙って海辺で出会うことを選んだのだった。まだヨットのシーズンではなかった。しかしボスフォラスでボートに乗るのに季節は問題ではない。言うまでもなくそれはボスフォラスの交通手段であり、いつもなにかの解決手段でもあり、見方によってはスポーツでもあり、娯楽でもあった。ニューヨークの住人がフォードあるいは他の自動車を持たずに生まれてくるのを聞いて驚かない人たちでも、ボスフォラスで生まれた子どもがボートを持ってこの世に生まれて来なかったのには驚くのであった。だから、ミュムタズがボートに乗っていたり、カンディルリの埠頭でそのボートを見かけても、誰も驚かなかった。目が覚めるや否や、彼はボートに飛び乗って、順番に帆を上げたり、時にはモーターボートに乗って埠頭に来てそこで魚を釣ったり、茶屋で本を読んだり、年老いた漁師や地域の古い住人としゃべったり、ひどく退屈して海でやることが見つからない時は、山地の方に上って、ヌーランの家の周囲には近づかないようにしながら、丘を散策したり、ボスフォラスの春のあの強風の中で、野の花や草の中を歩き回ったりするのだった。

五日目に、彼は忍耐の褒美を得た。イジラールがフェリーにいたのだ。この偶然の喜びで飛び上がりたくなるのをかろうじて我慢して、彼女を埠頭で捕まえた。イジラールは彼とここで出会うとはまったく予期していなかった。ミュムタズは友だちと約束したのにまだ現れないのだと語った。イジラールの話を聞いて、ヌーランは、ミュムタズがこれほど面倒な手段をとるとは思ってもみなかった。彼女も笑った。

「どうして連れてこなかったの?」

「それも考えたの。でもあなたに聞かないでそうする勇気がなかったの……。」

「私はもう彼と知り合いになったのよ。」

「島に行くフェリーででしょ……アーディレ夫人と一緒だったのね。あなたによろしく言っていたわ……よかったら午後二人でいらっしゃい、おもてなしすると。」

彼女たちが埠頭に降り立ったとき、ミュムタズは物憂げにボートを漕いでいた。彼女たちを笑いながらむかえて、「来ればいいなと思っていましたよ」と言った。ヌーランは、彼の顔がやつれて、日焼けしたと思った。女たちがボートに乗ると彼は後方に移った。

「あら！　帆を上げないの？」イジラールとヌーランは、帆と、帆を上げる危険と、波とともにやってくるあのささやかな酩酊を望んでいた。ボスフォラスの両岸が揺れ動くのを――巧みなパートナーとのダンスにも似た大きな動きや、陽光や水の中を滑るような動きを。しかしミュムタズはまだ帆を上げる季節ではないと言った。事実、そのような楽しみをするにはかなり間があった。それからご婦人たちの服が傷むのも心配した。その種の外出にはふさわしい服装ではなかった。

イジラールは紺色のスーツで、茶会に行くような服装であった。ヌーランはグレーのコートを彼女に貸していた。ヌーランの服装は、背中に赤い縞の入ったベージュの上着の下に、弧を描く襟から出ている首の部分をより柔らかにビロードのように見せる黄色いセーターだった。髪を急いで二、三度櫛でなでつけたのは明らかだった。

ことにその髪は、間際まで出かけるのをためらったことを示していて、あわてて整えた格好で、より美しかった。ミュムタズはその髪の漆黒に顔をうずめる欲望で動脈が痺れるのを感じた。何年も睡眠をとらなかった人間のように体中がだるかった。

イジラールは彼のボートが気に入った。よくわからないけれどもすばらしい、と彼女は言った。ヌーランは海のことはよく知っているかのようにイジラールの考えに続けた。「素敵なボート、魚釣りにも、遊覧にも、帆を上げても、何でもできる。それに新しいし……」

船頭のメフメトは埠頭に手をかけて、ボートの端から、「これならイズミトまでも行けるさ……」と答えた。

彼は彼女たちの服装やその様子が気に入ったようだった。兄さん――ミュムタズをこう呼んだ――のこのような友人たちをはじめて見て、ミュムタズのために喜んだ。しかしボートに飛び乗るときは、山のようなガラスの器をゆだねられたかのように怖気づいた。彼にとっての女は別の種類のものであった。たとえば、ボヤジュ村《キョイ》〔エミルギャン近郊〕の茶屋の丁稚の女友だちのような女を好んでいた。人生のいかなる場面でも彼女たちは信頼できた。ここにいるような女は、脆弱であるに違いないが、美しさに関しては申し分なかった。

「魚釣りはお好きですか？」

「父が死ぬ前は釣りに出かけました……。正確には結婚する前です……。」

この午後の時間には、風はどこかの地点に引き下がっていた。最初はボスフォラスを下って、ベイレルベイに向かい、それから再び来たコースを引き返した。アナドル・ヒサルとカンルジャの村々を過ぎた。潮流岬《アクントブルヌ》では外洋に出たかのように風と波が彼らを捉えた。すぐ前の陸地には、庭園や、子どもたちが凧揚げしている道や、花の咲いた果樹の枝や、釣竿を持って忍耐の訓練をしている者たちがいた。しかし彼らの下では、海は広大な潮流の層とともに滑り、奇妙な、険しい、大きな呼び声と匂いを放って彼らを運んでいた。

ミュムタズは人生の宝物を運んでいた。だから怖れた。「自分は今やカエサルでもありその船頭でもあります。それゆえこれより先には行けないんです。」

このことをヌーランの目を見つめながら語った。しかし彼女は周囲の景色と自分のことで夢中であった。彼女はこの五日間で、頭の中では多くの決心をしたのだった。家を、生活を厭わしいと思う一方で、青年の招きを待ち遠しく思ったり、その一方で自分のベッドの傍らにある娘の寝台を見ては、外部から来る何ものも自分の静かな生活を乱すことはできないであろうと考えた。しかし、三時間にわたる自分との格闘のあとで、彼女は出かけてきたのだった。これは弱さであろうか。それとも、これは人間の生まれながらの権利の行使であろうか。それはわからなかった。ただ、全生涯の重みとともにこのボートに身を投げて、そこでうずくまってしまったことを知っていた。帰途、彼らはエミルギャンの公園に立ち寄った。カフェの季節は始まっていた。あらゆる種類の、あらゆる年齢の人間がいた。天候がすこしでも冷えればすぐ帰ることに決めて、人びとは近づいてくる宵と春を味わっていた。

春は、回復期のマラリアのように根深く、そして身震いさせるものであった。彼らは外出中ずっとこの戦慄を感じていた。あたかもすべてが、新緑の葉や、輝かしい色や、白い明るさの中で、自らをその影によって見つけようと夢中になって、大喜びで互いに交じり合い、紫、赤、赤紫、ピンク、緑が集まった丘の上から人間の肌に飛びかかってくるかのようだった。

しかしここ、野外のカフェでは、春は単に小さなおののき、人生への憧れであった。熱い紅茶と、人ごみと、少し前に通ってきたところを対岸からまったく別の光の中で眺めることから受けるあの奇妙な感じとが、互いに混じり合っていた。

「さあ、言って下さい。私たちのカンディルリをどうして包囲していたのですか。」ミュムタズは顔を赤らめたのを見られないようにうつむいた。

「これを包囲と言うのかしらん。陸路はすべて開いていましたよ。僕は埠頭を占領しただけです。」これくらいしかできませんでした、仕方がありません、と言うかのように笑った。しかしその顔は、この一週間とても苦しみました、と告げていた。その笑いは、目元と唇の端にかすかに見えるものの、顔全体には、苦痛を受け入れる用意があるかのような意味を示す何かがあった。

「そのカンディルリのお城のことをお話しなさいな。」

ミュムタズは今朝イジラールに語ったことを苦心して考えた。「まあ幻です……煙の中の。ある一篇の詩が頭に引っかかって。本当のところ、今やすべて幻でした。」しかしもっと何か言わねばならなかった。

「その城の修復のために語られた歴史です。言うまでもなく城も、その土台ももうありません。古い庭園も。しかし詩は残っています。

『それでも古きカンディルリは海岸に炎を降らす』

この一行が僕を罠にはめたのです。」

そのあとで、カンディルリからカンルジャまでの入江や、海峡東岸沿いのチェンゲルキョイやワニ村《キョイ》〔カンディルリ近郊〕の村々を語った。彼は妙に博学であった。彼は知識それ自体というよりもむしろ、かつてそこにあった生活に関心があった。

「真に重要なのは人間です。それ以外は僕にとって重要ではありません……。個人の生活は、時間の炉に投げ入れられた一枚の紙のように、素早く燃えるでしょう。もしかしたら人生は、哲学者たちが言っているように滑稽な芝居なのかも知れません。完全なる絶望の中での一連の決定にみえるものは、躊躇するためのささやかな絶望的な言い訳、さらには幻想なのです。しかし本当に生きた人の人生はそれでも重要なものです。なぜなら、どんなにばからしくとも、僕たちは人生を完全には無視できないからです。妄想であれ、そこに何らかの価値を探し求めます。愛や欲望にも場を与えます。芸術家のように生きることと、小さな計算や浪費で失われることの多い生活との違いに気がつきます。」

「ならば、行動は？……」とヌーランは手で動作をした。「成し遂げるという意味ですが。偉大さへの道で自分を試すこと。」

ミュムタズは疑いにとらわれていた。

「道に大小はありません。僕たちが歩いたという事実、一歩一歩があるのです。スルタン・ファーティヒは二十一歳でイスタンブルを征服しました。デカルトも二十四歳の時、哲学を発表しました。イスタンブルは一度だけ征服されました。弁証法も一度だけ書かれます。しかしながら世界には、何百万人もの二十一歳や二十四歳の人間がいます。彼らはファーティヒやデカルトでないからといって、死ぬべきなのでしょうか。彼らは精一杯その人生を生きた。つまり、あなたが偉大さへの道と言われたものの大きさは僕たちの中にあるのです。」

ヌーランは青年を注意深く眺めていた。

「行動、行動について触れないのですか？」

「触れました……。誰しも何かしなければなりません。誰にも運命があります。僕はこの運命に自分として、内面世界から何かを加えながら生きたいと思います。要するに芸術が好きなのです。もしかしたら芸術は、死を一番いい形で、一番楽に受け入れられる形で僕たちに現前させるのかもしれません。確かなことは、一人の人間の人生は、時に一つの芸術作品と同じくらい美しいこともありえるということです。それを見つけ出した時には……。」

「たとえば……。」

「たとえば、十八世紀の詩人のシェイフ・ガーリプです……。若くて、最も輝かしい時期に死にました。それだけでも知恵の袋と言える、修行と礼儀作法を受けました。この礼儀作法はまず最初に彼にとって多くの災難や障害を阻止しました。朝もなければ、午後もない。穏やかな夕べのように、行動は、光の戯れからなり、愛される者へ忠実であることからなっています。たとえば、同じ時代のデデ・エフェンディです。千曲くらい作品があります。その人生を見てみると、ごく普通のものです。しかしながらそれは彼だけのものです。」

「その時代の影響もあるのでは?……」

「もちろんです。しかしながら例外は時代を超えているように見えます。ほとんど条件を超えた人生を生きたと思われるでしょう。たとえば彼らのいずれも世界を改良しようとはしませんでした。ところがあなたのご近所にいた、十七世紀の説教者ワニ・エフェンディは、立ち上がって、人類を安寧に、幸せにしようとします。彼は絶望のうちに敗北します……。僕のあげた最初の二人の芸術家は、自分の内面に忠実に生きる秘訣を見出しました。他の人びとは自らを欺いているように僕には思えます……。」

ミュムタズは、望まずして入り込んだこの面倒な問題から脱け出たいかのように、周囲を見回した。夕刻は伝統的な音楽の広大なレパートリーを奏で始めていた。輝く楽器は太陽の別れの歌の準備を始めていた。すべてのものは輝く楽器であった。ヌーランの顔や、コーヒーのスプーンをもてあそぶその手さえも……。

「どこかへ行きましょうか……。」

「たとえばどこへ？」

「ビュユックデレとか、イスティニエとか……。」

一日は終わろうとしていた。本当のところ、彼は終わらせたくなかった。もしかしたら、それらの場所では、その先では陽光が継続しているかもしれなかった。

「その、絶望と言われたことを話して下さいな。」

「わかりませんが、絶望とは、死を意識すること、あるいは死が僕たちに教えるもの……。僕たちの生活にある多くの支障……僕たちの周囲を取り巻く妨害のようなものです。すべての行動は、何であれ、絶望の結果なのです。さらにはこの時代においては、大事に思っているものを絶えず拒否されること。父親のようになるだろうという恐怖とか。結局何をしても、一向に死からは救われないでしょう。せめて自分が極端な状況にあるときに、死に捕らわれるならば……。極地旅行をしているときとか、あるいはグループで『インターナショナル』を歌っているときとか、あるいは鷲鳥のような歩き方をしているときとか……。」

彼は自分自身でも、その瞬間多少はその恐怖があった。対岸の家々の窓に黄色い灯りが揺れた。自分たちをこの灯りのみが救ってくれると考えた。それがなければ、息が詰まって、ここで、この鈴懸の木の根元で埋められるかもしれない。心から幸せだった。そして幸せの中で何かしたいと思った。同時に過去という罠が彼にも作用していた。

ヌーランはもう何も質問しなかった。物思いに耽っていた。夕方の手に自らをゆだねていた。彼女は野外の空気で疲れていた。何度も次の問いが出てきた。この試練の結果はどうなるのかと。一番いいのは、忘れること、考えないことだった。生きている瞬間に身をゆだねて、平穏を壊さないことだった。一方、イジラールは考え込んでいた。イジラールは宵に身をゆだねるつもりはなかった。彼女は死についての教訓を今まで一度も考えたことがなかった。小さな、無邪気な、周囲にあるすべてに誠実な少女の生活を生きていた。彼女の前には無限の日々があって、その日々に、小さな人形にするように希望を着せていたのだった。恋の、欲望の、平穏な家庭の、仕事時間の、期待の、必要なら努力や友情の布切れや飾りによって、その日々のすべてに服を着せていた。どう身につけさせるべきか全部知っていた。しかし服を着せたものの、顔は見えなかった。その顔は未来という名の壁に向けられていた。時が到来すると、それらの顔は振り向いて、イジラールに面と向かって、彼女の前で身をかがめて挨拶をし、身に着けていたあの着飾った、輝かしい布をゆっくりと、文句も言わずに脱いで、「私ではないようね。もう一人だったわ」と言って、遠くの誰かを指差してから後ろにさがり、そこに前からいた者たちの横に並ぶのであった。この春もそうであった。この春、冬の最中から、あれほど待ち焦がれた春も……。

「離宮を見たらどうかしら？」とイジラールは提案した。「これほど近くに来たのだから……」と。

「夕方のこんな時間に？」

「いいですね。それにまだ夕刻でもないし……。ここは奥まったところのようですから、そこへ行くしかないでしょう。まだ六時にもなっていない。それにさっき話していたこともある。容易ではありません、ほとんど一週間誰とも口をきかなかったのです。話したいことがたくさんある。」

ヌーランは行動をみとめないこの男が、ボートで埠頭を包囲した様子を頭に描いた。絶望した微笑……。この男は女の心の中に入り込む道を知っている。心の中に、彼に対する奇妙な憐憫の情と好意が湧いた。女をひきつけるが、これほどの忍耐強さを持って呼びかけるためには、どこまで孤独にならなければならないのか？　少なくとも心の中にあるすべてを追い払ってしまわなければならない。

　離宮はヌーランが期待していたほどではなかった。取り立てたところはなかった。スルタン・ムラト四世は寵愛した女に、芸術などを考慮せずに、小さな家を建てただけだった。ミュムタズと自分の二人だけが辛うじて住む家……そう思うと彼女は離宮が気にいった。いつ必要になるかも知らぬまま、間取り図を記憶したいと思った。少なくとも、今晩寝床でミュムタズのことを考えるときのために。ミュムタズは彼女たちに、ここが本来の建物から海峡を見渡す部分であったにちがいないと語った。もしかしたら、上の林は最初はここに属していたのかもしれない。しかしそうでなくとも、必ずやこの場所にかなり大きな屋敷があったのだ。

　ヌーランは壁のオスマン語を読もうと努め、古い鏡に自分の幻を見ながら歩いた。どこも奇妙な過去のにおいがした。それは歴史の中の自分たちのにおいであった。

　ヌーランは過ぎ去った年月の蒸留器で蒸留された霊薬を味わっていた。ミュムタズの空想は別の方向に働いていた。ヌーランを過去の美女、スルタン・ムラト四世の時代のハーレムの女奴隷のように装わせていた。宝石やショール、きらきら光る布、ヴェネツィアの紗、薔薇色の上靴など……。周囲には山のようなクッションが彼女を取り囲んでいた。空想したことを彼女に言うと、「つまりハーレムの女奴隷というわけですね。あのマチスが描いたような」と言い、笑いながら首を振った。「いいえ、いやです。私はヌーランです。カンディルリに住んでいます。一九三八年に生きていて、その時代の服装をしています。服装も身分も変えるつもりはありません。絶望的なのではありません。ただこれらの鏡が恐いだけです。」

そうは言うものの、彼女はそこから出ようとしなかった。見て回るにつれて離宮の魅力を感じていた。そこには非常に単純な美しさがあった。フランスの『イリュストラシオン』誌やイギリスの雑誌で見たお城や、十八世紀の離宮のような豊かで贅沢なものではなかった。ここには内面の豊かさがあった。人間をその中に引き込む、インドのサリーの色で、重々しい、磨かれていない宝石の輝きを内蔵する色……。まさに父親が自分に教えた曲のように……。そして自分の中にそれらの曲の憂愁を聴いていた。

外に出ると、イジラールは「今度は何をします？」と言った。

「家に帰ります。この絶望したお方は私たちを丘の上まで連れていって下さいます。そのご苦労のご褒美として食べものを差し上げます。この五日間、もしかしたら飢え死にしそうなのかも。そのあともまた、埠頭の包囲を続けるかもしれません。」

話している時、少し前に暗い鏡の前で口づけした瞬間の熱さを感じながらミュムタズの顔を眺めた。見ず知らずの何百人もの生活の中の何かがその底に眠っている鏡の水面で、彼らの頭と手が絡みあった。それはひどく突然起こったので、二人とも驚いていた。ヌーランの陽気さは多少はこの驚愕を隠したいとの思いから来ていた。

ボートの中では誰もほとんど口をきかなかった。ミュムタズは足を小舟の先にある穴に入れて、エンジンを動かしていた。海は重々しい静寂に占められていた。その静寂が彼らをミイラにしたかのようだった。この三つの幽霊は、あたかも沈む太陽の代わりに、金色と蜂蜜色と紫の光のテープで包まれたかのようだった。この沈黙を、最初にヌーランが破った。もしかしたらどんなに危険であるかわかっていたから、あるいは自分に恋する青年を調べてみたいと思ったからかもしれない。

「本当に大きな仕事をする熱意はないのですか？」

「大きな仕事ですか？　ありません……。でもすべき仕事があることも知っています。それをします。それだけです。」

偉大さを彼は恐れていた。それを目ざすことは危険なことだった。なぜならその実現のためには、何度も人生の外に出ることになるから。あるいはそれは、人が自由に考えることができなくなり、歴史的事件のおもちゃになることであったから。

「その場合、人は自分の、あるいは出来事の網の中で道に迷います。実際にはそのコンサートでは偉大も卑小もありません。何でも、誰でもそこにいます……あたかも僕たちの身の周りのように。どの波を、どの光を捨てることができますか。それらはひとりでに燃えて、ひとりで消えます。しかしながら、あなた方はどうして幸せを探そうとしないで、偉大な仕事を求めるのですか！」

ヌーランの答えは彼を驚かせた。

「人びとはその場合より楽に感じるのです！」

「でもその場合、周囲はより不安になります！」とミュムタズは言った。

夕暮れを眺めつつ彼らは鈴懸の樹々のあたりまで上って行った。イジラールは自分の考えに耽っていた。一戸建ての家、仕事、山のような仕事、責任、計算、長い待機の時、子どもの服、台所、食事……。時にはそれらの中から逃れて、ムアッゼズのことを考えた。ヌーランとミュムタズは愛し合っている。彼女はそれがわかった。ムアッゼズにこのことを知らせるべきか？　突然彼女はムアッゼズがミュムタズに好意を持っていることを考えた。その愛は、他の人びとの生活でいっぱいになった彼女の頭の中で唯一自分のために取っているものであった……。いいえ、彼女には何も言うまい！　しかしながらこの一件はすばらしかった。一生で一度、彼女から勝利を得るところだった。

ミュムタズはその晩、あれほど夢見ていたヌーランの家を見ることはできなかった。途中でヌーランは、イジラールが靴の具合にかかずらわっているのを利用して、彼に、こっそり家に来ることは適当ではないと告げた。先ほどまでの彼女の勇気、大胆さは、家の近所に来るとなくなっていた。

「あなたにお電話して、私が伺いますわ……。」しかし彼ともう少し一緒にいるために、ピスタチオの木のところまで上ることを提案した。そこで彼らは夜の訪れを待った。ミュムタズはそこで再び、ヌーランによるタラト氏の『マーフルの歌』を、デデ・エフェンディのスルターニ・イェギャフ調の曲とともに聴いたのだった。

6

ヌーランは約束した日にやって来た。ミュムタズはその日を、後になってたびたび思いおこした。その日の記憶は彼の胸に突き刺された短剣でもあり、彼の人生の黄金の庭園でもあった。それゆえにいささかの詳細も忘れなかった。苦悩の日々に、ヌーランが彼に対して無関心であることに気がついたときは、それらを一つ一つ思い出して生きるのだった。

あのときまで彼は、ヌーランを遠くから魅力的な幻として見ていただけだった。しかし彼女の家への道すがら、彼の耳に「来ないで下さい、お電話して私が伺います」とささやかれた瞬間から、この魅力的で、遠い存在は、突然ミュムタズの中で形を変えたのだった。彼の耳に注がれたそれらのことばは、奇妙な魔法のように、一秒前まではその瞬間瞬間を飾り、深め、豊かにするだけだった感情に、突然激しく燃える力を与えたのであった。

本当のところ、ミュムタズは、その時までは、この美しい女性の存在によって幸せな気分になり、遠ざかると心の中に愁いが満ちてくるものの、彼女を自分の人生の中に位置づけて見ることはできなかった。彼女に関するそれまでの彼の感情は幻想であったが、ようやく熱を帯びたのであった。それらは快い空想、ささやかな憧れ、関心、小さな願いなどであった。このような関心や、ささやかな願望からも、ある関係が生まれたり、愛し合ったり、別れたりすることはある。一緒に食事をしたり、同じホテルに滞在したり、同じ車でドライヴしたり、あるいは同じ芝居や映画を観て笑ったり楽しんだりする類の係わり合いは、われわれが考えるより多いのである。

ミュムタズにもそのような付き合いはあった。しかしヌーランの顔や声を耳のそばで感じ、欲望と化したその声をこれほど近くで聞いた瞬間、事態は変わったのであった。その瞬間から彼の空想には火がついた。あの巨大で驚くべき空想のかまどは、一秒ごとに彼の体内で彼女の多くの姿を調理して生み出した。それは彼の身体が、衝撃とか、驚愕とか、新しい秩序とか調和とかの中で、自らを発見する過程であった。

ヌーランの息によって、今や青年の血管の中で、熱く芳醇な香辛料が次々と開けられ、欲望、生への渇望が、午後の暑さに渇えた動物の群れが涼しい泉に突進するように、彼女に向かって、恋する人に向かって流れるのであった。

その存在を考えたこともなかった、あの隠れた、創造の神秘を運ぶ狼たちが、われわれの中で突然目を覚ましたのだ。ミュムタズは今や自分の卑小な存在を、宇宙のように広大で、無限のものに感じた。ヌーランの存在によって、彼は自らの存在を見出したのであった。

彼は多くの鏡からなる宇宙の中で生き、すべてのものにヌーランを見たが、それは彼自身の別の顔であった。木々、水、光、風、ボスフォラス海峡沿いの村々、おとぎ話、読んだ本、歩いた道、口をきいた友だち、頭上を飛んだ鳩の群れ、その声は聴いたが形や色や形態は知らない夏の虫たちの声、すべてはヌーランから出て来るものであった。すべて彼女に属していた。要するに身体や想像力にかけられた一種の魔法の中にいた。なぜなら女性というあの神秘的で豊饒な存在は、あのわれわれとは異なる種類の深い自然は、彼の耳に、一瞬にして肉体の温かみを伝えたのであったから。

一晩中彼は奇妙な幻想の中で過ごした。ヌーランと結婚するつもりであった。このような愛は偶然とはいえなかった。家の調度を整える準備をした。もっとよい収入の途を考えた。最後にそれは、かなり長いヨーロッパ旅行の旅程が終わるときに、彼の目がノルウェーのフィヨルドの明るさを彼女と隣り合って見物している幻想で閉じられた。しかし本当に彼らはノルウェーにいたのだろうか。むしろ海峡のアジア側にあるアナドル・ヒサルを通っているように彼には思えた。そしてためらいながら幻を振り払って、目が覚めた。その後で、途切れ途切れに眠り込んだ。ヌーランの顔、その微笑み、忘れられない小さなことに、夢の混乱した状態をたびたび寸断されては、ミュムタズは身震いして目を覚まし、少し前に目が覚めていたときの空想を、さっきのところから続けるのであった。こうして自分の生活に平行する物語を生きながら一晩を過ごしたのであった。

時々、いたたまれなくなって、起き上がって部屋の中を歩き回り、煙草を吸ったり、一、二ページ本を読んだりした。その後で再び寝床に入って、眠ろうとつとめた。それからまた、同じ幻がはっきりと目の前に見えて、混乱した夢の流れを中断して、下の階のロビーの鏡からヌーランが突然現れたり、あるいは庭の李の木が突然彼女の姿になったり、子ども時代を過ごした部屋で彼女に出会ったり、その表情がはっきりしたときは、彼は寝床で目を覚まして、彼女は明日来る……と考えるのだった。

ミュムタズはそのときまで、この明日という語の魔法を知らなかった。彼の生活は単に今日現在で過ぎていた。ガラタサライ高校時代にわずらった重病の後で、子ども時代のあれほど残酷な過去の思い出すら薄れた。実際今やこの一つの語が、彼の中で宝石のように輝いていた。明日……。ミュムタズは、明日の朝昇る太陽が彼個人の中にある黄金の卵であって、宇宙や輝きが自分の身体から生まれるかのように、自分の中に広大無辺の豊かさを感じていた……。

明日……それは神秘的な魔法の扉であった。二十七歳にして突然開かれた扉の前で、彼は眠ったのであった。これほどあわてふためくのも不思議はなかった。なぜならその扉の後ろにはヌーランがいたのだから。彼の知らない彼女の魅力も、充分に知っている魅力もあった……柔らかな声、親しげな笑い方、その他のいろいろな面があって、彼女が望めばいつでも人間の中に、殺人のごとく真紅で、炎のごとく激しい、あるいは不思議なことに、古びたモスクのステンドグラスからクラーンの誦唱の声とともに注がれる光のように霊的なものに満ちた、欲望の霊薬を注ぎこむことができた。その背後には彼女の人生があって、彼はその私的部分に入ることを願い、その人生と自分の人生が一つになることを願った。こうしていくつの山の風、いくつの川や泉の水、いかに多くの憧憬と永劫が一つになったことか。

ついに彼は耐えられなくなった。この豪華で、類ない明日を一瞬たりとも失いたくないとばかりに、寝床から飛び起きた。バルコニーのドアを開けると、空は明るくなっていた。しかし周囲は霧が立ち込めていた。あたかも天地創造の時代に真珠の中にできた洞を、いまだに掘り続けているかのようだった。向かいの山々の頂のみが、見るにつれて万物の始まりの秘密や魔法をただちに与えてくれると感じさせて、この凍てついた輝くカーテンの上に、幽霊船のように自分の現実から遠ざかった姿で漂っていた。その先で何本かの木が、辛うじて届いた最初の光の下で、実際よりもほっそりと、より新鮮に、湿った空気の中で震えていた。

しかし海は見えなかった。それは、重い霧のカーテンの下にあった。ベイコズの前で、この霧のカーテンはさらに濃くなっていた。

埠頭に降りると、七時だった。茶屋の主人はテーブルや椅子を広げるために、太陽がよく見えるようになるのを待っていた。しかし海水は近くから見るとより透明で、海の中のところどころでは、色そのものというよりはむしろ色の記憶に似た光の束が、宝石からなる、混ざり物のない愉しみに興じていた。この薄暗がりの世界で、突然目の前に現れた発動機つきの赤い船は、その平らな艫《とも》から黒海岸のスルメネで造られたことが明白であったが、彼がぼんやりと無関心でいるうちに見えなくなった。その船に代わって、より幻想的で、よりほっそりした舟の妄想が、あたかも霊的ともいえる存在のように、静かで、同時に妨げるものの少ない理想的な世界を、いつもの姿であとに続いた。それらはすべて、突然現れた幻や考えのように一瞬目の前に見えてから、その映像がその地点で作られたにもかかわらず、頭脳には他の場所から付け加えられたかのように他のものとして現れるのだった。しかし、一番不思議で驚くべきことは、声や音が現れては消えることだった。

ミュムタズはボヤジュキョイまで歩いた。そこで漁師が海辺でやっている茶屋に座った。眼前の風景は、歩く方向によって広がったり、縮んだりするのだった。この奇蹟的な光の戯れによって、小舟、発動機の付いた船、伊勢海老漁のために使用される仕掛けの籠を満載した漁師の小船などの遠かったり近かったりする光景が、それぞれに驚くべきものとなるのだった。茶屋には、二、三人の近所の若者と何人かの船頭がいた。その中の一人のところに行き、自分が来たことをメフメトに伝えるように頼んだ。その後で雑談を交わしたが、ミュムタズは一か所に長くとどまってはいられなかった。今日ヌーランが来るはずだった。それは奇妙なことだった。彼の思考はやっとそこまで進んだ。しかしそう思うや否や、足元に絶壁が口を開けたかのように身震いした。

彼はその先を知らなかった。その先は、ひどく明るい、色々な色が交じり合った絶壁で、そこにヌーランと一緒に迷い込むのだ。

ミュムタズはこれほど個人的で特別な瞬間に、自分が周囲の者といつものように話していることに驚いた。さらに不思議なことは、彼が置かれているこの特別な事態に誰も気がつかないことだった。誰もがいつもと同じだった。年老いた茶屋の主人は、去年の冬カジキマグロの漁で患った坐骨神経痛が治り、うれしそうに微笑んでいた。丁稚は恋人のアナヒトと仲直りして（彼女は長いけんかの後で和解するのを習慣にしていた）、昨夜の愛による疲労と睡眠不足で、いまだに晴れない霧の中で帆もなく舵もない船のようにふらふらと立っていた。二人の漁師は、糸が苔で黒ずんで、何だかわからない海の生物のように見える、地面におかれた網の前に屈みこんで、網を調べていた。周囲で、苔や、殻のある動物や、海底のにおいが、目に見えて濃くなっていった。皆が彼に問いを発し、その答えに耳をかたむけていた。しかし誰も彼の心の中にあることを知らなかった。もしかしたら知っていたのかもしれないが、気にかけていなかった。恋人がいること、一人の女性に愛されることはひどく自然のことであった。彼よりも何十万年も前の人類に始まった経験だった。しかし、死とか病いとかのように、自分の身に起ったときにのみ現実のものとなる経験であった……。それ故にわれわれを、自分の中で周囲とは区別していたのかもしれない。

ミュムタズはそのようなことを考えながら、リゼ出身のサードゥク、ギレスン出身のレムズィ、ヒサルで七世代目の色黒のヌーリ、ベベッキ出身のヤーニを眺めた。険しい顔、節くれだった手をして、海や、魚や、波や、帆や網のことしかわからないように見える人びとも、水着を襟巻きのように首に巻いた、アンドレア・デル・サルトの聖母たちの絵にあるような黒髪の青年も、皆この経験と関係ある者だった。その経験を既に経たか、あるいはこれからする準備をしているのであった。

誰もが同じだった。しかし奇妙なことは、同じ行程を取って、その中に同じぜんまい仕掛けがあったにもかかわらず、お互いのよく理解しあえる点を知らないことである。否、ここに座って彼らと話すことは無駄であった。彼らはすべて友だちであった。この茶屋、この網、壁に立てかけてある竿、前方にあるモスクや水汲み場のように、すべては友だちであった。さらには埠頭で毎朝彼を待っていて、ここまでついてきて、もしかしたら丘の上まで彼と一緒に上るかもしれない黒い縮れ毛の仔犬も、また友だちであった。しかし今日ミュムタズは喜びの中で彼一人であったし、このような喜びはいつもそうあるべきだった。明日は苦悩の中で一人ぼっちであるかもしれず、彼のすべての知り合い、友だちにとって謎で、わからないであろう。あるいは人生の淵に放り出された単なる数字であり、いつかある日死ぬときも同じように一人ぼっちのはずであった。

彼はゆっくりと立ち上がった。埠頭でボートから海に入った。霧は前ほどではないものの、依然として続いていた。光は薄い色の蒸留器を通して届いて来た。海峡の冷たい水は、よく眠れなかった夜のだるさを取ってくれた。知り合いのボートで、妄想や心配にとらわれずにエミルギャンの船着場まで行った。それから濡れた水着を手に持って、友だちになった黒い仔犬を後に従えて家に向かった。犬はこの友だちづきあいにはしゃいで、周囲を走り回るだけでは十分でないかのように、小さい声を上げたり、少し吠えたり、うなり声を上げて歩いた。ミュムタズは、こいつは少なくとも喜びを表すことができる、と考えた。人間は完全には喜ぶことができない。それは不可能である。考えがあったり、小さな計算があったり、怖れがあったりする。ことに、怖れがある。人間は怖れる動物である。いかなる偉大な奇蹟がわれわれを恐怖から救ってくれるのか？　しかしミュムタズはこの瞬間、ただただ幸せだった。一連の思考や、したことのない経験からきたものであったが、彼は幸せであった。坂道の中ほどで一つの疑惑が起こった。天秤は突然悪い方に傾いた。もし彼女が来なかったら……、その訪問が実現されなかったら……。

彼は家のドアを開けた。犬を中に招いた。しかし犬は中に入らなかった。かつてこの家に三日間だけ滞在することを受け入れたあと、再び自由を手にして、自分の生まれた洞のある大きな鈴懸の樹の下に行った。そこでミュムタズを待って、彼があたりを散歩するときは同行することを選んだのだった。

今も外で、二本の足を敷居にかけて耳を振りながら、遊んでくれるのを、何かを話しかけてくれるのを待っていた。ミュムタズはやむなくドアを開けたままにして中に入った。犬は古典詩の中の恋人のように頭を敷居にのせて、ドアの外に寝そべった。その胸から親しげな声や唸り声を出して、またの出会いの喜びを思い目を瞑った。

ヌーランはこの変哲もない出来事の最中に来た。彼女が来たとき、犬はそのずっと前に行ってしまっていた。ドアの前で、ミュムタズは青いシャツにアイロンをかけてないズボンで、待ちきれぬ思いで心を乱して彼女を待っていた。ヌーランは上り坂のせいで息を切らせて中に入ってきた。

「なんとまあ、急坂なこと！」

この三日間、彼女は自分自身と葛藤していた。すべては必要のないことだと考えて、自分の一歩が導く所を恐れるかのように憂えていた。自分がとても奇妙なカーテンの前にいると考えた。そのカーテンを彼女が開けたら、宇宙は覆るであろう。ミュムタズを愛していることはわかっていた。心の中のはっきりしないなにかが無限の不確かな希望に向かって目覚めたのか、まったく知らないと思っていた生への情熱が、自分を彼に向かって引っ張っていた。それにもかかわらず、山のような障碍が彼女の前にあった。

この三日間、彼女は曾祖母の幻を見ていた。はるか昔の子どものときに古い櫃の中でみつけた銀板写真の主、白い長い外套を着て、紗のヴェールをつけた青白い、月光のような顔をして、絶壁の淵で目を覚ました鹿のようなまなざしによって、自分にあれほどまでに未知の欲望への霊感を与え、古いものへの嗜好を培い、伝統的な音曲や歌を彼女の生活環境とさせた女性は、今やヌーランに、すべての内なる人生を拒否させようとしていた。この色褪せた写真は、絶えずよみがえって、告げるかのようであった。自分は深く愛され、そのためにあのようにひどい目にあった。愛し、愛されたが故に、自分にかかわる誰もが惨めな思いをしたのだった。自分の近くにこれほどの生きた範例があるのに、お前はどうしてあえてそうしようとするのか?……と。

しかしヌーランの中で語りかけるのは、曾祖母の声、あるいは彼女の存在だけではなかった。より深いところからくる、より濃厚で、より混沌とした第二の声があった。この第二の声は、ヌーランの心や身体に語りかけていた。それらは耳障りな声で、彼女の心と身体の謎めいた、危険な目覚めについて語っていた。それらは血管の中の血の声であった。愛と欲望のためにすべてを犠牲にして突きすすんだヌルハヤート夫人の血と、母方の曾祖父のタラト氏の、愛の炉で生贄として自ら焼かれる用意がある血。さらにこの二つの血に、そのあとで入った父の血である。父親はバルカンの国境地帯や黒海沿岸で多くの勇ましい経験によって育てられたのち、クリミア戦争でここ、イスタンブルへ送られてきたために、突然の環境の変化に驚愕して、上品で洗練された生活をすべく、すべての自由の羽ばたきを犠牲にして、自ら長年の逸楽の虜となったが、その父親の血である。これらの三つの血は奇妙な、ひどく不可解な混合物を構成していた。一方には単なる冒険心、もう一方には受容、合意、受諾のみがあった。ヌーランの中で、ひどく異なる言語で話す第二の声は、それらの血の声であった。ヌーランはこの三つの血を自分の中で危険な遺産のように何年も隠し、それを忘れ、無視するように努めてきた。しかし島通いのフェリーでミュムタズと二度目に偶然出会って、手綱は突然彼女の手を離れたのだった。何かを恐れることは、多少はその結果を期待していることである。ヌーランはもしかしたら、心の中の恐怖によって、この遺産を自分の中で目覚めさせる用意をしたのかもしれない。それゆえにミュムタズにフェリーの船室で――なんとはしたないことか――小さな声で『マーフルの歌』を――所望されるや否や、躊躇すらしないで！――歌ったり、カンディルリの丘の上でスルターニ・イェギャフ調の曲を聞かせたのだった。この血は不思議な混合物であった。それは、トルコ風音楽《ア・ラ・トゥルカ》と呼ばれる不思議な槌で何度も鍛えられて用意されたものだった。

『マーフルの歌』は家宝であり、ところどころで、一種の最初の原始的自然に戻ることに似た苦悩とともに、恥ずべきことを受け入れたり、残酷さを思い起こさせたりもするその歌詞の二行は、ヌーランの中で深まり、彼女を引き込もうとする奈落を作り出していた。ヌーランが曾祖母の人生を考えるとき、不思議なことに、彼女にあれほど躾を教えた曾祖母は、この曲を思い出したときはまったく別人の口調で語り、小さな、色褪せた、金箔が剝げた額縁の、厳しい顔をした写真の中では、その全生涯を否定するまなざしで眺め、幻の前で枯葉の下に一生を埋める用意をした秋のように悩んでいた女が、突然後悔を捨てて、ヌーランが子どものころ育てられた老婆たちの語ったようなあの半ば野蛮な美しさを蘇らせて、自分の愛と生への情熱の炉で永遠の炎のダンスを踊るかのようだった。「飛び込むんだよ」と彼女は言った。「この狩りに飛び込むんだ。そして燃えて、生きなさい！　なぜなら愛は生きることの完全なる形なのだから……」と。さらに奇妙なことは、この炎のダンス、このほとんど原始的な踊りの中では、踏みにじられ、虐げられた曾祖父の精神もヌルハヤートとともにそこにいて、自分の苦悩の経験を繰り返す用意があるのを示すのだった。実際には、彼はヌルハヤート夫人のように魅入られて、狂おしく、夢中になって語ることはせず、彼女のように炎のダンスもしなかった。しかし、脂《やに》のついた、油脂を含む切り株のように、自らの苦悩でこの炎を焚き、その炉で燃えていた。「本当に私の血を継いでいるのなら、お前も愛し、何らかの形で苦しむのだ！　運命から逃れようと努力するなかれ！」さらには、「お前は一生涯これを望んできたのではなかったのかい？」とたずねるのだった。彼らは一向に鎮まることをしない、見たことのない者たちだった！「この炉で燃えさかるために自分たちははるか遠くから来たのだ！　何度風に吹き飛ばされたことか。何度海辺の太陽で干からびさせられたことか……」と。そしてヌーランはそれを聞いているとき、ミュムタズがエミルギャンのとある木の根元で自分に運命を語ったことを思い出した。それは彼の運命が前もって準備したもののように思われたのだった。

「わかりません」と彼は言った、「もしかしたら、僕は子ども時代に、過去から来ている何かを否定したために、古いものがこれほど好きなのかもしれない。あるいはまったく別で、われわれの三代前は農民で、自分の代で文化受容が完成されようとしているのかもしれない。母は伝統的な音楽が好きでした。父はといえば、音楽はまったくわかりませんでした。イヒサンは一種の音楽通といえます。僕は音楽を自分の人生に運び込みました。歴史を通じてこうだったのではないでしょうか。そうだ、もしかしたら集団で一つの運命を生きているのかもしれない。僕が本当に考えていることをお聞きになりたいですか？　われわれの音楽が自ずから変わるまで、人生においてわれわれは同じ状態でいます。なぜならそれを忘れる可能性はないから……。それが変わるまで、愛が唯一つのわれわれの運命であるのです！」と彼は言った。そのときはイジラールの傍らで、彼がヌーランの目を見つめて愛について言及したので、彼女は腹を立てたのだった。しかし今や彼が言ったことがわかった。彼女はミュムタズに曾祖父の姿を見ていた。彼もまた、この経験を求めて、住み慣れた土地から切り離されてここにきた者の一人だった。

ヌーランは今日この頃、心の中の葛藤のあいだから、自分の人生と周囲を新しい目で見ていた。この不思議な家宝が内面の世界をすっかり支配し、彼女の人生を曾祖母が支配しているのを理解した。自分だけではない、大家族の誰もがそうだった。自分たちよりずっと前に過ぎ去った暦のページにある黄昏にも似たこの愛のアヴァンチュールがすべてを調え、彼らに、そして周囲の者たちに、その性向によって別々の悲哀を用意したのであった。今度は彼女の番であった。自分とミュムタズの！『マーフルの歌』の金の鳥かごの中で、彼らの影がのたうつのだ。

ヌーランは最初の日から、自分がミュムタズのところに行くことがわかっていた。しかるべき青年が自分を招いたからではなかった。ミュムタズのかけた声だけでは、訪ねて行くにはふさわしくないと思われた。愛自体を唯一の運命とするすべての遺伝が、彼女を駆り立てたのだった。その運命から逃れて、一生を干からびさせた者たちもあった。彼女の母親がそうであった。一生で一度も、気楽に笑ったり、好意に甘えたり、感情をあらわにしたりせず、自分の子どもたちにさえ熱く口づけすることはなかった。「娘よ、女というものは、何よりもまず慎み深くなければならないのだよ！」と。ヌーランが最初に聞いた母親の教えはこれであった。そのために母親は、一生気づかぬままに酷い仕打ちをしていた。自分をあれほど愛し、生きていることを感じなければならなかった父親を、ほとんど虐げていた。母方の伯父のテヴフィクの怒りっぽさはそのためであった。その息子ヤシャルがヌーランに対して抱いた病的な愛は、同じ屋根の下で彼女をひどく不安にさせるものであったが、それもまたここから来ていた。彼女自身もその恐怖の中で大きくなった。愛するに足るあれほど多くの若者たちの中で、決して愛の対象となることはないであろうとわかっていて、単にいい友だちになれるであろうと思うファーヒルと結婚したのだった。娘のファトマにも今から同じ運命が用意されていた。父親や母親である自分に対する狂的な執着、嫉妬などは、いずれもこの担っている重荷の下で押しつぶされようとする遺伝の痕跡であった。娘が大きくなったら、どんなに惨めになるかもしれなかった。ヌーランはそれらに気づき、考えてもいたが、人生もあるがままに受け入れていた。なぜなら人生は、人間を玩びたいと思えば玩ぶことができるものだから。タラト氏の一件以後、一族は離婚への奇妙な固定観念に囚われた。離婚ほど恥ずかしいことはなかった。そのためにこの一族に入った婿たちの多くは、すべての咎が許されるであろうことを前もって知っていたので、甘えたり、妻子を見捨てた者たちもあった。このような偏屈癖、狂気の振る舞いは、女たちだけではなく男たちのあいだにもあった。テヴフィク氏は三十年間、自分に比して夫の方が男前だからといって、公然と夫を侮蔑する女と連れ添っていた。それにもかかわらずヌーランはファーヒルと離婚した。一族の六十年間で、最初の離婚は彼女に起こった。しかしながら、この遺伝や社会作法は自分の家庭内にだけあるのではなかった。この大きな一族の至るところに犠牲者がいた。ベフチェト氏とアティエ、ドクター・レフィク、メディナで死んだサラハッディン・レシト氏……。

ヌーランは自分の中で三日間、厳しいことばを聴いた。三日目の夜、**自分はもう誰にも言い訳を言う義務はないのだ！**と言いながら、ミュムタズに電話をしたのだった。そしてその翌朝、彼を待たせないようにと朝早く家を出た。結局愛も、死のように人間の人生の重要な局面である。途中でミュムタズのことを考えて『マーフルの歌』をつぶやいた。

君は去りぬ、わが心は思慕に満ちて……

しかしその歌が縁起の悪いことを思い出して、二行目を続けなかった。あれほど好きな中間部や繰り返しの部分も途中でやめた。埠頭のところで、泥だらけの顔をした小さな少女が近づいてきた。着ているプリントのワンピースはひどく汚れ、破れていた。手を、かき混ぜた料理の上に置かれた乾いた匙のように差し出した。「愛する人に神のご加護がありますように！」といって金を求めた。ヌーランはハンドバッグを開けながら、**もしかしたら皆が私の顔から何をしているかがわかるのかしら、**と考えた。彼女は泣きそうになった。子ども時代にも、少女時代の初めにもしなかったことをしているのだ。**戻ろうかしら、**と言って、切符売り場のあたりをうろうろした。しかし恋は未知の魔法で招いていた。新しいドビュッシーのレコードを買いました。ともかく来て下さい……。電話で彼はこう言った。ドビュッシーやワーグナーを愛し、『マーフルの歌』を生きることは私たちの運命だった。フェリーを待っているとき、あの晩ミュムタズと別れた後で、イジラールが彼女に言ったことばを思い出した。彼は望めば楽しい思いをすることができる。なぜなら彼は皆に好かれているから。彼は恋、芸術、歴史、肉体の愉しみ、すべてまぜこぜにしているらしいわ。でもあなたのような女性にのみ心を奪われることができる……。つまりイジラールもそう感じたのだった。フェリーを待ちながら、自分がいらいらしていることに気がついた。もしかしたら退屈しのぎにこんなことをしているのだろうか？　あるいは単に肉体の問題なのか？……しかし、最初に会ったときから彼女は退屈したことはなかった。気楽で、きわめて快かった。フェリーに乗るとき、どうなろうと自分には負けまい！と口にした。そして、こう決心するなかで、恋に、ミュムタズの幻にむかって微笑んだ。

潮流岬《アクントブルヌ》で窓から外を見た。ところどころに薄く霧がかたまっていた。しかしボスフォラス海峡は下方に向かって鳥が飛ぶように滑らかだった。春の陽光の下で、海の喜びを見た。自分はひどい愚か者だ！……と独り言を言った。私たち一族は皆愚か者だ！……曾祖母も、その曾孫娘も、二人の愚か者の、二人の意志薄弱の男の後についていく……。人間は自分の人生を意志によってつくることができるのに……。

その日ミュムタズは、今まで味わったことのなかった味覚を知った。人生ではじめて一人の女性が、親密さの深奥を彼に開いたのであった。彼女は女神でもなければ、単なる情熱の逢瀬を求める存在でもなかった。それは、肉体が選んだ男に全身全霊をもって自らをゆだねる一つの耕地、一つの庭園のように、そのものすべてを引き渡して、さあ、これが私のすべてよ……と言いながら、あらゆる秘密、すべての可能性を彼に開いた女であった。しかしそこにあったもの、その実際が、いかに豊かで、いかに特別な世界であったことか。そしてどれほど多くの人間が、この豊かさを自分の中に発見せずに死んでいったことであろうか。いかなる海底、いかなる物語の宝庫も、これほどに豊饒で、これほどに驚異となるべきものではなかった。ミュムタズは鎧戸をしっかり閉めた薄明かりの中で、初めて彼女を、その裸体を見た瞬間を、その後しばしば思い起こした。すべての星の輝き、ありとあらゆる宝石の輝きがそこにあった。それは光の饗宴、頌詩と祈禱であった。すべてがまぶしく、燃え上がる一方で、自分の灰の中から何千回も蘇って再び燃え上がり、輝く瞬間であった。肉体とよばれる器械が霊魂と身体から作った、調和の昇天であって、自分が天のいずこに昇ったのかもわからずに高まるのを感じるのだ。

ミュムタズは後になって恋人を眺めるとき、いつもこの日を思い、いかなる運命の力が彼らを結び付けたかをいつまでも考えるのだった。

彼女の品のよさ、美しさ、純粋なもの、やわらかい肌のしなやかさなど、彼女の肉体に隠されていた多くのものを創造の神秘から呼び起こす、この深い息遣い、彼女の肉体、全存在が彼に向かって未知の闇から切り離されてやってくること、あるときは優しさ、あるときは愛撫、あるときは死の別な形である失神、その後で再び甦生し、再び太陽の世界に帰還する愉悦と歓喜、要するに太陽のミフラブ〔モスク内の壁龕で聖地メッカの方角を示す。イスラム教徒はその方向に向かって礼拝する〕での自己崇拝に似た戦慄、そしてそれらの潰え去ること、これらは、どこで、いかなる深みで前もって用意されたのであろうか！　このような深みでの結びつき、離れると感じる思慕、それらは人一人の一生には入りきらない。それはたぶん、深い暗黒の時代に、われわれが知らないうちに、われわれが存在する以前に用意された物事の結果でありうるのだ。これほどの親密さにはひとりでには至れない。一人の人間が自分の中で、もう一人の他人をこれほど力強く見出せるためには、偶然だけでは十分ではない。

その日のヌーランのすべてがミュムタズを狂おしくさせた。自らを恋にゆだねる様子、穏やかな港で待機する船のような歓びへの準備、イスタンブルの朝を思わせる眠たげな表情、生命の時間の彼方から来るような微笑み、それぞれがすべて別の美味で、彼は味わうたびにうっとりして、人間における限り無さや、突然変化し次第に弱まる時の流れのリズムに、永遠なるものの下降に、驚かされるのだった。その日から、以前は彼にとってその最大の秘密が純真さであった女性に対して、彼女へのすべての感情の上に、崇拝の感情が始まった。彼女を、一つの大陸のように、ゆっくりと発見し、そうするにつれて感嘆と、この崇拝の感情が強まるのだった。

ミュムタズはこれほどに愛することができるとは考えていなかったし、ヌーランもこのような形で愛されるとは考えていなかった。女中のスンブルは前の晩から用意を整えて、朝早く出て行った。彼らは階下の台所で食事をした。そこでヌーランは自らの手でトルココーヒーを入れた。家にあったことをミュムタズすら知らなかったが、マージデのものであるのは確かな古い着物をヌーランが着て、その隙間からのぞく彼女の肌や、しなやかな身体を眺めたり、彼の向かいのいろいろな形の輝きの塊を見ることは、彼にとってなんと美味な酩酊であったことか……。

ミュムタズは食後のボートの遊覧を考えていた。しかしヌーランは、二人一緒に見られることは適当ではないと考えた。それにこの家はとても静かで、二人だけのものだったし、家中の鏡はヌーランの裸体でミュムタズのように狂喜していた。すべての壁面、天井、家具はこの神聖なる訪問に祝福されているかのようだった。

ミュムタズはその日、ヌーランは外見が美しいのみならず、この家に似つかわしいということを知る喜びも味わった。

「初めて来た最初の日から気に入りました……」と彼女はこの小さな家のことを語っていた。

ついに夕刻、二人は別れることに同意した。ミュムタズは彼女を途中まで送っていった。そこから先は、ヌーランによれば危険であった。誰かに見られるかもしれなかった。ヌーランの姿が道の曲がり角で見えなくなると、ミュムタズはどうしてよいかわからなくなった。

その夏は、ミュムタズの短い一生の頂点、宝玉、戴冠の時となった。ヌーランは美しく、そして、愛し愛されることを悦んだ女性であるだけではなかった。何よりもまず、この上のない友人であった。不可思議なことを理解し、美しいものをわかり、味わった。音楽がよくわかった。あたかも太陽の光に満ちたような、透明で低く豊かな声をしていた。

しかしながら、これらすべての他に、ミュムタズを芯から狂おしくさせたものは、罪の意識や肉体の快楽が消し去ることのできなかった、不思議な恥じらいや魂の無垢さであった。そのために、夏の終わりに一番多く一緒にいたときですら、恋の始めのころのように初々しく、ようやく親密になった二人のような恥じらいがあった。そしてミュムタズは、彼女がこの恥じらいや無垢さを失わないように、できるだけ気をつかった。

同時に彼女は、本当の意味で恥ずかしがりやでもなく、人生を恐れてもいなかった。二度目に来たときにはすでに、ミュムタズのすべての仕事を知っていた。ミュムタズは人生のすべての問題を彼女と議論するのを好んだ。それとともに、同じ優雅な恥じらいは、ヌーランの本質の一つであるその感情は、ここにも入り込んだ。いかなる問題でも、ミュムタズの人生を所有しようとしなかった。愛が人間の自由を侵すのを望まなかった。ミュムタズがその人生を、その存在を彼女に贈るにつれて、彼女は、あたかも昔の鷹揚なアッバース朝のカリフのように、ひとたびは受け入れてから、再び彼に返すのであった。**これは我のものなり、しかし汝が持ちつづけるべし**……。事実この優雅な独立心の持ち主は、少しも触れることなく、口にすることなく、彼女の日々をみずからにゆだねるように、全生涯を彼に引き渡していた。それにもかかわらずミュムタズは、その寛大さの中に、いかなる力も、いかなる愛すらも破ることのできない内なる砦があり、独立の思想、少なくとも自らに忠実であること、偽善を避けることを彼女が望んでいるのを感じていた。

知り合った最初の日から、こうした愛のかたちは、彼女の率直で簡素な表情を、ミュムタズにとって幸せのうちにも不可解なものとしたのであった。それゆえに、ミュムタズはそのことをあまり考えないようにしたが、にもかかわらず、恋人に対する賛嘆と崇拝の感情に、一種の畏れが混じり、彼の存在を北の旋風に巻き込むことになったのであった。

7

アーディレ夫人はその夏、タクシムにある家から出なかった。彼女が再編成した特別なグループを壊したり、苦労して集めた男女たちを失いたくはなかったのだ。それに、イスタンブルは夏もまた格別であった。誰もが色々なところに出かけてもまた戻ってくる。しかも以前よりしばしば訪れてくるのだった。なぜなら避暑地は都会の習慣を乱すし、どこへも行けない人びとはといえば、やむをえず互いに近づくからである。事実そうなった。何か月も見かけなかったミュムタズでさえ、ある日の午後四時に彼女のアパートのベルを押した。アーディレ夫人は彼を見るや否やひどく喜んだ。彼女の唇には、ほとんど勝利の叫びにも似た微笑が浮かんだ。ついに彼は戻ってきた。群れから離れた仔羊が、さまよった後でまた戻ってきたのである。しかし彼はひどく人が変わっていて、寡黙であった。その沈黙の下に奇妙な輝きがあって、あたかもうれしさを閉じ込めようとしているかのようだった。それは、近所の人たちに聞かれたり見られたりしないように、至るところの鎧戸をしっかりと閉めて、すべての窓には何重にもカーテンをかけてから行なわれるハーレムでの悦楽に似ていた。とはいうものの、ヌーランが現れるまでは夫人は特になにも気がつかなかったかもしれない。しかしヌーランがドアから入るや否や、事態は変わった。ミュムタズは、その日初めて、愛する女がこれほど心を込めた服装をしたのを見た。互いに相手のものとなってからほぼ一か月になるにもかかわらず、服装がヌーランをこれほど変えるとは思わなかった。服装によって彼女のすべてがなんと変わったことか！　実はつい昨日も、彼らは一緒にいたのだ。昨日彼女は彼の腕の中にいたのだった。カラフルな安い布地の、青い、薄手の夏服を着て、彼に、これが精一杯よ、と言うかのようであった。ところが今はとても丁寧にきちんと整えられた髪、化粧された顔、白い麻の服を着て別の人格であった。ミュムタズは親しくない友だちのように挨拶されるかと恐れた。そうはならなかった。ヌーランはすべてのカードを広げてゲームをしたい人間のような冷静さで、「私、あまり遅くなりませんでしたでしょ？」とたずねた。こういう形で二人が親しいことを明かした。アーディレ夫人はこの挑戦に気がつかないように見えた。

サビヒは、ここしばらく政治状況を議論する相手がみつからなかったので、今晩は喜んでいた。しかしサビヒには狩りで獲物を捕らえようとする者の雰囲気があった。直ちに議論し始めず、獲物を見定めると、片隅に引き下がって潜む。獲物に自由を味わう機会を与えることによって、相手を驚かせる効果を増すためである。そのあとで、向かいにいる者が寛いで、一番気楽に感じたときに突然攻撃をしかけて、相手を身動きできなくさせる。何週間、もしかしたら一か月間もヨーロッパの諸新聞で世界情勢に関して読んだことを次々と語り始めるのである。彼の関心は地図上の経線、緯線のように地球全体に張りめぐらされている。中国からアメリカへ、英国の石油政策、ハンガリーの小地主の企み、ヒトラーからアルバニアのゾグ王やイランのレザー・シャー・パフラヴィーに、中央アジアからガンジーのハンガーストライキに至るあらゆることが、人類の運命においてこの上なく目覚めた記憶力と関係があるのだ。ミュムタズはサビヒが人びとと話しているのを聴いていると、自分たちの消化器官がこのようだったら、どんな状態になっていただろうか、というようなことを長々と考える。なぜなら、人参を食べる者は黄色く、ビートを食べる者は赤く染まり、米を食べたり、牛乳を飲んだり、カラス貝の揚げたものが好きだったりする者は、それらの自然の恵みの匂いや、色や、あるいは他の特徴を一番目立つ形でトレードマークのように身につけるのでなければ、サビヒの長い研究の果実やエッセンスはこれらの話のような何かにはならなかったろうから。今晩のサビヒはいつもより静かで落ち着いていた。ミュムタズが到着したときに、あるきっかけを見付けて、そこにある新聞を片付けたほどであった。それらは決していいとはいえない前兆であった。複雑な出来事の網の、矛盾した意見の絡み合いに陥るであろうことを感じたミュムタズは覚悟した。

「今夜はずっとここにいられるのでしょう？　姉妹《あなた》。」

アーディレ夫人はこの姉妹という語によって、自分の歳を十年ほど若くしたことを喜んで、ヌーランの答えを待った。ヌーランはどうしても帰らなければならないと言って、今日はちょっと立ち寄っただけであるとの説明に努めた。しかしアーディレもサビヒも、それを聴いていなかった。

「いずれにしてもミュムタズとあなたは海峡を挟んでご近所なのだから、帰るとしても遅く帰ればいいわ。まあ、ラクをお飲みになって。」

「早く帰った方がいいのです。明日イジラールとその友人たちが来ますから……。」

サビヒは彼らがすぐは帰らないことを確認してから、ドイツの最近の情勢について自分の考えを話し始めた。彼によればドイツの経済はひどい状態だった。戦《いくさ》は避けられなかった。しかし、この厳しいが、もしかしたら正しい判断は、いかなる長々とした証拠に基づいて、そしていかに回りくどい道を通ってそこに到達することやら！

大きな貯水場が海の洞穴のように口をあけていて、説明は次々に脱線し、すべてが始めからやり直され、比較や対比をしたり、対極的な事態のクロッキーを宙に描いたりした。サビヒの向かいで、ミュムタズは、その話をできるだけ短く切りあげるための唯一の予防策をとる。つまり質問もしなければ、答えることもせずに、時々頷き、軒先で夕立の上がるのを待っている男のようにしていた。この軒先は、時にはヌーランの首の真珠のネックレス、あるいは彼の好きな彼女のあごのくぼみであり、時には彼女の手の子どもっぽい動作やためらいであった。彼はこれほど美しい女性が自分の人生に入ってきたことが一向に理解できず、ましてや運などはまったく信用していなかった。恋人の恥ずかしげな、その顔を水面下の薔薇に変えるような、途切れ途切れの笑い方に魅入られたようにして、サビヒの話を何時間も聴いていた。

ミュムタズによれば、サビヒにとっては、新聞が世論という、いくつ頭があるのかわからないあの奇妙な神話の怪物ハイドラの尾の部分を代表している。彼は出来事によって自分が生きたことを理解する人間である。波によって洗われる岩のように、出来事が自分の上を通過するのを感じると幸せになる。サビヒ自身の考えである必要はない、なぜなら新聞があるからだ。あらゆる種類の新聞は、彼の大洋でもあり、その船でもあり、そのコンパスでもあり、その船長でもある。だから彼は、気分の変化以外は、その日読んだ新聞に印刷されたものに似ている。しかし話すにつれて、連想が広がり、記憶が深まり始めるために、最後には四つか五つのアイデアが同時に出ることもある。今晩がそうであった。最初は民主主義者だった、それから熱い革命家になった。その後で、尽きることのない人類愛に夢中になって、最後には秩序と法律の必要性に至った。

　外からいくつか買ってこなければならないものがあったが、女中は休暇で、門番は病気だった。しかし、ありがたいことにアーディレ夫人がそこにいた。

　これらの演説と心地よい白昼夢のあいだで、ミュムタズはひそかに、アーディレ夫人がヌーランのいい気分を損ない、彼女に何を言うか、過去のどんな片隅をほじくり返すかに、なかんずく愛についてどんな難題を言い出すかが気になっていた。アーディレ夫人は、ヌーランを優しく受け入れているにもかかわらず、少なくとも、あの島に行くフェリーで彼らの親しげな様子を見て以来、ヌーランをよく思っていないのを彼は知っていた。あの数日後サビヒがどうしてもと望んで一緒に入った茶屋でミュムタズに、彼女はヌーランのことを「あんたは知らないでしょうが、あの女は感情のない女だ」とか「感情のない残酷者だ……」とか言ったのだった。

　アーディレ夫人はすでにその時、ヌーランがどんな世界の人間で、気ままに生きるために絶えず経済的に窮していたことを知っていた。ミュムタズは一方的な攻撃を見ないふりをして、話題を変えようとした。周囲のために善行を考えるこの女が、どうして彼らの平穏を乱すのだろうかということに興味を持った。

　この件でアーディレはミュムタズをあまり待たせなかった。二杯目のグラスで得た勢いで、親しさの波の中で、まず最初にヌーランの美しさをほめた、自分の若い娘時代の女友だちの持つ自動車を、毛皮を、家で行なわれた豪勢な宴会を語った。やっと心の中をさらけ出すと、彼女はヌーランのために祈っていると言った。ヌーランのためにミュムタズが実現できないすべてのものを、運命と呼ばれるあの神秘の泉から願った。白テンの毛皮、宝石、ルビー、最も豪勢な自動車などが、この贅沢ぶりにおびえているヌーランの目の前を通り過ぎてから、彼女は最後に言った。

「愛するヌーラン、病気の子どもが心を痛めないようにとあなた方がどんなに苦労しているかを考えるとねえ！　あなたのような忍耐はとてもできなかったわ。今があなたにとって一番いい年なのよ……。これから先がどんなものかわかるかしら？」

こうしてヌーランに人生でのあらゆる可能性を数えあげる一方で、彼女の娘ファトマの病気に触れて、彼女の真の義務は母親としての感情を失わないことだと言い、そのあとで、それでも生きるようにと励ますのだった。これらの忠告やことばの唯一意味することは、娘の母親になること、あるいは自分にとってよい将来を確保せよ、あんたはこの愚か者と無駄に時間を過ごしているのよ、という意味であることが、ヌーランはわかったであろうか。わかったとしても、気がつかないようにしたのは確かであった。

アーディレ夫人はこれだけのほのめかしでは満足せず、より大規模な攻撃もするつもりであった。しかし遅れて来た二人の客がその夜の内容を変えた。それは、ヌーランに楽器タンブールを教えた父親の老いた友人と、その晩彼を家に泊めるサビヒの近所の友人であった。彼らの到着によって食卓は酒と音楽の饗宴となった。

ヌーランは昔の師に異を唱えることもならず、この変更を受け入れた。

二人とも伝統的なトルコ風《ア・ラ・トゥルカ》の音楽を深く嗜んでいるにもかかわらず、普通の調《マカーム》より先にはあまり行かなかった。フェラフフェザ、アジェムアシュラン、ベヤティ、スルターニ・イェギャフ、ニュヒュフト、マーフルなどの調べが好まれた。それらは魂の祖国であった。しかしどの曲もそのまま奏したわけではなかった。なぜならミュムタズによればトルコ風《ア・ラ・トゥルカ》は古典詩に似ていた。古典詩でも、真の芸術と呼ばれるものか、単純な模倣であるかを問う必要があった。今日《こんにち》の普通の、西洋の教育の好みによって選ばれた作品にもいいものはあった。他にも、フセイニー調では、タビイ・ムスタファ・エフェンディの作曲による優れたものや、イスマイル・デデ・エフェンディのいくつかの作品も奏され、ヒジャズ調ではハジ・ハリル・エフェンディの有名なセマーイが奏された。ハジ・アーリフ・ベイ*の有名な二つの曲とスズィーディラーラ調は、スルタン・セリム三世の運命とひとつになった特別な時期のものとみなされていた。

十九世紀のスルタン・アブドゥルメジトとスルタン・アブドゥルアズィズの統治の時代の、サズ・セマーイやキャールナトゥクなど、それまでのものとは非常に異なる情熱的ないくつかの重厚な歌や、新しい土壌に根づいたエキゾチックな植物か遅れてきた春のように、この時代において古典音楽の嗜好を最も純粋に継続させたエミン・デデのような作曲家たちの作品は、この時代の好みの産物である。ミュムタズによれば、これらの作品は古い伝統的な音楽が近代的な感情や嗜好と結びついたことを表していた。五、六十年来、近代的という名を与えられた絵画の流行は、一四〇〇年と一五〇〇年のあいだに育った昔の名人たちの見出したものであった。彼は真の芸術と感覚の新しさを、これらの作曲やセマーイや歌において、そして重厚で、金箔を塗った、色とりどりの彫りのある天井や、宝石をはめ込んだ左右八本の櫂のついたボートから眺めるボスフォラスの風景に似たキャールと呼ばれる歌において見出すのだった。それらにくわえて、樹皮、種、枝、根、要するに、植物の成長のすべてがあった。しかし真の味覚、法悦の花、変わることのない思想、蘇る樹液、まれに遭遇する幻想、要するに真の魂の支配する国がそれらの歌曲にはあったのだ。

ヌーランの音楽の嗜好の、恋人のミュムタズとの違いは、彼女がガゼル*様式の歌を好んだことである。それは女の本能で、ガゼルの太い男の声に、彼女の生来のものに近い憂愁と哀愁を感じて、体質的に惹かれたからかもしれない。彼女にとって夏の夜を満たすガゼルの歌は、もしかしたら音楽とは別のものといえるほど格別な美の表現であった。それとは別に、ヌーランは、ベクターシー宗派に属して各地を旅し、経験を積んだ父方の祖母から聞いたり、習ったりした歌や民謡を知っていた。ボスフォラス沿いで育ったこの旧家の子が、それらの民衆的なメロディーを、ルーメリ、コザン、アフシャル地方の民謡を、カスタモヌやトラブゾンの民族舞踊の歌を、古いベクターシーの歌や、預言者を讃える詩歌などを、あたかもイスマイル・デデ・エフェンディやハーフズ・ポストの作品であるかのように好むこと、そしてそれらを彼女に特有の雰囲気で歌うことは、ミュムタズにまったく新しい世界を啓いたのであった。それらの民謡を彼女が歌うとき、地方豪族《アシレット》の娘とか、休日に色とりどりのビロードやサテンの服や、帯や、きらきらする靴を身につけて女だけのパーティーに行くキュタヒヤ地方の若い花嫁のようだと何度感じさせられたことか。真に奇妙なのは、このほっそりした都会的な女性に、その歌を習ったそれらの人びとに本当に近い、彼らとまったく同一な面が見られることであった。すべてこれらのことによって、ミュムタズにとって、日がたつにつれて恋人が自分の目に変化して映り、完成されて、彼らの愛を霊的なものとしていくのだった。

その晩サビヒの家で、ニュヒュフト調やスルターニ・イェギャフ調の音楽の砦が次々と開かれると、ヌーランは、小さな赤い波模様のテーブルクロス上で、スプーンやフォークのあいだで、彼があれほど愛し、気に入っている両手で、多くのテンポを取って彼のために歌った。それらの曲を歌うときは顔をいつも彼に向けて、さまざまな表情や決して途絶えることのないあの悲しげな微笑みによって、彼の人生や幻想の中にあるヌーランの姿に、多くの姉妹の姿をさらに加えたのだった。終わりごろ、ヌーランは自分にあれほどしっかりと言い聞かせていたことばを忘れて、「さあミュムタズ、私を家に連れて行って。酔ってしまったようだわ」と言ってテーブルから離れた。これはアーディレ夫人に対する宣戦布告であった。しかし彼女は他の客人たちの誰彼を結婚させる別の計画に夢中になっていたために、あまり注意していなかった。

ニュヒュフト調のセイド・ヌフの曲は、ミュムタズにとって現代トルコの歌の最も忠実な面を表していた。私たちの魂の永劫への憧れや、太陽に、輝きに、焼き尽くすものに向かう羽ばたきを、これほどに伝えるものはほとんどない。なぜなら――またわれらの主人公によればであるが――、生の躍動の力は、すべてを拒否して、明るさに向かう飛翔は、内なる文明の精髄であるからだ。そこでは目がくらみ、自らの消滅が求められていた。人類の永劫性もまたここでは、理性を一瞬にして投げ捨てて、純粋な魂になるのだ。それを聴いていると、人は物質世界から離れていく。そして、そのために、死は、一方の極では、自らを全宇宙と一体のものとして認識する存在の前の魔法の鏡となり、笑顔の兄弟と抱き合って生きるうつむいた兄弟となるのだった。

真に驚くべきことは、この奇蹟的現象が一瞬にして終わることだった。単純で平凡な二行連句が始まるや否や、聴いている者に変化が起こるのだ。さらに、ここでは調《マカーム》が決定的な役を演じる。透明な節回しはひどく暗いものを反映していて、人間の魂の両極に棲んでいる愛と死は、望むと否とにかかわらず一つになっていた。

アジェムアシュラン調のデデ・エフェンディのテンポの速いセマーイの作品には、ニュヒュフト調とは違った豊かさがある。それは多くの死のあとで思い出すことに似ている。あたかも何十万の魂が天国と地獄の中間地帯で待機しているのに似ていた。ここでも秘密が語られる。ここでも人間は多くの面を捨て去るが、しかし唯一のものを憧れ求める。ここには神も愛する者もいない。われわれはそれに向かって、上昇しようとする。「どこにいようと汝《な》がいるところはわれらが天国なり」と叫ぶのであった。

ミュムタズは自分のいるところから、ヌーランの声を聞き、懸命さのためその表情が変わるのを見ながら、彼もまたデデ・エフェンディのように繰り返していた。「汝がいるところはわれらが天国なり……」と。

ミュムタズはこの曲、そしてそのあとで、老いた名人がますます熱を込めて歌う民謡やメロディーを聴いている一方で、アーディィレ夫人が自分たちに対してもつ理由のない敵愾心を考えていた。人生は二つの極端のあいだで動いているのか？　一方では、人のために多くのことをして精神的に高まる。その一方で、つまらぬ心配や計算や無駄な敵愾心が二人のあいだを妨げて、人をその高みから追い払うのであった。

それとも運命は、お前の魂をそっとしては置かないぞ?とミュムタズに言いたかったのか？　その晩アーディィレ夫人が食卓で、自分とヌーランを二、三度盗み見たのを彼は捕らえた。彼女はひそかに、見るものを見せてやる、とでも言うかのように眺めていた。しかしヌーランと目が合うと、私はいつもあなたの友よ、私ほどいい友だちはいないわ、と言っていた。アーディィレはこうして、自分より弱く、人生で傷ついていると考えるヌーランを自分のものとしていた。彼女の心の中の計算は、セイド・ヌフの曲の太陽への昇天や、デデ・エフェンディの曲の神を愛する者と一つにする愛や、アナトリアの民謡における、それらとは異なる地平線にある人間の運命や、愛や、苦悩や、死や別離などがあれほど深く聴く者の心に溶け込むあいだも、同じように続いていた。それにもかかわらず、アーディレ夫人は昔の音楽を好み、愉しんでいた。しかし芸術すらも、ある人たちの性格を和らげることはできなかったのだ。

8

ヌーランは、家人にしばしば話していたミュムタズを自分の家に招んだ。ミュムタズにとってヌーランが暮らしている家は、まさにアジェムアシュラン調の曲が最後の二行連句で語っていた天国であった。その意味でその家と住人を見たかったのであった。ことに、あの夜、年老いた音楽家たちがヌーランの母方の伯父について、彼はこれらの曲をわれわれと同じくらいよく知っている、ただ、ものごとに耽溺する性格で、人中には出て来ないと言ったので、特に興味を持っていた。

ヌーランの母親は思っていたとおりであった。一九〇八年の青年トルコ党の革命のころに自意識に目覚めたこの年老いた女性には、彼女と同様に人生をヴェールの下から見ることに慣れた女性たちのように、多くの好ましい特徴があった。ヌーランの母親は数多くの愉しみをこっそりと垣間見るだけで満足する者の一人であった。それとは別に子どもっぽい好奇心も持っていた。「これも見たわ。家に帰ってから考えるわ……」とか、「外の世界には何があるのかしら？　あなた方の世界は、私たちのものとはとてもちがっているから」などと話した。

今から四十年前、二十世紀の初めに人生に踏み出した女性たちの多くにとっては、この二つの考えはごく自然な心の動きと考えられるであろう。それでもこれらの年月の影響で精神的にはかなり進歩的であったが、それまでの生活のせいでひどく遠慮がちであった。こうしたこととは別に、二十歳年上の夫から狂おしいばかりに愛され、甘やかされたことからくる多くの好ましい特徴もあった。夫のラースィム氏は県知事を務めた、ネイの演奏家でもあった。

　老女がときおり口にした物の見方、外の世界で起こる出来事に対して示したほとんど子どもっぽい好奇心、娯楽から遠ざかり、政治に関心があって、多くの人を知っていることなどから、ミュムタズは、ヌーランの母親が統一進歩委員会の高官たちを遠くから観察して、驚くべき記憶力で、誰もが知らないことをおぼえていることを知った――このようなことは、一九〇八年ごろに青年トルコ党の革命時に中流女性たちに起こった変化であった。ミュムタズは最初の日に、ヌーランの母親のナズィフェ夫人がいかに好ましい混合物を形成しているかを知った。しかしながら一番注意を引いたのは老女の話し方であった。彼女の話すのを聞いて、ヌーランが時々古めかしい単語を使用すること、さらにはそれを気に入っていること、いくつかの音節を長く伸ばすことの理由がわかった。たとえば、ヌーランは、「その瞬間に《オ・アンダ》」ということばを、「そのシュンカーンに《オ・アーンダ》」と言って、トルコ語を長く伸ばしたあとでやわらかく終えることができた。このイスタンブル訛りとわれわれがよぶものは、十八世紀の詩人のネディームやナービーが讃えた上品さや洗錬の中で育った証《あかし》であった。子どもたちを一族のあいだで結婚させる昔の中流階級の家族や屋敷の魅力は、多少はこうしたことからもきていた。

　ヌーランの伯父は彼女の母親とはまったく違う性格だった。若い郡長のころ、一九〇九年のイスラム反動派の征伐にイスタンブルに進軍したのだった。統一進歩委員会のころ、たまたま商売を始め、次々に何度も破産した後で、ついに誰の援助もなしに生活できる資産を蓄えたそうだ。十二年前に妻が死ぬと、一向に結婚しない息子とともに妹の家に移ったのだという。特に一九一八年の停戦時代に、華やかなベイオウル界隈であれほど派手に名を馳せ、賭け事、酒、女を愛した男の、この十二年間の父親の家での生活はまことに奇妙なものであった。特にこの十二年間、以前はその名を訊かれてもすぐには言えなかった父親の思い出に生活を捧げていた。父親が書いたものや、花押、装丁した本、ユルドゥズにあるタイル工場で父親が装飾して描いた皿、あるいは装飾を手伝ったガラスの品々を蒐集したのであった。テヴフィク氏はその日、ミュムタズに父親と義弟ラースィムについて色々語った。装飾皿や燭台やキャンディ入れを見せた。驚くべきことは、これほどの品物を十年間で集めることができたことだった。しかし彼はこのことを当り前のことだと思っていた。彼は、「イスタンブル中がマーケットだからな、お若いの……」と言った。ミュムタズは、ベデステンの商店街を歩いたり、イヒサンと骨董屋を回ったときに、いかに多くの美しいものを見逃していたかを、その日テヴフィク氏が彼に見せた品物——書の額や、布切れやガラスの器類など——を見るにつれてよくわかったのだった。このガラスの器類について、ヌーランが突然思いついて奇抜な表現を使ったので、その日以来ミュムタズはこのことを思い出すたびに笑わずにはいられなかった。

実際テヴフィク氏が、父親が金箔を貼ったインク壺や、端に毛の付いたペンや、細い筆によって装飾した——その色の探求は一種の恐怖にも逃避にも似たものであったが——品々を探しているうちに、小さいコレクションができていた。ミュムタズは、今から遠くない、トルコ人の複雑な嗜好のルネサンスがそんなにも知られていなかったことに驚愕した。世紀末文学のジュディーデ派の詩人や文学者も、以前イヒサンの資料を集めるために自分が渉猟した新聞のコレクションも、スルタン・アブドゥルハーミト二世の時代を、これらの「ガラスの器類」ほどよく伝えはしないであろう——。ヌーランはどこからあの表現を見つけたのであろうか。彼女には子どもっぽい空想をする面があったが、その表現を思い出すたびに、彼は恋人を、薄手の淡い彩色ガラスや、古代の濃紺、テラコッタの赤、「鶯の巣」と言われている螺旋模様の絵柄の藍、ロココ調の昔の深い果実皿、あるいは本の装丁装飾の柄で覆われた皿などの中で思い浮かべるのだった。そしてヌーランはこれらのすべて薄く、壊れやすく、きわめて大事に扱う必要のある品物が醸し出す繊細さと響きを持っていた。彼は見極められなかったが、明らかにそれらにはフランス風の要素もあったが、それとはまったく異なる美を示していた。

テヴフィク氏が父親の次に敬愛していたのは義弟ラースィムであった。彼に属するほとんどすべての物を保存していた。絵画、手書きのメモ、書の練習帖、あらゆる種類のネイとその半分の長さのヌスフィエがそのまま保存されていた。父親の手で書かれた額の前に、一等官の制服と勲章をつけたラースィムの写真が掛けてあった。ミュムタズはまず額を読んだ。

陛下の恩賜によって賜る

「イスラム暦の千三百十三（西暦一八九五）年、父親に関する秘密警察のファイルがスルタン・アブドゥルハーミト二世に手渡される。彼はユルドゥズ宮殿に十夜拘置される。釈放されたとき、彼はナイリーの詩からこの書を書いた。よく注意してご覧になると、装飾の中に十夜その上で寝たソファの絵があるのだ」と彼は語った。事実そうだった。広いオスマン朝の庭の石塀のように、薔薇や灌木のあいだに長椅子が繰り返し描かれていた。しかしながら、背景のアラベスク模様や幾何学模様の金箔と薄い紅の上にならべられた薔薇や花は、たくみに計算された形で置かれているので、繰り返し描かれているものがソファであることは言われなければわからなかった。

オスマン後期の書の芸術をある意味で破壊するこのリアリズムについて、ミュムタズは後になって詳しく考察した。

驚くべきことは、テヴフィク氏が突然夢中になったこの熱中が、一種の深みに達していたことであった。あたかも五十年間その中にいて気がつかなかったものが、突然生き返り、彼にとって意味を持ったかのようであった。テヴフィク氏にとってはあり得ることであった。不屈の忍耐は彼の人となりであった。七十四歳にもかかわらず、深くいい声を持っていた。今でも毎晩ラクを飲む。若い、美しい女性たちと少なくとも友だちづきあいを愉しみ、秋の晩には地域の漁師たちとカジキマグロ獲りに出かけることもある。『わしが踊る伝統的ゼイベキは、イズミルのエフェたちですら踊れない。ましてやあんたらのようなシルクハットの、やせた男なんぞは……。』次のことばは、一九二六年にアンカラでのある会合で、二人の国会議員と一緒に踊ったゼイベキ・ダンスを思い出しながら語ったものであった。『わしは直ちにオーケストラに指示を与えて、立ち上がった。誰もが驚いた。ゼイベキは格別なのだ。人びとの周囲にあるすべてのものへの関心を、消し去らなければならない……。』

「わしは一度見たことがある、アンタリヤで、ひどく小さいときだった。デミルジ出身の二人のエフェが賭けて、羊の丸焼きとバクラヴァ菓子が用意された。通りで宴会をした、松明の灯りで……。」

テヴフィクはヌーランを指して、「こいつはかなり才能がある」と言った。

「だめです、よく知りませんわ……。」ヌーランは顔を赤らめた。「あなたに言わなかったかしら。私はアナトリアの民俗舞踏のほとんどは知っています……。」

しかしテヴフィク氏は、過去の思い出を忠実に保存している、ゼイベキ・ダンスの一番の踊り手であるだけではなかった。彼の本領、あるいは最大の喜びは、ラク酒の食卓を用意することであった。

ミュムタズは彼を知るにつれ驚きが増した。

「伯父は、母方の伯父なのに、多くの点で父に似ています。不思議ですね。」

夕方テヴフィク氏の姿が見えなくなった。しかし一時間後に現れたときは、ラクのテーブルが準備されていて、それ自体が逸楽の芸術であった。

「ラクはゆっくりと飲みなされ……長い時間かかって飲むべきです。そうすると味わいが出てきます。」

この昔のイスタンブル人の人生の悦び、気楽さは、近年ほとんど見られない。食卓の天の恵みだけでも特別なカレンダーがあった。どの魚がどの季節に、どこで一番よく獲れるか、何月に獲れたものがよいか、あるいは旬の魚をどう料理すべきかを、彼ほどよく知っている者はいなかった。

「わしらが若いころ、今は亡きエブズィヤはカレンダーをもっていた。知らんだろうが、なんとも不思議なものだった。フランス語から翻訳されたレシピ、ベイオウル界隈のレストランから集めたレシピからできていた。そのリストの二、三を読むとわしは羨ましくて狂おしくなり、すぐ好奇心にとりつかれた……。」テヴフィク氏は食べ物について一つの理論を持っていた。彼によれば台所の主題は材料である。そのためには、季節、月、さらにはボスフォラスの北風、南風の、その日ごとのカレンダーが必要であった。

「ヒメジ《バルブンヤ》という魚は世界で一番美味の魚だ。しかし旬でなければならず、さらには島の沖、あるいはボスフォラス海峡の下方のマルマラ海近くで獲られなければ味が違う。ダーダネルス海峡より先で獲れたこの魚は、どの分類にも入らない単なる海の生物なのだ。」

テヴフィク氏の食卓の嗜好話は、歴史哲学のように延々と続くのだった。

「このヒメジをここで一緒に食べられるのには、運命が何世紀も働いたことを考えてみなされ。まず、ヤヒャ・ケマル*の言ったように、ドナウとドンとヴォルガの河が黒海に至らなければならない。われわれの先祖が中央アジアから来てイスタンブルに落ち着く。その後、スルタン・マフムト二世が、ヌーランの曾祖父をベクターシー派だといってイスタンブルからマナストル〔現在のマケドニアのビトラ〕に追放する。そこでメルズィフォン出身の金持ちの大佐の娘と結婚する。わしの祖父は、妻に逃げられたあとで、自分の慰めにクラーンの写経をし、のちに何とかいうパシャに贈ったその金でこの屋敷を買う……。お若いの、わかるかね？　金貨七百五十枚に値するクラーンだ……。つまりこの屋敷とそのあいだの土地だ……。その後で、ヌーランの父親が子どものころ病いにかかり、母親はアズィズ・マフムト・ヒュダーイ殿に、その子が大きくなったらその派の修行僧坊を興すと誓う。そこでわしの父親と友だちになる。ヌーランが生まれる……。あんたもまたこの世に生まれてくる……。」

ミュムタズはヒメジという魚による社会人類学的物語がひどく気に入った。

テヴフィク氏の息子のヤシャルは、数年来わずらっていると思い込んでいる治癒不能の心臓病の中で、許される範囲で父親の言うことに笑っていた。テヴフィク氏の生き方は、たとえてみれば、大きな理想で始められたがささやかな楽しみに耽ることで終わった、十九世紀の憲政改革《タンジマート》であった。彼は気楽さ、無頓着、密やかに得た愉悦の中で生きていた。ヤシャル氏の生き方はと言えば、むしろ一九〇八年以後の第二次憲政改革《タンジマート》時代であって、不穏でいっぱいだった。驚くべき理想主義、小さな劣等感、それらの代わりに、ひとつの波が他のものにとってかわるかのように拒絶反応を示していた、つまり激しい情熱と身動きできない絶望のあいだで行ったり来たりしていた。

　食卓に座ったとき、ミュムタズはこの四十五歳くらいの男が誰よりも楽しんでいると考えた。彼はこの上なく楽しげに杯を満たして、ミュムタズに向かってそれを上げて、「よくいらっしゃいました……」と言って一口飲んだ。テヴフィク氏は不機嫌な馬を扱うように、彼の陽気さに対して、座っているところから「フーウ」と長く伸ばして答えた。しかしヤシャル氏は最初この警告に耳を貸さなかった。体の器官はよく働いていた、一日中、家はオーブンのように暑かった、しかも三日後にアンカラへ行く予定であった。氷を入れたラクと父親の用意した茄子のサラダを始めとする酒の肴があるのに、どうして抑制されなければならないのか。少し愉しんで、普通の人のように生きるのだ。ただし彼が体の状況を思い出すまでであるが。この奇妙な体質の最初の兆候には疲労、すべてに対する嫌悪、無関心があった。一生涯、女中のフーリエに叩かせたセンナ草や、冬に咳がひどくなると自分の手で火鉢で沸かして飲んだかやつり草以外に薬というものを知らず、アスピリンということばをタンゴの変種と考えている父親と、ほとんど最新の科学の成果によって生きている息子とのあいだでの滑稽話は尽きることはなかった。

　とは言うもののテヴフィク氏は、息子の薬に対する興味に不満はなかった。彼は毎日しかるべき量の、あるいは自ら最大限の毒を盛っているにもかかわらず何とか生きていた。さらには、この憂鬱症になって以来、職業からくる多くの悩みから救われていた。もう以前のように、右手の小指の爪を四文字分の長さに伸ばしたりしなかった。トレドで知り合った若い伯爵夫人や彼女のひどく魅力的な母親のことや、ブカレストの通りの整然さ、清潔さ、ヴァルナの海水浴場のすばらしさについて話したりしなかった。パリでの二等書記官時代、フランスの女優で歌手のミスタンゲットの小間使いをある晩連れてくる名誉に浴したあの美しいアパートのことも、ある日の午後ドアから出るとき、後ろに巨大な犬を従えて、煙草をくわえたスイスの俳優エミール・ヤニングスに出会いがしらにぶつかりそうになったヴィルヘルム通りのすぐ後ろにあるアパートについても賛美したりしなかった。さらには、そのアパートの、青みがかった睫の端から涙の滴をこぼした大きな目の金髪の少女のこと、そして彼女がワーグナーに熱狂していたことや、ハイネの詩を暗誦するとき声が震えたこと、チロル山脈で一緒に過ごしたすばらしい散歩や、月光の下で聞いた歌のことなども、すべてを忘れてしまった。同様に、ブタペストから二、三時間の、年老いた同胞の城で過ごした週末休暇、あの背もたれの高いソファ、血統書つきの猟犬、馬、実際の刈り入れではなくて、マルタ・エゲルトのオペレッタの映画のために用意された舞台装置に似た収穫の場のこと、要するにいい音楽、安っぽい娯楽の多くの愉しみ、ウィンナー・コーヒー、繊細な抑揚の女たち、モーツアルトに関する耳学問など、すべて彼の記憶から消えていた。今や彼は毎晩しっかり包装された優雅な包みをもって家に帰って来て、果実の皮をむくように包装を開ける。彼は使用法を書いた紙を広げて、向かいに置かれた時計のように宇宙が規則正しく働いているのを真のイスラム教徒たちが見たときにその唇と目に浮かべる輝きと微笑と賛嘆とともに、それを読むのである。

ミュムタズはヤシャルを、彼がイヒサンとパリで友だちであったことから、そしてアーディレ夫人の家で会っていたことから知っていた。一九二五、六年に最も輝かしい将来を嘱望されていた外交官が、家族ぐるみで付き合っていた友人の裏切りで公使の小さな地位を失って、中央の空席であった大使職に就く代わりにバルカン半島のある町に一等書記官として赴任して以来、自然は、その償いのように彼にこの憂鬱症を与えたのだった。

この六年間、彼の妄想が彼の全生活を占めていた、そしてこれは深刻な事態であった。ヤシャルはその時以来、民間人として生活していながらある意思によって任命された大きな戦艦の艦長に似て、そのような艦長がまったく知らない軍艦を扱うように、その秘密も可能性も知らず、それを扱うべき法律も知らないで自分の身体を扱っていたのだった。考えれば考えるほど自分自身を脅かす一組の器械を、互いに調整しながら、共同させて、必要なときにささやかな一連の介入をして、起こりうる障害を阻止することが唯一の関心事であった。ヤシャル氏は、一言で言えば、体が自分の目の前にある人間であった。ことに不用意な医者がある日彼に、彼の体質を考えると彼には本当の心臓病はないであろう、もしかしたら他の器官がよく働かないために小さな苦痛を感じているのであろうと言って以来、この心配は増して、生涯をこの不可能な共同作業を追うことにかけたのであった。言えることは、ヤシャル氏にとって体は完璧さを失っており、その代わりに、それぞれの器官が独立して働いている状態、それぞれの椅子に別の考えの、別の政党に属する大臣が座っている内閣に似た奇妙な構成となっていた。そこでは、腸、胃、肝臓、腎臓、交感神経、分泌腺にいたるまで、すべての器官が独立して、別の方向に働いていた。このヤシャル氏は、一人で働き、各器官を唯一の目的に向かわせるために努力しているこの男は、不可能と戦うことを運命付けられた総理大臣のようなものであった。その努力の際に唯一の手助けをするもの、それが薬であった。

将来この国の今世紀の歴史を書くであろう者は、言うまでもなく、薬物依存という伝染病を忘れてはならないのである。ヤシャル氏はこの伝染病の最大の犠牲者の一人であった。イスタンブルのいくつかの薬品倉庫の他に、直接に薬品工場と連絡を取っていた。ついには、これらの工場や会社は次第に、医者に対してするように、彼にあらゆる種類の最新の製品を送って来始めたほどであった。

それらの薬は単なる今日の医学や化学の勝利の所産ではない。それとは別に、それぞれに固有の美しさや、さらには文学すら取り込んでいるのだ。それらはきわめて優雅な装丁で作られた模造品のモロッコ革のケースや、この上なく扇情的で高価な香水や、白粉や化粧品の箱に似たきわめて丁寧な包装で、あらゆるサイズ、形、色があって、あるものは、「**私はひとつのアイデアのように役に立ち、とても容易に運べます！**」と説得している小さく繊細で魅力的な瓶だったり、またあるものは、まじめな友だちのようにあらゆる信頼を約束するどっしりした瓶だったりして、ビロードのように輝く柔らかい上紙は、うぶ毛が陽光に輝く若い肌のように人に喜びを与える包装によって、日常生活で、少なくとも都会の生活で、それぞれに特有な変化をもたらした。実際これらの薬品は今日、単にいくつかの主な工場の製品であるのみならず、将来の消費的な人びとの理想に応えるものへの第一歩である。それらがもたらす人工的な容易さによって人類の自然は緩慢な死を保障される。ヤシャル氏はこの高貴な理想を感じ取り、それを心から信じている一人であった。六年間の忍耐強い努力のおかげで、他の人びとには自然に生じる多くのことを、彼は薬によって行なうのである。ヤシャル氏は薬によって眠り、起きるとすぐ服用する二、三錠のアスピリンによって覚醒し、薬で食欲をおこし、薬によって消化し、薬によって外出し、薬によってセックスをし、薬によって欲望を持つのだった。ロシュ、バイエル、メルクのような会社が、彼の生活の主な協力者である。毎月役所に提出する長い報告書もまた、これらの会社のつくる、人間の持つ力を二、三倍増加させるトニックのおかげで書かれるのだった。ベッドの枕元にある小さな置き戸棚の上は、あらゆる柄やシンボルで装飾された、鉱物学の知識から神話や宇宙学にまでわたる、あるものは長く、あるものは詩集の題名を思わせるような、癒し、満足させることばを記されたラベルの瓶でいっぱいだった。食器戸棚の自分に割り当てられてある広い棚は、これらの瓶と包装のおかげでバーのように目立つのだった。ヤシャル氏はこれらの薬について話すときは、きわめて大げさに誇張したことばを使う。ビタミンCを飲んだという代わりに、『八十五クルシュで百万個のオレンジを買った』と言うのである。チョッキのポケットから出した、ファノドルム、あるいはエヴィフェインの瓶を『この世で一番の大詩人を紹介しよう……どの一粒にも、どんな詩人にも想像できない夢が少なくとも二十は入っている』と言うのだ。一日の時間は飲むべき薬によって分けられていた。『思い出させておくれ、三時ちょうどにペピシニを飲まねば……ウロトピンを飲むのを忘れた……どうか問題がなければいいが……。』

ヤシャル氏は、現代科学と商業的アイデアが手を取り合って全人類のために作り出した、真の薬の神経性副作用そのものであった……。

9

ヌーランの家で受け入れられる幸せは、ミュムタズにとって最大の喜びであった。しかし、残念なことにファトマの不機嫌がこの幸せを損なった。

ファトマにおいては、父親が自分たちを置いて出ていった日から、人間に対する不信、自分に属する何もかもを失うかもしれないという恐怖が当り前のこととなった。その意味でミュムタズに嫉妬していた。しかしながら、青年に対する彼女の嫉妬をさらに重苦しくしている他のこともあった。

ファトマは、彼に対して取るべき態度が一向にわからなかった。今は、無関心な冷淡さで接するとしても、ただ礼儀正しくしたいとも思うが、少しすると邪悪で粗野になって、最後には勝手にしろとばかりに逃げ出す。しかし階下で何が起こっているかという好奇心が捨てられず、五分後にまたやってきて、甘えたり意地悪をしたりするのだった。家の中でヌーランとミュムタズの結婚話がしばしば口にされたので、ファトマはミュムタズがヌーランの人生でどんな立場にいるかを知っていた。そのために、その日から彼女は母親に対する態度を変えた。

しかしながら、それらすべてのことがあっても、ミュムタズがヌーランの家で、ヌーランが幼い子ども時代や少女時代を共に暮らした愛する品々の中にいる幸せを追い払うことはできなかった。

その日以来ミュムタズにとって、ヌーランの家のことを考えることは格別な喜びとなった。恋人が立ち去って一人きりになった時間、あるいは彼女が今日は一日中家から出ないと言った日は、その家の中にいる彼女を想像する癖がついた。ヌーランは彼の人生で最も重要な位置を占めていたので、彼女への思いはもう彼から離れなかった。庭の柘榴の木の根元での、あるいは朝食のテーブルでのヌーランを、あるいは彼女が自らの手で手入れした花壇の中で、髪を頭上で一つ二つのピンでまとめて、白いガウンがポンペイのフレスコ画を思わせる曲線でからだにまとわりついて歩いている様子を考えることは、ミュムタズの孤独を満たす悦びとなった。

ヌーランは今、彼女の部屋の鎧戸を開けている、老いた伯父のためにトルココーヒーを用意している、母親に薬を飲ませている、庭で両手をこめかみに当てて本を読んでいる、あるいは子ども時代から行きなれた小さな部屋で、祖父の病気見舞いに来た総理大臣アリ・パシャが座ったといわれているソファに座っている客たちに茶を出している、彼らに、壁にあるイブラヒム・ベイの時代にユルドゥズ宮殿での十三日間の勾留の思い出として書いた、ナイリーの

崇高なる神の恩寵で過ごしたり

の詩を見せたり、ガラスケースの中の、金箔を貼った色つきのインク壺や、端に毛のついたペンや細い筆で装飾された装飾皿や花瓶を、ヌーランが自分の美しさに子どもっぽい陽気さを加えてつくりだした表現で見せたりしている様子はすべて、ミュムタズにとって想像できないほど美しい、比類なきものの中に入っていた。

こうしてミュムタズはヌーランが自分のそばにいない時間は、その周囲に一種の個人的な物語を次第に形成していった。あたかもその昔、何某の男爵夫人の、あるいは国王の祈禱書を、中世の画家たちが、ある城の周辺の日常生活の光景や、季節の折々や星占いの形や、聖書の場面によって飾ったように、ヌーランの時間を、弾かれることのない楽器のように限りない可能性を込めて語りかける、色と輝きの饗宴である無数の想像によって装飾し始めた。

この色の世界では、すべての襞や曲線がヌーランの毎日の行動や彼女が来た時間にたっぷりと与えられた描写に由来するこの沈黙の音楽の真ん中で、本物のヌーランが、その名〔太陽と月の光の意〕が示す太陽の宴から盗まれた黄金の杯、早暁の庭で咲いた睡蓮のイメージで、行ったり来たりしたり、考えたり、耳を傾けたり、話したりするのだった。

もともと、一日のどんなときにでも、どんなところででも、彼女を想像することは、彼にこの上ない喜びを与えた。彼女は埠頭でフェリーを待っていたり、仕立て屋でレースやボタンを選んでいたり、デザインを説明していたり、友だちと話していたり、頭で諾否を示していたりしていた。

本当は二人のヌーランがいた。一つは遠くにいて一歩あゆむごとに変化し、欲望と憧れの錬金術によってほとんど魂に属する存在となり、彼女が触れたすべてに彼女から濃厚な何かが加味され、距離や生きている生活を越えた、万華鏡のような、自身ではなくその反映しかない世界の真ん中で生きているのだった。

カンディルリの家はこの奇蹟が一番はっきりと、すばらしい変化をとげた、ヌーランが潜んでいる世界の最高のものであった。変化の魔術は、そこから始まって徐々に全生活に広がるのだった。

もう一つ、隣にいるヌーランがあった。それは物質的に存在することによって、子どもっぽいことをしたり、作り出した幻想を遠くから一挙に消したりするヌーランであった。彼女がドアから中に入るや否や、あるいは待っていた場所に、たとえば埠頭や、通りのはずれに彼女が見えるや否や、ミュムタズの幻想は終わるのだった。

ミュムタズは、彼女が遠くから近づいて来ることが自分の上に与える感情を分析しようと何度も試みた。そして結果として、それが一種の頭脳の眩みであることに決めた。彼女が道の向こうに見えるや否や、あたかもすべてが消えるようだった。すべての心配は見えなくなり、興奮は鎮まり、喜びでさえ以前の輝きを失うのだった。なぜなら近くにいるヌーランは、存在から溢れる魔法は、唯一つのもの、ただ一人の人、ミュムタズに対して使われたから。彼女は彼を両の手のひらにとって、輝く粘土の状態にした。

以前彼は男女関係において、女性を絶えず上から、ほとんど疑惑の目で見て、自分の興奮をばかげたものと見なし、さらには最も激しい歓びの中でさえ、人間における動物的昂揚を、頭の冷静な、覚めている側によって、自分の組み立てた機械がどう働くかを観察するように、一歩ずつその後を追い、女の体の中で目に見えるもの以外は純粋なる喜びとして受けいれようとしなかったのであったが、ヌーランと出会うと単純な現実の意識すらを失った。

これは単に幻想の戯れではなかった。一人ぼっちの家での狂気が高ぶって、頭脳を支配したとは考えられなかった。たとえそうだとしても、このような高ぶりに届かせるなにかがあった。だから、ヌーランの近くにいるのであれ、遠くにいるのであれ、過去に蓄えられた知恵も、真実も助けにはならなかった。以前、一時期手から離すことのなかった旧約聖書にも、好きだった哲学者の本にも、自分の興奮に関わる何ものも見られなかった。それらは、女や、肉欲や、煩悩や、それらのもたらす危険を語っていた。ところがミュムタズによれば、ヌーランとの関係はまったく別のものだった。彼によれば、ヌーランは生命の源泉で、すべての現実の事象の母だった。だから恋人にこの上なく満ち足りたときでさえ、またさらに飢えが生じ、彼の心は一瞬も彼女から離れず、彼女の中に埋もれるたびに完全さに達するのだった。

ミュムタズは、時には、ヌーランに対する愛を、二人の細胞が絶対的に近いものであることで説明しようとしたり、二人のあいだにある性感の相互理解によって、あるいは自然が彼らの中に注入した偉大な神秘の一つの結果として見たりするのだった。もしかしたらプラトンの言ったことは真実だった。創造の輪の中で偶然二つに分けられたある存在の片割れ同士を、彼らの愛によって新たに結びつけたのだった。要するに、ミュムタズは生命の、物質の昇天を生きていると考えていた。

時々深夜に、自分の肌はあれほど宇宙の力を感じるのに、どうして自分は石や鳥や庭の草と話さないのだろうかと考えて愕然とした。彼によれば、この謎もまたヌーランにあった。彼女は、閉ざされた、嫉妬深い、幸せに酔う人間ではなかった。彼女のどこからも寛容と豊かさがあふれていた。二人とも、人生のつらい部分を互いの生活にもたらさないように努めていたが、ミュムタズは、時には彼女がまったく知らない人のために心を痛めているのを知っていた。

彼らは週に二日、午前中に自分たちのために会った。ヌーランはエミルギャンにある彼の家が好きだった。「もう、慣れたから上り坂も感じないわ。それはあなたのところに来るために歩いているのだから」

と言った。初めてヌーランからこのことばを聞いたとき、彼は驚いた。なぜなら、すべてのことについてあれほど話し、自分のことも何でも語る彼女が、彼らの関係については一言も口にしたことがなかったからだった。さらには、彼の「幸せ？」ということばをすら表面的だとみなしていた。彼女にとって愛とは、感情をことばの無駄遣いによって表わすことではなくて、ミュムタズの魂の中にある嵐に自分をそのまま引き渡すことであった。もしかしたら、彼の腕の中に閉じ込められていたせいで、彼女の中を過《よ》ぎるすべての思いを彼が読んでいると信じていたのかもしれない。事実そうであった。ミュムタズは彼女の表情の変化から、女性という存在の秘密、つまりヌーランにとってすら自覚されていない部分以外は、すべて読み取ることができた。

彼女の顔で彼が知らない部分はなかった。彼女が愛に対して花が咲くように開く表情、あの深いところからくる絶望的な微笑みに閉じられる様子、細めた目の中の燃える鉱物の発するような光、その後から、ボスフォラスの朝のように場面ごとに変化する様子、それらはミュムタズにとって魂に映る光景となった。もともとヌーランは、口にすることばよりも、微笑やまなざしで語り、耳を傾け、受け入れたり、拒否したりするのだった。

ヌーランのまなざしには、最も輝かしい宝石から、この上なく鋭い剣にいたるまで、さまざまなものがあった。ミュムタズはこれらの武器に向き合って、時には自分は死を越えた危険な状態にいると感じることもあった。しかしヌーランの目は、時には彼に世界で最も高価な王冠を載せたり、運命が誰にも与えなかったような柔らかい中敷を彼の靴の中に入れたりすることもあった。まなざしで彼に着せたり、脱がせたりした。時にはアラーにすがる以外に寄る辺のない貧しい、惨めな人間にしたり、運命の支配者にしたりした。
ミュムタズは、このまなざしを、抱擁の嗚咽に似た笑い声を、いつもそばに置いていた。それらはどこに行っても彼の前にあった。彼の魂はたえずヌーランのまなざしの海に潜水するのだった。この豊かな海の下ではいつも、自分に与えられる新しい力や新しい苦悩の源が発見された。この微笑みはミュムタズの皮膚で、血で、体内の至るところで開く庭であった。この尽きることのない薔薇園は、自分の寝た寝床、手の触れた品物、自分の血管を流れる血の臭いを嗅ぎたくなるほど、彼を狂おしくしたのであった。それは、神の来訪を受け入れて死んだ者が、その来訪の思い出によって蘇り、生きて、束の間のぼんやりした灯りの中で、過去を、現在を、未来を、そして周囲を認識することであった。
ヌーランが来る朝は早く目が覚めた。まっすぐに海に向かい、泳いでから、家に戻る。何も仕事はできないのがわかっているにもかかわらず、あれこれしようとする。最後に、最初の日にしたように、ドアのところで待ちきれぬ思いで待つのだった。

一歩また一歩、夜に訪れる、愛する者は、ナイリーよ、
あの愚かしい世界、世界は、別離の苦悩に値しないか……

十七世紀の詩人ナイリーのこの二行連句は、そのころのミュムタズの忠実な友であった。やがて、心の中のなにかが、待たれている存在が近づくのを知らされて、突然興奮する。ヌーランが道のはずれに見えたときは、彼のすべては彼女の一歩一歩に向かって注がれるのだった。

「あなたが仕事をしているのを見ることはないのかしら？　思いがけず、ぼんやりしているときに。」

「それは君が奥で眠っているときとか、台所でチョウセンアザミを調理をしているときだ。」

「つまり結婚したら、台所で忘れられてしまうという意味かしら？」

すると一瞬、本当に日常に忙しさの中で彼女を忘れてしまったかのように、彼はあわてて、良心が痛み、取り返しのつかない失敗をしてしまったような苦痛で胸がいっぱいになり、すぐその場で彼女に口づけするのだった。

ヌーランが最初の口づけに全身を任せたときほどすばらしいものはなかった。そのあとで、「言って。何をなさったの？」と言うのだった。

彼女はテーブルの一方の端と窓のあいだのソファに座って、そこで煙草や、コーヒーを飲むのだった。ヌーランが帰る瞬間は、彼女と別れているすべての時間のように、これまた十七世紀のネシャーティ*の詩であった。

そして君は去りぬ、わが魂は憧憬に満ちて
君なき語り合いは望むべしや、朋となりとも

その詩をヌーランもミュムタズと一緒に繰り返した。

実際ヌーランへの愛はミュムタズにとって一緒の宗教のごときものだった。ミュムタズはその宗教の唯一の神殿、その最も神聖な場所を守り、炉の火を絶やさない長老僧であり、偉大な女神の秘密の居処

を保持すべく人間たちのあいだから選ばれた者であった。これには多少の真実もあった。太陽は彼らのために毎日昇った。すべての過去は次々に彼らのためにのみ繰り返された。

日によってはカンルジャにある親戚の海辺の別荘で待ち合わせた。埠頭で、白い水着を着た彼女を、周囲の者たちの目を気にして、ただの友人として見ることは、悦びでもあり、良心の疼きともなり始めるのだった。そういう時は、彼女にあまり近づけなくても、あるいは彼女が親密さを見せなかったりしても、彼の空想において彼女は、到達のできない約束の地、明日は誰を選ぶか測り知れぬ残酷な神秘の女神、すべての可能性、死と生の可能性をその子宮に宿した存在、従順な捕虜や奴隷や動物のようにその後ろに万物を従えた女主人として現れるのだった。

怖れが、魂の一番深いところにあるぜんまいを動かし始めた。自分をこれほどまでに空想に任せることが、後になって彼の幸せを毒する要素の第一のものとなることを考えるのだった。

しかしながらその夏、ミュムタズは、人間の魂が実際よりもはるかに自由であると考えていた。いつの瞬間にも、自分たちをコントロールできると信じていたのだ。それは要するに、彼は人生の粗忽者であったということになる。

10

ヌーランがエミルギャンの家に来ない日は、彼らは埠頭で、あるいはカンルジャで会ったり、ボートでボスフォラスを回ったり、海水浴場に行ったり、時にはチャムルジャにまで足を伸ばしたりした。ミュムタズは帰途はいつも満ち足りて戻るのだった。最初の晩から二人のあいだで続いている習慣で、気に入った場所に二人だけの別の名をつけていた。たとえば、小チャムルジャにある茶屋は彼らにとってデルーニディル（心の心）であった。なぜなら、そこでミュムタズはヌーランから、タビイ・ムスタファ・エフェンディの詩の中の夕べのセマーイを、あの『あなたとの親愛、お付き合いは、心の心にいつまでも残ることでしょう』の文句で始まる、あたかも死の彼方に至る思いに満ちたような作品を聴いたのだから。あの夏の午後、虫の声、時折の羽音、いたずらっ子たちの声のあいだで、どうしてよいかわからないほど美しい風景、なだらかな丘、右からも左からも海に向かってすべり落ちる庭園、果実畑、古い屋敷、木の株、くすんだ緑、濃い緑青色のあいだに並んだ糸杉の木々、それらすべての上にある広大無限の空、そして突然眠りを振り払うヌーランの声によって、彼はタビイ・ムスタファ・エフェンディの憂愁を受け入れ、それは皮膚に貼りついてしまうのだった。ミュムタズはその後もこの曲をたびたび聴いた。メフメト四世の狩猟用の離宮に遺された貯水池と泉の上にある茶屋で、その日ヌーランと過ごした時間は、彼の頭から離れることはなかった。

別のある夜には、チェンゲルキョイからカンディルリに戻るとき、クレリの軍学校の前で、木々が海峡の水面に作ったひどく変わった影にニュヒュフトの調べの名をつけた。それは内からひどく明るさがあふれていて、ニュヒュフト調の曲の、暗緑色のエメラルドの鏡に映ったわびしげな表情にもたとえることができた。

このようにして、彼らが選んだボスフォラスのいくつかの場所に二人で名をつけて、イスタンブルの風景と伝統的音楽が結びつけられた空想の地図は次第に大きくなっていった。

ミュムタズは、ヌーランの周囲に彼が愛し、懐かしむものを次第に集めるにつれて、自分をより力強く感じるようになった。今世紀の偉大な小説家たちのように、彼もまた、一人の女を力にしている時のみ、自分が生きているのを感じ始めるのだった。これまで彼はかなり本を読んだり思考もしたりしていた。しかし今や、それらがヌーランに対する愛によって彼の生活の一部にしっかりと入り込んだのを理解した。あたかも、ヌーランが自分の頭と周囲にあるものとのあいだで、ある種の光の球となって、すべてを照らし、ばらばらだったものも整然とさせるかのようだった。

伝統的な音楽もそれらの一つだった。ヌーランと知り合ってから、この芸術は彼にすべての扉を開いたかのようだった。今や彼は、人間の魂の最も純粋で、活性化する源泉を見出したのだった。

ある日二人でアジア側のウスキュダル地区を歩いた。最初に、埠頭でフェリーを待たないで済むように、十六世紀半ばに建築家シナンによって建てられたミフリマハ〔スレイマン大帝の娘〕・モスクを見て、それから十八世紀初めに建てられたスルタン・アフメト三世の母親のモスクに入った。内部が小さな果実の中のように装飾された廟とモスクは、ひどくヌーランの気に入った。フェリーはずっと前に出てしまった。そのために、彼らは車で、母后アティク・モスク〔スルタン・ムラト三世の母親のヌルバーヌのために、シナンによって建てられた〕、そこからさらに、十七世紀に建てられたスルタン・ムラト四世の母后キョセムのチニリ・モスクに行った。

不思議な偶然で、ウスキュダルにあるこれらの四つのモスクは、愛と美、あるいは少なくとも母性愛に捧げられていた。

「ミュムタズ、ウスキュダルでは本当に女性の権力が見られるわね……。」

その翌日、彼らは再び十五世紀のルム・メフメト・パシャ・モスクと十八世紀のアヤズマ・モスク、シェムシ・パシャ・モスクのあたりを徒歩で回った。

数日後には、セリミエ軍学校の周囲を燃え盛る太陽の下で歩き回った。イスタンブルで造られた最初の幾何学的な通りや、あの魅力的な過去の幻想の名をつけられた道を見ていると、イスタンブルの夕べの真の饗宴のように感ぜられ、見るにつれて不思議な過去のノスタルジーが彼を捉えた。

「われわれはイスタンブル、イスタンブルと口にするが、真のイスタンブルをよく知らなければ自分たち自身を見出せないのだ。」

今や彼はあの貧しい民衆や、崩壊に瀕している家々と精神上の兄弟になった。スルタン丘《テペ》を熱病のように歩き回った。しかし彼が本当に愛したのは、街中にあるキュチュク・ヴァーリデ・モスクだった。その廟はあまり気に入らなかった。

「自分だったらここでは眠らない、ひどく開放的だから」と彼は言った。

「死んだ後なのに？……」

「わからないけれど、死んだ後でも、これほどみんなの前で……。もともと死は感じられないし……。実際は、モスクが開かれたとき、スルタンの母親や後宮の人たちが来たのを見られないようにと商店は閉められたらしいよ。」

ヌーランはこのモスクと、夕刻の時間のその内部の薄暗がりを特に好んだ。彼女は、大理石や金箔装飾のあいだにあるキリムの模様が彫られた軒先がひどく気に入った。

その帰途で、ヌーランは彼が書いているシェイフ・ガーリプの小説を問いただすのだった。十八世紀のスルタン・セリム三世の時代のこの歴史的内面小説には、彼女に関わる何かがあるはずだった。ミュムタズは、ハティジェ姫とベイハン姫の姿をヌーランを考えながら描いた。ヌーランは原稿の記述を読むときは、仕立て屋で服の型を決めたり、店で布地を選んだりするときのように口うるさくなった。

「あるところではあなたはメリング*の肩を持ち、別のところではシェイフ・ガーリプの肩を持っているわ……。」

それはミュムタズの終わることのない歌であった。好きなだけ戯れてよいのだ。

「つまり死んだ女性たちは皆私だと……。本当に思いやりのあるお考えだこと……。」

ウスキュダルは尽きることのない宝物庫であった。母后《ヴァーリデ》モスクの少し先に行ったところに、十六世紀のアズィズ・マフムト・ヒュダーイ・エフェンディのモスクがあった。スルタン・アフメト一世の時代の精神世界での存在は、ヌーランの一族の伝説に入ってきていた。少し先には、スルタン・メフメト四世の支配の時代に、数年間権力を持ったセラーミ・アリ・エフェンディのモスクがあった。カラジャ・アフメト地区ではカラジャ・アフメトの伝統がオスマン朝の始祖である十四世紀のオルハン・ガーズィの時代にまで遡り、スルタン丘でも、ホラサンの聖者たちの一人であるブルサのゲイッキリ・ババの同時代人で、もしかしたら彼に従っていたかもしれないジェルヴェト・バーキ・エフェンディが眠っていた。

ヌーランはこれらの宗派にひどく興味を持っていたが、二人とも神秘主義の傾向はなかったので、あまり注意を払わなかった。ある日、彼女はいつもの少女っぽい口調で、「もし私が当時生きていたら、きっとジェルヴェト宗派になっていたわ」と言った。

しかし人びとは本当に信じていたのだろうか。

「それがオリエントなんだ。そしてそこに美しさがあるんだ。無為で変化を嫌い、伝統の中でほとんどミイラ化したような世界だよ。しかしある神秘を、非常に偉大なあることを発見した。もしかしたら、発見が早すぎたために、有害だとみなされたのかもしれない……。」

「それは何？」

「自分を、そしてすべてのものを唯一の存在としてみることができる秘密だ。もしかしたら〈東〉は、将来の苦悩を感じ取ったために、この解毒剤を見付けたのかもしれない。しかし忘れてならないことは、世界はこの考え方のために救われるんだ。」

「〈東〉は発見したものから倫理を創り出すことができたのかしら？」

「そうは思わないけれど、〈東〉はこの発見で満足したために、よきにしろ悪しきにしろ、行動の可能性を減らしたんだ……。半ば詩的な幻想の中で、現実との境界の中で暮らしたんだ……。いうまでもないけれど、この状態は気に入らない。駱駝の隊商《キャラバン》の旅のように辛くて困難なんだ……。」

ミュムタズの思考の中で、若いときに見た、アンタリヤのホテルの前に毎日並んだ駱駝の列が見えた。彼は自分があの悲しげな歌の時代から戻ることができないのではないかと恐れた。

「夕方、何もない地平線に見える駱駝の列は、どんなにめずらしいものだったことか……。」

「ああ神様、私たちはなんて奇妙なものなのでしょう……」と彼女は言った。それから突然、心の中に浮かんだ疑問をミュムタズに訊ねた。

「どうして私たちは過去にこれほどまでも縛られるのかしら?……」

「望むと否とにかかわらず、われわれはそれらの一部なんだ。われわれは伝統的な音楽が好きで、多少はわかる。われわれの手元には、過去を開いてくれる鍵もある……。それはわれわれに次々に時代を与えてくれて、その名の服を着せてくれる。なぜなら、われわれは内に宝物庫を持っていて、周囲をフェラハフェザ調あるいはスルターニ・イェギャフ調を通して見るからなんだ。」

ミュムタズによれば、イスタンブルの風景、トルコの文明のすべて、汚れも、錆も、美しい部分もすべてが、伝統的音楽にふくまれていた。〈西〉がわれわれを理解できないこと、われわれのあいだを外国人としてぼんやり歩き回るのもまた、われわれの音楽を理解できないためであった。多くの風景はそのメロディーとともにわれわれの目の前にひとりでに現れるのである。

「言うまでもなく、芸術、芸術作品、本質的に価値のあるものは、音楽によって下線を施されるとまったく変わる。奇妙なことじゃないか。人間の生活は最後には音以外のものを受け入れない。われわれはこの物質世界を上から通り過ぎるようにして生きている。でも、詩や音楽においては……。」

ミュムタズの古いものへの熱愛は、時にはヌーランに彼が墓穴から出てくるものしか求めないという感じを与えた。この世にはさまざまな喜び、別の考え方があるのだ。彼女はウスキュダルを愛していたが、そこは荒れはてて、住民は貧しかった。ミュムタズはこの惨めな人びとのあいだで、アジェムアシュランやスルターニ・イェギャフの調べといって、のんきに暮らしている。しかし現実的な生活への招状はどこにあるのか。何かをして、この病人たちを治療し、失業者たちに仕事を与えて、悲しげな顔をほころばさせて、過去の残痕をぬぐってやらねば……。あるいは彼の子ども時代の出来事は、思ったよりも深い痕を遺しているのであろうか……。私は死が支配している国で生きるのだろうか……。

ミュムタズは彼女の腕を取って、水汲み場の前に連れて行った。

「新しい生活が必要なのはわかっている。もしかしたらそのことは前にも君に話したかもしれない。でも、飛翔することができるためには、あるいは新しい地平線にいたるためにさえ、どこかで足を踏み切らねばならないんだ。誰もが身元を証明するものが必要なんだ……。その身元証明は、どの国民も過去から与えられるんだ。」

しかしミュムタズも自分に矛盾した面のあることを疑っていた。過去を愛しているためにではなく、死の意識の攻撃から逃れることができないために……。

恋において彼らが夢中になったのは、多少そのことに気がついていたためでもあった。悲しいことに、ミュムタズはそのことに誰よりも強く気づいており、もしかしたら彼のみが意識していることであった。彼は何度もこの執拗な考え、死の不安が、自分を他の人びとから区別すると考えて悩んだ。はるか子ども時代から、夢を支配する仕組みはこの観念ではなかったか？　さらには、ヌーランとの愛においても、彼女の美しさ、彼女の生きる力を人生の勝利のように眺めたのではなかったか？　彼女を両腕のあいだに抱いたとき、後の方で、頭の端で待っている死の悪魔に対して、「どうだ、お前を負かすところだ、ほら負かしたぞ、それ鎧だ、それ武器だ」と言っていたのではないか？

ミュムタズは、この事実がヌーランに感じ取られはしないかと恐れていた。

「二つのことを区別しなければならないよ。一方では社会的進歩が必要だ。それは社会的現実を分析し、考え、それを変えつつ成し遂げられるんだ。もちろんイスタンブルは、いつまでも単にレタスを育てる農業国ではないだろう。イスタンブル、そして祖国のどこもが改革案を求めている。でも、この現実というものの中には過去との関係も含まれる。なぜなら、それはわれわれの生活を、現在と同様に、将来にも形作るものの一つだからね。

もう一つは、われわれの嗜好の世界だ。われわれにとって唯一の世界ともいえる。僕は崩壊の耽美主義者じゃない。もしかしたらこの崩壊の中で生きているものを探しているんだ。それらに価値を与えるんだ……。」

ヌーランは笑いながら認めた。「それはわかるわ……。でも時には、あなたの生活はあまりにも偏ったものとなって、たった一つの考えで生きているようになるわ。そうするといつも別のイメージが頭に浮かぶの……。」

「たとえば？……」

「怒らない？」

「とんでもない、どうして怒るの？……」

「墓地にある古代の死体、それが愛したすべてのもの、宝石や黄金の装飾品や愛した友だちや家族の姿とともに横たわっている死体のようなもの……。ひとたび埋葬されて、扉が閉じられると、目覚めて、以前の生活が始まる。星が輝き、竪琴が奏でられ、色彩が語り始め、季節季節が生まれる。でもそれは死の向こうに、永久に続く。観念的に、他の人の夢のように。」

「まず最初に、豊饒の神イシスのように、君のイメージはゆっくりと壁から出て、壁の上に刻まれた古代画の柵《しがらみ》から解放されて、君は僕の朽ちた死体に近づき……。でも、知ってのとおり真の芸術もこのように創造される。これらの死者はすべて、この瞬間にわれわれの頭の中で生きているんだ。他人の思考の中で生きること、つまり時間に自分の何かを受け入れさせることなんだ。せむしのイマムを例に取ると……考えてみるとなんと滑稽な名前なんだ！　でも、われわれが今夕ビイ・ムスタファ・エフェンディのアクサク・セマーイを聴くとき、何を考える？　われわれにとって彼が生と死を司るんだ。彼の人生を考えてみたまえ。ウスキュダルの一つの丘で、モスクの基金から遺されたものによって、となりにある金持ちのパシャたちの屋敷のあいだで、息が詰まるような木造立ての家で暮らしている哀れな男だよ。ファーズル・アフメト・パシャからバルタジュ・メフメト・パシャにいたるすべての集会で、入り口で靴を脱いで跪く人生の運命の敗残者……。もしかしたら彼らの集会にも入れなかったかもしれない。もっと下の人びとのあいだで生きていたかもしれない。施しによって、わずかな寄付で暮らした。でもわれわれがその曲を歌うとき、驚くべき姿で甦るんだ。スルタン・メフメト四世が黄金と宝石の馬具をつけた馬で駆け巡ったチャムルジャの道やすべての風景は、彼のものになるんだ。もっと能力があるのに、師よ、明日メヴリト〔預言者の誕生の歌〕を唱えにきてくれ！と言ってわずかの金を稼ぐ機会が与えられるのを待っていた男が、忽然と変わり、愛され、知られる存在になる……。われわれは、もしかしたら、互いをこのような形で敬愛することを彼から学んだのかもしれない……。」

「愛はこの世のどこでも同じではないの？」

「イエスでありノーだ……つまり形としては異なるんだ！　昆虫と哺乳類とのあいだの違いを考えてくれ。海の生物の惨めな増殖形態を考えてくれ。人間と他の哺乳類とのあいだの違い、種族、部族、社会、文明のあいだの違いを……。」そのあとで、突然笑いながら付け加えた。

「もし君が蟷螂だったら、エミルギャンに最初に来た日に、僕を食ってしまっただろう……。」

「そしてたぶん消化できずに私も死んだでしょう……。」

「感謝するよ……。」

ミュムタズは彼女のあからさまな陽気さを眺めた。セザーイ氏が回想録の中で、その華麗さや客人たちについて語った大きな屋敷のあいだで、彼らは立ち話をしていた。遠くに見えるイスタンブル全体が水平線に紗の憂愁の影を帯び、次第に夕刻を受け入れた海は、ヌーランの頭の後ろで魔法の背景を形成していた！「上層階級では文化、嗜好、連想の網が、あの恍惚の瞬間の数々を、あの生理的現象を、至上の愉悦に変えるのに役立つ。それに対して、われわれの祖国には、もしかしたら生活の条件や、教養のなさのせいで、口づけの喜びさえ知らない人びとがいるんだ。」――それから彼は付け加えた。「服飾雑誌から、社会的付き合いの困難さ、性教育、恥の感覚、罪の意識から、文学や芸術にいたるすべてが、このことに干渉するんだよ。」

「で、結論は?」

「わからないけれど、もしかしたら同じだよ。なぜなら人生では、ある意味で、すべてが同じものなのだから。雌のカンガルーは、子どもを腹の袋に入れて歩くという。アナトリアの農村の女たちも、生まれた子を背中に括り付けて働く。君も娘のファトマを頭に入れているんだ。」

「私は子どものことで頭がいっぱいなのかもしれない。でもあなたは七世紀前の死者たちとたわむれているんだわ……。」

ミュムタズは彼女の返事の激しさに驚かされた。彼はただおかしいことを言って彼女を笑わせたかったのだ。

「怒ったの?」

「いいえ、でもファトマのことを言う必要はなかったでしょ、今?」

「彼女が僕のことをまったく好かないのを思い出したものだから……。」

「自分が愛されるように努力なさいな。」彼女の声にはまだ怒りが感じられた。ミュムタズはどうしてよいかわからずに、頭を振った。

「できると思うかい?」と彼は言った。ヌーランは答えなかった。彼女もそれが困難なことは知っていた。

「僕の頭の中の死者のことなら、僕と同じくらい君にも存在するんだ。本当に悲しむべきことが何かわかるかい? われわれだけがそれらを持っている唯一の存在なんだ。われわれがわれわれの人生で彼らに場所を与えなければ、それだけで存在理由を失ってしまうのだ……。哀れな先祖たち、音楽を知っている者たち、詩人たち、今日までその名が知られている誰もが、われわれの人生を飾ることを心から待っているので……彼らはまったく予期しないところでも出てくるほどなんだ。」

二人はゆっくりと歩いた。クスクル行きの路面電車に乗った。ヌーランはなぜ諍いをしたかを忘れてしまった。二つのことばが頭に引っかかっていた。まず蟷螂、つまり雄を食う雌、それからファトマのこと？……いったい私のことをどんな目で見ているのかしら？……

ミュムタズも次々と湧いて来た二つの連想に驚いていた。どうして自分はあの昆虫を思い出したのだろう？　あるいは自分は彼女が単に快楽だけを考える女だと疑っていたのか？　もしかしたら彼女は僕を、感傷的で、知ったかぶりだと思っているのかもしれない。それは当然だ。あまりに多くのことを話したから……。でも仕方がない。事実、彼女は自分にとってすべてなのだから、自分の全存在を彼女にゆだねるのだ！……路面電車の停留所で二十歳前のカップルがはげしく言い争いをしていた。うす暗がりの中で少女の顔は完全な絶望を見せていた。男の方が、彼女に圧力をかけて、横暴に振るまっているのは明らかだった。彼らを見るとその二人は黙った。路上での諍い……。あるいは彼の詩のキャラバン、それらの考えは、本当はこの二人の若者たちがやっていること以上ではないのではないだろうか。しかし全世界もこのようなものではないだろうか。初めて、自分の日々をヌーランのために浪費しているとの懸念を感じた。

ヌーランは次第に彼の生活や考え方に厭き始めていた。ある思想や人生の周囲を閉ざしている入り口のない線で自分を閉じ込められたという心配が、心の中を蝕み始めたのだった。この懸念は時とともに大きくなるばかりだった。

そうでなくとも、その疑惑はミュムタズの心を占めるであろう。事実、そうなった。その日から、彼女を失う恐怖が彼の心の中に居ついた。子ども時代からよく知っているあの奇妙な孤独と運命が、こうして特に理由もないところからよみがえった。

そうは言うものの、夏は人生の天国であり続けた。その遠出の翌日、ヌーランは夕方までエミルギャンの彼の家で二人だけでいることを望んだ。庭の設計を準備することを求めた。

ソファに寝そべって、彼女は膝に置いた大きめの本の上で多くの紙にデザインを描いた。素人で、子どもっぽく細部を尊重する線が見られた。花の名前、色のグループを端に手書きで書いた。色をまぜないようにしないと!と彼女は言った。単色のグループ、赤だけ、紫だけ……どの季節にもそのようないくつかの色のグループがあるはずだった。それは、作付けをしないチョウセンアザミの畑でしかるべき時期に終わる芥子の花を思い出させた。ただ薔薇だけは別のところにあるべきだった。薔薇はそれだけで、大きな松明、消し忘れた灯りのように咲くべきだった。

ヌーランは薔薇が好きだった。特に〝オランダの星〟と呼ばれるビロードのような薔薇が大好きだった。それだけであたりを支配するような薔薇だった。服は流行おくれでもかまわない、でも庭の薔薇は一番いいものを植えたい、と彼女は言った。それから菊の番になった。チューリップはわざとらしいと思う一方で、三色菫は大好きだった。ミュムタズが彼女に、ファト・パシャの別荘に三色菫の庭があったことを言うと、彼女はこの憲政期《タンジマト》時代の大臣をひどく賞賛した。薔薇の次に彼女が一番愛したのは、果実の樹の花であった。そのため、庭には、アーモンド、李、桃、林檎がたくさんあるべきだった。それらの花の一生は短くとも、たとえ五日間であっても、人間に一年中咲き続くような幻想をひきおこした。ヌーランは花と樹を愛する以外に、鶏を飼うことに興味があった。この二つをどうやって結び付けられるか？　結局庭のはずれのほうに、大きめの鶏小屋を造って、片側は家のように覆い、反対側には針金の柵をつけて小さな庭に開放されるようにした。

　ヌーランはミュムタズと知り合ったその日から、一生涯エミルギャンに住む夢を描いていた。ミュムタズは彼女の夢に気がつくたびに、家を買い取る方法を考えていた。しかし、そのことを話そうと思っても、家の持ち主である女性をどうしても捕まえることができなかった。家の持ち主はエミルギャンに立ち寄らなかった。次々に亡くした四人の子どもの悲しい思い出があるため、嫁いで来てから、一時期はミュムタズもヌーランも夢想もできないほど豪奢に、召使たち、小間使いたち、楽器、語り合いの中で暮らしたこの家に、さらにはこの地区に立ち寄ることさえ自ら禁じていた。家賃は、下方にある茶屋の主人に渡しておくと、ルーメリ・ヒサルに住んでいる彼女の昔の使用人が受け取りにやってきて、彼女の住んでいるマルマラ海の島に送るのだった。

　夕刻、二人はビュユックデレに行き、小さなレストランで食事をした。その晩は十三夜であった。だから、彼らは八月の満月の月光の中を歩き回るつもりであった。月が昇るや否や、船頭のメフメトが来た。ミュムタズはその青年が、顔色が悪くやつれていると思った。青年はいらいらしていた。メフメトがかなり長いあいだ恋をしていることを、ミュムタズは知っていた。もしかしたらその恋人はビュユックデレに住んでいるのかもしれない。こうして偶然が、モリエールの滑稽劇の二組の恋の物語を彼らの人生に引き入れたのであった。さらには、ボヤジュキョイの茶屋の丁稚とその恋人のアナヒトのことも考えると、この話は三組の筋書きになるのだった。ミュムタズが何をしようと、いかに絶対的な、到達できない立場にいようとも、彼は人類の生活の法則からは出られないのだ。タビイ・ムスタファ・エフェンディあるいはデデ・エフェンディの音楽を知らなくとも、あるいはボードレールやヤヒャ・ケマルの作品を理解できなくとも、恋することはできるのだった。

彼らとの違いは、ミュムタズは恋人を数多くの抽象化の中で認識していることであった。カンルジャにある別荘の船着場でショートパンツや水着姿で歩き回ったり、ボートで風に吹かれたり、ヨットで苦労したりするヌーラン、あるいは、深いところから狂おしくさせる馥郁たる果汁に満ちた果実のような顔をして、睫《まつげ》を閉じて、厳しい太陽の下で眠るヌーラン、仰向けに海で泳ぐ姿、ボートによじ登ったり、話したり、笑ったり、木々の枝から毛虫を駆除したりするヌーランの多くの姿があって、それらは何世紀にもわたる古人の経験との比較や、比喩を通して、ミュムタズの空想の中に入ってくるのだった。

そのうちのいくつかは、ちょっとした動作、一時的な表情のように、彼女の瞬間の状態からくるものであった。またいくつかは、ヌーランの生きている現在において父祖から受け継がれた多くのものが目を覚ましたかのように、彼女の人格からくるものであった。ミュムタズは、以前イジラールが彼に見せてくれたメヴレヴィー宗派の衣装をつけた写真がなくとも、足を組んで椅子に掛けレコードを聴いているヌーランを、イスタンブルよりはるかに東方の細密画に似ていると思うのだった。

恋人の普段の生活のどのページにおいても、そのたたずまいや、服装や、愛し合うときに変わる表情のうちに、自分より以前に芸術の不死の鏡へと通り過ぎた過去の映像を思い起こさせる数多くの人格を持っていた。それは彼に、彼女に対する賛嘆と自分のものであるという悦びをいや増したり、時には同時に苦痛に近い形で思い起こさせたりする人格だった。ルノワールの読書する女の絵はそれらの一つであった。上から来る光と、髪を金色の若芽のように燃え上がらせる光の下で、濃い暗緑色の背景と、黒い服と、襟元を覆うピンクのレースのあいだから薔薇の束のように溢れだす金髪の夢、表情の優しい静謐さ、閉じられた目の線、小さなあごの丸みが突然終わるところ、唇の愛らしさ、慈しむような微笑などの多くの類似点は、ミュムタズにとって、ある時々の恋人の芸術の最も忠実な鏡となるのだった。幻想のうちに、ヌーランに対する賛嘆をルノワールの絵との類似と重ねるうちに、時には彼女の体に古いヴェネツィアの画家たちの描く肉体の芳醇さとの親近性を見るほどだった。

しかし今夜は、開いている窓からの輝く闇を背景に、襟元を大きく開けたドレスを着て、むき出しの日焼けした腕と、海の浴場から出たあとで大急ぎで二つに分けた髪のヌーランは、一八九〇年代以来あれほど多くの詩人や画家が追いかけ、ルノワールが多くの試作のあとで突然捕らえるのに成功したあの親密な時間の女性ではなく、カーテンを下ろした部屋での、いつもの夜の光が滴らせる蜂蜜でもなかった。薄暗い闇の中で顔の半分が陰になり、自分自身を厳しく認識し、生命力に溢れ、顔全体をむさぼってしまうように見える鋭い目によって、今やヌーランはギルダンダイオの神殿に処女を捧げる絵の中のフィレンツェの女のように、左手を腰にあて、こめかみの小さな突起とあごのくぼみをことさらに目立たせるかのようにほとんど肩にくっつくように頭を傾げて、彼女の全身を通して流れるあの半古代世界の華麗さを現していた。

瞬間ごとに変わるヌーランの姿は、青年にとって歓喜ともなり苦悩ともなった。瞬間ごとに、思考や、悦楽や、瞬時の感覚や、動作などから作り出された姿は、一人きりになった時にも彼を離れず、彼女を思い出させる文章、読んだ本のページ、思考のあいだから現れてくるのだった。しかし最大の悦びは、言うまでもなく最大の苦悩でもあるが、思いがけないときに彼をとらえた音楽の調べの中で目覚めるヌーランの姿にあった。それらはアラベスクのメロディー、あるいは音楽全体の黄金の雨の中で、突然現れては消えた。そして日常の経験を超えた時間から彼を眺め、あざ笑うので、回想は形を変えて、以前のわれわれの存在が、自らの中で目覚めるこだまとなるのだった。

そのために、自分の過去の中の至るところにおいてヌーランを探すこと、すべてのものに彼女のなにかを見出すこと、何世紀ものあいだの伝説や宗教や芸術において、異なる姿ではあってもいつも彼女自身としてその姿を目の前に見ることは、生きるという冒険を何倍にもする魔法であった。

ヌーランは彼にとって、すべての過ぎ去った時間を開ける黄金の鍵であり、彼がすべての芸術、哲学の第一条件のように見ている個人的物語の胚であった。

彼がまだ会ったことのないメフメトの恋人はこの枠には入らないし、万物における個人的物語はメフメトではこれほど広がりはしない。

メフメトは恋人の中に物語の主人公の姿を探し求めることもせず、音楽で遭遇する杯を味わうこともせずに、愛し、考え、そして、すべての歓喜を自分の存在の中に見出す原始的人間の力強さで彼女に近づくのだ。ミュムタズが何世紀もの過去のあいだで探し求めた悦びは、メフメトにおいては単に彼の肉体によってのみ満たされるのだ。

ボヤジュキョイの茶屋の丁稚もまたそうであった。恋人のアナヒトを、彼女に似たものは蒼穹にのみ存在するとは見ていなかった。そのまなざしの深みに自分の運命を感じ取ることもなく、その肌に身を埋めるときも、失われた宗教の儀式と習慣が自分の中でよみがえるとは考えてもいなかった。さらには彼女が彼を捨てるといっても恐れず、離れているときは、波止場の埃っぽい石のうえに積まれた漁師の網に寝そべって、疲れた男の肉体を休め、近所の使用人の女たちとふざけては、そのあとで、彼女が必要であることがわかると、何日も自分を包んでいた怠惰を振り払って、彼女を呼び、砦の中にある一間の家に彼女が難なく入れるようにと、鍵をいつもの石の下において、やって来たら起こすだろうとあとのことは考えないで寝るのだ。

ところで今日のメフメトは、いらいらして、さびしそうだった。ミュムタズは、この三年間自分のために働いている若者の表情を、本のように読むのに慣れていた。愛する女と喧嘩したに違いなかった。あるいは彼女が、ここの庭園やレストランで他の男といるのを見かけたに違いなかった。もしかしたらそのために彼女と喧嘩したのかもしれない。しかし彼がその苦悩に耐える様子は自分とは違っていた。

メフメトは挫けたことのない人間だった。心の細やかさは彼自身の中にあった。今度も血統書つきの雄鶏のようにレストランの前で一人で胸をはっていた。それは、肉体に対する敬意と賛嘆を示すものであった。実際には、一種の原始的な自己陶酔であって、女の肉体を鏡として考え、そこで多少でも濁って見えれば、直ちに投げ捨てて、変えるのだった。女も同じことをすることは可能だった。もしかしたらヌーランもいつか自分にそうするかもしれない。

突然襲ったこの考えは、ひどく残酷であった。彼女は気がついて言った。

「どうしたの？　どこか悪いの？」

「いや、なんでもない」と彼は言った。「悪い癖だ。ある考えを最悪の可能性になるまで頭の中でひねりまわす僕の癖だ。」

「言ってごらんなさいな。」

ミュムタズはいささか自分の状態を自嘲しながら語った。ヌーランに関する何かを彼女から隠さなければならないことがあろうか。彼女は最初は揶揄して、その後で表情を変えて言った。

「どうして今を生きようとしないの？　あなたはなぜ過去にいるか、あるいは未来にいるの？　現在という時間もあるのよ。」

ミュムタズは現在という時間の存在を否定するつもりはまったくなかった。

ヌーランの顔に、空想の中では、彼女とその分身であるボスフォラスの夜に、現在という時間を一刻一刻生きていた。今もヌーランのひどく愛らしい酔った様子がボスフォラスの夜とひとつになっていた。ヌーランの顔は、内からくる力によって次第に深みを増して、あたかもこの青い夜のように内部から明るくなるのであった。

「僕はこの瞬間を生きていないわけじゃない。ただ、まったく予期しないとき、女性と人生の経験があまりないときに、君がやって来たので、僕はどうしてよいかわからなかったんだ。思考、芸術、生への願望、すべてが君の上に集中した。すべてが君の人格とひとつになった。君以外を考えられない病気に取り付かれたんだ。」

ヌーランは微笑みながら月を指した。

向かいの丘のてっぺんの一箇所が赤くなっていた。それから、かすかな光が見えた。それは物語の中の果実の一切れに似ていた。しかしながら、すでに夜の濃紺の透明さは変化していた。

「でもあなたは最初、思考は人生とは別にしなければならないと言っていたわ。それは誰にも開放されていない家の片側で、そこには愛も、人生の他の要素も入れないとあなたは言っていたわ。」

ミュムタズは物語の中の果実の一切れのような月から目を離した。

「確かに僕はそう言っていた。君によって変わったんだ。今や僕は頭ではなくて、君の体で考えている。今や君の体は僕の思考の住処だ。」

それから彼は、子どもの頃、自分の発明した遊びのことを話した。

「僕にとって最大の喜びは光の変化、その分析だった。ガラタサライ学校にいたころ、片方の手を望遠鏡のように目に当てて、その中で天井の電球の光が屈折するのを眺めた。いうまでもなく、時にはそれはひとりでに、どこでも、いつでも起こるものだ。でもそれを自分でつくるのが気に入っていた。この種の装飾品を作れる宝石屋はほとんどいない。たぶん宗教的シンボルの多くはここからくるんだろう。僕にとって光は、宝石のように、眼差しのように、変わった詩となるのだった。ある物が、ダイヤモンドや、よく輝く鋼や、紫、ピンク、藤色の火花が、眼の作用で人間を痛めたり、催眠させたりする輝きに変わることがあるだろう。僕にとっては、芸術の真の秘密はここにあるんだ。ひどく単純な、ほとんど機械的に得られる夢なんだ。今や宇宙は、僕を狂おしくしている君の身体を通してプリズムのように反射するんだ。」彼は一瞬考えた。「でもそれ自体は芸術とはならず、芸術に似た何かになる。つまり類似なんだ。」

彼らが外に出たとき、月はかなり高くなっていた。しかし、その周囲にはまだ帳《とばり》のように広がる虹色のかすかな靄の層があった。

この夜に等しいものは、伝統的なオスマン朝の音楽においてのみ見出だされるであろう。それらの音楽によってのみ、その演奏によってのみ、実現されるであろう。すべては無限の繰り返しであった。しかしそれらの繰り返しは次々と混じりあって、区別したり、分離することは不可能になる。彼らはボートに乗って漂った。金色の海草、透明な波の描く曲線、巨大で神秘の窺い知れない真実のような影の塊、闇の深みの絶壁と明るい流れが、絶えず景色を構成していた。宇宙は、詩人シェリーの言ったように流暢な華麗さとなっていた。あるいは宇宙は、理性のきざはしが非常に豊富で、そのために最終的状態に至れなかった思考のように、すべてをより魅力的にする模糊の状態で待っていた。

それは月の前奏曲であった。無数の唇がその曲を、見えないネイで奏でていた。ここでは壊れやすい光の杯はひび割れて、宝石の粒の霊薬が飲まれ、類なき宝玉が、いけにえの儀式をするかのように海にばら撒かれていた。

一群れの海豚《いるか》が、月光を追いかけるかのように、海の中に弧を描いて、彼らの傍らを通り過ぎた。さらに前方では、一艘の船のサーチライトが、光の一番たくさん集まっているところを別の風に見せていた。あたかも、古く美しい文献を解釈するかのように、ぼんやりした輝きをきわだたせていた。潮流が集まったところでは、何百羽もの白鳥が一瞬の恐怖を体験していた。薄く透明なガラスで造られた世界は、自らの音楽に、あの不思議な聴き方で耽った。もしかしたら、そこでは、真の楽器であるサズはずっと深いところで奏でられているかもしれない。

ミュムタズは上着をヌーランの肩にかけてやりながら、「フェラハフェザ調の月の前奏曲だ」と言った。

本当に、デデ・エフェンディのフェラハフェザ調の前奏曲におけるように、見えないネイから一葉ずつ現れる世界に彼らはいたのだった。周囲のすべてが、ネイの調べのように柔らかで、深く、到達不能な神秘の鏡の反射からなっていた。あたかもひどく霊的な思考のさざなみや、あらゆる欠点を克服した愛の上を弧を描いて歩き回るように、要するに多くの春のあいだを通っていたのだった。

「もう少しでネシャーティの連句の世界に入るところだったよ。」

おお、ネシャーティよ、われらはかくほどに見えるものをとり除き
われらは今や純粋に輝く反射鏡の中に身を隠したのだ

ヌーランは笑った。「でも、物が存在して、私たちがいるのに、私たちの身体は物質ではないのかしら。誰しものように……。」

「神のおかげで……。しかし君のは、僕にとっては誰しものものとはちがう……。」

「罰《ばち》が当たるわ……。」

「罰であれ、アラーのところにいく近道であれ……。今夜は、われわれはまさに神と一体になっているのを忘れてはいけないよ。」

すぐ近くの水面から魚が飛び跳ねて、空中に光る弧を描いた。その後、少し先で、蒸気の上る青い明るさの中で白いものがぶつかるように見えた。

彼らがこの上なく幸せであることは確かだった。頭がひそかにまったく別の方向に働いているにもかかわらず、生きている瞬間に身を任せることは二人の気に入っていた。ミュムタズは、愛が神に、あるいは他のものに到る最短の道であることを信じていなかった。愛が人生において重大で、有力な位置を

占めるものであることは認めるものの、それは単にそれだけの感情であり、すべての人間をコントロールできはしないことをも知っていた。さらに、彼は自分の経験のなさが彼女を退屈させることも、もはや心配していなかった。もともとヌーランは彼の考え方や話し方を受け容れていた。彼女は前の晩チャムルジャで怒ったことも忘れてしまっていた。彼が彼女の生活の平穏を乱したので、恋人に腹を立てただけだったのだ。彼女はそのことをミュムタズに今朝打ち明けていた。

「女というものはこの点で多少怠惰なの。でも私は自分の気楽さよりも、あなたがすぐそばにいることを望むわ」と彼女は言った。「あなたをあるがままで受け容れるし、それが気に入っているのよ……。」

彼女は自分を、男が連れて行くところならどこへでも付いていくような、小さな、単純な女だと見ていた。ミュムタズが傍らにいれば十分で、彼を信じていた。彼は歳の割に大きく、力強かった。誰とも違っていて、誰にでも挑戦する風があった。人生に対して、思考する男としての不屈さを示すことができた。**彼が私の人生に方向を与えてくれれば十分だ**……と自分に言いきかせた。そのあとは彼女の仕事であった。一人の男の後に付いて、最後まで歩むことはできる。体全体からこの二重の信頼が温かくこみ上げてきた。なぜなら、彼女が愛した男の考えを分かち持ち、彼の同行者となることは、別の種類の愛であったから。それも前者と同様に、不可避な壊滅の内に自らの再生を見ることであり、胎内に、肌にひとつの世界を孕むことであった。ミュムタズに対する彼女の愛には、母性愛、恋、賛嘆、そしていささかの感謝の念があった。それらを彼女は自分でよく分析していた。**彼は私を発見してくれた**……とつぶやいていた。

二人とも黙っていた。メフメトは、ボートをサルイェルから先に向けていた。月の光が届かない陰で、家々の灯りや街灯は悲劇的に赤く見えた。あたかも、この魔法がかけられた宇宙全体に加わろうとしない邪悪で嫉妬深い霊のように、灯りは勝手に輝いていた。

「ミュムタズ、あなたは知っているかしら、私が子どものころよく起こったのよ。もしかしたら、それは誰にもあることかもしれないわ……。ぼんやり、怠惰にしているようなときや、夏、リバーデで、あるいはボスフォラス沿いで何もしないで座っているとき、自分が突然体から分離したように思うの。空中で泳いでいるようなものなの……。本当に奇妙なことは夜寝ているときに夢の中で起こるのよ。体からそうやって分離する。でも分離したことはよくわかっていたの。私は体から離れたのでひどく寒かった。それでも、どうしても体に入りたくなかった。その苦痛で目が覚める。歯がカチカチとぶつかっていた。私が死んだときには、あなたは私の体をいやだと思うでしょう……。」

「わからない。僕も死は考えられないほど醜いと思う……。しかし、僕の頭脳の中で君は必ずや生きている。言うまでもなく、気がおかしくならなければだが。」

「他の女と愛し合うかもしれないわ……。あなたの思考は他の家に落ち着く。あたかも私が子どものときに、家を何度も変えたように……。とても妙な気持ちになるのよ。家が変わると、最初は馴染めない。絶えずもとの家のことを考えるわ。私たちは朝も晩も、その新しい部屋や食堂に馴染めなかった。でもやがて慣れるのだったわ。」

彼女は感傷的になったことを恥じたように、彼に子ども時代のことを話し始めた。スレイマニエ地区にあった家、アレッポにあった中央に噴水とプールのある中庭、水の立てる音、アレッポの商店街で食べたアイスクリームのこと、あるホテルの隣にある屋台での大法螺吹きのベフチェトという名の宮廷の道化師の滑稽劇、ひどく信心深い祖母が芝居の途中で出て行ったこと、そのあとでの大慌ての国外脱出〔スレイマニエは現在のイラクに、アレッポは現在のシリアにあるが、いずれも二十世紀はじめまでオスマン帝国の領内にあった〕、あの満員の汽車、恐怖、混雑、途中で降ろされた負傷者、すべてを置いて逃げ出すこと、手術の後で切り取られた部分を思い出すように、すべてを苦痛とともに思い出す苦しみ、その後のブルサの家、蝗《いなご》のいた道……ブルサ平野の美しさ、リバーデにあった屋敷など。小学校、スルタン丘で過ごした年月……。彼女の子ども時代のすべてが混沌として、交じり合って、自分たちの人生の切り離せない部分のようにミュムタズの目の前によみがえった。いかに多くの思い出とさまざまのところからくるものが、彼らの関係を通してひとつになったことか。

ミュムタズは彼女の話すことを聴きながら、シェイフ・ガーリプのことを考えていた。その本のあらすじも、すでに書いた部分も気に入らなかった。すべてを書き変える必要があった。思い付きではなく、しっかりした思想に基づいて書きたいと思った。カンルジャの入り江で、月光が黄金の流れのように海に注ぎ込むとき、ヌーランに次のように語った。

「枝葉の話が多すぎる。僕はそうしたくない。君が話しているのを聴いていて、平凡な筋書きをまとめるよりは、一種の再構成の必要を感じたよ。小説は必ずしもある点で始まって別の点で終わる必要はない。登場人物たちは、固定された線路を走る機関車のように動かなければならないのだろうか。もしかしたら人生を骨組みのように考えて、それを数人の周囲に集めれば十分なのかもしれない。シェイフ・ガーリプが、彼の考えることと伝記的場面で構成される骨組みの中で、数人の登場人物の中央に現れれば十分かも……。」そのあとで、対岸を眺めて、付け加えた。「ある条件での話だけど……。」

「どんな条件なの？」

「われわれトルコ人を語らせるんだ、われわれとその周辺を……。」

カンルジャの入り江は、過ぎ去った月光の夜想曲を奏でていた。彼らの他にはほとんど誰もいなかった。すでに夜はかなり更けていた。家々の窓からこだまする最後のラジオの放送も終わっていた。月とその金色の幻想の世界と沈黙の音楽、そして彼らがいた。その音楽は次第に激しさを増して、強迫観念のように人間を襲うのだった。

ヌーランは何度も手を水に入れて、月がその周囲にぴっちりと張りつけていた青い絹の布を、片方から引っ張っていた――もしかしたらそうすることによって、それが幻想で、夢であることを理解したのかもしれなかった。

「こうすることによってのみ、作品のページの上に縛られることが避けられるんだ。果実の種を取り巻く果肉のように、本質的な考えは……。」

ヌーランは、「わかったわ……」と言った。「ボスフォラスのすべて、マルマラ海、イスタンブル、見たところも見ていないところも、私たちの誰もが、月という種の周囲にある果実のようなもの……。いつもそれに縛られ結びついていたのよ。あの丘を見て……。」

ほとんどすべてが、それぞれ月を受け入れていた。あたかも女のように、『来て、私を変えて、手を加えて他のものにして、葉を輝かせて、陰をもっと濃く、暗いものにして……』と本能的に言っているかのように。そして月は、それらすべてを皮や殻や表情から内部に引き入れて、自分のものとしようとしていた。ヌーランの顔は、クリスタルの器のように輝きに満ちていた。すぐ近くを通ったボートの櫂はダイヤモンドで作られたように光り、水にもぐっては現れていた。そうだ、宇宙は中央から二つに割られた果実であり、月はすべてをその周囲に集める種に似ていた。

「あなたが本質的な思想と言ったのは何？」

ミュムタズは何も答えなかった。実際、本質的な思想とは何なのだろうか？

「恋……」と言った。「われわれの中で微笑んでいる存在の顔」と彼は言った。

夜は次第に冷えてきた。時々小さな風が吹いてきて、あちこちから運んできた花の香りによって、海面上に混じり気のない春を、幻の庭を作り出していた。潮の流れがあるところでは、崩れた埠頭に波がぶつかっていた。

ヌーランが、「月の衣類が洗濯されている」と言った。

彼らは真っ青な世界の中にいた。湿った、透明な青さは、やがて、点々と、あるいは一葉ずつ散らばって、幅広い樋を流れる金色の洪水となった。何百もの目に見えない口から奏でられるネイの調べ、そして、その周囲でその音楽とともに大きくなり、変化し、進んでいく沈黙。

夜を通して、街灯は月光以外のすべての光の源だったが、奇妙な停滞感を呈していた。それらはひどく無言で、ただぽつねんとボスフォラスの水の上やその中に、柱や、アーチや、黄金のひさしのある入り口を映し出していた。時にはそれらの光はさらに弱くなって、再び金色の海草のように混じり合うのだった。

そして月は、すべての中央で、腐り始めた果実の芯のように、円熟の最後の瞬間を生きる栄光を自らの周囲に集めていた。それは不可思議な栄華の支配であった。すべてのものがその支配に自らをさらけ出して、体制を受け入れ、そしてその体制はすべてを内部から変えて、広大で神秘的な存在の夢としてすべてを作り直していた。

「宇宙の穹窿《アーチ》はわれわれの上を覆った。われわれは唯一の世界の一部なんだ。」

ベベキの前では、影が海の大部分を覆っていた。しかし周辺の光が、遥か対岸から来る光さえもが、この隠れた影に絶えず伸びて、その中で、一体どんな未来を準備したがっているのかと思わせながら、不可解に働いていた……。

11

ウスキュダルの散策は、ヌーランにイスタンブルを知ることへの情熱を引き起こした。ひどい暑さにもかかわらず、彼らは二、三日続けてイスタンブルに出かけた。トプカプ宮殿から始めて、モスクやメドレサを地区ごとに歩いた。夕刻ベイオウルの一角にある茶屋で休み、時にはそれぞれ自分の用事をするために別れて、あとでフェリーで落ち合った。

ヌーランを埠頭で待っていて、彼女が遅れると時計から眼が離せなくなることも、われらの主人公には格別の喜びを与えた。風刺文学のかなり大きなテーマである女が男を待たせる性癖に対して、世の男たちがこれほど不満を言うことに彼は驚いた。ヌーランを待つことは、彼にはひどく甘美に思われた。そして結局ヌーランの姿を見出せるならば、何もかも楽しかった。

ヌーランはイスタンブルを知るにつれて、ミュムタズの見解を認めるようになった。ある日彼に、「仔羊さん、あなたはこんなに若いのに、どうして古い歴史的なものを愛するの？」ときいた。ミュムタズはそのとき、彼女に従兄のイヒサンのことを語った。若いときイヒサンは、パリでジャン・ジョレスの後を追いかけまわして離れなかったそうだ。その後、バルカン戦争中にイスタンブルに戻ると、突然ひどく変わったそうだ。自分の生活の根源の周辺を巡り、それらを個人的体験として生きることが、やめられなくなったというのだ。

「僕にはイヒサンの影響が極めて大きい。真の師は彼なんだ。そのおかげで知的にはあまり苦労もしなかった。……イヒサンの一番いいところは、人びとに近道を示すことなんだ。」

彼が話すにつれて、ヌーランはイヒサンに会いたくなった。「それならば行って会おうよ。あるいはエミルギャンに招くこともできる……もともと君と引き合わせたかったし。実を言えば、遅すぎたほどだよ。僕は、兄さんと呼んでいるけれど、イヒサンは僕の父とも言えるんだ。」

ヌーランはしばらく考えてから決心して、「止めましょう」と言った。「この歳で、婚約者だと紹介されるのは気が進まないわ。いずれ会うことになるでしょう。イヒサンもマージデも、好きになるのはわかっています。」

やがて、話題はその日彼らが見たものに戻った。ジェッラーフ・パシャ地区の一帯を観て回ったのだった。ヌーランは、中庭には草が生え、屋根が朽ちて、貧乏人のねぐらとなったメドレサや、廃屋のタブハーネ地区や、ヘキムオウル・アリ・パシャのモスクの宝石の形が気に入っていた。

イスタンブルのこれらの地区は、八月には汚れと埃と暑さでひどいものだった。至るところで、廃墟や、暑さの増すことから来る疲労、病人や疲れ果てた人びとのいる道端、衛生上の腐敗が目に付いた。町も、そこに住んでいる人たちも、互いにひどく似かよっていた。疲れた眼差しや身体、四、五メートル四方の土地に詰め込まれた家々、板は黒くなって、瓦は壊れ、傾いた家々がそこにはあった。自分たちが生まれた町であることを知らなければ、二人は映画の脚本のために作られたセットだと思ったことだろう。

このような、崩れて、片方がゆがんだ窓を飾るゼラニュームの鉢にいたるまで貧困が蝕んだ家々の傍らに、通りで人びとを押しのけて走る自家用車や高級車のように、壁を白や薄いベージュに塗った古く小さな屋敷が、過去の豊かさ、人生の花の豪華さの驚くべき遺物のように散見された。それらの多くも塗りがはげていた。カーテンのない開いた窓から、この過去からの遺物にはまったくふさわしくない惨めな顔が突き出ていた。

その屋敷の隣では、二十年前に建てられたレンガ造りの家々に出くわした。誰が建てたかもわからない、どんな生活水準にも入れることのできない、非常に細長かったり、あるいは丸っこかったり、互いにつりあわないもので、その壁は、この地区の雰囲気には背を向けた藍色に塗られた漆喰で覆われていた。

この惨めさと、汚れと、手入れがされていない状態の中、道をいっぱいにしている、薄汚い格好の不具者や、疲れて、ちゃんと剃刀を当てておらず、髪を整える暇もなく外に飛び出した男や女たちのあいだから、服装の惨めさをまなざしや姿勢や個性の力によって打ち負かして、表情以外に注意を向けさせない女たちのように、突然予期しない場所で、金箔の石の欠けた古い水汲み場が輝いたり、少し先では掩蓋の崩れた廟がきちんとした誇らしげな正面とともに現れたり、そのあとから、多くの子どもたちのおしゃべりとともに、白い大理石の柱が地面に倒れ、屋根に無花果や糸杉の木が生えたメドレセが出現したりする。辛うじて立っているモスクは、広い中庭と静寂さによって、われわれをこの世の物質的恵みの彼方に招いていた。

コジャ・ムスタファ・パシャに着いた時は、彼らはかなり疲れていた。まずモスクの前にある茶屋に座って紅茶《チャイ》を飲んだ。それから聖人たちの廟を見て回った。ヌーランは、枯れた鈴懸を保護するために周囲に作られた柵と、イェサーリの書体によってその周囲に書かれた鈴懸の木とその場所の説明が、ひどく気に入った。

彼女には、スンブル・シナンが今もその鈴懸の下に座っているように思われたのであった。枯れた木の保存に示された配慮は、この死んだ庭に、偉大な芸術作品に固有の深遠さを与えていた。

それに対して、廟には特に建築様式はなく、その中には四世紀のあいだ、横たわっている場所から人びとの生活に影響を与えてきた一人の死者がいた。人びとは壁や柵に手で触ったり、祈禱を行なっていた。そして、病人は快癒し、希望のない者には希望の扉が開かれ、深い衝撃を受けた者には死の彼方に光が示され、我慢すること、無欲になること、耐えることが教えられていた。

「どんな人だったの？」

「これらの聖人たちは、皆精神的なものを信じて、精神的修行をして世俗的な欲望を抑えることを会得した人びとなんだ。それゆえに、その死後も尊敬されている。スンブル・シナンは他の聖人たちと少し異なる。彼はまず偉大な学者だった。言うまでもなく彼は、風刺の精神もあり、毒舌家でもあった。」

彼はしばらく黙っていた。それから付け加えた。「いずれの人たちも多くの特別な特徴があった。ここで眠っている人物の、スンブルという綽名がどこから来たか知っているかい？　季節によってターバンにヒヤシンス《スンブル》をつけたそうだ。イスタンブルの季節を愛することができた点では、われわれの感覚に近い。」

「それでは、メルケズ・エフェンディは？　どんな人だったの？」

「彼はまったく別の種類の人間だった。最も悪い動物にも危害を加えなかった。猫をとても愛したにもかかわらず、友である鼠たちが被害を受けるといって家で飼わなかったそうだ。それほどの精神の抑制が容易にできると思うかい？」

ヌーランは考え込んでいた。「今そのような人たちがいるかしら？」

「いるに違いないよ。魂の救済、悟りへの扉も閉ざされてはおらず、神にいたる道も絶えず開かれているからには。」

ヌーランは、友人の隠れた一面を発見したかのように彼を眺めていた。彼女は彼から、いくらかの疑惑、侮蔑、拒否のようなことばを期待していた。ところがミュムタズはまったく別なことばを語りだした。

彼は自分のことを話す必要を感じた。

「僕は信心深いとはいえない。ともかく今の瞬間はこの世にきわめて関心を持っている。しかし、神と人間のあいだには入りたくないし、人間の精神の偉大さも、可能性も疑っていない。これらは民族の生活の根源だ。この何日か、イスタンブルで、ウスキュダルで、歩き回っている。君はスレイマニエで生まれ、僕はアクサライとシェフザーデバシュのあいだの小さな地区で生まれた。僕らはそこに住んでいる人びとも彼らの状態も知っている。すべては文明の衰退による孤児たちだった。そうした人びとに新しい生活形態を準備する前に、彼らに今の生活に耐える力を与えている古いものを壊すことが、何の役に立つのだろうか？　大きな革命はそれを何度も経験した。結果として、人びとを裸にしただけだ。言うまでもなく、誰にとっても、最も富んで、裕福な社会ですら、その生活は多くの遺されたものや中断されたものでいっぱいだ。スンブル・シナンや他の聖人たちは彼らの支え綱なんだ……。あの老婆を見てごらん……。」

道の向こうから、ほとんど腰を二つに折った老婆が歩いてきた。手にした棒と杖の中間のようなものに頼っていた。弱々しい足取りで廟に近づいた。祈禱をして、歯のない口が何かをつぶやいた。両手で柵につかまって、そこでしばらくそうしていた。モスクの前からは、彼女が行なうすべてが見えた。なんと貧しい身なりだったことか。着ているものはぼろぼろだった。

「彼女はどんな悩みがあるのだろう。スンブル・シナンは今、彼女の魂と話している。彼女に大きな慰めを約束している。特に何もしなくとも、少なくとも、人生の先を、死後を彼女のために潤色しているんだ。何はともあれ、人間の苦悩、逃避への希求、絶望、それらはここを聖なる場所と認めるのに十分ではないと思うかい？」

戻ってモスクの前に来たとき、老婆のしょぼくれた目とやつれた顔には、希望に似た何かが輝いていた。彼女はそこでも立ち止まって、少し祈禱をした。

ヌーランは、出口のない迷路の中に入ったように頭を振って言った。「いい診療所といくつかの病院、そして何らかの施設があれば……。」

「たとえ君がそのすべてを作ったとしても、突然訪れる死というものもある。」

「でも、人はそれを受け入れるわ。……私たちはそのように教えられて育てられたわ。」

「それは他人の場合だよ！　自分の場合ではなく。近親者やその人を愛していた人たちにとっては、死は容易には受け入れられない。本人にとっては、自分の死で問題は片付く。しかし、愛する者が傍らから身罷ることによって、人は根本から動揺する。その場合、君はどうする？　踏みにじられたことを忘れられるかい。特に君のことを言っているのではないけれど、そのように考えたために自分を強いと思い込む愚か者たちがいる。たとえばナチたち……。ところが人間は、生まれたその日から敗北している弱い者で、愛とやさしさを必要としているんだ。

それから、君が言っといいい診療所や病院のようなものの実現は、容易なことではない。すべてその背後に高度の生産性が必要だ。慰めと安寧に近い生活、そして労働のテンポ、そしてそれによってのみもたらされる倫理が必要なんだ。それが僕の言う条件の変革なんだよ。」

彼は話しながら、イヒサンと朝までやりあった議論のことを考えた。これらの大部分は、イヒサンの思想だった。ミュムタズは、十八歳で卒業試験を受ける準備をしている旧制高校生のとき、これらの思想の只中に投げ込まれたのだった。今この小さなモスクの中庭で、それらの思想をヌーランに繰り返しながら、イヒサンの霊感にあふれた顔と、激しい口調と見解を、両手のゆったりした動作を、議論の炎の中で突然きらめくジョークを、緊張感のある風刺を、遥か彼方のもののように思い出した。マージデは、彼らが話しているあいだ、部屋の片隅で手に編み物を持ち、口元には優しい微笑みを浮かべながら彼らの話を聴いていて、冗談に笑ったり、激しい怒りの口調におびえたりするのだった。

この一週間イヒサンに会っていなかった。何をしているのだろう。皆はどうしているだろうか。

その晩、ガラタ橋で彼らと出会った。イヒサンはマージデと腕を組んで歩いていた。もう一方の手にトランクがあった。ミュムタズはヌーランを紹介してから、たずねた。

「どこに行っていたんですか、兄さん。」

「この一週間スアディエにいた。少し保養したんだ。」

「信じてはだめよ、ミュムタズ。この一週間、一日中ボートを漕いだり、泳いだりで、私はその相手で日に焼けたわ。」二人とも日焼けで真っ赤な顔をしていた。ミュムタズはマージデの一週間の苦労を想像できた。イヒサンは彼女なしでいることはできなかった。生活のどのページにあっても、妻を傍らに見ていなければならなかった。ガラタサライ高校で、礼儀正しく立ち上がった学生たちに、例の、挨拶なのか祝福を与えているのかわからない手ぶりで座るように言って、イヒサンが鞄を開けようとしているとき、革の鞄の中からマージデの頭が出てくるかもしれないと、ミュムタズは想像したものだ。そのことを思い出して、「真珠姉さん」の顔を見た。しかしマージデは心を奪われていた。彼女の全関心はヌーランの上に集まっていた。ヌーランと話しているとき、あからさまに彼女をじろじろと見ていた。ヌーランが彼女と少し話すや否や、きつく巻かれたぜんまいが急に緩んだかのように、その顔は突然ほころんで、マージデは向かいの相手に笑いかけた。マージデには、人間の声が、不思議な、ほとんど形而上的ともいえるような影響を与えるのだった。服装、年齢、さらには程度はあるが、美しさ、職業などは、何も彼女には影響しないのだった。

彼女は人間の声の中で生き、そこに最も集中していた。彼女が誰かと初めて会ったときは、全注意を集中してその声に耳を傾け、その声の響きによって判断を下して、好きになるか、無関心でいるか、あるいはまた、「あの人の声は人間の中に蛇のように入り込む」と言って嫌ったりするのだった。

声に対する彼女の評価は、高いとか、重々しいとか、耳障りだとか、やわらかいとかではなかった。

われわれにとっては、美しい声や汚い声があるが、マージデの場合、人間の声は他の尺度によって分類される。聴き方すら別なのであった。彼女の耳は、見知らぬものを精確に確認したり、知覚器官の能力を測るために使用される特別な道具のように、体からほとんど分離しているのだった。猫や、あるいは人間の生活に慣れていない砂漠や森林に棲む動物の嗅覚のような、ある感覚が彼女の中で発達していて、動物が嗅ぐだけで多くのことを知覚するように、彼女も声から判断するのだった。『いい人、とてもいい人だわ……。でも何か悩みがあるようだわ、あの声はあたかも血を流しているみたい』とか、『とても利己的な人、自分のことだけを愛している……。あの人の声は目を盲目にしている』などと言う。これらは、マージデが不可能を表現するために見つけたことばだった。なぜなら、向かいにいる人は皆、その声によって彼女の前で裸になり、最も秘密の部分をさらけ出して、彼女は唯一の裁判官となるのだった。

マージデの生活に入ることができるのは耳からだった。イヒサンをその声ゆえに気に入り、ミュムタズをも同じように受け入れたのだった。今もその心の扉を、大きなあこや貝のようにヌーランの声に向けて開けていた。この一滴一滴の会話は、そこで大きな真珠となるのだった。

マージデは、好きな人びとの声は目を閉じて聴いた。もしかしたら、彼らが話しているとき、星や、植物の根や、鉱物などの不思議な特性に富む、とても涼しい、健康によい水に浸る喜びを感じていたのかもしれない。ひとつの声の流れに自らをゆだねたときは、水の中に放り出された品物のようになって、神秘の世界を漂う。人は多少でもマージデを知ると、それに気がつくのだった。なぜなら彼女の全身が、体中に花を満載して漂うボートのように脱力しているからだった。

この壊れた神経器械は、善悪の価値を決める以上に、一種の耳の審美学によって生きていると言えた。

ある日、マージデはこの状態を語った。

「病気をする前にもあったわ。でももっと少なかった。今はひどくなったの。ある人たちが話すのを聴くと、体がこわばってしまう。その人たちの前ではほとんど鎧を身につけるようになるの。」

イヒサンは妻のこの特徴を、単に声に対してだけではなく、もしかしたら存在全体の影響によるのかもしれないと考えた。ミュムタズはマージデの言うとおりを信じた。その経験は彼女だけのものであるからには、信じざるを得ない。それはイヒサンとミュムタズの方法の違いであった。

イヒサンは彼らに、この一週間で何をして、誰に会ったかを話した。

ミュムタズは、どうしてボスフォラスに来なかったのかと訊いた。イヒサンはヌーランが顔を赤らめるのを楽しみながら、「蜜月を壊さないようにさ」と言った。その後で、三日間は来られると約束した。

「子どもたちは祖母の農場に行くことになっているけれど自分たちは自由なんだ。来週待っていてくれ……」とイヒサンは彼らに、結婚した夫婦のように話しかけた。そのことは二人の気に入った。

フェリーでヌーランはミュムタズに言った。「マージデはとてもきれいな人だわ。でも人を特別な風に観察するのね。」

ミュムタズは彼女の声による判断について話した。それから半ば冗談で、半ばまじめに、「家中奇妙な者たちばかりなんだ」と言って話を終えようとした。

しかし、ヌーランの質問は終わらなかった。

「あなたはマージデが病気だと言ったわ。でも、私には特にどこも悪くないように思えるの……。」

「彼女は病気だったけど、イヒサンがよくしたんだ。」

「何によって？」

「子どもの誕生によって……。イヒサンは生活を信じている、わかるかい？　生活は奇蹟に満ちていると言う。生活の秘密は、彼によれば、それ自体にあるんだ。マージデが病気のころは、避妊手術をさせるのが優勢だった。至るところで議論されていた。イヒサンはそれを怒っていた。このような母親から生まれた子どもは、脳に障害があるどころか、新たな母親の意識と責任感がマージデを治癒すると信じていた。そして、これほど若い女性が母親になる権利を奪われることは、彼にとっても、自然から見ても、殺人のように思えたんだ。知り合いの何人かの医者は、マージデを抜け殻のように見ていて、寝床を別にするようにと言ったよ。

ついにイヒサンは決心した。もちろん危険もあった。どういったらよいのか、もし悪い結果が出たら、破滅になってしまう。イヒサンは自分の手で愛した女性を殺したことになるのだから。出産がマージデに動揺を与える可能性もあった。でも、イヒサンは人生を信頼した。実際、サビハは楽に生まれた。しかも、この上なくかわいい娘だった。マージデの以前の憂鬱は少なくなった。ただ、病いのごく小さないくつかの症状が見られた。時々物思いに耽るけれど、以前のように、抱いている赤ん坊の人形に物語を話したりしなくなった。」

「あなたならそうできた？」

「うちの家族は皆奇妙だと、言わなかったかい？　僕の身に起こったらそうやっただろう。でも、イヒサンが僕の考えを訊いたときは、かなり議論したよ。」

ヌーランは、まったく別の結論を引き出して考えていた。「どの冒険でもそうであるように……冒険に投げ込まれた者は、自分の目の前にある反対を考えるわ。そのあとで拍手喝采される。失敗したら……。」

「いいや、そうじゃない。イヒサンが失敗しても、僕は彼を弾劾するつもりはなかった。僕は彼とこの問題で議論したとき、ひどく考えたんだ。彼がやったことは英雄的行為だった。いいことだった。ある問題を根本から解決しようとしていた。彼が失敗したら、誰もがひどい目にあっただろう。もしかしたら、彼自身も死ぬか、破滅したかもしれない。しかし僕は弾劾しなかっただろう。彼は他人の生活と戯れていたのではない。自らの幸せを賭していたんだ。彼がマージデなしでは生きていられないのを、僕は知っていた。」

「それほど愛しているの？」

「とても……彼の全生涯は彼女の傍らで過ぎるんだ。彼女がいなければ、仕事もできない。彼女が家にいると、もっとよく話すよ。」

「生まれた子どもは健康《ノーマル》なの？」ヌーランは絶えず自分の生活を考えていた。

「健康《ノーマル》だ。まだ四歳だよ。決定的なことは言えないだろうけれど、母親の顔の表情のやさしさに気がついたかい？　そう、まさにその状態が子どもにもある。それから想像力がとても豊かだ。もしかしたらひどく苦しむかもしれない。でも、いずれにしても育っていくよ。そして生きることはすばらしいことだ。」

生きることはすばらしい、とてもすばらしいことだ。最も良い祈りも、それには勝てない。ヌーランは、知的会話をしているときのみ自信を持つ、この純朴な若造であるミュムタズを知ったあとで、そのことを理解したのであった。生きることは美しい。日の出から夜まで、多くの美しいことに満たされる時間があった。眠ることも、目を覚ますことも、その中にはあった。この愛らしい愚か者の腕の中でわれを忘れ、再びそこで自分を見出すことも、その中にはあった。

今日だって、たとえば前方を歩む片脚の男、火傷あるいは病気のせいですっかり顔が損なわれて、痛々しい片目だけが見えた子どもすら美しかった。これほど痛々しくも美しいものを見たあとでは、このフェリーのソファで隣り合って、この夕方の只中に、家の者たちが自分をどう思っているかを心配して心を乱すことすら美しかった。なぜならそうしたすべては、あの意識と呼ぶ仕組みを働かせ、それらによって人生を、物を所有するからだった。かくしてフェリーはチェンゲルキョイを出港した。

深い夜の中、ボスフォラスの心臓部に入っていった。まもなくワニキョイに着くはずだった。その埠頭で、巻いた綱の上に座って語り合った日のことを思い出した。人生は美しかった。しかし夏は終わろうとしていた。この夏は一生の真珠、たった一度の季節だった。ミュムタズのように、イヒサンのように、彼女もまた生活を信じられたらよかったろう。しかし彼女は生活を信頼していなかった。彼女は生活に対して弱かった。この弱さのせいで、ある日、ミュムタズを、彼女にあれほどまでに必要な、そして自分をあれほどまでに必要としているミュムタズを、失うことにもなり得るのだった。なぜなら彼女は自分をよく知っていたのだ。彼女はある考えに、あるアイデアに、ある恋に、自らを完全にはゆだねられなかった。家に入るや否や、母親のしかめた顔、ファトマの不機嫌な態度が、彼女にすべてを忘れさせるだろう。彼女の生活はばらばらに寸断されていた。

彼女は二つの別々の家で暮らしていた。恋の家と義務の家で暮らしていたのだ。どちらかの家に移ると、彼女自身も多少変わるのだった。

すべてこれらのことが、ミュムタズの目を逃れはしなかったことを彼女は知っていた。ある日彼は、自分たちの体は、お互いに最も容易に与えることができるものだ。真の問題は、お互いの生活を分かち、与えられることだ。なぜなら、何から何まで恋人のものでありうるということは、鏡の中に二人で入って、そこからひとつの魂となって出ることなのだから、と言った。このようなことばは、向かいにいる者を切り刻むような鋭い洞察力のみが言えるのだった。ミュムタズは、彼女の無言が自分を押しつぶすかのように感じて身震いした。

「どうしたの？」と彼はきいた。

「何でもないわ。あなたの話で私の頭は混乱したのよ。スンブル・シナンとかメルケズ・エフェンディとかマージデ。それぞれの人生はもっともなものよ。私、疲れたわ。今はただ自分自身でありたいの。」

12

九月の末ごろのルフェル漁は、ボスフォラスの恵みを味わうための新しい理由となった。ルフェルはボスフォラス海峡の最も魅力的な楽しみである。

ベイレルベイやカバタシュから始まり、北のテッリ・タビアに、あるいは黒海近くのカヴァクラルにいたる、二つの沿岸沿いに伸びる潮流の合流点に集まるこの灯りの宴、ことに月のない夜には、所々に小さな町の祭りのような宴が繰り広げられた。他の漁が仕事としての経験や遠出が必要なのに対して、これは今いる場所で、ほとんど誰もが一緒にできる遊びである。

ヌーランは、ボートの灯りが黒や紫のビロードに包まれたダイヤモンドのように煌めく海や、少し前方での、灯りが終わったところで再び始まり、新たな釣り人たちの一団によって壊されるあの透き通った暗闇や、この明るさを包んだ影がフェリーの起こすうねりや小さなさざ波からの何千もの光の屈折によって、自分に向かって高くなったり、自分をさらっていくかのように周囲を取り囲んだりすることが、とても気に入っていた。要するに、彼女は、磨きあげられた、輝く宮殿においてのみ存在する、光の反射、輝き、揺らめきからなり、小さな調べや旋律から大きな、独特の変奏曲に高揚する世界で生きているかのような感じを与える、夜に行なわれるルフェル漁が子どものころから大好きであった。

結婚する前、あるいはそれよりもずっと前の幼いときにも、娘とテヴフィク氏のみを知的につりあう仲間と見なしていた父親と一緒に、ルフェル漁に出かけたものだった。そのころの夜の記憶をミュムタズに語ったとき、われらの主人公は、何もかもが自分にとって奇蹟的であるこの夏を、二倍に幸せにする機会を逃さなかった。テヴフィク氏はもとより用意はできていた。カンディルリの家や、妹や、さらにはファトマさえも厭わしくなっていたのだ。「九月はカンルジャですごすつもりだ……。」こうしてヌーランは、伯父と一緒にいることでより気楽になった。

テヴフィク氏は、多少はヌーランにこの気楽さを分け与えるつもりもあって、夜半以後にカンディルリの坂道を登ることの困難さを口実に屋敷からカンルジャに移ると、直ちに二十年前のテヴフィク氏に戻った。自分がその前を通り過ぎる海辺の別荘の窓を、**昔愛した者たちも、自分のように若返っただろうか？**と問うかのように、眺めたりしたほどだった。なぜなら二十年前、テヴフィク氏は、ボスフォラスのベベッキの入り江、ギョクス川での遊興のような娯楽の、第一人者のひとりだったから。当時は、彼が夕刻、あるいは夜半に、ボートから大きな声で歌うと、海沿いの屋敷の窓がひっそりと開き、色とりどりの、遠慮がちな影が身を乗り出し、深いところからくる彼女らの慄きやため息とともに、震える指や、髪や、服から、花が海面に落とされるのだった。うわさによれば、これらの歌や曲のいずれもが、テヴフィク氏と、屋敷の窓を開けて、ボートがまさに通り過ぎる瞬間に髪を整え、手にした、あるいは服につけた花をボートあるいはその近くに落とすほど大胆な、音楽によって恍惚となった女性たちとのあいだの、明白な合図で、一言の暗号からなる一種の恋文となるのであった。そして、翌日その中の一人が、なんとしても仕立て屋に出かけるとか、古い知り合いや乳母や長く働いた使用人を訪れる必要ができるとかしたり、あるいはまた、前もって取り決めておいた形で別荘の庭の門のひとつが開けておかれ、忠実な女中や小間使いが後方に控えていたりするのだった。

ミュムタズは、自分が生まれたころ、近所のモスクの尖塔から一日に五回、地域全体に響く魂の救済の礼拝への招待がなされたように、地域の女性たちに対する恋を公言したこのかつての道楽者が気に入っていた。テヴフィク氏には、ひどく紳士的なエピキュリアンの風があって、一人ぼっちで、白くなった口ひげを手の甲でぬぐうときには、輝く悦びがその目にはっきりと表れた。

老人がルフェル漁を好むこと、人生における恋の位置を知っていることは、ヌーランとミュムタズに大きな助けとなった。もともと彼は、最初の日からミュムタズを自分の庇護下に入れて、ヤシャルの鬱病の悪化の最大の原因であるファトマの嫉妬が家で引き起こした敵愾心を、和らげたのだった。ミュムタズは、カンディルリにある屋敷でヌーランの母親からあたたかくむかえられたのは、テヴフィク氏の配慮のおかげがあったことを知っていた。彼女は、彼の訪問をまったく望んでないときですら、兄の陽気さに負けて、その雰囲気に引き込まれるのだった。

ミュムタズを驚かせたのは、この年老いた道楽者が彼らの恋をまじめに考えていることであった。テヴフィク氏の浮気者人生で、この種の情熱を好ましいと見なしたのを示すものはほとんどなかった。そのために、最初は、この善意のマスクの下に、自分を若造だと揶揄する面があるのではないか、あるいはとてもかわいがっている姪の感情に敬意を表するために、自分をこれほどまじめに受け入れたのではないかと彼は考えていた。後に、テヴフィク氏の人生を次第に深く理解するにつれて、この浮気者の、遊び人の、時には残酷な人生の下に、奇妙な望郷の念があることを理解した。ヌーランの伯父は、ある日、会話の中で、ミュムタズに、われわれが女たらしとして知っている誰かの人生の総決算をするとき、あるいは、潰えた空想の影響の下に逃した楽しみの機会を後から嘆くとき、一人の女を然るべく愛する機会に至らなかったか、あるいはその機会を逃した人間がいることを、彼女らのあとを追うという楽しみ、ある理想を取り戻そうと努めたが、同じような経験の多くの不快な繰り返しに終わったことを、要するに、羨むべきは、ミュムタズのようにひとつの愛に生きる者たちであることを、語ったのだった。

テヴフィク氏によれば、互いに身体によって知りあうことなしには、愛し合うことは不可能であった。小説家の過ちは、物語を本当に始めなければならないところで終えることであった。なぜなら、真の愛は、身体の経験に基づき、それによって継続されるのだから。その意味で、最初の真剣な肌の体験において幸運に裏切られた者は、その後、もし偶然に出会うことがなければ、一生涯嘆かわしく探し続けるのである。

ミュムタズは愛に関するテヴフィク氏のこの考えが、自分の考えの別のかたちであるのがわかって喜んだ。しかしヌーランの伯父は、ミュムタズのようにこのことに形而上のものを加えてはおらず、単に現実を見ていた。

それは二度目の生において亀に生まれかわった人間が、亀の身体をして、その習慣や生活の必要の中に元の人間の魂を少しも見せぬまま持っていて、覚えているようなものだった。政治的生活や社会生活において真の理想に向かうことと、安っぽい、卑しい肉欲の周囲を回るリアリズムとを一緒に働かせる人間がそうであるように、愛においても、このようにして一種の永劫感をもって歩き回り、どの門をも叩く人間がいるのだ。

テヴフィク氏はそうした放蕩者の一人に違いなかった。しかしたとえそうであっても、この老人は、美と永劫と善に結びついていた。もとよりそのことを自分の口からも多少は言っていた。「わしに似るではないぞ。わしは二つの道のあいだに落ち込んだ人間なのだ」、と。

そしてそういう時、憂愁に翳るその顔には、その人生の痛ましい経験が見えた。いくつもの水飲み場で一度は立ち止まり、そこで涼むことを考えるが、冷たい水が唇に触れるや否や、「いや、これではない、必ずや別の方だ」と、まだ喉の乾きも癒さずに、他のものへと走ったのだった。こうして、冷たい風が吹きすさぶ煉獄で、自分の肉体を捜し求める罰を与えられたあてもない魂のように、肌から肌へと移り渡っていっても、どこでも瞬きするあいだ以上にはとどまることができなかった、今、すべての経験が破滅した後で、ミュムタズとヌーランの恋によって暖を取るべくやってきたのだった。

テヴフィク氏はこの十年ほとんど海に出ておらず、大きな声で歌を歌うこともなく、遊興の場にも姿を見せず、以前のように別荘の子どもたちに、あちこちへ手紙を届けさせることもなかった。誰もがこうした状態を妻の死で感じた悲しみのためだと考え、彼ほどの遊び好きの男の誠実ぶりに驚いて、一部の者は、「良心の呵責に違いない」と解釈したり、また一部の者は、当然の疑惑の下にではあるが、この十年の世捨て人の生活がもたらした誠実ぶりをひそかに賛嘆したり、あれほどに甘美に思い出される過去をすっかり消し去ろうとしたり、「もしかしたらあの男を無実の罪で裁いたり、根拠のない中傷をしたりしたかもしれない、これほど妻を深く愛している男が、語られているような下等なことをしたのだろうか？」と考えていた。第一のグループによれば、テヴフィク氏は妻を生活でひどい目に合わせた悪魔であった。第二のグループによれば、風聞の被害者以外の何者でもなかった。事実はというと、テヴフィク氏は、自分に息子だといってヤシャルのような精神異常者を贈り、あれほどの年月、嫉妬深く、不機嫌で、傲慢で、自分のした善行にはその千倍の報いを求めた献身的な妻を、一日たりとも愛したことはなかった。その死に対しても、長年ともに過ごした生活にもかかわらず、かろうじて世間の誰にも感じた程度に憐れんだのみだった。彼女の魂のために彼がした慣習的慈善は、彼女が自分から遠く、決して戻ることのない場所にいると知ることによる精神的安らぎを得たがゆえにしたのだった。あれほど彼が望んだように、生きているうちに、彼女が自分から遠く離れたところに住むことに同意してくれていたら、楽な生活とその幸せのために、彼女にいかなる犠牲をも払ったであろうように、今はこうして思い出すことで彼は犠牲を払っていたのだ。テヴフィク氏は、妻と生前別々に暮らすために金を惜しんではいなかった。そのために、一生の終わりに来たとはいえ、この救われたことの恵みを知っており、それにできるだけ報いようとしていたのだ。しかし彼女が行ったところでは何の出費もなかった。テヴフィク氏が毎年､心を込めて細心の注意でやらせたクラーンやメヴリドの読誦も、そのために考えてとっておいた金に比べたら、ほとんどただのようなものだった。

テヴフィク氏がこの十年来人前に現れなかったこと､好きだった遊興の世界から遠ざかったのは、まったく別の理由からだった。彼は勝利者として生きたあの世界で、老齢ゆえに二番手、三番手に位置することを望まなかったのだ。外観の生活のだらしなさにもかかわらず、常にきちんと暮らしていたこの男は、精力が落ちたのを見ると、自らに一種の年齢制限を課して、ほとんど自分の希望で、自分の決心で引退したのであった。あたかも戦闘に勝利したローマの総司令官が、引退すると遠くの村の果実畑で忙しくしたように、カンディルリにある家で父親の思い出とともに暮らしていた。今ヌーランとミュムタズのもたらした新しい空気によって、まったく別の人間のように再びルフェル漁に出かけ、海辺に下りて、愛したものの一部を遠くから眺めることに満足していた。

ミュムタズはこのことを理解した日、テヴフィク氏が白くなった口ひげを手の甲でたびたび撫でるとき、その目に燃える悦びの輝きが、全生涯の教訓、哲学、神の恵みからきていることに気がついた。それは、なすべきなにものも残っていないことがわかったら、沈黙し、自らを抹消し、身を引いて、消滅にいたるという徴《しるし》であった。彼が手の甲で口ひげを整えるとき、彼は、よかれ悪しかれ自分は生きた、そして今はすべてのものから遠くにいる、と語っているのだった。このドン・ファンは、悲劇の伝説にあるように、その過去にふさわしい結末によって嵐や雷光の中に忽然と見えなくなりはしなかった自分を――もしかしたら、この短い、意味のない動作の下に――埋めたのかもしれない。

カンルジャの家に住み込みで働いていた夫婦は、ヌーランの父親側からも、テヴフィク氏の妻の側からも親戚であったが、こうしたことを一向にわかっていなかったために、テヴフィク氏をいまだに気の毒な、喪中の寡夫のように見ていて、彼を楽にさせ、苦悩を思い起こさせないように、全力を尽くした。そのために、かつて彼が婿として入った部屋を彼に割り当てないようにと考慮したほどであった。懐かしい思い出のある部屋で寝ることは、必ずや彼の苦痛となるだろう、と。しかし、テヴフィク氏が「このばかげたことを止めろ。わしはあの部屋を知っておる、家中で一番楽な部屋だ」とこの上なく大きな声でわめいたので、彼らは驚いた。

実際、ルフェル漁の光と影のオペラの他に、別荘では多くのひそかな喜劇が続けられていた。ミュムタズとヌーランがそれらの喜劇を笑って過ごす一方、テヴフィク氏は時々ひどくまじめにとったが、たいていは見せかけ上怒って暮らしていた。

老人は——妹以外には——望んだことを容易に受け入れさせる類の人間であったので、家中のすべての慣習を直ちに壊した。それまでこの別荘には、誰をも煩わせないようにと恐る恐る動く、ひっそりした生活があった。ムクビレとシュクルの夫婦の生活には、花を育てる他に熱中するものはなかった。一日の大部分は別荘の裏の花壇か温室で過ごした。残りの時間は、テーブルの前で種をより分けるのに使い、オランダ、イタリア、イギリス、さらにはアメリカにまで、有名な花会社に手紙を書いたり、返信をしたり、彼らの趣味を習った隣人たちに花の育て方を教えることで過ぎた。家の向こう側に住んでいる三家族の借家人にもまた、ともに暮らす八、九年のうちに同じ習慣が始まり、花壇は皆のものとなった。

夏の初めにヌーランとミュムタズがしばしば来ることになって、別荘の習慣は変わった。今や誰も、夜、意図せずに起こした騒音のために、あるいは、朝、他の家の鎧戸が開けられる前に自分の部屋の鎧戸を開けたと言って、互いに詫び合うことはなかった。「すみません、先ほど物音を立てまして！」そう言って会話を始める代わりに、単にご機嫌いかがとたずねるのだった。テヴフィク氏が来ることによって、事態はまったく変わった。夕刻、老人のラク酒と肴のテーブルが埠頭に用意される。付近の漁師たちは彼とことばを交わさずにその前を通り過ぎることはなく、ラジオは誰の意見をもいちいちきかずに鳴り始めた。こうして別荘の持ち主と借家人たちは、奇妙な形でまったく新しい生活を始めたのであった。

彼らは、時には夕食をカンルジャで食べたり、時にはイスティニエの居酒屋で食べたり、時には手漕ぎボートにあれこれ食べ物を持ち込んだりした。ある夜は、テヴフィク氏の主張で、昔、満月の夜の楽しみとしてそうしたように、ボートで酒まで飲んだのだった。

ヌーランは魚釣りに厭いたときには、伯父の呟いた歌や、作曲した歌に加わる。テヴフィク氏は、姪が助太刀に来たのを見ると声を高め、ルフェル漁は音楽の饗宴となるのだった。

すべての船乗りたちは、皆この老人の友だちであった。年寄りたちはヌーランを子ども時代から知っていた。もとより彼女は誰とでも友だちになった。二人が近く結婚するのをメフメトから聞いた者たちは、彼らのために海辺の家を探し始めることとすらしたのであった。ミュムタズは、もしかしたら自分たちの結婚手続きを早めることになるかと、この計画を歓迎して、秋に借家人たちが出て行ったあとで行ってみるために、住所を控えたりした。ヌーランは、エミルギャンにある家の庭や調度に関して描いた空想が無駄にならないようにと、「あとにしましょう。もう一度、何日も座って考えることはできないわ……」と言うのだった。

「ヌーランさんは海から離れられないよ……。もともと父親も海がとても好きだったんだ……」といった六十歳くらいの船乗りは、「まずは、ひとたび海辺の家を見つけて住んでみなされ……。わしがあなた方にどんな獲物を持ってくることかご覧なされ……」と言うのだった。男は、できるものなら、テヴフィク氏の姪にボスフォラス全部を結婚祝いとして贈りたかった。

ヌーランもミュムタズも、海の人のやさしさが気に入った。その男は、別の晩には彼らのボートに乗り移ってきて、昔の遊興を語るのだった。彼の語ることには、実際に生きたことからくる活気があった。彼は大いに儲け、多くのことを経験し、大いに楽しみ、ひどい苦労もしたそうだ。しかし唯一つ愛したものは海だったので、海から離れない限り自分を惨めだとは見なさなかった。「わしの墓は、死ぬときに意識がはっきりしていれば海だ」と言っていた。事実、その冬の終わりに患った病いの後で、医者に再び海には出られないだろうと言われると、ある朝誰にも見られずに、浜辺に出てボートに乗って、足に石を結びつけて潮流に身を投げ死んだそうだ。ミュムタズはその死を聞いたとき、とても身近な者を喪ったかのように悲しんだが、老人が、愛したものからもっと悪い状況で別れることにならなかったことは喜んだ。この一見不思議に見える感情には、老人自身の性格と運命にふさわしい面があった。「貧乏には慣れたが、老年には慣れることができなかった……」ということばを絶えず口にしていた。ボートの料金は二十五クルシュだったが、チップが銀貨や金貨であった時代の気楽さがあった。エジプト人の総督の別荘での饗宴、満月の入り江での船での饗宴、ベベッキ地区での遊興を彼が語るとき、ミュムタズとヌーランは自分たちがその当時に生きているように思った。

彼がヌーランの美しさを、多少は当時の反映、あるいは思い出の中で眺めていたのは確かだった。「多くのものを見てきました。しかしこの花嫁さんほど美しい女性は見ませんでしたよ」と言っていた。ミュムタズは、自分の世界の外部のものから来る賛美を子どものように喜んだ。この老人が自分の恋人を気に入るにつれて、遠ざかったと考えて呵責を感じていた世界と、少なくともある一点で結ばれたと思った。

しかし真の奇蹟はヌーラン本人であった。釣り竿を手にして何も話さず待っているさまは、ミュムタズには、子どもたちの多くがするわざとらしいまじめさを感じさせるのだった。

やや顔をしかめ、世界との関係を手にした糸にのみ集中する待機のあいだ、彼女の周囲に対する注意力は、ミュムタズにとって驚くべきものとなった。ボートにある灯りが照らし出す彼女の素早い動き、小さなさざ波の揺れの中で、海の深みから、ほとんど未知の世界からのように自分に近づいては遠ざかる彼女の表情は、彼に、あらゆる知的努力を越えて多くの困難を解決する、一種の魔術の効果を与えていた。そのとき青年は、彼女の幼く気難しい子どもの幻想が作った雰囲気からぬけ出て、自分の内面の問題と向かい合うのだった。

釣竿が最初に揺れると、ヌーランの顔はきりりとした注意力でこわばり、やがて魚が見えると、今度は、気に入った魚かどうかと心配する。ヌーランは、すべての好きなものに子どもっぽく飛びついた。そしてその飛びつく様子、陽気さ、あるいは待ちきれない様子は、ミュムタズの最も好きなものだった。ミュムタズはこれらすべての豊かな思いが、自分の神経の繊細さから来ているのを知らないわけではなかった。しかし、ヌーランには神経の器械を狂わせる何かがあった。

時々、この賛嘆はそれはそれはひどくなり、幸せを自分のような存在には身に余ると考えて、悪い可能性を恐れて半狂乱になるのだった。そのような瞬間のミュムタズの空想では、たとえば、巨大な海の龍が引く車に乗って、周囲に泡を撒き散らしながらやってくる海神が、ヌーランを彼の手から奪って、アンデルセンの物語にある、海の底にある宮殿のひとつに連れて行く可能性さえ十分に信じることができた。その宮殿では、煌めく泡に取り巻かれ、その中で身をくねらせ、色とりどりの飴を作るようにとろけては、魚の背のようにきらきら光る鱗からなる、あらゆる色のビロードあるいは苔のように柔らかい影が、集まるのであった。

それはもちろん空想の戯れであった。しかし、そのころ彼の目を引いた夜のヌーランの様子が、この妄想を確たるもののように告げていた。時々ヌーランは、彼の向かいにいるのに、彼の生活の外に出てしまったように見えた。そうした彼の精神状態は、彼女を死の帳の背後から、あるいは忘却の空間から眺めているという考えを引き起こした。

ミュムタズのこの悪夢や恐怖には当たっている点もあった。彼は本当に夢の中で生きていたのだ。ヌーランは彼との友情の中に、人生のすべての可能性を開花させる例外的な気候を見出した。そのために、すべての情熱、すべての行動、すべての考え、小さな不機嫌、むら気、甘え、あるいはごくわずかな愚かさすら、周囲に山のような神秘と美をもたらし、人生の仕組みをひどく幸せな発見に変えて、芸術のような奇蹟的な遊びにした。ついにはヌーランは、ミュムタズの賛美のまなざしの下では、いつの瞬間にも、自分を、そして周囲にあるものを、新たに創り出すように思われた。それは、愛している者に対する、身体で愛されたことを感じての答えであった。この密やかな対話を、魔法の外にいる者が聴き取ることは不可能であった。ヌーランはその時々に体験されたこれらの瞬間の体験を別なときにとっておいて、無意識のうちに思い出すのだった。

こうして、彼女は生き生きした美と創造力によって、日々の織物を、二人にとっては他の人びととは違う形で織っていた。

帰途、テヴフィク氏が一緒のときは、彼をカンルジャで下ろしたあとで、二人は、海水が濃い緑の絹の色をなし、所々よく繁った何枚かの葉の上に明るい光が見える、月桂樹の森のような闇に埋もれた別荘のすぐ下を通りすぎるのが好きだった。それは、影の神秘が沈黙の中を過ぎることであった。開いているバルコニーや台所のドアや、住人がまだ起きている家々の窓から注がれる光が、ひとつ、またひとつと飛び飛びにつづくこの半ば内面世界の旅は、突然広くなった入り江で、月の明るさによって壊されたり、ボスフォラスが夜半以後に獲得するあの奇妙な静けさの中、時にはフェリーの投光機が高まる波頭で彼らを捕らえ、今まで話に聞いたことのない昇天の絵を用意して彼らを未知の高みに連れていこうとするかのように、彼らの上から離れようとせずに付きまとうのであった。

ヌーランは、彼がいなかったときは気づかなかった多くのもののあいだから、彼らを照らしてくる明るさの網の中で驚き、ミュムタズにしがみついて、「傍らに寝ていて、夢の中で怖いことがあったら、このようにあなたにしがみつくわ」と言った。

時には、巨大なトルコ石の中にいるかのように、周囲には静寂と輝きのみがあった。暗い海は、星たちの差し伸べた大きな宝石の房によって満たされ、浜辺の影は対岸のボートを追いかけるかのように、ほとんど彼らのすぐ傍らを歩くのだった。

昼間は、すべての縁どり、すべての曲線が、それぞれ細工されたかのようにあれほどはっきりして、輝く太陽の下でくっきりした入り江、丘の頂、林が、互いに自分たちの中で、ぼんやりした幻想となるこの夢の状態は、ミュムタズにとって、単に自分の悦びであるだけではなく、もしかしたらその瞬間、芸術は魔術に近い神秘となっていたのではないか。彼がヌーランにしばしば、「これは君の魂の中を通るのに似ている」と言うとき、別々の三つの美の仕組みである、芸術と、愛すべき自然と、魅力を決して失わない女の世界とが、彼の魂の中で互いに混じり合い、なんとも不思議な魔法や夢に近い世界を現実のように生きていることに、彼自身も気づいていたのだった。

そのために彼は時々自らに尋ねるのだった、「僕たちはお互いを愛しているのだろうか、それともボスフォラスを愛しているのだろうか？」と。時には、自分たちの狂気と幸せは伝統的な音楽がもたらした興奮のせいだとして、「昔の魔術師たちは僕らをもてあそんでいる……」と考え、ヌーランを魔法の世界から切り離して、それ自体の美しさの中で考えようと努める。しかしその混じり合いは思ったほど表面的ではなく、ヌーランが、彼の人生に突然入ってきて、彼の中に以前から存在していた彼の魂の大部分を作っているものを照らし出し、ほとんど彼を受け入れようとしていたものの中で支配権を確立したために、もはや彼は、イスタンブルをも、ボスフォラス海峡をも、伝統的な音楽をも、恋人をも、互いに分離できなかった。なぜならボスフォラスは、その過去によって、あるいは、少なくともいくつかの季節においては、独特に調整された一日の時間によって、あるいは、あれほど生き生きとした思い出を語りかけるさまざまな美しさによって、二人の生活の額縁をなしていたから。伝統的なオスマン朝の音楽はといえば、あれほど堅苦しい体制の中で身悶えし、嵐や薔薇の雨を降らせるディオニソス的発露によって、あるいは、一生涯で唯一の思想、唯一の願望の獲物と犠牲になることを人間に教えこみ、その炉の中で燃えて灰となった後で、再び燃えて、再度灰になるために生き返るという観念があった。同様に、非常に昔の忘れてしまった美しさの中から、互いを探し求め、見出す悦びによって、この用意されている、あらゆる可能性に応えられるほど豊かな人生の額縁を満たすように勧め、そのための途を示し、人間を生きるべく内から準備させるのだ。

しかしながら伝統的な音楽は、人間をなきものにしたり、驚嘆の念で枯渇させる芸術ではないのだ。聖人の魂を持ったすべての謙虚な音楽家たちは、その芸術の頂がどんなに高いものであっても、人間の生活の中にとどまり、われわれを友として生きることを喜んでいたのだ。

かくして、ヌーランはミュムタズにとって、彼の本質にしっかり結びついた二つの力のおかげで、すべての古く、美しく、根本的なものが人間という束の間の存在において生き返らされた不思議なもの、自身の肉体と美しさを通して時間を超越した奇蹟的存在となり、彼はそこに、芸術の、内面世界の諸法則を見出すのであった。彼女の傍らにいることは、彼女を抱きしめることは、愛することは、彼女の存在を超える力となった。

まさに今夜、帰途ミュムタズを狂おしくさせているものは、ヌーランが彼の幻想の中で表したこの童話的、宗教的表情であった。

ミュムタズが、ヌーランの愛を通してひとつの文化的昇天を体験したと言うとき、あるいはネヴァキャル調の歌の描く線がたえず変わるアラベスクの曲において、ハーフズ・ポストのラスト調のセマーイ音楽やその他の曲において、デデ・エフェンディの曲の一生涯彼から離れることのない大きな嵐において、彼女のそれぞれの表情が同じ神の思いに満ちたさまざまなもののように見えると言うとき、ミュムタズはこの大地と文化の真の担い手たちにある意味で本当に近づき、ヌーランの人間としての存在は真に、新たな再生の奇蹟となるのだった。なぜならミュムタズは愛する者の姿の中に、われわれトルコ人に固有の、はるか父祖から来る、きわめて肌につながりの深い民謡においてさえ、少なくとも血まみれの欲望の夢として繰り返される愛の形が集まり、そこに全宇宙が集中することを望んだからであった。イスタンブルや、コンヤ、ブルサやクルシェヒルの聖者たちや、民謡が語るエフェやダダシュと呼ばれる義賊たちや、恋や、子ども時代に耳を傾けた、忘れられた年月の中から来るあの力強く、憧れや欲望によって身を滅ぼさねばならないと感じさせる節回しや、ビンギョルやウルファ地方の節や、トラブゾンやルーメリの民謡の血なまぐさい冒険談は、この愛の形と結びついていた。

そのために、ミュムタズは、宇宙が武器を持って戦うこの血なまぐさい時代に、ひとつの愛に、フランス語から入ってきた言い方では「小さなマドモワゼル」の肉体の美しさの中に閉じ込められても、息が詰まることなく、自分の内面の世界がこの愛によってひとつひとつ築かれていくのを楽しんで見ていた。


彼らはワニキョイにある工場の隣で、時にはカンディルリのはずれにある人気ない埠頭のひとつで、陸にあがった。道の残りの部分を歩きながら、彼女の疲労を自分の体もまた感じるのが、ミュムタズの悦びのその日最後のものとなるのであった。

そのあとで、ヌーランの家の石塀が運命のもうひとつの面壁のように立ちはだかり、彼女と門のところで別れるのだった。

一緒にいるときに、彼女の二十四時間から生き生きした美しいものを得たにもかかわらず、ミュムタズは一人きりの帰途を嫌った。

夜更けの時間に、悦びで疲れはてた神経が、孤独をより濃く、より耐え難いものとするこの帰途に、ミュムタズの心の中を過《よ》ぎるものをヌーランはほとんど知らなかった。

ミュムタズは彼女を家に送り届けるたびに、これが最後かと考えて恐れるのだった。彼によれば、人間の精神が一番耐え難いもの――もしかしたらその先にはなにもなく、またそれがいつまで続くかわからずに生きなければならないためであろうが――、それは幸せである。われわれは苦悩の中を生きる。

あたかも藪や石だらけの道を歩いたり、泥沼を抜け出ようとするように、努力して救われるよう努める。しかし幸せは、荷物のように運んでいるうちに、ある日気がつかずに、道端に、あるいは片隅においていってしまうのだ。

監獄を見てみたまえ。犯罪報告書、あるいは日々に起こったことを細かい字で片隅に記録する新聞のコレクションを開いてみたまえ。ある日、幸せという荷物を運ぶのがいやになって、どこかに投げ捨ててしまった哀れな人たちをいつも見るのだ。

それがわかっているために、ミュムタズは自分たちが幸せであることを知っているものの、その幸せがいつか失われるのを恐れていた。結婚が遅れていること、彼女がこれほど一緒に暮らすことを望んでいるにもかかわらず、彼らが一向に結婚できないことは、彼を心の中で悲しませていた。別々の家にいることの本当の意味は、別々の職務があって、別々の悦びも、別々の苦悩もあるということだった。ヌーランは二つの生活を同時にしていた。ということは、非常に危険な均衡の中にいるということだった。その均衡は突然彼に背を向けることにもなりうるのだ。

彼は、彼女が当初からこの夏を例外と受け取ったものと信じていた。彼女がその後のことに対して、時間の進行やこれから起こることに何かを期待しているのに気がついていた。彼自身にある日、「この夏は私たちのものよ、あなた。私たちはどんなことでもやるのよ」と彼女は言った。ミュムタズの頭の中で、このことばは、ヌーランを失うかもしれないという恐れとともに、ありとあらゆる形をとった。

それにもかかわらず、こうした残酷な考えは長く続くことはなく、どの考えにも直ちに逆の考えが思い浮かぶので、ミュムタズはすぐに救われるのであった。ヌーランはミュムタズの人生に深く入ってから、彼の空想の中で多くの姿に変わった。というよりむしろ、彼を恐れさせ賛嘆させる多くのヌーランの姿の他に、彼の傍らで、ただ彼のために犠牲を払い、少しも不平や不満を言わずに、生活を二つに分割している第三のヌーランが現れたのだ。それは欲望や恋や賛嘆よりも高く、より深く、彼女個人に関するすべての懸念からも遠い、無限に高まる潮のような慈しみの感情に満ちたヌーランであった。ミュムタズは彼女が離れているときも、いつも、彼女が幸せで、全体的な精神の調和の中にいることを望んだ。

この感情を自分自身の中に見出すことは、ミュムタズにとって、真の平安、さらには一種の円熟を示すものとなった。こうして彼は、自分の生きた幸せを自分だけのものと見ることをやめて、新たに人間の運命へと心を開いた。

十月の中ごろ、彼の幸せには次第に影が落ち始めた。二人とも心の中で、幸せが一種の停滞状態の中でミイラ化していくようにぼんやりと感じていた。カンルジャの茶屋でそのことを話し合った。それは一番すばらしい日のひとつとなった。朝、ヌーランと別荘で落ち合って、昼ごろ対岸のエミルギャンの彼の家に行った。夕刻、二人は埠頭に下りた。エミルギャンの茶屋や広場は涼しく、ひっそりしていた。彼らがエミルギャンを離れたとき、太陽はかなり低くなっていた。そのために対岸のアジア側は夕日の只中にあった。それは、非常に懐かしく、暖かく、喉元に詰まった、胸に重くのしかかる古い民謡のような光であった。至るところが輝いている海で、この光に向かって進むことは、毎日のフェリーの旅とは違って、幸運に向かって、約束された土地に向かって走るのに似ていた。

その晩の何度も高まる波の紺色は、ミュムタズもヌーランもそれ以前に見たことはないものだった。

あたかもフラ・アンジェリコの絵に描かれているかのようなその紺色が、濃い金箔と宝石の粉末の混じったその日最後の波が、まさにこの画家やその絵の中の聖人たちの魂の中の神の免罪の豪雨のように、光の中で彼らをカンルジャの埠頭に押しやった。ボートの片端が埠頭に引っかかったままになりそうなほどだった。

ミュムタズはそれまでの一生で自分の周囲をこのときほど幸福に見たことはなかった。それは自分の中から投影された幸せではなかった。もしかしたら、すべての宇宙、人間、家、木、彼らの前方を海を突っ切るかのようにして通り過ぎる水なぎ鳥、小さな動物たち、向こうにある西瓜やメロンなど、すべてが長い眠りから目覚めたかのようだった。埠頭で襟元をあけて釣りをする警官の釣竿で絶望的に揺れているイサキダマシすら、一生で最も幸福な瞬間を生きているかのように、この明るさの中で、釣り竿の行ったり来たりとともに、自分の短い一生の最後に振り子となることを幸せとしているかのように見えた。警官は、周囲の色の華やかさに驚いたためか、あるいはヌーランの顔の幸福感が気に入ったためか、ボタンをはずして上着のベルトも締めていない格好に釣り合わないまじめで正式な挨拶をして、「よくおいでになりました。あなた方のおかげで釣れました」といって、釣竿と忍耐と我慢の象徴であるその鱗のきらきらする白いものを頭の上にあげた。

この半分格式ばった、釣竿でもがくイサキダマシの悲劇的とも言える歓迎に、彼らは笑いながら茶屋の前に座った。向かいにいる二人の女性は、埠頭でフェリーを待っていた。後方の何人かの老人たちは、黙って夕刻の味わいを愉しんでいた。

周囲にある品物を通して、何かが微笑んでいた。それは、それらの物の輝きでも、輪郭でも、大きさでも、技術的細工でもない、それらすべてを超える何かで、あたかも生きてこられた過去の思い出のようであった。思い出のような温かみがその奥から来るのだった。その頃評判であったヤヒャ・ケマルの詩を思い出して、ミュムタズは、「カンルジャの老人たちがここにいる、秋の用意をしている……」と言った。

ヌーランはその詩をそっと口ずさんだ。

日が短くなった。カンルジャに住む年寄りたちは、
ひとつひとつ思い出している、過ぎ去った秋を。

そして彼女は付け加えて、「一人の人間がこのようにある町を把握することに驚嘆するわ。この詩を聞くたびに、ロダンの『カレーの市民』が頭に浮かぶの……。」

ミュムタズは、「すごいことだ。決して変わることのないものをとらえている……」と彼女のことばをまとめた。秋の時間はそのようにのみ語ることができた。すべてが夏の終わったことを示していた。その思いからだけでも、彼らはひどく重要な瞬間を生きたという不吉な予感を感じた。その予感の中で周囲に耳を傾けた。

夏が終わったことは二人に悲しみをもたらした。二、三日前、ヌーランはミュムタズに最初の燕の群れが彼らの頭上を通ったのを告げていた。今朝も、別荘への途中で見つけた三枚の鈴懸の枯葉を持ってきた。死の蛆虫が葉のふちから喰いはじめて、ある晩その赤みが中央に至ったのだ。やわらかい葉は、

前の晩に摘まれたかのように、硬く、金属的だった。

遠くで一羽の鳥が、オーケストラの演奏中にヴァイオリンやチェロのあいだでフルートの音が突然奮い立たせるかのように、二、三度奇妙に懐かしい声を繰り返した。二人とも、この懐かしさの背後にある、はっきりとではないが関係があって、それを育んだかもしれない、胸を締め付ける別の悲劇を考えていた。この瞬間、大きな林では木々の樹液が次第に減少して、枝が寒がっているかのように互いに近づきたがり、枯葉はかすかな揺れにも落ちるのだった。至るところ、春のように色とりどりだった。乳香樹《マスチック》の木は西洋蘇芳のように赤かったが、より寂しげだった。

「いつか朝早くエミルギャンの林に行こう。木々が震えながら目覚めるのは、それはきれいなんだ……。」

どこから現れたかわからない、かすかな風で動いているひとつの雲のかけらが、最初は薔薇園になり、そのあとで細い断片となって彼らの頭上まで進んできて、そこで、炎の鬣《たてがみ》を持つ黒馬の前足の前に敷かれた絨毯のように広がった。

彼らは立ち上がってゆっくりと歩んだ。丘と別荘の石塀とのあいだにある陰になった道は、薄暗がりの中で古い神殿の回廊に似ていた。その回廊で、塀の上で彼らと共に歩んでいる夕暮れを枝々のあいだから眺めた。

すべてのものが自分の荷の重みで押しつぶされるこの時間帯に、手をつないで、心の中にある奇妙な運命を感じながら、アナドル・ヒサルまで歩いた。そこで埠頭の右手にある小さな茶屋に入った。夜の帳はすっかりおりていた。埠頭一帯はルフェル漁に出た小船でいっぱいになった。毎晩のように出かけたこの楽しみを、まったく見知らぬもののように眺めた。その瞬間に誰かが彼らに、人生を信頼しているかと訊いたら、二人とも、「否、でも、世界がこのようであるのでひどく幸せです」と答えたであろう……。否……でも、だからどうなんだ。今の瞬間、僕らは幸せなんだ。

道すがら、ヌーランの家族が最近借りた、タクシム近くのターリムハーネの小さなアパートのことを話した。ヌーランの母親は、今年の冬はカンディルリには住むことはできないと言っていた。テヴフィク氏のリウマチもかなり悪くなっていた。もしかしたら、ルフェル漁の楽しみは体によくなかったのかもしれない。そのために彼らはイスタンブル市内に移ることになっていた。ミュムタズは、「絶対に一人ではここに住まない」と言っていた。もともと彼らがカンディルリに住んでいたとしても、あのように静かで、人気のないところでは、二人は夏のようには気楽に会えなかった。

彼らは新しい家に満足していた。ヌーランの努力でかなり安く借りられた。家の調度を整えるとき、ミュムタズはかつてイスタンブルにいかに多くの外国のものが入って来たかを知った。ほとんどの安楽椅子屋にはあらゆる様式の家具があった。ミュムタズはヌーランと一緒にそれらの家具のあいだを歩きながら、イスタンブルの嗜好と生活水準がいかに変わったかを考えていた。

「われわれの頭の中もこのようであるのは、もちろんだよ。」

その後でファトマの健康状態について話した。ヌーランの気懸かりはその点に集中していた。

ミュムタズは何日も前から、ヌーランの家でテヴフィク氏とともに過ごすその宵を心待ちにしていた。ヌーランがカンディルリから引っ越す前に、彼女の暮らしたこの家が、彼女を知る前の日々を再び自分に見せてくれるであろうと考えていた。なぜならこの夢想家は、同時にいくつかの次元で生きることを知っていたし、それを好んでいたから。だから彼は、庭で食事をしているとき、あるいはテヴフィク氏と話しているとき、あるいはまたヌーランの母親に答えるとき、彼女の子ども時代の夢や、長い秋の夜に震える窓ガラスや木の葉の立てる物音が小さいヌーランの眠りに霊感を与えたという幻想を、想像することができた。しかし、ファトマの癇癪がそれらの幻想をすべて壊してしまった。

ファトマは、ミュムタズがその家に足を踏み入れた瞬間から反抗をはじめた。

しかし彼に対しては何もしなかった。ただ、何度も姿を消して皆を心配させたり、小さな悪さをしたり、ヌーランがミュムタズと話していると、たえず口実を作っては彼女の話の腰を折るのだった。その反対にミュムタズとは親しげに話して、通い始めた新しい学校のことや友だちのことに触れた。

「もう大きくなったの。お人形には飽きたわ。友だちになるために猫や犬のような動物がほしいわ」と言った。

ミュムタズが彼女に仔犬を贈ると言うと、突然眉をしかめた。彼が持ってきた仔犬と遊ぶことなんぞできない、それは敵の同盟者を家の中に入れるようなものだった。「要らない……」と言った。周囲が、「そんなこと言っていいと思うの？　ありがとうと言いなさい……」と強いるとひどく少女は驚いた。ミュムタズの前で叱られることは、彼女にとって耐え難いものだった。唇を震わせて「ありがとう……」と言うと、また姿を消した。

ミュムタズがその瞬間に暇乞いができたら、もしかして彼の人生はまったく違った形をとったかもしれない。しかし運命はそこにとどまることを命じた。もともと彼は生まれつき、自己防衛本能のあるタイプではなかった。彼の人生のすべての出来事は、彼を道の真ん中で狙われやすい標的とするのだった。

今度もそうなった。ヌーランともテヴフィク氏とも離れたくなかった。彼は食事に招待されていたのだ。とどまるつもりであった。

八時ごろ、彼らは前菜とラクのテーブルに座った。老いたテヴフィク氏は、この日のために全能力を費やした。ヤシャルですら、テーブルを見るや否や、健康への懸念をやめて、一、二杯飲むことにした。宵は心地よく始まった。何日も続いた雨にもかかわらず、外は暖かかった。庭で、柘榴の木の下で、秋の夜の帳が突然下りてきた闇の中で、ひとつのランプの下、今宵を楽しむうちに、心からミュムタズをとらえるものがあった。ほとんど誰もが陽気だった。ヌーランすら、この何日もとらわれていた心配から救われたように見えた。

しかしファトマがテーブルに来ると、すべての雰囲気が壊れた。「あたしも入れて、お願い。一人で食事をしたくないの……」と言った。少しすると、彼女はミュムタズとヌーランが向かい合って座っているのに耐えられなくなった。こうしたことはいつものことで慣れていたので、テヴフィク氏の語る狂言回し《メッダハ》の話は、子どもの不機嫌をかまわずにつづけられていた。三度目の乾杯で、ファトマは忘れてきたものがあるといってテーブルを立って、そのまま戻らなかった。彼女は井戸のそばで、ダンスと走ることとの中間の楽しみを作り出していた。出たばかりの月に向かって、自分の投げたボールを捕らえたいかのように両手を上げて、遊んでいた。その顔は奇妙に楽しげで、歯を見せて笑っていた。ほとんど誰もがテーブルからそれを眺めていた。大きな声で笑い、動作はさらに速くなった。回るたびに上方で手をたたき、その後で両脇に下ろしては、また上に、金色のボールの月に向かって全身を伸ばした。

ミュムタズはこの小さな子どもの動作のリズム感に驚いていた。「自分の手にまかされたら、どんなにか才能を伸ばしてやるのだが！」と心の中で言った。

ファトマに対して、彼は奇妙な愛着を感じていた。それは、ひとつにはヌーランの子どもであることから、もうひとつには彼女の苦しみを彼が理解できることから来ていた。彼は子どもは好きであったもののの、ファトマの状態には自分の子ども時代に似た何かを見るのだった。彼の孤独は、ほんの子どものときに別な形でもたらされたものではあったが、彼女の悲しみと嫉妬からくるものに似たところがあった。そして、もしある日ヌーランに嫉妬するとしたら、必ずやファトマにひどく似るであろうこと、彼女のように不機嫌で、拗ねた、内向的なものになることがわかっていた。今ファトマが、短い水色のワンピースと細い脚によって、行き着くことのない世界への旅を用意したかのように、自分の喜びの速度で回転するのを見ることは、彼の気に入らざるをえなかった。しかし心の中で奇妙な不安も生じた。その哄笑と回転速度の速まりはヒステリーの発作にひどく似ていて、終わりの方の動作は、躓いて倒れそうになるほどだった。そのことに祖母もヌーランも、誰もが気がついたに違いない。「ファトマ、もう十分だ、倒れるよ……」などと叫んだ。しかし彼らが叫ぶほど、少女はスピードを速めた。ついにミュムタズは、必ずや起こるべき災難を阻止するために立ち上がった。しかし遅かった。ファトマは井戸のそばで長々と倒れていた。ミュムタズが彼女を抱き起こしたとき、ヤシャルもそばに来た。少女の体には目立った怪我はなかった。膝頭を少し擦りむいていた。しかし先刻のヒステリックな笑いは収まらない嗚咽となり、体はこわばっていた。

その時、その日にミュムタズの上にきわめて深い影響を与えた事件が起こった。ヤシャルは子どもにかかわるべきときに、彼に向かって、ほとんど蛇の立てる音にも似た声で、「離せ、その子を。あんたはすでに十分ひどい目にあわせた……。殺したいのか」と言ったのだった。

ミュムタズはその瞬間の彼のまなざしを、一生涯続くひどく冷たいもののように背中に感じたのだった。殺人願望がこれほど強く人の目に表れたのを見たことはなかった。そのまなざしに比べたら、ナイフの刃も、毒薬も、さらには少し前に耳元でたてられた声すら、害のない娯楽となった。それにもかかわらず、子どもを階下の子ども部屋に運んだのはミュムタズだった。ヤシャルは心の中を吐き出したあとでは、傍観者となった。少女を長椅子の上に寝かせて、あとから来たヌーランに任せたあとで、彼はヤシャルの変化に気がついた。ヤシャルはドアのところに立っていた。顔は蒼白で、全身汗びっしょりだった。体の中で大事なぜんまいがはじけたかのように、倒れそうに、ガタガタ震えていた。自分でも気がつかないうちに、「どうしたのですか、どこか悪いのですか?」と彼は訊いた。ヤシャルは答えずに上に上がった。

ミュムタズが庭に戻ったとき、テヴフィク氏はさっきの場所にいた。老人は何もなかったかのように冷静だった。少ししてからヌーランがやってきた。しかしその宵の楽しみを続ける力は誰にもなかった。

13

次の日の朝早く、ヌーランはエミルギャンの彼の家に来た。彼女が連絡をしないでミュムタズの家に来たのは、それが初めてだった。彼女は一晩中眠れない夜を過ごした。ファトマの癇癪は、将来に対する希望を、一時期であれ、あきらめなければならないことを教えた。彼がファトマを抱き上げたときのヤシャルの憎しみをこめたまなざしは、いまだにひどく悪質で残酷なもののように心の中で感じられていた。

ヤシャルは哀れな愚か者だった。しかしヌーランの母親は、この愚か者の言うことに耳を傾けた。近く母親も彼らの結婚の反対派となるだろう。要するに山のような障害があった。最後には、ヌーランもミュムタズのことをあきらめざるを得なくなるだろう、あるいは何かとんでもないことをしてしまって、二人の人生は害されることになるであろう。

ミュムタズも一晩中眠らなかった。寝床に入ることさえしなかったほどだ。遅くまで家の中を歩き回ったあとで、下の階のホールに座って、身の入らない読書をしているうちに朝になった。

ヌーランを目の前に見ると事態は変わった。ヌーランは彼を愛していた。いずれこれらの問題は片付くだろう。庭で、一人は最近ペンキを塗った小さな花鉢の上に座り、もう一人は立ったまま木の枝につかまって、話し合った。ミュムタズの考えは単純だった。彼らは直ちにこっそりと結婚するべきであった。結婚までの法律上の待機期間が終わったら——あと一か月あったが——、結婚許可証を申請する。そしてこの件は一挙に解決するであろう。起こってしまったことには、ファトマもヌーランの母親も何もできまい。子どもはせいぜい三日間泣くだけだ。ヌーランは伯父もこう考えていることを知っていた。

「ぐずぐずしてはならない……。一人の子どもの気まぐれのために、人は幸せを投げ捨てるべきではない……。」

しかし、ヌーランは母親が悲しむのを恐れていた。「ましてや、知らせないでなんて……絶対にだめよ。知った日に死んでしまうわ」と言った。「彼女に訊かないでは、椅子の場所を変えることにすら同意しないのよ。嘆くわ。」

「大丈夫だよ……。」

「それにファトマのことを考えてよ……。もし変なことになったら、私たちは一生悔やむわ……。私はファトマをよく知っています。自分がどういう人たちと暮らしているかも。」

ヌーランは悲観的だった。

「ミュムタズ、あなたもわかるでしょうよ、最後には私たちを破滅させるのよ……。」

ミュムタズは彼女をそれ以上心配させたくなかった。少なくとも時間はある。すでによく知っている景色を見渡した。

「待とう……」と彼は言った。「君が僕を見捨てなければすべては解決される。」

ヌーランは、自分の前にもうひとつの崖っぷちが現れたかのように身を引いた。「ミュムタズ、触らないで……」と彼女は言った。「すべての不幸は、みんなが私に圧力をかけることからきているの。あなたは、必要なら一人でも大丈夫だと考えてよ……。一人ではだめな人たちが、私をこのように苦しませるのだから……。」

彼女は自分のことばが無駄であるのを知っていた。ミュムタズも一人ではいられない者の一人なのだ。これが彼女の運命だった。誰もが哀れな一人の女の肩に頼っているのだ。彼女は昨日ファーヒルから手紙を受け取ったばかりだった。「君なしで暮らすのは不可能だ……。よかったら、すべてを水に流して、新しい生活をつくろうではないか、僕らの子どもを中心にして！」これはアーディレの仕業に違いない。ファーヒルの嫉妬心をどんなに煽ったかは知る由もないが。

ヌーランのこの推測は正しかった。ただもうひとつ別のことがあった。エンマはファーヒルと別れて、スウェーデン人の金持ちとパリに行ってしまったらしい。安定した生活の計画にいつも不運な偶然が入り込むことを嘆いていたエンマは、今度は南米人のヨットの船長の誘惑に負けることなく、その魅力的な危険を新しい恋人の前から遠ざけたのだった。

そのため、ファーヒルは前の妻のもとに戻ることを望んでいた。彼は自分を守ってくれる、友だちのよしみを自分にだけ向ける一人の女が必要だった。肉体的には合わなくても、ヌーランにこの友情を見出し、その友情を愛した。今やこの温かい親密さがないために、あらゆる幻想がすべて蘇った。しかもアーディレ夫人が、たまたま会った二、三の機会に、ヌーランがミュムタズをいかに愛しているかを、彼と一緒でどんなに幸せかを話したのだ。

「ファーヒル、本当のところヌーランについては心配することはないのよ。彼女は幸せで、あんたも幸せでしょ。もともとあんたたち二人はお互いを理解していなかった……。ただ、あたしはあの子がかわいそうなの。あんたたち二人のあいだで惨めになるわ……。

二人は愛し合っているわ……。ボスフォラスはすべてあの二人のものよ！　彼女を見たら、以前のヌーランではないわ……。あんたが彼女のためにしてしまったことを考えると私は……。」

アーディレ夫人は精神的危機を用意し、眠っていた野心を目覚めさせることにかけては真の才能と特別な方法を持っていた。二、三度話して、新しい情事の状況にあるヌーランを語ることによって、ファーヒルに、自分が厭いて自分の意思で捨てた妻について、真新しい、まったく知らなかった幻想を創り出させるのに成功した。彼女が話すのを聴いていると、ファーヒルはヌーランをまったくわかっていなかったことを理解し、アーディレ夫人が復縁の可能性について触れなかったために、ヌーランの愛が永遠に失われた天国のように思えた。その一方で、彼女は最も感傷的な小説家のように、ファトマの人生と運命について、少女の哀れな状態について絶えず語っていた。

しかしそれだけではなかった。古い大学時代の友人のスアトも、ヌーランに手紙を書いていた。『病気で、ひどい状態でコンヤから戻った。サナトリウムに入院している。君だけが、昔の友情を思い出させて僕を治してくれることができる』と書かれていた。

ヌーランはスアトが大学時代に自分を愛していたことを知っていた。しかし、ファーヒルを選んだことですべてが終わったと思っていた。しかもスアトはミュムタズの親戚でもあった。

『僕と時々会ってくれ。この十年、君のためだけに生きてきた。君が必要だ』と彼は言っていた。スアトとのあいだには何もなかった。しかし彼は自分を必要としているという。それはいいが、自分のことは誰が助けてくれるのか。彼女が求める心の平安は誰が与えてくれるのか？　町中の半分が次第に彼女に頼り始めているように思われた。ところが、彼女を助ける者はなかった。

「私は病人の看護人ではないわ。」

ミュムタズはヌーランがほとんど泣き出しそうなのを見て、彼女を抱きしめた。

「僕を信頼して……。見ていてごらん、すべてが解決するから……。」

「何も解決しないわ、ミュムタズ……。私たちの人生はこのように続くのよ。あなたは自分だけ助かって……私は逃れられないのよ……。」その日までミュムタズはこのように絶望に打ちひしがれた状態の恋人を見たことはなかった。これが単にファトマのひどい振る舞いからきているということはありえなかった。彼らはそれには何か月も前から慣れていたのだ。

「どうしたの？　なにか他のことがあるの？」

「どうしたらいいの。皆が私に何かを求めているのよ……。これを読んで……。」

彼に二通の手紙を差し出した。ファーヒルの手紙は短く、多くの無意味な不満でいっぱいだった。彼は、すべての過ちをひとつの恩赦で忘れることを期待していた。しかし、スアトの手紙は奇妙だった。既婚者であるこの男は、ミュムタズとヌーランが愛し合っており、近く結婚するのを知っていながら、彼女に対する愛を書いていた。彼女に呼びかけて、来てくれと言っていた。あたかも、孔の開いた内臓と一緒に、この十年間の、あるいはそれより古い愛も、火山のように噴火させて、コッホの細菌の代わりに撒き散らすような、多くの熱いことばや、不満、嘆願にあふれていた。結婚生活の秘密の詳細を語り、イスタンブルから離れた生活の無意味さを語り、ヌーラン以外の誰とも幸せにはなれないであろうことを何度も書いていた。妻や子どもたちのことは考えてもいなかった。『君が必要だ……。君なしでは破滅するだろう……。自分は一生で多くのことをやってみた。しかし君がそばにいないために……今日の自分はゼロ以外のなにものでもない。』

ミュムタズはこの手紙を、ファーヒルのものよりも恐れた。なぜなら彼はスアトを身近に知っていたから。ミュムタズが子どものころから、スアトが彼に敵対し、彼に我慢できなかったことは家中が知っていた。それにもかかわらず、スアトに対して一種の愛情もあった。ミュムタズは時々、「イヒサンのことで、自分に嫉妬しているのか……」と考えた。スアトがいくつかの点で優れていることも確かだった。彼は多く読書していて、大胆な思考をした。スアトの結婚生活があまり幸せでなかったことも、ミュムタズは知っていた。ミュムタズのことを絶えずからかい、驚かせることで喜び、時には奇妙な揶揄で公然と敵愾心を向けられ、心理的に崩壊させようとされたにもかかわらず、ミュムタズは彼が好きだった。スアトを、愛するとともに恐れていた。しかしこの種の行動は予期していなかった。事実スアトは、ヌーランがファーヒルと愛し合うや否や、自分もすぐ結婚して、彼女から遠く離れたところに行ったのだ。ミュムタズはこの愛の復活が、病いのもたらした抑圧された願望であることを理解していた。手紙はそのような病人に見られる苛立ち、悲観、不満で満ちていた。そのために、この手紙をより恐れたのであった。しかし、彼が恐れたもうひとつのことがあった。それはヌーランが周囲に対してこれほどまでに無防備でいることだった。この二通の手紙に対するヌーランの過度の反応の意味は、それしかなかった。その瞬間ミュムタズは、ヌーランの思慮が一方ではファーヒルにあり、もう一方ではスアトの病床の枕元をさまよっているのを確信していた。ミュムタズはこのむごい懸念の中で、彼女の考えていることがわかることを恐れて、恋人の顔を見ることさえできなかった。そして、もしかしたらそのために、何かしなければと手紙をゆっくりと破いた。ヌーランはその場を動かずに、自分に助けを求める手紙が破られるのを遠くの出来事のように眺めていた。

「僕が知っているスアトは夏の初めに病気だった。もうよくなっているはずだ。」

ヌーランは座っていたペンキの塗りの鉢や、昨夜の雨で濡れた草や、栗の木の皺だらけの葉を眺めた。折りしも、神秘に満ちた、重々しい、準備の行き届いた色合いを感じさせる陽光が、庭に溢れていた。季節は変わっていた。純粋な愛や楽しさ、空想と興奮からなる彼らの存在の一面は尽きていた。重荷のように担う部分が残っていた。しかし、至るところから、あまりに多くのものが差し出されていたので、どれを担うべきかわからなかった。一番いいのは、最も近くにあるものに、自分が愛した者に自分をゆだねることであった。肩にミュムタズの腕を感じながら、あれほど幸せだった、どの土壌にも二人の夢が育まれている庭を通って、家に入った。

ミュムタズにとっては、今日は昨日よりも耐え難い経験になった。彼らは、彼が愛する女をそっとしては置かないであろう。それはわかっていた。彼女には堅固でない面があった。そのためにも、二人は直ちに結婚すべきだった、しかし……。

彼女に強いる力が自分にあるだろうか……。彼には自信がなかった。彼は自分のためには、人生で一歩踏み出すことができないほど弱かった。そのことを、この瞬間に理解したのだった。

その日はまったくいいところのない日だった。彼らはあたかも人ごみの中にいるかのように、遠くから、帳を通して話した。ミュムタズは、二人のあいだに大きな増幅器があって、ファトマの、ヤシャルの、ファーヒルの、スアトの脳が操作しているかのごとく、ヌーランの声が遠くから来ているように思った。

彼は奇妙に不快であった。昨日までは彼の愛する人びとだけがいた。ところが今日は、茸《きのこ》のように一晩で発生した多くの敵に取り囲まれていた。すべて決着したと思っていたファーヒルは、再び現れた。コンヤに二人の子どものいるスアトは、彼の人生を害するべく、ある病院の片隅で、咳と痰と血の塊のあいだから物語のように手紙を書いた。自分の子どもにしたいと思い、あれほど愛したファトマは、彼を傷つけるために、彼を嫌っているのを家中に見せるべく、自分を犠牲者、父なし子であるとするドラマを用意した。しかも三度も練習したあとで、井戸のそばに倒れたのだ。さらにそのあとで、あの白髪の、愚か者の、生まれつき耄碌者のヤシャルは、何の理由もないのに彼を敵と宣言した。もしかしたら敵はもっと出てくるかもしれない。真に嘆かわしいことは、自分の中にも彼らの敵対心に対抗する面が次第に生まれていることであった。これまで彼は、父親を殺したギリシャ兵に対してすら敵とは意識しなかった。しかし今や彼の中に復讐心が芽生え始めるであろう。

このことは、心の中に湧き上がる怒りによって自覚された。そうだ、ミュムタズも一部の人間に対して敵となるであろう。すべてそれらは、一人の女を愛し、愛されたためであった。

すべては、この愛のように美しく、高貴なものを、堕落した世界における唯一の救済と考え、さらに、あらゆる種類の救済を期待することから出てくる。悪魔は愛から生まれるのだ。いつか自分の心も、ファトマやヤシャルやファーヒルの心のように、毒薬の坩堝《るつぼ》となって、人びとのあいだを蛇のような音をたててくねって行くかもしれない。スアトの手紙を読むとき、彼の熱病で黄色くなった指が、ページの上を動いているように見えるのであった。それは邪悪な、ひどく悪質な行動であった。病院の片隅で肺病と戦うこの男は、外にいる人間の世界を害そうと努力している。もちろんこの手紙はそれだけでは終わらないだろう。病いによって抑圧された欲望は彼にどんなことをさせるのであろう。この病気は健康、喜び、善行への願いをめざしていたのだろうか、あるいは彼を敵意の行動に駆り立てるだけだったのだろうか。

運命が、サナトリウムに横たわっているときスアトの病んだ心に生じた懐旧の思いを、すべてヌーランの上に集まるように仕向けたのだと彼は考えた。そしてそのために今やミュムタズは、病人に、助けなければならない一人の男に腹を立てて、その骨が浮き出た顔を殴りつけたいとまで思うにいたった。それは人間の運命のひとつの片隅に潜むものであった。

われわれの向かいにあるものが真の運命なんだ、と彼は考えた。実際に格闘しても、決してそれに勝つことはできないものなんだ……。

人類は美なるものの敵であった。自分の幸せを、他人の幸せを、知らぬうちに破壊しようとしてきたことだろう。人類は心の平安、善行の敵であり、自らの敵であった。

もしかしたら、スアトは病気のとき、イスタンブルから来た手紙でヌーランが夫と離婚したことを知って、これを最後の機会と考えたのかもしれない。昔のことに決着をつけたいと思ったのだ。イスタンブルに行くから、この件も解決しようと……。一人ぼっちの女、昔の友だち、いろいろな思い出もあるし……と考えたのかもしれない。

翌日は雨であった。ミュムタズはイスタンブル市内に出かけた。いくつか用事があった。用事を終えてから、シェフザーデバシュにあるイヒサンの家に立ち寄った。スアトの病状について何か知りたいと思ったのだ。一晩中彼のせいで眠れない夜を過ごしたにもかかわらず、病状も気になっていた。夏の初めに、島のレストランでスアトが語ったこと、その身ぶり、揶揄的な、破滅的な笑い方、そしてすべてを許さずにはいられないあの奇妙なまなざしが思い出された。

事態は恐れていたようになった。家に立ち寄ると、アフメトとサビハが二人の女の子と遊んでいるのを見かけた。その後、応接間で、マージデの親類に当たるスアトの妻のアフィーフェが、腫れたまぶた、疲れた顔をしてマージデに悩みを訴えているのが見えた。彼女は、良質で、上品な服装をした女だった。その姿は苦痛よりもむしろ、傷ついた誇りの痛みを感じさせた。ミュムタズは彼女が話しているのを聞くと、ヌーランの受け取った手紙を思い出した。この落ち込んだ女性が、八ページにわたって書かれた文章のひとつでも聞かされたら、生き返ることができ、別人となることができたであろう。しかし、スアトは妻には関心がなかった。彼はただヌーランのことを考えていたのだ。病人の頭は、奇妙な理屈でヌーランに向けられていた。スアトは、この若い女性がこぼしている、コンヤでの小さな浮気をしているときも、あるいはタイプライターを調節しているときですら、ヌーランのことを考えていたのだ。スアトは、この悩んでいる女の手が差し出した洗面器に血を吐くときも、休暇願いに署名をするときも、ヌーランのことを考えていたのだった。

病院に入院するや否や、スアトは自身に、「今晩ヌーランに手紙を書かねばならない」と呟いたのだ。目を天井に向けて、顔は高熱でこわばり、胸はぜいぜいと上下しているときに、この手紙の文章を何度も何度も考えていたのだ。

ミュムタズはその若い女性が話すのを聞きながら、「汚らわしい……汚らわしい……」と言っていた。すべては汚らわしかった。人と人とのあいだで、清い、居心地のよいことは何もなかった。人間は幸せの敵であった。彼らは幸せを見たり感じたりしたら、それに襲いかかるのだ。ミュムタズは心の中で奇妙な嫌悪感を感じつつ、イヒサンの家を出た。道を足早に歩いた。しかし、あの若い女の声は、彼の耳の中で、運命を呪い続けていた。

「彼は自分を破滅させたの、かわいそうに、マージデ……。私がどんなに憐れんでいるかわかる？……これが私の運命なの」とその女は言っていた。

すべては忌まわしかった。その憐れみ、その運命という考えも忌まわしかった。その愛情、その苦情も忌まわしかった。突然窓から飛び込んできた石のように、スアトが彼の生活の真ん中に入ってきたこと、ヌーランにあの手紙を書いたこと、自分が今の生活の中でこの病人と関わらざるをえない一部であるかのように絶えず思うこと、すべては忌まわしかった。

「マージデ、私の苦しみがわかるかしら。考えてみてよ……。九年になるのよ……」とその女は言っていた。

『僕の一生は、君から遠く離れて、自分に安住の地をつくるために過ぎた。しかし、どうしても成功しなかった……。連絡してくれるね？　僕には守ってくれるものが必要なのだ……』とスアトは書いていた。

「彼は時には一か月も子どもたちの顔を見ていないのよ。彼の病いがよくなれば、他には何も望まないわ！……」とアフィーフェは言っていた。

それはひどい光景だった。一人の人間、スアトの人生を、二つの端から眺めていた。ヌーランと、スアトの妻アフィーフェの角度から。この二人のまなざしは、スアトを除去し、撤去しなければならないと言っていた。しかしスアトは生きていた。彼は高熱の中で、病室に出入りする看護婦たちの体を眺めたり、少し快方に向かえば、付き合いを深めるために若い看護婦に微笑んだり、腕や顔に触れようとしたりした。彼女たちに男らしさを見せようとして傲慢に語ったり、仕事に関する質問をしたり、意味ありげな冗談を言ったり、片方の眉を上げてその答えに耳を傾けたりしていた。もし少しよくなれば、これらの看護婦たちから叱責を受けたり、もしかしたら、誰もいないときに頰を打たれるかもしれない。しかしそれらのことは表沙汰にならず、医者たちと面と向かうと、必ず相手に「……でございます」と言わせ、政治や人権や礼節について声を上げて話すのだった。

「九年になるわ……」と彼女は言った。スアトは、九年間に病いが増長させた欲望によってあちこちに飛びかかっては、若く初々しい肉体を考えたり、円熟した女たちを求めたり、トンネルや鉄道の複雑な計算をするように逢瀬の可能性を忖度しては、「この女はダメだ」とか、「こいつはいける！」とか、「ここで我慢が必要だ」とか、「もう一人がうまくいけば、単なる友だち付き合いにはいい」などと言ったりしたのだ。一緒にダンスをしたりとか、同じ家で、あるいは同じ部屋で一緒にいるための方法を考えたりしたのだった……。

確かに、スアトは生きていた。病室に、ミュムタズの思考の中に、妻の腫れた目の中に、彼の子どもたちの細い首に。清潔な下着でいっぱいのたんすに、暗闇の中で、ねばねばする指から汚れが滴る手が入るように、彼が入りこんだ人びとの生活の中で、たまたま出会って手に入れたり触れたりした女たちの中で、すべての中で生きていた。そして真の悲劇は、そのスアトが、彼がよく知っているスアトであったことだった。

雨の中を、どこに行ったのかも気がつかずに彼は歩いていた。時々、雲間が晴れて、路上や家々の屋根の瓦にいたるまですべてが明るくなって、電線や、てっぺんを短く刈り込んだ市役所の木々の葉で震えている雫の短い一生は、その時だけ幻の真珠となる。すべてが、誰もが、子どものように楽しげに水浴びをしていた。その後でまた驟雨が始まると、上着を頭にかぶった子どもたちは散り、年配の者たちはここかしこに雨を避け、通りも家もすべてが消え去るのだった。黒い、ほとんど灰色の泥に似たカーテンがすべてを覆う。すべては雨の囚われ人となる。雨は大きな音を立ててすべてを叩きつけ、電車の上や警官の詰め所の板や、家の屋根や瓦から、あたかも巨大なオルガンやピアノであるかのように音を出すのだった。時々稲妻が光ると、この濃い泥水の雨は、突然明るくなったあとで、再び細い糸の網となって降りてくるのだった。

ミュムタズは何もかぶらないで歩いていた。これまでの一生でこのような苦悩を感じたことはなかった。すべてのものに嫌悪を感じるかのようだった。すべては彼にとって無意味であった。至るところに、スアトの薄汚い手と、ヤシャルのハーレムの宦官を思わせる顔を覆う白髪が見えた。つまりすべてはこうなのだ。人間は二十四時間で変わりうるのだ。そして、突然二人の人間、二人の惨めな者の敵になりうるのだ。たとえば、嫌われている借家人、あるいは歓迎されない客人のように、あなたの生活に入り込んで、そこに居着いた存在が、太陽の下で呼吸をしたり、歩き回ったり、感情やら考えのようなものを話したりするとき、ほとんど自分と同じ単語を使用することによってさえも、毒を撒き散らすことがありうるのだ。

一台のタクシーが彼の前で止まった。運転手は日焼けした労働者の素朴な親しさで、「乗りませんか、だんな……」と言った。ミュムタズは周囲を見回した。知らないうちにスルタン・セリムのモスクのあたりに来ていた。彼はモスクの少し先にいた。一瞬、古いモスクの涼しさの中でわれを忘れたいと思った。しかし雨に濡れてすべてはひどく惨めで、しかも心の中でひどい悩みがのたうっていて、どこに行ってもその悩みは続くであろう。運転手の開けたドアの前で自らに問うた。「それはいいが、どこへ行くのか？……」

運転手は前と同じ調子で、「どこへなりと、だんな……」と言った。

「それなら、ガラタ橋まで……。」めまいがして、胸がむかむかしていた。一日中何も食べていなかった。一刻も早く家に帰りたかった。しかしこの雨の中で、家で何をするのか？　ヌーランは今日はいなかった。たとえ来たとしても、この時間には帰っていた。机やスタンドや、本のことを考えた。レコードが目の前を通り過ぎた。すべては厭わしかった。人生は往々にしてひとつのことに結びつくことによって耐えられるものである。ミュムタズはこの瞬間、その奇蹟的な結びつきをどこにも見出すことができなかった。

彼の思考は、その直径が絶えず小さくなり、歴然とゼロに向かっているレコード盤に似ていた。すべてがこのめまいをさせる回転で縮んでいき、小さくなり、色や質が変わり、奇妙なぐにゃぐにゃしたもの、スアトの惨めな薄汚い人格のようないやらしいパン種の状態になり、このパン種は途中で目に付いたすべてを中に取り入れ、べたべたして、人ごみの中をうろうろして、すべてを一緒にゼロへと連れていくのだった。

すべてそれらは汚いものだった……。彼はそれらを伴って家の中に入りたくなかった。言うまでもなく、この無意味さや不快感はまもなく終わるであろう。あるいは水車の樋の水が涸れるように、すべてが自然に尽きるであろう。

ガラタ橋をふらふら歩いた。否、無意味であった。家に帰るわけにはいかなかった。自分の庭を、雨に濡れた木々の葉やその枝の悲しみを、大きな栗の木を、遥か遠くの庭の木立ちを、雨にいかに叩かれたか、小さなむち打ちがいかに行なわれたか、驟雨がいかにひどい速さでそれらの上を襲ったかと考えて、耐えがたい苦痛を感じていた。

「一人っきりになるのが怖い……」とつぶやいた。一人になるのが怖い……。本当は、怖いのは一人になることではなく、スアトの存在によって変化した習慣の中に、再び入ることを恐れていたのだった。振り返って、さっきの運転手を探した。若者はまだそこにいた。

「ベイオウルに連れていってくれ……」と彼は言った。

シシハーネ地区を通り過ぎるとき、空の一箇所が晴れた。スレイマニエ・モスクの上に掛かった古い細密画で見たような、大きな、一色の、ほとんど透明な雲のあいだから、陽光が樋からあふれ出す水のように放出された。町中が、莫大な費用をかけて骨を折って準備された、皇子《シュフザーデ》の物語の舞台装置のようになった。ガラタサライで車を降りた。真っ黄色な灯りの中を、坂の上のほうへ歩きたいと思った。しかし、誰か知り合いに会うかも知れないと恐れて引き返した。テペバシュに向かって少し歩いた。そこで小さなビストロに入った。雨脚はまた強まっていた。薄汚れたガラス越しに、向かいの家々の正面を叩く雨を、先ほどの明るさを考えながら眺めた。

店内は空っぽだった。所在無さで退屈していたウェイターは、直ちに蓄音機を回して、ダンス曲をかけた。ミュムタズはビールと食べるものを注文した。冷たいビールが彼を元気にさせた。周囲を見回した。何もかも眠っているように見えた。テーブル、椅子、ところどころ塗りのはげた古い棚にある色とりどりの酒の瓶は、外見はひどくきちんと見えるものの、もたれ合って眠っているようだった。その眠りはひどく奇妙なもので、驟雨とタンゴが一緒になって発する音も、それに妨げられるどころか、ひどく遠い、到達不能なものへの憧れの後に来る一種の無関心の波のように、酒瓶の上を通り過ぎていった。それにもかかわらず、彼は店の唯一の客ではなかった。二階の大きな食器戸棚のような壁の入り込みで、入り口に背を向けたカップルが話し合っていた。雨の音と鳴っているレコードの曲のあいだで、人生にどこから入り込んだかもわからないが、その端のほうで生きて、運命と向かい合って、喜びを、あるいは絶望を一人ぼっちで感じたことを示す女の声が高くなり、そのあとから、より太い、唸り声に似た男の声が返事をした。彼らは毎日出会う何百ものカップルのひとつに違いなかった。しかしミュムタズのさいなまれた神経は、この笑い声に似たすすり泣きに突然心を惹かれた。彼の感情の状態は、この上なく重要な何かを予期した。少し前の、すべてをいやらしいどろどろの状態にもたらし、宇宙を呑み込もうとする回転する思考、スアトの表情、あるいはその名の周囲で、すべてが目くるめくスピードでゼロに向かっていくことからくるあのめまいすらも緩やかになった。

少ししてその声はさらに高くなった。

「ダメよ、わかる？　ダメ、私は怖いの。それはできないわ……。」

「ばかなことを言うな。俺たちは破滅する……。ハージェル、俺は破滅する……。」

「できないわ……自分の子どもを殺すことはできない。あなたが奥さんと離婚したら？」

ぜいぜい言っていた蓄音機は生き返った。再び驟雨が、向かいの家の窓を、店内の壁に掛けられたアンデス山脈やら、パナマ運河やら、シンガポールの船乗りたちやら、上海の漁師たちやら、その瞬間の店内のすべての品物や、人間から遠く離れた、見知らぬ、死の彼方にある人やものなどすべてへの憧れを、内側から叩き始めた。しかし今ミュムタズは、この憧れに関心がなかった。それらのどの誘惑も彼を惹きつけなかった。

男の方の声が再び聞こえたが、今度は切れそうなヴァイオリンの弦のように軋んだ、「もう一度考えてくれ。俺には自殺する以外に途はない……。俺が死ぬことを望んでいるのなら別だが……。」

女はしばらく待っていた。それから弱くなった意志が、あまり熱の入らない最後の抗いをした。

「もし私に何か起こったら、私が死んだら……。」

「お前だってわかっているだろう、何も起こりはしないよ。」

「もし彼女が知ったら……。法律の問題になったら？」

「コンヤであったことを誰が知るか？　医者は俺たちが知っている×××だ。お前は明日行け、明日すべては終わるべきだ。わかるかい？　俺はもういやになった。」

椅子の軋む音……もしかしたら、彼のところまで届かずに地に落ちた、口づけの弱々しい憐れみの音かもしれない、そのあとからヒステリックな嗚咽……。そして、ハヴァナの夢のあいだから、見知らぬ海辺に向かって、出会ったすべてのものを根こそぎ引きずって進む船のような驟雨……。

「さあ、行こう。島へ行くフェリーを逃すかも知れない。」

ミュムタズはさらに片隅に身を引いた。そしてそこから、マージデの親類のアフィーフェの九年間結婚している夫、ヌーランへの愛を救済の道しるべのように十年間秘めていた男、猫背で、顔は骨と皮ばかりになった男と、その後ろから、薄いプリント地の服の中で震えながらその一生の誤りを数えている、色黒で、藤色の帽子の下から手入れのされていない髪がはみ出ている痩せた女が、階段を降りるのを眺めた。スアトは勘定を済ませるとき、手をポケットに入れて、煙草を取り出して、火をつけた。

「あら、やめたと思ったのに……」と彼女は言った。

彼は煙草の箱で額を拭って、「さあどうかな……」と答えてから、また彼が先に、女が後ろについてドアから出て、雨の中に見えなくなった。

ミュムタズはひどく安っぽいオーデコロンのにおいを鼻に感じて、座っていたところから彼らを見た。向かいの窓は、雨の下で新しいダンスを始めて、回りながら何もかもその中に引き込み、ひとつの死が語られたあとでも、周囲をあざ笑いつつ回転していた。

さっきから彼がしていた憶測は正しかった。それはスアトだった。ヌーランにその昔から恋をしていたスアトだった！

ミュムタズは彼と目が合うことを恐れてその顔をほとんど見なかったが、一度だけ見ることができた。しかし、こうしたすべての偶然を用意した運命は、この瞬間、彼がもうひとつ別の発見をすることをも望んだのだった。実際、彼が見た瞬間、スアトは両手を揉んで、「この一件も無事に片付いた」と言うかのようにかすかににんまりとしたのだった。その笑いはミュムタズの頭から何日も抜けなかった。なぜなら、ミュムタズがそのほくそ笑みを理解するためには、人間の意思や、さらには良心の世界の外に出なければならなかったから。それは、超自然の獣の笑いだった。スアトが、「賢い者は、どんなに悪い状況にいても自らを救うことができる」と豪語しようと、自讃しようと、自分を冷静だと言おうと、かまわない。あの笑いは、そして彼の動物的満足は、毛皮屋の店にその皮がぶら下がって晒されていても、物語の中では賢いと言われ続ける狐より愚かで頭も悪いが、似たような本能から来るものであった。そしてその本能は、自分に気に入るものだけを、既成の答えを選ぶので、常に優れて見え、成功するのだ。いや、この本能は、超自然の神秘の周辺に集まった暗い誘惑でもなければ、その餌食となるものの翼を、どこの空であれ捕らえ、羽を毟り、骨を砕く、壮麗で残酷な欲望でもなかった。スアトにおいては、物語も、善へ、美へ、より高いものへの羽ばたきもなかった。その女があきらめて敗北を受け入れた様子は、まさにその種の鳥の一羽であることを示していた。彼女は一緒に格闘し、敗北したのだった。明日には別れて別々の途を行くことであろう。彼女は結婚の夢を追い、スアトは、その魂の中で想像した幻を他の勝利で忘れようとして、別の偶然や可能性を探る。もしかしたらその後、ある日再び出会って、過去の夢と恐怖のあいだで、また一緒になって、互いに遊び戯れ、再び医者に行くかもしれない。そしてある晩、まだ目も開かない胎児が日の目も見ずに町の下水道に捨てられる……。そして、最後まで、死の木の悲惨な果実が朽ちて落ちるまで、その運命をこのように生きることだろう。

ミュムタズは立ち上がって支払いを済ませ、外に出た。のろのろと歩いた。先ほどのめまいも胸の嘔吐感もなくなっていた。今度は心の中に別の種類の痛みがあった。胎児のことを考えていた。明日細い鉗子で母親の子宮から切り離される子どものことを……。それも、短い不運な出来事を通して、彼の人生に入ったのだった。明日は死ぬことになっている。明日の晩、血だらけの震える体の一部が、皮を剝がされた蛙に似た奇妙なものが、町の下水道のひとつに浮かぶのだ。

明日、ヘイベリ島にある交換台のベルが鳴り、イスタンブルからのひとつの声が「サナトリウムを！」と言うだろう。サナトリウムに繋がれる。ひとつの会話が交わされる。スアトはベッドから起こされて、「もしもし、あなたですか？」と彼は言う。「済みましたか？」と訊く。返事を聞くまで眉をひそめ、一瞬彼の全身が二つの極端のあいだで揺れ動き、その後で、顔の皺が緩み、額の汗が止まり、「ありがとう、兄弟よ。本当に感謝します。彼女によろしく伝えて下さい。私も後ほど行って本人に会います」と言う。

そうだ、明日の晩どこかで体験される、生まれなかった子どもの冒険談の最後はこうなるだろう。それから、一台のタクシーが呼ばれて、真っ青な顔をした女が、親類の、あるいは友だちの家に戻る。医者の使用人たちは器具を消毒し、洗面器をたっぷりの水で洗うのだ。

ミュムタズは額を拭って、ガラタサライからタクシムに向かって、イスティクラル通りを左右の店も見ずに歩いた。

小さな胎児、生まれなかった子ども。それもまた彼の存在に入ったのだった。四十八時間のあいだに、彼の人生は限りなく大きく広がった。誰が、何が入ってくることやら。すべてこれらは、一人の女を愛し、愛されたためだった。人間の生活とはこのことだった。生きることとは、他人によって囚われ、徐々に窒息させられることだった。生きるとは……。

しかしあの小さな胎児、スアトと彼に仕える惨めな女の子どもは生きることはできない。明日の晩、死ぬのだ。

小さな子どもが彼に施しを求めた。足も顔も両手も泥だらけだった。その声さえも泥沼から来るようだった。「神のご加護がありますように……。」

ミュムタズはもう少しで訊きそうになった。「投げ込まれた穴から、お前はひどく早く出て来たね。どうやってこんなに大きくなったの？」と。

「神のご加護がありますように……」と子どもは言った。彼は手をポケットにやった。目の前にいる垢と泥の塊は、それを見ると少し元気づいた。金をつかむために動いた手がそれをつかむや否や、礼も言わずに、すぐ後ろの者に近づいて、「神のご加護がありますように……」とまた嘆願した。

死ぬことになっていた。神の加護のために。死ぬことになっていた、明日の晩。再びあのぐるぐる回りが始まった。すべてが彼の周囲で回っていた。星のような速さで回転する輪のように回っていた。回るにつれてすべてが色あせて、色も形も見えなくなった。

「神のご加護が……。」

子どもが一人死ぬのだ。明日、彼女は電話をするはずだ。「すべては終わりました。片付きました」と彼女は言うことだろう。それが人生だった。それらはすべて人生の一部であった。レストランのショーウィンドーのマヨネーズをかけた鱸、その隣の、薄い皮が固まったニスを塗った黄色い缶のように見え、火の消えた大きな眼が鈍い亜鉛のような光で人間を見ている塩漬け魚、ミュムタズの足元で動く白い上着を着たウェイター、それらはすべて生活だった。すべてがずっと前からこの瞬間を、スアトが人生に入ってくるのを待っていたかのように、突然彼を取り囲んだ。彼を、あの奇妙な回転の中で、ゆっくりと、より近くから、よりしっかりと、動けないように押さえていた。

「何をしたらよいのでしょうか？　神様、どうやったら逃れられますか？」突然小さな光が輝いた。一本の木のてっぺんが、ひどく柔らかい、子どもの髪の毛のように、光で色づいた。ミュムタズはその場で立ちすくんだ。心の中で、突然奇妙な変化が起こった。先刻の嫌悪感も、周囲の圧迫もなくなっていた。長い、ひどく長い眠りから目が覚めたように周囲を眺めた。感じたことのない幸福感と強い懐かしさでヌーランを思い出した。彼は目を木のてっぺんのその明るさから離さずに、この濡れた光がヌーランにしっかり繋がっていて、彼女の生きている国から来るかのように見て、恋人を懐かしんだ。彼の人生にはヌーランも存在した。そして彼女があるために、人生のメダルの暗い面を満たしている混在する他者たちの顔は消えていた。

しかし心の中はそれでも穏やかでなかった。この二日間彼を動転させていた苦悶は消えておらず、ただ姿を変えていた。今や心の中に、ヌーランに対する奇妙な懐かしさと、彼女を失ったという恐怖があった。何百年も彼女を見なかったかのように懐かしく、彼女に対して自分も十分に気がつかないまま罪を犯してしまったと自覚していた。彼女が自分に対して怒っていると考えて、そのあとを追いたいと思う一方、二人のあいだの距離は不可能なほど離れていると感じて、その場で狂おしくなった。

ベシクタシュに着いたときは夜になっていた。空は、遠くの方は晴れていたが、朝が待っている東方は濃い紫色の雲が覆っていた。それらの雲が作る影の中で最後の光を捉えた丘の頂や家々や庭園は、魔術から飛び出したかのように、その瞬間に空想に貼り付いて、見たことのない幻の姿を呈していた。

しかし埠頭は暗く、湿気ていた。奇妙な寒気がして、マラリアの回復期にあるような気分で、ボスフォラスを黒海の方向に向かうフェリーを待った。彼は顔を埠頭の鉄の格子へ向け、あたかも自分に属するすべてにその鉄の格子を通して触れるかのように、向かいの海岸の突先のヌーランがいる辺りを、運命の囚われ人のように、じっと眺めていた。ミュムタズはそのとき、子ども時代を重い悲しみで満たした監獄の民謡を思い出していたのかもしれない。

この記憶のよみがえりによって、先刻から、自分で精神病、一種のヒステリーへの準備をしてしまったという悪い予感に落ち込んだ。その予感に悩まされて格子の前から退き、待合室の板のベンチに座った。

ウスキュダルのあたりは夜の帳がすっかり下りていた。それはもう、すべてをさらけだして笑っている花のような、夏の晴れた夜でもなく、九月のものでもなかった。この二、三日の雨は、フェリーがその前を通り過ぎた海沿いの別荘や海と、前日まで続いていた夏の楽しみや、あの輝く、物憂い、あこや貝の中で聞こえた時間とのあいだに、越えることのできないカーテンを張りめぐらしていた。ヌーランさえそのカーテンの向こう側にいて、その隔たりから与えられる悔恨の念によって狂おしくなりながら、彼を眺めているのではないか。すべてはあそこに、このカーテンの向うにあった。彼の一生、愛し、信じたもの、物語、歌、睦みあった時間、狂ったような笑い、思考の結合、さらには彼自身すらそこにあった。

今夜は、あたかも、絶望の記憶とぼんやりした知覚からなる、青ざめた、マラリアからくる熱っぽい影のみが外に放り出されて、舗道には敷き石の代わりに、触れるや否や生き返る以前の日々の記憶が敷き詰められており、壁は湿気の代わりに古い歌の調べが染み出る穴に似ており、古いものを探し求めてさまよい、暖を取るべくそのひとつひとつの懐かしい灯りに身を寄せようとするが、彼が近づくや否やすべて消え去るかのようだった。

別荘の閉めてあるカーテンから、ルフェル漁の夜、彼らをあれほどまでに捉えた陽気な灯りとはひどく異なる、鈍い、寂しい灯りがもれていて、街灯はよりぼんやりとし、庭や林は、枯れ葉や色褪せた大輪の花のように、名前や記憶の周辺にまとわりつく影のように伸びていた。

すべてはより深く、より奥に引き下がって、そこから、古い生活の散逸した跡や、それだけ残ったために個人的な要素を失った遺産のように輝いていた。まさに、ヌーランといっしょに歩いた古い宮殿にあった巨大な宝石が、かつてそれらを身に着け、飾った人びとや、その真っ白な腕、ほっそりしたきれいな指、欲望の母であり鏡である胸や首について何をも覚えておらず、金庫やガラスのケースの中で自分に固有の星の光で輝くように。フェリーがいくら多くの別荘の前をひとつひとつ数えたいかのように通り過ぎても、街灯の灯りの下でくねくねと海峡に向かって降りる人通りのない道や、まだ濡れて光っている埠頭の板や、小さな広場や、アジア側の小さな町の駅のオイルランプの下に集まる、孤独を思わせる曇ったガラスの背後にひっそりと引きこもって生きている茶屋などを、ミュムタズが片隅に身を縮ませて、自分の人生の一部としていくら眺めたとしても、それらは、別個に、一つ一つで、この秋の夜を構成していた。ミュムタズは何度も、「別世界のようだ……」と独り言を言った。そして、昨日まで生きた彼の生活が自分を一晩で放り出したことに驚き、傍らにいるヌーランに、「そんなことはないんだ。僕が間違っている。間違っていると言ってくれ……。すべてが、前のように、ちゃんとしていると言ってくれ……」と言えたらと思った。

Ⅲ　スアト

1

イヒサンは庭の門を入るとき、「彼らに会った……。彼らも来ることになっている……」と言ったあと、テヴフィク氏が足を椅子に乗せて大きな栗の木の下に置かれた籐椅子に座っているのを見て、心から喜んで彼の方へ向かった。「お会いできて本当にうれしいです……。」上着と帽子を手に持ったまま、坂を上ってきたので息を切らして言った。

老人は座っていたところから、「年をとりましたな、イヒサン！……」と言って、膝の上にかけた毛布をはたきながら、足をそろえた。それからマージデを、「わしのお気に入りのお嬢さんよ……」といって傍らに呼んだ。マージデは茶色の髪を日に輝かせて、老人の手の甲に口づけ*した。彼女はミュムタズとヌーランに向かって、「二人ともお似合いよ」と言うかのように、無言で微笑んだ。イヒサンはテヴフィク氏の向かいに座った。

ミュムタズはイヒサンを注意深く眺めた。かなり前から彼に年をとった兆候を見ていた。髪はすっかり灰色になり、少し腹が出て太った。目の下に大きなたるみがあった。しかし両腕はいまだにしなやかで、体はスポーツマンのようだった。

「すばらしい天気だ……。君たちに感謝するよ……」と言って、強い秋の陽光に目をしっかりとつぶって、顔を太陽に向けた。

「スンブル《ヒヤシンス》さんは何を用意してくれたんだい、ミュムタズ……。」

ミュムタズは微笑みながら、「スンブルは今日は助手です。食事はヌーランが用意しました」と言った。

テヴフィク氏は太い声で付け加えた。「わしの監督の下でな……」と。

その顔には、子どもっぽい耽溺ぶりが溢れていた。彼がイヒサンに会って喜んでいるのは明らかだった。実際、昨日から、ヌーランのこの招待会に備えて忙しく働いていた。ヌーランが彼に、ミュムタズと一緒にイヒサンを招待することに決めたことを告げると、「そのような席の食事はわしが用意する！」と言ったのだった。メニューは彼が用意し、材料も彼が選んだ。

イヒサンは歓びの声を上げた。

「食事だけですか？　長いことお声も聴いていませんが」とイヒサン。

テヴフィク氏は顔を空にむけてから、庭や、紅葉した木々や、遠くの黒っぽくなった幹や枝や、芝生を眺めた。そして一匹の蜂を庭の門のところまで目で追った。その老いた体に、奇妙な、身震いする人生の熱さを感じた。

「わしの声はまだあるというのかね、イヒサンよ？」

彼は、過ぎ去った季節において、朗々たる声のテヴフィクと呼ばれていた時のことを思っていた。

「もちろん残っていますよ、あなたのところには宝物庫があることは誰もが知っていますよ。」それはテヴフィク氏の最初の師であったフセイン・デデのことばであった。老人は師を想い起こして悲しみに沈んだが、ゆっくりと、「彼の冥福を祈る……」と言った後で、「今日はたくさん聴かせますぞ！　ミュムタズはエミン・デデをも招《よ》んだそうだ。画家のジェミルと一緒に……」、そして「わしはジェミル氏には会ったことはないが」とやわらかい声で付け加えた。

イヒサンは大喜びした。

「ありえないことだ！　ミュムタズは大したものだ。次第にその人脈を広げている。でも、一体どこからこのようなことを思いつかれたのですか？」

「わしは三日後にイスタンブル市内に引っ越す……。ヌーランがその前に一度集まりましょうと言ったのだ。」

「エミン・デデはどこから見つけたのですか？」

「わしが道で出会ったのだ。画家のジェミルにもわしが頼んだ。しかも、フェラフフェザの儀式の曲を演奏してくれると約束した。」

テヴフィク氏はイヒサンに顔を寄せた。「何年前までさかのぼったことになりますかな？」

「時間のない世界にいます。つまり永久に同じところにいるのです……。」

「そのとおり、いつも同じところに……。」彼は、自分を、その周辺を支配している、年老いた、巨大な鈴懸の樹のように感じた。この状態でいるときならば、たとえ死が訪れたとしてもかまわなかった。彼の愛したものに囲まれて、あの門をすばやく通り過ぎてしまえば満足だった……。そっと咳をしたが、声を試している風を装った。

「エミン・デデのネイと競えますかな、どうだろうか」と言った。心の中で、死ぬことと死に移行することは別だ……と考えていた。次々に何世代かの知り合いの死を見てきた。周囲にある森は、あたか

も その古い鈴懸の樹がよく見えるようにと、木々が疎《まば》らになったかのようだった。それはひどく奇妙で、一時期、もしかしたら自分はまったく死なないかもしれない！　もしかしたら、死神は自分のことを忘れてしまったかもしれない……と考えたほどだった。そしてそのような考えは、勇敢で男らしい自信、肉体的強さに育まれた放蕩児の自己愛にふさわしいものだった。しかしながら、この一年は……。だからエミン・デデのネイと競うことを望んだのだった。この試みは十五年前なら思いつかなかった。十五年前だったら、深く息を吸い込んだアーの声で、客として座っている広間にあるシャンデリアを鳴らさせ、ドの一声で、向かいにあるグラスをひび割れさせたものだった。

今日は、エミン・デデと親しく語り、彼にとってまだすべてが終わったわけではないことを示すつもりだった。老人はここに来るにあたって、キュドゥム太鼓まで持って来ていた。

テヴフィク氏はこの一年間、奇妙な形で死の用意をしていた。そしてそれを、生涯にわたって示してきた、あの気高い平穏さで行なっていた。彼は自分の行動の責任をとることを知っている人間だった。今や最後の運命をむかえるべく努力していた。いや、恐れていないわけではなかった。彼は生きることをとても愛していた。老年が近づくと、物質からなるこの偶然の夢の味と美しさがわかった。すべての夢は彼を離れて行き、彼の世界は自分だけ、つまり、さまざまな病気で重くなった体軀だけであった。その体は今日、再びその存在を認めさせようとしていた。

イヒサンは、「今日はスアトも来る」と言った。ミュムタズは顔をしかめた。それを見たマージデは子どものような無邪気さで、「そんな顔をしないで。私にお世辞を言ってくれるたった一人の人なのよ……」と言った。

イヒサンはいつものように静かに微笑んで、考え深げに言った。

「君が気に入らないことは知っていたよ。だが彼には彼なりの、ある魅力、一種の頭脳があることも確かだ。けれどもそれらをどこに使うかを知らない者たちの一人なんだ……。もしかしたらそのために悩んでいるのかもしれない。私には彼が多くの壁にぶつかっているように思える。先日ベイオウルで君を見かけたそうだ。彼に気がつかなかったそうだね！……」

ミュムタズは怒りで気が狂いそうだった。

「気がつきましたよ。ただ彼がそれはひどい状況にいたので、挨拶をされたら彼が困るだろうと思ったのですよ！」その後で、心の中で、**見ていてごらんなさい、自分はこれからもどんな卑劣な行動で非難されることだろう！　どこまで侮辱されることやら**……と呟きながら、小さな居酒屋での偶然の出会い、紫色のビロードの帽子をかぶった女、堕胎される子どものことなど、すべてを一つ一つ話した。**自分は井戸に落ちてしまったようだ。**

「彼が居酒屋の階段を下りるとき、顔にはそれはいやらしい笑いが浮かんでいて……。『やれやれ、ありがたいことにこの件もかたづけられた！』と言うかのようにその女の後ろで揉み手をしていました……。」そしてミュムタズは下手な動作で両手を揉んだ。「彼は、自分がしたことが恐ろしいことだと知っていました。」ミュムタズの顔には嫌悪の表情があった。彼は沈黙した。

そのことを話しているあいだ、彼は一度もヌーランの顔を見られなかった。彼の目はほとんど地面を見ていて、時々、顔を上げてやっとイヒサンだけを見ることができた。

「そうだったのか……。ところが彼は、君がアルコールに深入りしていることに触れていた。

ひどく飲んでいると言ったんだ。」

ミュムタズは、『僕の生活はごらんのとおりです、僕のことを誰よりもよく知っているのはあなただから……』と言うかのような身ぶりをした。心の中に奇妙な憂いがあった。ヌーランを苦しめたと考えた。**呪われた、地獄に堕ちた奴め！**……と心の中でつぶやいた。だが、なぜ自分はこれほど興奮しているのか？　恋はなぜ突然また残酷な表情をとったのか？　僕のことを彼自身に似ていると奴は考えたんだ……**もう一歩で**……。『君のせいで、自分の身に何がふりかかることやら？……』と言うかのように、彼女をほとんど憎しみを持って眺めた。

ヌーランは無関心で、いつもの顔だった。しかしミュムタズと眼が合うと、微笑んだ。「私たちにとっては関係ない他人のことよ……」と。

イヒサンは話題を変えようとして、「三年前ならこの坂はなんでもなかった。しかし今は、まだ疲労が残っている……」と言った。

「まだ若いですよ、兄さん……。」

「いいや、私は若くない。もともと私には若い時がなかったのだ。君もそうだ。父は『この一族はいつも頭をたれて生まれてくる』と言っていたよ。」そして彼はため息をついた。「私は若くないが頑健だ……。」両腕を体操をするように上げた。それから、一種の力強さの表現で、自分の体から何かを搾り出すかのように自分の胸をしっかり抱きしめた。ミュムタズはそのスポーツマン風のフォームの美しさを注意深く眺めた。その動作には、過ぎ去った時間に挑戦する趣があった。

「人間にとって真の幸せはこれだ。わかるかい、ミュムタズ。何が待っているかを知りつつ、それにもかかわらず自らを認めること……簡単なことではないかね？　両腕を胸の上で組む。筋肉に触れる。単純なことだ。しかし、死は止めることのできない歯車であるにもかかわらず、自分を認めるのだ。自分は今存在している。しかし、明日にはいないかも知れない。あるいは別の者、痴呆、惚けになるかも知れない……。しかしこの瞬間に自分は存在している……われわれは存在しているのだ、わかるか、ミュムタズよ。君は自分の存在を愛することができるか？　君は自分の肉体を崇拝できるか？　目よ、首よ、腕よ、光と闇よ……汝らに感謝する。この瞬時の王宮で、瞬間の奇蹟と共にあるがゆえに、汝らとともに、この瞬間から次の時点に移り得たがゆえに、瞬間をひとつにつなげて、平らな、ひとつの時間を作り得たがゆえに！」

マージデはため息をついた。「存在は、ただ神だけのものではないのですか？　あなた……。」

ミュムタズは子どもの頃したように彼女の声を目をつぶって聞きたいと思った。心の中で呟いた。

『ゆっくりと、ゆっくりと……。』

「もちろんそうだよ、マージデ。だがわれわれもいるんだ。もしかしたら、われわれが存在しているために、神は全能なんだ。ミュムタズよ、マージデをどう思うかい？」

「優雅だ……優雅で、美しい……。ますますお若くなります……。」

マージデは声を立てて笑った。

「私も年をとったようよ、あなた。もう褒められてうれしくなるようになりましたわ。おとといの晩スアトが……」と言いかけて、ミュムタズに振り向いた。「ミュムタズ、今日あなたの翼のひとつが燃えたのよ、気がついた？……でも気にすることはないわ。今日が初めてなら、重要ではないわ。三度までは問題ないそうよ。でも、四度目は……。」

イヒサンは妻を見た。

「君の作り話かね？……」

「とんでもない……おばあさまが言っていました。クラーンに書かれているそうです……。」

ヌーランは家の中から出てきたばかりなので、なにを話しているか聞きたがった。

「本に書かれているというのはなんですか？」

「マージデはミュムタズに、今日彼の翼のひとつが焼けたが気がついたか、と言うのだ。」

「でも三度は生えるそうだ……。ヌーラン、心配しないでいいよ。僕の足はまだ地に触れていない……。」

「私が見た時は本当にミュムタズの後ろにいつも二本の翼があったわ……。子どものころからよ。週末にガラタサライ高校の寄宿舎にむかえに行ったところでさえ、入り口のところでまず最初に翼が見えたように思えたわ。」

ヌーランは笑っていた。

「ミュムタズ、あなたはそれほど甘やかされたの？」

そのあとでヌーランは、自分がその家の主ではないために、家の声にはなれないといつもこぼしていたこの家で、客とその家の主の掛け合いをしていることに驚き、自分に腹を立てた。

「われわれはイスタンブルの一番美しい日々を生きているのだ……。この秋は格別だ。」それからイヒサンはヌーランに振り向いた。「ミュムタズにはかまわないでおきなさい。彼は、秋には冬の雨のことを考えて心配する……。すべてその原因は何か知っていますか?」とミュムタズを愛しげに見て、イヒサンは笑った。「つまり厚着をすることなんです……。子どものときからいつも彼に言っていました。『ミュムタズよ、厚着をするな……厚着をする者はひどく空想をする』と。ミュムタズ、君は一日に一生を何度生きるのかね?」

「わかりません、でも時には五度も十度も……。しかし今はもうしませんよ……。」

「そうか……。今や瞬間を生きることを、その瞬間にとどまることを知ったというわけだ。それなら、私ができなかったことを、ヌーランがやったのだ。ありがたいことだ……。」

秋は、大きな黄金の果実のように円熟した形で目の前にあった。それをすべての感覚で味わい、時間のない永劫の時間に、記憶としてとどめようと彼らは望んだ。

「塀を低くしたらボスフォラス海峡が見えるだろうか?」

皆がいっせいに塀を見た。紅い蔦がそこをすっかり覆って、小さな夕暮れを用意していた。ヌーランは、美しい夕暮れとそれが周囲にもたらした記憶の温かみを守るべく、急いで答えた。

「いいえ、海は見えません……。ここはてっぺんではありません。前の平らな土地には向かいの家々があって、傾斜はとても緩やかですから。」

「ヌーランは庭についてすばらしい計画をたてました……。」テーブルの上にあった素描の子どもっぽいデザインを思い出して、ミュムタズの目は慈しみに満ちた。「彼女は、僕より二歳年上だといってひどく気にしています。実際は彼女を、時には自分の子どものように愛しています。」

テヴフィク氏はつぶやいた。

「外を見たい者は外に出る。海を見たい者は海岸に行く！　庭はこのままでよいのだ、イヒサンよ……。」

イヒサンは言った。「ただ季節の花が少ない。君は薔薇に夢中だったのだね……。」

夏じゅう庭を整備することに夢中になり、空想していたヌーランは、周囲を見回した。ヌーランは、かなり以前にこの庭に初めて来た日を、蜂のうなり声を、ガラス越しに見た短い驟雨を、ミュムタズと知り合うことで与えられた不思議な感情の入り混じった、彼らにとって春の突風であった『夜想曲』を思い出した。ドビュッシーの音楽から思い出された女の声は、白い野薔薇のように記憶の中で散り散りになっていった。

「われわれの気候はすばらしい季節の花を咲かせることができる――あらゆる種類の西洋葵、待宵草、朝顔、凌霄かずら、ベゴニア……。」イヒサンは顔を空に向けた。「この陽光は花のためにあるのだ。」それから突然訊いた、「ジェム・スルタン*の母親の名前はなんと言ったかな？……」

「チチェッキ・ハートン（花の貴婦人）ではなかったですか。……ブルサ旅行はいかがでしたか？」

「そうだ、花の貴婦人だ、きれいな名前だ。きれいだ、実に美しい！」

ヌーランは顔を赤くして、ほとんど子どものように言った。

「私たちも行きたかったのです。とても行きたいわ！……」

「行こうよ……まだ季節は終わっていない。」

ヌーランは頤で悲しげに返答をした。『こんな条件の下で行くことなど可能ですか？……』と言うかのように。**私たちは過去の鏡の中で口づけしました……望んだことは容易には実現しません……。**イヒサンは、自分の考えに夢中になっていて、彼らに注意していなかった。

「もし十五世紀にジェム・スルタンがオスマン帝国の帝位に就いていたら、というのが奇妙だというのなら、スルタン・ファーティヒ〔一四五三年にビザンチン帝国を滅ぼして、イスタンブルを征服したオスマン帝国のスルタン〕があと二十年生きたら、どうなっていただろう。最大の不幸は彼が若くて死んだことだ。歴史では、永く続く覇権は常に有益だ。たとえば、エリザベス一世の時代とか、ヴィクトリア女王の時代とか。もちろん状況が許せばだが！　スルタン・ファーティヒがあと二十年長生きしたら、もしかして当時われわれはルネッサンスを経験した国民となったかもしれない。奇妙な望みだがね。時は後に戻らない。しかし人間というものはそれでも、知られていることから、もしかしたらということを想像するものだ。

真に奇妙なのは、これほどの経験があるにもかかわらず、今の生活を変えることができないことだ……。

スルタン・ファーティヒが死ななかったら……。しかし彼は死んだ。ジェム・スルタンは玉座をかけた戦いで成功しなかった。あれほどの狂気の行動、さらには謀反、欲望、希望、苦悩、それらすべては小さな墓となった。母親と一緒に、何の変哲もない廟の下で、山のようなタイルの中に横たわっている。しかし彼らの亡骸は、何百もの、何千もの死者たちと一緒に、ブルサを作ったのだ。私が行ったときは、ブルサの一番美しい季節だった。実際ひどく暑かったが。しかし夕方には涼しくなった。花々で気が狂いそうだった。どこもが無言の音楽、あるいは牧歌だった。」

マージデは空の蒼さの中の旅をいったん中断して、言った。

「あなた、夕刻の雷鳴の孤独を覚えていらっしゃる？　あのグリーン・モスクから眺めた時の……。それから明け方の星を？」

イヒサンは、「マージデは空が好きなんだ……」と言った。

「曇っていなければですが……。曇っていると我慢ができません。そういう時は、いつも心の中を眺めます」と、彼女は自分に話しているかのようにそっと言った。その様子は、萎れ始めた花がうなだれて花瓶の水に近づく趣があった。しかし、秋の陽光は楽器のサズに似て、光の音楽で満たされたこの庭では、マージデすらあまり悲哀に浸ることを許されなかった。それに抗うためには、憂愁とも、哀しみともまったく別の、すべてを消し去って覆ってしまう、あの独裁者の野心が必要だった。そのため彼女は、再び顔を空に、天空の唯一の、優美で形而上的な、大きな蒼穹の一葉《よう》に向けて、無限への旅に浸っていった。

彼女の人生の最大の幸せはこの逃避にあった。ある日、病院でひどく泣いて、多くの死の刃のあいだを通った日、窓がこの真っ青な誘《いざな》いに向かって開けられていたのを見て、そこから彼女の思考は外に、無限に向かって羽ばたいたのであった。その日以来、彼女の一部はいつもそこにあって、あたかも大きな青い層のひとつからもうひとつへと飛び移るかのようだった。時には、疲れ果てた砂漠の旅人のように、光の塊の底で憩ったりするのだった。明るさ、現実の枠を超える明るさや透明さを、彼女ほどわかる者はいなかった。今でも、彼女の存在の半分以上は明るい空にあった。イヒサンと一緒に、一本の明るい木の下に座って話していた。

テヴフィク氏は手で、ある動作をした。

「待ってくれ。わしの声を試してみよう！」と、イヒサンに過ぎ去った日々に戻ろうと言うかのように微笑んだ。そしてネヴァキャル調の歌を歌い始めた。

薔薇の若木は茂っているが
薔薇色の頰をした小間使いはいずこにや

これはウトゥリーの傑作であった。ヌーランは伯父の目の特別な輝きを見つめて、膝の上の手でリズムを取っていた。

イヒサンは、第一次大戦後の停戦の時代に、自分が入獄していた刑務所をテヴフィク氏が訪れた日々にしたように、低い声で合わせた。

テヴフィク氏は、本当の声の輝きが燃え上がった歌詞の最初の部分を歌い、その変奏をいくつか試したあとで黙した。「この程度だ……何年も歌わなかった。ほとんど自分の声が記憶しているあとをついて歩いたよ。そのあとはまったく忘れた。」

ミュムタズとヌーランは、遠くから戻ってきたかのように茫然とした。テヴフィク氏の声には、ネヴァキャルの歌で、それまで聴いたこともなかった力強さがあった。見知らぬ鳥がどこかで、大きな川の、あるいは光の洪水の宮殿を築いたかのようだった。しかし真に重要なことは、周囲にあるものがウトゥリーの手によって突然変貌したことであった！

「せっかく始めたのです。もうひとつ『マーフルの歌』を歌って下さいますか？」

テヴフィク氏はぶつぶつ言った。『マーフルの歌』をかね？……」とミュムタズをからかうように眺めた！「よろしい……しかし小さい声でだ……。」それから本当に小さい声で音階を探った。そして突然その声は飛翔した。

君は去りぬ、わが心は思慕に満ち……

否、それは別のものであった。そこにはウトゥリーの栄光はなかった。先程までは皆一緒に同じことを考えていたのだ。それが今や誰もが岩場に掘られた石の室《むろ》に別々に幽閉された囚われ人であった。イヒサンは、「ウトゥリーはひどく集団的なものだと考えていたが、これもとても美しい」と言って、しばし黙った。皆それぞれが同じ孤独の中に囚われていると感じていた。「歌によっては、その雰囲気から抜け出すことは難しくなる」と言った。

ミュムタズは、「そうです、難しくなります……。それはひどく難しくなって、時には、われわれは何者なのかと自問するようになります」と言った。

「それがわれわれなのだ……われわれはまさにこのネヴァキャルの調べなのだ。『マーフルの歌』や、それに似た無数のものなのだ！　それらのわれわれの中での表れ方、われわれに霊感を与える生き方がわれわれなのだ。

ヤヒャ・ケマルはよく言っていた、『われわれの小説はわれわれの歌だ』と。そのとおりなのだ。」

「茫漠たる……。毎日何度も、それらの歌に向かって行きますが、むなしく戻ります。」

イヒサンは、「耐えることだよ」と言った。

ミュムタズは、考え、考えうなずいた。

「そうです、耐えることです。蒼穹のさなかで耐えること《パシャンス・ダン・ラズール》です！……」

「まさにそれだ……ヴァレリーの蒼穹のなかで耐えること《パシャンス・ダン・ラズール》だ！……忘れるなかれ、君はまだほんの入り口にいるのだ。今回ブルサでこの現象を近くから見てきた。そこでは、音楽、詩、瞑想が互いに語っている。石が祈り、木々は聖なることばを唱えている……。」

テヴフィク氏はミュムタズを愛しげに見ていた。彼の若い興奮、熱意は好ましかった。彼は何かを成し遂げることができるだろうか？と心の中で考えた。人生が機会を与えれば、もちろん彼は成すことだろう。

2

入り口の前が騒々しくなった。

セリム、オルハン、ヌーリ、ファフリが、いつもと変わらぬ順序と儀式で入ってきた。つまり、背の低いセリムを常に一緒にいるオルハンが前方に押し出して、『俺がいなければどうなるか』というようにその後ろから入った。ヌーリは敷居のところで周囲をよく見るために眼鏡を拭いた。ファフリは最後に入ってドアを閉めた。

イヒサンは彼らに軽く「よく来た！」と言ってから、ことばを続けた。

「私の言うことをよくわかってくれ！」と言った。「私は神秘主義にはならない。たぶん知識、啓蒙、現実そのものである思考に結びついているのだ。われわれ自身を知り、愛したいと思う……。そうすることによってのみ、人間がなんであるかを見出すことができる。自分自身であることができる……。」

オルハンはたずねた。「僕が驚くのは、先生がヒューマニズムと精神的価値を重視される一方で、社会の中で進歩のために働くこと、最初に労働を管理することを求められることです……。そのことは物質的な面に過度に結びつくことになりませんか？」

「ところがひどく簡単なのだ……。」イヒサンの目は、ヌーランがグラスや氷入れを乗せた盆を持って、家から出てくるのを眺めていた。ヌーランは本当に美しかった。歩き方も容姿も笑い方も独特で、魅力があった。もしミュムタズが自分自身の能力をわかっていたら、人生は好ましいものとなり、さらには容易なものとなるであろう。ところが、奇妙なことに、ミュムタズは最初から多くの困難の中にあった。しかたがない、最初は困難を自分で克服せよ！……と従弟に手助けすることはできなかった。忍耐を勧めれば、彼は時を失する。意志を強く持って、周囲のことをあまり考えずに、さらには重要視せずに、行動に移れ！……と自分が言っても、彼はうまくやれないであろう。十日したら、離婚後の再婚までの法定期間が終わる。ヌーランは自由になるのだ。ミュムタズはヌーランを手伝っていた。二人が並んで、ひとつのことをやっているのを見ることは好ましかった。

「それで、簡単だと言われましたが。」

イヒサンはグラスを揺すった。「簡単だ。なぜなら、それは現実の中に存在しているからだ……。この必要性はもうひとつのものと一緒に来る。事実、それらは別のものではない。ひとつの問題の二つの面なのだ。一方でわれわれは文化と文明の危機を体験している。他方で経済の改革が必要だ。われわれは実業、商業の世界に入っていかなければならないのだ。

われわれはそのいずれかひとつを選ぶことは許されないのだ。その権利もない。人間は普遍的である。働いて、何かを作り出すことによって自分を見出す。職務への責任感、責任の意識が、近代社会を生んだのだ。」

ミュムタズは考えながら言った。「その場合、職務はその文明と文化も作り、社会の人間をも育成するという意味になります。われわれには物質的生活を整えることだけが残ります。」

「考えてもみたまえ。まずそれができるためには、仕事が開始され、経済が発展し、社会の、個人の生活が創造性を再び確立せねばならない。しかし、そうなっても、生活をまた自由に発展させてはいけない。危険になる。古いものはいつもわれわれの傍らにある。山ほどの半死状態のものが、近代生活に干渉すべく待ち構えている。もう一方で、新しいものや〈西〉のものとの関係は、単に流れる川にあとから付け加えられただけである。ところがわれわれは水ではない。人間社会である。単にひとつの川に加わる支流ではない。ある文明を、その文化とともに自分のものとする社会である。そのためには特別の特性を持たなければならない。ところが今日は、自分のものではないヨーロッパのものを受け入れる以上にはいたっていない。人間をなおざりにしている。新しいものについては、自分たちのものではないと言って最初から疑いを持って眺め、伝統的なものについては、古いがゆえに役に立たないものだという目で眺めるのだ。われわれの生活は自分たちの必要な水準にすら達していない。あの繁栄、あの創造性の中にはいないから、われわれに本来の形態や価値を提供しない。芸術においても、娯楽においても、道徳においても、社会的作法、将来の概念においても、常にこのディレンマと直面する。表面的に生きている時は幸せになる。しかし深く入るや否や、無関心と悲観主義が始まる。どんな民族も神なしではいられない。われわれは神を創造するか、あるいは再発見しなければならない。他の民族よりも、よりはっきりした意識をもち、より強い意志をもつことが必要なのだ……。」

オルハンはヌーランを観察するのをやめて言った。「それでは、先生によれば危機は不可避で、必ずや……。」

「私は単に不可避なものとは見ていない。それを体験していると信じているのだ。」イヒサンはグラスを手にとって、ゆっくりと飲んだ。「どこを見ても自分の考えがそれに逆らうものに出会わず、ひどくやわらかい土地で巣を作ろうとする動物のように、好きな場所に向かうことができる。しかしこの容易さは好ましくない。われわれには好きな場所に行けるように思えるが、実際は、朽ちた根のあいだで、常に同じ空洞で、不可能そのものである可能性の過多に出会うのだ。このことはわれわれを驚かせる。今日、人はトルコのような国は何にでもなれると考えるかもしれない。ところがトルコはただひとつのものであるべきなのだ。それはトルコなのだ。それは、自分自身の条件の中で歩むことによってのみ可能なのだ。われわれには、慣習と名前以外に、確固たる何ものもない。われわれはこの社会の名を知っている。それと人口と面積を――もちろん、誰かの代わりに話すことはできないし、曖昧な感情にも触れるつもりはない。純粋なる知識と価値観の形態をとった文化について語っているのだ――。しかしその条件や可能性とは？　……ひとつの帝国の崩壊からわれわれは生まれたのだ。その帝国は古い農業社会に基づく帝国であった。いまだにわれわれはその経済的条件の中で格闘している。人口の半分以上が生産に加わっていない。生産者も有効に働いていない。ただ単に働いて、努力している。しかし、人間はむなしく働けばすぐ疲れる。見てみたまえ、誰しもが疲弊している！　人間も土地も、広い意味で、われわれの経済や生活には入ってこない。個人的な試み以上のものには一向にならない。今日の労働は、明日の発展の速度を増すべきなのだ。ひどく活動的で、問題に満ちた地域でわれわれは生きている。つまり、世界は強い連携に移る。つぎつぎと危機が訪れる。実際は、今日われわれは比較的平穏な状況にいる。経済的には中央ヨーロッパに結ばれている。手形交換勘定によって今はなんとか過ごしている。しかしこの協定は崩壊するかもしれない。そうしたらどうするのか……。真の問題はこのことではない。

真の問題は、土地と人間をわれわれの生活に入れていないことにある。四万三千の村がある。何百かの町がある。われわれはイズミット以東に、アナトリアに開かれなければならない。ハドム村《キョイ》以西に、トラキアに行きたまえ。いくつかの複式収穫機《コンバイン》がある以外には、いずれも伝統的農業が続けられているのが見られる。あちこちで土地は欠伸《あくび》をしている。しっかりした人口政策、しっかりした生産性向上策を始めなければならない。教育、人材育成においても同様な必要性に直面している。学校は一通りある。多くのことを教えている。しかし常に、必要な役人を供給するにとどまっているのだ。子どもたちを一定の年齢まで教育することが習慣にはなった。これは結構なことだ！　しかし、これらの学校は単に失業者を生み出すのみで、いつの日か似非インテリが社会に充満することになる……。そのときどうするのか？　危機だ……。ところが、われわれは教育制度を経済生産の仕組みに組み込むことができるのだ。そして国内商業を拡大できる。すべての問題はここにある。国内市場を拡大することなのだ。半農、半工場の労働力を作り出すことができる。製造に必要な特別な資源はたくさんある……。たとえばイスタンブルだ。ほんの昨日まで高度の消費都市だった。近東の品物はすべてここに流れ込んだ……。三十年に一度、町がひとつ火事で燃える。そして宮殿や、屋敷や、海辺の別荘や、商店街や市場によって、すっかり新しく再建される。ヤニヤの農場、イェニジェの煙草、エジプトの綿花など、要するにイスラム世界の生産物の半分はこの町で消費される。今や人口の八〇パーセントは小規模な生産者からなる。至るところに小さな仕事場、煙草作業所や、あれこれの工場がある。……そしてそれらは何で食べているかわかるかね？　たいていは地面の上で作られたものを集めてだ。ところがイスタンブルを共同計画で準備すれば、社会の姿を二十年で変えることができるのだ。東部アナトリアをとってみたまえ。農業に、牧畜業に、すばらしい可能性が見られるだろう！　トルトゥム滝から始めて、発電所を作って一歩一歩地中海まで電気をもたらす……。マルマラ海は宝庫を内に秘めて眠っているのだ。」

「しかし、そのことと、少し前に先生が触れられた人間の概念、精神的な人間とのあいだにある関係はなんですか？　……今は、生活の物質的条件を変えることを話しておられます。」

「人間も生活の物質的面だ。ペギー〔フランスの詩人・思想家〕を読まなかったのか？　何という文章だったことか！　炎のようだ。つまり、貧困は人間を美しく、高貴にする。しかし惨めさは人間を粗野にする、つまり精神的に惨めにするのだ。人間のなかにある人間を殺すのだ。人間性の尊厳は、しかるべき繁栄においてのみ可能なものなのだ。働くことを可能にする繁栄だ！　テームズ河畔の安楽とか、アメリカの生産性について話しているのではないのはいうまでもない。問題は、われわれが実現してきた程度の富の貧弱な社会では、民衆は今日捨て去ったはずの神々に再び戻っていくだろうということだ。社会とは、その周囲で巡るべき価値を見出し、導きの原則は、その周囲に幸せに顔を向けた民衆を見ようとするものなのだ。社会においてこそ、個人的ないくつかのむなしい努力の代わりに、責任感が育まれるのだ。」

話すにつれて、イヒサンの表情は変わっていった。ミュムタズは、彼が昔に戻ったと喜んでいた。

「ある詩人が、スルタン・セリム三世が幾何を勉強する代わりに、少し政治史を勉強していたらいかにすばらしかったであろうと言った。これに、憲政改革期《タンジマート》の人びとが少し政治経済を知っていたら、と付け加えることができる。事実、関心を持った者もいたそうだ。しかし誰から習ったか？　ミュニフ・パシャからスルタン・アブドゥルハーミトは習った……。前者が知っていたか知らなかったかは明らかでない。後者は妄想でミイラ化した不幸な者だった。彼は一九〇八年まで三十年間、自らを宮殿に閉じ込めた狂気の支配者、トルコ民族の第一の敵だ。あの百一年間も牢獄に入れられた者たちがいたではないか。その後はご存知のとおりだ……。突然、歴史的事件に巻き込まれる。一九二〇年代の民族的勝利まで、われわれはいつも彼らの影響下にいたのだ。」

オルハンは物憂げに体を伸ばした。日差しは気持ちよく、居心地よかった。

「それはそうですが、すべてそれらは時代とともに、ひとりでに起こるのでは？　時間とともに起こることではないのですか？」

「起こらない……。なぜなら時間は条件によって変わるから……。成長する子どもの時間は、病人にとっての時間とは違う……。われわれは世界の時間の外にいるのだ……。つまり、私が言いたいのは、われわれの時間の速度を変えなければならないということだ。われわれは世界に追いつかねばならない。私が言ったことは、行列の最後であっても、それに加わり、それと一緒に歩くのは、特別な小径から大通りに出るためだということだ。時間はいうまでもなく、要因のひとつである。しかし世界にとってはそうではない。労働力として世界に参加した国々にとっても別なのだ。今日のわれわれの状態においては、時間はまったく異なるものだ。放っておけばいい方向には行かない。われわれはすべて深みに引き込まれる。翼を与えるのではなく、足に錘をつけることになる。シェイクスピアの言ったように、時に向かって走らなければならない。時と格闘する。すべてを意志をもってするのだ。まず状況を知るのだ。それから、すべきことを並べてみる。そしてゆっくりと世界市場に出ることを始めるのだ。自分たちの市場を、自分たちの生産物に解放しなければならない。家族を、家を、町を、村を再建するのだ……。それらのことをした結果、人間をも再生することになる。今までは人間を作ることに努力してこなかった、多くの社会的、文化的改革のあとを追いかけていた。社会での自由と政治的運動の自由の確立に努力してきた。そうした努力の必要性だけでなく、今やさらに、より大きな、より本質的な挑戦に目覚める必要がある。いつまでも土地を均していているわけにはいかない。その土地に建物を建てなければならないのだ。それはどんな建物なのか……。新しいトルコ人というものを誰が知っているのか……。われわれはただひとつのことを知っている。それは、すでに存在している根に頼ることだ。そうしなければ、それ以上のものにはなれない。われわれの偉大さをすべて歴史に返却しなければならない。それができなければ、同じものを作る以上には進めない。条約、協約は常に危険をはらむ。それらがもたらす安易さを今日享受すれば、明日には高い代償を支払わされるかもしれない。そのためにわれわれはきわめて明晰でなければならない。」

ヌーリは我慢できなくなった。「明晰でなければならないと言われたのは何のことですか。状況は僕にはひどく奇妙に見えるので……。

一方では、よいものであれ悪いものであれ、技術を獲得して、近代的な人間になろうとする。その知識を自分のものにするとき、必要に迫られて伝統的な価値を捨てる。社会での人間関係を変えることになる。他方では、伝統的なものを忘れてはならないと思う！　今日の現実において、伝統的なものの役割は何でしょうか。それは単なる思い出、郷愁……。もしかしたら、あなた方の、あるいは僕の生活を飾る何かかもしれない！　でも、何らかの建設的な価値があるものでしょうか！」

明晰と言った意味は……とイヒサンは考え、それから彼は顔を上げて、「わからない」と言った。「もともと何をなすべきかを知っていたら、ここで君たちと話したりしてはいない。その時は、町に出て、自分の周りに人びとを集める。ユーヌス・エムレのように、あなた方に真実を持ってきた、と叫ぶだろう。実際それは、最初に考える者が解決できることではない。しかしながら、ここでもなすべきいくつかのことを見出すことができる。最初は人びとをひとつにまとめることだ。その中の人びとの生活水準は異なるであろう。しかし同じ生活が必要であることを感じればそれでよい……。そのグループの一人は古い文明の残骸のようで、もう一人は新しい文明に移ったばかりの世界の借家人である、といった状態ではないほうがよい。両者の統合が必要だ。

そのあとで、過去との関係を新たに築くことが必要だ。前者は比較的容易だ。なぜなら、生活の物質的条件を多少変えることによって、なしとげることができるから。しかし後者は、何世代もの協力によってのみ手に入れることができる。

過去をなおざりにすれば、それは、外国からの品物のようにわれわれの生活を居心地悪くする。好むと好まざるとにかかわらず、統合の中に取り入れるのだ。それは、われわれが出てきた基盤である。この継続の思想は、幻想であっても必要だ。しかもわれわれはそのことを知っている。過去が一番困難な現実なのだ。それから、どのルーツに向かうのか。民衆や民衆の生活は、時には宝庫であり、時には蜃気楼である。遠くからは、無限の広がりのように見える。しかし近づいてよく見ると、そこには五つか十の主題《モチーフ》と形態《モード》があるだけだ。あるいは君は、まっすぐにいくつかの生活形態に入る。オスマン朝の古典とかエリートの文化に関しては、われわれは、多くの面で切り離されてしまっている……。そして、もともとそれがしっかりと結びついていた文明は、崩壊してしまっているのだ。」

ミュムタズは、「だから、僕は不可能だと見ているんです」と言った。「なぜなら、おっしゃるように、ひとたび切り離されてしまったからです。今日、トルコで何世代もが読み継いできた本は五冊もない。古いものを嗜む者はごく稀で、次第に減少している。われわれがたぶん、最後の者かもしれない。明日には、ネディーム、ネフィーのような詩人、さらにはわれわれにとってあれほど魅力的に思える伝統的な音楽が、永久に見知らぬものの中に入ってしまうかもしれません！」

「困難はある。しかし不可能ではない。われわれは今、反動の時代を生きているのだ。われわれは自分たちを軽蔑している。頭の中は多くの比較でいっぱいだ。デデ・エフェンディがワーグナーでないと言い、ユーヌス・エムレがヴェルレーヌでないと言い、バーキーがゲーテやジイドでないと言って評価しない。広大なアジアのあれほどの豊かさの中で、世界で一番良い服装をしていた民族なのに、今は裸で暮らしているのだ。地理、文化、すべてがわれわれによる新しい統合を待っていることに気がついていない。他の民族の経験を体験しようとしているのだ。

ある作品を解釈することがあるだろう？　ある作品を評価し、それを同時代の人間の経験の一部として自分のものとすること。すこしでもそれが始められさえしたら。われわれはそうすることができなかった。先ほど好むと言ったが、好むだけでは十分でない。それより先に行かねばならない。思想や感情を、生きて呼吸しているもののように体験することをわれわれは知らない。ところが民衆はそれを望んでいるのだ。」

オルハンは懐疑的だった。

「彼らは本当に望んでいますか？　僕には、民衆はすべて、これらのことに最初から無関心でいるように思えます。過去においても、ずっとわれわれからは遠くにいたし……。このことはほとんど不可能だ。あるいは彼らは少なくとも疑っています。」

「いや、民衆は望んでいる。歴史を、今日の条件から眺めることをやめて見ると、この国も、他のどの国も同様であったことを君は受け入れるだろう。両者の違いは、この国には中流階級の形成ができなかったことだ。状況は常に、それが生まれる可能性を孕んでいた。しかし起こらなかった。違いはここからくるのだ。民衆の無関心、あるいはわれわれに対する疑惑というのは、われわれが作りだした物語に過ぎない。イデオロギーの争いの中で、相手を打ち負かすために見つけた口実なのだ。読者の頭にきらめくだけの、あるいは斜め読みした新聞で目に入るだけの、形ばかりの勝利なのだ。それと同類なのだよ！　本当は民衆は知識階級を信じている。彼らを自分たちのものとする。所詮それしかできない。この二百年間の政治的事件のおかげでわれわれは一種の戦闘体制下で生かされてきた。必ずや来るという危険が、われわれにそうさせたのだ。民衆は知識階級をいつも信頼し、彼らが示した道を取ってきた。」

「そしていつもだまされたのでは？……」

「いやそうではない、本当のところは、われわれがだまされたので彼らもだまされたのだ。要するにどこの国民でもそうであったように。君は歴史に理性的な進歩というようなものがあると思うのか？　そのようなことはもちろん不可能だ。しかし社会に蓄積された力は何世代もに亘る誤謬を飛び越える。われわれに何もかもがうまくいっている印象を与える。われわれも他の国民と同様にだまされたし、過ちを犯したことは確かだ……。」

「先生は民衆がお好きですか？」

「生きることが好きな者は、誰でも民衆を愛する……。」

「生きることをですか？　民衆をですか？……僕には、生きることをより愛しておられるように思えます。あるいはその概念を？」

「民衆は生活そのものだ。生活の場面であり、唯一の根源だ。私は民衆を愛するし、よく知っている。時には思想のように美しく、時には自然のようにむごい。そこではすべてが大きな規模で行なわれる。しばしば大海原のように黙している。しかし話すべきことが見つかると……。」

「しかし彼らに近づくことは、そこに行くことはできないのです！　惨めさ、苦悩、心配、さらには喜びすら、あなた方には閉ざされている。われわれ誰しもにそうなのです。僕はアダナで働いていたとき、それをよく感じました。いつも扉の外にいた。」

「もしかしたら、扉がわれわれに閉ざされていると見えたのは、われわれがその前にいたからではなく、その後ろにいたためなのだ。大抵のものはすべてそうなのだ。ひとつの方式でとらえようとすると、君から遠ざかってしまう。つまらぬ惨めさに陥る！　あるときは知能、理屈、疑惑、皮肉、拒否に出会い、あるときは不可能、無力、反抗に襲われる……。ところが、自分の中で探せば、見つかるのだ。これは原則、さらには方法論の問題だ。」

「ですが、どうやってみつけるのですか？　……それはひどく難しくて……。時には自分がゲーテのホムンキュルス（小びと）のように、ガラスの入れ物の中に閉じ込められたのかと思います……。」

イヒサンは考えていた。「君に、その殻を割れと答えるとは思わないでくれ……。そうすれば君はばらばらになる！　決して殻を割るなかれ！　広げよ……。そして自分のものとして、血をめぐらせて若返らせよ。殻を自分の皮膚にせよ……。」

　昔の教え子に追い詰められるのを避けるために、ことばのあやで遊んでいるのではないかとミュムタズは思ったが、そうではなかった。それがイヒサンの本当の考えであった。個人は自分を保存すべきだ。宇宙の中で溶けてなくなる権利は誰にもない。個人は個人としてあるべきであるが、自分自身の生活経験で満たさなければならない。彼は付け加えた。「ホムンキュルスの過ちは、保存したものを生きている状態にせず、そこから全宇宙とひとつに繋がらなかったことだ、要するに共存することができなかったことである。問題は殻そのものではなかったのだ！」

「先生は僕が言ったことがおわかりになっていない……。先生ご自身も、殻を自分の皮膚にした状態に達してはおられない！　もし達していたら、ご自身の中で探したり、作り出そうとはなさらなかったでしょう。先生はそれを、大きくて、広い、ご自分にも周囲にも課されたひとつの現実、あるいは価値と事実の総体のように見ておられたでしょう。それを自分だけに属する真実のように発見することに努めなかったでしょう。僕は受け入れられません。ある意味で、先生は創り出しておられる……。僕は既に存在しているものに近づくことを話しているのです。」

　イヒサンはオルハンの顔を優しく眺めて、「このようなことを話すことが役に立つかわからないが」と言った。「君ともっとはっきり話したい。君は疑っている。君は私が自分をあきらめたり、否定することを望んでいる。愛は自分の意志からくるものだと君は見ている。その意味で君は受け入れないのだ。私に、渦巻きに心を投げこめ、勇気を持って進み広大無辺の魂となれと言うのだ……。あるいは民衆とその生活を唯一の現実、あるいはひとつの命令のように私の前に突きつけようとする。自分に対してもそう考えていて、自分がそうしないことを悩んでいる。しかし、ひとつの点を見落としている、それは何よりもまず、君が自律した個人であることだ。私はまず最初に、自分自身に忠実でありたいと思う。これは私の、精神の総合体としての個への忠誠なのだ。自分がそれを達成したあとでこそ、他人に何かができるのだ。自分に忠実であること、つまり、一連の価値を受け入れる最後の段階で、自分を周囲から切り離す。必然的に普通の人たちから離れる。最後に自分を見出した後で、彼らのところに戻る。そのために、彼らを愛し、君が言ったように自分の中で培う。神秘主義の恍惚状態に入ることや、海で溺れることによっては何も得られないし、周囲にも何の役にも立たない。ということは、要するに、私が人生を保持していたいと思った枠の中から眺めるということなのだ。この枠が私自身であり、歴史的な個人《ペルソナ》なのだ。私は文化の民族主義者だ。この概念に極めて近い人間だ。しかしだからといって、民衆を知らないというわけではない。その反対に、彼らの命ずるところに従うのだ。」

「しかし彼らの苦しみを見ないのですか?」

「いや見る。ただ、それに基づいて行動したくないのだ。彼らが虐げられるのを見るたびに、いつか自分が残酷なことをする可能性を知る。どうしてそれほど苦しむのか。つまり世界の誰もがだ。なぜなら、自由のための闘争は常に新しい不公平を生み出すからだ。私は同じ武器で対抗するのをやめたいと思う。自分はトルコである。トルコは私のレンズであり、尺度であり、現実である。宇宙を、人びとを、すべてをそこから眺めたいと思うのだ。」

「それは十分ではありません！」

「ユートピアの罠に陥りたくない者にとっては十分なのだ。ポジティブな仕事をしたい者にとってはいうまでもない。」

「それなら、先生がトルコと言うのは何ですか？」

イヒサンはため息をついた。

「それだ、問題はそこにあるのだ。それを見出すことに……。」

「僕は時々この問題に答えを出しそうになります。自分で自分を、自国にいない人間だと呼ぶ……。遠く離れていて教育され、社会化された人たちだと。遠く離れていることの愛、苦悩、自由によって。われわれの歴史、われわれの芸術は、少なくとも民衆においてはそうです。」ミュムタズは一瞬考えて続けた。「さらには伝統的な音楽においてさえも。」

聖なる運動があって、加わることができたなら、
イスラムの聖地カーバの神殿への巡礼の旅で、砂に埋もれることができたなら……

ヌーランは初めてイヒサンの考えを聴いた。彼がこれほどまでに現実に結びついていることに驚いたようだった。「先生は人生をとても意識的に見ていらっしゃる……。ほとんど人工的に薬を調合するか

のように……。」

そして彼女は心の中で、ヤシャルのビタミン説明書の文句を繰り返した。『ビタミンBは自然に存在している食物の中からは容易には抽出できない。長年にわたる科学的研究の結果、我が研究所は、……。』

「建設的でなければならない世代は、人生をそう見るしかないのだ。われわれは働かなければならないし、労働の基盤を用意しなければならない。さらには、人びとを働かせなければならないのだ。」

「しかし、そうは言わない人たちもいます。労働は人間の人間性を奪い、地平線を暗くすると言います。」

「それらの人びとは、そう言う前に、多くのことを信奉しているのだ。彼らはすでに確立されたヨーロッパの中で、一種の神秘主義を追っている。精神について沈思黙考する可能性を望んでいるのだ……。私はまず最初に、自分の精神の、さらには物質的要素の形成を望む。彼らが望むものは、この神秘主義者のセクトの基盤をなしている。しかしある民族の社会的生活はセクトではないのだ。私のように社会的なものから来るのだ……。もし私がフランスにいたら、私も個人の要素を考える。社会に反しても個人であることの可能性を考える。このことや、あるいは他のことや……どうやっても現状には満足できず、自分で見出した欠陥を正したいと望み、そのために努力していただろう。しかし、私はトルコで、トルコが必要としているものを考えているのだ。」

「先ほど先生は個性を、個人を離さないといっておられました……。しかし今は……。」

「個人であることをどうしてやめるのかね？　さらにはどうして人格を持たないのか？　個人は存在するのだ。」それから不本意ながら、付け加えた。「森の中で、木が基本であるように。」

3

ドアのベルが鳴った。ミュムタズは、「エミン・デデに違いない」と飛び出した。

ほとんど誰もがそのあとに続いた。ヌーランは、安楽椅子で姿勢を正した伯父の前を通るとき、微笑みかけた。彼が何年もエミン・デデに会っていないことを彼女は知っていた。二、三日前も、「この冬、イスタンブル市内に住んだら、たびたび行って会うのだ……」と言って、喜んでいたのだ。

画家のジェミルは、袋に入れた二本のネイを片手に持ち、もう一方の手で、エミン・デデが車から下りるのを支えていた。

エミン・デデはイヒサンの手を握る時、「テヴフィクも来たか」ときいた。彼は二人の非常に古い友だちだった。若いときに、テヴフィク氏とイェニカプにあるメヴレヴィー宗派の集会所で知り合った。イヒサンとは、第一次大戦中、首の長い楽器、タンブールの奏者のジェミルに紹介されて知り合った。イヒサンは、エミン・デデと知り合いになるまでは、ネイが好きではなかった。トルコの伝統的な音楽の唯一の楽器としてタンブールを、そのもたらす恍惚とした調べゆえに気に入っていた。しかしある晩、タンブール奏者のジェミルの妹のカドゥキョイにある家で、エミン・デデの真の才能であるネイを聴いてから、考えを変えたのであった。それは彼が、赤十字のヒラール・アフマルのために、シュフザーデバシュにあるフェラハ劇場で行なったコンサートのあとで起こった。コンサートが終わると、タンブール奏者のジェミルは、一人のネイ奏者を離さずに、イヒサンをも無理に連れてその家にいった。二日二晩そこで、肴は乏しかったが、酒は十分出されたラクの宴に座った。イヒサンはその二日間で、この二人の芸術家がいかに特別な人物であるかを理解したのだった。

「われわれには、今生きている生活について言及する慣習がないので、真の経験者によって、われわれがいかに多くの伝統的なものを失ったかをその二日間で理解した」とイヒサンは言うのだった。食にうるさく、酒好きで、タンブール奏者のジェミルを大いに気に入っているエミン・デデは、その晩のことを話すたびに、「酒の瓶の上には、師に、尊敬する名人に、名手ジェミル氏に、などと多くの賛辞が書かれていた」と語るのだった。

イヒサンはその日以来、エミン・デデのことを忘れたことはなかった。近年まで、イスタンブルのトプハーネにあるカドリ坂の上にある家に、時間があると立ち寄ったものだった。この古いメヴレヴィー信者のことを、アルベール・ソレルのかつての学生であるイヒサンは、自分の神秘主義的な面であると語った——エミン・デデの友人たちの中には彼を聖人として信じる者さえいた。

エミン・デデはイヒサンに、「先達よ、また姿が見えなくなっておられましたな！……」と言いながら挨拶した。テヴフィク氏には、「何年もお会いできなかった。しかし悪いのは私たちの方で、お宅への道は知っていたのに！」と言った。テヴフィク氏は、傍らの袋の中で待っているキュドゥム太鼓を手で示して、「何年も手にしたことはなかったが、今日のために戸棚から出してきましたぞ」と言った。

エミン・デデは、ある文明が最高の装置として選んだ人間の一人であった。ネイよりも、もっとほっそりした風情があった。個人の日常生活を超越した仙人のようにゆっくりと、しかしながら日常生活の差しさわり――体の些細な不調やら心配など――を伴いつつ、庭に入っていった。女性たちに「姫君！」といいながら握手した。ミュムタズの友人たちにほめことばを贈った。それからイヒサンの隣にある安楽椅子に、ゆったりと、静かに座った。画家のジェミルはその後ろから、静かな、天使のような表情でいつもの微笑を浮かべていた。あれほど尊敬し、二人のあいだにある生き方や嗜好に多くの違いがあるにもかかわらず魅了される人物に対して、『これが彼なのだ、この貧相な男が、すべての過去の宝庫の最後の番人であり、その頭には六百年の黄金のうなり声を上げる蜂の巣があって、その息の中にはひとつの文明が息づいている人物なのだ！……』と語っているようであった。

イヒサンは、「あなたのような方にここまでご足労をかけたのですか……」と微笑んだ。

「かまわんよ、達人。わしらは来たかったから来たのだ。いい空気を吸って、友に会った。いつも君たちがわしのところに来るのだから。時にはわしらが疲れてもいい。」

中背で、畑の案山子を思わせる肩の張った、色の黒い、明るい青い目をした男だった。大きめのかぎ鼻で、たれ下がる鼻は細い顔をほとんど二つの部分に区切っていた。そのために、短く、白いたっぷりした口ひげと唇の平らなはっきりした線は、鼻が終わったところから再び表情を作ることができたほどであった。この風貌は、時代の最大の音楽家というよりもむしろ、税関とか郵政省とかのような、町の一般の生活からは遠く離れた官僚制の中で、外部には見えないがよく働いている役人に似ていた。しかし、顔を上げて、太く縮れた眉の下にある目に注意すれば、この小柄で平凡な外観の男が、あなたに、物質世界を超えたはるか彼方を語るのだ。ミュムタズは、エミンと初めて知り合ったとき、アズィズ・

デデの弟子であり、タンブール奏者ジェミルと親しく――二人のあいだの気性の相違を見ると、非常に忍耐強く、寛容だということだ――、笛の秘密を持つ最後のメヴレヴィー宗派のこの人物を怒らせずに知ろうと努めるうちに、エミンの目が自分をいかに捉えたかを、彼が穏やかな口調で、「どうしてそれほど物質に拘泥するのか！　わしやお前が芸術と呼ぶものは、お前が考えるほど重要なものではない……。できるものなら、お前もわしも心の中にある神秘を、宇宙的愛を切望すべきだ！……」とあたかも叱責するかのように語ったのを、覚えている。何百年にわたるメヴレヴィー宗派の教えは、彼において個人的なもの、エゴを消して、穏やかで、霊感を持つ我慢強い男にしていた。「ある日アズィズ・デデから聴いた、七つか八つの楽音からなるメロディーを、同じように繰り返すために家に帰って、八時間から十時間繰り返して、その抑揚に近づけた」と、師を賛美するためにしばしば語った。そこでは、人は一種の個人性を失って溶解するのだ。そこでは、内なる太陽の熱で半分溶けて、個人的要素のない何かとなる。そしてそれ自体もまた、多くの作法や礼儀を通して、自分を誰とでも同じだと見て、われわれには奇妙とまで見える謙虚さで、個人的な要素を否定する態度の下に隠され、見えなくなるのだ。ミュムタズは彼を見るたびに、詩人ネシャーティの連句を思い出すのだった。

　ネシャーティ曰く、われらは磨かれて、
　鏡の純粋なる輝きの中に隠されたと思わせるほどだ

そして、その連句は真実を伝えていた。エミン・デデは、ものとしての存在と文化の中に隠されている人物であった。これほど偉大な芸術家に、片隅に引っ込んで内面世界に浸ることからくる芸術家ぶった気取りや、個性を極端なまでに推し進め、内面世界の嵐とともに生きたことからくる変化を探そうとしても、それは無駄だ。むしろ彼は、永劫の海辺に何百年も繰り返し打ち寄せる波によって磨かれ、呑み込まれ、角がなくなった小石、石の個性が消された石のひとつ、どこの海辺を歩いても見つかるあの丸く、硬い、何千もの石のひとつに似ていた！　彼はまた、われわれのあいだからほとんど失われた世界の最後の光を保持しているそぶりも、ある意味での宝庫の番人であることさえも示すことはなかった。社会的変化が、彼個人やその芸術を、豪壮なる遺跡、あるいは日没のようなものとしたことも、度重ねて否定していることすらも気がつかないで、謙虚に、誰に対しても親しく、等しく対していた。

そしてミュムタズは、彼が今、自分の家の庭で、秋の陽光のもとで、黒い服を着て、誰もと同じように座っているのを見ながら、別の世界に住んでいるあれほど敬愛する芸術家たちを、エミン・デデの精神の季節を形成した名人たちの存在すらを、知らない者たちのことを無意識のうちに考えていた。

ベートーヴェン、ワーグナー、あるいはドビュッシー、リスト、ボロディンのような人物は、彼の前に座っている文芸の先覚者と、いかに異なる人間であることか。彼らの、狂気の激しさ、憎悪、全生涯を自分に用意された食卓と考える貪欲さ、そしてそれらを一人で担うべく、何人もなし得ないアトラスのような努力によってもたらされる、張りつめた矜持など、少なくともその個性をさまざまな形で見せる多くの理論、特徴、その柔軟さですら、周囲にあるすべてに獅子の爪のような打撃をあたえるものであった。ところが、この無名の修行者の生活は、度重なる個人性の否定からなっていた。その否定は、絶対的な相互の敬愛と生活の一般的騒音の中で、その両方から二重に消えるもので、そうした決意はヌーリのような者だけに関わるものではなかった。それは、自分の意志によって、あるいは文明の教えによって消されたものを、尽きることのない研鑽によって過去に遡っていくと、そこからアズィズ・デデとか、ゼキャーイ・デデ、デデ・エフェンディとか、ハーフズ・ポストとか、ウトゥリーとか、サードゥッラー・アア、バスマジュザーデ、キョミュルジュ・ハーフズ、ムラト・アア、さらにはアブドゥルカーディル・メラーギなど、要するにわれわれの特性、もしかしたらもっとも豊かな感覚を作っている人びとのすべてを挙げることが可能だ。彼らは、小麦の山の中でその一粒として生きることを好んだ人びとであった。いかなる煽動も彼らを狂気に駆り立てることはなく、純粋な理想の周囲でまだ目覚めず、眠っている日々において、内面世界の開花で満足した。芸術や個性を、何とかして表面に押し出す手段としてではなく、大きな全体の中で見えなくなることの唯一の道と認めたのであった。面白いことに、同時代の者も事態を同じように見なしたのであった。その中で一番個性的で、われわれに多くの神聖なる病いをうつし、病みつきにさせたデデ・エフェンディについてすら、アブドゥルハック・モッラの弟は、彼の芸術の意味がわからずに、日記の中できわめて単純に、ひどい無知さ加減で触れている。イヒサンがある日、『内裏の回想』という本のデデ・エフェンディに関する部分の内容のなさをエミン・デデに嘆くと、彼は笑って、「先達よ、あなたは間違えた者に話しておられます……。あの人たちは芸術をやっています。わしらは単に祈禱しているのだ。ご存知のように、教団によっては、芸術作品を創るどころか、その墓に名を書くことすらよいこととは見なされなかったのだ」と答えた。それが〈東〉のやり方であった。ミュムタズによれば、〈東〉とは、治癒することのない病いであり、同時に尽きることのない力である！　エミン・デデは、このすばらしい否定において、自身の存在のはかない稲妻の輝きすら消してしまうであろう、人類の最後の相続人であった。

　エミン・デデの人生も、非常にきれいで純粋だった。人生の大部分を兄の厳しい監督の下で過ごしてきた。酒も煙草もやらなかった。何事も過度にならなかった。やがて人びとは、彼がささやかな観察に基づいて文明の声として語るのを聴く。彼はアズィズ・デデや、彼の本当の師であるネイ奏者のフセイン・エフェンディ、ジェミル・ベイ、ゼキャーイ・デデや、それ以前の人たちに関する無数の楽しい逸話を語った。アズィズ・デデは、厳しい、細かい点にうるさい、太った、きわめて清廉で、読み書きはあまりしない人であったようだ。ある日、字を書くためにインク壺に入れたペンにインクがついていないのを見て、その意味を理解し、心と献身によってのみ神と結びつくことを決心したそうだ。ネイを、近年のムッラー〔イスラムの律法学者〕たちに似た太った腹にもたせて、座ったまま演奏したという。

　ある晩、ベイレルベイの波止場の茶屋だと思って入ったカジノの窓際で、しばらく海に見入っていたあとで、霊感に打たれてネイの独奏をしたそうだ。黒々した太い眉の下の、二つの炉に熾きる炭のような眼《まなこ》をつぶって演奏していたので、カジノが次第に常連でいっぱいになって、魂の霊感が流れるテーブルに酒飲みたちの一団が集まったのに気づかなかったそうだ。彼らもまた物音を立てずに飲んでいて、給仕も名人を煩わせないようにつま先立ちで行き来していたそうだ。演奏が終わって、周囲の人びとやラクのグラスを見て、彼は飛び上がったそうだ。そしてこの逸話を語るたびに、次のことばで終えるのだそうだ。『先達たちよ、わしはひどく恥じて、三日間家を出なかった。一か月、いつ同志に出会うかと恐れたものだ』と。

　そうとはいえ、アズィズ・デデの弟子のエミンは、食卓に座ると、酒を飲むことに異議は唱えなかった。ただ、「飲みすぎるなかれ。今日はひどくいい気分だ……。最近はテヴフィク氏にはめったに会えるものではない！　だめだぞ。ジェミルにも飲ませるな。演奏するとき、間違えるぞ……」と言った。そう言う時、目の中が笑っていた。実際彼はジェミルをとても敬愛していた。彼のすすめで、かなり準備をして来たのだった。ジェミルはエミンに、ミュムタズはフェラハフェザとスルターニ・イェギャフの曲が特に好きだと話していた。

エミン・デデは食卓の味わいを愉しむ人だった。もともと彼の兄の書家のヴァスフ氏は、料理の名人として知られていた。彼の紙に包んで料理した七面鳥は、イスタンブル中で評判だった。その料理には古代ローマ人の逸楽になぞらえて、『経帷子を着た七面鳥』の名が与えられていた。

しかしながら、料理を褒めるわずかなことば以外には、食事に関して何も言わなかった。ただ、彼の兄のやり方で調理された鶏が出ると、ヌーランに「これは伯父上があなたに教えましたね」と言った。

テヴフィク氏は微笑んで、「技は他の者が使わなければ継続しない……」と言った。彼は昼中ふさいでいた。一時期まったく別な形で熱中したことがらが、彼の気に障るのであった。老齢と思うままに動けないことからくる憤りで、すべてを放り出していた。今や死を予期する時期にきた動物に似ていた。彼の全生涯と環境が趣味のよい石棺を用意しているかのようだった。伝統的な音楽は、そのもっとも明白な面であった。それぞれの曲ごとにそれぞれの日々を思い出したが、その調べは自分のものではない何かのようで、頭上に輝く純粋なダイヤモンドで作られた太陽が、ガーネットや瑪瑙からできている紅葉や、少し先にある小さな夕日を思わせる柘榴や柿や、蜂のうなり声などが、人間のはかなさを思い起こさせた。そしてすべてを包むこの季節の時間のように、彼は、自分が血や肉で体験した人生ではなく、単に招待されて天恵を受けているかのようにはかない人生を思い出していた。

エミン・デデは、テヴフィクの食の嗜好への関心や、その昔彼が催した豪華な饗宴について語った。古いメヴレヴィー宗派の館の世にも不思議な人たちや、修行館の自分の知り合いの料理の名人たちや、彼らが料理した仔羊とピラフの宴などについて、同様に腕のあったこの人物は、心から楽しげに語った。それを聞いているミュムタズに、「われわれが嫌悪するトルコ風《ア・ラ・トゥルカ》といわれるものは、まったく違うものなのだ……」と考えさせたほどであった。それから彼の話はヌーランの父親に移った。彼女の父親がユルドゥズ工場のために描いた装飾皿の絵柄や書をよく知っていた。もともと彼自身も書家であった。兄の完全なる監督下にいなかったら、その面で大いに才能を伸ばしたかもしれないと語る者もあった。ミュムタズは、彼が芸術や音楽を語るのを聞きながら、彼が常に民衆に近い感覚を保持していて、美に対して大きな選り好みをしないことに注目した。われわれの嗜好や伝統的なものに後になって入ってきた、卑しいとされるものに対しても、彼は謙虚に受け容れていた。この上品なメヴレヴィー宗派の信者は、彼の周囲で好みが変化する中で、新しい動きの反動を自分の中で感じながら大きくなったのだ。そのため、詩人ヤヒヤ・ケマルによってわれわれの嗜好に入ってきた、あの純粋な形の過去を探し求めたり、感じたりしたいという欲望は、彼にはなかった。われわれより前の世代が、世紀末のセルヴェット・フュヌン派の華麗な言語で書かれたガゼルに対して、古い純粋な作品に対するのと同じような敬意を示したように、彼も、書、絵画、および音楽での多くの変化を、そのままに受け入れていたのである。もともと彼は、特別な解釈を見出して話す人間ではなかった。そしてそのようなことを愉しみもしなかった。そうは言っても、生まれつきこの上なくよい嗜好を持っていた。書であれ、音楽であれ、周囲にある伝統の変化から自分を保持したように、話すときも同じように自分を維持していた。芸術作品について、なんらの特殊用語をも使用しないで、よき職人のことばで語り、例外的に優れた職人としての見識と視野によって、食卓や集会では、自分では意識せずに周囲を圧倒した。そのために、マージデは亡くした娘を白い雲の中に捜し求めることをやめたし、ミュムタズの運命を心配することからも救われた。ヌーランはといえば、この経験ある名人への、自分の人生を支配する父親とか、年配の男性への愛に、そしてこの愛とともに歩む従順な感情に自らをまかせた。彼を敬愛し、そのことばを聴くことによって自分が多くの罪から清められたかのように感じていた。

エミン・デデはアイスクリームは体に障るといって断った。そして砂糖を入れないトルココーヒーで食事を終えた。

4

食事のあと引き上げた二階のホールで、エミン・デデのネイの演奏が始まったとき、客たちは、その絶妙な真髄を味わった。ある妙技が命ずる姿勢をとることによって、これほど変わる人はめったにいない。

彼は最初にテヴフィク氏に、「名人よ、フェラハフェザの曲に加わられますか?」ときいた。テヴフィク氏は何年もこの曲を歌ったことがなかった。しかし試してみることを受け入れた。それは、まったく思いがけなく若い時分に戻ることであった。まだ法学部の学生であったときレパートリーに加えた神秘主義《スーフィー》の儀式の曲を、エミン・デデが即興で前奏を演奏しているあいだに、記憶の中で探った。そのあとで、キュドゥム太鼓を手にとって、このトルコ風の楽器が要求する、胡坐をかき片足を伸ばすあの独特な姿勢で、座っているソファで待った。

エミン・デデはさまざまな旋律をごく短く一回り奏したあとで、デデ・エフェンディのペシュレヴ〔東方音楽で前奏の後に来る四部からなる形式の前奏曲〕のデヴリケビールの部分に入った。ミュムタズは、この曲をジェミルが奏したのを何度か聴いたことがあった。しかし今、それはまったく別の作品として彼の前に現れた。最初の音色から、奇妙な懐かしみが、何千人もの死者のあいだで太陽を求めるのに似た思いが、胸に満ちた。そのあとでも、その熱望感はなくならず――ミュムタズは向かいに座っているヌーランをいつもこの感情で見ていたのであったが――、不思議な、そして尽きることのない秋の紅葉のように一枚一枚散っていった。

金色の空と、黄色くなった大きな葉と、不思議な睡蓮とが一緒に漂っている穏やかな池は、見知らぬ彼方に、もしかしたら――疑いもなく――彼ら自身の体のどこかに、広がっていった。

エミン・デデのネイは、息吹と風のような要素を失うことなく、金属的な、あるいはむしろ神秘性と色彩が加わり宝石の輝きを持った、植物の柔軟性に似た音色を出していた。それにしても、いかに豊かで、朗々として、広大であったことか！　その調べは大きなホールに満ち、窓から外に溢れ、庭は、最後の花々や黄色くなった葉の哀しみによって変化するようであった。時には、その周囲ですべてが溶けて本質に戻り、より深いものに戻るかのようであった。天井の小さなシャンデリアは、この薔薇の雨に似た音の滝の中で、不思議な虹の輝きに煌めき、そこから大胆にU字型になったり、あるいは蔦や藤や、細く筋の多い植物に見られる、あの奇妙で、互いにくっついて絡んだ形で、色を失うことなく、ひとりでに少し前の姿に生まれ変わるのだった。ミュムタズがジェミルのネイの音を名人の声のあいだで探っているうちに、第一部が終わった。第二部は、終結に悲哀の郷愁を予期させるより穏やかな踊りによって始められ、そして再び何度も強風が吹き、魂の嵐を通り過ぎて、絶望的な憧憬の――嗚呼、これぞすべて永遠に喪われしという恐怖の――鏡の中に自らの孤独を眺めた。そして、フェラフフェザの曲のペシュレヴは、あるいは沙漠でむなしく道を見出そうとする魂は、四たびあの悲哀に満ちた郷愁に、あの水面下に燃える薄明の世界に戻った。

ほとんど誰もが、おのれの人生の嵐の中でばらばらになってしまったかのようだった。エミン・デデだけが、きちんと整った服装で、厳しい表情で、神秘と旋律の番人の姿で、象徴のように立っていた。自分の中で平静を保つすべての秘密は、その表情の内なる堅固さにあった。その傍らの少し後方では、画家のジェミルが、薄茶色のザクセン磁器のような表情にやさしい微笑みをうかべて、以前よりもさらに細くなって、あたかも少し前に通り過ぎてきた道を眺めているかのようだった。テヴフィク氏は向こう側でキュドゥム太鼓を膝に乗せて、椅子に座るときに伝統楽器がもたらすいつもの居心地の悪さの中で待っていた。

イヒサンは我慢できずに、きわめて小さな声で、「デデよ、あなたにはすばらしい色彩の世界があります……」と言った。

エミン・デデは、キュドゥム太鼓を鳴らす準備をしているテヴフィク氏を横目で見ながら、その一方で完璧なるネイ奏者のまなざしで、同様な低い声で答えた。「先達よ、名匠の援けを忘れるなかれ……、それから、貴下が色彩と言われたものは、自分でしたら愛と呼びますがな。しかし真実は、亡きわれらがデデ・エフェンディにあります……。」エミン・デデは昔の音楽家、あるいは名匠を今も生きている人間のように語るだけではなく、他界との距離をも消し去り、われらが名人、われらの先達、われらのご主人様といった敬称によって、自分や、自分が生きている時間と、敬愛する人物と死の空白の時間とを、ひとつに結びつけていた。

しかし真の奇蹟は、メヴレヴィー宗派の儀式の曲とともに始まった。

デデ・エフェンディのフェラハフェザ調の儀式の曲は、単なる祈りとか、信じる者の魂が神を探し求めて悶えているようなものではなかった。それは、神秘主義の霊感のまさに特徴である神秘、そして生命の躍動を、力強く神秘的に強いながら、広大で尽きることのない憧憬を少しも失うことなく表わしている、古い音楽のもっとも動きのある曲のひとつであろう。エミン・デデはトルコ風音楽の音階の中に、小さな華やかさや変化や決意を見せたりして、たくみに進展させたので、儀式の曲はひとりでに、あるシンボルとなった。

儀式の曲の始まりにおいては、ルーミーの『メスネヴィ』の冒頭の連句で「別離を語るネイの嘆きを聞かれかし、葦原の苗床から引き抜かれて以来、わが嘆きに男も女も涙する」とうたわれたように、フェラハフェザ調のすべての特徴を、ひとつの宮殿の、互いにそっくりな宝石をちりばめた二つの正面のように、ネイの演奏によって表現したあとで、さまざまな、長い旅を思わせる弧を描くために、この音階を何度か繰り返す。それから突然、終始一貫した構成モチーフを用いて得られる異なるアレンジメントに似たやり方で、自分に似たものの中で徐々にそれを捨て去る。こうして曲は最初の文章で、あるいは連句で聴かれた、あの清澄で豪華なフェラハフェザ調の憧憬の中で、一種の宇宙の旅となる。耳が味わった悦びを、あるいは魂が一瞬目くるめく思いをした彼岸の歓喜を絶えず思い起こし、旋律ごとにそれに近づいたと考え、満たされるが、その満足を感じるや否や、永久の憧れと旅が——ネヴァ調あるいはラスト調あるいはアジェム調のより軽い、あるいは単に別の音程で——再び始まるのだ。デデ・エフェンディは、この驚くべき作品で、神秘的な体験の運命的な行程をすべて見せることを望んだかのようだった。きわめて短いあいだ、魂の真実あるいは真実である魂は、自らとその目的を、広大な時間と空間で捜し求めたり、物質の眠りを妨げたり、すべてのものの本質に頭を垂れたり、長い隠遁にひきこもったり、銀河を飛び越えたりして、至るところに自分の憧憬に似た憧れや、自分の渇きに似た渇望を見出す。フェラフフェザの音階を一種の真理の道のように差し出すアジェム調から、デュギャハ、キュルディー、ラスト、チャルギャフ、ゲルダーニエ、セバーイ、ネヴァなどの調べに移行し、誰もが見失われて、誰もが互いを探し、互いの中に見出す。そしてフェラハフェザ調のこの熱い憧れの旅は、思いもかけない曲がり角で宝玉の杯——たった一行の、華麗な文章の杯——を突然差し伸べたり、万華鏡の幻影のように自分自身の記憶、あるいは夢のように現れたりした。この探求、消失、自己認識は、この上なく人間的で、デデ・エフェンディの霊感は、「お前が見えなくても構わぬ、わしは自分の中から産み出す！」と言ったり、時には、物質のように硬い絶望感に陥ったりした。

しかしながら、メヴラーナの言っていることは正しかった。つまりネイの唯一の秘密は憧憬なのである。ランボーが『母音』という詩の中で、母音について大胆な分析をしたのと同じようなことを、もしいつの日かトルコの楽器でやったら、疑いもなく、トルコ風の楽器の中で最も単純なこの楽器に、ある宵の肌の色の懐かしさを見出すことだろう。ネイを西洋の楽器のフルートやホルンと、ましてや、何百年も獣性を描いてきた濃いエメラルドの緑色や血の色のあの奇妙な狩りの歌の音色と混同してはならない。それらは自然を新しく創り出したり、再発見したりする必要があるので、芸術の真の場のひとつであるべきこの憧憬はしばしば失われる。なぜならネイは、存在しないものに取って代わり、その不在そのものを追求して語るからである。

なぜわれわれの精神生活の大部分を、この憧憬が占めているのか？　一滴のしずくとして創造されたわれわれは、海を求めているのであろうか？　われわれは物質の精髄を追いかけているのであろうか？　それとも、われわれは時代の子どもであり、時代の坩堝の中で合成され、その犠牲者であるがゆえに、過ぎ去った、失われた面のために泣いているのか。われわれは本当に完璧を追求しているのか？　あるいは、時という残酷な体制に不満を述べているのだろうか。

おそらく、オスマン朝の音楽は、創造したものをただちに破壊し、われわれが現在と呼ぶあの時代という場を一瞥しただけで、はかないものとみなして、この憧憬を一番よく語らせる芸術形式であるのかもしれない。そしてネイはそれを一番雄弁に語るものなのであろう。

もしかしたら、作曲者デデ・エフェンディはこの憧れを自身の魂で感じたために、儀式の曲を『メスネヴィ』の憧憬を語る連句によって始めたのかもしれない。前奏部デヴリケビールの四段階は、人間をこの世界のほんの入り口に連れて行くだけだ。なぜなら、ここで伝統的音楽は、ペシュレヴでもそうであったように、人間の上に一連の影響を与えるだけではなく、人間を捉えて、自分の場所から切り離してある種の器に変貌させ、魂と肉体はまったく別の形の死を受け入れさせるからだ。その死は、この世の彼方のものでありながら、人生のおののく思い出に満ちている。否、それはもはやビュユックデレでの満月の夜の、溶けたエメラルドや瑪瑙の上でひび割れた光の杯の世界でもなければ、一片一片《ひとひら》散る黄色い薔薇の花びらの世界でもなかった。ここでの憧憬は、何千もの死の彼方で体験されたすべてに感じられる懐かしみである。そのために、鋭く尖った、人を刺す面はない。ヌーランはあたかも、見知らぬところで、何度も目を覚まさせられて、炎のダンスのリズムの中で多くのものに何度も生まれ変わり――しかし何に？――、そのあとで、音階の繰り返しによって、再び重々しい、ひどく輝く雲の上に出て、そこで魔法の眠りの中に埋もれ、再び重い覆いの端から、夕暮れの雲間から漏れる珊瑚色やサフランの黄色の光の帯のように漏れ出て、気がつかないうちに別の場所に集まって、また奇妙な踊りの中で宝石の世界となり、広がり、大きくなり、分裂して、まったく自分のものではない物質の中で笑い、それからまた自分となって増殖して、不可能の門にまで赴くかのような思いであった。そこで、紅葉したばかりの秋のように、枝や葉がひとつずつ散るのである。キュドゥム太鼓の重い、あたかも深い土の下から何十万もの死者の灰を振り払って出てくるような伴奏がなければ、彼女のすべての物質的存在は飛び散って消えたかもしれない。しかしながら、その深い伴奏が、もう自分のものではない自分自身に絶えず変化するもののあいだから、すでにわれわれのものではない時間の誘いによって途を示し、奇蹟的な目印によって深いところにある一連のカーテンを開けてくれるので、ヌーランは、そのあとを追って双子の魂の半身であるかのように、純粋なるエッセンスからなる世界の変化の中で、自分を、もうひとつの分身を、あるいは全体を捜し求めていたのかもしれなかった。

ネイの金色の音の深淵の中に、テヴフィク氏の声は見たこともないことばの宝石を、きらきらと煌めかせつつ、ゆっくりと投げ込む。そのときのことば、「愛しき者《ヤル》よ、わが《ヤリ》愛しき者《メン》よ！」の最初の単語ヤル〔ペルシャ語で「愛する者」〕という叫びは海の只中で燃える船のマストの幻想の中で光り、歌の上に強く強調された「メン〔わが者〕」の音節は銀と珊瑚で縁取られた昔の鏡のように突然深くなり、ヌーランはそこで、大風の引っ掻き回した山の中で自分の幻想がよく見えぬまま、時には永久に閉ざされたドアの前のミュムタズのやつれた顔を見たり、時にはファトマの「ママー！」という泣き声を聞いたりした。なぜならこの不思議な音楽においてもまた、すべてが身動きせずに、深いところで、あたかも影のような状態で、悲劇に変わっていったから。

二階のホールは、祈りの海に揺られて動く大きな船となった。誰もが、いつもの浜辺、彼らの人生の浜辺に、最後の光を投げかける夕日に別れを告げているかのようだった。ミュムタズは、今まで感じたことのない放心状態でこの夕日と周囲を眺めていた。二歩先に座っているヌーランが永久に失なわれたかのように恐れていた。ネイの嵐は、まさに彼らを広大な場所で吹き散らさんとしていた。それはひとつの夢だった。そして夢を用意する最初の眠りにおいてそうであるように、意識が自分自身に影響して、自己を吹き散らした。しかしこの散逸は完全ではなかった。作品の布が次々に広げられるにつれて、ミュムタズは破壊の天才が何であるかを理解した。アブドゥルカーディル・メラーギのセギャフキャール調にも、ウトゥリーの『預言者の詩《うた》』にも、あるいはまた、ある晩アフメト某氏の家で偶々本人が歌うのをきいた『イスファハンの歌』――これもまたウトゥリーの作品であるが――にも、この儀式の歌の人びとを内部からとらえる戦慄はなかった。それらは、自分の上に集まった大きな霊の力によって、しっかりした構成で、ひたすらに神を、あるいは理想を捜し求める、魂の冒険に誘《いざな》う作品であった。彼らは、あたかも垂直に飛んでいるかのようだった。ところが、ここでは行動は二種あった。魂は別れようと努力している地上的世界を、一向に離れられなかった。それは疑いでもなく、愛の不足でもなかった。単に二つの別の風の中で悶えているのだった。

ミュムタズは、テヴフィク氏の声とエミン・デデのネイとの競い合いの中で、一瞬自分がこの二つの風のどちらを支持しているのかと思った。なぜなら、テヴフィク氏が儀式の曲を古風なやり方で歌ったフェラハフェザ調は、ミュムタズに愛と苦悩を植え付ける同じ作曲家の他のフェラハフェザ調とは、ひどく違っていたのだ。それは、そこにある建築物をすら見慣れないものであるかのように思わせた。もしかしたらペルシャ語の詩、あるいは伝統それ自体が、彼がよく知っているテヴフィク氏の声を変えて、セルジューク時代のモスクにある壁のタイルのトルコ石の青色や、祈りとともに燃えて道を照らした油ランプや、時とともに傷んだ古い書見台の板などを思わせる味わいを、彼に与えたのかもしれなかった。ところが、ネイの音色と奏し方には古いも新しいもなく、時のない時、つまり原石の状態での人間とその運命の後を追うのだった。それだけではなかった。時々ネイや人間の声のあいだに、非常に深いところから、あたかも大地の深淵から来るかのようなキュドゥム太鼓の音が入り込んだ。その音は、「忘れるな」「忘れられるな」という声で目を覚まさせ、千の微睡みの灰を振り払い、あるいは多くの文明のあいだから自分を見出させたりした。そしてこの目覚めや、自己の発見は、決して無駄ではなかった。なぜなら、キュドゥム太鼓の音色には、いつも古代宗教の魅力的な誘いがあったから。つまりその音は、この天上の旅に、まさに地上の体制を加味するからである。

第一の儀式の挨拶《セラーム》の部分は、最後の羽ばたきで傷ついた翼のように、安定した和音に戻らないメロディーで終わった。ヌーランはミュムタズの目を見たが、互いに見知らぬ者であるかのように見ていた。これからはもう、音楽は彼らをお互い見る者にとってのみわかる幻にしたのだ――あたかも夢の中でのように。ミュムタズは、なんと不思議なことだ！と考えた。

エミン・デデはいつも一緒に体験してきた後でしたように、イヒサンに微笑んだ。それからテヴフィクにやさしく微笑んで、再びネイを口にもっていった。

テヴフィク氏は、ネイの音とともに――もしかしたら作品を台無しにするかもしれないと恐れて競い合いを避け――今度は声を低くして、優れたカットを施された宝石の上の肉眼でかろうじて見える浮き彫りのように変化させていた。それと同時に、曲の祈りの所々では、彼の声が突然大きく、広くなったりした。ミュムタズはヌーランが数珠を手にして、曲の深淵で順番を待っているのを見た。彼女は、『とこしえよ。わが身を焼きつくせ！』と言っているかのようだった。彼女は痛々しげで、殻に閉じこもった表情をしていたが、肩を落としてはいなかった。確固として、自信をもって、黄金のガリオン船のように、平然と永劫の嵐に胸を張っていた。

ミュムタズはこのような儀式の最中に、ベイハン姫が、まさにヌーランのように、イェニカプにあるメヴレヴィー宗派の館の女性たち専用の部分で、格子の後ろから、五百年にわたる力強い意志を肩でのみ支えて、シェイフ・ガーリプを眺めていた可能性を考えた。前を行く者は胸で手を交差させて、後ろから来る者に対して何百年もの洗錬を重ねた作法で哀願する、メヴレヴィーのくるくる旋回する修行者たち、天空にみなぎる精気の中で、儀式の衣装の描く弧が、幻想の中で一瞬輝いた。

ミュムタズは、作曲家でもあったスルタン・セリム三世が――彼はその曲は聴いたことがなかったが、年老いて余命いくばくもない庭師が、このうえなき薔薇の苗木を後の世のためと思いつつ庭園に植えるように――後世のために用意した優れた曲のあいだに、指に大きな指輪をはめて、あのホラサンの聖者〔メヴラーナのこと〕を思わせる面持ちで、金や銀で作られたイコンのように跪いているのを見た。

ところで、デデ・エフェンディ本人はどうなのか？　この魂の冒険をこれほどまでに潔癖に用意した人間は、誰で、どんな人だったのか？　十九世紀の始め、フェラフフェザの儀式の曲が最初に奏された日、スルタン・マフムト二世は病床にあったのに、起きてイェニカプにあるメヴレヴィー宗派の館に行った。町の主だった者たち、上品な外国人の招待客、宮殿の人びと、そして出世の第一歩を踏み出す期待で頭がおかしくなっている者たちなど、イスタンブル中のすべての人びとがそこにいた。誰もが、栄光あるスルタンの読誦者《ムエッズイン》の長であるイスマイル・ハマミザーデ・デデ・エフェンディによって作曲された儀式の曲を聴くために来たのだった。ミュムタズはこの不可思議な嵐の中で、スルタン・マフムト二世の、重そうな飾り房のついたトルコ帽の下で、彼自身が定めたヨーロッパ風の紺色と金糸銀糸の縫い取りのある制服の襟の上の、肺病で古いぼろ布のように蒼白な顔を、見ようとした。このデデ・エフェンディの旋律を、栄養のいいよく手入れされたサラブレッドに乗って、道の両側を取り囲む民衆の拍手の中を通ってきた、まだ失われてはいない古い東方の作法を心得た、スルタンの取り巻きたちのすべても聴いたのであった。音楽の炉の中で誰もが、アナトリアや全帝国を取り囲む出来事を、剣が頭上に吊り下げられたような明日の脅威を、いっとき忘れたのであった。そして彼らは神のちいさな僕《しもべ》となり、魂の救済のみを考えて、彼らの人生の総決算に耽り、「このような芸術作品が作られているからには、この国は滅びない、まだ春にいるのだ」と呟いたのであった。

第三の挨拶《セラーム》の部分は、ミュムタズをまったく別の地平線につれていった。今度はヨルック〔アナトリアの遊牧民〕の歌に入る。そこでは、次第に速まるテンポにつれて、地上的なものから清められなければならない。ところがそうならない。モスレムの礼拝式にはシンボルはなかった。会衆とともにする祈りと信仰があるのみだった。スーフィー教派でもそうであった。足運びはさらに速くなり、回転はさらに狭くなり、目は見えない弧が描かれた。しかしながら、なんと奇妙なことか！　メヴレヴィーの儀式が恍惚状態に近づくにつれて、悲しみは消え、重苦しい貴族的雰囲気はなくなり、民衆的陽気さが出てきた。リズムはとどまるところがなく、牧歌的、民衆的な祭りとなった。ミュムタズは、曲の動きの速いダンスに、民衆的陽気さ、アナトリアの民衆に長い苦しみに耐える力を与えた大きな根源を見出した。どこかで非常に薄い壁がひび割れした。緑の若芽が朝の吉報のように生まれた。魂の建物は突然大きくなった薔薇の根元に崩れた……紫色の、不思議な薔薇の花の……。ヌーランは、飛んで、自分の速さによって天井を突き破り、空に舞い上がりたいと感じた。彼女は自分の全世界を自分の中に持っていた。飛ぶことは本当に見えなくなることである。なぜこの音楽は、活発な表現によって子どものころの祭りを突然思い出させたのか。あの自由で、気楽で、すべての楽しみが良心の呵責なしに感じられた時の陽気さで、夢中にさせたのか。これほど多くの死者を一気に甦らせることは正しかったのか。この陽気さの最後には、神にいたるのだろうか。それとも、人生にか？　彼女はわからなかった。ただこれらの気楽な祭りを、非常に楽しみ、とても喜んだように——徐々にすべてのものをあきらめる用意をし、さらにはあの飛びたいという希望すらなくなるのを感じた。奇妙な形で、自分を孤独だと見ていた。内面の世界は宇宙と同じくらい広かった。「私は全世界なのだ……」と言った。しかし彼女は、世界と同じくらい広い自分の内面を掌握していなかった。

そしてネイは続いていた。ネイは建設的でもあり破壊的でもある本性の神秘となっていた。息を通して、すべてが、全宇宙が、形のないものの中で変わっていった。そして彼女は、自分の脊椎で行なわれている手術を、彼女の中心部で行なわれていることを、座り込んだところから、深い信仰心とともに眺めているように感じていた。海が盛り上がり、森が灰燼に尽き、星たちが口づけしあっていた。とろりとした蜂蜜のように、ミュムタズの両手が膝からだらりと垂れた。

ミュムタズは身震いした。今や第四の挨拶の部分に来ていた。シェイフ・ガーリプ自身が、衣装の胸に近いところを摑んで、儀式に加わるところであった。彼もタブリーズのシャムス〔メヴラーナの親友の名。シャムスにはアラビア語で太陽の意味がある〕の太陽の下で、永劫の愛の炉の中で、灰にならなければならなかった！ 最後の叫び声で、ヌーランはミュムタズの肩をつかんで、『一緒に死にましょう！』と嘆願するかのように見えた。

エミン・デデのネイは、儀式を締めくくる二つのヨルックの歌を奏してから、短い、色とりどりの歩みで、天空の地図を描くかのように、いくつかの音階を次々に一回りする即興によって、このヨルックの最も変わったフェラハフェザ調から、最初の大きな前奏曲のメロディーに戻り、周囲にあるすべてを憧憬の炉とする旋律を通ってから、止んだ。

テヴフィク氏はキュドゥム太鼓を手から放して、額を拭った。誰もが、巨人と、時間という巨人と、格闘をしたかのように疲れ果てていた。エミン・デデは、テヴフィク氏に、「あんたは老いることがない！……あんたには老年はないのだ！……」と声をかけた。そして互いを、われわれの世代の知りえない愛で見つめた。イヒサンは、「お二人とも奇蹟だ……」と言った。

5

スアトは、この曲の第一の挨拶《セラーム》の部分の中ほどで到着した。入り口からかなり陽気な表情で入ってきたが、音楽を耳に身動きもしない周囲の様子を見ると、気分をそがれた様子で、イヒサンの隣にひっそりと座った。ヌーランとミュムタズを目で探して、挨拶した。ミュムタズは、彼が自分に気持ち悪いほど親しげに、やや揶揄をこめて笑いかけたのを、ヌーランをほとんど恥ずかしげに、絶望的に眺めたのを、音楽に連れて行かれた、戻ることが難しい地平線上から見た。そのあと彼は、周囲を忘れて音楽に聴き入った。ミュムタズは「気の毒に、スアトはこの曲の最初の部分を逃してしまった」と考えたほどであった。第二部の中頃、スアトは注意を集中した。肘を膝において、右手で頭を抱えて、われを忘れたかのように聴き始めた。しかし少しすると、あたかも探していたものがみつからなかったかのように、音楽が差し出した杯がすべて空っぽであったかのように、ネイとテヴフィク氏の声がともに探ったものが単なる人をだます鬼火であるかのように、反抗的に顔を上げた。ミュムタズは、スアトの目に一瞬、ひどく激しい軽蔑、反抗、さらには怒りの煌めくのを見た。ミュムタズは今度もスアトのまなざしを捉えたが、スアトがさっきヌーランに挨拶した時のように、ぼんやりした嫉妬に締め付けられたのみならず、ほとんど恐怖といえるものを感じた。後になって、その日のことを思い出そうとすると、その瞬間スアトの顔が嵐に襲われた森のように歪んでいたと思われた。そしてミュムタズは、そのかき乱された森が、スアトの目にあった反抗と恐怖の稲妻によって自分に照らし出されたと考えた。そう、スアトの顔にあった侮蔑の表情の下に、そのような感情があったことは確かだった。

その瞬間から、スアトがそこに、自分たちのあいだにいることが彼を慄かせた。もう以前のようにはスアトに嫉妬していなかった。しかしながら、彼の思考は奇妙な形でスアトのことに及んでいた。スアトがヌーランの友だちであること、彼女を愛していること、ミュムタズが子どものときから知っており、その皮肉と傲慢さを恐れ、嫌う一方、その無遠慮ぶりや小さな逸脱を愛し、その頭脳と思考の飛躍が気に入っていたものの、別な方向に進んだために、できるだけ遠ざかっていたこの男は、突然まったく異なる方面から出てきて、ミュムタズの人生を悩み深いものにしたのであった。スアトがヌーランに書いた手紙以来、彼のことを考えないでは、あるいは気にしないでは、三時間と過ぎることはなかった。その日以来ミュムタズは、スアトに対して、気がつかないうちに心の中で、すべての犠牲者が加害者に対して、雀が鷹に対して感じる魅力に似た感情を感じていた。これもまた自然なことだった。両者のあいだには、あるフランスの詩人が言ったように、『無慈悲な者に対して魅かれる玄妙不可解なる思い』があった。ヌーランへの愛を通して、彼らは対峙しなかった。この愛における彼らの立場が何であれ、両者のあいだには一種の隠れた暴虐の感情があった。しかし今、音楽の最中でミュムタズが目撃した反抗の表情は、彼にスアトをまったく別の光の中で見せていた。彼は何度か自分に、どうしたのだ？　スアトに何が起こったのか、とたずねた。そのあとで、その問いはさらにはっきりした形をとった。これほど激しい反抗を示すとは、奴はこの音楽に何を求めていたのか？　こうした疑問をもって、彼はスアトを眺めた。しかし今度はその顔に何らの意味も表情も見なかった。スアトは非常に礼儀正しく、演奏されている曲と奏している人たちに対してこの上ない敬意を表しているものの、思考の自由を行使していることを示していた――自由に、残酷とも言える注意深さで再び曲を聴いていたのだ。彼の関心のなさは、少し前に見せた反抗と同じくらいミュムタズをいらいらさせたが、意志の力で、曲のそのあとの部分を聴き逃すのを避けた。

エミン・デデの即興は、聴いている者に儀式の曲の最初の挨拶《セラーム》の部分を、作曲者が七たびにわたってそれぞれ異なる途から――つまり、一番目は単に非常に美しく、予期しないもの、あるいは自分たちの中からの発見として、それ以後は自分の内的人生の保持、従って個人性と強さが次第に増す記憶として――面と向かわせたフェラフフェザの曲を、今やもう彼らの属する時間として返していると、ミュムタズは考えていた。そしてそれゆえに、その一端が測りしれない過去の暗闇に埋もれた影の存在のうちにある自分の自己に、ネイの奏者が不可避な結果として、あるいは一つの人生の真の姿を見出す行程の終着点としてたどりついたこの旋律も加わったこと、そのことも、他のことのように、これからもしばしば体験されるであろうこと、そして単にスアトに見られたこの反抗性ゆえに、この曲が流星や煌めく星雲の渦巻きによって照らし出された神秘とともに、彼の感情を支配するであろうことを理解したのだった。

音楽がもたらすものを技術的なことや思考でのみ費やさないならば、音楽の効果は個人的なものである。深く思い出されるそれぞれの曲には、それに触れた瞬間の特別なエピソードがあって、ある意味で、その瞬間に音楽をわれわれの生活に運び込んだ出来事があるのだ。

ミュムタズは、この曲の間中、彼の周囲で、自分の頭の中で、多くの幻想に逃れたが、音楽はいつも一緒に伴っていた。少し先にいるヌーランの顔の周囲に集まったり、そこからスルタン・セリム三世の時代に、シェイフ・ガーリプに、スルタン・マフムト二世の時代に、彼の夏の思い出に、カンルジャでの夜の時間に、カンディルリの坂に、黎明のボスフォラス海峡のあの奇妙な光の戯れなどに拡がる幻想は、作曲者のデデ・エフェンディの旋律がひとりでに帯びる色とりどりの、繊細な、つかの間の姿や表情であった。これらの幻想は、それだけであれば、あたかも炉の炎のように、生まれた音楽の中で自らごく短い一生を生きて消えるはずであった。ところがそうはならなかった。スアトの表情に彼が見た突然の絶望感の中で——今やミュムタズは、スアトの顔に見たと思った反抗や軽蔑や怒りの表情の真に意味していたのが単に絶望感であったことがわかっていたが——、それらの幻想の意味は突然深まった。あたかもサバアや、ネヴァア、ラスト、チャルギャフ、アジェムなどの調べから来る旋律が、真にフェラハフェザ調の曲に化することによって、あの愁いある、思い出に満ち、一生の意味をもったり、それらの代わりになる文章を表現したりするように、スアトの絶望感もすべてこれらの幻想とひとつになった。つまり、彼個人の酷い体験だったそれらをミュムタズの中に投入したのであった。その結果、音楽が周囲に作り出したあの多くの幻の夕べや、虹の架かっているような感じを与える色彩のカーテンからなる世界は——ネイの音が止んで終わった時、ミュムタズの中では、他の誰もとは異なってゆっくりと散っていかないで、この偶然によって——質と強さが変わり、増大し、さらに強く入り込んだ。そして音楽が続いている間中、幻想はどうしても常にヌーランの周囲にあったために、スアトから彼に寄せて来る絶望感は、彼のヌーランへの思いとひとつになった。そのために、この曲が終わった後で、テヴフィク氏とエミン・デデが再び同じ音階に近い曲やセマーイを奏しているとミュムタズは前から知っているそれらの作品をも同様な絶望感で聴いたほどであった。さらには、いつものように伯父と一緒に歌うヌーランの声を、いつもやっていたように周囲から切り離そうとすると、その声と自分のあいだに一種の障害があるのを感じた。彼女の声は、あたかもひどく遠くから、朝霧のあいだから聞こえるかのようだった。伝統的トルコ音楽が歌う者の表情にもたらす、あの張りつめたような変化は、努力ではなく、一種の別離や、遠さの表現のように聞こえた。彼女がひどく遠くからミュムタズに助けを求めて呼んでいるが、彼は一向に彼女のところに行かれないかのようだった。ヌーランはあたかも、スルターニ・イェギャフ調や、『マーフルの歌』や、セギャフ調の雰囲気の中に閉じ込められているかのようだった。

ミュムタズは、これらがすべてばかげたことであることは自分でもわかっていた。さらに、このように考えたり感じたりする傾向は、はるか子ども時代から、多少なりとも自分が用意してきたものであることにも気がついていた。子ども時代の悲劇的な出来事によって、彼は自分が愛した者はすべて、非常に遠い、行くことのできない世界にいると考えることが癖になっていた。恋愛を、大きな罪や死の観念とともに、つまり、償うことが認められない一種の報いや苦悩とみなしたように、愛した者すべては遠い距離にあるという考えも、彼にとってそのころ深く根付いたものであった。それのみならず、ミュムタズは子ども時代のこうした考えを、非常に賢く、やや虚弱で病身の、詩に対する教育のおかげで早く始まった思春期や青春期を通して、そして後になってヌーランと知りあうまで、自分の意志で深めていた。彼によれば、詩の本当の運命は、すべてのものの、すべての希望の、彼方にあるものだった。詩とは、全生涯が枯葉の山のように燃やされた時に見られるきらめきに似ていた。彼が読み、好んだ詩人たちは、ポーとボードレールを筆頭に、いずれも、「決して……しない」という国の王子ではなかったか？　彼らの揺りかごはいずれも「ありえない……」運命で揺れて、その人生は「不可能な……」国で過ぎたのではなかったか？　われわれの人生を引き返すことのできない突先にまで持っていかなければ、詩の蜂の巣をどうやって満たすのか？　だからにぎやかな娯楽や、数学的分析能力や、人生への幅広い好奇心にもかかわらず、ミュムタズはその時まで、人生や青春期が彼に次々と設けてくれた宴《うたげ》を拒むのみならず、人生の苦い側を、自分が生きられる気候のように受け入れていた。八月の月光の下でヌーランに語ったように、彼においては、どんな考えや情熱も、むごい拷問や苦悶の形をとったときに完全なものとなるのだった。それがなければ詩は人生と結びつかないことを知っていた。その融合や総合は、耐え難い高温度でのみ起こりうるのだ。そうでなければ、捨てられた借り物の言語を使ったことになるのだ。

もしかしたら、ヌーランに対する愛にもこのような部分があったのかもしれない。彼女の背後に『マーフルの歌』の重い遺産がなかったら、あるいは彼女が昔の愛や結婚の経験がもたらす優越を持って彼の人生に入ってこなければ、ミュムタズは彼女にこれほどまでに結びつかなかったであろう。ヌーランが社会的、感情的生活に示した不安やら、そのためにすべてをそのままに受けとめるやり方やら、その日にもたらされたもので幸せになることやら、つまり、あきらめて、単に受け入れるだけの彼女の生き方は、彼女に半ば神性の姿を与えた。これらすべてのことが起こっているとき、ミュムタズはこの感情の背後で作用している仕組みをよく知っていた。事実、彼は自分の中に内的体制を求めていた。ことばや幻影を甦らせる炎を追っていた。しかしゲームの規則はごく最初のそれから変わり、承知で受けた試練でミュムタズは敗北したのだった。それはきわめて奇妙な考えだった。時々ミュムタズは幸せな感情で目を覚まし、もしかしたら幸せすぎるのか？……と自分自身に尋ねるのだった。その問いだけでも、恋の天国は、似非の天国になった。あれほど幸せだった夏中、彼は人生をほとんど二倍生きたのだった。奇妙なことには、自分の感情に対して培ったこの疑い、自己監視は、ヌーランに対する愛を減らすこともなく、その愛ゆえに時々感じた苦悩を苦しむことをも妨げなかった。

彼は今まさに、自分に同じ調子で話していた。『自分は愚か者だ……。無理に自分を暗示にかけている』と。しかし目がヌーランに行くたびに、彼女をいつものようには見ないで、あたかも、思い出の中で見ているようだと感じた。この感情は長く続いて、さまざまな形をとるのだった。そのため、傍らにいて、自分の両腕に抱かれて笑っている女を、まるでほとんどそこにいない存在のように愛するつもりだった。

しかしながら、なぜスアトはこれほど絶望的なのだろうか？　何を考えているのか？　もしやデデ・エフェンディを本当に信じて、何かを見出したいと聴いていたのだろうか？　それとも、否定することから聴き始めたのだろうか？　なぜこれほど取り乱しているのか？……これらの問いを考えると、奇妙な疑問に落ち込んだ。彼自身、ミュムタズ自身は、宗教的だと言われるこの儀式の曲をどう聴いたのか？　彼はその曲の間中、思考が通った所をひとつひとつ思い出した。不思議なことに、儀式の間中、一度も神秘主義の戦慄を感じなかった。すべての連想は、ヌーランか、彼が現在執筆している作品の周囲に集中していた。神秘への慄きがなかったことは、作曲者デデ・エフェンディの欠陥だったのだろうか？　あるいは自分の体質なのか？　その中にあった精神の乏しさに今や自分でも驚いていた。それとも、トルコ風音楽に対する彼の姿勢は、完全に見せかけのものだったのか。それとも、人生における多くのもののように、あれほど愛しているヌーランへの愛のように、単に、秩序として、手段として、自分のものにしていたのだろうか。単に頭の中で、想像力を強いてこれらすべてのことをしていたのだろうか！　いうまでもなく、最後には、本物の、自己の底へと到達する期待からこうしたことへも没入したのか。他の作曲家の曲には何を感じるのか。バッハやベートーヴェンを聴くときもこうなったのか。ハックスレーは書いている。「神は存在する、そして見える。ただしヴァイオリンが鳴っている時だけ……」と。ミュムタズは、ミュムタズが大好きなこの作家は、このことばをイ短調の四重奏について語っていた。しかしミュムタズは、その本を読むずっと前にその曲を聴いたのだった。彼は感情を抑えることができなかった。

突然彼はその場で身震いした。ヌーランの歌う声が、デデ・エフェンディのアジェムアシュラン調のヨルックのセマーイの中で、

汝《な》が住むところ
われらが天国はそこにあり

と泣き叫んでいた。しかし、なぜヌーランの声はこれほど遠くから来るのだろうか。神経がこれほど張りつめた瞬間に、二人のあいだに何かが入り込んだのか、あるいは何かが欠けていたのだろうか。彼は彼女を絶望の鏡で眺めていたのだろうか。あるいは真実の、偉大な真理が自らを照らす一瞬の火花のように、彼女を見たのだろうか。ミュムタズはスアトを眺めた、あたかも、これらの問いに対する答えを、

その男のみが答えられるかのように。しかしスアトの表情は固く閉ざされていた。

何かをしなければと、ミュムタズは立ち上がって、蛇口に向かい、顔を洗った。彼が戻った時、エミン・デデは、有名な即興のひとつを奏していた。しかし、またフェラハフェザ調だった、彼は心の中で、音楽は詩にとってはよい手段ではない……と考えた。なぜなら音楽は時間の上で作用するからだ。音楽は時間の体制であって、現在を削除するから。幸せは現在にある、幸せにならないのなら、どうして愛さねばならないのか。

しかし、幸せだったのは誰だったのか？　あのネイの嘆きは無駄ではなかった。この宇宙の旅は、人間に幸せとはむなしいものだと語らなかったか？　スアトはここに、幸せになるために来たのか？　もちろん否だ。彼はあの娘っ子たちと一緒にいたら、この千倍も幸せだったであろう。しかしここに、彼はミュムタズを不安にさせるために来たのだ。自分をも、彼をも苦しめて、互いに惨めになるために来たのだ。すべての人類が毎日、あたかも互いを苦しめるために創造されたかのようにやっていることは、これだった。スアトは、また肘を膝にもたせて、左手に額を置いてネイを聴いていた。しかしながら、どこから見ても油断なく構えているのはわかった。彼はネイを聞いてはいなかった。ただ退屈して、いらいらして、待っていた。そしてミュムタズも、その我慢の最後に来るものを彼と一緒に待っていた。もう彼自身も、エミン・デデが一刻も早く行ってくれるのを待ちはじめているほどであった。そして、スアトが最初に何をするかを本当に気にしていた。

その中でネイは、それ自身の虹の世界の旅路を続けていた。

6

エミン・デデは即興の部分が終わると、暇乞いをした。ジェミルをあまり疲れさせないという条件で、彼らのところに残していった。ミュムタズは客人を坂のところまで見送った。そして気が進まない思いで家に戻った。スアトがそこにいることが、彼に家の主人《ホスト》の役割をすることすら忘れさせていた。一生のどんな時期にも、この時ほど、逃げ出したい、苦境を抜け出るために逃亡したい、と思ったことはなかった。逃れて、どこかに隠れたいと思った。ドアの前で、自分自身に向かって「一、二、三……一、二、三……」と唱えた。スアトを見ることを恐れていた。

中に入ると、ラクと肴のテーブルが用意されていた。しかし、まだ誰も飲み始めていなかった。誰もが立ったまま、互いに話していた。電気の光の下、クリスタルのグラスが中のアルコールによって大きな明るい塊となって置かれたテーブルの端で、スアトとイヒサンを見つけた。彼らに近づいた。

「スアト、音楽はどうだった？」

イヒサンはスアトの代わりに答えた。「今、そのことを話していたんだ。スアトは気に入らなかったそうだ……。」

スアトは顔を上げた。「気に入らなかったんじゃない。求めていたものが見つからなかったんだ……。」

イヒサンは言った。「君は音楽が、神をつかまえて、手足を縛って君に引き渡すことを求めているんだ……。それは不可能だよ！　人はいつでも自分が持ってきたものを見出すのだ！　神はデデ・エフェンディのポケットにいるのでも、誰かのポケットの中にいるのでもない。」

「おそらく」と彼は言った。「しかし、だからといって文句はない。俺を退屈させるのは、無の周囲でのあのぐるぐる回りだよ……。固定観念のあの悶えだ。あれがいやなんだ。」

彼は目の前のグラスを上げた、「さあ、みんな！」といって周囲に声をかけた。「もしかしたら、この中に何かある。少なくとも、忘却という慰めが！」

イヒサンは、「君は何かを準備してやってきたのでは……」とそっと彼の耳にささやいた。その後で、テーブルの向こう側にまわって、妻のそばに行った。

スアトは、「今晩のホストたちの健康を祝して……」とグラスを一気に空にした。

マージデは、「スアト、何でそんなに急ぐの？」と言った。

スアトは考え込むように、そして誰に対してかわからない嘲りをこめて答えた。

「すまない、マージデ……俺は急がなければならないんだ。」その後で、「急ぐことだ！」ともう一度繰り返した。「時間がない者は急ぐ……。誰もが自分の与えられた時間を意識して生まれる。俺の仕事は急ぐことなんだ。」

イヒサンは、半分揶揄で、半分まじめに、「なんと謎めいた話をすることか、スアトよ！」と抗議した。

「スフィンクスみたいに、皆に隠された謎をかけるのかね。」

スアトは肩をすくめた。その目は、ミュムタズの手に持った瓶を見て、大きな親切を期待している子どものように、彼に微笑んだ。「どうかもう一杯……。汽車がまもなく出る。最悪なことがなにか知りたいか？　それは、出発の正確な時刻を知らないことだ。今日か、明日かと、たえず考えることだ。そして、こうしてただでもらった時間を無意味なことに費やすことだ！」彼は話すのをやめて、続けざまに二杯空けて、半分残ったグラスを自分の前に置いた。ミュムタズは、ただ注意深く彼の言うことを聴いていた。

「マージデは俺をかわいそうに思い、心配している。もう少ししたら彼女が、あるいは皆が、俺に忠告を始めることだろう。俺は一生涯忠告を聞いてきた。俺が駅に早く着いた者であるとは誰も考えない。したがって俺の人生は売店の前で過ぎる……。それ以外に何ができるとお考えか？　あなたがたのように、自分の家で、日常の仕事をしているわけではないのだ……。」

ヌーランはミュムタズを見た。彼はラクの瓶を手にして、皆のグラスに酒をついでいた。最後に自分のグラスに注いだが、口はつけなかった。ヌーランは心の中で、私たちはなんと奇妙な、共通の結びつきをもっていることだろう？　一人は自分の古い友人、もう一人は恋人、そして彼の親類……。それにしてもスアトはなんとたくさん飲むことか？　そのあとで、大学時代スアトについてよく言われた比喩を思い出した、実際、馬でもこれほどたくさん飲まない……。もしかしたら酒はぜんぜん飲まないかもしれない。彼女は片方の眉を上げて頭を絞《しぼ》った。否、ぜんぜん飲まないわけではない。一部の競馬馬はビールやワインを飲むと新聞で読んだわ。でも、もちろんこれほどは飲まない。彼女は、スアトが再び一気に空にしたグラスを恐ろしそうに見た。スアトを馬にたとえたのを思い出すと、よく笑ったものだった。しかし今は笑わなかった、つまり、ここには不安にさせる状況があるのだ。ミュムタズもそれを感じたので飲まなかったのだ。それなら自分も飲むつもりはない……。ところが飲む必要は大いにあった……。**先ほどの音楽に自分は何時間も捏ねられた、自分が聖なるパンだねになったと思ったときもあったほどだった……。**酒のもたらす変化が必要だった。しかし飲むまいと思った。

今度はセリムの番だった。彼はモントローの休戦の寸前、ごく小さい時に、父親と一緒にコーカサスを脱出したのだった。「大戦の前、ロシアで学生たちは、特に大きな駅の売店で飲んだそうだ……親父はいつも話していた。リーダー格が、ベルと汽車の時刻表を手に持って、大きな声で読み上げる。たとえば、どこそこの駅で汽車は二十分止まる、三杯ずつボルドーワインが飲める、とか、あるいはウォトカを一瓶……とかと言って、酒をふるまったそうだ。こうして、駅ごとに、それぞれの町の特産の肴とともに酒を味わうことが一種の旅行になったそうだ。酔っ払ってテーブルの下でひっくり返った者は、どの駅であれ、そこで下車したと見なされ、ベルが鳴って、旅は続けられたそうだ……。」

セリムは周囲を見回した。誰も聴いていなかった。彼は肩をすくめた。もともとセリムの語る父親から聞いたという話には、誰も耳をかたむけないできた。これらのロシアの思い出のせいで、友人たちは、彼に「父親の郷愁」という名をつけた。しかしセリムは好人物で、自分の弱点を認めていた。彼は怒らなかった。イヒサンの傍らに行った。オルハンは彼をすぐ隣に認めると、やさしくその肩に腕を回した。セリムの運命は、彼の二倍の体格のオルハンに対して、ある意味で寄りかかる者の役割を務めることだった。先刻から、抱きかかえられることが嫌でオルハンから遠ざかっていたが、自分の逸話が関心を得られなかった落胆から、摑まれることを自分から受け入れた。**運命**さ……と心の中で何度か繰り返した。

自分の上にのしかかる重さに押しつぶされて、自分の愚かさに苦笑しつつ、イヒサンの話すのを聴いた。

「虚構《フィクション》がないのを悲しむことがどこまで正しいかわからないが、イスラム教に原罪の思想がないこと、例の楽園から追放されたできごとについてキリスト教ほど関心をもたないことは、私にすれば、テクノロジーから芸術にまで、至るところで影響したことだった。特に、精神的問題にはほとんど思考の場が与えられなかった。われわれはこの状況をあるがままに解釈すべきだと思う」——イヒサンはどこからこの件を話し始めたかを忘れていた。スアトに病的な面を語りはじめる機会を与えないように急いで話していた。「私の考えからすれば、この二つの世界のあいだには対話や議論の基盤さえないのだ。宗教でも、社会の形成でも、違いは第一歩から始まっている。忘れるなかれ、西洋文明ではすべては救済、解放の思想の下に打ち立てられる。人類は最初に、宗教によって、キリストが地上に降りて、そこで殺され、自らが犠牲になることを受け入れることによって救われる。その後、社会学的には、階級闘争によって、まず町の住民が、そのあとで農民が救われる。それに対して、イスラムの伝統では、ある意味でわれわれは最初から自由だったのだ。」

スアトは三杯目のグラスを飲み終えて、イヒサンを見つめ、「あるいは最初から見捨てられていたか……」と言った。

「いや、最初は自由だったのだ。社会に捕虜や奴隷はいたが、自由だった。回教法律《フクフ》は人間が自由だと主張している。」

スアトは主張した。「〈東〉はいかなる時にも自由ではなかった。〈東〉は常に限られた独裁的グループの下での、ほとんど無秩序とも言える個人主義の中にあった。自由をひどく容易にあきらめてしまう……なにかにつけて。」

「私が言っているのは、真の基盤のことだ。〈東〉では、特にモスレムの〈東〉では、社会はこの自由の思想の上に打ち立てられている。」

「だからどうだというのですか、これほど容易に自由を捨て去ったあとに？……」

「それは別の問題だ。それは一種の愛他主義とか自己犠牲の作法だ。イスラムの東は、何百年も自衛的だった。たとえばわれわれだ。二百年近くのあいだ、致命的に自衛を行なっている。このような社会では、ある種の砦の体制がひとりでに生まれてくる。今日、自由の観念を失ったというなら、その理由は、われわれが捕縛の状態に生きているからなのだ。」

スアトはグラスをミュムタズに差し出して言った。

「ミュムタズよ、どうか、俺に自由意志を行使させてくれ。」その声は子どもの声のように柔らかかった。あるいはそれは口笛だったのか？「これが、全能なる神が俺の手や腕を縛った後で与えたもうた自由だ！……」彼はグラスを取って、その中のものを見つめ、あたかもそこに恐ろしい未来を見たかのように、頭をのけぞらせた。そして、その見た幻を永久に壊したいかのように、ラクに水を加えて白濁させた――「さあ、これが俺の自由の限界だ……」と言った。「しかしこれは、諸君が考えるようにばかげた行動ではないのだ。軽蔑するなかれ！……」それから突然、自分自身に腹を立てて、グラスを再びテーブルに置いた。「だが俺はどうして、皆が俺のことを咎めているのを見たからといって、それを認めたのか？　誰も同じようなことをしているのではないか？……」

ヌーランは、「誰もあなたが酒を飲むからといって怒ってはいないわ……。ここに楽しむために集まったのだから、もちろん誰もが飲むわ……」そう言ってグラスを上げた。ミュムタズはそのとき、彼女と目が合わないように横を向いた。実際は無意識のうちに、あるいは彼が暗示したことから、あるいは心の中の恐怖のせいで、あるいはもしかしたら皆、彼を嫌っていたために、彼の周りに集まって、狩り出したおびえた獲物のように扱い始めたのではないかとヌーランには感じられた。しかしそれは事態をさらに悪化させた。

ここだけではない、もしかしたら、世界中の至るところで、どこの灯りの下でも、これに似たことは起こるのかもしれなかった。人類はうまくやれなくて、そのために不運になるのだ。この上ない善意からなされたことからすら、一連の、無意味な不幸が生まれる。心配、些細な心配……。ミュムタズはため息をついた。スアトは今晩何かをやらかすかもしれない。そう考えるだけでも、危機を用意することになる。政治でもそうではないだろうか。恐怖、自衛本能、相手の対抗……まさに音楽でもそうであるように……。そして、最後に黄金の嵐のような絢爛たるフィナーレ……。突然、トルコの音楽の中で目覚めた精神状態から、彼の思考が西洋音楽に移ったことに自分でも驚いた。なんて不思議なことだ。自分には二つの世界がある。ヌーランのように、自分は二つの世界の、二つの愛の真ん中にいる。つまり自分はひとつの全体ではないのだ！　誰もがそうなのだろうか。

スアトはヌーランの答えを聞いていないふりをして言った。

「誰もが俺のことを非難し、俺の気性を批判する。俺の病気のことを言う者もいる。俺の結婚生活をあてつける者もある。本当は両方とも重要ではない。」彼はグラスをきつく握り締めていた。「誰もが俺に悪事を思い出させる。妻が、友人たちが、親戚が、誰しもが。俺が責任感を持たずに生まれてきたとは誰も考えない。人間はそう生まれる者もいるし、そうでない者もいるのだ。俺にはそれはない。妻は結婚した最初の週にそれがわかった。それでもまだ、こぼしたり、文句を言ったりする。もしかしたら彼女は奇蹟を待っているのかもしれない。奇蹟は起きないわけではない？　たとえば、突然俺が変わる——つまり生きることを愛し始める。所長が、課長が、出納係が、法律顧問が気に入るとか、子どもたちが俺の肩によじ登ると幸せになるとか……。」

マージデはからかった。「ここに来る前にお酒を飲んだの？……」

「昨日からだよ、マージデ……昨日の晩、ヤシャルが俺をサビヒのところに連れて行ったんだ。そこで夜中まで飲んだ。そのあとで、アルナヴトキョイまで出かけて、三時か四時ごろまでそこにいた。それから……。」

ヌーランは興味深い物語であるかのようにその続きをきいた。

「それから？……そのあとであなた方は何をしたの？……」

彼は顔をくしゃくしゃにさせた。

「その後はご存じのとおりだ……アルナヴトキョイは中心地だ。あらゆるタイプがいる。民族的なものすら……俺たちはグループで楽しんでいたからジプシーを選んだ、夜明けをジプシーのドラムでむかえた。ヒュッリエト・エベディエ丘にあるあの悪名高い歓楽街があるだろう？　まっすぐそこに行った。一人のジプシーが、つるべで水を汲むように、夜の中から薔薇色の黎明をゆっくりゆっくり引き出した。美しい少女もいた、若い、ほとんど子どもみたいな。名はバーデ《ぶどう酒》だ。想像してくれ……あるいはミュムタズがそうすべきだ、これは彼の領域だから。ドラムの即興、バーデという名のジプシーの少女、友人たち、ラク、ダンス……そのあとで友人の家の長椅子で寝ること。」

突然彼は顔をしかめた。グラスを口に持っていったが、一口飲んだだけだった。

「朝がつらい。酒を飲んだあとの疲労にどうしても慣れなかった。」グラスをテーブルの上においた。

誰もが驚いた。

「この程度で十分かい？　ヌーラン……。ひどいものだろ。しかし、本当のことを言えば、これらの何も起こらなかったのだ。俺はサビヒのところにも行かなければ、酒も飲まなかった。昨日の晩は妻と一緒にいた。ここにもパシャバフチェからまっすぐ来た。」彼は愛らしく微笑んだ。「酔っ払っていない。俺は絶対に酔っていない。」

マージデはきいた。「それなら、どうしてうそを言ったりしたの？……」

「皆をびっくりさせるために。俺のことを批判するようにと。重要な人物だと見られるために。」彼は大笑いをした。短い、乾いた咳のあいだに彼は続けた。「俺の結婚生活のことを話されると腹が立つ……。」

ヌーランは言った。「誰もあなたの結婚生活のことなど話さなかったわ？」

「かまわない。俺が自分で言っただろう。それで十分だ。つまり、俺の上に社会的圧力があるんだ！」彼は額を拭った、それからミュムタズに向いた。「ミュムタズよ、お前に小説の筋をやろうか？……こんなのはどうか？……

俺が話そう……一人の人間、善行を積んだ人間、役人、教師、あるいは面白いお上人を想像してくれ！　すべての徳を持っているとしよう。それらをもって生まれたとしよう。一度も悪いことをしなかった男なのだ。つまり……しかし義務が嫌いだ。奇妙ではないか。自分のみを愛する。自分の中で、自分のために生きたいと思う。彼の人生は、目的はないが、豊かだ。行動でいっぱいだ。そしてそれらの行動はひとりでに善に向かう。しかし彼は思考の中では自由になりたい。そして、義務の感覚を認めない。ある日この男は、一人の女と結婚する。もしかしたら愛した女とだ。彼は突然変わる。機嫌の悪い、潔癖な、悪意ある男となる。自分が分類整理されたと見ることは、彼を次第に狂おしくさせる。レッテルを貼られて生きること、馬車馬のように一緒に生きることの退屈は、彼を内部から変える。次第に、誰に対しても悪いことをする、動物にも、人間にも、すべてに残酷になる。けちになり、他人の幸せに我慢できない。そしてついに……。」

早く切り上げさせようとミュムタズは、「よくあるシナリオだ……彼は妻を殺す」と言った。

「そのとおりだ。だがそれほど簡単ではない。奴は自分自身と長い議論をする。人生をひとつの問題とみなして考える。ついに、結婚が彼と人類とのあいだの唯一の障害だと見る。」

「離婚すればいい……。」

「何の得があるのか？　一緒に生活した二人の人間が互いに別れられると、本当に別れられるとお前は考えるのか？」このことばを、ミュムタズの顔を見つめてスアトは言ったのだった。「それに、別れても、どうなるのだ。すべての繋がりを断ったとしても、一緒にいたあいだに失われた年月がある。すべてを、その一分ごとを生きた、膨大で、恐るべき、闇の存在が。それらから救われることができるか。それから、精神的な慣れがある。その場合、彼はより大きな躊躇に陥る。自分の周囲にあるすべての悪を、承知の上でやった男を考えてみろ。離婚もそのひとつだ。」

「それなら、殺せば忘れるのか？……」

「いや、忘れない。もちろん忘れることはない。しかし復讐心は残らない。心の中の怒りは消える。」

ヌーリは我慢できなかった。

「ミュムタズよ、俺ならその男の一生を書く代わりに、もしどこかで出会ったら、そいつを殺した方がいいと思う……。」

スアトは肩をすくめた。

「それは何も解決しない。単に問題から逃げたことになる。それから、ミュムタズは殺すことはできない。殺すためには、その男を知って、選り分けなければならない。誰にでも似ている人間であれば、なぜ殺すのか？　誰しも多少は、一人のあるいは何人かの人間のせいで邪悪な行為をする。それは確かなことだ……。すべての落下の下には、別の落下があるものだ。そして誰もが自分の墓穴を掘るのだ。その男は誰しもに、われわれの誰しもに似ている……しかし、誰もそうは認めない。そうだ、最後にこの残酷なゲームから救われる唯一の途を見出す。たった一つの行動、血塗られた行動、一種の復讐に似た仕事だ。しかしそれをするや否や、魔法の敷居を飛び越えたように、自分を向こう側に、以前の世界に、心の中が善意で満ちて豊かな世界に見出す。その顔は輝き、魂は無限に豊かになり、人間を愛し、動物を憐れみ、子どもたちを理解するのだ。」

「どうやって？　殺人によってか？……」イヒサンはすっかり陰鬱になっていた。眉を顰めて、絶壁の前にいるかのように考え込んで、ミュムタズを見つめていた。ヌーランはミュムタズの傍らに行って、手をその肩に置いた。喧嘩が始まるときのように、誰もが一番好きな者の隣にいた。セリムだけが、一人で、小さな上背ながら、腕を組んで、この上なく面白い見世物を見物する表情で、話している者たちを眺めていた。彼はむしろ、通りで闘鶏を眺める子どもたちに似ていた。

「ここでは、もう殺人はない。」

マージデは、「気でも狂ったの、スアト？　そのようなことをどうして話すの？　自分を憐れみなさい……。」そう言ったあと突然、何年も自分の前で使われたことのなかった「狂った」という語が自分の唇から出たので、こわごわとイヒサンの後ろに引き下がった。身体中が震えていた。

「いいや、どうして気が狂うのか？　俺は小説の筋書きを話しているのだ。ここでは人殺しはない。救いがあるのだ。唯一の障害の除去、再生があるのだ。そうだ、宇宙を再発見する。彼は七日間の猶予を自分に与えた。彼は七日間、殺人を隠す。七日のあいだ、甦ったかのように人間のあいだで、幸せに、彼らと理解しあって、輝かしく生きる。まさに神のような七日間だ……。そして七日目の夕方、自然や生物のすべてと和解して、人間の運命の昇天《ミラチ》の日に首を吊る。」

イヒサンは、「だめだ……」と言った。「性格の変化を説明できないではないか！　いかなる復讐心も、いかなる正義感も、個人に他人を殺す権利を与えない。しかし、もしその権利を自分に見出して、殺したとしよう。その変化はどうして起こるのか？　自己認識への途には殺人などない……人間の血はいつも恐ろしい物、タブーだ。人間を貶め、虐げる。社会の正義の場合でさえ、殺人をやった者をいい眼では見ない。処刑人はいつも嫌われてきた。」

「俺たちの道徳にとっては、そうだ。しかしそれを超えれば……。」

「道徳を超えることはできない。」

「どうしてだめなのか?……善と悪を超えて生きている人間にとって……。聖人について話しておられるが、俺の主人公は聖人になることを望まない。彼は自由を望んでいる。それを手に入れれば、神になるのだ。」

「人間は血によって自由にはならない……血によって手に入れられた自由は、自由ではない。それは穢れたものだ。言うまでもなく人間は神にならない。人間は人間である。しかもそれも、またかなり努力して到達するものなのだ。」

「俺に自由を定義して下さいますか?……」

スアトはしばしイヒサンを注意深く眺めた。イヒサンは彼に答えようとした。しかし突然、本気で心配になったマージデが中断した。「イヒサン、スアトは妻のアフィーフェを殺そうと考えたりしていないわよね……」と。イヒサンは笑いながら妻を宥めた。「なんとまあ、子どもっぽい!」そのあとからそっと付け加えた。「いいや、怖がることはない、彼は話したいだけだ……彼は憤慨している、だからだよ」と。それから再び答えを待っているスアトに振り向いた。

「定義しよう。それは他人のためにわれわれが望む天恵だ。」

「それでは、自分は、ご自分はどうなるのですか?」

「それを他人のために望むことによって、自分も自分の欲望に対して自由になるのだ。」

「それは一種の隷属だ……われわれは皆、個々に存在している。」

「ある意味ではそうだ。つまりもしわれわれが、心から他人の安寧を望むのでないならば……。しかし皆と一緒にいるということを考えてみれば、完全なる自由だ。君が『われわれは皆、個々に存在している』と言うや否や、君はすべてを捨てているのだ。存在はひとつのもので、われわれはその一部なのだ！　そうでなければ世界は刻一刻悪化する。存在はひとつである。そしてわれわれはその一時的な部分である。幸せや平安はこう考えることによってのみ得られるのだ。」そのあとで、彼は微笑んだ。「君にかなりの譲歩もしたのだ、スアトよ……私の考えを理解してくれ、もしかしたら、根本では同意できるかもしれない。人間は一人一人は神にならない。しかし人類はいつの日か、自分たちにふさわしい倫理を作れば、神格化できるのだ！……つまり偉大な属性を得ることができるのだ。」

スアトは疲れたように片隅に座り込んだ。ラクのグラスをしっかりと握っていた。ミュムタズは、ただ彼を眺めていた。われわれは不思議な晩を過ごしているのだ……と考えた。スアトに対し、以前のように怒ってはいなかった。彼は明らかに病んでいた。しかし彼に完全には同情もしていなかった。スアトの気性には憐憫を拒否する面があった。スアトはひどく愛され得るし、また嫌悪もされる。しかし彼は憐れまれたことはなかった。彼の不機嫌さは人間の心に向かって閉ざされていた。今ですら、ホールで、電灯の下で、誰に対しても、何に対しても疎外され、理解されないもののように離れていた。

「いや、問題はそうではないのだ……あなた方は問題を逆に考えている。俺は個人のこととして話しているのだ。俺は貧乏人ではなく、裕福に生まれた者について話しているのだ。あなた方は、誰にも当てはまる一般的原則を彼にも適応しようとしている。ところが彼はそれらを超越している。俺がどこから始めたかを思い出してもらいたい。すべての価値を既に自分の中に持っている男と言ったのだ。」

「だからどうだというのか……。」

「つまり、他の者が努力して得るものを彼は生まれつき持っているのだ。」

「その得られるものの中に、義務とか責任感とかもあるのか？」

ヌーランは目を瞑って考えていた、ファトマは今、何をしているだろうか？

「いや、それはない。周囲に対して完全に自由だ。しかし惜しみなく与える……。」

イヒサンは静かにたずねた。

「君はわからないのか？　今どこで誤ったのかが。」

「いや、わからない……だからどうだというのか。ミュムタズは、それでもこの小説を書くといい。」

イヒサンは続けた。「君は人間から責任感をとり除く。その代わりに一連の生まれつきの美徳を置く。ところが人間は責任感から始まるのだ。その他は性質の豊かさだ。ところが君の説明では、結婚、幻滅、あるいは理由のない嫌悪によって、主人公の、君が想像した神になる男は、殺人の方向に変わる。ところが責任感は……。」

「責任感も変わる……ただ行動が広がるのだ。まず最初に価値を破壊する。」

「破壊する。そうすれば、輪からはみ出す！　なぜなら人間は責任感から始まるからだ。」

スアトは頭を振った、「だからどうなんだ……。」

「つまりこういうことだ。彼は、君が考えたようには、他人とも社会とも協調できない。その反対に、彼らとのあいだで流血が起こる。人間と、あるいは宇宙と協調してやっていくためには、世界とその住人の姿が、私の中のそれらと同じようでなければならない。ところが、殺人は、さらにはごく些細な不正なことすら、この姿を歪める。われわれは宇宙を無視したことになる。あるいは、宇宙はわれわれを吐き出すのだ！」

「自身の苦悩はその姿を歪めないのか?」

イヒサンは躊躇わずに答えた。「その反対に、私は苦悩を通して、人間と協調するのだ。苦悩しているとき、人類をよりよく理解できる。彼らと自分のあいだにとても温かいものが入ってくる……その時、責任感をよりよく理解するのだ。苦悩は日々のパンだ。それから逃れる者は、人間性を一番弱い面から攻撃したことになる。人類への最大の裏切りは苦悩から逃げることだ。一撃で人類の運命を変えることができるかね。惨めさを除去しても、多くの自由を与えても、それでも死、病気、不可能、精神的痛みは残る。だから苦悩に対して逃げることは砦を内部から破壊することなのだ。死に逃避することはまったく恐ろしいことだ。それは単に動物的無責任さに逃げ込むことなのだ。」

イヒサンはしばし黙った。彼も、スアトと同じように、もしかしたらもっとひどく苦しんだのは明らかだった。顔を汗びっしょりにして、ゆっくりと続けた。

「人間は運命の虜だ。そしてこの運命に対して、信仰以外には、なかんずく苦悩に耐える以外には、武器はないのだ。」

「信仰について話しておられる。しかし、ご自身は理性の道を歩まれている。」

「私は理性の道を歩んでいる。もちろん理性の道を進む。ソクラテスは、頭のいい恋人は情熱的な恋人よりいいと言っている。理性は人間に固有の属性だ。」

「しかし殺す者自身も、殺人の対象となった犠牲者と一緒に死ぬのではないのか……。」

「ある意味でそれは正しい……だが、その死は君が望んだような再生をもたらすことはできない。少なくとも、普通は。なぜなら、この犯罪によってわれわれは、あるカテゴリの外にはみ出す。君は人間を宇宙の中にちゃんと置いていない。ところが実際は、そこから始めなければならないのだ。自分は人間における神の属性を拒否する者ではない！　その反対に、宇宙の主人は人間の精神なのだ。」

スアトは笑って、「イヒサンの情熱的な面に出会ったらしい」と言った。「しかし、ミュムタズよ、お前はそれでもこの話を書け！」

ミュムタズは初めて会話に加わった。

「それはいいが、どうして自分で書かないで、僕が書くことを望むんだ？」

「それはいとも簡単なことだ。お前は作家だ。書くことが好きだ。俺たちの役割は別だ。俺は単に人生を生きているだけだ！」

「僕は生きていないのか？」と、ミュムタズはきわめてやわらかい声で訊いた、あたかも『僕は死んだのか？』と言うかのように。

「いや、お前は生きていない、つまり、俺のようにはだ。お前は特定の場所に引きこもってそこで生きているのだ。広大な、輝かしい空想力がお前にはある。お前は、時に打ち勝つことができると言う。自分にとって役に立つ何をも失うまいと努力している。これは自分の役に立つとか、役立たないとかと言って仕分けする。見たいものを眺め、見たくないものは眺めない。」スアトはほとんど自分自身に話していた。何度も咳き込んで、咳をするたびに、『構わぬ、大丈夫だ……』というかのように顔を上げた。「お前にはどうしても自分のものにしたい世界がある。幻想であれ、そこから出ようとしない。俺はお前に似ているか？　俺は惨めで、物質的で、酔いどれで、義務から逃げる男だ。俺の人生は、どうしようもない浪費だ。水のようにあてもなく流れている。俺は病気だ、酒を飲む、子どもがいるが、その顔も見たくない。俺は自分の人生をどこかにおいてきて、いつでも他人の皮膚の下で生きているのだ。盗人、人殺し、片脚を引きずって歩く哀れな者、誰でも、どんな生き物でも、すべてがそれぞれ俺を招いて、俺を呼ぶのだ。俺は皆の後ろを追いかける。彼らが俺に心の殻を開いたり、あるいは俺が彼らに体を開くと、気がつかないうちに、俺の中に住み込んで、俺の手や、腕や、思考を、支配したりする。彼らの恐怖や心配が俺の恐怖や心配となり、夜には彼らの夢を見るのだ。俺は彼らの呵責で目が覚める。それだけではない。すべての拒まれた者たちの苦悩が俺の中で生きているのだ。彼らのすべての下降を体験したい。俺の銀行から、俺に任された金庫から、何度盗んだか知っているか。」

マージデは泣き出しそうになった。「スアト、何を言い出すの？　この人の言うことを聴かないで、お願いだから……見てごらんなさい、汗びっしょり……。」

ミュムタズは嫂を見た。顔は蒼白で、目は大きく見開いていた。マージデはまさに精神的危機のさなかにいた。しかしスアトは彼女の苦痛を気にかけなかった。

「心配するな、マージデ。あんたが考えたようなことはなかった。本当は盗まなかった。だが百回も盗むことを考えた。考えただけではない、盗んだことを想像した。もしかしたら、百回とも銀行から一番最後に出た。後ろから俺を捕まえる男たちが現れると、いつも縮こまって歩いたり、一度も行ったことのない道を歩いたりしたものだ。」

「それはいいが、なぜそうしたのか？」とイヒサンがきいた。

しかし、スアトはミュムタズを見ながら答えた。

「俺が人生を、なぜ一番無意味な形で愚かしく生きたのか、なぜ楽しんだのか、なぜ酒を飲んだのか、なぜ結婚したのか、すべては同じ理由だった。時間をつぶすためにだ。生きるために。朽ちはてないようにするために！」彼は肩をすくめた。「よくわからないが、自分を感じるためにだ！　深淵に対して、絶えず俺はここにいるという必要があるためだ！　さあ、なぜお前に書いてもらいたいかがわかったか？　一度でも、待つことの恐怖で慄くようにだ！　誰しも頭の中に、愛とか苦しみとかいうことばがある。俺たちはことばを通して生きている。俺はこれらのことばの意味を習いたいのだ。だからやったのだ。たとえば、殺したいほど愛さなかったことを知るために、お前は書くべきだ。しかしお前は死についても知らない……。」彼はばか笑いをした。「お前にとって死とは、焼き窯で十分に焼いたあとで博物館で保存されている物のように、生きていたときよりも輝いて、永久に、より本来の形で待つということだろう。そうではないのか？　そしてお前は死を嫌悪せず、美や愛の兄弟だと見ている。お前は死を忌まわしいものだと考えたことがあるか？　汚らわしい腐敗と臭い！……ここに神を信じている者があるかどうか、俺は知らない。しかし確かなのは、誰もが沈黙のうちに、曖昧さでこの問題を覆ったことだ。なぜならあなた方はことばを通してのみ生きているのだ！　一度たりとも神と対話したいと思ったことがあるか？　俺が信心深かったら、神と話し、神を体験したいと思っただろう。」

ヌーランは、「スアト、そんな必要があるの？」と言って異議を唱えた。しかしスアトは聞いていなかった。彼は精一杯わめいていた。ミュムタズが恐れていたことが起こったのだ。危機が始まった。

ミュムタズはいつもの子どもっぽい声で、「お前は神を信じているのか？……」と言った。

「いいや、親愛なる友よ、俺は信じていない。その幸せに浴していない。信じていたら、事態は変わっていただろう。神が存在すると知っていたら、人間との問題はなかった。ただ神とは喧嘩をしただろう。

そして、俺に答えざるを得なかっただろう。俺は神に『来い』と言う、ここへ来て、自分が創造したもののひとつの講義を一瞬でも聴けと。俺がある日やったように……そのひとつの生活を二十四時間生きてみろ！　特に惨めなものを選ぶ必要はない。あんたは創造主だから、知らないとかわからないとかはありえない。どれかひとつの皮膚の中に入ってみろ。そして自分の言った嘘を俺たちと一緒に、俺たちのように生きてみろ。二十四時間この泥沼で、旱魃時の蛙になってみろ！」

イヒサンは笑った。「それはいいが、すべてそれらは、信じる者のみが言えることだ。君は、確かに信じているのだ！……それも、われわれの誰よりも強く！」

「いいや、俺は信じてはいない。ただ、本当に信じている者の頭で考えているだけだ。」彼は頭を振った。「これからも決して信じない。俺は地上でリウマチで死ぬことを選ぶ。」

皆は驚いていっせいに笑った。ミュムタズの顔だけが緊張して注目していた。スアトは彼の緊張にも、皆の笑いにも気がつかなかった。

「そうだ、俺は地上でリウマチで死ぬことを選ぶ！　よかったら話をしてやろう。俺の親類に、非常に純朴で、善良な男がいた。信心深く、品行方正で、聖人のような男だ。誰からも好かれた。彼の人生に対する態度を尊敬しないではいられなかった。トプカプのあたりに住んでいた。イスタンブルに驢馬で来るのだった。その驢馬は俺の子どもの頃の喜びのひとつになった。ある日彼の家に行ったとき、驢馬がいつもの場所にいなかった。どうしたのかと、訊いた。哀れな動物はリウマチになったと言って、厩を開けて俺に見せた。驢馬の鞍を反対に、腹に括って、鐙《あぶみ》を天井に掛けていた。こうすると、驢馬の足は厩の湿気から救われ、しかも足で立つ必要もないのだった。目の前にぶら下がって四本の脚を大地に向かってだらりと垂らしているその柔和な表情が、どんなに滑稽なものだったかおわかりか？　痛々しく、そして滑稽で、あたかもその動物は人間のようになっていた。最初、俺はひどく笑った。しかしその後では、笑えなかった。今日、形而上の思考をするたびにその状態が、あの悲しげで驚いたまなざしが思い出されるのだ。」

ヌーランは、「そんなこと一度も聞いたことがないわ。でも、よくなったの？」ときいた。

「いや……二、三日後に、死んだ。ほとんど自殺だった。つまり、ある晩、どうやったのか自分を床に下ろしたんだ、土の上で死ぬために。しかしあのように吊り下げられなかったら、リウマチで死んだだろう！」

ミュムタズは肩をすくめて、「ばからしい……」と言った。しかしスアトはまだ笑っていた。それから、急にまじめになって、「もしかしたら」と言った。「しかし俺にとって真実はこれだ。わかるか！　神は死んだ、俺は自由を味わっている。俺は自分の中の神を殺したのだ。」

イヒサンは訊いた。「君は本当に自由だと思うのか？」スアトは彼を敵意を込めて眺めた。その顔は汗びっしょりだった。「わからない。自由になりたいのだ……。」

「いいや、君は自由になれない……。」

「どうして俺は自由になれないのか？　誰が俺を禁じることができるのか？」

「なぜなら、君が殺した神は君の中に存在しているから。君はもう自分の人生を生きていないのだ。君はこの状態では、ひとつの墓、あるいは棺のようなものに過ぎない。恐るべき、残酷な死を内に納めているのだ。どんな自由をもつことができるというのか？……そうだ、神がいなければなんでも許されると信じている者がいるのを、私も知っている。神が座していたところを、人類のために破壊した者もいた。神格化した人間を私も知っている。だからどうだというのだ。単に惨めさと直面しただけだった。人間の運命は依然として同じ運命だ。同じような困難の中にいる。同じ苦悩の中にいるのだ。実際、君が新しい夜明けだと思って眺めたものは火災に過ぎないのだ……。いや、君は神の考えを心の中で悪化させることによっては、神から逃れることはできないのだ。どんな傷もいじくることによってよくはならないのだ。」しばらく黙った。「しかし、スアトよ、君はなんとすばらしい神学者になったことか。わかるか？　なぜなら、君が説いたことは逆説的な神学に他ならないからだ。」

スアトは、「俺はそうは思わない」と言った。「実際のところまったくそうではない。」

「お好きなように……だが、私の考えではそうなのだ。」

スアトは時計を見、グラスを皆に向かって上げて、飲み干した。しかしミュムタズは彼が空になったグラスをテーブルに置く前に、ほとんど注意深くその底を眺めたのを見た。

「もう行かねばならない！……皆さん、ごきげんよう……」と彼は言った。ミュムタズとヌーランは異を唱えて、「どこへ行くと言うんだ？　夜はまだ始まったばかりだ。楽しみはこれからだ」と言った。

「いや、約束があるんだ。少し遅くなったがどうしても行かねばならない！　では」と言って、手で皆に別れを告げた。ヌーランとミュムタズは彼と一緒にドアのところまで行った。

ミュムタズはヌーランに、「彼に、もっといるようにどうして言わないんだ……」と言った。そう言いながら、心の中でほっとしていた。実際、スアトが残ろうと残るまいと、自分にとってはもう重要ではないと考えていた。

ヌーランはスアトを眺めながら、「彼に言っても無駄よ、もし彼が本当に行きたいのなら。さよなら、スアト……」と言って、握手する前に、彼のコートの襟を直した……「襟巻きが要る?」

「ありがとう、でも襟が広いから。必要なら襟を立てるよ……。ミュムタズ、少し一緒に歩いてくれるか?」

二人は一緒にドアを出た。

7

ミュムタズは闇の中で深く息を吸った。これ以上は耐えられないほど疲れているのを感じた。湿度の高い夜に、二、三時間前にはまったく別の目で見た一連の影の中を、二人は歩んだ。秋の夜、エミルギャンの丘を、あのどうしようもない孤独感からくる妄想が覆っていた。対岸のアジア側の浜辺の灯りは、この孤独感の中でむなしく救助を求める信号に似ていた。スアトは暗闇の中を、自分の前を見ていないかのように、あちこちにぶつかりながら歩いていた。そのようにして坂道の中ほどまで歩いた。そこでミュムタズの客人は彼に「お前はもう戻れ……」と言いかけたが、最後まで言い終えられなかった。激しい咳が何秒か続いた。

ミュムタズは、「よかったら戻ろう、今晩は家に泊まれよ！……タクシーも見付けられないよ！　ベッドはある！」と言った。スアトは咳が終わるまで答えなかった。ただ彼の手をきつく握っていた。咳が治まると、「いや、俺は行く」と言った。「本当に、お前たちを十分に不快にさせたな……。」

「そんなことはない、ただお前が辛そうだから！」

「そうだ、辛い、まったくそうだ……しかし、これも過ぎていくことだ！」と言って、先ほどからしっかり握っていたミュムタズの手を放し、「さあ、お前は戻って、楽しめ……」と笑いながら言った。ミュムタズは闇の中に、スアトの目が自分の目を探したのを感じたが、無意識に目を逸らせた。しかし、スアトは行こうとしなかった。ミュムタズのジャケットの襟をつかみ、彼を止めて、低い声で、「俺はヌーランに手紙を書いた。お前はそれを知っているか？」と言った。「一通の恋文だ！」

この突然の攻撃に対して、驚いたミュムタズは吃るように、「知っている」と言った。「彼女は僕に見せた。お前は僕たちが結婚することを知っていたのか？」

「愛し合っていることは知っていた。」

「ならどうして？」

「理由はない。あれも悪意のない行動のひとつだ……。書く三十分前まではヌーランを何か月も思い出したこともなかった。」

ミュムタズは自分にかかわる問題ではないかのように落ち着いた声で言った。「しかし僕に対して、古い友だちに対して、わからんが、あまり適当な行動ではないと思う。」今度は見つめ合った。スアトの表情には悲しげな微笑があった。

「お前には、奇妙な、とんでもない衝動が、時として人をどのように襲うかはわかるまい。たぶんこれからもわからないだろう。なぜならお前は、その行動を駆り立て、その必然的な継続をうながす原因と結果を知りたがる人間の一人だからだ……。そのために、なにごとにおいても論理を求めるのだ！　ともかく済んだことだ！　お前を無駄にとどめまい。俺は単に、とんでもないことだとしても、知ってほしかっただけだ……さよなら。」そして彼は坂道を急いで下り始めた。ミュムタズはその後ろから叫んだ。「誰でもそうだ。だから、くだらないことにしばられないように気をつけろよ！」

「さよなら……。」スアトは急ぎ足で坂道を下りていった。

ミュムタズはその場で、夜陰の中でよりはっきり聞こえる彼の足音と胸を裂くような咳をしばらく聴いていた。やがて、のろのろと家に戻り始めた。その手が、大きな、骨ばって汗ばんだ手のひらの締めがねから解放されてうれしかった。この奇妙な晩に、なぜか自分の手が彼の手のひらの中にあることは、ミュムタズを怖がらせたのだった。そのねばねばした圧搾機は、彼の魂にまつわり付く幻想を与えるかのようだった。もしかしたら、彼から目を逸らせたのはそのためだったのかもしれなかった。そう思い出すと自分に腹を立てた。一人の病人を恐れたのだ。しかし救われたという思いは本当で、手を空にかざして、再びまみえることのできた何かのように眺めたのであった。熱病と汗のねばねばする熱さで、スアトの手は、手のひらの皮膚や指先から、強力で、自分にとってひどく必要な、非常に重大な要素を奪い去っていくかのようだった。

『どうして彼はあれほど苦しんでいるのか？　なぜあれほど残酷なのか？』と何度か自問した。少なくともミュムタズは、ヌーランと知り合ったとき以来感じたことのない精神状態にあった。自分は彼から百歩も離れている。そして、この道で一人で震えている……と心の中でつぶやき、自分に腹を立てた。自分の世界の一部ともいえる人びとが皆家にいたが、その瞬間は、彼にはヌーランも、イヒサンも、他の客人たちも思い浮かばなかった。

坂の一番上で再び立ち止まって、周囲を見回した。秋の夜は、黒い磨きのかかったガラスの後ろにいるかのように、散乱し、人間の内部まで作用する光によって、ありとあらゆる変化の可能性の彼方で輝いていた。ボスフォラス海峡は、遠くで濃い灰色に光る一本の線になっていた。その向こう、対岸のアジア側の街灯のぼんやりした光は、星を真似るかのように、周囲に営まれている生活ではなくて、自分自身の静寂を見張っているかのようであった。しかし、周囲にあるすべては、小さな夜の音や、時々の虫や鳥の声、枝の囁きとともに、凍てついたようだった。

そして、もし彼が言ったことが本当だったら……神よ、もし彼が言ったことが本当なら……その不安で、彼は顔を上げて空を眺めた。多くの星が、透明なおののきによって闇がより深くなった空の真ん中で、重病人の家の、希望と苦悩と心配に満ちた窓のように輝いていた。知らず知らず、彼はまだ死んでいない……と考えた。心の中の呵責はとても激しく、どこかに逃れて、隠れたいと思った。しかしどこに逃れられるのか。無限の時間の光の隊商《キャラバン》を満載する夜のどこにも、人間の魂が避難できる裂け目もなければ、柔らかさもなかった。満腹した夜は、堅い殻に大きな宝石を嵌め込んだ動物のように、一人で、何ものをも受け入れようとせず、あたかも生きているすべてを拒否するように、その周囲の殻を堅く閉ざしていた。生きている証し、何事にも笑いかけ、語りかけるあの神秘は、この重い宝石のついたカーテンの後ろに引き下がっていた。どこかで物音がした。水平線の片隅が動いた。重い、険しい夜は、大きな濃紺と黄色の鳥のように、あたかも彼の頭上を滑るかのようだった。しかしその翼はいまだにこわばっていた。

「自分も一緒に連れて行ってくれたら……。」

他のときであれば、ミュムタズは、この純粋な宝石からなる、無垢の眠りから目を覚まさない、黒い大理石や御影石からなる鉱脈のような感じを与えるこのような夜には、自分の嗜好と詩の純粋な世界を見出しただろう。しかし今、彼はひどく惨めで、詩の世界から閉め出されたようだった。心の中に大きな恐怖があった。

「体の一部が崩壊したようだ……」と独り言を言った。

通りの一番端の家にランプが点いて、遠く離れた彼らの生活が、このような晩には、ひどく甘美で、幻想的なものとなった。そしてひとつの窓が、突然生活の病いに取り憑かれたかのように、埋まっていた純粋で深い静寂の中から、目の前にある木の半ば濡れたシルエットとともに、この大きく豪華な静寂から切り取られたばかりの血の滴る一切れのように、ミュムタズの目の前に現れた。ミュムタズは家に客たちを置きざりにしていることに気がついた。ヌーランは心配しているかも知れない。急いで歩き始めた。しかしこの小さな妨げは、彼の時間を自分だけのものに変えていた。心の中にある孤独感と呵責の念はなくならなかった。

彼の体の一部はまだ空《くう》を泳いでいた。頭と肉体のあいだにどれほどの距離があるのだろうか？……

彼は立ち止まって考えた。自分は本当にそう言うつもりだったのだろうか。スアトに腹を立ててはいなかった。彼が感じたものはもっと強力で、もっと微妙なものだったのかもしれない。もしかしたら、スアトがやったことが悪いことだとはわかっていた。しかし彼は裁くことはしたくなかった。もう他人を裁くのはやめていた。スアトは彼自身の中の惨めさを口に出すことによって皆に不快な思いをさせた。ミュムタズを驚かせたものは、その惨めさの深さ、あるいは、彼をあれほど惨めにしている生活の混乱だった。それとともに、スアトには悔恨の思いもあったのは確かだった。一晩中彼の言うことを聴いていたときの、あの疲れ果てさせられる、悪夢のような会話を思い出した。それはひどく不愉快な眠りの中で、あごが突然こわばるような不吉な予感だった。スアトは、悪い夢を見ている男に似ていた。

8

家にいた者たちは、テーブルに集まってスアトのことを話していた。彼が入ってくると、ヌーランは、『こんなに長く何をしていたの？』と言うかのように眺めた。ミュムタズは惨めな思いを隠すために、口をすぼめて無言の口づけをおくって微笑んだ。ヌーランが、みんなの中で彼のやった無遠慮な行動を怒らなかったことを喜んだ。

「一杯くれるかい？」

「お好きなだけどうぞ、あなた！　夜は今から始まるのよ。」

彼女もスアトから救われて喜んでいた。イヒサンは話の続きをするために、ミュムタズがグラスを満たすのを待ちきれない様子で待っていた。彼はいつもそうだった。自分の話が中断されるのを嫌い、邪魔されたらすぐに終わるのを待つのだった。

ミュムタズはグラスのあいだからヌーランを眺めて、「それでは、皆さんの健康に……」と言った。

「痛ましいのは、この種の苦悩を全世界は一世紀前に既に体験して、終えたということだ。ヘーゲル、ニーチェ、マルクスがやってきた。ドストエフスキーはスアトより八十年前にこの苦悩を体験した。われわれにとって新しいものが何であるかわかるか。エリアールの詩でもなければ、スタヴローギン伯爵の苦悩でもない。われわれにとって新しいものは、最も小さなトルコの村で、あるいはアナトリアの最も遠い片隅で、今晩起こる殺人事件、土地争い、あるいは離婚などの事件なのだ。わかるかね？ スアトを非難してはいない。しかし彼の問題は、今日のわれわれの状況の枠には入らないと言っているのだ。」

ミュムタズはグラスを空にした。

「しかし大事な点を忘れておられます！ スアトは本当に苦しんでいる……。」

イヒサンは手で何かを払いのける動作をした。

「彼は苦しんでいるかも知れない……だが私には関係ない……。私には個人的問題にかかわる時間はないのだ。社会的な問題で忙しいのだ。群れからはぐれた羊のことは母羊が嘆く！ ある時、競売で、山のような、レストランの古いメニューを見つけた。どこのレストランかわからない定食のメニューとか……おそらくスルタン・ハーミトの治世の中頃の。一番上に、その晩の歌手たちの名が書かれていた。スアトの問題は自分にとってその程度の問題なのだ。つまり過ぎ去ったものなのだ……。誰もが、ひとつの考えをこのように行き詰まりにまで持ち込んで、そしてそこで悪化させる。しかしなんのためにで？ 無理にめまいを引き起こすことからは、何も生まれない。われわれはなすべき多くの仕事がある、責任のある人間なのだ……。」

「しかし、神の問題は永遠にわれわれの問題です。」

「人間とその運命もまた永遠の問題だ。そしてそれらは互いに結びついている。しかも解決不可能な問題だ。もちろん信心を持たないならば……。」イヒサンはしばらく考えた。「このように話す権利が自分にないことは知っている。言うまでもなく、すべての道徳および精神生活は、神の観念に結びついている。このゲームは神なしには行なえない。もしかしたら私は、まさにこの理由でスアトに腹を立てているのかもしれない……。」

イヒサンは最後まで言い終えなかった。スアトの話し方は、マージデよりイヒサンをより不快にしたのだった。スアトは、協調して人生を送っていく可能性を根本から除去した者であった。いつでも狂気の行動を起こしかねなかった。そのことについて、特にミュムタズとヌーランと話す必要があった。しかし、スアトが問題をこのような形で口にしたことは彼の気に入らなかった。

テヴフィク氏は、この上なく気楽そうに、目の前の詰め物をした茄子を皿に取った。

「ヌーランが何と言うかわからないが――なぜならミュムタズはまだわしのことに干渉しないから――、わしは今年最後の茄子を食べていると思う。来年も食べられるかは疑問だ。わしが言いたいのは、若造のスアトが格闘している事柄を、わしは君たちより先に知ることになるだろう……。」この上なく冷酷で、険しい表情で、自分自身とスアトに近づいたと感じられる死を揶揄していた。「わしを一番驚かせたものが何かおわかりかな？　若い人たちが楽しむことを忘れてしまったことだ。昔もそうだったのだろうか？　これほど多くの人が、この年齢なのに、同じ場所に集まって、こんなことを話している……。」

ヌーランは、「伯父はスアトが大嫌いでした……」と言った。「息子のヤシャルがスアトと付き合うことすら望みませんでした。しかし、皆さんがどう言われようとかまいません。今晩、私は少しも驚きませんでした。スアトは昔からこうでした。ある日ボスフォラス海峡沿いに歩いていた時、一匹の仔犬を海に投げ込みました、仔犬が諸々の状況に対して幸せ過ぎると言って……私たちはやっとのことで救助しましたが。それはかわいい犬でした……。」

「いったい、その理由は?」

「理由は簡単です!……犬はそんなに幸せであるべきではないというのです。スアトというのはそういう人なのです! 当時、『自分は生き物すべての敵である!』と言っていました。」

イヒサンはひとつの提案をした。「みんな、この問題から救われたければ、オルハンとヌーリに民謡を歌ってもらおうではないか」と。

オルハンとヌーリは、このグループでは民謡好きであった。実に多くの民謡を知っていた。

やがて夜は、イヒサンの考えによってまったく新しい方向に向かった。

オルハンとヌーリは最初、タンブルジュ・オスマン・ペフリヴァンが広めたあの美しいトラキア地方の民謡を歌った。その声は朗々として、力強かった……

雲は流れる、ひとひら、ひとひら
四つは白く、四つは黒い、
あんたは開けた、傷を私の心に
　降るな、雨よ、吹くな、気ちがい風よ
　恋しい人は旅の途中だから!

ミュムタズは、民謡に固有の、手で触られることで痛みが癒される療法に出遭ったかのような気分で聴いた。あたかも、それらの強く、活気づける風に、どうやっても克服しなければならない困難に、人生そのものに直面したかのように。

雲が来て、地面が濡れる
酒を飲んで、酔いが回る
恋人の香りはいいものだ

ミュムタズはこの深く、狂おしい憧れは、自分の苦痛とはひどくかけ離れたものだと理解していた。それは、神経の発作の投影ではなくて、むしろ温かいパンのように、生活そのものであり、生活を形成するものであった。

夜明けとともに、雲が来る
春とともに、花が咲く
誰もが恋人とめぐりあう

「われわれはこれらを好きになるべきなのだ。」イヒサンは本当に幸せだった。「すべての真実はそこに、この広大な海にあった。われわれは民衆や生活に近づけば近づくだけ、それだけ幸せになるのだ。われわれはこのような文化の国民なのだ。」その後で、突然ヤヒャ・ケマルの詩の一行を思い出した。

聞いたけれども感得できなかった、スラヴ族の哀しみは……

「存在するか、しないか？　自分は存在する、そしてそれで十分だ。自分は他の者より多くの自由は望まない。」

「しかし、そこにも苦悩はあります、しかもより大きいのでは？」

「いいや、そこには単にことばがあるのみだ。もしこの民謡の、あるいはこれに似た悲しみが本当にあるのなら、人の心臓は半時間も耐えられない。ここでわれわれは大衆と向かい合っている。経験は一人のものではなく、文化全体のものだ。」

オルハンとヌーリは、トラキアやアナトリアの民謡を次々と歌った。ジェミルは時々ネイで伴奏した。終わりごろ、テヴフィク氏は、「わしに神をたたえる薔薇の歌を歌わせてくれ！　トラブゾンではむしろ女が歌うのだが！」と言った。

ミュムタズは、突然、フラ・フィリッポ・リッピの『薔薇の中の赤子のイエス』の絵を思わせる世界に投げ込まれていた。あたかもフェラハフェザ調のあの憧憬の嵐に蹴散らされ、強打されたすべての薔薇が、この古い神をたたえる歌の中に集まったかのようだった。

薔薇の花からなる花市で
薔薇が買われる、薔薇が売られる

薔薇の天秤
買う者も薔薇、売る者も薔薇……

ヒジャズの調べは突然すべてを春に変えた。ミュムタズが思い描いたその晩の最後の映像は、この薔薇の豪雨の中から、その上に反映する、ヌーランの、疲労と静かな微笑みがひとつになった顔であった。否、すべての疑惑、苦悩は皆幻だった。彼はヌーランを愛していた。

9

ヌーランは、周囲がはっきりと彼女に逆らうつらい時期には、ミュムタズの平静さにのみ頼ることができた。ところがミュムタズの精神状態は、その信頼に応えるにはほど遠いものだった。これらすべての問題において、愛する女を冷静に信頼するべきであるにもかかわらず、彼は彼女を疑い、自分のことを忘れたと非難しては、次々に手紙を書いて不満を述べていた。

ファトマの終わることのない病気も、ヤシャルの耐え難い振る舞いも、周囲のゴシップも、ミュムタズが理由もなく悩んでいることほどはヌーランを苦しめなかった。彼以外の人たちからの困難は、力をあわせて邪魔をすることに決めたことからきていた。しかし恋人の状態はまったく別のものだった。

ヌーランが、どうして私のことがわからないのだろうか、と不満を述べる一方で、ミュムタズは、これほど簡単なことなのに、彼女はどうして解決できないようにしたのか、と言って、二人ともお互いに自分のことを理解してくれないと主張するのだった。

ヌーランによれば、ミュムタズの事情はひどく単純だった。実際に彼は愛されているのだから、片隅に引き下がって、冷静に待っているべきだというのだった。ミュムタズはというと、もし彼女が本当に愛しているのなら、本人の幸せのためにも、一刻も早く決心すべきだと考えるのだった。

引越しの問題だけでもミュムタズを大いに悩ませた。二軒目の家の家賃、調度などにかかる経費のため、彼は月給以外の新しい収入の途を探さねばならなくなった。今や二人ともイスタンブルのヨーロッパ側にいるので、冬の最中に、坂を上らねばならないこともなく、フェリーの時刻によって不便な旅となる、海峡を一方から対岸に渡らねばならないという面倒もないために、より容易に会うことができるはずだった。ほとんど毎日ヌーランは、ミュムタズのところに来ることができるはずだった。しかし、今度はヌーランの生活にまったく別の障害が生じた。ベイオウル地区に引っ越したことで、ヌーランの昔の学生時代の友人たちや、かなり多くの知り合いや、ヤシャルの尽きることのない知友や、ファーヒルの親族や親類、そして最後にアーディレとその取り巻きの只中に投げ込まれることになった。ほとんど誰も、彼女の状況を理解していなかった。誰もが、知ってか知らずか、昔の付き合いの続きを望み、ヌーランにも少なくとも結婚するまではこれまでの付き合いを変える勇気がないために、すべてこれらの知友を受け入れざるを得なくなり、招待、集まりが次々に続いた。一月ごろには、ミュムタズのためにとっておいた時間の大部分が、他の人びとによって占領されたのを見て、自分でもあきれていた。

夏の終わりにファトマの病気が周囲にまき起こしたゴシップがなかったら、彼女はそれほど気を遣うこともなく、自分の内面世界を無視することもなかったであろう。ところが、すべてこれらの訪問、招待、友人たちは、山のような面倒を引き起こした。少なくとも一時期はミュムタズと一緒に目撃されないようにしようと、二人は決めたのだった。ある意味でそれは非常に正しいことだった。しかしこのように別れて暮らすことは、ミュムタズにとってまったく容易ではなかった。ほとんど毎日のように、あちこちから、ヌーランが昨夜、あるいはおとといの晩に参加した招待やら、娯楽やら、舞踏会の話が、彼のところに届くのだった。さらに悪いことには、ミュムタズのために娘を犠牲にしたという非難を自分の上から排除したいと、ヌーランは楽しみの場では、自分を実際とは別のものに見せ、本心から楽しみ、笑い、ちょっとしたお世辞をも受け入れなければならないと考えていたのだ。

その一方で、ヤシャルのミュムタズに対する嫉妬は、ヌーランに多くの青年たちを付きまとわせることになった。ヤシャルには、ミュムタズに対して奇妙な敵愾心があって、ミュムタズでなければ、誰でもいい、と考えていた。ヤシャルにとってはもう善も悪もなかった。ミュムタズとそれ以外の人びとがあるだけだった。

ヤシャルはこの敵愾心の中で、アーディレに対する怒りさえ忘れてしまった。彼はほとんど毎日彼女の家を訪れた。はっきりとは一語も話さないが、彼女に協力していた。二人とも遅かれ早かれ、ヌーランがアーディレのもとに来ると推測していた。最初の招待の日に、そうだ、この哀れな女を救わねばならない。……そうしないと彼女は破滅する！　二人はそう合意したあとで、ヌーランをミュムタズから遠ざけるためにあらゆる手段を講じた。ヤシャルが、アーディレはその知らせの後ろに、『ヌーランを必ず招んで下さい。必要なら、無理を言っても！』という台詞を見るのだった。こうしてヌーランとミュムタズが一週間前に決めた、その晩は二人だけで過ごすという約束は、突然の妨害に出会うことになるのだった。

これらすべての偶然やら奸計やらは、ヌーランの上に徐々に影響をもたらし始めた。ヌーランはこのような招待や集まりによって、少なくとも彼女の思考がミュムタズから遠ざかったのを感じた。周囲の好奇心や、彼女の生活に干渉するゴシップから救われるべく、冷静に見せようと努めるにつれて、こうした新しい環境やその状況がもたらした生活に慣れてしまった。しかも、ミュムタズのことを考えないこと、ファトマのことを忘れることは、この六、七か月のあいだ、彼女の生活を占めてきた多くの悩みから救われることを意味した。それはある意味で、包囲の中で感じられる外からの圧力に似ていた。そして最後には、ヌーランは自分を押し流す流れが気に入り、大勢が周囲にいる、楽しい、すばらしい生活が気に入っている自分を見出した。実際、心の中でいつも聞こえているミュムタズの声を黙らせるために、彼女はしばしば、どこにいようとも自分はミュムタズのものだ！と自分に言い聞かせていた。しかしそう言うとき、現在の環境と、ミュムタズの傍らにいることとの違いを見逃してはいなかった。たとえ自分が中国にいても自分が思うのは彼のことだ！と主張していたが、いつも彼への思いに該当するはずの彼女の微笑、話し方、陽気さは、他人向けのものになっていた。他の男たちの腕の中でダンスをし、ミュムタズの抱く関心とは似ても似つかない問題について語り合い、彼と二人だけでいるときや、彼にだけ関心を持っていたときと同じようには、楽しんでも、考えてもいなかったし、そう暮らしてもいなかった。冬の中頃には、自分が本当にこの気晴らしに慣れてしまっているのに気がついたほどだった。少なくとも彼女は自分の家にいないで済んだ。少なくとも母親がひそかに首を振ったりするのや、ファトマの公然とした敵愾心を見ないで済んだ。少なくともこの人ごみの中で自分に耳を傾けることはなかった。ミュムタズが言ったように夏の終わりに結婚してこの問題を根本から解決しなかったことで、いかに間違ったかが今やよくわかった。

毎週二度ミュムタズと会えば彼には十分で、自分にも十分だと彼女は考えていた。しかしその幸せの尺度が、ミュムタズにとっていかに大きな犠牲を強いたかは少しも考えなかった。

ミュムタズの毎日は、奇妙で残酷な期待の中で過ぎていた。タクシムにある新しいアパートは小さくてきれいだった。ミュムタズはこの第二の住処に書籍の一部を運んだ。イスタンブル市内に行かない晩はそこにいた。ヌーランによれば、こうしてミュムタズは仕事ができる場所、自分の家にいるのであり、彼女がやって来て彼に会うのは、彼女の用事のついでに、ということになるのだった。

ヌーランはそう考えることによって、自分が彼にいかなる責め苦を科したかとは考えなかった。考えたとしても何もできなかった。自分では困難だと見たものに対して抗う力が潰えた女の頭は、かなり前から、こうした関係をミュムタズを傷つけないために続けているのだ、という思い込みをしていた。

そのためミュムタズの生活は、応接間と二部屋のあいだで一人ぼっちで待つことで過ぎた。ヌーランはしばしば時間通りに来なかった。来ても、それは短い、立ち寄る程度のものだった。そしてミュムタズはその機会を逃さないために、時には一日中、時には三、四日続けて、ヌーランが来る可能性のない時間以外は家で待っていた。

それはひどい苦悩だった。ヌーランが約束した時間にやって来るまで、仕事や何かで時間をつぶすことは可能だった。しかし、約束した時間が近づくにつれて、待つということは、人間を敷居のところで、呼び鈴で、時計で、興奮させ、さいなむのだった。ミュムタズはこれらの時間を、閉ざされた部屋で生きていることが与えるあの奇妙な苦悩や、近づく頭痛を感じないでは、思い出せなかった。彼は何週間も、何か月ものあいだ、一日といわれるものを、それ以前にはまったく気がつかなかった行商人の声と苛立つ神経の中で暮らした。ぼんやりした思考のあいだを、誰もが慣れたその声が、あたかもある文章におけるる不必要なコンマやピリオドのように気づかれずに通り過ぎていった。後になって、単に待つだけの生活が次第に始まると、それらの声は一日の行程を示す徴《しるし》となり、ついに約束した時間になってヌーランが来ないと、以前の経験の苦い思い出の中に消えるのだった。十時ごろのヨーグルト売りの声は、主婦に便利な生活を与える以外のものではないが、十二時ごろには、彼にヌーランの来訪の問題に集中することを思い起こさせ、二時には同じ行商人がヌーランの来る時間だと叫び、三時、三時半には、今日も、先週のようになる、彼女は来ないぞ！と言い、夕方、最初の黄昏の中で叫ぶときは、その声の襞のあいだに、お前に言ったではないか……というような一種の叱り声になるのだった。

ミュムタズにとって、ヌーランを虚しく待っていたその頃、時間は期待から次第に悔恨に向かって変わる生きものであった。朝には希望の暗示で微笑み、昼ごろには疑惑と喜びのあいだで悩み、午後にはすべてが閉ざされ、夕方には青ざめた虚しい毒気となる。それはミュムタズの人生の、奇妙で、意味のない虚しさに似ていた。

この間に、建物の中で呼び鈴が鳴ったり、隣人のアパートの前で会話が交わされたり、隣のアパートから食卓の仕度の音が始まって、ナイフやフォークの音がラジオの音と混じりあったりした。その後で階段の上り下りがあって、ついにアパート中がひっそりとなる。そのときは、ミュムタズの全注意はやむを得ず道路に向けられる。

三時半には、最上階のギリシャ系の家族が、窓から紐に縛った篭を下の八百屋に吊り下ろして、ギリシャ語とトルコ語の混じったことばで下から上へ、上から下へと話し始め、向かいの床屋のマニキュアを施す女が家々へ出張する時間になったために走り出すが、近所のゴシップを十分に集めないで行きたくはないかのように、洗濯屋の女と長々と――イタリア系の洗濯屋が一方的に秘密を明かし、彼女は驚いて聞くのみなのだが――話し始め、隣のフラットから反響するピアノのレッスンが、ミュムタズの孤独にいろいろなオクターヴのドやミの隠されたサインを投げかけるのだった。このような生活は、耳のみを通して、そして多少は目を通して、生きるということだった。しばしばヌーランの来訪はこのような苦悩に終止符を打つ。しかし来なかった日、彼女を見ないで一日を過ごした夜の苦悩は恐ろしいものとなった。ミュムタズはそのようなときは、恋人の家に走り、彼女が家にいなければ、テヴフィク氏や彼女の母親と少し話して彼女を待つ。時には、すべてに腹を立てて家にとどまったりするのだった。

10

月曜日の晩もそうなった。六時に大学からタクシムにある家に帰ると、三日前にアーディレ夫人のグループが、スアトとヌーランも一緒に、イスタンブルの評判のカジノで過ごした夜のことを告げられた。すべての情報を与えるべくミュムタズから離れようとしない哀れな愚か者が、遠くから目撃した楽しみぶりを、女たちの衣装を、スアトの機嫌のよさを、乾杯の様子を、騒々しい笑いをも、すべて忘れることなく伝えた。

「俺は一人だった。お前がいたら俺もそばに行って加わるのだった……本当はお前が来るのをしばらく待っていたんだだが。何という美しい女たちだったことか！」この話をした者は、ヌーランとミュムタズの関係を知らなかった。サビヒと彼の付き合いを知っているだけだった。そのため手当たりしだいに話した。

「なかでも、おそらくスアト氏の愛人らしい女がいたんだ！」と言い、ミュムタズが来なかったせいで、楽しみの期待が潰えたのが許せないかのように言った。

「兄弟よ、お前は周囲から遠ざかって、引きこもってしまった……もしかしたら何か書いているのかい？　たぶんお前は行動の範囲を変えたのだろう。そうだとしてもこれほどであってはいけない。少なくともお前をつかまえられるように……いつか一緒に出かけてくれるね？　いいだろう？　お前の仲間たちときたら……どこに行っても、あのグループより楽しそうなのは見つからないのだから！……」

ミュムタズはそれ以上は聞いていなかった。自分に付きまとうこの愚か者の、歓楽に便乗するのが大好きな男の一向に離そうとしない手をやっとのことで遠ざけた。あと何分かしてもまだ奴が行かなかったら、殴らざるを得なかったことを自覚していた。心の中で、ヌーランに対して奇妙な怒りが広がった。その金曜日、ミュムタズは家でヌーランを待って過ごしたのであった。ヌーランはその一日前に電話で、来ることをそれははっきり約束したのだったが……。電話のあとは、強い期待と苦痛に疲れはてて、どこにも行かずに寝てしまった。しかも一晩中、その確かな約束ゆえに、ヌーランに対して心配も憂いも感じなかった。たびたび目が覚めては、煙草をのんだり、部屋を歩き回ったり、窓を開けて通りの静寂を聴いたりした。今や自分にとってそれほどまでに苦痛になったあの晩のことを、恋人がどこで過ごしたかを、彼がまだ見たことのない服や髪のスタイルに至るまでを知らされたのだ。

この知らせのあと、ミュムタズは家に帰ることがひどくつらくなった。あの孤独、静寂、絶望感、毒を塗った刃のように体の中で動く怒りと怨み……彼はそれらをよく知っていた……。急ぎ足でベイオウル街に向かって歩いた。たびたび立ち止まっては、先刻聞いたことばを自分自身に繰り返した――たぶんスアト氏の愛人だ！

しかし、どうしてそうでないことがあろうか？　突然細かな出来事を思い出した。ヌーランはある日、彼といっしょに出かける時に、「どうして青いネクタイをしないの？」ときいた。そして、三日前にスアトの首に着けられていた青いタイのことを説明した。この単純な行動、あるいは混乱は、今や彼を狂おしくしていた。いつもそうだった。ミュムタズは外部から来るものに、あるいは彼らが話したすべてのことや、ヌーランのすべてのことばや動作に、裏切りの証拠を探した。

彼の愛したある詩人が「悪党どもの友」と語った悲劇的な黄昏は、徐々に暗黒と霧の夜に変わっていった。ミュムタズは、石炭と霧の臭いの中で、灯りに照らされていつもと違ったものに見える店のショーウィンドーを見ながら通りを歩いた。どこへ行くべきか。心の中に惨めさを一緒に抱いて行くのなら、どこへ行っても同じだった。それに、どこかへ行くことは、人間と接触することだった。ところがミュムタズは人間から逃げていた。彼らの無理解からさんざんな目に遭っていたのだ。彼らは問題なく幸せに暮らしている。あるいは……、あるいは自分はあまりにも惨めなのだ……と考えた。何をなすべきか？　どこに行くべきなのか、ああ神様……。何分かのうちに、幻想の苦悶から、彼は嫉妬の周囲にあの恐ろしい器械を組み立てていた。あたかも一匹の蜘蛛が絶えず働いて、鋼の網を織っているかのように。

それは嫉妬だった。愛のもうひとつの顔である嫉妬であった。すべての歓びや、幸せや、人を幸福にする微笑みや、希望が逆流して、鋭いナイフや、ひどく尖ったメスとなって体中を突き刺す嫉妬であった。それは、ミュムタズが何か月ものあいだ、自覚して、味わってきたものであった。長いあいだ、愛の杯は彼にとって両面をもっていた。ひとつは酒を飲むとき、狂おしい感覚が、一分ごとに祈りにも似た幸せになっていく中で、突然手のひらに第二のものを摑まされて、最高に華麗な酔いから、突然惨めな苦痛、取るにたらない感情、いやな疑惑の世界に目覚めるのだ。

あたかも頭の片隅に、ひどく残酷な、想像もつかないほど拷問好きな魔術師が居座ったかのようだった。二、三秒で周囲にあるすべてを変えて、存在するものを消したり、存在しないものを持ってきたりして、今生きている瞬間のみではなく、過去のすべての、過ぎ去った日々の姿や意味を破壊して、孤独な時間の悦びである幻想をも、果てしのない苦悩のいとなみに変えるのだった。

そしてミュムタズは、体の中で、今まで知らなかった怒りとともに、魔術師の鋭く、蝕む声や、ずるがしこいうごめきを感じた。

再び降り始めた雨の下、厳しい寒さの中を急ぎ足で歩き、しばしば立ち止まっては独り言を呟き、行動をコントロールできない無力さに狂おしくなった。しかし、左右にぶつかりながら歩く急ぎ足も、見知らぬ生き物のように出会った歩行者たちも、何も見ないで眺めていたショーウィンドーも、心の中で次第に増大していく苦悩、あの騒々しい怒りと絶望感、自己憐憫が、さらに深まり、瞬間ごとに増え、耐えがたく、より激しく、強烈になるのを、止めることはできなかった。嗚呼、どこかに身を隠して泣くことができたら、どんなにいいだろう。自分はひどく惨めで、どうしようもない……。今まで感じたこともないほど不幸だった。

突然、サビヒの家へ行って、そこに集まっている皆に会いたい思いに駆られた。自分が招ばれていないパーティーの最中に行って、彼らを見たいと思った。今晩ヌーランはそこにいるはずであった。言うまでもなく、スアトも一緒に。彼らを、一堂に、この瞬間に見ることは、最大の望みだった。自分はすべてを知らねばならない！　しかし、何を知るのか？　知らなければならない何が残っているのか？　たぶん、スアト氏の愛人だ……少し前に会った男のことばは一向に彼の頭から出て行かなかった。つまり、外から一瞥するだけで、少し気をつければそのような結論が出せるのだ。

ゆっくりとターリムハーネへ向かって歩き始めていた。タクシーの音、クラクションは、ひどく湿度の高い天気には鈍く聞こえ、高いところから投げられたマットレスのように広がった。自動車に轢かれそうになったところを、一人の男が、彼の腕をつかんで引っぱってくれた。ミュムタズはひどくぼんやりしていたので、その男に礼も言えなかった。五歩、十歩歩いてからやっと状況を理解した。なぜそんなことをしたのか？　なぜ放っておいてくれなかったのか、そうすればすべてがその瞬間に終わっただろうに、とその男を眺めた。しかしその男は闇のなかに消えていた。

サビヒの家は、広間、食堂、小さな仕事部屋、要するに通りに面したすべての部屋の電気が点いていた。必ずやここにいるのだ……と繰り返して、入り口に向かって歩いた。しかしドアの前で突然止まった。もし、皆が本当にここにいるとしたら、あるいは、彼らが一緒にいるのを見るとしたら……彼の勇気、先刻までの怒りは突然萎えた。今や、何週間も立ち寄らなかったこの家に、このように憔悴した顔で、単に彼女を探すために突然押し入ることが、ヌーランに与える影響を考えた。このような時に、ヌーランの顔色が変わって、どんなに悲しげな、非難のまなざしで彼を眺めるかを……。

彼はゆっくりとドアから遠ざかった。あたかも遅れてくる客に見られまいとするように、周囲を見ないようにして歩いた。

あるアパートの一階で突然ラジオがつけられた。そして突然、ムスタファ・チャヴシュの民謡がこの冬の通りを覆った。「すばらしい目、すばらしい……」と。ミュムタズの心は痛んだ。それはヌーランが一番好きな民謡のひとつだった。再び急ぎ足で歩き始めた。しかし音楽は残酷な天使となって、彼の後を追いかけ、動揺させ、苛んだ。どうして、どうして、こうなのか……と、何度も手を額に持ってゆき、ひどい悪夢を振り払おうと努めた。

このような状態でどのくらい歩いたのだったか。どこを通ったのかは自分にもわからなかった。突然、何か飲んだら……と、自分自身に言った。彼はトゥネル地区の小さな居酒屋の前にいた。

オリーヴ油の焦げたにおい、ギリシャ語の歌、ウェイターたちの大きな声、行き交うおざなりの微笑、酒気と煙草の煙の中で、彼は片隅に縮こまった。以前のミュムタズではなかった。小さな、ひどく小さなものになっていた。周囲の騒音にもかかわらず、心の中の声は続いていた。伝統音楽のエヴィチ調は、今では失われたオスマン帝国の領土であったバルカンから集められた旋律とともに、彼の空想の中で語っていた。ヌーランの美しさを、人間の運命の苦さを、ドナウ河沿いの高貴な古い屋敷や、忘れられた町の思い出を、彼に差し出していた。エヴィチ調の旋律はヨーロッパのトルコ領におけるフセイニー調だ、と彼は考えた。

居酒屋は満員であった。誰もが歌を歌い、笑い、話していた。最近巡業に来て突然有名になったギリシャ人のオペレッタ一座のいくつかの歌が、それぞれのテーブルから高まった。友人たちと来た労働者階級の娘たち、その晩の楽しみのために家から連れ出された娼婦たち、独り者の役人、われわれの知らない分野で日雇い仕事をする、手に胼胝《たこ》のできた労働者たち、皆が自分の人間として背負っている重荷を見せないで、別々の国から来た小さなキャラバンのように、酒の湧き出る水のみ場で、いっせいにひっそりと、性格や運命から生じた渇きを癒していた——ある者は忘れるために、ある者は憂いをともなう郷愁から、ある者は動物的な欲望から。

アルコールはスポンジのように何人かの顔を拭っていた。一部の人たちの顔は明るく、店のショーウィンドーのように輝いていた。しかし、誰もが酒のもたらした半覚醒状態の下で、一種の遺伝、抑圧された感情、卑劣な考え、全力で疾走してどうしても達成したい欲望、怨恨、殺したいという願望、翌朝には忘れられるか、あるいはより痛ましいものとなって一生続く自己犠牲の感情などが、長いあいだ、暗く湿気た場所で育てられた動物のように目を覚まし、太陽の下しがみついた岩山で日向ぼっこをする蜥蜴のように、精気に満ち、油断なく待ち構えていて、やがてそれらは、不思議な変化によって手に入れたこの人間という材料の、このちっぽけな生物の、代わりになろうとしていた。すべてを、一歩一歩それらの領域に、誰にでもあるあの無二の一瞬でありたいという主張に、死と生の共通の意味を持つあの鋭い刃に、連れて行こうとしていた。

粗野な者であれ、汚らわしい者であれ、崇高な者であれ、清廉な者であれ、あるいは単に豪奢な者であれ、誰もがひとつのものに向かっていた。しかし一部は、ただ分解していた。壁に投げつけられた脆い氷のように、見えない微小な粒になっていた。彼らは人生の経験をまだとらえきっていない者か、これからも決してそうしないであろう柔《やわ》な者か、夢想家か、あるいは哀れな者たちで、ある者は根っから、あるいは運命のせいで、不思議な隠れた存在にとどまっている者たちであった。

泥にまみれた玉蜀黍の芯に似た、小柄で初心《うぶ》な娼婦が、色黒のやせこけた体で肘を愛人のひざにもたせて、彼に低い声で歌を歌いかけていた。その声は、すっぱくなって、黴の生えたパンだねに似ていた。何度もしゃっくりをして、喉下までこみ上げるアルコールの力で顔色が変わるが、しゃっくりがとまると歌を続けた。

少し先では三人の男が、男だけで座って話していた。一人の手はテーブルの上で絶えずテンポをとっていた。中央は、人生で成功の瞬間を体験したことが明らかな、哀れな五十代の男で、静かな、調和の取れた声で話そうと努めて、一語一語考えながら話していた。時には両手を同時に肴の上に伸ばすが、触れることはなく、自分の計画を説明して、ことばが終わるたびに残りの二人の顔を眺めていた。自分自身の価値を説くために、どんな空想の建物、決して実現しないであろうどんな夢想の宮殿のひとつを建てようとしていたのか。彼は思想を持っている者であった。明日の朝には忘れたとしてもどうだというのか。夕方、再びここで、この、あるいはこれに似たテーブルを前に、より豊かに思い出すことであろう。

ミュムタズは、手で絶えずテンポをとっている若い男の顔を眺めた。彼の姿勢は、この真実の宝庫からできるだけ遠ざかろうとしている風があった。男は明らかに思想家の男を羨んでいて、自分自身の考えで対等に議論できないことに心を痛めていた。それでもぼんやりと彼の話を聞いていた。聴いていないふうでありながら、本当に尊敬しているように見える三人目の男よりも、一語も、動作ひとつも逃すことはなかった。若い男は嫌悪と嫉妬で、語られた一語ごとに異議を唱えては聴いていた。明日にはそれらのことばは同じように彼の口から出て、それらの動作は真似をされるであろう。それ以外はありえなかった。ミュムタズはもう一度疑わしげに若い男の顔を眺めた。その顔は、むしろ握りしめた手のひらに、奪い、隠すためだけに作られたものに似ていた。激しく、貪欲な虚しさがその男を取り囲んでいた。

彼らの隣で、若くない女が、厚化粧をして、頭を若い男の肩にもたせて、彼の言うことを聴いていた。時々ひどく気取った声でそっと笑い、グラスを取って一口、二口飲んで、また男の肩にもたれた。遠くから一人の給仕が、たぶん長年の経験から、彼らの状態を見て嗤っていた。

ミュムタズにとって、その声や、漆喰が湿気で膨らんだ壁に似て粗野で、その過去も彼にはかかわりのない、原始的な女の顔や、うつろで厚かましいまなざしは、給仕の無言の嘲笑の傍らでは、悲劇性を失って重要ではないものになった。その給仕には間違いなく人間を鑑識する目があった。人間を鑑識する……子どものときから知っているこの表現の恐ろしい影響で、気が狂いそうになった。つまり人生の経験は、何ものをも信じず、憐れむべきものをこれほど疑い深く、残酷に嘲笑う知恵に、導きうるということだ。別のことばで言えば、ヒューマニズムと言われるものは、インテリの、半きちがいの、自分の中にある曖昧な輝きを本物の太陽だと考える者たちの、幻想であった。ヒューマニズムは生活の中にはなかったのだ。それは単なる思考形態にすぎなかったのだ。この考えは、二、三か月前のエミルギャンでの重大な晩にイヒサンと交わした議論に、彼をつれていった。その晩の食卓のように、『共和国《レプブリカ》』の本を腕にかかえたプラトンの、流刑の旅の図を思い浮かべた。

しかし彼の思考はここで突然途絶えた。煙草の煙、アルコールのにおい、耳にまとわりつく人声で充満した居酒屋の空気の中で、ヌーランの顔が彼の前に現れた。その顔は、これほど悲しげな状態では彼の思考から一瞬たりとも離れたくないかのようだった。

彼はもう一度通りに出て、当てもなく歩き、何人かの人間とぶつかり、自動車に轢かれそうになったりして、目的のない行動で心の中を駆け回らせたかった。ヌーランへの新たな思いはひどく強く、窒息するかと思われた。その後で再びグラスにしがみついた。アルコールは、何かをもたらしてくれるはずであった。そうだ、**人間の外にある人間的経験**……と繰り返した。そのように美しく、絶対的な、幸せで高貴なすべてのものは、人間性の外にあった。深い思考はそれ以外のすべてを否定していた。深い、堅固な思考は、唯一つの点を示していた。死！　あるいは縛られることのない渾沌、つまり生だ！……

ミュムタズは、奇妙で理屈に合わない生か、あるいは、不可避の最たるもの、すなわち死の、二つのうちのどちらが入ってくるかと、ドアを眺めていた。ドアが開いて、若い女と三人の男が入ってきて、隣のテーブルに座った。ミュムタズは彼らがいつ席を立ったかを思い出せなかった。そしてそのとき、自分の注意がいかにおざなりであったかを理解した。もしかしたら、彼が見たと思ったものは存在しなかったのかもしれない。あの泥道に倒れた玉蜀黍の芯に似た少女、罰のように彼に付きまとう給仕のあの嘲笑、両腕につけた金の腕輪が昔の駱駝につけられたベルのような音を立てていた中年の厚化粧の女、すべては彼の幻想が作り出したものだったのかもしれなかった。そう思いつつ、恐る恐る周囲を見回した。給仕はお世辞たらたらの微笑で新来の客に当たっていた。上品で敏捷な手の動きで、若い女に、オリーヴ油で調理したインゲン、ピクルス、塩漬けのマグロ、シシ・ケバブを勧めていた。その手の動きは、決して変わることのない、他の場所では見つからない特別なもので、若い女の鼻先で、二本の指が宙に何度も描いた水平な線から生まれたものであった。小柄な少女はまだ歌を歌っていた。しかし今度はその目に涙の滴があった。中年の娼婦は愛人の肩にもたれたまま、片目のマンドリン弾きに民謡をリクエストしていた。

ミュムタズは、自分のような男がここに何の用があるのか、と考えた。アルコールは自分になんらの慰めをももたらさなかった。彼は忘却によって天国を見出す類の人間ではなかった。この人ごみときたら……、いつか、望まないにもかかわらずヌーランを失うことになったら、どうせこのような場所で食事をし、ここにやって来る人びとと似た習慣を持ち、ここにいる女たちに似た女たちを求めることになるだろう。そして、その可能性を考えただけで、座っていたところから狂ったように飛び出した。

11

家に戻ったとき、時刻は十一時近かった。ドアの前で今夜の見苦しさを考えながらポケットの鍵を探していると、ドアが開いた。目の前にヌーランがいた。彼は最初、テヴフィク氏、あるいは彼女の母親、あるいはファトマに関して、悪い知らせを聞かされるかと恐れた。しかし彼女が、一週間前にキュタヒヤ出身の女から彼女のために買った古い時代の衣装を着ているのを見ると、これはただ思いがけない幸せであることに気づいた。

ヌーランはこの前の木曜日、約束した時刻にミュムタズのところに来るために家を出たが、ドアの前でスアトに出会ったので、家へ入る勇気がなかったそうだ。彼女はこの二週間、この通りに来るとスアトに出会っていた。しかしそのときは、ミュムタズの親類であるこの男は、包囲の枠を狭めて、彼の家の正面で靴磨きに靴を磨かせていた。やむなく彼女は引き返して、一緒にサビヒの家に行き、そこからアルナヴトキョイの歓楽街に行くことにしたのだった。ミュムタズに、先日友人が大げさに語った夜のことは単にそういうことだったのだ。

「居心地が悪くて……本当にとても！　スアトと何度も喧嘩しそうになったの。彼も、思いがけないほど恥ずかしそうだった。もう少しで事態をはっきりと話さなければならなくなるのではないかと心配したのよ。でも、かえってよかったわ。」

そしてヌーランは曖昧に笑った。ミュムタズはぼんやりと眺めていた。

「よかったの。なぜなら私は決心したから。曖昧な状態がもう嫌になったの。それに母も考えを変えたし。テヴフィク氏ときたら、朝に晩に、せかすのよ。あの人たちは今日ブルサに発ちました。一週間滞在します。そのあいだに私たちもこの件を解決するのよ。イヒサンの知り合いが早急にやってくれます。これはテヴフィク氏の考えなの。彼は、『イヒサンならばこの件を早急に片付けることができる！』と言っていました。」

本当にヌーランは最近、妙な心配に陥っていた。多くの男にとりまかれている自分を見て、自分の生活がコントロールできないのではないかと恐れていた。ある仕事のために、あるいはある目的のために男友だちとつきあうことはできた。しかし単に野放図に楽しむことは……。

「今晩もサビヒの家で集まりがあります。ファヤンス焼きのタイルの仕事で彼に便宜を図ってくれた重要な人物のために、饗宴を設けるそうよ。私にも無理に来るように強いました。しかも今回はサビヒ本人が……。でも、行かないですむように六時にここに来たのよ。」

ミュムタズは、これからどんな困難に出会うかわからなかったが、ともかくこの一週間は一緒にいられるのだった。

「六時にここに来たのよ。一緒にどこかで、あるいは家で、二人だけで食事をしようと思って……。あなたはいなかったわ。私も仕方なく待っていたの。そのうちにこの衣装を見つけたの。私のためだとわかったから、着たのよ、どう、こんな風に……。」

彼女は手で子どもっぽい動作をした。

「でも、食事は？……」

「スンブルがもちろん勧めてくれたわ、でも私はあなたを待っていたの。どこにいたの？」

ミュムタズはその晩のことを、考えたことや感情はまじえないようにして、手短に話した。ヌーランは絶えず頷きながら聴いていた。その後で言った。「それらは無意味な心配よ。でもあなたの言うことは尤もだわ。」

ミュムタズは、「もしサビヒのところに本当に行ってしまっていたら……」と後悔した。

「いずれにしても私たちは結婚するのだから、問題ないわ。それよりもっと重大なことを言わなければならないの。私、このアパートの鍵をなくしたの。スアトが見つけてしまったらと心配しているのよ。スアトはこの家を知っています。いつもこのあたりをうろついているし……。」

「いずれにしてもわれわれは結婚するのだから？」

「ええ、伯父も後押ししてくれていますし、母までも。わかるかしら、私も心配したのよ、でももう……。」

ヌーランは明るい橙色の短い上着《ジェプケン》、紫色のビロードのベスト、これもまた橙色のもんぺ《シャルヴァル》を着て、たくさんの金糸銀糸の刺繍の中で宝石のようだった。本人もその衣装をひどく気に入っていた。二人とも鏡を見ていた。

「だが、髪をどうやって結ったんだ？」

「家に鏡や櫛がないわけではないでしょ。スンブルも手伝ってくれたし。あの人は、虫歯だらけの口で、それはかわいい微笑をしたのよ。」彼女は、スアトの狂気やヤシャルの妄想とはひどく違う世界にいた。

「しかしヌーラン、知っているかい？　君を見た人たちはみんな自分たちが昔の物語にいると思うだろう……。」

ヌーランは、母親や祖母が行った土地で習った民謡を歌いたいと思った。

ミュムタズは、自分はまさに人生の新たな局面を生きていると考えていた。

「君にどんな名前をつけようか？」

「この名前で十分よ……。」それから、付け加えた。「祖母たちの生活は悪くなかったのね。少なくとも、とてもすばらしく着飾っていたわ！　見てよ、この衣装を……。」

そして、ヌーランは鏡の前を一向に離れられずに自分の姿を見ていた。

「まさに初期ルネッサンスのピサネッロだ！　あるいはわが国の細密画だ……。」

「新しく描かせたらいくらぐらいになるかしら？」

ミュムタズは二、三百リラは下らないと言った。

「しかし新しいのが作れるとは思わない。こういうものを作る職人たちが……。」その後で思い出した。

「南部出身の学生時代の友人が、その町の解放記念日に、ウールの長衣を金貨五十枚で作らせたことがあった。」

「すごい！」しかしヌーランは過去の夢を手離そうとはせずに、「それに彼らの生活はひどく楽で……とても安全な中で暮らしたのね」と言った。

ミュムタズは彼女の顔を痛ましげに眺めて言った。

「それは事実だ。われわれは女たちにこれほど自由を与えたにもかかわらず、女たちの頭をいじくり回すのだ、しかも女どころか少女たちの頭をだ……。毎日多くの犠牲者が社会に投げ込まれる！」

ヌーランは頷いた。「私たちは何もできない。人びとは楽をしたいのではなくて、自分の人生を生きたいと願っている……。」

しかし今夜はそのような深刻な問題にかかわるべき晩ではなかった。スンブルも彼らを食卓に呼んでいた。食事の後で、ヌーランは着ていた衣装にふさわしい民謡を歌った。二人ともコザンオウルが大好きだった。しかしヌーランは、本当のキュタヒヤ地方の民謡を知らないことを残念がった。

次の朝早く、二人はイヒサンに会いに行った。イヒサンはガウンを着て、書斎で二人の友人と話していた。ミュムタズは彼を片隅に引っ張っていって、事情を説明した。

「大丈夫だ。一週間以内にできるだろう……。ファーティヒ地区の郡長は自分のためにやってくれる。少ししたら彼に連絡する。すぐ君の戸籍謄本を届けてくれ……。」

「それでは、昼過ぎに……。」

イヒサンは二人を眺め、笑って、「これ以上うれしいことはない」と言った。それにもかかわらず、彼は深刻な顔をしていた。

それから、ミュムタズと一緒に友人たちのところに戻った。ヌーランは、サビハを風呂に入れているマージデのところに行った。サビハの入浴は十八世紀の女王様の入浴のように儀式めいていた。この幼児は、湯、石鹸の泡、アヒルの玩具がひどく好きだった。しかも好きなものを全部十分に楽しまなければ気が済まなかった。そしてすべてはサビハ本人の許可がなければならず、「ママ、凍えそう……」とか、

「茹でられた！　息が切れたわ！」とか叫んで、不機嫌のふりをするのだった。ミュムタズは、階下から聞こえる笑い声を書斎の座っているところで聞いていた。もしかしたら、人間にただひとつ残っている動物的本能は、小さい女の子が愛されるための生き方の中にあるかもしれない、と考えた。

イヒサンは少し前に中断したことばをつづけた。

「われわれは思想をあまり重要視していないのだろうか？　否、十分重要に考えているのは確かだ。ただそれはひどく変化せざるを得ない……。あたかも空気に触れるや否やその特性を失い、まったく変わってしまう物質に似ている。なぜなら、社会生活は、思想のために、自分の形態を、あるいは形のなさを、あるいは継続状態を維持しようとはしないから。それが、支配者がどこにおいても、たとえ自分がもたらしたものであっても、ひとつの思想を追求しない理由である。思想は時には権力への道を用意する。しかし、それ自体は統治しない。真の統治者は、支配を続ける者は、歴史上の出来事やその時代を無視しない限り、力を失うことはないというのが現実である。それゆえに、誰しも、行動において偉大な者は一瞬のみである。あるいは限られた時期のみである。どの時代にも黄金の時刻がある。そして偉大な人間は、その黄金の時間の現れである。

現実の出来事の前で、腕や足を拘束することにしか役に立たない思想を、支配者はどうすべきなのか？　非常に大胆に、特別な問題に集中するよう、日常の出来事の外に出してやりたまえ。次々に来る小さな波と格闘すべきではないのだ！　真の問題を見るべきなのだ。しかし生活、あるいは社会的状況が、それを許すか？　彼はどのくらい耐えられるか？　もし自分が劇作家だったら、ワーグナーの『リエンツィ』をもう一度書いただろう。彼は民衆から出て、民衆によって滅ぼされた英雄だ。あるいは彼に似た誰かを……。」

イヒサンの学生時代の古い友人は、五十五歳ぐらいの、沈着で、経験豊富な財務省の役人だった。三年来国会議員をやっていた。彼は、「すべての悲劇は、人間が何度も人と出会って、ついには、まったく別のものとなることだ……」と言った。

「思想も同じ運命にある。何度も社会と出会って、まったく別のものとなるのだ。新しい思考は勇気であるが、それに逆らう力を見つけられない悲劇に遭う運命にある。何が思考を脅かすことができるのか。何にもできない。しかし、それを実行の位置におくと、どういう状態になるか見たまえ。それは瞬間ごとに変化する。そして元の状態ではいられない。偉大な革命の歴史はこれであった。世界でフランス革命ほど偉大で、美しい叙事詩は少ない。二、三十年のうちに、人類は次の二千年間自分たちを支配する原則のすべてを見つけたのだ。しかし、それが始まった時、その結果が単にブルジョワの支配で終わることを誰が知っていたか？

何ものも他の存在をそのままでは受け入れない。つまり、意思はわれわれの中にあるのだ。外にあるのは道具と手段だけである。」

「とはいえ、思想のために、叛乱、革命、残酷、虐殺……を見るだろう。」

イヒサンはガウンの裾を整えた。彼は話すことが真に好きな者の一人だった。ミュムタズを、『すまん！』というようなまなざしで見てから、彼は続けた。

「たしかにそれは起きる。しかしその標的は絶えず変わる。いつも矢は的から外れる。今の時代に起きたら、まったく恐ろしいことになる。すべての価値、道徳は市場で売りにだされる。すべてがひっくりかえる。一方で十九世紀の最も恐るべき、破壊的遺産である革命のエンジニアがいる。スペイン、あるいはメキシコに住んで、手元にある地図によって町に電気の配線を遠くから用意する作業のように、世界のどこかの片隅で革命を準備する者たちがいる。彼らは、壊疽になりそうなところや、煽動に乗りそうなところを見つけ出して、圧力を加えたり、煽ったりするのだ。」

中年の国会議員は遮った。「イヒサンよ、あんたこそ進歩的に見えるが、同世代が好きではないのか？」

「いいや、好きではない。あるいは適当な語が見つからないが、私は革命愛好家ではない。しかし、私は進歩的なのだろうか？　そうであるためには、自分が生きている時代のものが好きな人間でなければならない。ところが、私は、他の物が好きなのだ！　進歩的であるためには、革命とともに絶えず変化することを受け入れなければならない。ところが、私はある点で首尾一貫性を好む人間なのだ。」

「しかしすべての革命がそうというわけではないぞ。たとえばわが国の場合だ……。」

「われわれのは別のものだ。革命の本来の形態は、民衆が、あるいは生活が国家を超えることだ。ところがわが国では、生活と民衆は、つまり真の集団は、国家に追いつかなければならない。しばしばインテリや政治家でさえも……。思想が前もって用意した道を進んでいる！　少なくとも一八三九年の憲政改革《タンジマート》以来そうだった……。そのためにわれわれの生活は大変なのだ。しかもわれわれの上には、何百年もの巨大な社会的遺産もある。すべてを破壊し、われわれを妨げる慣習や道徳……。われわれはすぐあきらめる――それはイスラムの東洋的特徴の最大のものであるが。〈東〉はあきらめる。困難に直面したときのみならず、時代や、自然の時間に直面してもあきらめる……。だが、われわれはどうしてこんなことを話しているのだろうか？」彼は首を振った。「気の毒に……。」

ミュムタズは、突然イヒサンの態度が変わったのに気がついた。「どうしたんですか？　誰が？」ときいた。

「昔の友人だ。あの学生時代の友人のフセイン氏をおぼえているか。昨夜亡くなって、今日葬式がある。」

ミュムタズの前に、あたかも井戸が口を開けたかのようだった。自分の喜び、イヒサンの思想、階下から来る打ち上げられた花火のように新鮮で色鮮やかなサビハの笑い声、そして、それらの数歩先に、埋葬の準備をされた亡骸……。

12

前の晩から降り始めた雨は、雪になっていた。ヌーランは雪の日のボスフォラス海峡が好きだった。夏中、エミルギャンで一緒に過ごす冬を空想していた。空想だけには終わらず、ベデステン地区で偶々見つけたタイルをはめ込んだ薪ストーブを、二つともミュムタズに買わせた。ある時には、「もしかしたら必要になるかも知れないから」と言って、石油ストーブをほしがりもした。必要な書類をイヒサンに送り、テヴフィク氏に状況を知らせる手紙を出したあとで、「ミュムタズ、このあいだに、一週間あるからエミルギャンに行けないかしら？　でも、寒さで凍えるわね」と言った。

「どうして凍えることがあるだろうか？　あんなにたくさん薪があるのに。それとも、僕に買わせたストーブのことを忘れたのかい？」

「いいえ、ストーブはたくさんあるわ、でも……誰がストーブを焚くの？　たとえばあの大きなタイル張りのストーブを。ベデステンで買ったもののことよ。私には絶対にできないわ。」昔の大臣の屋敷から出てきたこのストーブは、書斎に据えつけられていた。

ミュムタズは考えていた。結婚を決めただけで、まだ実現するかどうかを見てもいないのに、計画を変更しはじめたわけだ！

「スンブルがいるし……。」

「スンブルは今夜はイヒサンのところで泊まるのよ！」

「伝言を書いておく。明日には彼女は来る。エミルギャンに行きたがっていたから。」

「いいわ、でも今晩は？」

「僕が焚く……。さあ行こう。」ミュムタズもボスフォラスをひどく望んでいた。スアトがこの家を知ったことは、まったく気に入らなかった。

ヌーランは、からかい半分に、言い張った。

「いつもあなたが焚いてくれるわね？　私ができない仕事は、あなたがやってくれるのでしょ？」

「まだ結婚していないのに、家事の分担をしているね。」

ヌーランはかなりまじめに答えた。

「安楽な生活のために、将来の安寧のために……。」

ミュムタズは、口を挟む気はなかった。彼はこのアパートには一向に馴染めなかった。これらの品物のあいだであれほど苦悩したのだ……。

「さあ、行こう！　そこいらにある食べものを持っていく。明日スンブルが来れば、何もかもちゃんとなるよ。」

「あなたがストーブを焚いてくれれば、食事は問題ないわ。料理は楽しいわ、これは我が家の代々の遺産よ。」

彼らが埠頭に降り立ったときは夕方近かった。何時間かで雪はかなり積もって、海には霧がかかっていた。

ヌーランは、エミン・デデが訪れて来た晩以後、家を見ていなかった。彼女は子どものように喜んでいた。庭はどんな状態かしら？　初めてその家に来た日、ミュムタズは彼女に、一部まだ花の咲いていた果実の木々を「あなた様の女奴隷たち……」と言って紹介した。その後もこの冗談は続いて、二人一緒にすべての木に、オスマン帝国の伝統的な奴隷の名をつけたのであった。今それらの木々を、その名とともに思い出して、彼らがどうしているか気になっていた。

ミュムタズは冬中あれほど彼を苦しめた出来事のあいだにも、ヌーランが家の木々のことを忘れていなかったことに感激し、さらにばつの悪いことには、その様子をヌーランから隠すことができなかった。ヌーランは、「なんと奇妙なこと、あなたは私のことを、この家とは関係ない者のように思っているのね！　私があなたの名を訊かないからといって、感謝しかねないわね！」と言い、そして、大きな声で庭の木の名を称え始めた。

「ラーズィディルさんはどうしているかしら？　今寒がっているわよね？　かわいそうに。」ラーズィディルとは召使の長で、庭の唯一のりんごの木のことであった。

その週は、ミュムタズの人生で幸せと言える最後の日々であった。冬の困難の中から、美しい夏の日々が突然生まれ出たのだった。幸福と呼ばれるあの初物の果実を、その味覚を、人生を詩的に満たす芸術作品に似たものすべてを、ミュムタズはこの一週間で味わった。二人ともこの数か月間ひどく苦しんだ。そのために、幸せはマラリアの回復期のように思えた。あたかも長い病いの後で再び健康に見《まみ》えたかのように、互いを抱きしめたのであった。

ミュムタズはヌーランとともにいる精神の穏やかさの中で、再びシェイフ・ガーリプの小説にとりかかった。執筆プランを完全に整理した。以前に書いたものをすべて破棄して、最初から書き始めるつもりだった。

エミルギャンに来て三日目、ヌーランに、「もうあの小説をはっきり見ることができる！」と言った。

「私も、あなたの上着のボタンのとれたところが。」

「それ、わざとやっているのかい？」

「どうしてわざとするの？　結婚生活の準備をしているのよ。家事の分担をしなかったかしら？」

窓を通して、向かいの山を覆う雪の上に黄昏が、非常に薄く懐かしいパステル調の紅を刷《は》いていた。すべてが紗のような薄い色の下で、夢のように軽やかに泳いでいた。しかし霧が下りていた。また雪が降るだろう。時々届く船の汽笛が、彼らを埋《うず》もれていたところから見つけ出して、心の中を、人影のない波にゆだねた浜辺や、誰もいない海沿いの別荘や、風に鞭打たれた埠頭の広場の、回廊のように薄暗く、実生活からかけ離れた道などの、憂愁で満たすのだった。

それはイスタンブルで稀に見られる降雪であった。冬中を――南風のもたらした偽者の夏に騙されて――怠惰にすごし、突然二月の末になって、東洋的な迅速さで、今まで等閑にしていたことを二、三日でなし遂げることを命じられたかのように、嵐、霧、吹雪、なにもかもを使って町中をあわてふためかせたのだった。前日には、つるべ井戸のパイプの水さえもすべてが凍っていた。庭にある大きな木々からぶら下がる太いつららは、夕刻の空にまったく異なる世界からやって来た、重々しい、年老いた幽霊に似ていた。

実際にそうだった。ミュムタズはこの二日間、今まで書かれたことのない詩や、まだ疑惑という毒に触れていない真実や、生活の支障によって傷められていない完全さを思わせる光景を眺めることに、倦むことはなかった。あたかも自分の理性、能力に対して閉ざされていた、未踏破の世界にいるかのようだった。二人はダイヤモンドの真ん中で生きているかのように純白の世界で生きていた。これほどの静寂はめったにあるものではなかった。すべてのこと、この夏、自分たちの生活、知人たち、思考などは、皆この静寂の下にあった。事実、その真っ白なページの上には、どんな思い出を書くこともできたし、どんな行動を発想することもできたが、どんな発想も、純白世界の白さをもその全体をも乱さずに、そこから出ていくことはできなかった。もともと彼らは、時間の半分を夏の思い出で過ごしていた。人生の半分を過去を追うことで過ごすミュムタズは、ヌーランがその点で自分に似ていることに驚いて、もしかしたら自分を真似ているのだろうか！と考えた。奇妙なことに、この家に入って以来、ミュムタズは自分の過去よりもむしろ、スアトのことを考えていた。あのならず者の、あの夜のことば、態度、笑い方、そして彼の奇妙なまなざしは、一向に彼の中から出て行かなかった。いったい奴は何のつもりだったのだろうか？と絶えず自問していた。その後、八、九回ほどスアトと何時間も一緒にいたことがあった。しかしスアトは決してこの話題に戻ったことはなかった。本当に彼は思ったことを言ったのだったろうか？　あるいは……ヌーランにそのことを言うと、彼女は機嫌を悪くした。

「他に何の用もないのなら、雀にやるものを下から持って来てよ」と彼女は言った。

ミュムタズはのろのろと入り口にむかって歩いた。しかしスアトのことは頭から出て行かなかった。どうしてこれほどヌーランのあとを追うのか？　彼女を愛していないことは確かだった。いったいなんだ。彼は何を望んでいるのか？　それは一種の運命だった。そしてそれ故に彼は恐れていた。台所のテーブルで、パンの柔らかいところを掌で小さくしながら、絶えずこのことを考えていた。

　着いた日の翌朝、目が覚めるや否や、窓の周囲に、レースのように優雅で、愛らしいさえずりに気づいた。ヌーランは、「あっ、雀が来たわ……」と叫んだ。その瞬間以来、彼女は雀たちを養う役目を引き受けたのであった。残念なことに、雀たちの食べ物の好みについて何も知らなかった。なぜならヌーランは、できることなら、この小さな動物たちのために特別な料理さえ作らせるつもりだったから。その晩には、古い家の人口がもう一人増えた。この雪と氷の天候で、エミルギャンの黒犬の忍耐は限度になったらしく、いつもはミュムタズの招きをあれほど受け入れなかったのに、今度は大喜びで受け入れて、中に入ってきた。犬はヌーランの翼のある友人たちを食べたそうに眺めながら、ストーブのそばで自分をきれいにして、窓の外でこの上ない無邪気さで彼をからかってくるこの恵みを、気楽な夢の中で味わう用意をしていた。

　ミュムタズは、パンを小さくしたものを窓際においてガラス窓を閉めた。それからヌーランに振り向いて、「テヴフィク氏は、僕らと一緒に暮らすことに本当に同意するだろうか？」と言った。彼は心からそれを切望していた。彼はこの老人にヌーランと同じくらい結びついていた。

「あの人のことはわからないわ……。でもたぶん、今は望んでいると思う。自分の部屋をすら選んだそうよ。」突然黙った。窓の外を眺めた。雀たちは、窓の桟の上で押し合いながら、パンのかけらを集めていた。

「ミュムタズ、私たち本当に結婚できると考えているの？」

ミュムタズは、壁にかけられたクラーンのアーメント章の書の額から目を離して、しばしヌーランを眺めていた。

「本当のことを言おうか？　否だ。」

「なぜ？　何を恐れているの？」

「何も恐れていない。あるいは、君が恐れているものと同じものを恐れている。」

エミルギャンに来た日以来、彼らはこの恐怖の中にいた。ヌーランは立ち上がって、彼の傍らに来た。

「もうイスタンブルに戻りましょう。明日にでも！　いいでしょう？」

「行こう！」

それはここに来て五日目のことだった。その朝、ミュムタズは電話でイヒサンと話した。彼は、すべて順調だから、月曜日の午後四時にファーティヒ地区の結婚登記所に来るように言った。『家にも立ち寄らずに結婚登記所に！　この件はそうするべきだ。エミルギャンから下りて、最初に私の家に、そこからまっすぐ結婚登記所へ……』と言った。

ミュムタズは後になってその忠告に従わなかったことをひどく後悔した。

翌日、彼らはイスタンブルに戻った。スンブルは家を片付けてから、夕方来ることになっていた。前日の、きれいで、半ば完全な冬の風景は、驟雨の下でところどころ溶けていた。天候は夜のあいだに、南からの暖かい風になっていた。フェリーは揺れながら進んだ。どこもが灰色のカーテンの下にあった。不思議なことに、灰色はあの不思議な記憶の戯れによって、彼らにむしろ昨年の夏を思い起こさせていた。時々空が晴れるようになって、林や、モスクや、海沿いの古い別荘が灰色の上に下りてくる。一艘の黒い小船が、自分もお前たちの人生の一部だ……と言うかのように彼らの前を突っ切る。やがて、すべては同じ濁った色になり、激しい驟雨がたまたま叩きつけたすべてを溶かし込んで、ひとつになった。ベイレルベイ宮殿の前で、ヌーランは突然ミュムタズの手を握った。

「私は怖いの……」と言った。

「でもどうして？　僕にはわからない。ほんの一時間前に、ブルサと電話で話したじゃないか。皆元気で、すべては順調だ。」

「いいえ、あの人たちのことは考えていません。他のものが怖いの。昨夜、夢でスアトを見ました。」ミュムタズは驚いて彼女を眺めた。彼もスアトを夢に見たのだった。ひどく苦しい夢だった。スアトは、ミュムタズの父親のクリスタルのランプを彼の手から奪ったあと、あの子どものときの田舎の少女とともに小舟に乗る。ミュムタズは埠頭から——どこの埠頭かはわからなかったが——その小舟が沈みそうになるのにはらはらしながら、心配で身をよじっている。そこで目が覚めたのだった。これほど恐ろしい夢はあまりないし、恐ろしいほどはっきりしていた。タール色のはしけのようなボートと、スアトの長い、骨ばった顔と、娘の表情と、海の揺れで消えそうになり、ひどく暗くなったランプの灯りなどが、今もこのフェリーの座席の上にあるかのように見えていた。

「気にするな。この五日間、僕らは彼のことばかり話した！……」それから彼は話題を変えて、「コーヒーを飲むかい？」と言って、ヌーランの煙草に火をつけた。ミュムタズは将来の計画を話し始めた。しかしヌーランは聴いていなかった。ついに彼女は耐えられなくなって言った。

「お願いだから、夢想するのは止めましょうよ！　すべてが終わってから、それから……。」

彼らは家の前でタクシーを下りた。ミュムタズは手にいくつかの鞄を持って、ドアの前で道を譲った。家や通りの静けさが、彼女の神経を鎮めた。ホールでは、門番の妻女が床を拭いていた。ヌーランは彼女と短く親しげに話した。エミルギャンに行く前に、その子どものジフテリアの点滴をするために、ミュムタズは仲介の労をとった。その子どもがよくなったのを知らされた。ミュムタズはいくつも鞄を持って、彼女を階段の下で待っていた。雪模様の天候のすぐあとから来るあの惨めな明かりで、至るところが色褪せていた。ホールの青いタイルは、その光の中で真っ黒に見えた。階段を明るくするために垂直の空間につけられた窓に一匹の猫が顔をくっつけて、折れれば音を立てるほど乾いた麦藁色の目で彼らを眺めていた。門番の上の息子は、庭でいつもの歌を熱っぽい声で歌っていた。

エルジンジャンを洪水が襲った
俺が愛した娘を他の奴がとった

ミュムタズは家の入り口から入るとき、ヌーランに口づけする決心をしていた。入る前に……敷居のところで、と。彼は心の中でこの幸せに微笑んでいた。しかし階段を上って、入り口の小さなガラス窓から入り口の踊り場に差し込む強い光を見て、驚いた。ヌーランは階段の最後の段に片足をかけて、その場で立ち止まった。

ヌーランは、「家に誰かいるようよ……」と言った。

ミュムタズは、「スンブルが行くとき急いだので、電気を消し忘れたのだろう……」と彼女を落ち着かせた。しかしドアを開けた瞬間、この推測は消し飛んでしまった。その場で見たものは、二人とも一生涯忘れられない類のものだった。ホールの非常に強い光の下で、天井から吊り下げられた人間の体が、入り口に向かって揺れていた。ミュムタズもヌーランも、一目でそれがスアトであることがわかった。大きく骨ばった彼の顔は、奇妙に、残酷な揶揄で歪んでいた。だらりと垂れた両手には乾いた血痕が見られた。ミュムタズは少しすると、血がホールのタイルの上にもあるのを見た。二人ともごく短いあいだ、呆然として見ていた。それからミュムタズは、生涯二度と示すことができないほどの冷静さで、気を失いかけていたヌーランを家の外に出した。二人は無意識に階段を下りた。それは非常にすばやく行なわれたに違いなかった。なぜなら、彼らが乗ってきたタクシーはまだそこにいたから。ミュムタズは、また夢の中にいるように、なにをしているかも考えずに、ヌーランを車に乗せて、自分もその隣に座った。イヒサンは家にいた。いつものように、彼は家にいる皆を自分の部屋に集めていた。彼もマージデも、まったく予期しないこの訪問に驚く暇もなかった。

イヒサンの努力によりこの事件でヌーランの名もミュムタズの名も新聞には出ずにすんだ。もともとスアトはすべてを説明する手紙を書いていた。アフィーフェが夫の筆跡を正式に確認した。ミュムタズは短い取調べの途中で、アフィーフェとスアトが離婚寸前であったことを知った。翌日ヌーランはブルサへ発った。そこからの短い手紙には、「どうしたらいいの、ミュムタズ。運命は望んでいないのだわ！　私たちのあいだには一人の死者がいます。これからは、私のことをもう待たないで！　すべては終わりました」と書かれていた。

この手紙を受け取ると、ミュムタズはブルサに急いだ。そこで、自分より先に来たファーヒルと出会った。それでもヌーランと長々と話した。ヌーランは、愛はもう不必要で滑稽なものだと考えていた。「あなたとはいつもよい友だちよ。でも、愛とか、幸せとか、結婚のことは言わないで！ 私が見たものは、それらのすべてを忌まわしくさせました」と。

「だが僕にどんな罪があるのか？……」

「わからないの！ あなたが悪いとは思っていません。でも私たちの幸せはもう不可能なのよ」とヌーランは言った。

こうして二人は、まったく思ってもみなかった形で別れた。

一か月後ヌーランがイスタンブルに戻ると、ミュムタズの希望は少しよみがえるようになった。ヌーランと何度かあちこちで会った。しかしそれらの出会いからは、ヌーランの言った通りの結果しか出なかった。ヌーランは愛を嫌悪していた。スアトの顔にあった恐ろしい微笑は、至るところで彼女を追いかけていた。一度は、「愛について触れている本さえ読めないと思う……」と彼女は言った。

かくして、イスタンブルで、ミュムタズにとって恐るべき生活が始まった。一歩一歩ヌーランのあとを追うように暮らすが、彼女がいるところには近づけなかった。二人の人生はほとんど平行で、交わることなく過ぎていった。たまに出会うと、ヌーランの気楽な友だち付き合いにこたえられず、不愉快にしたり、ぼんやりしていたり、苛々していたり、時には異常に嫉妬深かったり、時には、ひどく卑屈な態度で彼女を不安にさせた。

人は行動の理由を自分自身ですらすぐ忘れる。ましてや周囲の者からは、それだけで脈絡のない、孤立した行動とみなされる。さらには、その想像力はひとりでに、この孤立した行動に別の理由をつくり出す。ミュムタズにおいてもそうなった。同じ体験をともにしたにもかかわらず、ヌーランが自分から遠ざかったことを一向に受け入れられなかった。少しすると、この別離に他の理由を探し始めた。そして、ヌーランの生活を疑惑の目で吟味し始めた。時には、スアトの自殺が彼女にこれほどまで深く影響した理由を、他のことのせいにした。要するに、彼女のことで死者に対して嫉妬したのだった。

それとともに、彼はスアトのことも忘れなかった。あの悲劇的な死とそれを目撃したことは――スアトが他の場所で、他の条件下で死んだのなら、言うまでもなくこの影響はなかったのだが！――彼の人生にまつわりついた。警察署から彼の遺書のコピーを入手した。時々それを読んで、本当の動機を理解しようとした。

夜、混沌とした夢の中で、ほとんどいつも彼と格闘していた。彼の自分に対する、妄想にも似た敵愾心を、拒絶を、苦悩を、理解できなかった。時々イヒサンとこの問題について話し合った。イヒサンにとってスアトの問題は単純だった。つまり、「彼は反抗心を持って生まれてきた者の一人なのだ」と言った。「このような者たちは幸せになることができない。自分自身を忘れることも……。」

「しかし自殺は？」

「一生涯彼がやりたかった行動だ……しかしスアトのことをひとつの動機で解こうとするな。彼は矛盾だらけの人間だった。奇妙な矜持があった。肉欲的で、反抗的で、そして畢竟……病気だったのだ……。」

13

四月のある日のことだった。ミュムタズはエミルギャンで四方から取り囲んで自分を窒息させそうにする記憶から救われるべく、イスタンブルに下ってイヒサンを訪れた。彼らはイヒサンの書斎で話していた。その向かいにある、彼の子ども時代を目撃していたエラーギョズル・メフメト・エフェンディ・モスクの鉛の取れた掩蓋《ドーム》は、上にたまたま伸びた糸杉の枝で着飾って、この聖堂の上から生をも死をも哂《わら》っていた。そして春は、至るところから押し寄せていた。春は到る所で笑い、「愚か者！」と叫び、欲望に身を焦がさないすべてに腹を立てて、大空の広大なオーケストラとともに絶えず愛の歌を歌っていた。

イヒサンは、先刻から周囲で金色の弧を描いている蜂を手で追い払って、道端に生えた箒草を窓から眺めながら、「シェイフ・ガーリプの小説はどうした?」ときいた。

ミュムタズは立ち上がって、「それはまったく別の悩みです！　すべての魔法が消えてしまって……この三週間努力していますが、一ページも書けません！　たぶん完成できないでしょう……」と言った。

ヌーランがいなくなってから、彼の知的活動は停止したようだった。あたかも彼女が、過去の夢の、生き生きした、美しい部分をすべて持ち去ってしまい、そのあとに、ミュムタズには人生の灰燼が残されたかのようだった。あれほど気をつけて準備し、ともに生きた登場人物たちは、二度と生き返ることができない影、黙然《もくねん》とした、生命のない人形となってしまった。

イヒサンは手でわけのわからない動作をして、「気にするな、やがて過ぎる……」と言った。その後で、本当に言いたかったことを口にした。「君はそれらの人物を自分の感情の下で見ていたのだ。自分の人生に現れたものを、彼らの上に投影していたのだ！　君は彼らをそのものとしてではなく、自分の人生の一部として、自分自身のために愛したのだ。もし君が選んだ特定の時代に彼らを探し求めていたら、そのときはすべてが変わっていただろう。ところが君は、一人の人間の周りに世界を集めようとしたのだ。」

ミュムタズは椅子の端をつかんで彼の言うことを聴いていた。

「でも、僕はいろいろな問題に関心を持っていたのです。」

「いや、君は愛するヌーラン一人にかかわっていたのだ。」その後で突然顔を和らげた。「それは当然だ。誰にとっても宿命といわれる体験をしたのだ。今や君は人生に向かって開かれたのだ！　感情的な人間ではなくて、信念を持った人間にならなければならない！　スアトは君たちの幸せに拘泥したために破滅した。どんな問題でも自分の運命とする権利は、われわれにはない。人生はそれは広大で、人間はそれは大きな問題の中にいるのだ……。それを理解するためには、思考において、生活において、自由でなければならない。」その後で、より重々しく、「自分の責任を担う、信念のある人間となれ！　それを自分の体内で木のように育め。その周囲で庭師のように忍耐強く、注意深く励むのだ！」と言った。

「僕を責めておられます。」

「いや、責めてはいない。ヌーランは君を一連の霊感の連なりに導いた。そこに別の道から至る者もいる。それは重要ではない。彼女のことを考えることによって、君の思考を妨げさせるな！　一人の人間にあまり長く拘るな。人間も井戸に似ている。その深さの中で溺れることもある。その傍らを通って進むのだ。ひとつの思想の周辺で自由にゲームを試してみよ……。」

しかし、イヒサンはある一点を理解してなかった。ミュムタズはヌーランの愛を単なる経験として見てはいなかった。彼女は彼の人生の一部、しかも大きな部分であったのだ。彼女を通して彼は、きわめて希少な者にのみ与えられる、愛と自身とを神聖化する意味を味わったのであった。それは彼の幸せだった。そして彼はその幸せを犠牲にしたくなかった！　別れる時、「彼らはわかっていない……」と考えた。「一向に理解していない……。」

その日、ミュムタズは夕方まで城壁のあたりを歩き回った。われを忘れて、絶望し、疲れたことすら気がつかずに、見捨てられたことの苦悩の中で歩いていた。時々現実が見えて、「自分はヌーランを責めているが、それはむなしいことだ……」と呟いた。

これは彼の感傷的な性格から来ていた。この感傷性は彼の精神構造全体を朽ちさせるものであった。われわれは皆感傷的だ、と呟いた。自分も、イヒサンも、スアトも……。そのためにわれわれは何もできなかった！　われわれには人間を弱くさせる面がある……。そのために、真に奇蹟的な愛の姿は次第に色褪せていった。

もっと均衡の取れた人間だったら、この愛はどんなことでもしただろうか……。突然立ち止まった——より均衡の取れた人間は、このような形で愛することができただろうか……。さらには愛すること自体ができただろうか……。

彼は、中央のあたりに伸びているテレビンの木が格別の美しさを与えている、崩れた墓地の前にいた。ミュムタズは碑銘から、それがシェイク・シナーシ・エルディブリの墓であることを知った。ほぼスルタン・ファーティヒの時代の末期、十五世紀のものだ。町の一番古いイスタンブル人の前にいた。十歳くらいの、全身ができものと傷でいっぱいの少女が墓の真ん中に座って、墓石の上にある蠟燭の燃え残りを集めていた。

ミュムタズが目をとめたのを見ると、「布切れを枝に結べば、願いが叶いますよ」と言った。この齢で、些少の金を稼ぐために何でも売る用意があった。彼女が手のひらを差し出すかと思って、彼は心を痛めた。しかし、少女はミュムタズの顔に書いてある何かを読むかのように、「あなたは滅入っておられる。お祈りをしたら。この御仁は経験を積んでおられるから！」と言った。

ミュムタズは先刻の彼の考えがいかに軽薄だったかを、この小さな、病気の少女が、信仰においていかに優れているかを理解した。ミュムタズは、彼女の足元で、もしかしたら死者の骨かもしれないもので遊んでいる小さな男の子に、いくばくかを与えた。その少女から、彼らが八人兄弟で、メルケズ・エフェンディ・モスクの下のところにある家に住み、母親は洗濯女として働き、彼女たちはこうして鬻《ひさ》いでいることを聞いた。

イヒサンの言うことは尤もだ！　社会は自分に思想と、さらには戦いを求めているのかもしれない。感情的な姿勢をではない。突然、自分の中で反抗心が高まった。しかしそのためにヌーランを忘れなければならないのか？　なぜ忘れる必要があるのか、また、なぜ自分が貧しくならなければならないのか？　太陽の下、汗を拭きつつ、独り言を言いながら歩いていた。心の中に、イヒサンに対する怒りがあった。この子どものために、そしてそのような者たちのために、ヌーランを忘れろというのか！　しかし彼ら自身は、その人生で、この種の犠牲を払うだろうか？

彼は、自分の周囲に、見たこともない、まったく知りもしない、地平線にまで広がる、卑しく、粗野で、野心に燃えた、何でもする権利があると考える、嫉妬深い、すべての文化や社会的嗜みを飛び越える構えのある人たちの集団を見るかのように思った。

しかし自分には、彼らにその犠牲を求める権利があるだろうか。もし自分が自分を彼らに与えたら、気前よすぎることにならないか？

城壁の見知らぬ門から町の中に入った。コンクリートでできた小さな交番の横に座り込んだ一人のアルメニア人の老婆が手を伸ばして、「立ち上がるのを手伝っておくれ、お若いの……」と言った。ミュムタズは、彼女を、どうしても立ち上がる必要があるのか？と言うかのように眺めてから、手を伸ばした。老婆はやっとのことで立ち上がった。

「そこに教会があってな……。ありがたいところだよ、貧しいが……。願いがあれば、頼んでみなされ……。叶うよ。あたしはそこに行くところなんだ！」

ミュムタズは、道というよりもむしろ空っぽの土地に似ている通りで、その多くは蓄音機の箱を思わせる家々のあいだを歩き始めた。

そうだ、社会に役立ちたいとのぞむ者は自分をそれに気前よく捧げなければならないのだ。しかしヌーランへの思いは心の中で、このことばを別な風にくりかえした。

本当に愛する者も、報いを求めずに、愛するべきなのだ……

ヌーランに対して不当なことをしたとの思いは一向に頭から出て行かず、彼女から遠く離れて生きることは耐えがたかった。

イヒサンは自分に対して、思想のことに言及していた……。しかし自分はあまりにも惨めで……。

突然、イヒサンに対して先刻の怒りと憎悪を再び感じた。

なぜ社会のための行動を擁護する者は人間がわからないのだろうか？　人間と生活は別のものである。前者は後者を、肉によって、骨によって、額の汗によって、思考によって作る。しかし同じものではない。どちらかを選ばなければならなかった。しかしミュムタズは、最後まで両者の真ん中で揺れるであろうことを知っていた。彼は個人の幸せをあきらめることもできなければ、周囲にある生活の恐るべき帰結を、たとえば十歳にしてこの聖人の墓所を守っている惨めな少女や、アルメニア人の老婆を忘れることもないであろう。

自分は弱い人間だ。脆弱に創造された人間だ。しかし弱くない者がいるのか……。この最後の文句を言うとき、スアトのことを考えていたのを自分でもわかっていた。実際に、入った小さな茶屋で、ポケットから彼の手紙の写しを出して、何度目になるかわからなかったが、読み始めた。

それは、何もかも揶揄する、内面を蝕む苦悩に満ちた長い手紙だった。ミュムタズはそれを読むたびに、スアトが自分を深いところから捉えたことを感じていた。スアトの考えのどれをも支持しなかった。しかし彼の苦悩は分かつことができた。最後に、スアトが自分を離しはしないこと、それも自分の現実の一部になったことを理解した。そのとき、ヌーランを初めてみた日、サナトリウムに行くために、スアトをフェリーへつれていった時に考えたことや、話したことを思い出した。

スアトは別れる時、いつものように、彼をからかった。

「俺の顔を、本当に死んだみたいに、そんなに悲しそうに見るなよ」と言った。「この世界を、お前ただ一人においていくつもりはない。」

スアトはそのことばを守ったのだ。しかしこの冗談は、そのとき彼を不快にさせたように、今もまったく別な、より深い真実となって、再び彼の心をひどく乱した。

そうだ、スアトのことも、ヌーランへの思いも、他のすべてのことも、生涯彼から離れないであろう。そしてミュムタズは、一生それらにつきまとわれているために、何度かの風で突然ばらばらになってしまうことであろう。

Ⅳ　ミュムタズ

1

ミュムタズがイジラールとムアッゼズと別れて、エミンオニュに戻ったのは五時を二十分過ぎていた。初めは、何としても市電に乗ろうとする彼を拒絶するかのような混雑ぶりを、ただ眺めていた。やむなくタクシーに乗らなければならないと考えたが、その場合、ベヤズィトに着くには早すぎてしまうだろう。朝オルハンと出会ったときに、六時にキュルルクの茶屋で待っているように言ってあった。まだ時間があった。彼らが来る前に、一人で茶屋で座っていたくはなかった。彼は知り合いが多かった……。十五日ぶりに、はじめて自分の友人たちと会うことになっていた。彼は他の人間が加わることを心配していた。僕は無防備な男だ。

突然自分の口から出たことばに、驚いた。本当に自分は無防備な男だった。人びとは望めば、彼に何かを強いたり、要求を押し付けたりできるのだった。それだけではなかった。彼の思いはいつもヌーランの周辺をさまよっていた。しかし、恐れたほどに傷ついてはいなかった。運命に裏切られることに慣れている者の冷静さで、疲れ果てて、ぼんやり歩いていた。そよ風の通う夏の日々は実に心地よく、イェニジャーミ・モスクのアーチの下でもう一度、僕は無防備な男だ……と繰り返した。誰でも自分から何でも取って逃げることができる……。

スルタンハマムの混雑の中でちょっと立ち止まって、周囲を見た。このあたりは町の一番賑やかなところに違いない。大勢の人や、自動車、トラックで溢れていた。モダンな画家なら、このごたごたを、ケルヴァンサライの旅籠の窓を枠にして描いたとしても、それは決して間違ったことになるまい！　しかしそれにしてもなんと騒々しいことか……。

それはいいが、どうして自分はヌーランのことを考えないのか？　考えることさえできないのか？　あたかもイジラールとムアッゼズが、すべての悩みを、心を捻じ曲げる苦痛を、さらには、ヌーランと分かち合ったあの豊かな愛をも、持ち去ってしまったかのようだった。もう少しで、この件が片付いてよかったと口にしてしまいそうだ……。彼は自分に起きたこの変化が訝しく、気懸かりであった。ヌーランのことを全然考えなかったわけではない。彼女の幻とともに歩いていたほどだった。しかし、それは非常に遠く離れていて、あたかも二人のあいだに厚い水の層、別の物質があるかのようだった。死という教えが人間に与えた何かに違いない。済んでしまったことはどうにもできないという諺を思い出した。それも同じことだった。

ゆっくりと坂を上っていた。死の観念はこの国では、避けられないものを受け入れる力を人間にもたらすのだ！　もしかしたら、それは状況のせいだったのかもしれない。戦争が近かった。闇市場が準備されているのを彼はその目で見た。しかし彼はそれにもあまり影響されなかった。少なくとも、抵抗する気にはならなかった。本当に必要になったのだ。それ以外に救われようがないのだ！　どうして慌てふためかなければならないのか！　戦争のことを考えながら再びあたりを見回した。この商店街は六か月後も同じ状態を維持できるだろうか。これらの店の繁盛はもちろん続きはしないだろう。布地や女性の服、タイル一式、日用品でいっぱいのショーウィンドーを懐疑の心で眺めた。自動車は人びとのあいだを、離れ離れにさせたり、押したりしながら進んで行った。

一人の運搬人が巨大な荷を背負って、彼に向かってゆっくりと近づいてきた。その男の首と胸は、荷の下で彎曲していた。両手を横にぶら下げ、ひどく大胆な線の省略によってあたかも額と頬骨はくっついたようになり、顎は見えなくなって、坂の上から彼に向かって歩いてきた。この線という語の引き起こした連想から、トゥーロン市にあるプジェの女人像柱を思い出した。しかしすぐあとで、自分の考えに疑問を持った。本当にそのような線の省略があったのだろうか？　運搬人はむしろ、道を見るために、顔を突き出して歩いていたのだ。頭は肩の上にあるのではなくて、胸から突き出しているように見えていた。確かに、頭は胸に繋がっていた。われわれは見ることもせず、注意も払わずに、記憶しているものについて話しているのだ！　その男の額には大粒の汗が流れていた。ちょうどミュムタズのそばを通り過ぎる時、その男は、視野をふさがないようにと、手で額の汗を拭った。ミュムタズはその太い色黒の手の動作を、よく覚えていた。それだけで悪夢になりえた。

全身を使って、歩幅を計算しているようだった。目で見て、足で探り、推測して、考えていた。否、もしかしたら考えてはおらず、単に推し測っていたのかもしれない。その男はまた立ち止まって、後ろを見た。運搬人は七歩か八歩先にいた。巨大な木箱の終わったところに、だぼだぼの、形の整わない、つぎのあたった白いズボンがあった。プジェの巨像には似ていない。彼女らの引き締まった筋肉は、全身から溢れる力の表現だ。哀れな男は、背負った荷によって呑み込まれていた。彼は男の顔をもう一度じっくり眺めたが、その顔には、力の表現もなければ、思考の痕跡もなかった。その運搬人は一歩、また一歩と歩みを進めていた。自分の歩幅によって、小さく、断片的に生きていた。ただ、その手には奇妙な力強さがあった。

ミュムタズは頭を振った。そして二、三年前に公布された、人間の肉体で荷を運ぶことを禁じる、きわめて善良な意図からなる法律のことを考えた。イスタンブルの中心部は、この数日特にひどく混乱していた。手押し車が出現して、道を占領していた。運搬業はより困難になっていた。公布後、法律は次第に忘れられて、すべては元の状態に戻った。この運搬人やそれに類する者たちは、以前のような大きな荷に再びまみえて、元の状態に戻ったのであった。まさに、国民連合とか、平和講演会とか、一大協力の願望とか、反戦運動の宣伝や作品のようだ。この時代の個人たちと運搬人の運命は、ミュムタズの頭の中で奇妙な形で結びついた。要するに、いずれの運命の途も閉ざされているのだ。

彼は一体誰だろう？　どんな生活をして、なにを考えているのか？　結婚しているのか？　子どもはいるのか？　数時間前に蚤の市で見かけた品物や、あの安い作業衣や、古着などは、彼らのような者のためのものであった。彼らは、その生活をミュムタズが決して知ることのできないような人びとだった。時々、新聞では、大々的なまじめな討論や、生活の華とされる俳優の写真や、特別扱いの世界の出来事のなどのあいだに、二、三行の逸話や、殺人事件や誰かの急死とかのニュースが載って、目の前で起こっていたのにそれまでわれわれにとっては影にいたそのような人びとの生活は、ピストルや短剣、あるいはブルサ製のナイフの一瞬のきらめきがその上を通り過ぎたとか、あるいは一軒の家が崩壊してその下敷きになったとかのために、一秒間だけ明るくなってから、また忘れられる。ミュムタズは一瞬、タクシムの少し下方、フンドゥクルに下る坂の右側のウンカパヌの辺りで、ブリキや煉瓦で造られた家で暮らしている人びとのことを思い出した。汚水が路上を流れる通り、この上なく汚い、むごい、偶然のもたらした状況の中で育つ子どもたち、そして少し大きくなると、育てられた親の家を出て、水の出ない水没み場の受け台や、歩道や、橋の下に住み処を変える子どもたちのことを考えた。

幾度の戦争によってこのような状態になったのだろう？　一八七八年のロシアとオスマン帝国の戦争以来一連の災害が、イスタンブルの住民の半分を、都会人だか田舎者だかわからない、窮乏と貧困という他に言いようのない、どの範疇にも入らない人間で満たした。今度はヨーロッパ人の番だ！　と彼は考えた。もちろんそれは一度の戦《いくさ》では起こらないだろう。しかし、ただ一度の戦で済むかどうかは誰にもわからない……。

戦争になれば、運搬人は兵隊にとられる！　自分も行くだろう！　しかしそこには違いがある。自分はヒトラーの思想を知っていて、怒っている。ヒトラーと喜んで戦う。しかしこの哀れな者は、ドイツのことも、ヒトラーの思想も知らない。知らない、わからない問題に対して戦い、もしかしたら死ぬかもしれないのだ！

立ち止まって、自分に、大真面目に尋ねた。よろしい、その結果は？……

しかしその結果は得られなかった。混雑の中で誰かが、わざとしたかのように体をかすめて通り過ぎ、早足で遠ざかって、少し前方で脇道に曲がった。ミュムタズはこのぶつかった男が誰であるかを見るために、首をその方向に曲げた。奇妙なことだ……と二、三度繰り返した。その男はスアトに似ていた。

しかしスアトは死んだ。もう一度その類似を見極めるために、その方向を見た。本当にスアトに似た者が、遠くから彼を眺めて笑っていた。鉛色の服を着て、帽子を手に持っていた。ありえない……と彼は言った。それとも、もはや死者をきちんと埋葬しはしないというのか？

この最後の考えに、ひどく腹が立った。惨事を揶揄することは自分のすべきことではない。その上、彼の死には、多少ではあれ、自分の責任もあった。さらに言えば自分とヌーランの。彼が鍵を見つけて、自分たちのアパートに来なかったら、目の前で起こったできごとにあれほど大騒ぎをすることがなかったら、と考えた。しかし、責任があるのは自分たち二人だけではなかった。三人目がいた。彼の最後の晩に、スアトは、ボスフォラスのフェリーの埠頭で出会った少女を家に連れて帰った。その少女が、彼に人生について考えざるを得なくさせたのだった。スアトは遺書に、『そのとき自分の人生が見えて、嫌悪した』と書いていた。若くて、人生に虐げられているだけで、まだ何も悪いことをしていないこの少女にも、彼の死の責任があるのだった。『突然、俺は神を探した。嗚呼、神を信じていたら、すべてはひどく容易で、自然であったであろう……。』しかし、スアトはどうして神をこれほど遠回りの道から求めたのか。どうしてまっすぐに神のところに行かなかったのか？

その少女は、当然スアトの死を新聞で読んだことであろう。どれほど影響されたか、どれほど苦しんだかはわからない。なぜか？　なぜなら、彼女は寝るところがなくて、ホテルに泊まる余裕もなかったために、ほんの一晩だけ、一人の男の人生に、遠くから入ったのだから。人間はいかにお互いに付け入ることか。

彼の思考はまた飛躍した。スアトを、ラクのテーブルでひどく奇妙な話をした晩に、エミルギャンにある家のホールで見た。エミン・デデが立ち去ってすぐだった。突然彼の周囲は変わった。一つの声が、自分の中の一つの声が、フェラフフェザの儀式の曲の最初の一行を繰り返した。見えなくなった太陽の後を追って泣くように、憧憬が彼の心の中で疼いた。ヌーランに再び会うことはできないであろう。スアトにも？　またもスアトなのか？

この三日間、スアトが彼の心を占めていた。きのうの晩もスアトを夢に見た。路上で彼を見かける前兆だったのだ。

朝からずっとこの夢の影響下にあったことに、今気がついた。しかし夢それ自体はどうしても思い出せなかった。ただ、一晩中スアトとかかわっていたことはわかっていた。自分はひどく大きな家にいた。本当に、非常に大きい家だった。いくつもの廊下、ホールや部屋があって、ヌーランを探していた。各部屋のドアを開けて中を見た。しかしどの部屋でもスアトを見ただけだった。彼に謝り、邪魔をしたと言った。彼は自分に笑いかけ、頷いた。

先刻の男は、奇妙なことに、スアトが夢の中で笑ったのと同じ笑い方をした。そうだ、まったくそっくりだった！　しかし、本当にそのような男がいたのだろうか。問題はわかった。スアトは彼と一緒にいたのだ。もしかしたらあの小さな少女も、ヌーランも、自分と同じように彼のことを思い出していたのかも知れない。再びフェラハフェザ調の曲の最初の一行を頭の中で繰り返した。不思議なことに、憧憬の薔薇の旋律の中に、彼はヌーランではなくて、スアトを見たのだった。

実際は、自分は結婚を急いでいて、彼の死を重要でないことのように見ようとしていた……。

もう一度立ち止まって、手で額の汗を拭った。まさに先ほどの運搬人が、道の真ん中で、自分の一歩前でしたように。しかし彼の手は、運搬人の手に似てはいなかった。ミュムタズの手は生活と直接に触れていなかった。生活の炉で焼かれていなかった。運搬人の手は、黒くて、太い血管が見えて、がさがさしていて、厚ぼったかった。自分の手は、白くて、華奢で、やわらかい……。そして自分の手を注意深く眺めた。突然、エミルギャンの晩を、坂の上でスアトと別れた瞬間を、再び思い出した。スアトの握った手から、やっとのことで自分の手を引き離したのだった！　そして自分は彼の目を見ることができなかった。神よ、あの坂は終わることがないのですか？　それともあれは自分の磔刑への道で、スアトは自分の十字架なのですか？

あたりをみまわして、もう一度額を拭った。しかし彼は僕の生活に、僕たちの生活に入り込む権利があったのか？　自分たちのことはともかく、あの小さな少女は。人は他人を信頼することなしに生きることはできないと少女はスアトに言ったのだった。哀れな仔羊よ！　また歩き始めた。しかしスアトのことは彼の頭の中から出て行かなかった。あれはなんという手紙だったことか！　どうして彼は書いたのか？　突然、覚えていた文章がひとりでにくり返され始めた。

『われわれの運命の最も悲しい面がどこか知っているか、ミュムタズよ？　人類は、人類自身としか関わらないことだ。すべての構造物は人間の上に建てられる、外でも、中でもだ。気がついていようといまいと、人間は、人間を物のように使用するのだ。われわれの悪意、遺恨、偉くなりたいという欲望、恋、失望、希望、すべては他の人間と関わっている。乞食や貧乏人を除いてみよ。憐憫や憐れみがなくなって、われわれは突然惨めなものになる。否、人間は人間と関わるものなのだ。人類は人間に影響しながら生きているのだ。さらには芸術家も、お前が聖人のような魂を持つと言った者でさえもだ。あの晩デデ・エフェンディの音楽がわれわれにいかほどに影響したことか。今、最後に聴いたベートーヴェンのヴァイオリン・コンチェルトが自分にいかに影響したことか？　彼らは他の人間よりもさらに影響するのだ。なぜなら、彼ら自身の魂の病いを、次々にわれわれにうつすからだ。お前さえもだ、ミュムタズよ。お前は自分自身の状態をも顧みずに、なんということを言ったことか。しかもあの妙なやり方で？……ありがたいことにお前は退屈だ、さもなければ……。』

悲しげに彼は首を振った。スアトは僕のことを決して好きではなかった。しかしどうして彼は死んだのだろう。どうして自分たちにこれほどまでに影響を与えるのか？　しかもスアトはそのことをわかっていた。『イヒサンが言ったことはすべて本当だ。ただ彼自身はひどく退屈だ。お前よりもひどい。少なくともお前のことは揶揄できる。だが彼の言うことは理屈に合ってもいるのだ。』

彼は急ぎ足で歩いた。スアトの手紙を全部暗記してしまった。スアトがイヒサンの忠告を聞き入れていたのなら、旅にでも出たらよかったのに。しかしスアトはイヒサンのどの考えを正しいと認めたのか？　イヒサンは、人類は全宇宙に責任があると言った。そうだ、これだ。スアトは、正しいがばかげていると言った。もっと正確に言えば、最初聞いたときには正しい考えだという印象を受けると言った。しかし少しすると、異議を唱え始めていた。それが彼の性格だった。少し前に正しいとみなしたものを、必ずや攻撃し始めるのだった。『惨めな人類！　どの責任感のことだ？　われわれはジェイムズ・ジョイスのブルーム氏のように、自分の恐怖の上に座って哲学や詩を作っていたのだ』と。

ミュムタズは、ヌーランが初めてこの手紙を読んだ時、彼女の顔色が変わったことを思い出した。しかし、その場面をそのままには思い出せなかった。何度も紙面の上に、ヌーランの頭とともに、スアトの頭がかがみこむのだった。ミュムタズは手でスアトを追い払おうとするかのような動作をした。しかし、その後から来た思考はまっすぐにスアトに向けられていた。僕は自分が思考したことに責任をもつ。

スアト、お前は好きなように考えればよい！ そして、直ちに先ほどの運搬人に戻った。そうだ、あの男を知らない者たちと一緒に戦争に送ることはできる。実際、僕には信念がある。僕には守るべきだと信じている多くのものがある。必要ならば僕も人間を品物のように使用するかもしれない！ あの男は死ぬかもしれない。さらに悪いことには、彼は人を殺すかもしれない。一人か二人の人間を。しかし、それも人類のためなのだ！

否、スアトはミュムタズを好いてはいなかった。なぜなら、ミュムタズは自分が思考したことの責任は認めるから。しかし運搬人の妻や子はそれに同意するだろうか。彼の思考は再び、町の窪地の、空気の悪いところで、汚水が流れる道に建つ日干し煉瓦でできた家にさまよった。どうして戦争に送るの？ 彼らの孫たちがより楽で、幸せになるようにだ……。しかしその女は同意しなかった。その日の朝、蚤の市にある店のショーウィンドーでミュムタズが見かけた安っぽいウェディングドレスを着て、向かいに立って、彼を送らないでと嘆願していた。「戦争に行かせないで！」と彼女は言った。「もしあの人が兵隊にとられたら、私たちはどうしたらいいのですか。誰が面倒を見てくれるのですか？」そして安売り店で買った安っぽいウェディングドレスを着て、彼の向かいで泣いていた。先ほど通ったシルケジ駅の周辺で、まだ兵士の服を着ていないが徴兵された者たちを見かけた。傍らを、若い許婚たちや、子どもたちの手を握った女たちが、泣きながら歩いていた。

「自分は思考したことの責任をとる」ということばを、スアトが聴いていたら、「どの思想のことか？ ミュムタズよ……」と言って笑い転げたであろう。しかしスアトは別の種類の人間だった。たぶん彼は僕を好かなかったし、まじめに取ったことはなかった。それでも僕は彼が好きだ。

本当に僕はスアトが好きだったのだろうか？　本当に誰かを愛したことがあったか？　見てみろ。ヌーランは彼と別れた――彼女の心の中には彼に対する思いはなんら残っていない。イヒサンは病いの床にある。自分は怠惰にうろついている。マージデが僕を強いたんだ。夕方まで家に帰ってくるなと。「のんびり遊んでいらっしゃい、そうしないとあなたも病気になるわよ！　あなたまで面倒みられないわ！」と彼女は言ったんだ。彼はスアトに対して話していた。あたかも死んだ者に自分を許してもらおうとするかのように言い訳を言っていたのだ。

彼は手で額を拭った。どうしてこれほどまでスアトとかかわっているのか。何とかして頭からスアトを遠ざけるべく努めた。この問題がまだなかったころの、ささやかなことにかかわっていた、幸せな時期を考えたいと思った。

一番いいのは何も考えないことだ！　急ぎ足でカザンジラル地区を通った。歯科医学校の前で、朝、餌をまいてやった鳩を蹴散らしながら歩いた。そのあとでもう一度広場を横切った。大きな栗の木の下にある茶屋を、知り合いにつかまらないように走って通り過ぎた。ベヤズィト・モスクの中庭に入った。横目で時計を見た。六時十分前だった。彼らは来ているにちがいない！

モスクの前の噴水で、二人の老人が礼拝前に身を清めていた。どの礼拝をするのだろうか？　黒いヴェールで身体を覆った、みすぼらしい身なりの老女が、かがんで、手に取った水を顔に持っていって、ぎこちなく涼を取ろうとしていた。その手は、火であぶられて縮んだかのように小さかった。何羽かの鳩が、中庭に敷き詰められた大理石の上を、人里離れた庭園にいるかのように、のんびり歩いていた。「昔の細密画に描かれていた美女のように……。」そのあとで自分に腹を立てて、その比喩をスアトの口調で言ってみた。「そうではない！　それらはせいぜい、ひどく孤独な頭がめぐらせた思考のように、だ……」と。しかし、そうでもなかった。実際に思考する前の予感のように、だ。幾羽かの鳩があずまやの上で飛び交って、幻のレースの柄のような何かを描いていた。

もう一方の入り口の前で、彼は二人の老人が礼拝前に身を清めるさまと、中庭全体を眺めた。それは、ヤヒャ・ケマルが言ったように、一五〇六年にこのモスクが建てられた日以来そこにある、魂の額縁の絵であった。まさにそれは維持されなければならなかった。ヴェールで身体を覆った女は、昔もここに来たのだろうか。しかし違いはそれだけではなかった。先刻中庭を通りすぎた時、少し上げられた厚い帳の下から、モスクの薄暗さを増すかのようにとひっそりと点いている電気の灯りを見たのだった。しかし、このモスクと礼拝前に身を清めていた老人たちは……。

民族的なものすべては、美しく、よいものである。そして最後まで維持されなければならない。

そのあとで、運搬人のことを考えて呟いた。お前のためにかけひきしていると思うな！　お前も信じていることを話しているのだ。

しかし、今度は運搬人だけではなかった。エレイリで兵役をやっているメフメトも、ボヤジュキョイの茶屋の丁稚も、思考の中に加わっていた。

入り口の前で、別の老女が、はっきりわかるギリシャ訛りの、低い声で物乞いをしていた。彼女の手も小さくて、子どもの手のようだった。やつれた顔の中で、眼は山の中の泉のようだった、ミュムタズは、その女に施しを与えるとき、その眼の中を覗きたいと思った。しかし彼は何も見られなかった。なぜならその眼は、強い憧れと苦痛で覆われていたから。それから数珠屋の前で立ち止まった。子ども時代の、『千一夜物語』を思わせる断食月のあいだの見世物の最後の、色褪せた思い出に浮かぶ世界が、いくつかの数珠とか、歯を掃除するミスヴァクの木片となって、小さな引き出しで売られていた。昨年の八月に、ヌーランと一緒にその男から数珠を二本買って、男と話したのだった。今度も彼は数珠を二本買った。突然、スアトが手を伸ばしてきたが、やっとのことで渡さずに済んだ。眼を覚ましているのに、自分は夢を見ている……。

2

夏の宵のねっとりした灯りの中、茶屋は暑さと騒音で息が詰まりそうだった。フェリーを待つ人たち、まもなく自分たちの家々に帰る人びと、海水浴の帰りに友人たちとちょっとおしゃべりに来た者たち、あらゆる種類の、あらゆる階級からなる人混みが、アカシアの木々のあいだから差し込む夕日を背景に、「ニオベの十四人の子どもたち」の絵のように、胸を張って、情勢を議論していた。本当にこの日差しの中で、勇敢に耐えているのだ！　あたかもホメロスのように。

ミュムタズは歩くにつれて、ヒトラー、ムッソリーニ、スターリン、チェンバレンなどの名前が飛び交う中を進んだ。ひとつのテーブルの前を通るとき、知り合いの一人が大きな声で言った。「君、今日のフランスは戦わないのだよ、堕落した民族だな……。アンドレ・ジイドのような人間たちなのだ……。」

哀れなジイド、そして哀れなフランス！　もしフランスが戦争をしないならば、それはジイドのせいではなく、他の理由があるに違いない！　しかし真に奇妙なのは、この男が今日、ジイドのいないフランスを考えることができることだった。突然彼は、この夕刻、この茶屋のそれぞれのテーブルで語られているでいることばや、交わされている予言を集めた本を考えた。その本はなんとすばらしい証言となるであろう。「そして、この戦争の直前の――もし戦争になるならばであるが――人びととその精神状態を、彼らによって語らせることは！」事が済んだあとには、これほど人を惹きつける人間の思考の不思議さを示す証言はありえなかった。しかも時期を逸せずに……たとえば今晩書くべきだ！ なぜなら事件が起こって、済んでしまったあとでは、同じ人間が、今晩考えたことを書きたいと心から本気で思っても、それまでにいろいろなことが起こっているために、同じ精神状態や同じ考えを表すことはできないからだ。なぜなら、出来事とともにわれわれも変わっているからだ。そしてわれわれが変わると、われわれの過去も新たなものとして再建される。人間の頭とはそのようなものなのだ。時は、人間において、絶えず新たに形作られる。現在というこのナイフの峰は、過去の重荷をも担うし、同時にそれを一筆一筆書き変えてもいるのだ。

他のテーブルで別の声が予言を述べた。「君、英国は君が考えるほど弱くはないよ」とか、「君の見解は、真の勝利者はムッソリーニだということになる！」とか、「奴は二十四時間パリにいるのだ！」と。

ミュムタズは自分が、ジャビ・イスメト氏のスルタン・セリム三世の治世を書いた本の時代にいるように感じた。「ボナパルトといわれる将軍は、親愛なるスルタン閣下、七つの海を満たす軍隊とともに援軍に参ります……との報せを送ったのだった。」もちろんこの通りではないが、そのようなものだ。

意見は続いた。「当時、十九世紀初頭のヨーロッパは同様の危機の中にいた。しかしその当時、われわれはヨーロッパをも、自分たち自身をもよく知らなかったのだ」とか、「この国の血がどれだけ流されたことか？」とか、「フランスを支持する代わりに、イギリスと別れなかったら」とか。しかし歴史は済んでしまったことなのだ。彼はこれらのことを、イヒサンといかに長々と話したことであったか。

しかし今、イヒサンは病気だった。

彼の友人たちは、茶屋の後方で、庭の壁に背をもたれて座っていた。以前からミュムタズを知っている給仕が「あそこで待っておられます……」と言った。戦争になれば、この男も徴兵されるのだ。

友人たちの表情は暗かった。セリムは手にした封筒をもてあそんでいた。ミュムタズを見ると、声をかけた。

「イヒサンの具合はどう？」

「三時以後会っていないが、ひどく危険には見えない……。ただ、夜が心配だ。奇数日が問題だそうだ。」

彼は椅子のひとつに座った。震えている両手を見せまいと、ポケットに入れた。

「顔色がひどく悪い、どうしたんだ？」

「なんでもない……心配ごとが」とミュムタズは言って、ポケットの中の手で、スアトの手から取り返した数珠を探った。なんと自分は子どもっぽいのだ！　無理に自分を狂気に導いているのだ！　「僕にも何か注文してくれ！」

「何がいいかい？」

先刻の給仕が、手に持っていた布巾でテーブルを拭きながら、並べあげた。

「コーヒー、紅茶、アイラン、レモネード、ソーダ……。」

ミュムタズは学生時代のまなざしで、彼の顔や、汗をかいている口ひげを眺めた。ある日、預けた鞄を彼がなくしたことで叱責したが、そのあとで友だちになったのだった。

「紅茶をくれ！」注文したあと、友人たちに向かって言った。「みんな、どうしたんだ、こんな風に？」

「他になにがあるというのだ。状況を話しているんだ。戦争になるか、ならないか。」

ミュムタズはオルハンのスポーツマンのような肩を眺めて、「たぶんなるだろう……」と言った。この結論を出したことに自分でも驚いた。「今日起こらなければ、明日起こるだろう。それ以外に途がない。事態が、ひとたびここまで来たからには……。」

「だが、俺たちはどうなるのだ?」

セリムは手に持っていた封筒を差し出した。

「俺に軍事事務所から呼び出しが来た。明日行く。」

ミュムタズは心の中で考えた。もしかしたら自分もエミルギャンの家に来ているかもしれない。イヒサンが少しよくなったら、役所に寄ってみよう!

「俺の問いに答えていないぞ……。」

ミュムタズはオルハンを眺めた。四つの椅子を占領し、モスクの庭から垂れ下がる木々の下、いつもの冷静さで、色の黒い顔が彼の顔を見ずに答えを待っていた。

「協定がある。フランスとイギリスが戦争に参入すれば、われわれも参入する。」

彼らの中で一番悲痛なのはヌーリだった。

「俺は今週結婚することになっていた。」ミュムタズの目の前で、今朝蚤の市で見たウェディングドレスの持ち主の姿が変わった。しかし、違う。ヌーリの家は金持ちだった。その妻はあのような貧しいものを着ない。もっと美しい、もっと着飾った、最新の花嫁衣裳を着るだろう。宝石類を身につけて。もしかしたらベデステンの宝石店で彼が見た宝石かもしれない。しかし、もしヌーリが戦争に行けば、運搬人の妻と変わらないことになる。より整った、より裕福な生活の中で、彼のために泣き、さびしい夜には肉体が彼を慕い、傍らにいないのを見て、全人類に対して敵愾心を持つことだろう。

小さなレイラを、ミュムタズは大学時代から知っていた。最初に会った日に、彼女に「ポケット少女……」という名をつけたのだった。ある日、彼の上着の綻びを縫ってくれたことがあった。小さな頭を胸に埋めて、縮れっ毛と服の端のあいだから見えているうなじの柔らかさを、ひどく間近に眺めたのであった。レイラは本当に気持ちのいい人間だった。彼女はまた俯くが、今度は泣くことだろう。

「兵隊に行く前に結婚しろよ……あるいは休暇をもらえよ。もともと僕たちが何をするかは、はっきりしていないんだ！」その後で、突然これらの心配から救われたいかのように、幻想へと逃れた。「もしかしたら、戦争は起こらないかもしれない。何か調停の途が見つかるかもしれない。」

ファフリは言った。「さっきお前は、外に途はないと言っていたではないか！」

「すべては細い糸にぶら下がっているのかも知れない。真に悪いことが何なのかわかるか？」そう言って彼は、突然ことばを切った。大好きな詩人の一行を思い出したのだった。「最悪《ピール》の……最悪の運命《ピール・デスタン》……」と繰り返した。

「それで、一番悪いことと君は言ったけど？」

「この不安だよ。生活の方向は一向に定まらない。今後も定まらないだろう。われわれは前の大戦以前の時代を知らない。ほんの子どもだった。でも、本で読むと驚くんだ。その時代がいかに安定して、首尾一貫していたことか、と。金、仕事、思考形態、社会の中の抗争、すべては前もって用意された道を歩んでいたかのようだ。ところが、今はすべてがひっくり返された。国境すら一日で、一時間で、変わる。国際的危機やわれわれの緊張は、一瞬のうちにゼロから百に上ることもある。たしかに、もしかしたら何か方策が見つかるかもしれない。しかし事態は解決しない。なぜなら、不安、恐怖は政治家にも衝撃を与えたから。与えられた約束、消滅した希望は、人びとの神経を破壊したんだ。」

オルハンはいつもの無関心さで言った。

「そうだ、今度の戦争が起こるとしたら、前の戦争のように偶然には始まらないんだ！」

「前の戦争も偶然には始まらなかった。それどころか、ポワンカレが望んだために始まったと言う者さえもいる！　しかし、それでも全世界は不意打ちを食らった。誰もがお互いを恐れ、誰もが近隣に対して武装した。しかし民衆はそのような可能性を信じていなかった。『ありえない……』と言っていた。この文明は、本当はこれほど大量の死を赦さない。しかし今や……今や世界は内戦状態だ。思想が互いに争っている。思想が人びとのあいだに広がり始めたんだ。」

「しかし、それはごく小さなグループだろう？」

「そうじゃないんだ！　なぜなら、このいつまでも続いている危機は、もっと穏健な者たちや、単に自分の人生を生きたいだけの者たちをも疲弊させたからだ。そのために戦は避けられないようだ。」

オルハンは、先刻から、開所したばかりの化学実験室の入り口に掛けるこぶし大の錠に没頭していた。それを終えてから言った。「小さな港にとっても重要なのか？」

「もちろん重要ではない……。しかし、これは単に港の問題ではないんだ……。そのあとから、何が来るかわからないのだ！　それから、ナチの横暴と侵略という重大な問題がある！　あいつは人類の疫病神だよ。」

「ミュムタズ、お前は本当にまだ人類を信じているのか？」ミュムタズはオルハンを見つめた。

「他に何を信じればいいのだ？」スアトの遺書に書かれていた少女に似ていた。

「俺は信じない。そして、彼らの問題のために血を流すのは気に食わないんだ。ヨーロッパは危機にあるそうだ。われわれにとってそれがどうだというんだ？　われわれが危機にあったとき、彼らはわれわれのことを考えたか？　バルカン戦争で、彼らは惨事を阻止することを一度でも考えたか？　何世紀にもわたって、われわれを冷酷に手術してきたんだ。切り刻んできたじゃないか。何百年来のわれわれの領土から、草のように根扱ぎにした。その後で、田んぼに人参を植えるかのように、われわれの土地に他の国々を移植した。そういうことをしてきたのがヨーロッパではなかったか？　ヒトラーを、今日の危機の状態を育んだのは、ヨーロッパではなかったか？」

「それはそうだが、われわれに対して、あるいは他の人びとに対して、次々になされたそうしたことは、もう終るべきだと考えることもできる！　そして実際に、終結されるべきなんだ！」

「それを戦によって阻止できるのか？」

「軍事攻撃の脅威がある以上、もちろん戦によってだ……。まず最初に入り口にある脅威を撃退する。その後で、繰り返されるのを阻止する。」

「悪いことから良いことが生まれることはないよ！」

「時には、悪いことが唯一の方策となることもある。壊疽は手術によって救われる。皮膚癌はメスで切り取られる。要するに、手術はいやなことではあるが、時には唯一の途なんだ。それに、新しい倫理道徳を打ち立てるのはひどく困難で、時間がかかるものなんだ。われわれはそれが、日が昇るように突然来ると考えている。そうではない。苦悩と経験の中から、それらの教育によってもたらされるものなんだ。思想はわれわれの中に常に存在する。価値判断はわれわれの皮膚に染み込んでいて、われわれと一緒に、ともに生きているが、なんの役にも立たない。なぜなら、頭で見出したものは、社会は一向に受け入れないからだ。」

「戦争によって受け入れさせるのだろうか？　一九一四年と一九一八年のあいだに起こったことを、われわれは見てきたよ。」

「その通りだ。経験は無意味になった。」

オルハンは実験室の鍵を片付けて、ぼんやり物思いにふけっていた。こういう時、彼の口からは必ず民謡が出てくるのだった。案の定、ミュムタズに答える代わりに、唇から呟きが洩れた。

　　二つの壁のあいだに次第に追い詰められて、
　　ある者は銃弾に撃たれ、ある者はナイフの傷で……

ミュムタズはこの民謡を知っていた。前の大戦で、父親とコンヤにいたとき、夜の貨物列車で輸送される兵士たちや、夜明けに町に野菜を運搬する農民たちが、いつも駅でこの歌を歌っていた。干からびた、痛ましい旋律だった。ミュムタズによれば、前の大戦でのアナトリアのすべてのドラマが、この民謡で歌われていた。

「不思議なことだ！　民衆には嘆いたりこぼしたりするのが似合うし、許されもする。前の大戦の民謡を見てみたまえ！　なんとすばらしいものであることか、それらは！　それ以前のものもそうだ。たとえば、クリミア戦争の民謡のように。ところが、インテリのあいだでは良いとは見られない。つまり、インテリには泣き言をいう権利がないんだ！　つまり、われわれには責任があるということだよ。」

　ヌーリは突然前の話題に戻った。「今度も経験が無意味になるということにはならないと、どうしてわかるんだ？　小さなこと、たとえば藁の一本が足りないとか、多すぎるとかのために。」

　ミュムタズは自分の考えをまとめた。

「僕は戦争を擁護してはいないよ。どうして君はそう考えるんだ。そもそも、人類は勝者と敗者と二つに分けられるのか……ばかげたことだ。価値観、さらにはそのために戦った価値や倫理を破綻させるためには、この区別で十分だ。もちろん、すべての危機のあとから、ひどく立派な、よいものが訪れるのを期待することは間違っている。しかし、何ができるというんだ？　そう、ここにわれわれ五人がいる。五人の友だちだ。一人ずつ考えた時は、大きな力があると思う。しかし、危機に直面すると……。」

　友人たちは興味深く彼を見ていた。彼はつづけた。「朝から自分の心の中でこの問題を熟考していた。」しかし、突然先刻の思想に戻った。「その反対に、もっと悪いものが、ひどく悪いものが出てくるかもしれない。」

「朝から何を熟考していたんだ？」

「朝、僕はヘキムオウル・アリ・パシャ・モスクのあたりにいた。少女たちが民謡を歌いながら遊んでいた。はるか十五世紀半ばのイスタンブルの征服以来、その民謡は存在していたのだろう。そして少女たちは、それを歌いながら遊んでいた。まさにこれらの民謡が続くことを僕は望むんだ。」

「それは自衛のための戦争だ……。それは別のことだ。」

「時には、自衛のための戦争が姿を変えることがある。もちろん、戦争になれば何が何でも行くとは言わない。なぜなら、事態がどうなるかは誰にもわからないから。まったく予期しなかったところに突破口が開くこともある。突然、思ってもみなかった状況が出てくることだってある！　そうすれば、戦争に行くか行かないかは、君の意思次第だ。」

「本当に、考えると驚かされるよ。前の大戦の始めに人類の運命を支配していた者たちと、今日の政治家たちとのあいだの違いは、考えられないほどだ！」

ミュムタズは心の中で、人生について尋ねるためにイヒサンがいれば、と思った。

「もちろん違いはたくさんある。当時は人類は同じ工場で作られたかのようだった。いかに多くのものに敬意を持っていたことか。それにあの一世紀の外交、その礼節と作法……。ところが今や、近所に狂人が引っ越してきたようなものだ。以前のヨーロッパは残っていない。ヨーロッパの半分は、民衆を扇動し、怨恨や、新たな伝説を捏造する冒険屋の手にあるのだ。」話すにつれて、彼は先刻の固定観念や妄想から救われるように思った。

「僕がいつ今の状況に失望したか知っているか。ロシアとナチが不可侵条約に調印した日だ。」

「だが、左翼は気に入っている。彼らの言うことをお前が聞いたら！　今や誰もがヒトラーを讃えている。あたかもライヒシュタ－ク火事裁判などなかったかのように。」ヌーリの顔は怒りで蒼白になった。

「あれほどの殺人が行なわれなかったかのようにだ。」

「ほめるのは当然だ。しかしそれも、次の公告が出されるまでだ。わかるだろう、価値や倫理の判断がもう一度失われないためだ！　そのために自分は戦争には反対であるけれど、戦を恐れてはいないし、待ち構えている。」

彼は、自分自身かつて見たこともないほど確信に満ちて語っていた。向かいの茶屋からのラジオか蓄音機が、この夕刻に別の衝撃をもたらした。エユップ・ベキル・アアの『マーフルの歌』が夕暮れの中を漂った。ミュムタズはその場で呆然となった。耳に届く曲の中から、ヌーランの曾祖父の作曲した『マーフルの歌』と、その愛と死の陰鬱な詩が心の中に満ちた。自分自身に言った。『彼女は明日にはいなくなるであろう、自分に腹を立てたまま……。』突然心の中に、奇妙な、耐え難いほど大きな怒りが膨らんできた。どうしてこうなったのか、なぜ誰もが自分をこのように責めるのか？　彼女は心の平安について話していた。それはいいが、自分の平安はどこに行ったのか。自分はいなかったのか？　これほど孤独になってどうしたらよいのか。彼はほとんどヌーランの口調で話していた。『心の平安、心の中の気楽さ……。』

「すべての問題はここにある……。」オルハンは話し終えていなかった。

「続けたまえ……。」

「いや、何を言おうとしたのか忘れた。ただ一点で、お前は正しい。良くないことを認めてはならない。不当なものを認めるたびに、より大きな不当を生むのだ。」

「もう一点ある。不当なものと闘う時に、新たな不当を犯さないということだ。……もしもこの戦争が起こったら、多量の血が流されるだろう。しかし、もしやり方を変えないのであれば、われわれの苦悩はむだになる……。」

心の平安を、ヌーランにではなく、自分の中に探さなければならない。それは犠牲によってのみもたらされるのだ、と考えた。ミュムタズは立ち上がった、

「イヒサンのことが心配だ」と彼は言った。「失礼する、許してくれ。そして、そのように考えるのはやめたまえ。もしかしたら戦争にはならないかも知れない！　もしかしたら、わが国は参戦しないかも知れない。われわれは多量の血を流した民族であり、多くの教訓を得た。状況次第で、もしかしたら参戦しないで済むかも知れない。」

友人たちと別れるとき、このような戦争が起こるとすればどんな段階においてかということについて、少しも話さなかったことに気がついた。そして心の中でそれを喜んだ。

しかし、本当に中立でいられるだろうか？　すぐ隣でひとつの声がした。「気にするな。お前はよく話して、気が楽になった。それで十分だ！」それはスアトの揶揄する声だった。

まるでスアトから逃れようとするかのように、彼は急ぎ足で路面電車に飛び乗った。

3

病人は前と変わらなかった。やつれた顔が熱で赤くなっていた。ひび割れて引きつれた唇を、時々自分の舌で濡らそうとしていた。もはや以前のイヒサンではなかった。もしかしたら彼は、ひとつのイヒサンの思い出になろうとしていたのかもしれない。彼をこのような状態で見ることは、宿命の道の半ばで彼に逢着したかと思わせるほどだった。それは、ミュムタズとイヒサンを知っている者たちのみに残る記憶となる前兆だった。表情がもう少しやつれて、内からやせ細ったら、彼はわれわれの中に移行して、記憶の中にのみ残るものとなるだろう。

ミュムタズはその手を眺めた。血管が浮き出ていて、焼かれたかのようだった。しかし生きていた。他の次元の生物によって征服され、別の気候で生きているかのように生きていた。そこは摂氏四十度の作り出す気候だった。しかもそれだけではなかった。四十度の気候だけが作り出しているのではなかった。特別な器具によって見ることができる、一連の小さな生物、ばい菌、細菌といわれるものが、細い管や試験管に閉じ込められ、種々の実験動物に注入されることによって、生存し、増殖するための特殊な手段を求め、しかるべき温度を見出して作用していた。それらのものを周囲から隔離したり、本当に小さな、目に見えない存在をとらえたりするためには、多くの経験が必要で、思ってもみない形に染められた、赤い血から次第にくすんだ緑に移行する液体で保存されるなど、そのための条件があった。そのような生物が、三十九度と四十度のあいだの熱を、生と死のあいだにあるわれわれの風土とはまったく違った気候を、特殊な暑さ、息の詰まる、疲弊させる泥沼、何千メートルの高さで感じられる空気の希薄さ、未知のガスの反応で沸騰する火山の火口のような何かを、作り出していた。

病人の胸は、よく働かない鞴《ふいご》のように、上がったり下がったりしていて、命の援けになる、継続的な呼吸は一向に十分ではなかった。口を裂けるほど大きく開けて、貪って取り入れた空気を、パンクしたタイヤが空気を逃すように、はっきりしない動作で、誰にも気づかれずに吐き出していた。すばやく、はっきりと吸い込んでいたが、吐くときは微かだった。

ぜいぜいと音を立てて、最も基本的な作業となった上下の動きをかろうじて行なっている体の器官は、人間の胸と呼ぶのはもはや難しかった。枕もとの、半分覆われた灯りによって、惨めさがよりはっきりと目に見えるのだった。この病室の灯りも奇妙だった。あたかも、すべてをそれ固有の形で見せて、これとこれはここに、他のものは後方にあるべきだと主張しているかのようだった。その灯りは、「自分は特別な状態、すなわち三十九度と四十度のあいだで、最後の扉を守っていて、それを照らしているのだ」と宣言している光だった。しかしそれが言っていることは、ミュムタズから見れば、部屋のすべてのものにも見られた。寝床は病人と一緒に膨らみ、その苦痛を自分のものとしていた。カーテンや、洋服ダンスの鏡、部屋の静寂、次第に高まる時計の音、すべてが、この三十九度と四十度のあいだが、いかに不思議な、恐るべき底なしの穴で、事実から神秘へ、数量からゼロへ、認識から絶対的愚昧へ通じる、いかに厳しい道であるかを示していた。

ここにはスルタンの支配があった。病人の体は、そこに横たわって、三十六度の通常の気候ではしたことのない動作を両手でし、今いる高さで、高熱の状態で、胸を絶えず上下させて、内臓を冷やす空気を求め、何年も蛇口から水の流れていない荒野の水汲み場の前にある僅かの水の存在を、それが与える涼しさを求める大地のように、引きつれてひび割れた唇によって、まぶしさにつぶった目によって、内部から収縮した顔によって、「自分はもう以前のものではない！」と大声で知らせ、この九日間のうちに、スルタンの支配を打ち立てられていた。九日間のうちに、以前のものではなく、誰にも似ていない、人生の端に引き下がったところでの支配が、気をつければやっとわかるほどの驚くべき変化の中で、徐々に、確固たる形で、打ち立てられているのであった。

彼の知っている男の、何がこの部屋に残されていたか。肉体の苦痛以外にはほとんどなかった。目に輝く光さえも、人間と認められる存在の徴《しるし》のようには見えなかった。反射をとらえるどんな物にでも、この程度の光はある、と彼は言いそうになった。しかしそうではない。病人の目は別の風に光っていた。あたかもそれは、イヒサンのいる突端でミュムタズの考えを読んでいるかのようであった。どうして僕は、このように悲観的に考えるのか、このように臆病なのか！と自分を叱咤して、話しかけるためにかたわらに近づいた。しかし、彼が病人の手を取ると、病人は目を瞑った。話したくなかったのだ。小さな静寂があった。それまで感じたことのなかった静寂だった。

それは静寂とは言えなかった。なぜなら、卓上の時計は大きな音を立てて動いていたからだ。まるで、すべてのものがその命令下にあるかのようだった。

それは、次第にスピードを増しながら、別の時間を、人間の外にあると言える時間と、人間の一生の時間とのあいだにある時間、人生の半ばに到達して、もう少ししたら唯一の大きな飛躍で自らを終結させる、恐るべき変化の時間を刻んでいた。それは抽象的な行動の時間ではないとはいえ、人間の体を抜け出そうと努め、死へと向かう変化の時間だった。

幼虫が蛹になり、蛹が蝶になる瞬間における変化を自分のものとして、内部からリズムとなって支配する時間があるではないか。まさにそれは、そのような時間であった。今晩ここに横たわっている人間と、そのように形と種類を変える生物と、どこが違うのだろうか。

病人は目を開けた。唇を精一杯濡らした。ミュムタズは小さな匙で水を与えた。それから顔を近づけて、この悪夢から救われたことを喜んで、「兄さん、気分はどうですか?」ときいた。

イヒサンは手で、どんな意味にも取れる動作をした。その後で、自分に関する判断を下すのを恐れるかのように、舌をかろうじて口の中で動かし、「お前は?」と言いかけて、止まった。彼は体を少し起こそうとした。

しかし、できなかった。突然胸が苦しそうになった。手の動作が増えた。顔は窒息しそうに赤くなった。

「医者を呼びましょう、ミュムタズ? 私こわいわ。」

ミュムタズは今夜が危機的な夜のひとつであることはわかっていた。しかし、危機がこれほど激しいとは予期していなかった。だから、病人が次第に悪化するのをほとんど呆然と眺めていた。頭の中で恐ろしい可能性が互いにぶつかり合った。

「もしも、自分がいないときに何か起こったら?」と考えた。

呆然としながら、その時には、呼んだ医者をどうしようかと思った。その瞬間、大嫌いな、不快な顔をした近所の医者が思い浮かんだ。彼が知っている他の医者は皆、避暑地に行っていた。彼らは非難されるべきだろうか。この暑い時期、もしこの病気の問題がなかったら、自分もここに滞在していただろうか。目の前に、ワニキョイからカンディルリに行く大きな菱形に曲がる道路と、漁師の船の灯り、満天の星、鳥や虫の声とともに、夜、海辺の大きな別荘のカーテンが下ろされた窓ガラスに映る、光によって作られた水面染め《エブルウ》を思わせるあの純粋な輝きと色の帳が、幻のようによみがえった。そしてミュムタズは、――もし悪いことが起こったら――何の役にも立たない医者を伴って、その道を、その明るさの中を歩いている自分を見た。

そして、この恐ろしい予想にもかかわらず、想像力がまだ遠くに生きていて、その中の一番重要な部分がヌーランで占められていることを理解した。彼は自分の利己主義を恥じて、立ち上がった。マージデは注射をすることができた。しかし、これほど重大なことをどうして彼女に任さなければならないのか？　もう一度イヒサンを見た。窒息しそうにもがいていた。ミュムタズの躊躇にマージデは勝った。彼女は立ち上がりながら、「注射をします」と言った。それは彼が見たこともないマージデであった。真っ青な顔をして、厳しい目であらゆる異議を排除して、夫を救う決心をしていた。そしてその決心によって、頭の中にある弱さを克服した女だった。ミュムタズはイヒサンの腕をまくった。マージデは時間を節約するために針の先をアルコールで消毒しただけで注射器につけてから、灯りに向かって持ち上げた。終わると、彼女は自分の目が信じられないように、注射の済んだ腕をミュムタズに見せた。

ミュムタズは、イヒサンの太い、スポーツマンの腕の、いまだに日焼けが消えていない皮膚の上に、細い血の跡を見た。病人の母親は、すべてこれらのことを、呆然と、非常に恐ろしいことのように眺めていた。彼女は、体が医療的に干渉されることを怖がっていた。しかし病人は楽になった。

「お願いだから、ミュムタズ、医者を呼んでおくれ」と彼女は言った。

それを言ったのはヌーランだったのか、あるいは伯母だったのか？　しかしヌーランは遠くにいた。今夜この小さな家にある恐怖や心配のことは知らなかった。彼女は明日イズミルへ行くことになっていた。もしかしたら今、荷物の仕度で忙しくしているかもしれなかった。あるいは家でファーヒルと、将来の計画を話しているかも知れない。

彼は、夢から覚めた者の奇妙な、ぼんやりした意識で立ち上がった。自分が見た糸のような細さの血が彼に衝撃を与えていた。本当のところなんだったのか？　それはわれわれが体の中に何キログラムも持っているものなのだ。

「どうしても必要ですか？」

マージデも姑と同じ考えであった。

「いずれにしてもね」と彼女は言った。ミュムタズは医者を呼ぶために、入り口に向かった。

医者を呼ぶのは習慣だった。病人がよくなるにしろ、ならないにしろ、医者を呼ばなければならなかった。生も死も医者なしでは済まなかった。ことに死は……今日の世界で医者なしに死ぬことは恥ずかしいことだった。それは、戦場でのみ、人びとが何千人も何万人も集団で死ぬ場合にのみありえた。なぜなら死は本来高価なものだったからだ。しかし時には安くなって、誰にでも与えられるのだ。

そのような時には、医者も薬屋も薬も、あるいは何らの同情をも必要としないで、人びとは互いに寄り添って、互いを抱きしめて、お互いに中に入り込んで、お互いに一番特別なものを分かち合って死ぬのだ。しかし、家で、自分の寝床で、個人的に死をむかえるには、しかるべき決まりがあるのだった。クラーンを唱える者、僧侶、医者、クラーンの声、薬鉢、涙、聖水、鐘の音……そのようなものがあって死は完成される。それは人間の頭が自然の秩序に付加したものだった。死は、人びとのあいだではそのようにして起こるのだ。本当のところ自然はそのようなことは関知しなかった。この付加があることすら知らないのだ。自然にある死は別であった。それは、宇宙の時間を自分の中で感じること、その時間を分散させるプロペラが肉体と魂の中で回転するにつれて、最初に思い出や記憶を、それから感情や感覚を一葉ずつ失うこと、無限の空の中、このプロペラのスピードによって、互いに遠ざかる多くの粒子に分散されていくこと。まさにそれが自然にある死であった。

機を逸しなかったマージデの勇気によって、イヒサンの中でこのプロペラは止まった。扇風機のボタンが反対に回されたように——病人の部屋の洋服ダンスの上の天井にある、飛び立とうとしている鳥を思わせるあのプロペラのような扇風機が。そうだ、止まったのだ。そしてそれは重大なことだった。

ミュムタズは病人の顔をもう一度眺め、曖昧な身ぶりをして部屋から出た。ゆっくりと、まるで水の中を歩いているかのように、自分でもよくわからない一連の考えの中で行動していた。

あたかも物と自分とのあいだに多くのカーテンがあるかのようだった。あるいは、自分の中でうごめき、考え、話す世界は、彼が本当に生きている世界ではないかのようだった。一種の観察者の人格によってのみ、周囲と接触しているかのようだった。それにもかかわらず、すべてを見て、記録し、思考していた。しかし、この見たり、考えたり、さらには話したりすることは、煙となって、密度を失ったものとなっていくようであった。

土間の電灯をつけて、いつもするように鏡を見た。ミュムタズは必ずこの鏡を見た。彼にとって鏡は、人間の運命の象徴、見えない世界に向かって伸びる知の力のようなものであった。

今度も鏡を見た。灯りは、平らなガラス面でかすかに揺れて落ち着いた。そして土間のすべてを直ちにとらえた。鏡は不思議なものだ。直ちに働き始める。ミュムタズはまだ、眠りから覚めたばかりのようであった。土間の向こうの端に四足の靴があった。四足とも病人のものだった。壁には太い柄のついた傘がかかっていた。それらを再び使うことができるだろうか？　どうして駄目なことがあろうか？　時を分散させるプロペラの回転が人間の中で止まることは、生きていくのに十分だった。そのときは、宇宙の時間から、人間の、生活の時間に移行するのだ。それは回復し、すべての傷を癒し、すべての支障を除去してくれる時間だった。そこでは、時間は人類の友だちであった。

四足の靴のうち、二足は夏の初めに買ったのだった。ひとつは黒で、もうひとつはクリーム色だったが、どちらも冬にもはける種類のものだった。「兄さん、夏に冬用の靴を買ったのですか」とからかうと、そういう時にも例のまじめくさった態度で、彼は「自分は用心深い男なんだ！」と言ったのだった。用心深い男だって！　用心していたら肺炎にかかっただろうか？

もう一度靴を眺めた。この世で自分の周囲にあるものを、われわれはいかに少ししか所有できないことか。これらの靴、傘、家の中の物、そして家そのものは、あらかたすべて彼のものだった。彼だけに属するものと、他人と分かち合っているものがあった。しかし、明日——神がそうさせないことを願うが——もし何かあったら……。

すべては彼のものではなくなるのだ。もし思い出してくれる者がいたら、思い出が浮かんできたら、それらは現れるのだ。真の所有は、人間によって、人間においてのみおこるのだ。人間の知性、人間の心、人間の精神、人間の記憶……人間がいなくなれば、そこには何も残らなかった。実際は、動物によっては飼い主や暮らした場所を忘れないものもいるが……。しかし、それも人間から彼らに伝染したものだ。彼は電気を消した。四足の靴、傘、小テーブルの上に置いてある夕方買った品物、土間の安物の火鉢、すべてが消えた。鏡のガラスは、窓から入るわずかな明かりで、はっきりしない、無形ともいえる一連の影となった。何もかもが何と早く消え失せたことか。実験をする者の態度で、彼はもう一度電気をつけた。一瞬にして、平らな土間と、その一部がもう一度つけた電気によってより輝いている土間にあるすべてのものがよみがえって、その姿によって、その上に集まった形と大きさによって、互いに対する無言の関心によって、生き生きした、調和の取れた互いの存在を認め、さらには存在すること、共にいること、互いを補い合うことを喜んだ。これらのものは自分がいなくても存在するのだ……。少しの光があれば十分だ。光、つまり一連の感覚、およびその命令下でそれと協力する意識あるいは記憶……。その場合には自分は必要になるのだ！　自分、あるいは誰か……最後の人間といってもよいものが。

階段を下りる時に示したのと同じ注意深さで、彼はドアを閉めた。通りには人影はなく、夜であるにもかかわらず多少の明るさと夜の音で満ちていた。道のはるか先、この道が突き当たっている大きな通りとのあいだの、地面に置かれた秤に似た水汲み場の水の出ている蛇口、二、三匹の蛙や虫の声は、それだけでこの夏の夜を構成するのに十分のようだった。

それらの蛙の背のような斑点のある緑を背景に、遠くから来るからっぽの路面電車の揺れる音と、なんであるかわからない物音が、炎のように煌めいて、消えた。それは詩人たちが言う、すべてが眠っている時間だった。隣の家の入り口に身を寄せた仔猫が、人間に慣れていない野生の動物のように驚いて、彼の足元で背を丸くして、飛びかかろうとするように唸った。ミュムタズは一人ぼっちで怖がるこの動物を、貴重な教訓を得ようとするかのように眺めた。彼には、この仔猫の恐怖と、この何日かの自分の暮らしの中で起きた思考の混乱、頭の中で彼が見、聴いたもののすべてによって苛《さいな》まれる思いになったこととが、似ているように思われた。自分は何か月も混乱状態にある……。いつもの自分の状態であったら、すべては元に戻ったであろう。少なくとも、腹を立てて別れることはしなかったであろう……。できる限り何も考えないようにして、急ぎ足で路面電車の通りに出た。空車のタクシーがないかと、道の両側を目で探しながら歩いた。本当のところ、医者の家は遠くはなかった。すぐそこであった。医者が在宅していて、ドアを開けて、一緒に来ることに同意してくれれば十分だった。

しかし医者は家にいなかった。午後八時に彼に「いつでも伺います、職務ですから」と言った男は、姿が見えなくなっていた。本人だけではない。家人もだ……。長いことベルを押した。ドアをこぶしでたたいた。しかし、コトリとも物音がしなかった。一族で死の眠りについたのか？　やっとドアが少し開いて、だらしない格好の女中が、医者とその妻は夜遅く泊まりがけで出かけることにしたのだと言った。

「夜八時を過ぎてから泊まりに行ったのか？」

「金があれば、八時以後でも泊まりに行きますよ。」女中は、それ以上話すと眠気が覚めると恐れるかのように、言い終わらぬうちにドアを閉めた。

しかたなく、彼はベヤズィトに出て、公立病院の医者を探すことにした。家から遠ざかった瞬間から不吉な予感が増していた。刻一刻、もう少し遅れれば災いが避けられなくなるのではないかと恐れていた。道には誰もいなかった。ただ、ずっと向こうの、大通りに出た地点から見ると、その通りが終わるように見える曲がり角のあたりで、二、三人の路面電車の労働者の一団が、夜の中でもよりはっきり見えるピンクがかった薄紫の灯りの上に屈み込んで、線路を修理していた。それは、レンブラントの絵を思い起こさせる光と影の戯れであった。

夜の中を、この灯りとそれが作る闇を、照らされた顔と服装を、進むにつれてますます闇に埋もれる影を眺めながら、ミュムタズは歩いた。光は、それぞれの動きを別々に夜の闇に縫い取っていた。そして影の支配の中で、次第に、確固たる形を作り上げていた。このようになんでもない普通のことが、新たな視角によって生き返るのだった。

彼らの横に来たとき、労働者の一人が煙草を求めた。「みんな切らしてるんで」と言った。ミュムタズは、ポケットにあった半分残っている煙草の箱を彼らに渡した。

夏の夜は、ハンマーの音、木々のざわめき、遠くで線路を試走している空の路面電車の揺らす振動の中へと続いていた。

ベヤズィトにある地区の中心施設は、この種の公の建物に特有の、あの奇妙な、むき出しの姿で、二つの電灯の明かりの下、油断なく眠っているようだった。しかし、すばやく目を覚ました。まず当直の警官が、襟元のボタンをはずして、手に帽子を持って、どこからともなく現れた。その後ろに、一人の用務員が椅子の上で寝ているのが垣間見えた。椅子とその客は一緒に目を覚ました。一人がミュムタズに向かって近づき、もうひとつは後に身を引いた。

医者はいなかった、少し前に難産のため呼ばれて行ったのだった。そのあとで、遅くなると連絡してきていた。

今晩、子どもが一人生まれた。それはミュムタズの頭に、新聞の記事のように無関心に記された。その後で、探していたものを見つけられなかった失望感をあらわにして、向かいにいる者たちの顔を眺めた。警官は、「医者、医者ねえ……」と繰り返した。やがて、ソアンアアの先にある、一人の軍医の家を詳しく説明した。

「とてもいい人です。両手が血だらけであっても、駆けつけてくれます。しかし、在宅かどうかはわかりません。」

「どういう意味ですか。」

「子どもたちは避暑地の別荘に行きました。でも先生は時々こちらにおられます。」

ミュムタズはこの息苦しい夜に、多少でも、涼しさと海の姿を頭の中に浮かべたいと尋ねた。

「子どもたちはどこに?……」

「アジア側のチェンゲルキョイに……。そこに別荘があります……。」

チェンゲルキョイに……。ミュムタズは、この数日来の心配から離れて、チェンゲルキョイ、あるいはボスフォラス海峡のどこかの片隅にいられたら、とどんなに望んだことか。その思いは非常に強くて、彼は、足下にある舗装されていない道や、頭上にあるクレリ軍学校の木々や、その影が暗い海面で特有の世界を作っている場所にいることをいかに愛し、少し先で工場の警備員と話したり、それからゆっくりとワニキョイからカンディルリに向かって歩いたり、丘のてっぺんで石に座ってボスフォラスを眺めたり、巨大な、黒い薔薇のような夜のにおいを嗅いだりすることを、いかに望んだことか。ヌーランとの翌日の約束をし合ったことに思いを馳せた。

ヌーランの名は、マラリアに罹ったときの身震いのように体を走った。しかし思い出される悦びは、以前のように単純ではなかった。イヒサンをなおざりにしたという悪夢の中の呵責が混じりあった。実際はここまで、駆け足で来たのだった。そのとき、汗びっしょりであることに気がついた。それでもまた走るつもりだった。これは一種の、天空の星の定めだった。罪深く生まれた者は、一生涯絶えず心の中でその呵責を持ち、このように走り続けるのであった。「自分も一生涯……気の毒なイヒサン……」と呟きながら脇道に折れた。

4

ドアを一人の兵士が開けた。きちんとした身なりのイスタンブルの人間だった。医者は、と尋ねると、上だという身ぶりをして姿を消したが、すぐに、再び下りてきて、二階に来るように言った。

そこはかなり大きな部屋だった。二つの窓はボスフォラス海峡に面していた。片隅には、大きめの長椅子と、その傍らに二つの椅子に積み重ねられた多くのレコードがあり、向う側で蓄音機が鳴っていた。ミュムタズは医者の顔を見る前に、鳴っている曲が何かわかった。ヴァイオリン・コンチェルトは終わりに近づいていた。医者は寝台の上で、足にはゲートル、乗馬ズボンをはき、下着のシャツを汗で体にへばりつかせたまま、少しも姿勢を崩さずに聴いていた。ミュムタズは、音楽のモチーフの、正に夢の中にいる感じを与える不思議な変容の中で、自分が自分の真髄にゆっくりと近づいていくのを見るように感じた。あたかも目の前で、土に蒔かれたばかりの種がすぐに大きくなって枝を出し、葉を茂らせているように。

予想もつかない上昇、滑空、自己の宣言、躊躇い、そして最後に真実の発見の到来が、微妙なニュアンスの変化によって、あたかも秋の豊饒のように簡潔な進展が繰り返されてから、再び自己変容の奇蹟の中で消えていった。

彼は何も言わずに、医者が片足を引いて彼のために空けた寝台の片隅に座って、聴き始めた。それはなんであったのか？　もし訊かれたら、「疑いもなく、この世で一番関心のあることのひとつだ」と言っただろう。しかし、それでも何も伝えなかったことになるのだ。それは人間の運命の象徴なのか？　不満あるいは諦観？　それは、無意識の光の中での記憶の暗鬱なダンスであったのか。どの死者を呼び戻そうとしていたのか？　どの時期を甦らせようとしていたのか？

あるいは、単に、人間の格好をしているが、人間とはまったく別の巨人が、その力を行使するために、生の外に自分で苦労して作り出した別の世界だったのか？　そこもまた、イヒサンの枕元で彼がよく感じた特殊な気候のように、自分に特有な温度や、息が詰まりそうな高熱や、激しい、生き返らせる風や、破壊的な砂嵐からなる特別な気候であるにちがいなかった。ここでも、あたかも脈拍百二十、体温四十度の時のように、別種のひどい困難、あるいは少なくとも、非常な深みで辛うじて生きていた。

スアトは自殺する前、このコンチェルトを聴いたのだった。それ以前にも、一日中そればかりを聴いていたと遺書に書いていた。しかしなぜこの曲を選んだかは言わなかった。コンチェルトは、重々しく、苦悩に満ちた歩みの中で、その秘密を洩らそうとはしなかった。さらに言えば、その曲はスアトに聴かれたことすら関知しないのであった。それは単に炎のエッセンスを周囲に撒き散らすのみだった。

ミュムタズは蓄音機を、あたかもスアトのすべての秘密が、スピーカーの小さな丸い金属とレコードの凍てついた輝きの中で回っている、しっかり閉ざされた世界とのあいだにあるかのように眺めていた。スアトが、家で、最後の晩に、何度もこの曲を聴いているのを想像した。顔はきっと真っ青だったに違いない……。もしかしたら、自分に書くように言った物語の主人公のように、一種の悟りの美の中で何かを笑っていたのかもしれない。遺書によれば、スアトは最初、あの少女と一緒にこのコンチェルトを聴いた。その翌朝、彼女が立ち去ったあとも一人で聴いた。そして夜、遺書を書くときも、またこの曲を聴いたのだった。きっと時々顔を上げて、それが最後であることを知っていたので、全身の注意でこの苦悩に満ちた進展に心を奪われていたに違いない。もしかしたら、死に直面した人たちのように、呆然として、何に対しても無関心だったのかもしれない。もしかしたら怖れていたのかもしれない。これからすることを後悔していたのだ。そうしないための途を求めて、誰かが来ればよい、自分をここから救ってくれるように！と入り口を眺めていたのだ。

ミュムタズは、もしやこのコンチェルトも、彼の死に対して何かの役割を演じたのだろうかと考えた。なぜならそれは、人間を不可能な境地に連れて行くからだ……。そのあとで、突然同じ曲を、自分も同じ晩に聴いたことをぼんやりと思い出した。そうだ、今の瞬間の心の中の記憶の苦さ、あのどうしようもない覚醒は無意味なものではなかったのだ。しかしどこでだったか？　夜、家に戻った。イヒサンと少し話した。イヒサンの具合はよかった。自分も疲れていた。横になった。その後マージデが起こすまで……。レコードの片面が雑音で終わった。医者はミュムタズを見ずに、裏面をかけた。ミュムタズは目が覚めたかのように額を拭った。しかしどこでだったか？……それとも夢でだったのか？　もちろん全曲を聴いたわけではなかった。しかしその新鮮な記憶の味、あの苦痛たるや！

初めて会った男の寝台の片隅に座って、両手を左右のこめかみに当てて、ミュムタズは夢を思い出そうとしていた。いや、コンチェルトは聴かなかった。スアトを夢に見たのだった。しかもひどく奇妙な形で。自分はボスフォラスの海岸にいた。海辺の別荘の船着場に。自分の向かいで人びとは夕暮れの仕度をしていた。まさに芝居の舞台装置のように。最初に大きな、ひどく大きな板が持ってこられた。しかしなんと色とりどりだったことか、紫、赤、紺、ピンク、緑の角材が……。それから、それらは互いに釘で打ちつけられた。彼らは「太陽を絞首刑にするのだ、ここで！」と言っていた。僕は首を振って、「夢では太陽は見えない」と言っていた。「太陽も月も見えない。眠りは死の兄弟だ」と。しかし彼らは聞き入れなかった。ついにロープで太陽を吊った。しかしそれは太陽ではなかった。スアトだった。しかし、なんと美しく、いかに色とりどりであったことか。ロープが体に食い込むにつれて、彼の顔には笑いが増していった。その後で彼らはスアトを、そこに、芝居の舞台のように準備した夕方に吊り下げた。沈む太陽は彼でなければならなかったのだ！　それから、滑車や、名前を知らない道具が動き始めた。スアトを縛っていたロープがピンと引き締まった。僕はそれらが肉にまで触れたのがわかって、痛々しくて、見ていた場所で気が狂いそうだった。しかしスアトは少しも苦痛を感じないかのように笑っていた。どこもが色彩の中で、きらきらと輝いていた。スアトは苦痛を感じれば感じるほど、ますます笑った。そのあとで、どうしたのかはわからない。スアトはぶら下がっていた自分の体の部分を投げつけ始めた。あたかも影絵芝居の操り人形の糸が切れたようなものになって、自分自身を投げつけていた。目の前の海に、彼が投げた色鮮やかな体の部分を見た。突然、隣でひとつの声が聞こえた、「見てよ、私のところにきたものを。スアトは腕を、ここに、私に投げつけたのよ。」声のほうを見るとそれはアーディレだった。大笑いしていた。そしてそのとき目が覚めた。マージデが来て、イヒサンの容態が悪くなったと言ったのだった。

ミュムタズは額を拭って、あたりを見回した。医者は自分のことをなんと思ったことだろう。ここに座って音楽を聴いている。もしかしたら、ひどく気ちがいじみた身ぶりをしていたかもしれない。その後でまた夢に戻った。海の声だったのかもしれなかった。

レコードが終わると、医者はコンチェルトの余韻を響かせていたが、ミュムタズの悲壮な顔を見ると、「言ってみなさい、問題を！　お若いの」と言った。

ミュムタズは、「お願いですから、来て下さい」と嘆願した。

「行くのは簡単だ。ただどこに行くのか、それを言いなさい……。」

「道々話すのではいけませんか」と彼は言った。

医者は微笑んで、壁にかかっていた上着を着た。鳥打帽を手に持って、ボタンをひとつもはめないで、ドアに向かって歩いた。ミュムタズは心の中で呟いた。ああ神様、なんと奇妙な夜なのでしょう。なんという終わることのない、尽きることのない夜なのか。あたかも底なしの器に水を注いでいるようだ。

通りに出ると、太った医者は息を切らせ始めた。ミュムタズは病人の状態を簡潔に話して、夜、突然訪れた発作と注射のことを話した。医者は注射を翻訳して、「カンフル油」と言い、先祖の魂を喜ばせたいかのように話し始めた。

「カンフル油……カンフル油……カンフル油は医学が誇る治療法のひとつだ。ただし心臓にだけだ。ところで、君はそこまでやらなくてもよかった。医者によっては、責任を取りたがらないよ。スルファミドで、肺炎は最初から阻止できる。君はこうすることもできた。つまり四時間に一度、八回、ウルトラセプティルで……。直ちに解決できる。しかしながら、出かけてきたからには、患者を診よう。病人はだれだね？」

「父方の伯父の息子で、僕より年上です。兄と呼んでいます。世間が多くのことを期待している人です。」

「君以外に誰かいるか……。」

「その母親と妻と二人の子どもが……。しかし妻は……。」彼は言おうか言うまいか躊躇った。あたかもマージデがいつもの表情で彼の前に出て来て、片手を唇の上にあてて、『秘密をうちあけないでね！』と言っているような気がしていた。

「その妻がどうしたのか？」

「最初の子が自動車に轢かれた日から」——それをうまく言い得ることばを突然見出すと、楽に話し終えた——「精神のはたらき、行動に責任がもてないんです。時々そうなります。」

「その当時、妊娠していたかね。」

「ええ、しかも臨月でした……。それから高熱が始まりました。赤ん坊はその高熱の中で生まれました。」

医者は、その瞬間、料理の作り方を説明する主婦になって言った。

「軽度で常時のメランコリ、細かいことにこだわるひどく強度の注意力、子どもっぽい態度、長期にわたる沈黙、突然の陽気さ……。多少の記憶の混乱。ああ、これは産褥熱だ！」

その最後のことばを、モリエールの作品をヴェフィク・パシャの翻訳で舞台で演じるように大げさな調子で、胸を張って言ったのだった。それから、同意も得ずにミュムタズと腕を組んだ。

「ゆっくり……ゆっくり行ってくれ。歩きながらわしと話すことによって節約した時間を、階段の最初の段に座って、使うこともできるのだよ。わしは悪い人間ではないが、巨体にもかかわらず、小さな気まぐれ者でもあるのだ。」しばらく黙った。その腕をミュムタズの腕から引いた。ミュムタズはその重い荷物から解放されると、人生が少し楽になったように感じた。医者はポケットを探って、色鮮やかな、ひどく大きいハンカチを出して広げた。汗を拭いて、息をついた。

「働くことでは疲れない。しかしこの肥満ときたら。ワラシロフのりんご療法さえ効果はなかった……。状況がこのまま固定化してしまわないように……。」

ミュムタズは彼が政局を話しはじめようとしているのがわかった。「状況がこのまま固定化してしまわないように」とは、なんと恐ろしい判断だろう。しかし医者は、自分の言いかけた問題に入る勇気がないかのように話題を変えた。

「君は音楽が好きなようだが！」

「ええ、とても。」

「ヨーロッパ音楽だけかね？」

「いいえ、伝統的トルコ音楽も。しかしたぶん、同じ一人の人間としてではないでしょう。」

お前は奇妙なものに似ていると言うかのように、医者はミュムタズの顔を眺めた。

「お若いの、君が言ったことはまさに本当だ。本当にその通りで、問題は音楽のずっと先にある。〈東〉は〈東〉、〈西〉は〈西〉。決して交わらぬ。われわれはこの二つをトルコでひとつにしたいと思った。さらには、そこに新しい思想が見出せるとすら考えた。実際には、それはいつも試みられ、そしていつも二つの顔を持った存在を生み出したのだ。」

ミュムタズは、明け方近くに、分離できない双生児として、一方の顔は〈東〉に、他方は〈西〉に向け、二つの胴を持って四本足で横ばいに歩いている自分を想像した。

「恐ろしいことですね、先生」と言ってから、付け加えた。「でも、考えるのは二つの頭ではなくて、ひとつの頭です。」

医者も彼が示唆した幻を見出した。微笑んで、「しかし、君は二通りに考えている」と言った。「もっと奇妙なことには、君は二通りに感じているのだ。いかにも痛ましいことではないかね？　われわれはいつも地中海的要素をもっていると同様に、東方的要素も残っている。日に晒された側だ。鋭い、尖った鏡の破片を魂で感じている。」

「わが国の第一の問題かもしれません。」

「それは地理からも来ている、つまり歴史の偉大な力からだ――われわれ以前にも存在し、われわれ以後にも存在する。兄さんはその妻を愛しているかね？」

「狂おしいまでに。もともとマージデを愛さないことは不可能です。病気の後で、もう一人生まれました。」

「状況はノーマルというわけだ。」

医者は絶えず自分自身の考えを追っていた。「アブノーマルの中でのノーマルな生活。この世では、ありえないと思った多くのことが起こっているのは君も見ただろう。もし明日戦争が起こったとしても、戦火の中で、あいかわらず病人や金に困る者がいるとか、監獄で囚人が刑期の満了を待たなければならないとか、ちょうどわれわれが、しかるべき時間には腹が空くようなものだ。」

「戦争は起こるでしょうか。」

「外部から眺めている人間としては、すぐ戦争の勃発する可能性はないと思う……。しかし、世界はそれはひどく差し迫っていて、この悲劇を受け入れる用意があるから……。」

医者は立ち止まって、息を吸い込んだ。

「これは不思議なことだ……どう言ったらよいのか？　戦争が直ちに勃発する可能性はないと思う。それは、わしにはありえないことのように思える。あまりにひどく悪魔的で、非常に破壊的なので、ほとんど誰もが戦争をする勇気をもたない。極端に狂った者、血に飢えた者、最もよく組み立てられた機械のように歩く者、この上なく非人間的な者、あるいは自分をそのような者だと自覚する者ですら――なぜなら、われわれの自身に関する空想は最も危険であるから――最後の瞬間に思いとどまり、準備した死の炉から松明《たいまつ》を遠くに投げ捨てるとわしは考える。しかしそれは最後の望みだ……。最後の望みとは何か知っているかね？　最後の望みとは、往々にして、われわれが希望していることが不可能事であることを反映するものなのだ。」

医者は再び立ち止まって、息を吸った。ミュムタズは、まだヴェズネジレルのあたりにいることに気づいてひどくがっかりしたにもかかわらず、医者のことばを興味深く聴いていた。

「この希望がいかに脆いかを一言で君に言おう。何年も、われわれの望みは、この仕事を準備している者たち、つまり主戦論者や、数学の公式に熱中するように夢中になっている政治家に向けられていた。考えても見たまえ。彼らは、薬剤師が薬を調合したり、外科医が手術台を、役者が芝居の上演を準備したりするように、何年もその準備に費やしてきた。まず最初に、生活の自然な状態や、その進展や結果に危機という名を与えて、ついで、その危機に、自分の権力や、支配領域を三、四倍に増やす口実を見つけて……。今やわれわれは何に頼るべきなのか。奇蹟にだ……。つまり、周囲の雰囲気をこのように煽りたて、呼吸できない状態に持ってきた者たちが、互いにこの問題を放棄して、あの不可能な協調から静寂に戻ること、利害の眼鏡を通してではなくて、自然の目で周囲を見ること、要するに奇蹟だ……。真に恐ろしいのは、誰もが、つまり敵対し合う者たちが、別々の精神状態にあることだ。ある者は安楽で奢侈な、あるいは無為の、何も起こりえないという考えからくる怠惰の中にあり、ある者はひたすら行動の狂気に誘われている……。あるいは自分の勇気ある行動で、問題を解決できる、と言う者がいるのではないか？　そういう者が。」

医者はもう一度、今度は手の甲で額の汗を拭った。そして自分の考えを言い終えられないのではないかと危ぶむかのように、急いで語り始めた。ミュムタズは、夜が、異物が加えられたグラスの中のように濁り、曇ったのを見た。

「悲劇はそこだ。しかし、さらに悪いことがある。最も優柔不断な者さえも、騒動の中にいることだ。そのために、誰もが自分が知っていることだけを信じている。この考えは、ヒトラーをこの上ない狂気の行動に駆り立てる。しかしそれだけではない。次第にわれわれは戦争が唯一の解決策だと信じるようになってきた。それだけでは済まない。

われわれは戦争が起こると考えている。歴史上でも大きな戦いのひとつだ。実際は、世界は政治家たちの鼻先でひとつになって、出来事は互いに結びついて、内戦の準備がされている。内戦とは、つまりある文明の脱皮の形態のひとつだ。われわれは、巨大で、自分自身の現実が理解できないほど大きい、ほとんど自然の精神錯乱にも悪夢にも似た大きなものの変貌の瞬間を生きているのだ。われわれは、すべてが内部からの破裂を用意し、不可避と考えられる生理学上の点とも言えるところにいるのだ……。

政治的戦《いくさ》を避けることは、それは容易で……舵の取り方や、常識が一秒でも戻れば、すべては解決される。しかし、ある文明の危機に打ち勝つこと、あるいは崩壊の中で精神状態を保持することは、流れに逆らおうとする時、舵のコントロールを失ったり、洪水で押し流されたり、嵐で溺れたり、流星の嵐でつぶされて塵になったりしないようにすることと同じくらい難しいのだ……。」

「先生はずいぶん運命論者ですね……。」

「なぜなら、わしは自然の過程を信じる人間だからだ。何年も生理学研究室を管理してきた。何万人もの患者を見てきた。避けられるものと、避けられないものの違いがもうわかると考えている……。死が居着こうと選んだ場所は遠くからわかる……。」

「しかしそれは別のことではないですか?」

「体制も組織である限り、生物学の法則が多かれ少なかれ適用され得るのだ……。比喩を無理に極端にまでもっていくために、わしが悲観的になっていると考えるなかれ。わしは手を出すことができると信じている。わしは医者だ。要するに、手を出すように訓練されてきたのだ。しかし……状況を無理に悪化させ、体中に広げてしまっては……。別の面から見てみたまえ。

このように、すべてが交じり合い、すべての問題が無関係に、互いに平行して進展し、期待を持って叩いたすべてのドアが開くと、そこで龍が口を開けているような時代に、人類の運命が、一群の半狂人たちや、無責任な似非預言者たちや、作り物の決定論者や、あるいは自分たちの善意と称する意図を武器をちらつかせながら明言したり、死刑の判決に勇気を示したりするだけの、真の姿を仮面の後ろに隠したユートピア主義を奉ずる者たちの手にあることの悲劇を、考えても見なさい。たとえば、スターリンのやったことだ。なんたる事件が並んでいることか。ヒトラーから見ればパラノイア的な出来事も、スターリンにとっては、完全に計画的な悪意なのだ。レーニンのモンゴル人に似た預言者の顔が、いかに一瞬のうちに、想像もしなかったマキャベリ主義者に変わったかを忘れるなかれ。それらすべてが、推理小説も顔負けの、なんという陰謀となったことか。スターリンがいかにして、自分の顔や写真の眼差しの中に見られる約束を守ったことか。

この世を天国にするという理想の下に、いつの日か自分に向けられる可能性のある武器を、彼はいかにして全人類に向けたのか。彼は公然と戦争を奨励して、その可能性を準備している。『わしを恐れるではない、安心せよ！』と言う。ささやかな、本当のところ、非常に賢いやり方だ。昔の歴史家だったらこの上なく讃えたことだろう。しかし自己防衛のためとはいえ、重罪に加担する以外の何ものでもなかった。松明を持った手が死の炉に十分に近づくよう唆すようなものだ。理論的には、当人にとってはもしかしたら尤もなことなのかも知れない。ただし当人にとってのみのことだ……。ところが今日の世界で、『当人のみに』が該当するところはあってはならない。そのことは、君にも、わしにも、アントワープの銀行家にも、ブリュッセルの鉄道の車掌にも、誰にでも説明できる。しかしそのことを、神秘主義者や、世界の広い舞台で自分を唯一の演技者だと思っている者たちや、自分の欲望のためには血腥い死がとるべき方策であると考えて事を始める者たちに、どうやって説明できるのか。ある者は『自分の役には神がせりふを覚えさせた』といい、もう一人は『自分は歴史の決定論から出てきた』と宣言するのだ。」

二人が曲がった狭い道の、古い屋敷の壁から漂ってくる花の香りが、この静止してしまった夜の中、鋭い、死に至る感覚とともに彼の中に居座った――それはあたかも、失われた幸せや、希望や、消えてしまった空想の記憶とともに、良心の呵責のように、欲望によって犯した犯罪を決して許さない拷問の天使のように、人間を一生涯追跡する意識のように、そしてまた、少し前に聴いたコンチェルトの主題のように、聞くたびにより深く自己が見出される豊かさの中で、ゆっくりとさざなみのように消えていって、最後には黄金の龍のように人間の中でとぐろを巻くのだった。

ミュムタズは自分をこの上なく惨めに感じていた。あたかもそれらの犯罪のすべてを自分が犯したかのように苦しんでいた。そして、彼自身の犯さなかったそれらの罪のせいで感じる苦悶によって、人類が全体であること、この全体に対してなされた行動がいかに根本的な罪であるかをさらに深く理解した。もう誰のことも、その人だけで考えることはできなかった。ヌーランも、従兄のイヒサンも、伯母も、マージデも、書きかけている本も、それらのどのひとつも単独では存在していなかった。彼には今や、昨日の朝読んだがわからずに見つめていた新聞の見出しのみが見えていた――英国海軍は戦時態勢に入る、陸、空軍は予備役を召集、ドイツはポーランドに十六箇条の最後通告を宣言、フランスは協定を遵守。そうだ、これまであれほど多くの出来事や困難や個人的な悩みがあったにもかかわらず、今はすべてをあるがままに、真の意味を理解して眺めていた。

「お若いの、わかるかね、問題の悲劇性が？」

ミュムタズは事態の悲劇性がわかっていた。死がその翼を地球の上に広げているのだ。それでも彼は聞いていた。

「人類は悪い事態の可能性が見えると考えてはならないのだ、地獄を覗いてはならないのだ。なぜなら、そこからは戻ることが不可能だからだ。偶発性、不慮の事件、万一の場合を受け入れてしまうことになるだろう。真に大切なもの、たとえば、貴重な書物、よい蓄音機、ペルシャ絨緞があったら、決してそれらを売ることを考えてはならない。もし君が結婚しているならば、妻と離婚することとか、あるいは恋人がいるのならば、一時なりと彼女と別れることを考えてはならぬ。一度そうすれば、その結果、それらのことをしたくないと思っていても、磁石のように吸い寄せられて、後ろから誰かに押されるかのように、人は繰り返すことだろう。人間の生活には抑制はない。ましてや集団には決してないのだ。ひとたび地獄の深淵を見たら、死が真っ黒な舌で語ったら。」

ヌーランとの愛の破局は、いったいどちらが先に考えたのだろうか。人間の中に作用している、自己や、すべてのことを一緒に破壊するあの力は、どちらに先に働いたのだろうか。自分は惨めな自己本位主義者だ。世界が苦しんでいるのに、自分は何を考えているのか。家には病人がいる。ちょっと見れば、何百万人もの人間がこの瞬間にも運命の手にゆだねられていることが見えるのだ。それなのに自分は、一人のつまらない女のことを考えている。

しかし彼はこの考え方を続けられなかった、なぜならその女は、彼が言うほどつまらないものではなかったのだ。一年間、世界と自分のあいだでこの上なく美しい架け橋となったことを彼は知っていたから。自分は帆であり、海であり、最後には一人ぼっちの男なのだ……。彼女は自分にとって真実の水平線であった。彼女とともに思想を深めた。彼女とともに内面世界を持ったのだった。しかしどちらが先に深淵を口にしたのだったか? 自分がロープを引っ張ったのは確かだ……、しかし切ったのは彼女だった。否、そうではなかった。彼女が別れることに決めたのだった。彼女は言ったのだった、『ファーヒルが私のところに戻ってくるから、彼は病気で、私を必要としていて、わが子の父親で、拒否しないでくれと言うから、戻らなければなりません。幸せにはならないことはわかっています。しかし心の平安のために、やむをえないのです……』と。そう言ったとき、どんなに苦しげな表情であったことか。にもかかわらず、別れる決心をするために費やした二か月間の彼女の努力は、彼の自分自身との格闘に比べればなんでもなかった。彼も二か月間、自分自身の影となり、別れ道で、心を痛めて待つ身に変化していたのだ。ミュムタズは、「別離はヌーランが新しいよろいを着ける必要があったからだ……」と考えたいと思った。しかしそうではなかった。そうではないことはよくわかっていた。彼女はファーヒルをある程度愛することはできるかもしれない、なぜなら、やさしさや憐れみも一種の愛であるからだ。彼は、彼女に最後に会った日のことを考えた。ボスフォラス海峡から市内に一緒に行ったのだった。ガラタ橋のところまで、彼女の最後の決心について彼は一言も触れなかった。しかし、橋のところで彼女にもう一度嘆願した。それは、それ以前の嘆願とは別のものだった。心の中には、捨てられた人間の怒り、傷ついた自尊心、何もかもがあった。『今日戻ってくれ』と彼は言った。『それを断念してくれ！』と。

『私を待たないで。なぜなら戻っては来ないからよ。今後は、あなたに友情しかあげられないの……。』ミュムタズは彼女の友情など欲しくなかった。『だめだ』と彼は言った。『今の状況で一番ありえないのは、われわれが友人になることだ。君も知っているように、君の気持ちが離れるのを感じたら、自分にとってすべてが終わるんだ。この上なく惨めな存在になる。すべての調和や冷静さは失われる。どうしようもない惨めな存在になるんだ……。』

そのとき運命的なことばが語られたのだった。『もう十分よ、ミュムタズ……。もう厭き厭きしたわ……』と彼女は言ったのだ。ミュムタズは彼女がこのことばを口にしたとき、この一年間、彼女のために苦しんだことがすべてよみがえるのがわかった。その瞬間、彼女には自分に関するいい思い出が何もなかったのを確信したのだった。ただ単に……。

そして、互いにさよならを言って、彼女が立ち去ったあとで、ミュムタズはいくつかの薄暗い、狭い道をさまよい、小さな古着屋や、どんな人たちがどうやって食べるのかわからず、推測することもできないような食べ物を売っている店や、至るところから雨や惨めさが流れ出る家々や、壁や、内から来る陽気さによって明るくなることなどありえない死んだような窓などを眺めながら、何時間も歩いたのだった。あたかも知っている町にいるのではないかのように、周囲にあるすべてが、降りしきる雨によって、小止みのときですら、惨めさを撒き散らして現れ出てくるようだった。その苦悩は、恋人を失った体と、ずたずたになった魂の世界だった。どうしたことか、しばらくしてドルマバフチェで海辺に下りて、埠頭で、黒海から来て薪木を下ろしている小さな、赤く塗られたタカ船〔黒海地方特有の船の一種〕を長いあいだ眺めている自分を見出したのだった。

すべてか、あるいは無か……。それが当時の彼の考えであった。

すべてか、あるいは無……つまり死であった。まるでヒトラーのような狂気を帯びて話している自分に気がついた。自分の味方か、さもなくば自分の敵だ。世界帝国か、あるいは暗黒の死だ。

しかしながら自然には、すべてもなければ、無も存在しなかった。すべて、あるいは無が一緒に現れたときは、人間の知性という無欠の秤の機能に故障が起こる。その器械は無謬性を失う。すると、その均衡機能が崩れる。すべてか無かという原則を認める者たちに禍《わざわい》あれ！　この混沌たる世界をその角度から眺める者たちに！……そのような幾何学上の点から眺める者は、全生活は自分の手の中にあると考えた。なぜならその点には自分たちだけが存在するから。より正確に言うと、彼らのある瞬間のみが存在するからだ。彼らが、すべてあるいは無について多少でも自分の中で考えを深めて、彼らがきわめてわずかにでも絶対的均衡を外れると、方向感覚が失われ、苦悩と幻惑と希望と悔恨の世界が始まる。すべてであるいは無。否、そうではない、むしろすべてが少しずつあるべきなのだ。

ミュムタズは、のめり込んだ考えを振り払おうとしたが成功しなかった。巨大な医者の体軀が彼の腕にしっかりとぶら下がっていた。医者は立ち止まった。もう一度、心の中を夜の闇に吐き出すようにして、息を吐いた。

「ほんの二、三人がすべてを変えることができる、わかるかね？　まともなグループが……。それにもかかわらず……。夜のこの時刻の静寂を見なされ。そして明日の朝を考えてみなされ。」

明日の朝は、ミュムタズの前に真っ暗な井戸のように開いていた。しかし医者は、自分が指し示したその井戸を見ようともしなかった。

「なんとも悲しいことではないか。最初に、国家あるいはある階級の人びとが、一連の煽動によって唆される。そのあとで一人の狂人が、あるいはひそかに準備された計画が、人びとを利用し、食いものにし、人びとは魔に憑かれたように突端まで引きずられる……。あのドイツのことを考えても見なされ。一人一人を考えてみなされ……。そのあとで一人のサディストの手に落ちてから、彼らが集団としてしたことを見たまえ……。このサディズム、権利への信仰、運命の妄信、自分たちのみが物事を正せるとの考えなどが、今度は過度なまでの報復によって、他の者に、さらには反対していた者にすら移るのだ……恐るべき扉が開かれる。堤防が崩壊して、その背後には限りない悲劇があるのだ。」ミュムタズはその扉から入りたくないかのように立ち止まった。

「この前の大戦で、ドイツの学生が家族に宛てた手紙を読みました。すべて人道的神秘主義者でした……。」

「神秘主義者と言ったのかね……。それこそ一番恐ろしいことだ。足をしっかり大地につけていなければならぬ。君は何にでもなってしまいかねない。すべては空気から感染する。なぜならわれわれの体の中の雑音が、君という存在に語りかけるからだ。人道的神秘主義者、権力の神秘主義者、人種の神秘主義者、恥や苦悩の神秘主義者……。なぜなら神性は芝居の衣装のようにわれわれの傍らにぶら下がっていて、直ちに身につけることはひどく簡単なのだから……。人間は決して神になり代わってはいけないのだ。それが絶対的思想であり、それが真実を見出す唯一の途だと考えてはいけないのだ。

お若いの、信念と同様に疑惑も同じくらいわしを苦しめるのだ。だからわしは誰にも害にならないところが彼ら、神秘主義者はそうではない。彼らには使命がある……。」医者は幼い子どものような微笑をした。ミュムタズはその無邪気な微笑で気が楽になって、医者が再び語るのを待った。

「わしが小さい時、頭のおかしい坊主がよく家に来た。霊魂と話すことができると言った。わしの父親は埋蔵宝物をさがすことを考えていた。坊主はうちの男たちと一緒に寝泊りしていた。朝早く起きて、どこへやら出かけた。わしはそこに出入りしたときに、奴が宝の場所を探しているのを時々見た。奴は話していた。壁に向かって、電話で話すように、見えないものと、あるいは彼自身のおかしい魂と話していた。その返事や問いかけの形から、わしには何を話しているのかがわかるのだった。一人の狂人、見かけは害のない気のちがった者だった。しかし気ちがいに無害な者はいない。お若いの、狂人は常に有害だ。霊界と交信する催眠状態は恐るべきものなのだ。

ある日、親父が留守の時、また奴は壁と話していた。そして、宝物を見つけるためには、小さな黒人の養女を隣接している空き地で生贄にしなければならないという啓示を受けたそうだ。家中は突然大騒ぎになった。気ちがい坊主は台所に入って、肉切り庖丁のすべてを奇妙な祈禱をしながら研ぎ始めたそうだ。料理人は、最初その男の異常な目の輝きから、それから霊魂と話すとき口にすることばから疑いを持った……。なぜなら包丁を研ぎながら、同時に見えないものと話していたから……。

ありがたいことに大事になる前に捕まった。その男をトプタシュの監獄に押し込めるまで、父親はそれはひどい目にあった。そこでもおとなしくしていなかった。毎日、親父を誹謗する手紙を宮殿に書いたのだった。」

「父上は宝物探しの熱から救われましたか？」

「そう、やめた。つまり、今度は錬金術だといって、マラケシュ出身の詐欺師に有り金すべて巻き上げられたのだ……。」医者は悲しげにため息をついた。「この種の病いから救われるのは、思ったほど容易なことではない。よく似たことが何百もあるのだ。たとえば今日のナチのサディズムだ……。明日にはマゾヒスト文学の出現が、権力崇拝から生まれた地下文学のすべてが見えるようだ……。そこには脆弱さがある、涙がある、自分を殺してくれ、引き裂いてくれという。なぜなら、弾圧を受けるたびに、苦しむたびに、自己を見出すから……。その後で反動的反抗が始まる。個人を憐れむべきだ……個人の権利が侵食され、個人が抑圧される。個人は、その血と肉からなるバベルの塔の煉瓦や瓦となる……。十年前のことを覚えているだろう。」

医者は闇の中で息を吸い込んだ。

「健康だ、神よ、われらに健康を与えたまえ……。力ではない、健康をだ……。人類の健康だ……。人生をあるがままに受け入れる健康だ……。われわれは神々のような一生を願いはしない……。われわれにふさわしい人生を生きようではないか……。人間らしく生きることだ。何も気にすることなく、自分に嘘をつかず、自分の虚言や幻を崇拝することなく生きること……。」

ミュムタズは心の中で、この人も別の種類の預言者だ……、と考えた。

彼は自分の家の近くに来たのでほっとした。これほどの思想、これほど矛盾に富んだ思弁的意識は、彼の気に入らなかった。それらのすべてを振り払いたいかのように、彼はヌーランのことを考えた。彼女の傍らで人生はいかに楽であったことか。すべてにそれぞれの価値が与えられた世界……。しかしヌーランはとても遠くにいた。彼らが今近づいている家には、どうなるかわからない病人がいた。彼がこの上なく愛している病人が……。自分に、あと百歩だ、ほんの百歩だと言い聞かせた。

そして再び、一連の限界やら障害やらの後ろで生きることの苦悩が胸を締め付けた。

「自分はどうなるのだろうか。自分より前の人びとも苦しんできた……。」

その考えが終わらないうちに、イラクサの中から彼らの前方にひとつの影が飛び出した。医者は驚いて立ち止まった。ミュムタズは、「大丈夫です」と言った。「年老いたベクターシー派の修行僧です。この地下室で寝ています……。近所の人たちが食べさせています。」

老人は彼らの前で立ち止まった。

「フウ〔ベクターシー派の挨拶〕、悟りに至った者たちよ……」と手で挨拶をした。そしてシェイフ・ガーリプの二行連句を誦した。

汝、うちより満ち足りよ、汝は地上の世界に選ばれし者
人類よ、汝は生命の宝なる者

その声は太く、しっかりしていた。一語一語、手で浮き彫りをなぞるように、文字と音節に全力をこめてはっきりと語った。理解されること、聞き取られ理解されること以外の何も考えていないかのように、特別な表現や感情を含んでいなかった。あらゆる種類の予言や呼びかけには程遠かった。それゆえに、より強い影響力があった。あたかも彼らをひとつの真実と直面させて、自分は消えるかのようだった。そして、この真実とは彼らの苦悩を語る真実であった。彼らのだけであろうか？　否、遠くにあり、近くにあるすべての世界の苦悩だった。その真実は、この夜における、そしてそれより前の夜においても、その中でさまよい、その網の中からどうしても抜け出せなかった混沌とした暗い穴の中で、最初に道を示す道標であった。

医者は、「それはいいが、彼はベクターシー宗派ではない、メヴレヴィー宗派だが……」と言った。

「いいえ、彼はベクターシー宗派です。僕はよく彼と話します。イヒサンと僕は、彼と一緒にラクを飲みました……。彼は本物のベクターシー宗派です。とてもうまく歌を歌います。そしてこの二行連句が特に好きなのです。ある日、僕に言いました。『唯一の真実はこれだ。人間を敬わなければならぬ。その尊敬は強要されることなく、心で感じなければならない』と言いました。彼によれば、それは愛よりももっと重要だそうです。……要するに、彼は人間を、人類を尊敬しているのです……。」

「人類を尊敬する……。それならば、彼はまさに狂人だ。」そのあとで医者は突然、声の調子を変えた。周囲にある乏しい灯りにかざされた手を思わせるもののあいだから、より色あせて見える家々や、野草が生い茂った空き地や、闇の中で疲労が覗いている傍らにいる者の顔を眺めた。一羽の雄鶏が頭上のどこかで羽ばたいて、ゆっくりと溶かされたルビーや瑪瑙からつくられた霊薬のように、体内に閉じ込められた煌きを夜の中に吐き出した。

「〈東〉だよ」と医者は言った。「わが愛する〈東〉だよ……。外から見れば惨めで、愚かで、どうしようもなく貧しい……。しかし中からは、決してだまされないと決めた……。ある文明にとってそれより美しいものがありうるかね？　人間を内から満足させることをいつ習うのか。いつになったら、『自ら満ち足りる』の意味を理解するのか。」

「〈東〉はそれを理解したのでしょうか……。」

「わかろうと、わかるまいと……それを伝えてきたのではないかね。」

5

住み込みの使用人の少女が、彼らに追いついて灯りをつけた。ミュムタズが医者と一緒に家に入るや否や、鏡が、明るさの中で、一時間前と同じ状態で、同じ無関心さで、一時間前のように満足げに、平然と輝いているのを見た。心の中で彼は、ああ、これらのものは自分たちから別れる機会を待っているかのようだ……と思った。

世界は自分がいなくても存在する。それだけで存在する。自分はそこに繋がっている、か細い線にすぎないのだ……。それでも自分は存在する、存在する力をこの継続の意識に見出す……。この継続を通して、自分は始源から行動し、そして永遠に歩むのかもしれない……。

ミュムタズは、ひどく残酷なものたちに憐れみを乞う人間のように、周囲を見回した。なぜなら永遠に歩みはしないであろうことを、もしかしたらこの瞬間に、あるいは明日、あるいは数日後、要するに、いつの日にか、この継続の中での継続が終わり、彼の代わりになる別の継続が訪れることを、もう前のようではなくなることを、同じ戦慄は感じなくなるかもしれないことを、さらには戦慄するかしないかすらわからなくなるだろうことをわかっていた。永遠とは、彼の頭脳が折々、深みへと伸ばしたぼんやりした光だった。実際には非常に深くではなかった。単に未知に向かって、一瞬にして変わる彼の中の一つの面であった。ところが現実とは、二重の生活を通して認め、いつも過去を通して理解した玄関の石畳とか、この上っている階段とか、まだ入らないうちから薬や汗や病気に満ちたいやな臭いを感じさせる病室であり、そこにある苦痛であった。それと同時に、目には見えず、肌では感じられないが、彼の中でナイフのように切り刻む別の現実もあった。ある日ヌーランと一緒に選んだ白い夜着に描かれた一輪の白百合とか、屋敷の低い壁を越えて伸びる木の枝とか、夜毎にあたかも生き返るかのように見えるあの小さい無花果の木とか、入り口の前にある若い樫の木とか、その前を通った晩に、またいつかそこに座って彼女と一緒に朝の茶を飲みたいと思ったが、片付けるのを忘れられたテーブルクロスが時々そこに置いてあるために、その幸運の機会を期待させる小テーブルや肘掛け椅子など……。

しかし、それらとは別の現実があった。彼が見たこともなく、さらには存在するかどうかすら知らないものの、この数日のニュースを考えると、心の中に住み着いたと感じるものであった。それらも心の中でナイフのように動いていた。机の前で受け取った緊急ニュースを他の支局へと、妻子や家のことを考えながら渡す電報配達や、印刷所でこれらのニュースを指先をいためて並べる植字工や、もしや忘れ物がないかと部屋の中を歩き回っては、用意した荷物を二十ぺんも開けてみて、なんらの新しい、役に立つものも付加できないために苦笑いをしたり、祈りの文句を呟いたり、閉じる前にもう一度触ってみたりする女たち……。汽車の汽笛、別離の歌……。これらの現実も体の中でナイフのように動いていた。否、ミュムタズは永遠にではなく、この世の自分の家にいた。誰にも住む世界があった。時には体の片隅に、時にはまとまったひとつの精神として、時には日常生活の中では忘れているが、体内に、血の中に持っている世界だった。その世界の重さを、望むと望まないとにかかわらず、今晩自分たちは肩に感じているのだった。そしてこの重荷の下で、病人の枕元の、相撲取りのような医者の体軀が、やや押しつぶされて見えた。

イヒサンは少し具合がよさそうだった。しかしぼんやりしていた。額の皮膚の引きつれを和らげるかと思わせる、見たこともないほどの汗の粒があった。呼吸のせいでいつもより膨らんで、力強く見える胸と、この汗の粒と、赤い顔で、病人というよりも、何時間も波と格闘して海から出てきたばかりの、砂浜に横たわり、脈拍が平常に戻るのを待っているスポーツマンに似ていた。彼は、本当に打ち勝ったのだろうか……。その表情はひどく奇妙でうつろだった。ミュムタズの頭の中で、最悪の可能性がまた湧き起こった。

「奥さんが、間一髪のところで病人を救ったのだ……。わしが推測したとおりだった。スルファミドの服用量を増やす以外に何もできない。今あんたに八回分のスルファミドの処方箋を書く。そして、われわれはその結果を注意深く待つのだ。ただ心臓のために小さなシロップと薬も必要だ。ミュムタズさんにはもう一度ご足労をかけることになるが。」

イヒサンは、途切れ途切れの瞬間からなる生命のあいだから、ミュムタズの顔を、『この人物をどこから見つけてきたのだ？』と言うかのように眺めた。そのあとで、手を伸ばして、医者の手を握り、たぶん、昨夜以来はじめてであろうことばを口にした。

「どうお考えですか、先生？　戦争はあるでしょうか。彼らはあの愚行をやるでしょうか？」

医者は病人に答えた。「あんたはただ、よくなることを考えなさい！」しかしその目は、「あんたの言うことはよくわかる！」と言っていた。

6

再び通りに出たとき、ミュムタズは自分が前よりも気分が楽になっていることに気がついた。先ほどの頭が割れそうだった思考はほとんどなくなっていた。奇妙な、今まで一度も感じたことのない軽やかさで歩いていた。あたかも重力の法則の外にいるかのようだった。翼があったら飛べるだろう、と呟いた。今自分が置かれている重苦しい状況と矛盾するその状態は、彼をひどく驚かせた。なぜなら、それでも、すべてをあるがままに見ていたから。今夜、戦争が始まる可能性があった。イヒサンの病状はいまだに重かった。生と死のあいだにある回廊をあれほど先まで行っては、戻ることは簡単ではなかったのだ。ヌーランは、今朝出発することになっていた。それは二人にとって破滅を意味した。彼女が行ってしまうことで、自分にとってすべては終わるのだった。ミュムタズはそれらをすべてわかっていた。しかし、ほんの一時間前には彼を押しつぶしていた事実を、今や遥かに遠い、彼個人とその世界とは関係ないことであるかのように眺めていた。あたかも、すべてを死の彼方から見ているかのようだった。

それにしても、彼はこの上なく気楽だった。いったいどうしてだろう?と自分に尋ねつつ歩いていた。自分はよく考える人間だ。自分は思考によって疲労困憊して、一向に眠れず、朝まで部屋を歩き回る人間に似ている。どうして今は、何も考えることができないのか? しかしこうした考えすら、彼を十分には苦しめなかった。それとも自分は生きていないのか。この世と離れてしまったのか？ もしかしたら世界が自分から離れたのかもしれない。どうしてそれがありえないことがあろうか。容れ物がその中の液体を空けるように……。それと同時に、彼は今なすべきことを意識していた。歩くべき道を知っていた。イヒサンの薬を一刻も早く取って来るために急いでいた。その上で、頭脳は、出遭ったすべてを自分でも意外なほど克明に記録していた。

見知らぬ方角のはるか遠くで、明るさを保持していた堤が崩れたかのように、辺りは影で染められた。妄想の中で、草はあたかもその上に振りかけられた艶のある緑のように輝いていた。すべてが震え、慄いていた。

それは、夜明けが楽器を鳴らす準備をする時間だった。まもなく宇宙の頂点は再び築かれるのであった。家々の玄関で、部屋で、朝の灯りがつけられ、曇った天気の中で、芝居の舞台装置の作り物の雰囲気を作り出していた。一人の女が窓を開けた。半裸の身体で、明けゆく夜に対して伸びをした。むき出しの腕で髪を整えた。一匹の犬が寝ていたところからゆっくりと立ち上がって、この朝の通行人のミュムタズに向かって走って来たが、すぐそばまで来るとあきらめて、少し前方の、閉じられた窓の前で蠟燭が燃えている聖人の廟のところまで走って行った。牛乳屋が、馬の両側にぶら下げた銅の容器の上で楽々と胡坐をかいたまま、全速力で傍らを駆け抜けた。遠くから自動車のクラクションの音が聞こえた。

ミュムタズはこれらの光景すべてや、空が次第に色を変えるのを見ていた。しかし、それらの感じ方には一種の変化があった。われわれの感覚が、毎日、各瞬間ごとにする物との接触とは違っていた。むしろ物を自分の中に見て、すべてを、自分の中にある、自分の一部のように眺めるのであった。

シェフザーデ・モスクの中庭にある木々から鴉の大群が飛び立った。鋭い鳴き声と、金属的な音とともに頭上を通り過ぎた。開いているパン屋からの、焼きたてのパンの香りが通りに満ちた。線路を工事していた労働者たちは、今はモスクの前にいた。アセチレンガスのランプはまだ燃えていて、あの豊かなレンブラントの輝きは薄暗がりに伸びていた。溶解して滲んでいくような明るさと、それらを呑み込む闇のあいだで、彼らの顔や手や体は影によって変貌していった。ミュムタズは、その手の動きや顔の注意深さを、もう一度惚れ惚れと眺めた。

僕たちの地区だ……と彼は考えた。子ども時代のすべてが、この通りとあたりの小道から、彼に向かってやってきた。ひとつの地区や、家や、日常や、友だちを持つこと、彼らとともに暮らすこと、そして彼らの中で死ぬこと……。将来のために自分に用意したこの生活の枠は、一向に彼の中で落ち着かなかった。もともといかなる思考も最後まで継続できなかった。物やすべての成果は彼の中でひとりでに存在した。こだまのように非常に短いあいだだけ思考が目覚めては、その後に、その場所を他のものが占めた。どんなにむごくあっても、思考の回廊で迷うことを切望した。

ヴェズネジレル地区を通るとき、あたりがより明るくなったのを感じた。ベヤズィトに来ると、舗道にある茶屋で活動が始まった。実際は、椅子はまだ店内に積み重ねられていたが、熱心な給仕たちが早朝の客のために一、二卓のテーブルを用意していた。その一人が、ミュムタズを見かけると、喜んで、「いらっしゃいませ、ミュムタズさん、すぐ茶を入れます」と言った。しかし、この大学時代の試験の日の朝の再現は、ミュムタズになんらの反応も起こさなかった。彼は手ぶりで、今は用事があると伝えた。通りの、アクサライに向かう朝の通行人や、新聞売りや、菓子パンやスィミト〔胡麻のついたドーナツ形パン」を売る声が、町の朝を構成し始めていた。ミュムタズはモスクの側を見た。鳩の群れが地面に向かって滑空したが、突然また空に舞い上がった。鳩たちはどうして驚いたのだろうか？と考えたが、その問いは思い浮かぶや否やまた消え去った。しかし思考の継続を、少なくともそれがないことを、感じることができた。それは、できないのではなくて、もしかしたらいやなのかもしれない。自分は何に対してもこのように無関心なのだろうか？　自分の中で世界を構成できないのだろうか？　記憶は再び自分に語りかけることはないのだろうか。あるいは自分を完全に掌握しているのに、気が狂うのか？　このように、自分の目の前で……。

当直の薬局のシャッターは下りたままだった。一人の女が両手でシャッターをたたいては、何度も小さい穴から中を覗くために、背伸びをしていた。その手には、来る途中でしわになったのが明らかな処方箋があった。彼女は貧しく、疲れていた。

何度も「ああ、神さま……」と言っては、再び、中に滑りこみたいかのように、爪先立って中を覗いていた。

やっと薬剤師が来た。二人とも同時に処方箋を差し出した。ミュムタズは薬をもらった。一秒も失いたくない人間のようにすべて行動した。

事実、状況はそうだった。彼の頭の、薬を持って行くことを考える側は目覚めていた、それは間違えていなかった。それ以外のすべての知的機能は、眠り込む寸前の人間が入眠と覚醒の両端のあいだでふらふらするように働いていた。宇宙を瞬間に理解し、物を一瞬にしてとらえた後で、それを直ちに放り出す奇妙なメカニズムになっていた。自分はどうなってしまったのだろうかともう一度考えた。世界と自分のあいだに、今まで知らなかったカーテンがあった。とても透明で、この上なく明瞭に物を見せる何かが、彼をこの世から引き離していた。

しかし、この世から離れることなどできるだろうか？　人生はとてもすばらしい……。本当に、この朝生きていることはすばらしいことだった。すべてが美しく、新鮮で、調和が取れていた。微笑みのようにやわらかく思えた。ミュムタズは、アカシアの葉や、小さな動物の顔や、人間の手を、この時間ならばいつまでも飽きることなく眺めていられると思った。なぜなら、すべては美しかったから。この微妙な光はひとつの交響曲だった。まさにモスクの中庭で、最初の光の束が、女のように裸で踊っていた。この焼きたてのスィミトのにおい、急ぐ歩行者たち、物思いにふける顔、すべては美しかった。しかし彼はそれらのどのひとつの上にも集中できなかった。このような時間にか？　もしかしたら、ものがこれほど美しく見えるということは、自分は生から別離してしまったのかも知れない。どうしてそうでないことがあろうか？　なぜなら、この美しいと感じること、そしてその中でオーケストラのように彼に伴う喜びは、普通のものではなかったから。それは一種の啓示に似ていた。その啓示は特別なもので、人間が一番最後に、精神がすべてのものとの関係を絶ってそれ自体になったとき、最も純粋な形で働いたときにのみ生じてくるような啓示であった。それは断崖の淵にある真実のひとつであった。彼の中にある清澄さは、そのような、最後の瞬間の清澄さなのかもしれなかった。

なんと不思議なことだ。何ものも他のものとひとつにならない、すべてが別々に見える、と彼は呟いた。

傍らにいた男が答えた。「もちろんひとつにはなれない。なぜなら、お前は真実を見ているのだから。」

「しかし昨日やおとといは、このようには見ていなかったのか？　自分は真実を見てはいなかったのか？　一度でもそれに出会ったことはなかったのか？」

その男が傍らにいるのを感じていたが、彼はその顔を見ることができなかった。そしてそれを当然だと思っていた。

「いいや……。なぜならそのときは、お前は周囲を自分自身の中から眺めていたから。自分自身を見ていたのだ。人生も、物も、全体ではない。全体とは人間の頭の妄想なのだ。」

「それならば、今、自分には自己はないのか？」

「ない。なぜなら、それは俺の手のひらの中にあるからだ。信じないのか？　それ、見てみろ。」

その男は手のひらをミュムタズの顔に差し出した。小さい奇妙な動物が、甲殻類の殻と真皮の中間の見たことのない形が、その男の手のひらの中でうごめいていた。

これが自分の自己だったのか！と彼は考えた。しかし、その男には言わなかった。なぜなら彼は、男の手に驚愕していたから。

ミュムタズはこれほど美しいものを一度も見たことがなかった。水晶にもダイヤモンドにも、このような内からの輝きはない。それは鈍い光で、まぶしくはなく、彼のためだけの明るさであった。そして、その明るさ、手のひらの中の蟹に似た存在、その男によれば彼の自己は、動脈のように、小さな収縮によって開いたり閉じたりして、無言で働いていた。

恐る恐る彼はたずねた。「僕に返して下さらないのですか？」

「何をだ？」

ミュムタズはあごの先で示した。「それを、僕の自己を。あなたが僕の自己だと言われたものを。」「欲しかったら、取れ。もう一度試してみたいのなら取れ」と手のひらを彼のあごの先に広げた。しかしミュムタズの目は、今度も、手そのものの輝きに向かった。ミュムタズは、傍らにいる男がスアトであることを、そのようなことはありえないにもかかわらず、認識していた。死んだ者がこのように通りをうろついているのなら、生きていることの喜びなどあるのだろうか?と考えた。そして横目で、本当に彼だろうか、というように眺めた。確かにそれはスアトだった。しかしなんと変わったことか? 実際よりも大きく、とても美しい、ほとんどすばらしいともいえるスアトだった。さらには、数時間前に夢で見たスアトより美しく、より華麗であった。あの日、アパートのホールで、その顔に表れていた、全生涯を非難する嘲笑すら、今や深みから来る、まるで未知の層を照らすかのような豊かな微笑となっていた。両手や首や顔の傷も、同じように輝いていた。残酷で美しい……。突然彼は衝撃を受けて、手をこすりあわせながら考え始めた。

しかし、自分は今どうしたらよいのか? どうやっても彼と話さなければならなかった。しかし、これほど偉大で美しいスアトと、話すことができるのか? 死んだ者はこのようにすべて美しくなるのだろうか。スアトは死とか、死ぬことを嫌悪すると言った。彼は美しいだけでなく力強い……。そうだ、力強かった。内部から、何かが絶えず彼に向かって流れて、彼を引き寄せていた。彼は話そうとした。彼はそっとつぶやいた。「スアト、どうして来たんだ? どうして僕を放さないのだ。一日中、一晩中、僕をそっとしておかなかったのだ! もう十分だ! 放っておいてくれ。」話すにつれて恐怖はなくなって、その代わりに、奇妙な怒りが起こった。「もう僕を放してくれ!」そのあとで、死んだ者に向かってきつく話したことを後悔した。

「どうして来てはならないのだ、ミュムタズよ。もともと、俺はお前のそばからひと時も離れなかったのだ！」

ミュムタズはうなずいた。

「そのとおりだ、お前はひと時も離れなかった！　本当に僕を悩ませていた。しかし昨日からはさらにひどくなった。前の晩、あの坂道でお前を見た。今夜は夢で見た。しかし、何が不思議かわかるか？　今夜の夢を話してやる。僕は夕暮れを見ていた。より正確にいうと、夕暮れになるといって、その準備がなされていた。人びとは、紫、紅、藤色、ピンクなどの板や材木を運んできて、地平線に積み上げた。その後で彼らは太陽を紐で引っ張り上げた。しかし、わかるか、それは太陽ではなかった、お前だったのだ。お前の顔は、今のように美しかった。そのうえ悲しげであったから、より美しく見えた。そのあとで彼らは、お前をキリストのように十字架にかけた……。」突然彼は大声で笑った。「なんとも奇妙だった、わかるか。お前があのように悲しげであることが、キリストのように磔にされたことが……。お前は何も信じない人間で、すべてをあざ笑う人間だった……。」彼はもう一度長々と笑った。

スアトはミュムタズを見つめて、聞いていた。

「言っただろう……俺はお前からひと時も離れなかった。いつもお前のそばにいたのだ！」

ミュムタズは何も言わずに、しばらく歩いた。心の中で、日の出の光よりもむしろ、すぐ傍らにある光の中を歩いているように感じていた。そしてそのことは、ミュムタズにとってひどくつらく思えた。

「ところで、僕に何を求めているのだ。これほど執拗に傍らにいる理由は何なのだ。」

「執拗なのではない……義務なのだ。お前と一緒にいることが俺の義務なのだ。俺は今やお前の守護天使なのだ。」

ミュムタズはまた笑った。しかしその笑いがひどく苛立っているのに気がついていた。

「それはありえない！」と彼は言った。「お前は死んだ者だ。つまり人間だ。」彼はその考えをもう一度説明する必要を感じた。「死んだ者と話すことはひどくやっかいだな……。つまりお前は人間だったという意味だ。ところがその役は天使の仕事なのだ。」

「いいや。もう天使では間に合わないのだ。近年、世界の人口はそれはひどく増加した。至るところで人口増加計画がある。天使は足りないのだ。それで、今や死んだ者にこの役をやらせているのだ……。」

ミュムタズははじめは返事をしなかった。それから、突然怒り出して、「お前は嘘をついている！」と言った。「お前は天使になることなどできない。ありえない。お前は悪魔そのものだ！」それから、死んだ者とこのように話したことを悔やんだ。それでもことばを続けた。「お前は僕をだますために、そのように気取っているのか。お前の魂胆はわかっている。」

スアトは彼の顔を悲しそうに眺めた。

「俺が悪魔だったら、お前の内側から話すだろう。俺を見ることはできなかっただろう。」

「しかし」と言ってミュムタズは語り始めた。「お前に会ってひどくうれしかったのがわかるか。喜んだと言ってもいい。」それから、彼の顔を恐る恐る眺めた。「なんと美しくなったことか！　とても、とても美しくなった。その憂い顔はお前に似合う。何に似ているかわかるか？　ボッチチェリの天使たちにだ……。あの『受難』の絵でイエスに三つの釘を与える……。」

スアトはことばをさえぎった。

「無意味な比較はやめろ……。お前は何かにたとえずに話すことはできないのか？　その悪い癖のせいで、事態をいかに悪くしたかがまだわからないのか。」

ミュムタズは子どものように嘆願した。

「叱らないでくれ……。どんなに苦しんだことか。僕は悪いことは何もしなかった。お前を美しいと思っただけだ。なぜこれほど美しくなったのだ？……」

「頭の中に存在しているものはすべて美しいのだ。」

ミュムタズは最初、『おや、つい先ほどは、悪魔だったら、お前の中から語るだろうと言ったではないか』と異議を唱えようとした。しかし突然、別の考えがひらめいた。自分の思考についていけない……困ったことだ！

「しかし僕は今、お前を自分の目で見ている。それから、お前と話している……。」

「そうだ、お前の目で見ているのだ。話してもいるのだ……。」

ミュムタズの頭に、稲妻のようにひとつの考えがひらめいて、「僕の手でお前に触ることもできるな」と言った。

「もちろんだ……。」スアトは今度は彼の前に移って、あたかも診察しろと言うかのように両腕を上げた。そして体から溢れ出る輝きの中から彼に笑いかけていた。ミュムタズはまぶしくなった目を逸らした。

「そうしたいのなら、怖くないのなら！」

「どうして怖れるというのか？　もう僕には何も怖くはない！」しかし、手をスアトの方に伸ばすのをためらっていた。何か起こるかも知れないから、と言うかのように、手をポケットに入れた。スアトは、あの晩、エミルギャンで笑ったような笑い方をした。

「お前が怖がるのはわかっていた……」と言った。「あの運搬人を呼んで触らせてもよい。あるいはメフメトを……、ボヤジュキョイの茶屋の丁稚でもよい。今日、お前が死地に送った者たちだ。」

ミュムタズは心の奥深くで驚愕した。

「僕たち二人の問題が、彼らに何の関係があるのか？」

「お前の代わりに彼らが俺に触ってもよいのだ。」

「僕は、彼らだけを戦場に送るわけではない。僕も行く。」

「しかしお前は自分が死ぬことは考えていない。ところが、彼らが死ぬことは当然のように見ていた。彼らを死なせるのだ、欺いて。」

「いや、そうではない。」

「いや、そうなのだ……。」スアトはひどく残酷な微笑で彼の上におおいかぶさって笑い、苛《さいな》んでいた。

「あるいは運搬人の妻でもよい。彼女に触らせろ。」

「そうではないと僕はお前に言ったろう。僕も行くつもりだった。彼らを自分と別に考えてはいない。」

「区別しているのだ、坊や、区別している。彼らは死んでもよいと計算していた。騙そうとしたのだ！」

「嘘だ……お前は嘘を言っている。」突然ミュムタズは我に返った。この議論は無駄だった。しかも家でイヒサンが待っているのだ。彼は幼い子どものように嘆願した。

「スアト！　イヒサンは重病なのだ！　僕を放免して、家に行くことを許してくれよ。」

スアトは断続的に笑った。

「こんなに早く俺に厭きたのか？」

「いや、厭きたのではない。家に病人がいるのだ。僕も疲れている、それに……それに、お前はもう、僕たちと同じではないのだ。さっきお前に嘘を言った。僕はお前が怖い。それにお前も、もう行ったほうがいい。立ち去れ。まもなく通りは人で混雑する！　生きている人間の世界には似つかわしくない。ひどく違っているお前が、われわれのあいだでうろつく必要があるのか？　僕たちがお互いのために苦しんだだけでは十分ではないのか？」

「つい昨日も一緒だったではないか？」

「そうだが、お前はもう太陽の世界のものではないのだ！」

「その点は気にするな、昨日の晩以来、死んだ者は至るところにいる。」

ミュムタズは震えながら、通りを見た。家から二十五歩か三十歩のところだった。

「それはなぜだ。それが何の役に立つのか、いったい？　これは生きている者の世界だ。ここではすべては生活のためなのだ！　せめてお前たち死者がわれわれを放っておいてくれたら！」

「だめだ」と彼は言った。「お前を放すことはできない。俺と一緒に来るのだ」ときつい嘲りで話した。

「ヌーランなしでは、これほどの惨めさの中では……だめだ。」そしてスアトは両腕を広げて、ミュムタズを抱きしめようとした。ミュムタズは一歩後ろに身を引いた。

「来い……」とスアトは彼を呼ぶ一方で、血も凍るような笑い方をした。

ミュムタズは、「せめて笑うな！　お願いだから、笑うのはやめてくれ！」と嘆願した。

「どうして笑ってはいけないのだ！　お前はすべてを自分自身の限界に合うように小さくした。お前自身に似せたのだ……。あれほどちっぽけな存在に、その尺度にしたがっている。言うまでもないが、あの生への渇望、しかるべき憐憫、ささやかな苦悩、希望、あの逃避やら、崇拝やらだ……。」

ミュムタズは両腕をだらりと垂らして、「残酷なことをするな、スアトよ」と言った。「僕はひどく苦しんだ。」

スアトはあの広大な大笑いを始めた。

「よろしい、それなら来い、お前を救ってやる。」

「できない。すべきことがあるのだ。」

「お前は何もできないのだ！　俺と一緒に来い。すべてから救われるのだ。すべてはお前が担うことのできない重荷なのだ……。」

ミュムタズは道の真ん中でもう一度立ち止まって、スアトを眺めた。

「いや、だめだ」と言った。「僕は自分の重荷を担うことができる。担うことができなければ、その下敷きになってもいい。しかし、お前とは行かない。」

「お前は来るのだ！」

「いやだ。それは卑怯なことになる。」

「それならば、お前はこの惨めさの中にいればいい……。」

スアトは両腕を広げて、彼の顔を強く打った。ミュムタズはよろめいて地面に倒れた。立ち上がったときは、顔や目が血だらけだった。薬の瓶は手の中で割れていた。それにもかかわらず、その顔には、奇妙な、かすかな微笑みがあった。近くの窓から、ラジオがヒトラーが昨夜与えた出撃命令を繰り返していた。彼はすべての出来事を忘れた。

「戦争が始まった……」と彼は言った。

まだ割れた瓶を持っている手のひらを開いて、傷を眺めた。そのあとで、のろのろと家に向かって歩いた。道行く人びとは、こんなに朝早く、血だらけの顔に奇妙な笑みを浮かべた彼を驚いて眺めた。

ポケットの鍵で入り口を開けた。玄関の鏡は、朝の光の中で自然な状態に戻っていた。しばらく彼は自分の顔を眺めた。それから、ゆっくりと階段を上った。

マージデは医者とホールに座ってラジオを聴いていた。

「まあ、どうしたの！　ミュムタズ、いったい？……」

ミュムタズは、痛む手を窓の前でもう一度広げては閉じた。

「訊かないで……今さっき大きな事故にあったんだ」と答える唇には、一生の秘密を閉ざした錠を思わせる、あの不思議な微笑が続いていた。

「薬の瓶も割れてしまった！」と彼は言った。それから医者に向かって、「病人はどうですか？……」と言った。

「いい」と医者は言った。「大丈夫だ。何も必要ない。ニュースを聴いたかね？」

しかし、ミュムタズは医者の言うことを聴いていなかった。彼は片隅に引っ込んで、手のひらを眺めていた。それから、突然立ち上がって、階段の方へ進んだ。

しかし、彼は階段を上がれなかった。そこで、最初の段で、両手で頭を抱えて、座り込んだ。医者は、もうお前はわしのものだ、わしだけの!と言うかのように眺めていた。マージデは涙を拭いながら、彼に近づいた。家の静寂の中で、彼らの代わりにラジオだけがニュースを大きな声で語っていた。

固有名詞・用語解説（五十音順）

本書には現代日本の読者になじみのない固有名詞・用語が登場するので、特に本書にかかわりの深い主要なものについて簡単な解説を付す。（訳者）

挨拶の口づけ　目上の者に対して、尊敬の念を示すべく、目下、あるいは年下の者は相手の手の甲に軽く口づけする。親愛の情を示す場合、同等、あるいは目上の者が目下の者の両頰に軽く口づけをする。

ウトゥリー（Itri 1640-1712　本名 Buhurizade Mustafa Itri）　オスマン帝国の音楽家、作曲家、歌い手、詩人、書家。千曲以上の作品があると言われているが、四〇曲ほど遺っているのみ。五人のスルタンの庇護を受けた。メヴレヴィー宗派と言われる。二〇一二年、ユネスコは死後三百年を記念して、ウトゥリーの年と宣言した。

エブベキル・アア（Ebubekir Aga ?-1759）　イスタンブル、エユップ生まれ。そのためエユップ・エブベキル・アアとも言われた。オスマン帝国の最大の作曲家の一人。八代のスルタンに重用された。

ガゼル（Gazel）　本来は中東の伝統的な詩の様式の一つで、主題は抒情詩であった。今日では、それらの詩に曲をつけた（時には歌い手が即興で曲をつけることもある）歌の一種。息の長い歌い方が特徴。

カラキン・エフェンディ（Karakin Dececiyan 1867-1964）　イスタンブルに生まれ、一八九一年から三十六年間役人（一九一〇—一九二七年は漁業関係）をつとめた。トルコの水産業の権威。一九一五年に『トルコの魚と漁業』を出版（一九二六年にフランス語訳が出た）。

シェイフ・ガーリプ（Şheih Galip 1757-1799）　非常に若い時から、詩人としても学識あることでも知られた。その基盤はメヴレヴィー宗派の神秘主義である。

その詩は隠喩、目に見えない幻想に覆われ、膨大な語彙を用いる。スルタン・セリム三世、その母后や妹のベイハン姫などにも愛された。

ジェム・スルタン（Cem Sultan 1459-1495）　スルタン・ファーティヒの息子。詩作に長けていて、父親に最も愛されていたと言われるが、父親の死後、帝位の抗争で兄バヤズィトに敗れ、エジプトに逃れる。その後十五年間、ヨーロッパ諸侯、教皇庁の人質とも賓客とも言われるが、彼の地にとどまり、イタリアで客死（一説には、ボルジア家による毒殺）。墓所は愛したブルサにある。

スルタン・ファーティヒ（メフメト二世）（Sultan Faith Mehmet 1432-1481）　一四五三年にコンスタンチノープルを征服し、ファーティヒ（征服者）と称された。聡明、果敢であるのみならず、学問、詩を愛し、数か国語に流暢であったというこの名君は、本文中にも書かれているように、一四八一年に四十九歳で急死した（毒殺の説あり）。

セイド・ヌフ（Seyyid Nuh ?-1714）　オスマン帝国の作曲家。アナトリア南東部の生まれ。メフメト四世の時代に名声を博した。

セマーイ（semai）　伝統的トルコ音楽における作曲の形態。アウル・セマーイとヨルック・セマーイがある。

タビイ・ムスタファ・エフェンディ（Tab'i Mustafa Efendi ?-1774?）　十八世紀のオスマン帝国の最も有名な作曲家。イスタンブルで生まれ、宮廷でも重用されたが一七六〇年代引退し、ガラタ地区に居住した。

デデ（dede）　トルコ語では、祖父またはおじいさんの意味であるが、メヴレヴィー宗派で、一〇〇一日間の苦行を達成した者に与えられる尊称。

デデ・エフェンディ（Dede Efendi 1778-1846　本名 Hammamizade Ismail Dede Efendi）　幼少よりメヴレヴィー宗派の館で、伝統的音楽、宗教音楽、ネイを習う。二十二歳の時修行を完了し、デデの称号を与えられた。自身も作曲家であったスルタン・セリム三世に愛される。その後のスルタンにも仕えた。多くの弟子を育て、その作品のいくつかは、今日も最も愛好される歌である。

ナービー（Nabi 1642-1712） オスマン帝国の詩人。ウルファに生まれた。スルタン・メフメト四世の宮廷詩人。

ネシャーティ（Neşati ?-1674） オスマン帝国の詩人。エディルネ生まれ。メヴレヴィー宗派の神秘主義者。

ネディーム（Nedim 1661-1730） オスマン帝国の最も有名な詩人のひとり。宮廷詩人として特にチューリップ時代、スルタン・アフメト三世に重用された。ペルシャ詩の伝統を継ぐ伝統的な詩のほか、民謡や歌を宮廷に入れた。晩年、官僚・大宰相を風刺する詩を書いたため、処刑された。

ネフィー（Nef'i 1572-1635） オスマン帝国の詩人。スルタン・ムラトの宮廷詩人。

バーキー（Mahmut Abdulbaki 1526-1600） イスタンブル出身の詩人。主に抒情詩をつくった。韻律などにペルシャ語詩の要素を取り入れた。宮廷で重用された。

ハーフズ・ポスト（Hafiz Post 1630-1694） 十七世紀のオスマン帝国の有名な作曲家。詩人ナイリーの文学サークルで育ち、ペルシャ語、アラビア語も解した。伝統的音楽に新しい要素を加え、さらに歌詞としての詩も吟味し、上流社会の文学、音楽の集いに参加した。名声は、国内のみならず、イスラム世界にも広まる。今日も一〇曲の作品が遺る。

ハジ・アーリフ・ベイ（Haci Arif Bey 1831-1885） 作曲をデデ・エフェンディに師事した。声の良さで注目され、スルタンにも重用され、ハーレムの女性コーラスをまかされる。後年、宮廷の音楽学校でも教える。きわめて多くの歌を作曲した。今日も愛唱されている。

フズーリー（Fuzuli 1483-1556） トルコ系のアゼリーともオウズ族とも言われる。幼少より良い教育を受けた。詩人、思想家として知られ、数学、天文学にも精しい。住んでいたバグダードが一五三四年にオスマン帝国のスルタンによって征服されると、イスタンブルに招かれ、宮廷詩人となったが、約束された俸給は官僚主義のせいで払われなかったと言われる。アゼルバイジャン語（トルコ語と同系統）、ペルシャ語、アラビア語で詩を書いた。抒情詩で有名。

ベクターシー宗派 イスラムの思想家ハジ・ベクター

シ・ヴェリ（Haci Bektasi Veli 1209-1271）の思想を信奉する者たちによって十六世紀ごろから形成された。オスマン帝国のエリートにも、下層階級にも愛される。神秘主義の影響もある。

マカーム（makam）　トルコやアラブの伝統的な音楽で使われている旋律の体系、施法とも言われる。作曲、演奏、声唱の際の複雑な規則からなる。千種近くあると言われる。

ミュニール・ヌーレッディン・セルチュク（Münir Nureddin Selcuk 1900-1981）　イスタンブルで生まれ、育つ。学業の傍ら、音楽を学び、一九二〇年から作曲を習う。一九二八年、パリに行き、西洋的声楽技法を習う。作曲家、歌手としても成功した。伝統的な歌い方にオペラやタンゴを加味した。この間、多くの弟子を育成した。

メヴラーナ（メヴラーナ・ジェラーレッディン・ルーミー）（Mevlana Celaleddin Rumi 1207-1273）　詩人、思想家、イスラム神秘主義者。当時イスラム文化、学術の中心地であった中央アジアのホラサンで生まれた。父親はその地で著名で、学者の最たる者と称されていた。彼が五歳の時、蒙古軍の来襲から（一説によれば、学識者の間の確執から）逃れるべく、一族は聖地メッカ巡礼に出る。セルジューク・トルコのスルタンの招請の応じて、その文化の中心地であるアナトリアのコンヤに移り、死ぬまで信徒たちに慕われた。礼節、清廉、謙虚、奉仕、何ごとにも控えめであること、寛容を説く。天上の愛によって絶対者と結ばれることを希求する。著作として、詩の形式でペルシャ語で書かれた『メスネヴィー Mesnevi』がある。死後、メヴレヴィー教団が結成された。「来たれ、来たれ、誰であれ、何であれ、我に来たれ」で知られる、誰をも包含する寛容精神ゆえに、ユネスコによって二〇〇七年は、メヴラーナ降誕八百年の年と宣言された。

メヴレヴィー宗派（mevlevi）　イスラムの思想家メヴラーナの教えに従う宗派で、そこで修行した人びとはメヴレヴィーと呼ばれる。メヴレヴィー宗派で行われる儀式はセマー（sema）と呼ばれ、ふつうは白い衣服で、円形に近いスカートのようなものが旋回するにつれて広がる。セマーゼン（旋回の舞踊をする人）は旋回を通して絶対者に近づき、神と一つに結びつく。

メリング（Antoine Ignace Melling 1763-1831） 画家、建築家。十八世紀のオスマン帝国のスルタン・セリム三世と妹のハティジェ姫に重用され、庭園設計、室内装飾などで活躍。十八年間滞在したコンスタンチノープルの記録を遺した。ヨーロッパに戻ってから、パリでその時の絵画をもとに作らせた銅版画も有名。

ヤヒヤ・ケマル（Yahya Kemal Beyatli 1884-1958） トルコ共和国初期の詩人、作家、政治家、外交官。当時オスマン帝国領であったマケドニアでスコピエ市長の家に生まれた。大学入学前に反政府運動に巻き込まれ、逮捕を免れるためにパリに行き、九年間滞在した。ソルボンヌ大学で、歴史家アルベール・ソレルに強い影響を受ける。伝統的なオスマン帝国の詩と近代詩のかけ橋の役をした。

ラク（raki） 葡萄から作られる蒸留酒、アニース（茴《うい》香《きょう》）の香りがある。四十五度以上でかなり強い。水を加えると白濁する。飲み方には二種あって、生のままで飲んで、後から水を飲むか、あるいは水を加えて飲む。

訳者あとがき

本書は Ahmet Hamdi Tanpınar, *Huzur*, 1949. の全訳である。

著者アフメト・ハムディ・タンプナルは、近代トルコ最大の文学者の一人であり、モダニズムの先駆けといわれる。ロシア文学がゴーゴリの『外套』で始まったと言われるように、近代トルコの文学はタンプナルで始まったと言われているが、そのタンプナルの代表作である本書『心の平安』は、二十世紀のトルコ近代文学の最高峰に位置する小説である。一九四八年『ジュムフリエト』紙に連載されたのち、翌年に初版がイスタンブルで出版され、現在まで一九版を数える。海外では、三四か国が版権を取っているが、二〇〇八年にドイツとアメリカで、その後今日まで九か国語で翻訳出版されている。

二〇〇六年のノーベル文学賞受賞者オルハン・パムクは、トルコ文学の中で一番好きな作品だと言い、イスタンブルについて書かれた最も偉大な小説だと語っていた。英語版刊行後は、英国の『ガーディアン』紙が、イスタンブルを描いた一番良い作品のひとつだと書いている他、「名作である。ロマンチシズムと文化の変貌を一望のもとに捉えた二十世紀の偉大な小説の一つ」(『ロサンゼルス・

タイムズ』)、「タンプナルの抒情と魅力にあふれる物語。アメリカの読者はこのような素晴らしい作品がなぜもっと早く手にできなかったかと問うことだろう」(『パブリッシャーズ・ウィークリー』)、「世界史上の、トルコ史上の曲がり角において、イスタンブルとボスフォラス海峡の尽きることのない、見事な絵。これほど重要な作品に出会うのに、どうしてこれほど長く待たねばならなかったのか?」(『リテラリー・フィクション・レヴュー』)など、各紙で絶賛された。

作品の概要・あらすじ

本書は「トルコの『ユリシーズ』」とも言われている。ジェイムス・ジョイスの『ユリシーズ』において、レオポルド・ブルームのダブリンの街における一日が書かれているように、この作品でも、第二次世界大戦勃発の前日の、二つの大陸にまたがる町、イスタンブルにおける、主人公ミュムタズの一日が描かれているからであろう。この小説は、四人の登場人物の名をもつ四部からなっているが、いずれも主人公ミュムタズの視点から書かれている。

主人公のミュムタズは、独立戦争直後の混乱の中、両親と住んでいた地方のS町の陥落間際に、ギリシャ系住民に父親を人違いで殺された夜、母親と避難民の群れに混じってS町を脱出し、親類を頼って地中海岸のA町に着く。そこは地中海世界であった。彼は近所の子どもたちと一緒に地中海の自然の恵みを享受するものの、間もなく母親は、心痛と過労から死ぬ。かくして両親を十歳くらいで相次いで喪ったミュムタズは、イスタンブルに住む二十三歳年上の父方の従兄イヒサンのもとに引き取られる。イヒサンは若い時、七年間フランスに留学し、西洋の文化に精通、心酔したものの、帰国後は自国の伝統的なものに深い関心を示すと同時に新生共和国の変革に心を燃やす教育者である。イヒサンは主人公の父とも師ともなり、その知的成長に大きな影響を与える。

そのイヒサンが重い病いに臥せっている場面から物語は始まる。時は一九三九年八月、第二次世界大戦の暗雲が迫り、イスタンブルの町にも不穏な空気が漂っている。ミュムタズはイスタンブルの町を彷徨しながら、別離してしまった愛するヌーランのことを思い返す。

ミュムタズとヌーランは、その一年前の一九三八年五月、文学部の助手だった彼が博士論文を仕上げた翌日、友人たちと会うためにマルマラ海に浮かぶ避暑地ビュユック島に赴くフェリーで、知人夫婦に紹介されて知り合った。彼女は洗練されたイスタンブル人で、その挙措、話し方のすべてに魅了される。翌日の帰りのフェリーで二人は偶々再会する。話すうちに、古い、由緒ある家柄に育った彼女は伝統的文化教養を嗜んでいて、そのことも、古いもの、失われたものが好きなミュムタズを夢中にさせる。彼女はその年の冬、信じていた夫が、旅行中に知り合ったルーマニア人の愛人に夢中になり、離婚を求めたため、最後の善意を示して離婚を認めて別れ、七歳の娘と共に母親の家に住んでいる。彼女もミュムタズに惹かれたものの、現在の自分の立場のみならず、一族の過去の出来事を考えて悩む。三日間の激しい心の葛藤の末、彼女は心を決めて、「ドビュッシーのレコードを見つけました」という彼の招きに応じる。

その後二人は週に二日逢瀬を重ね、イスタンブルの古い地域を散策し、過去の遺物を見て歩く。彼女への愛は彼に今までは見えなかったものを見せ、新しい世界を啓くのであった。しかしこの幸せは秋が深まるにつれて、遠ざかっていく。彼の古いものへの異常なまでの愛は彼女に厭わしく思われはじめる。しかも、父親に見捨てられたと信じている彼女の娘は異常なまでに母親に嫉妬深くなっている。さらに周囲の圧力が加わる。かくして、二人は結婚届を提出する寸前であったにもかかわらず、ヌーランはミュムタズから離れていき、ミュムタズの苦悶の日々が始まったのであった……。

この小説は、一九二三年に新生トルコ共和国の樹立を宣言した若い国のインテリの悩みを描いたもので、「心の平安」をさがし求めるミュムタズの物語であるが、心を不安にするものばかりが描かれているかのようである。心の平安は自己の中に存在するのだという。西洋化、近代化は十八世紀以来、スルタンをはじめとするトルコ人の上層階級の関心事であった。タンプナルは、古いものを捨て去ることが近代化だと信じる表面的な西洋化を弾劾し、古いもの、伝統的なものが失われることを悼んだのであった。伝統的なトルコの芸術、文化に深い造詣をもつと同時に、古今の西の文学、美術、音楽を理解し、自分のものとした著者にとって、東と西の問題は極めて深刻であった。彼にとって、東と西は相対するものではない。〝頭の二つある化け物のように〟生きているのである。この東と西の問題は、パムクをはじめ、その後の多くのトルコの文学者に深い影響を与えた。

第二次世界大戦開戦直前の社会全体が緊張と不安に満ちている、二つの大陸にまたがる町、イスタンブルでの愛の物語であるが、文中で主人公が、彼の溺愛する伝統的文化と愛するボスフォラス海峡沿いのイスタンブルと恋人が混沌となってしまったと語っているように、イスタンブルへの愛の物語でもある。恋人を語るとき、その背後には、著者の愛するイスタンブル、伝統的文化の蓄積、西の文化の蘊蓄が見られる。

時代的背景

一四五三年、オスマン帝国の七代目の弱冠二十一歳のスルタン・メフメト二世の指揮下に、コンスタンチノープルは陥落し、東ローマ帝国は滅亡し、ヨーロッパの中世はここに終了した。スルタン・ファーティヒ（征服者）と称され、聡明、果敢にして、学問や詩を愛し、数か国語を解するこの名将は、本文中にもあるように、不幸にも一四八一年、四十九歳で急死する（毒殺との説もある）。その後もオスマン帝国は発展し、一五二九年にはウィーンに迫り、ヨーロッパを震撼せしめ、版図はバルカン、北アフリカ、中東、黒海沿岸を包含した。スルタンは、同時にイスラム教の宗主でもあったが、住民はイスラム教を強制されず、税さえ払えば、信教の自由を保障された。十六、十七世紀にヨーロッパのカトリック教会の圧制から逃れるユダヤ人やイスラム教徒、さらには、プロテスタントの救いの地となった。スルタンが、スペインのユダヤ人に救出の船を送った史実もある。従って、オスマン帝国領内では、多くの民族がそれぞれの言語、文化を保ち続けていた。さらに、イスラムに改宗し、トルコ語を話す者には、能力に応じて、まったく差別なく出世の途が開かれた。かくして、大宰相、軍司令官、海軍総督、宮廷の要職に就いた者も少なくない（拙訳のギュルメン著『改宗者クルチ・アリ』藤原書店、二〇一〇年刊も参照）。一つには、オスマン帝国に世襲による貴族階級がなかったためかもしれない。また、異教徒の子弟で才能ある者は、親が許せば、国がイスタンブルに集めて、養育・教育し、能力に応じて職務が与えられた。

しかしながら、十七世紀後半からこの大帝国にも衰えが見え始めると、危機感に目覚め、近代化、西洋化を唱える知識階級も現れはじめた。スルタン・セリム三世、ミトハト・パシャのような上層部の努力もあったものの、愚昧な専制権力の横暴は止められず、財政は破綻し、各地で民族主義の台頭やら、外国勢による煽動やらで、帝国内は次々と離反謀反が相次いだ。さらに第一次大戦に参戦して敗北し、英国、フランス、ロシア、イタリア、ギリシャなど列強に占領された。それに対して、アタチュルクを指導者とするグループは、国民議会を招集し、一九二二年にスルタンを退位せしめ、外国勢を次々と駆逐して、領土はアナトリアとトラキアのみになったものの、一九二三年にトルコ共和国樹立を宣言し、政教分離、イスラム法の廃止、近代法律の導入、産業革命、教育の革新、男女同権（一九三四年）などトルコ近代化に尽くした。

著者について

著者タンプナルは、一九〇一年にイスタンブルで生まれた。判事をしていた父親の職業柄、子ども時代を国内各地（当時はオスマン帝国領内にあった今日のシリアやイラクも含めて）で過ごした。一九二三年にイスタンブル大学の文学部を卒業するが、在学中に教師の中にいたヤヒャ・ケマルに出会い、大きな影響を受ける。卒業後一〇年ほど国内各地の高校で文学を教えた。一九三三年、敬愛していたアフメト・ハーシムの死後、イスタンブルの美術アカデミーの彼の講座（美学、美術史）に、一九三九年にはイスタンブル大学の文学部教授に任命される。一九四二年から四年間国会議員。一九四八年大学に復帰。一九五三年以後何度か憧れのヨーロッパを訪れた。一九六二年、心臓麻痺でイスタンブルで死去。

作品には、詩集（一九六一年）、小説では本書『心の平安』の他、『時計調整研究所』、随筆『五つの都市の物語』が特に有名である。その他、数多くの研究書、評論、翻訳、シナリオがある。詩人、小説家、随筆家、評論家、大学教授、政治家など多くの肩書を持つが、本人は、詩人として後世に記憶されたいと言っていたという。

タンプナルは欧米の多くの文学、哲学、心理学、美術、音楽に精通し、影響された。思想的にはベルクソン、文学では、ボードレール、マラルメ、ヴァレリー、プルーストを愛読し、トルコ人ではヤヒャ・ケマル、アフメト・ハーシムを敬愛していた。また、デデ・エフェンディ、モーツアルト、ベートーヴェン、バッハなどの東西の音楽に、オスマン朝の詩人たち、バーキー、ネフィー、ナイリー、ネディーム、シェイフ・ガーリプ、ウトゥリーなどの詩に親しんだと言われている。

しかしながら、日記によれば「自分は生涯誰の影響下にもいなかった、ヤヒャ・ケマル以外には」と書かれている。ミュムタズの従兄のイヒサンには、著者が敬愛してやまなかったヤヒャ・ケマルの姿が投影されていると言われる。小説自体も自伝的要素が濃い。著者はこの小説を書いた目的を、次のように語っている。「わが国には精神的怠惰癖がある。人びとは真の悩みを苦悩することもなく、問題ともしないで生きている。もしこの本が、この怠惰性を消し去ることに役に立てばうれしい」。

タンプナルは、死後になって価値を認められた作家だが、存命中に評価されなかった理由の一つに、彼の語彙が時代遅れと見なされたということがある。

新生トルコ共和国は、オスマン帝国の旧弊を廃し、多くの改革を行なった。その一つは「文字革命」といわれるものである。一九二八年に、それまで使用していたアラビア文字をやめて、ラテンアルファベットにない五文字を加えたローマ字の採用を宣言した。文字だけでなく、トルコ語からペルシャ語やアラビア語起原の単語をできるだけ排除して、トルコ語起原の語によって置換しようとしたもので、言語革命といえる。その背景には民族主義的志向があり、トルコ語の読み書きをより容易なものとして、教育を下層にまで広めることを意図していた。教育の拡大は確かに実現したものの、その結果、語彙の三分の二が排除されたという。

タンプナルの作品では、モダンを目指す当時の世間の風潮に対して、オスマン語の伝統を踏まえて、多くのペルシャ語、アラビア語起源の語彙が使用されているので、時代遅れと見なされた。しかしながら、詩人としての審美的完璧さを目指すタンプナルにとって語彙の選択は必須のものであったのだ。イスタンブル大学のM・エルギン教授は、「その起源がペルシャ語であれ、アラビア語であれ、トルコ民族がこの一千年間使用してきた言語はトルコ語である」と語っていた。

近年では、トルコ語純化主義の行き過ぎが指摘され、一九八〇年ごろから、オスマン帝国の歴史的な要素を反映するオスマン語の一部を使用する作家も現れてきた。そういう傾向を反映して、死後半世紀を経た二〇一〇年十一月には、かつてタンプナルが教えた美術アカデミー（今日のミマル・シナン美術大学）で、タンプナル国際シンポジウムが開催され、国内からの多数の参加者とともに、海外から三〇か国、七〇人の研究者、翻訳者が参加した。

愛猫の黒猫をカフカと名付けていたのは興味深い。カフカのように死後理解され、評価された。カフカとミレナとのように、ネステレンという女性との恋も実らなかった。彼女への思いを本書のヌーランに投影したと言われている。

なお、小説の最後の場面については、評論家の間でも三つの解釈があって、どれを択ぶかは読者に任されている。つまり、主人公は自殺への誘いを拒み、生きることは苦しくとも、たとえ人生の重荷の下で押しつぶされようとも生きていこうとしたとするもの、発狂したとするもの、あるいは、死んだとするものである。

また、物語の中に出てくる、S町とは黒海に突き出すSinop（スィノップ）、BはBurdur（ブルドゥル）、A町とは、地中海のAntalya（アンタリヤ）だという。

本書では特に音楽が大きな位置を占めるので、CDを付録につけたかったもののコストの関係で実現できなかった。註に原語の綴りをつけたので、興味のある方は、GoogleやYouTubeで試していただければと願う。

その昔、古代トルコ語を研究するためにはまず現代語をマスターすべしとの服部四郎教授、護雅夫教授の命で、イスタンブル大学で留学生として、手あたり次第トルコ語で書かれているものを読んでいたとき、この作品に遭遇した。まず、他の作品に比して知らない単語の多いことで驚かされた。普通の辞書にはないような単語も多かったが、それを突破すると、他の本では見たこともない世界の虜になった。そして今日まで、現代トルコ文学の一番好きな作品であることは変わらない。当時トルコ人でも難解晦渋と敬遠され気味の作品に夢中になっている外国人学生を見て、M・カプラン教授が、言語学よりも文学を専攻すべきではないかといつもの物静かな調子で語られたのを懐かしく思い出す（ずっと後になって教授がタンプナルの愛弟子であったことを知ったのであったが）。その時は、若気の至りで、好きなもの（数学、天文学、フランス文学）にはディレッタントでありたいなどと言ってしまったのであったが。

トルコ文化省がトルコ語で書かれた作品の海外での翻訳出版を奨励すべく始めたＴＥＤＡプロジェクトの助成金はかなり前に出版社に支給され、翻訳も終わっていたものの、数年来陽の目を見ることはできなかった。編集部の過重なまでのお仕事の中で、他の仕事の合間を縫って、わずかずつでも読み続けて下さった刈屋琢氏の忍耐と努力がなかったら、出版は実現しなかったであろう。この難しいが価値ある作品の出版には、訳者も呻吟したが、編集者にも苦しい、並々ならないご苦労があったことと、心から感謝したい。

二〇一五年八月

和久井路子

著者紹介

アフメト・ハムディ・タンプナル
(Ahmet Hamdi Tanpınar)

20世紀トルコ文学の最高峰に位置する作家，詩人。1901年にイスタンブルに生まれる。判事をしていた父親の職業柄，子ども時代，アナトリアおよび当時はオスマン帝国領内にあったイラクやシリアの各地を転々とした。1919年にイスタンブル大学文学部に入り，当時大詩人として知られていたヤヒャ・ケマルに師事し，大いに影響される。卒業後，10年ほどエルズルムやコンヤなどで高校の文学教師を務めた。1933年イスタンブルの芸術アカデミーで，美学と神話の講座に任命され，1939年には，イスタンブル大学文学部の教授に任命される。1942年から4年間マラティヤ選出の国会議員をつとめる。民族主義路線ではあるものの，特定のグループに属することを嫌ったために孤立していた。1948年アカデミーに，翌年大学に復帰する。1953年以後，何度か憧れのヨーロッパを訪れる。1962年1月イスタンブルで死去。詩人としては夙に知られたが，生前発表された74の詩の中の37編が『詩集』（1961年）として出版された。小説では，本書『心の平安』（新聞連載1948年，出版1949年），『時間調整研究所』（1954年），随筆『五つの都市の物語』（1946年）が特に有名（いずれも未邦訳）。その他，研究書，評論，翻訳，シナリオ等多数。

訳者紹介

和久井路子（わくい・みちこ）

横浜生まれ。アンカラ在住。フェリス女学院を経て，東京大学文学部言語学科卒業。同大学院修士課程修了（言語学・トルコ語学）。リハイ大学（アメリカ）で博士号取得（外国語教育）。現在，中東工科大学（アンカラ）現代諸語学科に勤務。訳書にオルハン・パムク『わたしの名は紅』『雪』『父のトランク』『イスタンブール』，オスマン・ネジミ・ギュルメン『改宗者クルチ・アリ』（いずれも藤原書店）。

心《こころ》の平安《へいあん》

2015年 9 月30日　初版第 1 刷発行©

訳　者　和久井路子

発行者　藤原良雄

発行所　株式会社　藤原書店

〒 162-0041　東京都新宿区早稲田鶴巻町 523

電　話　03（5272）0301

FAX　03（5272）0450

振　替　00160 - 4 - 17013

info@fujiwara-shoten.co.jp

印刷・製本　中央精版印刷

落丁本・乱丁本はお取替えいたします

定価はカバーに表示してあります

Printed in Japan

ISBN978-4-86578-042-0

7　金融小説名篇集

吉田典子・宮下志朗 訳＝解説
〈対談〉青木雄二×鹿島茂

ゴプセック――高利貸し観察記　*Gobseck*
ニュシンゲン銀行――偽装倒産物語　*La Maison Nucingen*
名うてのゴディサール――だまされたセールスマン　*L'Illustre Gaudissart*
骨董室――手形偽造物語　*Le Cabinet des antiques*

528 頁　3200 円（1999 年 11 月刊）◇978-4-89434-155-5

高利貸しのゴプセック、銀行家ニュシンゲン、凄腕のセールスマン、ゴディサール。いずれ劣らぬ個性をもった「人間喜劇」の名脇役が主役となる三篇と、青年貴族が手形偽造で捕まるまでに破滅する「骨董室」を収めた作品集。「いまの時代は、日本の経済がバルザック的になってきたといえますね。」（青木雄二氏評）

8・9　娼婦の栄光と悲惨――悪党ヴォートラン最後の変身（2分冊）

Splendeurs et misères des courtisanes

飯島耕一 訳＝解説
〈対談〉池内紀×山田登世子

⑧448 頁 ⑨448 頁　各 3200 円（2000 年 12 月刊）⑧◇978-4-89434-208-8 ⑨◇978-4-89434-209-5

『幻滅』で出会った闇の人物ヴォートランと美貌の詩人リュシアン。彼らに襲いかかる最後の運命は？「社会の管理化が進むなか、消えていくものと生き残る者とがふるいにかけられ、ヒーローのありえた時代が終わりつつあることが、ここにはっきり描かれている。」（池内紀氏評）

10　あら皮――欲望の哲学

La Peau de chagrin

小倉孝誠 訳＝解説
〈対談〉植島啓司×山田登世子

448 頁　3200 円（2000 年 3 月刊）◇978-4-89434-170-8

絶望し、自殺まで考えた青年が手にした「あら皮」。それは、寿命と引き換えに願いを叶える魔法の皮であった。その後の青年はいかに？「外側から見ると欲望まるだしの人間が、内側から見ると全然違っている。それがバルザックの秘密だと思う。」（植島啓司氏評）

11・12　従妹《いとこ》ベット――好色一代記（2分冊）

La Cousine Bette

山田登世子 訳＝解説
〈対談〉松浦寿輝×山田登世子

⑪352 頁 ⑫352 頁　各 3200 円（2001 年 7 月刊）⑪◇978-4-89434-241-5 ⑫◇978-4-89434-242-2

美しい妻に愛されながらも、義理の従妹ベットと素人娼婦ヴァレリーに操られ、快楽を追い求め徹底的に堕ちていく放蕩貴族ユロの物語。「滑稽なまでの激しい情念が崇高なものに転じるさまが描かれている。」（松浦寿輝氏評）

13　従兄《いとこ》ポンス――収集家の悲劇

Le Cousin Pons

柏木隆雄 訳＝解説
〈対談〉福田和也×鹿島茂

504 頁　3200 円（1999 年 9 月刊）◇978-4-89434-146-3

骨董収集に没頭する、成功に無欲な老音楽家ポンスと友人シュムッケ。心優しい二人の友情と、ポンスの収集品を狙う貪欲な輩の蠢く資本主義社会の諸相を描いた、バルザック最晩年の作品。「小説の異常な情報量。今だったら、それだけで長篇を書けるような話が十もある。」（福田和也氏評）

別巻1　バルザック「人間喜劇」ハンドブック

大矢タカヤス 編
奥田恭士・片桐祐・佐野栄一・菅原珠子・山﨑朱美子＝共同執筆

264 頁　3000 円（2000 年 5 月刊）◇978-4-89434-180-7

「登場人物辞典」、「家系図」、「作品内年表」、「服飾解説」からなる、バルザック愛読者待望の本邦初オリジナルハンドブック。

別巻2　バルザック「人間喜劇」全作品あらすじ

大矢タカヤス 編　奥田恭士・片桐祐・佐野栄一＝共同執筆

432 頁　3800 円（1999 年 5 月刊）◇978-4-89434-135-7

思想的にも方法的にも相矛盾するほどの多彩な傾向をもった百篇近くの作品群からなる、広大な「人間喜劇」の世界を鳥瞰する画期的試み。コンパクトでありながら、あたかも作品を読み進んでいるかのような臨場感を味わえる。当時のイラストをふんだんに収め、詳しい「バルザック年譜」も附す。

❺ ボヌール・デ・ダム百貨店 ――デパートの誕生

Au Bonheur des Dames, 1883　　吉田典子 訳＝解説

ゾラの時代に躍進を始める華やかなデパートは、婦人客を食いものにし、小商店を押しつぶす怪物的な機械装置でもあった。大量の魅力的な商品と近代商法によってパリ中の女性を誘惑、驚異的に売上げを伸ばす「ご婦人方の幸福」百貨店を描き出した大作。

656 頁　**4800 円**　◇978-4-89434-375-7（第 6 回配本／ 2004 年 2 月刊）

❻ 獣人 ――愛と殺人の鉄道物語 *La Bête Humaine, 1890*

寺田光德 訳＝解説

「叢書」中屈指の人気を誇る、探偵小説的興趣をもった作品。第二帝政期に文明と進歩の象徴として時代の先頭を疾駆していた「鉄道」を駆使して同時代の社会とそこに生きる人々の感性を活写し、小説に新境地を切り開いた、ゾラの斬新さが理解できる。

528 頁　**3800 円**　◇978-4-89434-410-5（第 8 回配本／ 2004 年 11 月刊）

❼ 金《かね》 *L'Argent, 1891*

野村正人訳＝解説

誇大妄想狂的な欲望に憑かれ、最後には自分を蕩尽せずにすまない人間とその時代を見事に描ききる、80 年代日本のバブル時代を彷彿とさせる作品。主人公の栄光と悲惨はそのまま、華やかさの裏に崩壊の影が忍び寄っていた第二帝政の運命である。

576 頁　**4200 円**　◇978-4-89434-361-0（第 5 回配本／ 2003 年 11 月刊）

❽ 文学論集 1865-1896 *Critique Littéraire*

佐藤正年 編訳＝解説

「実験小説論」だけを根拠にゾラの文学理論を裁断してきた紋切り型の文学史を一新、ゾラの幅広く奥深い文学観を呈示！　「個性的な表現」「文学における金銭」「淫らな文学」「文学における道徳性について」「小説家の権利」「バルザック」「スタンダール」他。

440 頁　**3600 円**　◇978-4-89434-564-5（第 9 回配本／ 2007 年 3 月刊）

❾ 美術論集

三浦篤 編＝解説　三浦篤・藤原貞朗 訳

セザンヌの親友であり、マネや印象派をいち早く評価した先鋭の美術批評家でもあったフランスの文豪ゾラ。鋭敏な観察眼、挑発的な文体で当時の美術評論界に衝撃を与えた美術論を本格的に紹介する、本邦初のゾラ美術論集。「造形芸術家解説」152 名収録。

520 頁　**4600 円**　◇978-4-89434-750-2（第 10 回配本／ 2010 年 7 月刊）

❿ 時代を読む 1870-1900 *Chroniques et Polémiques*

小倉孝誠・菅野賢治 編訳＝解説

権力に抗しても真実を追求する真の“知識人”作家ゾラの、現代の諸問題を見透すような作品を精選。「私は告発する」のようなドレフュス事件関連の文章の他、新聞、女性、教育、宗教、文学と共和国、離婚、動物愛護など、多様なテーマをとりあげる。

392 頁　**3200 円**　◇978-4-89434-311-5（第 1 回配本／ 2002 年 11 月刊）

⓫ 書簡集 1858-1902

小倉孝誠 編＝解説　小倉孝誠・有富智世・高井奈緒・寺田寅彦 訳

19 世紀後半の作家、画家、音楽家、ジャーナリスト、政治家たちと幅広い交流をもっていたゾラの手紙から時代の全体像を浮彫りにする、第一級史料の本邦初訳。セザンヌ、ユゴー、フロベール、ドーデ、ゴンクール、ツルゲーネフ、ドレフュス他宛の書簡を精選。

456 頁　**5600 円**　◇978-4-89434-852-3（第 11 回配本／ 2012 年 4 月刊）

別巻 ゾラ・ハンドブック

宮下志朗・小倉孝誠 編

これ一巻でゾラのすべてが分かる！　①全小説のあらすじ。②ゾラ事典。19 世紀後半フランスの時代と社会に強くコミットしたゾラと関連の深い事件、社会現象、思想、科学などの解説。内外のゾラ研究の歴史と現状。③詳細なゾラ年譜。ゾラ文献目録。

（次回配本）

"女"のアルジェリア戦争

墓のない女

A・ジェバール
持田明子訳

植民地アルジェリアがフランスからの独立を求めて闘った一九五〇年代後半。「ゲリラの母」と呼ばれた女闘士"ズリハ"の生涯を、その娘や友人のさまざまな証言をかさねてポリフォニックに浮かびあがらせる。マグレブを代表する女性作家(アカデミー・フランセーズ会員)が描く、"女"のアルジェリア戦争。

四六上製　二五六頁　**二六〇〇円**
（二〇一一年一一月刊）
◇978-4-89434-832-5

LA FEMME SANS SÉPULTURE　Assia DJEBAR

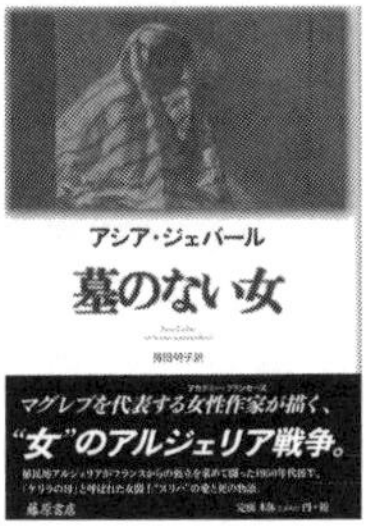

歩くことは、自分を見つめること

ロング・マルシュ 長く歩く

（アナトリア横断）

B・オリヴィエ
内藤伸夫・渡辺純訳

シルクロード一万二千キロを、一人で踏破。妻を亡くし、仕事を辞した初老の男。歩く――この最も根源的な行為から得るものの豊饒！　本書ではイスタンブールからイランとの国境付近まで。

四六上製　四三二頁　**三二〇〇円**
（二〇一三年六月刊）
◇978-4-89434-919-3

LONGUE MARCHE I　Bernard OLLIVIER

世界の注目を集める現代韓国作家

生の裏面

李　承雨
金順姫訳

「小説を書く」とは何を意味するのか？　極めて私的な小説でありながら、修飾を排した簡潔な文体と入れ子構造を駆使した構成で、形而上学的探求と小説を書く行為を作品自体において見事に一体化させた傑作。ノーベル賞作家ル・クレジオ氏が大絶賛！

四六変上製　三四四頁　**二八〇〇円**
（二〇一一年八月刊）
◇978-4-89434-816-5

フランスで絶賛された傑作

植物たちの私生活

李　承雨
金順姫訳

世界で話題の韓国作家、李承雨の『生の裏面』に続く邦訳第二弾。「すべての木は挫折した愛の化身だ……」――この言葉をキーワードに、スリリングに展開する美しい物語。仏・独・伊・西語で翻訳が進行中の話題作の完訳。

四六変上製　二九六頁　**二八〇〇円**
（二〇一二年五月刊）
◇978-4-89434-856-1